시그니슨

몬세라트

오스펠 산맥

차키르

브레이빅

단네스 강

사마라

앵카

스톤워터 강

졸랴(클라프스베인)

서머튼

에스펜 산맥

포로미엘

말렉 만

불모지

페이비스

크로블라

코딘

N

W        E

S

# 2

## 아이언 플레임

Cover art and design by Bree Archer and Elizabeth Turner Stokes

Stock art by Peratek/Shutterstock, yyanng/depositphotos,
stopkin/Shutterstock, detchana wangkheeree/Shutterstock,
and d1sk/Shutterstock
Interior art by Elizabeth Turner Stokes
Interior endpaper map art by Melanie Korte
Interior design by Toni Kerr

# IRON FLAME

2

# 아이언 플레임

# IRON FLAME

**레베카 야로스** 지음

**이수현** 옮김

B 북폴리오

내 동료 얼룩말들에게.

물리적인 힘만이 힘은 아니야.

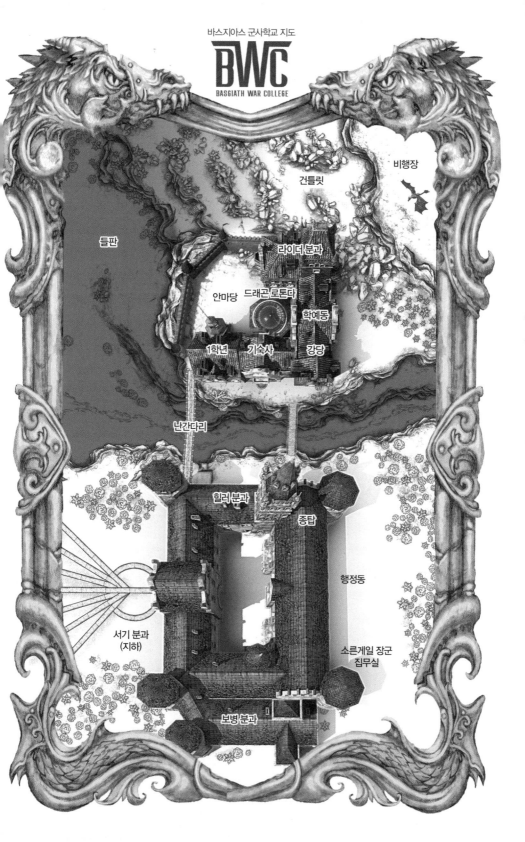

바스지아스 군사학교 지도

# BWC
### BASGIATH WAR COLLEGE

다음에 실린 문서는 바스지아스 군사학교 서기 분과의 큐레이터
제시니아 닐워트가 나바르어에서 현대어로 충실히 옮긴 내용이다.
모든 사건은 실제로 일어난 일이며, 전사자들의 용기를 기리기 위해
이름도 그대로 옮겼다. 그들의 영혼이 말렉에게 맡겨졌기를.

# 제4비행단 조직도

*모든 비행단 체제는 동일하다.

 비행단장

 부비행단장
작전장교

## 발톱전대

전대장

부전대장
작전장교

1대대

2대대

3대대

## 불꽃전대

전대장

부전대장
작전장교

1대대

2대대

3대대

## 꼬리전대

전대장

부전대장
작전장교

1대대

2대대

3대대

*각 대대는 15~20명으로 이뤄진다.　*이중 네모: 지휘관　*네모: 작전장교

BWC

PART TWO

반은 궁전이요, 반은 병영이지만 전체가 요새인 라이오슨 저택은
단 한 번도 적군에 뚫린 적이 없다. 그곳은 수많은 포위전과 세 번의
총공격을 견뎌냈으나, 그 저택이 존재하는 이유였던 바로 그 드래
곤들의 화염에 함락당했다.

— 피츠기븐스 대위, 《티렌더의 역사, 완전판》(제3판)

"너희가 안전하다고 여기는 보호막에서 이렇게 멀리까지 이동하다니, 대
담한 선택이로군." 그 '스승'이 나를 꼼짝도 못하게 붙잡은 채로 말한다. 내 발
은 얼어붙은 고문실 바닥에서 몇 센티미터도 떨어져 있지 않았다.

다시 이 망할 악몽에 갇히다니. 그래도 이번에는 햇볕에 바싹 마른 들판을
건너는 데까지는 갔다.

"다시 오는 게 당연하지." 베닌이 얼굴을 일그러뜨리고 비웃으며 식식거린
다. "넌 결코 나에게서 벗어나지 못한다. 난 대륙 끝까지는 물론이고 그 너머
라도 추적할 것이다."

나는 목구멍을 움직이며 긴장을 풀고, 심장을 진정시키려 호흡을 바꾸며
잠에서 깨어나려고 애썼다. 하지만 이게 현실이 아니라는 사실을 아는 건 마
음뿐이다. 몸은 환상 속에 단단히 붙들려 있다.

"보호막까지밖에 추적하지 못할 텐데." 나는 쉰 목소리로 대꾸했다.

"그러나 너는 보호막 바깥에서 자고 있지." 망가진 입이 기울어지며 기괴

한 미소를 짓는다. "그리고 가장 긴 밤은 아직 지나지 않았어." 그는 끝에 독을 바른 단검에 손을 뻗고….

눈을 깜박였다. 심장이 갈비뼈를 쿵쿵 두드리면서 선명하던 악몽이 흘러내리고, 시야가 밝아졌다.

여기는 바람에 찢긴 들판도, 바스지아스의 피에 젖은 차가운 감옥도 아니다. 아레티아에 있는 빛이 가득한 제이든의 침실이다. 커다란 창문들, 두꺼운 벨벳 휘장, 벽에서 벽까지 가득 채운 책장들, 거대한 침대. 나는 안전하다. 나를 다시 박살내려고 문 너머에서 기다리는 바리쉬도 없다. 바리쉬는 죽었다. 내가 죽였다.

나는 아직 살아 있다.

며칠 만에 처음으로 숨을 들이마셨다. 두꺼운 이불 아래에서 몸을 움직여도, 햇빛이 가득 들어오는 창문에서 몸을 틀어 제이든을 마주해도 고통이 없었다.

이거야말로 남은 평생 깨어나서 보고 싶은 풍경이었다.

그는 베개 밑에 두 팔을 접어 넣고 엎드려 자고 있었다. 이마에는 머리카락이 흘러내리고, 완벽한 입술은 살짝 벌어진 모습이었다. 얇은 이불은 그의 허리까지만 덮어서 인장이 찍힌 맨살을 마음껏 감상할 수 있었다. 이런 제이든을 볼 수 있는 기회는, 이렇게 그저 바라 보기만 할 기회는 거의 없었기에 나는 이 시간을 한껏 누리면서 근육질의 팔이 취한 각도를 자세히 보고, 앞으로 굽은 어깨를 보고, 등에 빼곡한 은색 선들을 보았다. 제이든을 보면 언제나 맥박이 빨라졌지만, 무방비하게 자는 모습을 보니 숨이 멎을 지경이었다.

신들이시여. 그는 정말 아름다워.

그리고 그는 날 사랑해.

바닥에 무릎을 대고 몸을 세우자 얇은 잠옷의 검은색 천이 살짝 접히고, 그에게 손을 뻗자 두꺼운 이불이 떨어졌다. 손끝으로 그의 은빛 흉터를 덧그렸지만 굳이 수를 세지는 않았다. 107개라는 건 이미 알고 있으니까. 제이든이

10

라이더 분과에서 살아남을 기회를 얻기 위해 책임진 낙인자의 숫자였다.

제이든은 늘 자기가 부드럽지도 상냥하지도 않다고 말했지만, 나는 그처럼 다른 사람을 위한 맹약으로 등이 뒤덮인 사람을 본 적이 없다. 제이든이야 우리가 이제부터 벌일 전쟁을 위한 준비였다고 하겠지만, 그렇다 해도 그는 다른 사람들을 위해 목숨을 걸었다.

그리고 나를 구하기 위해 목숨을 걸기도 했다. 제이든이 오지 않았다면 데인과 나는 결코 살아서 그곳을 나오지 못했을 것이다.

살아 있다. 나는 살아 있다.

살아 있다는 기분을 느끼고 싶다.

나는 몸을 기울여 그의 따뜻한 피부에 입술을 대고 제일 가까운 흉터에 키스했다. 어머니가 입힌 손상을 내가 되돌릴 수 있다면 좋으련만.

"으음. 바이올렛." 잠에 취한 목소리를 듣자 입술 끝이 올라가고 피가 뜨거워졌다. 제이든이 깨어나며 뒤척이자 근육이 잔물결을 일으켰고, 나는 느긋하게 천천히 키스하며 그의 등을 따라 올라갔다.

내가 어깨와 목이 만나는 곳에 키스하자 제이든이 날카로운 숨을 들이키더니 두 팔을 긴장시켰다. 그는 몸을 돌려 누우면서 매끄러운 동작으로 나를 몸 위에 끌어올렸다.

"잘 잤어?" 나는 다리를 벌리고 그의 몸 위에 엉덩이를 내려놓으며 미소 지었다. 긴장한 그의 몸이 느껴지자 숨이 가빠졌다.

"이렇게 깨는 데 익숙해져도 좋겠는걸." 그는 나와 같은 갈망이 어린 표정으로 손을 들어 올려 내 엉덩이에서부터 허리, 가슴골을 지나 목을 부드럽게 감쌌다.

"나도야." 몸을 구부려 그의 목에 입술을 갖다 대자 맥박이 빨라졌다. "하지만 익숙해지면 안 되겠지." 그의 가슴을 향해 키스해 내려가면서 말했다. "아마 오늘 밤부터는 다른 생도들과 생활해야 될 거야."

어젯밤에는 여기가 브레넌이 나를 복원하기에 제일 적합한 공간이었고, 드디어 목욕할 기회를 얻은 후에는 제이든 옆에서 자고 싶은 마음이 강한 나머지 그의 제안을 거절할 수가 없었다.

"여긴 내 집이야." 내가 그의 심장 언저리의 길다란 흉터 위로 입술을 움직이자, 그는 내 머리카락에 손가락을 넣고, 반대쪽 손으로는 내 엉덩이를 잡았다가 놓았다. "그리고 난 네가 자는 곳에서 잘 거야. 기왕이면 아주 크고 아주 편안한 이 침대가 좋겠지. 넌 아직 더 자야 해."

나는 계속해서 그의 몸을 어루만지며 아래로 미끄러져 내려갔고, 믿기지 않게 아름다운 복근의 이랑 하나하나에 입을 맞추자 그의 배에 힘이 들어갔다. 그의 몸에서 내가 가장 좋아하는 곳은 눈이지만, 엉덩이 위에서 허리띠 안으로 들어가는 뚜렷한 윤곽선이 아슬아슬하게 두 번째쯤 됐다. 나는 혀로 그 선을 따라갔다.

"바이올렛." 제이든의 목소리가 낮아졌다.

그가 내 이름을 그런 식으로 부르면 난 언제나 녹아내렸고, 지금도 예외는 아니었다.

"좋은 계획이야." 나는 허리띠 아래로 손을 넣어 그의 것을 감아쥐었다. 어떻게 이 남자는 모든 면이 완벽하지? 어딘가에는 결함이 있어야 하는데.

"넌 지금 내가 하고 싶은 대로 할 만큼 회복하지 못했어." 그가 낮게 으르렁거리며 말했다.

그 경고를 듣자 속이 꽉 죄어들었다. 뭐가 됐든 그를 원했다.

"회복했어. 복원한 거 기억나지?" 그에 대한 갈망이 남아 있던 피로감을 압도했다. 내 손길에 그의 엉덩이가 들썩였다. 제이든이 자제력을 잃는 모습보다 섹시한 건 없었고, 그를 그런 한계점까지 몰고 가는 사람이 나라는 사실만큼 흥분되는 일도 없었다.

"날 죽이려는 거야?" 내 머리카락을 쥔 제이든의 손에 힘이 들어갔고, 시선을 올려보니 그의 눈에 만족스럽게도 사나운 빛이 번득였다.

아랫배에 욕망이 또아리를 틀었고, 내 몸은 그런 눈빛에 뒤따르던 시간을 기억했다.

"그래." 나는 솔직하게 대답하고는, 시선을 마주친 채로 그의 것에 입술을 붙였다. 제이든의 목쉰 신음을 듣자 피가 끓었고, 나는 더욱 깊숙이 붙잡았다.

"바이올렛." 그는 눈을 꽉 감더니 고개를 뒤로 젖혔다. 휘어진 목이 움직이고, 엉덩이가 움찔거리면서 온몸이 쾌락에 맞서 싸우듯 경직했다. "욕 나오게 좋아."

나는 동의하는 콧소리를 내고 더 세게 몰아붙였다.

"젠장, 젠장, 젠장." 그는 점점 숨이 가빠져서 내 머리카락을 잡아당겼다. "그만해야 해. 자제력을 잃겠어." 제이든이 고개를 들어 나를 보자 그의 배가 수축했다가 팽창했다. "그리고 내가 부드럽게 할 수 있을지 모르겠어."

"자제력 따위 놓아버려." 내가 듣기엔 훌륭한 계획 같았다. "난 부드러운 걸 원하지 않아."

"뼈는 즉각적으로 복원되지 않아. 넌 아직 회복하는 중…."

나는 그를 더 깊이 빨아들였다.

제이든이 신음했다. "너 정말로 이러고 싶어?"

"당신이 야성적이면 좋겠어."

그 생각이 내 머리를 떠나자마자 제이든이 펄쩍 뛰어 일어나며 나를 눕혔다. 다음 순간에는 깊고 거센 키스가 이어졌다. 혀가 얽히고 이가 부딪치는, 격정적이고 격렬하며 정확히 나에게 필요한 키스.

그의 손이 내 허벅지 안쪽을 따라 올라오더니, 다리 아래로 속옷을 끌어내렸다. 나는 잠옷 원피스를 머리 위로 벗어던졌고, 그는 잠옷 바지를 벗었다.

그래. 그거야. 보이는 것도 느껴지는 것도 제이든뿐이다. 내 허벅지 사이에 자리를 잡은 그는 새로 복원한 내 옆구리를 쓸더니 눈동자가 확 커지면서 내 눈을 바라봤다. "우리 이러면…."

"제이든." 그의 뺨을 감쌌다. "부탁이야."

그는 내 손을 들어 올려 손바닥에 입을 맞추더니, 부러졌던 팔뚝에도 입을 맞췄다. 어딜 만져야 안전할지 찾는 것처럼 몸 구석구석을 훑어보며 잠시 눈썹을 찡그리는 모습이, 아직도 내 몸에 있던 멍자국과 부러진 자리를 다 볼 수 있는 것 같았다.

제이든이 멈출지도 모른다고 생각하니 속이 뒤틀렸다.

"야성적으로." 나는 작은 소리로 상기시켰다.

다시 나와 눈을 마주치더니 입꼬리를 들어 올려 내가 사랑해 마지않는 오만한 웃음을 짓는 모습에 심장이 쿵쾅거렸다. 그는 내 몸을 뒤집어서 무릎으로 엎드리게 하고는 엉덩이를 끌어당겼다.

"너무 지나치면 내게 말하는 거야." 그건 요청이 아니다.

나는 시트를 움켜쥐면서 고개를 끄덕였다.

그는 나에게 몸을 겹치더니 엉덩이를 움직여 밀고 들어오고, 들어오고, 들어왔다. 사방에 그를 느낄 수 있을 정도였다. 나는 그 딱 맞는 감각에, 그의 완벽함에 베개에 대고 소리 죽여 신음할 수밖에 없었다.

그러자 그가 내 베개를 낚아채 바닥에 내던졌다. "다들 들었으면 좋겠어." 그는 천천히 물러나면서 구석구석을 애무하다가 다시 움직이며 말했다. "맙소사, 넌 정말 말도 안 되게 완벽해."

끔찍할 정도로 좋은 그의 느낌에 나는 소리를 내질렀다. "이 궁전인지 저택인지에 수백 명이 있는데." 내가 어떻게 두 단어 이상을 연결할 수 있는지 알 수가 없을 지경이었다.

그는 내 등 위로 몸을 구부리고는 이로 귓바퀴에 쓸었다. "난 모두가 네가 내 것임을 알았으면 좋겠어."

나는 그 논리에 반대하지 않는다. 아니, 반대할 수가 없었다. 그가 다시 움직이면서 모든 생각을 앗아갔다. 깊고 강력한 리듬을 타면서 나를 타오르는 순수한 쾌락 덩어리로 바꿔놓았다.

바로 이게 필요했다. 제이든이 나를 안고, 나를 집어삼키고, 나에게 생명력을 불어넣는 시간이. 그는 내 안에 똬리를 튼 쾌락을 점점 더 팽팽하게 쌓으면서 나를 감아올렸고, 제이든이 으르렁거리면서 칭송하는 소리와 내가 내지르는 소리가 함께 방 안을 가득 채웠다. 갈수록 더 좋아지고, 더 뜨거워지고, 더 달콤해지더니 제이든 외에는 세상이 사라지고, 우리 외에는 아무것도 존재하지 않는 듯했다.

"*제이든.*" 내 입안에 맴도는 그의 이름은 애원이다. 긴장감이 아플 지경으로 팽팽하게 감기면서 내 안에 새하얗게 달궈진 통제 불가능한 마력이 가득 차올랐다.

그의 손이 내 배를 따라 흉골까지 올라오더니, 내 몸을 세워서 등에 가슴을 딱 붙였다. 나는 그의 머리카락에 손가락을 얽으면서 고개를 돌렸고, 그는 입술을 붙여 숨도 못 쉬게 키스하면서 나를 다시, 다시, 또다시 밀어붙였다. 그의 움직임이 점점 통제력을 잃는다.

"*넌 살아 있어.*" 그는 내 허벅지 사이를 손가락으로 애무하면서 머릿속으로 속삭였다. "*살아 있고, 건강하고, 내 거야.*"

신들이시여. 그는 내가 말하지 않아도 나에게 무엇이 필요한지 알고 있다. 허벅지에 힘이 들어갔다가 잘게 떨렸다. 너무 버거우면서 동시에 딱 필요한 정도였다.

"*그리고 당신은 내 거지.*" 나는 질주하는 맥박으로 숨을 쉬려 헐떡였다.

그리고 나는 떨어졌다. 완전히 부서졌다. 더없는 황홀감이 연이어 밀려오면서 빛이 번득였다가 재빨리 움직인 서늘한 어둠에 꺼졌다.

그도 나를 꽉 끌어안은 채로 몸서리치면서 절정에 이르렀다. 우리는 그 상태로, 가능한 한 모든 방식으로 서로의 몸을 휘감은 채 밭은 숨을 내쉬면서 현실로 돌아왔다.

내가 전혀 조용하지 않았던 현실로.

뺨이 더 뜨겁게 달아올랐다.

"내가 여기에서 당신과 같이 잤으면 좋겠어?" 나는 겨우 말을 할 수 있게 되자 물었다.

"매일 밤." 그러고는 부드럽게 키스했다.

"아직 보호막까지 치진 못할지 몰라도 이 방에는 방음을 하는 게 좋겠어. 오늘 당장." 나는 무슨 뜻인지 알 수 있게 눈썹을 들어 올렸다.

그의 입술이 구부러지더니 또 한 번 심장이 멎을 듯한 미소를 지었다. "이미 해놨어."

나는 눈을 굴렸다. "물론 그러셨겠지."

한 시간 뒤, 제이든의 방에서 나가 보니 온통 생도들이었다.

"이건…." 현관으로 이어지는 이중 계단의 오른쪽을 내려가는데, 할 말이 떠오르지 않았다.

"지난번에 왔을 때보다 시끄럽지." 제이든이 인파를 슬쩍 보면서 말했다. 무리 지어 서 있는 라이더도 있고, 벽을 따라 앉아 있는 이들도 있었다.

모두가 지금 내 기분의 다양한 변주 같은 표정을 짓고 있었다. 우리가 대체 무슨 짓을 한 거지? 하는 표정. 아레티아는 이런 일에 대비가 되지 않았는데, 내가 이 사람들을 데려왔다.

제이든이 나를 구하러 와서 혁명을 위험에 빠뜨렸을지는 몰라도, 혁명군에게 거대한 과녁판을 붙인 건 나였다.

"여기에 이 라이더들을 다 수용할 순 있는 거야?" 나는 대혼란 속을 걸으면서 제이든에게 물었다.

"맨 위 세 층에 병영용으로 만든 방이 백 개는 있어." 그는 대답했다. "그것도 2층의 가족 구역은 빼고 말한 거야. 그 공간이 다 쓸 만할지가 문제지. 모든 걸 수리하고 다시 짓지는 않았거든."

"바이올렛!" 우리 대대와 같이 서 있던 리애넌이 손을 흔들었다. 그들은 대연회장으로 이어지는 아치 통로 앞에서 기다리는 중이었다. 리의 시선이 나를 훑어보았다. "전보다 나아 보이네."

"기분도 나아졌어." 리애넌을 안심시키는데, 이모젠이 없다는 사실을 알아차렸다. "무슨 일이야?"

"무슨 일인지는 네가 알지 않을까 했는데." 리애넌은 우리 대대 쪽을 보더니 몸을 기울이고 목소리를 낮췄다. "사람들이 어젯밤에 빠르게 명단을 작성해서 방을 배정하고 오늘 아침에는 식사도 줬는데, 그건 한 시간 전이었거든. 지금 우린 그냥…." 그녀는 몸짓으로 현관을 가리켰다. "기다리고 있어."

"우리가 이 사람들의 허를 찌른 것 같긴 해." 나는 죄책감에 시달리며 인정했다.

"얼마나 허를 찔렀는지는 가서 알아볼까." 제이든이 말했다. "우리가 답을 받아오겠다, 리애넌." 그는 복도 쪽을 가리켰다. "우린 의회를 만나야 해."

"조금만 덜 불길하게 말해주면 좋겠는데." 나는 아릭 옆을 지나치다가 잠시 멈췄다.

그는 대대 가장자리에 팔짱을 끼고 서서 주위의 모든 것을 지켜보고 있었다. "이젠 뭐야, 소른게일?" 그는 입매를 굳히면서 물었다.

"저 녀석은 일정에 대해 묻는 게 아니야." 제이든이 말했다.

"그 정도는 알아차렸어." 나는 제이든에서 아릭으로 시선을 옮겼다. "네 비밀은 안전해."

"섣부른 발언인데."

나는 제이든을 쏘아보았다. "누군가에게 네 가족에 대해 말할지 말지는 네 마음이야. 그렇지, 라이오슨?"

제이든은 턱 근육을 움찔거렸지만, 고개를 끄덕였다.

"맹세해?" 아릭이 씹어뱉듯이 물었다.

"맹세해." 나는 약속했다.

거기까지밖에 말할 수 없었다. 제이든이 내 손을 잡고 드디어 인파가 줄어드는 넓은 복도로 끌고 갔기 때문이다.

"내가 다 망친 것 같아." 한걸음 내디딜 때마다 불안이 커졌다.

"망쳤다면 우리가 망친 거지." 그는 내 손을 꽉 잡고 높은 나무 문 앞에 멈추면서 말했다. 문 너머에서 큰소리가 제법 들려왔다. "그렇다고 우리가 틀렸다는 뜻은 아니야."

"지난번에 여기 왔을 때는 저 방 안에 있던 사람들이 보안 위협이라며 나를 가두고 싶어 했지." 가슴이 답답해졌다. "어쩌면 그 생각이 옳았을지 모른다는 생각이 들어."

"그렇게 생각한 사람은 네 명뿐이었어." 그는 검은색 금속 문고리에 손가락을 대며 말했다. "그리고 장담하는데 다들 너보다 내게 화가 났을 거야. 어젯밤 브레넌이 널 복원한 후에 날 소환했는데 응하지 않았거든." 그가 문을 당겨 열었고, 나도 뒤따라 들어가자 높다고 생각한 목소리가 아예 날카롭게 찢어졌다.

"너희는 우리가 애써온 모든 걸 노출시켰어!" 한 여자가 외쳤다.

"이 평의회의 표결조차 없이 그랬지!" 한 남자가 맞장구를 쳤다.

"결정은 내가 내렸습니다." 제이든이 문 앞을 벗어나서 말했다. "소리를 지르고 싶으면 나한테 질러요."

긴 테이블에 앉아 있던 의회 구성원 여섯 명이 우리 쪽을 보았다. 보디, 개릭, 이모젠은 재판이라도 받는 것처럼 그들 앞에 서 있었다. 레손에서 싸웠던 사람들 중에 남은 건 우리가 다였다.

"라이오슨 소위의 선택에 대해서도 얼마든지 다룰 거야." 수리가 말했다. "하지만 장군의 딸이 여기에서 뭘 하는지는 잘 모르겠군."

"흠, 장군의 아들도 여기 있는데요." 브레넌이 테이블 반대쪽 끝에서 받아치는 사이에 제이든과 나는 앞으로 걸어가서 개릭과 이모젠 사이에 섰다.

"내 말이 무슨 뜻인지 알잖나." 여자는 브레넌에게 불만스러운 눈빛을 던지며 맞받아쳤다.

지난번에 제이든이 널브러져 앉았던 거대한 안락의자는 다른 의자 가까운 곳으로 옮겨져 있었다. 누군가를 기다리는 모양이었다. 나는 정교하게 구성된 높은 등받이와 그 뾰족한 끝에 올라앉아 잠자는 모습의 드래곤 조각상을 홀긋 보았다가 움찔하고 다시 보았다. 이 빛 속에서 보니 절반은 반질반질하게 윤기가 도는 호두나무인데, 나머지 반은 검은빛이 돌았다. 마치 누군가가 타버린 나무를 다듬고 윤을 낸 것 같았다…. 그 의자가 반쯤 탔던 것처럼.

정말로 그랬기 때문이겠지.

"나는 왜 저 친구가 여기 있는지 알 것 같군요." 매부리코가 하나뿐인 눈으로 나를 노려보는데 마치 부츠에서 닦아내야 하는 오물을 보듯 했다. 그래도 그는 우리가 맞잡은 손을 날카롭게 보면서 허리에 찬 장검에 손을 뻗지는 않았다.

나는 재빨리 제이든에게서 손을 뺐다.

그러자 제이든은 내가 제일 큰 문젯거리라는 듯이 한숨을 내쉬더니 내 손을 다시 잡아챘다. "일어난 일은 일어난 일입니다. 여기 앉아서 하루 종일 우리에게 잔소리를 할 수도 있고, 아니면 우리가 데려온 100명의 라이더를 어떻게 할지 생각할 수도 있겠죠."

"소위는 우리에게 라이더를 데려오지 않았어! 생도들을 데려왔지!" 수리가 테이블을 주먹으로 내리치며 외쳤다. "생도들을 데리고 뭘 어쩌란 거야?"

"그런 연출은 어울리지 않아요, 수리." 펠릭스가 수염을 긁으면서 그녀에게 눈을 굴렸다. "타당한 질문이긴 하지요."

"우선은 전원 집합시켜서 같은 인원의 비행단으로 나누는 것부터 하라고 제안하겠습니다." 제이든이 지겹다는 투로 말했다. "다들 이전 구성을 유지하고 싶어 할지도 모르지만 말입니다. 내가 본 바로는 제4비행단이 제일 많습니다."

"네가 예전 비행단장이었으니까 그렇지." 브레넌이 말했다. "다들 널 따르는 데 익숙해."

"에이토스도 그렇지." 제이든은 마지못해 대꾸했다. "부생도대장을 죽인 후에 생도들을 소집한 건 에이토스야."

"에이토스도 문젭니다." 독선가인 수리가 습관처럼 무기의 평평한 면을 손가락으로 훑었다. "에이토스는 우리가 충성심을 확인할 수 있을 때까지 가둬놨습니다. 서기들도 마찬가지입니다."

"데인의 충성심이라면 캐스가 보장할 수 있습니다." 내가 반박했다. "그리고 제시니아가 없었다면 우린 워릭의 일기장을 손에 넣을 수 없었어요." 나는 여섯 라이더 모두가 화들짝 놀라는 모습을 보고 제이든의 손을 꽉 쥐었다. *워릭의 일기장을 가지고 있는 게 맞지?*

"워릭의 일기장을 갖고 있다고?" 독선가가 몸을 앞으로 내밀었다. "최초의 여섯에 속하는 워릭 말인가?"

"맞습니다. 제시니아가 바이올렛을 도와서 보호석을 만드는 방법에 대해 적혀 있는 일기장을 훔쳤죠." 제이든은 브레넌에게 시선을 돌리며 말했다. "그리고 바이올렛 생각이 옳았어. 옛 루세라스어로 적힌 암호 같은 설명이라서 정확한 번역이 필요하긴 하겠지만 없는 것보다는 낫지. 내가 바로 가져오려고 했는데 바이올렛이 잡히는 바람에 옆길로 샜던 거야."

"아버지는 나에게 옛 루세라스어는 가르치지 않았어. 티렌더어만 가르쳤지." 브레넌이 미간에 주름을 잡으며 나에게 말했다. 반짝이는 검은 머리에 커다란 눈이 특징인 조용한 여자가 단단하고 날카로운 눈으로 그를 지켜보고 있었다. "하지만 네가 번역할 수 있다면, 그렇다면 우리에게도 안전을 확보할 기회가…."

"안전?" 매부리코가 날카롭게 말했다. "라이더 100명과 드래곤 200마리를 여기로 데려와놓고 안전 같은 말을 할 배짱이 있나?" 그는 나를 보고 눈을 가늘게 떴다. "넌 멜그렌에게 우리 위치가 찍힌 지도를 건넨 거나 다름없어. 아니면 그게 진짜 목표였나?"

"드디어 나오시네." 이모젠이 작게 중얼거렸다.

"바이올렛은 우리를 돕기 위해 목숨을 걸었습니다." 제이든이 대꾸했다. "그리고 거의 목숨을 잃을 뻔했죠."

"소른게일은 가둬놓고 심문해야 합니다." 매부리코가 제안했다.

"내 동생에게 접근하면 내가 반대쪽 눈도 도려내드리죠, 율리시스." 브레넌이 몸을 기울이고 테이블 건너편을 노려보며 경고했다. "바이올렛은 이미 죽다 살아났을 정도로 심문을 받았습니다."

"그렇다고 해도 저 녀석이 우리를 파멸시켰다는 사실이 달라지진 않아!" 독선가가 포효했다. "우린 이미 국경 순찰을 두 배로 늘렸는데, 이러면 멜그렌이 공격해온다 해도 여기에서 싸울 병력이 남지 않아." 그녀는 펠릭스를 손가락질했다. "그놈의 멜그렌은 우리가 여기 있는지 모른다는 소리따윈 꺼내지도 말아요. 대륙 전체에 있는 반역의 인장을 다 합친다 해도 구름 떼 같은 드래곤 무리를 감출 순 없습니다. 우리에겐 보호막도 없고 대장간도 없는 데다가 복도에선 애들이 마구잡이로 뛰어다닌단 말입니다!"

"그 생도들이 당신보다는 더 침착하게 행동하는 것 같은데요." 제이든이 고개를 기울였다. "진정해요. 멜그렌은 오지 않습니다. 우리가 어디 있는지도 모르지만, 설령 안다고 해도 왕국이 우리가 국경선에 떨궈놓은 와이번 사체들로 동요하고 있는 상황이라 병력을 보내는 위험을 무릅쓸 순 없어요. 그리고 앞으로 3년 동안 멜그렌이 얻을 계획이었던 라이더 절반이 여기 있습니다. 우릴 죽이고 싶을지는 몰라도 그럴 여력이 없습니다. 그리고 바이올렛에 대해 말하자면…." 그는 내 손을 놓고 비행 재킷 버튼을 뜯어 열더니, 목 부분을 끌어내려서 가슴의 상처를 드러냈다. "바이올렛을 가두고 심문하고 싶다면 나부터 시작해야 할 겁니다. 바이올렛과 바이올렛이 내리는 모든 결정에 대한 책임은 내가 집니다. 기억합니까?"

그 가슴에 날카롭게 파인 은빛 선을 보는데 중력이 변하는 기분이었다. 그건… 맙소사. 등에 있는 다른 상처들과 똑같은 길이였다. 제이든은 이제 낙인자들만 책임지는 몸이 아니었다. 나도 책임지고 있었다. 내 선택과 내 충성심에 대해 책임졌다. 그때와 달리 나바르에 대한 충성이 아니라 아레티아에 대한 충성을.

그날 이모젠이 비행장에서 말하려고 했는데, 내가 이해하지 못했던 거야.

*"언제 그런 거야?"* 나는 물었다.

*"레손에서 날아와 널 브레넌의 품에 밀어 넣고 2초쯤 후에."*

티렌더로 고성이 오고가는 동안 나는 바닥으로 시선을 내렸다. 그 생도들은 내가 데려왔다. 리라의 일기장을 훔치다가 잡힌 사람도 나였다. 제이든을 움직이고, 모두를 이런 상황에 밀어 넣은 건 다름 아닌 나였다.

"그렇다면 내 손님으로 해두죠." 제이든의 말 한마디에 자기연민에서 빠져나올 수 있었다. 그림자가 바닥을 가득 채우며 연단을 감았다. "내 집에 손님을 데려오는 데 당신들 허락은 필요 없습니다. 누구의 허락도 필요 없지요." 제이든의 말투는 차갑다 못해 얼어붙을 것 같았다.

개릭이 조그맣게 욕을 하더니 장검에 손을 얹었다.

"제이든…." 율리시스가 입을 열었다.

"아니면 여기가 내 집이라는 사실을 잊은 겁니까?" 제이든은 고개를 옆으로 기울이더니 스게일이 먹잇감을 관찰할 때 같은 눈으로 그들을 마주 보았다. "내 목숨은 바이올렛의 목숨과 묶여 있으니, 나를 저 망할 놈의 의자에 앉히고 싶다면 바이올렛을 받아들이세요."

율리시스 얼굴이 붉으락푸르락하는 동안 나는 핏기가 전부 빠져나가는 기분이었다.

'제이든의 의자.' 저 빈 의자. 제이든이 일곱 번째 구성원이었다.

맙소사. 물론 여기가 제이든의 집이라는 건 알고 있지만, 지금까지는 제대로 인식하지 못했다. 전부 제이든의 것이었다. 어떤 귀족도 아레티아의 영지를 요구하지 않았다. 다들 이 땅은 폐허가 되었다고, 아니 더 나쁘게는 저주받았다고 여겼다. 이곳은 전부 제이든의 땅이었다.

"좋습니다." 조용히 있던 여자가 부드럽고 차분한 목소리로 말했다. "우린 바이올렛 소른게일을 믿겠습니다. 하지만 그렇다고 해도 작동하는 대장간 없이 그리폰 부대를 무장시키는 데 도움이 되진 않죠. 라이더 분과 절반을 빼앗아오며 나바르와의 첫 전투에서는 이겼을지 모르지만, 그것 때문에 우리가 이 전쟁에 질지도 모릅니다."

"그리고 저 생도들을 어떻게 하라는 거야?" 독선가가 콧잔등을 문지르면서 지친 듯이 물었다. "신들이시여, 우리에게 에이토스와 서기까지 데려오다니. 서기들을 와이번, 베닌과 싸우는 자리에 보낼 수 있는 것도 아니고."

"교수도 네 명이나 데려왔고, 당신들도 각자 아는 게 있지 않습니까." 제이든이 대꾸했다. "서기들은 내가 벌써 심문했습니다. 신뢰할 수 있지요. 그리고 에이토스에 대해서는 캐스가 보장합니다. 다른 생도들은⋯ 다시 수업을 받게 해야겠죠."

그때였다. 반짝이는 뭔가가⋯ 머릿속 아카이브 주위를 감쌌다.

"바이올렛." 그 부드러운 목소리를 듣자 핵심까지 뒤흔들리는 기분이었고, 나는 똑바로 서 있기 위해 제이든의 팔을 잡아야 했다. 안도감, 기쁨, 놀라움⋯ 그 모든 감정이 뒤섞여서 무릎이 풀리고 눈시울이 뜨거워졌다.

나는 몇 달 만에 처음으로 온전해진 느낌을 받았다.

자연스레 얼굴에 미소가 번졌다. "앤다나."

# 38

우리가 이 왕국을 위해 희생한 모든 것을 생각해서라도, 이 왕국을 방어할 수 있어야 한다.

__ 루세라스의 워릭이 남긴 일기장(바이올렛 소른게일 생도 번역)

저 아랫마을에는 겨울이 다가오고 있다는 징후가 뚜렷하건만 이 고도에서는 가을이 무의미하다는 듯 아레티아 위에 자리 잡은 계곡은 지난번에 왔을 때와 무서울 정도로 비슷했다. 다만 사방에 드래곤이 있다는 점이 달랐다. 우리 위에 툭 튀어나온 울퉁불퉁한 바위들에도, 서쪽에 보이는 동굴 입구들에도, 동쪽에 보이는 넓은 계곡에도… 온통 드래곤이었다.

그중에서 제일 큰 드래곤 둘이 앤다나를 사이에 끼우고 내 앞에 서 있었다.

"깨어났다고 했던 것 같은데요?" 나는 혹시나 내 목소리가 다시 앤다나를 깨울지도 모른다는 생각에 테른에게 소곤거렸다. 거대한 브라운 드래곤이 앤다나가 S자 모양으로 몸을 말고 자고 있는 잡목림을 쿵쿵대며 지나가고 있었는데도 말이다. 앤다나가 날숨을 뱉을 때마다 주둥이 앞에 있는 풀이 술렁였고, 앤다나는 스콜피언테일을 몸에 휘감고 꽤 만족스러워하는 얼굴이었다. 그리고 녹색빛… 인가?

아니다. 비늘은 여전히 검은색이었다. 청소년기라서 비늘이 반짝이는 나머

24

지 주위 색깔을 언뜻언뜻 비추는 모양이었다.

"*한 시간 전에는 그랬다.*" 테른이 식식 소리를 냈고, 스게일은 방금 눈을 굴린 것 같았다.

"회의에서 벗어나는 데만 한 시간이 걸린 데다, 그다음에는 저 벼랑 등산로를 올라와야 했다고요." 앤다나를 깨우면 안 된다. 책임감 있는 행동이 아닐 것이다. 거의 3개월 가까웠던 혼수상태의 잔재를 마저 떨치게 둬야지. 하지만 앤다나가 정말 보고 싶었고….

금빛 눈이 번뜩 열렸다.

밀려온 안도감에 무릎이 풀릴 뻔했다. 앤다나가 깨어났다.

나는 씩 웃으며 내 세상이 바로잡히는 것을 느꼈다. "안녕."

"*바이올렛.*" 앤다나가 고개를 들어 올리더니, 콧김을 뿜어서 내 길게 땋은 머리채에서 풀려난 머리카락을 뒤로 날렸다. "*깨어 있으려고 했어.*"

"괜찮아. 테른이 다음 주쯤까지는 깜박 조는 일이 많을 거라고 했어." 나는 앞으로 다가가서 앤다나의 턱 비늘을 긁으려 손을 뻗었다. "너 오래 잤어."

"*방금 자고 깨어난 기분인데.*" 앤다나는 내가 턱 아래를 긁어줄 수 있게 목을 구부렸다.

"그렇지 않아. 정말." 나는 물러나며 앤다나를 제대로 보았다. 스게일의 3분의 2 크기는 되는 것 같았다. "더 커진 것 같아."

"*당연하지.*" 앤다나는 씩씩거리더니 땅에 발톱을 박으며 일어섰다.

앤다나는 잠을 떨쳐내고 날개를 바스락거리면서 고개를 돌려 계곡 안을 둘러보았고, 나는 몇 걸음 더 물러서면서 시선을 위로, 더 위로 올렸다. "뭘 하고 싶어? 날고 싶어? 산책할까?" 앤다나에게 해야 할 말이 정말 많았다.

"*먹을 것. 양을 찾아봐야겠어.*" 앤다나는 날개를 쫙 펴더니 앞으로 비틀거렸다. 한여름에 보았을 때와 똑같았다.

젠장. 나는 균형을 잡으려 버둥거리는 앤다나의 발톱에 베이지 않으려고 성가신 풀밭 속에서 뒷걸음질했다.

"우리 인간을 짓뭉개진 말아주겠느냐?" 테른이 말했다.

"가깝지도 않았어." 앤다나는 테른 쪽을 잠시 노려보고 날카롭게 대꾸한 후에 날개를 펼쳤지만, 같은 결과만 돌아왔다.

"인내심을 가지라고 했지." 테른이 잔소리했다.

앤다나가 테른을 노려보자 스게일이 씩씩거렸는데, 내가 보기에는 공감하는 느낌이었다. 앤다나는 어깨를 돌려 발톱을 박아 넣더니 다시 한번 날개를 올리려고 했다.

속이 철렁했다. 나는 머리가 너무 빨리 도는 바람에 획획 떠오르는 생각을 제대로 포착하지도 못한 채로 앤다나의 두 날개 사이를 보았다. 왼쪽 날개가 온전히 펴지지 않았다. 반쯤만 펴졌고, 나머지 검은 띠 같은 부분은 팽팽해지질 않았다. 앤다나는 한 번, 두 번 시도해보다가 세 번째 시도에서도 날개가 제대로 펴지지 않자 날카로운 이를 드러내며 증기를 뿜어냈다.

신들이시여. 뭔가가 잘못됐어.

무슨 말이나 행동을 해야 할지 전혀 알 수가 없었다. 나는… 할 말을 잃었다. 도울 힘이 없었다. 젠장. 괜찮냐고 물어봐야 하나? 아니면 성체 드래곤의 전투 상처를 보았을 때처럼 무시해야 하나? 날개가 망가진 건가? 아니면 복원해야 하나? 이것도 성장 과정의 일부인 건가?

앤다나가 내 쪽으로 고개를 홱 돌리더니 눈을 가늘게 떴다. "난 망가지지 않았어."

가슴이 철렁했다.

"네가 망가졌다고 한 적 없어." 나는 속삭였다.

젠장. 젠장. 젠장. 내가 앤다나의 마음을 아프게 했어.

"난 네 생각을 들을 수 있으니까 말은 필요 없어. 너만큼이나 나도 망가지지 않았어." 앤다나는 입술을 말고 이를 번득였다.

아야. "미안해. 내가 생각한 건 그런 게 아니었어." 생각이 속삭이듯 흘러나갔다.

"그만 됐다." 테른이 앤다나에게 고개를 내렸다. "우리 인간은 널 걱정할 권리가 있어. 너도 저 녀석을 걱정하잖아. 이제 허기가 상식을 압도하기 전에 뭘 먹으러 가거라."

스게일이 오른쪽으로 내 옆을 지나쳐서 동쪽 풀밭으로 향하자 발밑이 살짝 흔들렸다. 페이그가 스게일 앞에서 비켜섰다.

"걸어서 사냥하는 게 훨씬 나은 양떼가 하나 있다." 테른이 목구멍 안쪽을 부드럽게 진동시키며 말했다. "스게일을 따라가거라."

앤다나는 날개를 접고 발톱을 풀더니 말도 없이 내 옆을 돌아서 스게일 쪽으로 걸어갔다. 나도 몸을 돌려 둘이 걸어가는 모습을 보았다.

"청소년들이란." 테른이 그르렁거렸다. "특히 배고플 때는 참아줄 수가 없지."

"그 날개요." 나는 두 팔로 배를 끌어안으면서 속삭였다.

테른의 한숨에 내 주위 풀이 잔물결쳤다. "원로들과 내가 도와서 앤다나의 근육을 강화할 테지만 복잡한 문제가 있다."

"이를테면요?" 가슴이 답답해져서 테른을 올려다보았다.

"차단벽을 올리고 앤다나를 최대한 차단해라."

나는 집중해서 이제 앤다나라는 사실을 알 수 있는 진주빛 연결선을 막았다. "됐어요."

"어린 드래곤들이 베일을 떠나지 않는 데는 많은 이유가 있다. 레손에서 대량의 에너지를 소모한 바람에 앤다나는 급격한 성장에 들어섰지. 너도 알 거다. 하지만 그 일이 여기나 바스지아스에서 일어났다면 더 빠르고 안전하게 보호받으며 꿈 없는 잠에 들어갈 수 있었을 테니, 아마 보통으로 성장했을 거다." 테른의 말투만 듣고도 목덜미 털이 곤두섰다. 원래 테른은 이렇게 조심스럽게 말을 고르지 않았고, 이렇게 내 감정에 신경 쓰는 법도 없었다. "하지만 우린 대단히 중요한 때에 레손에서 아레티아까지 날아왔지." 그가 말을 이었다. "그 다음에는 다시 바스지아스까지 날아가야 했고, 그 다음에도 앤다나는 몇 번이나 깨어났어. 원로들은 그렇게 오래 꿈 없는 잠에 머무는 드래곤을 본 적이 없다고 했다. 그래서 이제 앤다나의 성장은 예측할 수 없어졌어. 우리의 날개 앞쪽에는 두 번째 근육 집합이 있는데 성장하면서 형성이 되지. 앤다나의 근육은 형성되지 않았어. 원로들은 그래도 앤다나가 날게 될 거라고 믿는다… 시간이 걸리더라도 말이야. 일단은 지금 존재하는 근육을 강화해서 보완하면 될 거다."

"브레넌이 복원할 순 없어요?" 내 잘못이다. 내가 레손에서 앤다나의 힘을 썼기 때문이다. 그날 우리가 날았기 때문이다. 우리가 바스지아스로 돌아가야 했기 때문이다. 앤다나가 어릴 때 계약했기 때문이고, 내가 꿈 없는 잠에 든 앤다나를 방해했기 때문이다. 온종일이라도 이유를 댈 수 있다.

"존재하지 않는 것은 복원할 수 없지."

나는 빠른 속도로 스게일을 따라잡은 앤다나가 새 한 마리를 덥석 무는 모습을 보았다. 그 새는 꽥 소리를 내면서 너무 가까이 날아간 것을 후회했다.

"하지만 날긴 할 거란 말이죠?" 나도 날지 못하는 삶이 비극 정도가 아니라는 사실을 알 만큼은 드래곤에 대해 배웠다.

"우린 결국에는 앤다나가 지금 있는 근육을 훈련시켜서 날개의 무게를 버텨낼 수 있을 거라고 믿는다." 그는 나를 안심시켰지만, 그 말투에는 어딘가 마음의 준비를 하게 만드는 구석이 있었다.

"믿는다고요." 나는 천천히 몸을 돌려 대륙에서 두 번째로 큰 드래곤을 노려보았다. "그렇다면 의논할 시간이 있었다는 뜻이네요. 그걸 안 지 얼마나 된 거예요?"

"한여름에 앤다나가 여기에서 깨어났을 때부터."

내 심장은 천천히 가라앉기를 멈추고 그대로 풀밭으로 추락했다. 그때도 앤다나는 날개를 완전히 펴지 못했는데, 나는 그걸 대수롭지 않게 여겼다. 그때는 전반적으로… 서툴러 보였으니까.

"또 나한테 말하지 않는 게 뭐예요?" 나나 앤다나의 반응이 어떨지 걱정하지 않았다면 앤다나가 이 대화를 듣지 못하게 차단하라고 했을 리가 없다.

"앤다나 스스로는 인식하지 못한 문제지." 테른은 고개를 숙여 거대한 금빛 눈을 나와 마주쳤다. "앤다나는 날게 될 테지만, 결코 라이더를 태우지는 못할 거다."

'앤다나는 결코 라이더를 태우지 못할 거다.' 우리와 함께 아레티아까지 날아온 교수들뿐만 아니라 혁명군과 의회 구성원 몇 명까지 합류해서 우리를 수업에 다시 던져 넣은 이후 3일 내내 테른이 말이 머릿속에 메아리쳤다. 위릭의 일기장을 번역하는 작업으로도 그 생각을 몰아낼 수가 없었고, 그 예언이 머릿속에 떠오를 때마다 혹시 앤다나가 들을까 봐 얼른 다른 데로 생각을 돌려야 했다.

"철의… 비." 나는 같은 대목의 번역을 세 번째로 끝내면서 양피지에 그 말을 적었다. 아무리… 이상해 보인다 해도 매번 결과가 같았다.

"철의 비라고 하면 혹시 떠오르는 의미가 있어요?" 나는 제이든의 책상 위에 놓아둔 공책을 덮고 가방을 집으면서 물었다. 서두르지 않으면 늦겠다.

"그래야 하나?" 테른이 대꾸했다.

"그래야 하니까 물어보겠지." 앤다나가 눈을 굴리는 모습이 보이는 것만 같았다. "우우… 양이다."

"계속 그렇게 우겨넣으면 양이 뱃속에 남아 있질 않겠다." 테른이 한숨을 내쉬었다.

나는 웃음을 참으며 우리 대대를 만나러 달려갔다.

이건 브레넌과 의회의 공이었다. 여러 명이 책을 같이 보고 1층에 있는 모든 개방된 방에 욱여들어가서 수업을 들어야 한다고는 해도, 모든 생도가 깨끗하게 씻고, 식사하고, 잠자고, 배우고 있었다.

역사 수업은 제이든의 아버지가 쓰던 집무실 같은 곳에서 했는데, 우리는 6년 전에 실제로 일어난 일을 모두가 알 수 있도록 어제부터 티렌더 반역이라는 새로운 단원을 시작했다. 하지만 아직까지는 반역 이전의 정치 지형을 훑는 데까지밖에 배우지 못했다.

에메테리오는 격투 시합 대신에 우리의 아픈 폐가 고도에 적응할 때까지 매일매일 가파르고 울퉁불퉁한 등산로를 따라 계곡까지 달리게 하면서 편하게 늘어지지 말라고 경고했다. 꽤 많은 수의 생도들이 길 옆에 토했다는 점을 생각하면 전혀 편한 것 같지 않았지만, 그래도 에메테리오의 절박한 말을 들으면 더 열심히 달리게 됐다.

매부리코 율리시스는 물리학을 맡았는데, 그것도 그가 이틀에 한 번씩 한 시간 내내 나를 노려볼 이유가 되어줬다. 그리고 카일린은 의회에서 계곡에 숨어 있던 드래곤들을 일으켜도 될 만큼 안전하다고 동의한 후부터 비행 기동 훈련을 맡았다. 그건 우리에게 가만히 있지 못하고 들썩이는 드래곤이 200마리 이상 있다는 의미였다.

은빛 줄이 들어간 머리에 나를 대놓고 미워하는 수리는 이틀 전, 제이든을 포함한 다른 소위들과 같이 날아갔다. 제이든이 어디에 있는지도 모르고, 혹시 위험한 건 아닐까 궁금하고, 전투 중인 건 아닐까 매순간 걱정하다 보니 속이 울렁거렸다. 라이오슨 저택의 북서쪽 별관에 새로 지은 극장 안으로 들어서면서 울렁거리는 것을 참아야 했다.

극장은 무척 인상적이었다. 모든 생도가 앉을 공간뿐만 아니라, 지난 6년간 이 사람들이 다시 지을 수 있는 게 많았을 텐데… 극장을 선택했다는 사실이 놀라웠다.

"전투 브리핑 시간에 온 것을 환영합니다." 리애넌이 앞장서서 오른쪽 계단을 반쯤 내려간 곳에 있는 우리 자리로 들어가며 말했다.

"잘됐다. 나바르에서 어떤 일이 일어났는지 말해줄지도 몰라." 우리 앞줄에 앉은 비시아가 말했다. 아릭과 슬론 외에도 1학년이 네 명 더 있었는데, 전원의 이름을 익히지는 못했다.

예전 전투 브리핑 시간과 달리 우리는 집합 시간처럼 비행단별, 전대별, 대대별로 앉았다. 그리고 바스지아스에 있던 지도와 달리 여기 지도는 커튼이 걸리는 거대한 무대의 높이와 너비에 맞았고, 섬 왕국들도 그려져 있었다. 사방에서 대륙을 에워싸고 있는 다섯 개의 거대한 섬과 열세 개의 작은 섬들.

"저 빨간 깃발과 오렌지색 깃발 말인데, 저거···." 리독이 내 왼쪽에서 지도를 가리키며 말했다.

"적의 영역이겠지. 아마." 소여가 리독 옆에 앉으면서 대꾸했다.

"포로미엘 적군 말고." 리독이 배낭에서 펜과 양피지를 꺼냈고, 나도 필기구를 꺼내 공책을 무릎에 놓았다. "어둠의 세력?"

"맞아. 마법이 고갈된 땅, 졸라처럼 파괴당한 도시들. 빨간색은 예전의 활동이고, 오렌지색은 새로운 활동이야." 크로블란 지방은 거의 대부분이 건드리지 않은 채였지만, 적은 우리 국경선에서 하루만 날아가면 되는 거리에 있었다. 내가 한여름에 봤던 지도에 더해진 움직임은 스톤워터 강을 따라가는 움직임뿐이었다. 그들은 나바르로 향하고 있었다. "다들 가족에게 편지는 보냈어?"

내 친구들이 가족들에게 우리 위치를 알릴 수는 없었지만, 사랑하는 사람들에게 국경 지역과 고향을 떠나라고 경고할 수는 있었다. 멜그렌이라면 탈영병을 처벌하기 위해 그 가족을 처형하고도 남았다.

그건 내 잘못이었다. 앤다나의 날개도 내 책임이고, 아레티아가 행동할 준비가 되기도 전에 진실을 폭로하게 만든 것도 내 책임, 100명의 라이더를 허락도 없이 데려온 것도 내 책임, 브레넌이 내가 끌고 온 드래곤 때문에 양떼를 늘리기 위해 고심하느라 이마에 주름을 잡는 것도 내 책임, 친구들의 가족을 위험에 빠뜨린 것도 내 책임이다. 펜을 삐걱거릴 정도로 세게 잡았다. 어떻게 작년에는 옳은 결정만 내리고, 올해는 잘못된 결정만 내릴 수가 있지?

모두가 고개를 끄덕이는 가운데 리애넌이 덧붙여 말했다. "내 편지가 가족들에게 설득력 있었으면 좋겠다."

내 바로 앞자리에 앉은 아릭은 몸을 돌리지도 않고 어깨 너머로 말했다.

"난 편지를 보내라는 제안을 거절했어."

"그랬겠지." 나는 작게 웃었다. 아들이 라이더 분과에 들어왔을 뿐만 아니라 나바르에 등을 돌리기까지 했다는 사실을 알면 그의 아버지가 얼마나 놀랄까.

"보호석 문제는 운이 좀 따랐어?" 리가 물어보자 모두가 돌아보았다. 아릭과 슬론마저도 어깨 너머로 나를 보았다.

"우리에게 필요한 대목을 세 번 번역했는데, 거의 다 알아낸 것 같아." 내 미소도 친구들의 미소를 닮아 있었다. 드디어 손에 넣을 수도 있다고 생각했기 때문이다. "3일밖에 안 됐고, 내 번역 실력이 예전만 못하기는 한데, 지금까지 그렇게 기이한 형태의 마법을 읽어본 적이 없어. 어쩌면 그래서 두 번 다시 이뤄지지 않았는지도 몰라."

"하지만 통할 거라고 생각하는 거지?" 슬론이 노골적인 희망이 담긴 눈으로 물었다.

"그래." 나는 모두의 기대에 물리적인 무게라도 걸린 것처럼 어깨를 펴면서 고개를 끄덕였다. "단지 이게 옳은지 확신이 필요할 뿐이야." 그리고 내가 옳아야 했다. 와이번이 드랄로 절벽을 오른다면 보호막이 우리에게 가장 좋은 방어책이었다.

"이제 시작하자!" 드베라 교수가 무대에서 말했다. 그 목소리는 100여 명에게 쉽게 전달됐고, 모두가 한곳으로 고개를 돌렸다.

"꼭 바스지아스에 있는 것 같네." 리독이 웃으며 말했다. "아닌 건 알지만."

리가 몸을 기울이고 속삭였다. "기이한 마법이라고?"

"그게…." 나는 얼굴을 구겼다. "난 최초의 여섯이 피의 마법 같은 걸 실행했다고 생각해." 나는 리보다 더 조용하게 속삭였다. 그 대목을 세 번 번역했고 매번 똑같은 내용이 나왔지만, 나는… 어디에든 피를 사용하는 마법이 있다는 말을 들은 적이 없었다.

리가 눈썹을 올렸다. "확실해?"

"지금으로서는 그래. 제시니아도 그 대목을 똑같이 번역했지만, 한 번 더 번역해볼까 봐. 만약에 대비해서."

"그래. 만약에 대비해야지." 리는 고개를 끄덕였다.

"반역자로서 첫 전투 브리핑에 온 것을 환영한다." 드베라가 선언했다.

그 말은 모두의 주의를 끌었다. 뱃속에 구멍이 뚫린 기분이었다.

"반역자라는 말에 익숙해지도록 해라." 드베라가 우리를 훑어보면서 미안한 기색 없이 말했다. "나바르가 우리를 그렇게 보니 말이다. 우리가 스스로 지킬 수 없는 사람들을 지키기 위해 내린 선택을 반역이라고 여기든 말든, 뒤에 두고 온 친구들과 사랑하는 사람들은 우리를 반역자라고 볼 것이다. 하지만 개인적으로는 너희 모두가 자랑스럽다." 드베라가 나와 시선을 마주쳤다. "명예롭게 살기 위해 그전까지 알던 모든 것, 사랑하는 모든 것을 두고 떠나기란 힘든 일이다. 말이 나온 김에 부디 아이서레이 중령님을 반갑게 맞이하기 바란다. 여기에는 서기 분과 큐레이터라는 직책이 없으니 중령이 그 자리를 대신할 것이다."

마컴의 직책이다. 제시니아와 다른 두 생도가 여기에서 자기들만의 분과를 시작할까? 가르쳐줄 사람도 없는데? 의회가 모든 정보를 확인하고 오늘 아침에서야 데인의 참석을 허락했기에, 그는 전대장들과 함께 앞줄에 앉아 있었다. 데인이 격리 상태에서 벗어난 것도 기뻤지만, 특히 나와 거리를 유지하는 게 마음에 들었다.

"여기 아레티아에서는 정보를 투명하게 공유해야 한다고 믿는다." 브레넌이 드베라와 함께 무대를 차지하고 말했다.

"아직도 너희 오빠가 성을 버린 게 믿기지가 않아." 소여가 작은 소리로 중얼거렸다.

브레넌이 누구인지 아는 건 내 친구들뿐이었고, 드베라와 에메테리오도 이름을 바꾼 데 어울려주는 것 같았다. 케이오리도 같이 왔다면 그랬겠지. 하지만 당시에 케이오리는 누가 봐도 심하게 갈등하는 얼굴로 나를 보면서 자신이 있을 곳은 엠피리언 곁이라고 말했다.

남은 사람들 모두에게는 그럴 만한 이유가 있었다. 적어도 나는 스스로를 그렇게 타일렀다.

"그럴 수밖에 없었지. 근데 난 새 이름이 마음에 들어. 아이서레이는 티렌더어로 '부활했다'는 뜻이거든." 여전히 나에게 브레넌은 그냥 브레넌이었다.

"우선…." 브레넌이 시작했다. "우리는 너희 요청대로 비행단 체계를 유지하도록 했다. 제2비행단과 제3비행단, 너희는 엘레니 재럿과 티봇 바산트가 비행단장이라는 사실을 알고 있겠지. 빠진 전대장이나 대대장 자리는 내일까지 대체하고, 너희가 선택한 이름을 드베라에게 알리기 바란다."

나는 눈썹을 한껏 치켜떴다.

"위에서 정해주는 게 아닙니까?" 제1비행단의 누군가가 물었다. 바스지아스에서는 그랬으니까.

"너희끼리 정할 능력이 없다는 건가?" 브레넌이 시험하듯 말했다.

"아닙니다, 중령님."

"그렇다면 됐군. 다음으로 넘어가지." 그는 우리 쪽으로 몸을 돌렸다. "확실히 하기 위해 명단을 두 번 확인했지만, 제4비행단은 올해의 강철대대를 낳았을 뿐 아니라…."

우리 앞에 앉은 1학년들이 함성을 질렀다. 탈곡 이후 가장 많은 1학년이 살아남았다는 사실을 뽐낼 수 있는 영예가 2년 연속으로 우리에게 주어졌으니 당연했다. 검은 머리를 바싹 깎은 다부진 1학년, 베일러가 제일 크게 소리를 질렀는데, 아릭이 어깨를 부딪치며 함께 환호하는 모습을 보자 나도 입꼬리가 올라갔다.

"…불꽃전대는 전원 온전하다는 특별한 영예를 안게 됐다." 브레넌이 보디를 내려다보았다. "듀란. 너는 휘하 생도 전원을 여기로 데려왔다. 그러니 강철전대라고 해야겠지."

이런 젠장. 이제는 웃음을 참으려는 노력조차 기울일 수 없었다. 제4비행단이 가장 많은 생도를 데려온 건 알고 있었지만, 우리 전대 전체가 왔다고?

"강철전대 패치를 받고 싶겠지?" 브레넌은 살짝 미소 지으며 물었다.

"말이라고 하십니까, 당연하죠!" 리독이 의자에서 일어나면서 외쳤고, 우리 전대 전체가 큰 소리로 환호했다. 나까지도 그랬다.

"네, 받고 싶습니다." 모두가 조용해지고 나자, 보디는 부끄럽다는 듯이 우리를 어깨 너머로 흘겨보며 말했다.

"내가 방법을 알아보겠다." 브레넌은 나를 슬쩍 보며 웃었다. "이제 본론으로 들어가지. 나바르에서 온 최신 소식부터 시작하겠다. 우리가 정보원에게서 확인한 바로 대중은 이 상황을 모른다."

뭐? 어떻게? 리와 내가 혼란 그 자체의 눈빛을 교환하는 사이에 극장 전체에 숨죽인 말들이 번져나갔다.

"놀랍게도 전초기지들은 라이오슨 소위가 선물한 와이번을 성공적으로 처리했으며, 멜그렌 장군은 일반 대중이 알지 못하게 막았다. 군인들은 아는 게 분명하지만 말이다. 그리고 안타깝게도 그들은 여전히 국경에 찾아오는 포로미엘 시민을 거부하고 있다."

심장이 떨어져 내렸다. 우리가 떠난 일이 행동과 반향을 일으킬지도 모른다던 아주 작은 희망이 고통스럽고 환멸스럽게 스러졌다. 하지만 우리가 보호막을 갖게 된다면, 나바르가 아직도 받아들이지 않는 포로미엘 시민에게 안전한 선택지가 될 수 있을 것이다.

"우리 군은 티렌더 국경 순찰을 두 배로 늘렸지만…" 그는 엄지손가락으로 턱 아래를 쏠었다. "우리 위치는 아직 비밀이라고 자신한다."

"대륙에서 제일 큰 드래곤 무리가 나바르를 가로질렀는데요?" 제1비행단의 누군가가 물었다.

"티렌더인은 충성스러워." 슬론이 턱을 들면서 말했다. "우린 지난번 반역을 겪고도 살아남았어. 뭘 보든 우리끼리만 알지."

브레넌이 고개를 끄덕였다. "좋은 소식은, 우리의 광범위한 정보원이 아는 한 너희의 가족은 표적이 되지 않았다는 점이다. 우리는 너희의 편지만이 아니라 피난처 제안도 함께 전하고 있다. 너희 가족이 미지의 세계에 발을 디딜 위험을 무릅쓴다면 모두 데려올 것이다."

잠시 동안 목이 꽉 매여 숨을 쉴 수 없을 정도였다. 아빠는 브레넌을 자랑스러워했을 거야.

"지금 군대의 움직임이 없다는 사실이 우리에게 알려주는 바는 무엇인가?" 드베라가 물으면서 브레넌을 살짝 흘겨보았다. "아니면 전투 브리핑이 어떻게 돌아가는지 잊은 건가?"

"사과드립니다." 브레넌은 두 손을 들어 올리며 물러섰다. "몇 년 지나서 말이죠."

"나바르 군은 라이오슨이 국경에 떨어뜨린 난장판을 치우는 데 바빠서 우리를 괴롭힐 여력이 없다는 뜻입니다." 데인이 대답했다.

"일단은 그렇지." 브레넌이 고개를 끄덕이며 동의했다. "그들이 충격에서 회복하고 대중에게 어디까지 알릴지 결정하자마자 우리가 양면 전쟁을 벌이게 된다는 사실을 염두에 두어라."

"우린 언제 놈들과 싸우게 될까요?" 제3비행단의 한 남자가 지도를 가리키며 물었다. "어둠의 세력 말입니다."

"너희가 졸업하면." 브레넌이 눈썹을 올리며 허튼 수작은 용납하지 않는다는 표정을 짓자 아빠를 꼭 닮아 보였다. "우린 생도들을 죽을 자리에 보내지 않는다. 너희가 준비도 되기 전에 어둠의 세력과 싸우려고 한다면 죽음뿐이다. 새로운 사망자 명단을 만들고 싶어서 안달이 나나?"

"소른게일과 다른 몇 명은 죽지 않았습니다." 질문한 그가 대답했다.

"우리도 두 명 죽었어." 이모젠이 날카롭게 대꾸하자 그 라이더는 좌석 아래쪽으로 몸을 내렸다.

"번개를 휘두르는 능력이 있다면 다시 말하도록." 드베라가 답했다.

"너희는 졸업하기 전에 베닌과 대결하고도 살아남는 방법을 배울 것이다."

36

브레넌이 장담했다. "그러려면 이전과 다른 싸움 방식을 배워야 하고, 고유 능력도 갈고닦아야 한다. 이 위에서는 그러기가 조금 까다롭다는 사실을 알아차렸을지도 모르겠군. 명심해라. 보호막 너머에서는 마법이 조금 자유분방하다. 하지만 현재 우리는 최대한 빨리 보호막을 사용할 수 있도록 워릭의 일기장을 해독하는 중이다. 또한 대장간을 준비하고 작동시켜서 우리 군대와 그리폰 플라이어 양쪽에 무기를 공급하려 노력하는 중이다. 이것은 우리 임무의 일부로…."

극장 전체에 불만스러운 소리가 번졌다.

"집어치워라." 브레넌이 꾸짖었다. "플라이어들이 위험하기는 하지만, 너희가 두려워하도록 배운 내용이 전부 사실은 아니다. 나흘 전 사마라에 있던 공격이 증명하듯이 플라이어 일부는 여전히 우리에게 적대적이긴 하지만 말이다."

플라이어들이 사마라를 공격했다고? 맥박이 불규칙해진다. 미라.

"다시 전투 브리핑으로 돌아와서." 드베라가 말을 이었다. "정보원에 따르면 드래곤 하나가 부상을 입었지만 해당 공격으로 잃은 라이더는 없다. 이는 공격 당시 해당 기지에 드래곤이 하나밖에 없었기 때문이다. 정치적인 혼란, 기억하지? 보호막은 내려가지 않았지만, 플라이어 한 무리가 기지에 침투해서 보병 10여 명을 죽인 이후 요새 지하로 내려가서 또 두 명을 죽였다."

라이더는 아무도 죽지 않았다. 언니는 괜찮다. 목구멍까지 뛰어올랐던 심장이 제자리로 돌아가자 다시 생각을 할 수 있었다.

"무기를 찾고 있는 거야." 나는 속삭였다. "지하에 무기고가 있어." 나바르 시민은 우리가 사라진 걸 모르더라도, 그리폰 플라이어들은 아는 거다.

"말해." 리애넌이 조용히 재촉했다.

나는 논리적인 결론에 도달하기 싫어서 고개를 저었다.

"이 공격에 대해 어떤 질문을 던지겠나?" 드베라가 치고 들어왔다. "이 친구는 너무 오랫동안 장교들에게 브리핑을 해와서 '가르친다'는 기술이 뭔지 기억을 못하는군." 그녀는 다시 한번 브레넌을 흘겨보았다.

"됐어. 내가 말할래." 리독이 중얼거리더니 쩌렁쩌렁한 목소리로 물었다. "플라이어들이 무기를 찾고 있었던 겁니까?"

"물론이다." 브레넌이 고개를 끄덕였다. "플라이어들이 나바르 전초기지를 공격할 이유는 오직 그것뿐이지." 그는 그게 사실은 내 질문이라는 걸 안다는 듯이 시선을 돌리더니, 열다섯 살도 되기 전에 터득한 못마땅한 눈빛으로 내가 저지른 일의 결과를 회피하지 말라고 도발했다.

좋아. "그 플라이어들이 사마라를 공격한 게 우리가 움직이기 전인가요, 아니면…." 젠장. 우리가 한 일을 정확히 뭐라고 표현해야 하지? "우리가 바스지아스를 떠난 일이 포로미엘에 새어 나간 겁니까?"

브레넌이 잘했다는 듯 눈빛을 누그러뜨렸다.

"우리가 떠난 후다." 드베라가 대답했다.

목을 틀어막은 웅어리가 고통스럽게 부풀어 오르며 나에게 그나마 남은 침착한 외관을 찢으려 들었다. 그들이 공격한 건, 우리가 더는 무기를 공급할 수 없다는 사실을 알아서였다. 그들은 무방비해졌다.

"네 잘못이 아니야." 리애넌이 속삭였다.

"아니, 내 잘못 맞아." 나는 필기에 집중했다.

브레넌이 지도로 몸을 돌렸다. "적의 움직임에 대해서 말해볼까? 지난주, 베닌이 앵카를 무너뜨렸다. 최근에 함락된 졸랴와 가깝다는 사실을 생각하면 놀라운 일은 아니지."

나는 앵카를 굳이 찾아보지 않았다. 내 시선은 테카루스 자작이 바스지아스 외에 유일한 루미너리를 가지고 있을 코딘에 꽂혔다. 코딘은 졸랴와 드레이터스 사이에서 그다음으로 큰 도시였고, 아직은 베닌이 차지한 영역 바깥에 있었다. 그 바닷가 도시는 바스지아스에서라면 이틀을 날아가야 한다. 그렇지만 여기에서라면? 테른은 12시간이면 날아갈 수 있을 것이다.

"*10시간이다.*" 테른이 내 생각을 정정했다. "*하지만 완전히 안전하지는 않*

*야.*" 그건 사실이지, 주장이 아니었다.

"제이든도 그렇게 말하지만, 우리 군대를 포함해서 아무도 무장시킬 수 없는 *상태로 보호막 바깥에 있는 것도 안전하진 않죠.*" 우리도 곧 보호막을 갖게 될 테니 다행이지.

"바이올렛이 일리 있는 지적을 하는데." 앤다나가 맞장구쳤다. "테른, 루미너리를 들고 올 수 있어?"

"모욕적인 질문이로구나."

"모욕당한 채로 루미너리를 들고 올 수 있어?" 앤다나가 도발했다.

테른이 그르렁거렸다.

"걱정스럽게도 어둠의 세력은 앵카를 완전히 고갈시킨 후에 물러나서 졸라에서 다시 집결한 것으로 보인다." 드베라가 말했다. "이 사실이 우리에게 뭘 말해주지?"

"놈들이 졸라를 기반으로 조직되어 있다는 뜻입니다." 리애넌이 대답했다. "진행 중인 군사작전의 보급 같군요."

"*은빛 아이야!*" 테른의 목소리가 변했다. "*드래곤 한 무리가 접근한다!*"

숨이 멈추고, 머리가 극장 뒤쪽으로 돌아갔다. 작은 창문들로 다가오는 드래곤들을 볼 수 있는 것도 아닌데 말이다.

"그래. 놈들이 어떤 영역을 고갈시키지만 않고 점거한 건 처음 일어난 일이다. 좋은⋯." 브레넌이 마브와 대화하는지 잠시 말을 멈췄다가, 극장 전체가 조용해지자 정신을 차렸다. "전원 대연회장으로 가서 기다려라." 그가 명령하며 드베라를 돌아보았고, 극장 안은 조용한 혼란에 빠져들었다.

"*몇이나 돼요?*" 나는 공포에 사로잡힌 채로 숨을 쉬려 애쓰면서 가방에 모든 물건을 밀어 넣고 일어섰다. 모두가 똑같이 숨죽인 패닉 상태로 움직이고 있었다.

"우리를 노리고 오는 건가?" 리독이 조용히 물었다. "나바르야?"

시간이 좀 더 있을 줄 알았는데. 어떻게 벌써 이런 일이 일어날 수 있지?

"모르겠어." 리애넌이 대답했다.

"테른이 코다흐를 잡을 수 있어?" 내가 가방을 등에 지는데 아릭이 물었다.

나는 멜그렌 장군의 드래곤을 떠올리고 입을 열었다가 닫았다. 그 질문에는 대답도 하고 싶지 않다.

그리고 테른은 수상쩍게 조용했다.

"역사상 제일 짧은 혁명이겠군." 소여는 욕을 하면서 배낭끈을 조였다.

*"40이다. 스게일도 접근하고 있지만, 너무 멀어…"* 테른이 멈칫했다. *"잠깐만. 무리를 이끄는 게 테인이다."*

테인?

미라다. 두려움에 배가 꼬였다.

기다리긴 뭘 기다려.

소여를 밀고 바깥 통로로 나간 나는 뒤에서 부르는 목소리들을 무시하고 뛰었다. 브레넌의 목소리도 무시했다. 지난 3개월간 매일 아침 달리기를 했더니 이 방에 있는 대부분의 라이더보다 유리한 특성을 더 강화할 수 있었다. 속도였다.

"크로스볼트 준비해!" 브레넌이 소란 속에서 외쳤다.

미라는 죽고 말 거야. 아니면 여기까지 와서 우릴 죽이거나. 어느 쪽이든 간에 그 전에 날 제대로 봐야 해.

나는 다리를 거세게 놀리며 극장 뒤를 가로지르고, 출구로 나가던 제1비행단을 지나쳐 중앙 복도로 뛰쳐나갔다. 조각상과 태피스트리들이 흐릿하게 스쳐 지나갔고, 도로로 쏟아져나가는 위병과 라이더들까지 지나치려니 폐가 터질 것 같았다.

제발. 던이시여, 내가 말해볼 기회도 오기 전에 미라가 이 저택을 불태우는 일만은 막아주세요.

나는 대연회장으로 들어가라고 소리치는 에메테리오를 지나쳐서 달리다가 미끄러지다시피 현관으로 나갔다. 심장이 높은 고도에 항의하며 거세게 뛰는데도 차마 걸음을 늦출 수가 없었다. 위병들이 문을 잡고 있던 건 라이더들이 드래곤에 오르게 하기 위해서겠지만, 나는 그 사이로 날듯이 빠져나가서 대리석 계단을 거의 밟지도 않고 안마당에 들어섰다. 그 순간, 테인이 내 앞에서 날개를 활짝 펼치고 급강하를 멈추는 모습을 볼 수 있었다.

두려움의 응어리가 목까지 뛰어올랐고, 나는 정문 바깥으로 10미터 정도를 쭉 미끄러지다가 멈춰 섰다. 내 발길대로 자갈에 고랑이 파였다.

그린 클럽테일의 발톱이 찍힌 충격으로 바닥의 돌멩이가 우수수 날아올랐고, 내가 두 팔을 들어 얼굴을 가리는 사이에 테인은 마을로 가는 출구를 막으면서 안마당 문 앞에 착륙했다. 그 양옆으로 내려앉은 두 드래곤의 착륙도 못지않게 갑작스러웠다.

흙먼지가 가라앉도록 기침을 하고 보니 성난 오렌지와 눈이 이글거리는 레드 드래곤이 나를 마주한 채 이를 드러내고 있었다.

망할. 드래곤 넷이 추가로 외벽에 내려앉으면서 바위를 흔들었다. 사방이 드래곤이었다. 속이 내려앉았다. 배신당한 거다. 누군가가 나바르에 우리 위치를 말한 거야.

*"테른⋯."*

*"여기 있다."* 그는 대답하자마자 유성처럼 하늘에서 떨어져 내렸다. 테른이 검은 날개로 해를 가리면서 내 왼쪽에 착륙하자 땅이 흔들렸다. 테른은 내 이가 덜그럭거릴 정도로 크게 포효하더니, 내 어깨 바로 위까지 고개를 내리고 드래곤들의 다리를 향해 화염을 뿜었다. 분명한 경고 사격이었다.

잠시 동안 열기가 얼굴을 때리더니, 테른이 물러서면서 뱀처럼 고개를 움직였다. 테인이 앞으로 나서자 시간이 잠시 느려지는 것 같았다. 이어서 테른이 거대한 입을 벌리며 달려들더니 테인의 목을 붙들었다. 솔레스를 잡았을 때와 똑같았다.

"테른!" 나는 원초적인 공포감으로 비명을 질렀다. 테인이 죽으면 미라도 죽는다.

"이런 맙소사, 바이올렛!" 미라가 외쳤다.

"목을 물기는 했지만 비늘에 이를 박진 않았다." 테른은 내가 호들갑스럽다는 듯이 말했다.

"음, 위협만이라면 괜찮겠죠." 나도 비꼬듯이 대답했다. "평화롭게 내려서면 테인은 살 거야!" 내 뒤로 사람들이 뛰어 들어오며 자갈을 밟는 소리가 요란했지만, 나는 테인과 미라에게서 눈을 떼지 않았다.

미라는 샘날 정도로 쉽게 내려서서 내 쪽으로 걸어왔다. 뺨은 바람에 빨갛게 상했고, 비행 고글을 머리 위로 올리자 드러난 눈은 사나웠다. "우리는 평화롭게 찾아왔어. 라이오슨이 우릴 찾아왔거든. 그렇지 않고서야 어떻게 너희를 찾았겠어?" 미라는 걸어오면서 저택을 올려다보았다. "맙소사, 여긴 잿더미가 된 줄 알았는데."

제이든이라고?

"아니었어." 손가락 끝이 단검 자루를 스쳤다. 내가 언니를 죽일 수 있을지는 확신이 없지만, 그렇다고 언니에게 죽을 마음은 전혀 없었다.

"스게일이 확인해줬다." 테른이 테인의 목을 놓고 내 옆으로 물러나면서 말했다. "사정거리 안에 있구나."

신들이시여, 고맙습니다. 울컥거리는 안도의 한숨을 내쉬자마자 미라가 나를 끌어안았다. "미안해." 언니는 꽉 끌어안은 채로 내 머리카락에 대고 말했다. "네가 사마라에서 했던 말에 귀 기울이지 않아서 정말 미안해."

어깨에서 힘이 빠졌다. 나는 긴장을 풀고 몸을 기대면서 마주 끌어안았다. "언니가 필요했어." 나는 목소리에서 아픔을 덜어내지 못한 채로 속삭였다. 해야 할 말이 정말 많았지만, 불쑥 튀어나온 말은 그것뿐이었다. "나에겐 언니가 필요했어."

"알아." 언니는 턱을 내 정수리에 살짝 부딪친 뒤 물러나며 내 어깨를 잡았다. 미라는 내가 바스지아스 생활을 시작한 이후 처음으로 내 몸 상태부터 확인하지 않았다. 그저 내 눈을 똑바로 들여다보았다. "정말 미안해. 내가 널 실망시켰지. 다시는 그런 일이 없을 거야." 언니는 희미하게 미소 비슷한 것을 지었다. "너 정말로 바스지아스의 라이더 절반을 훔친 거야? 부생도대장을 죽이고?"

"부생도대장을 죽인 건 데인이야. 난 끝만 낸 거고. 음, 제이든도 도왔지. 공동 작업이었달까." 나는 정신을 차리려고 머리를 흔들면서 인정했다. "언니도 알았어? 와이번에 대해 말했더니 나보고 잠을 더 자야겠다고 했을 때 말이야, 그때 언니는 알고 있었어?" 알면서도 그게 내 환상이라고 설득하려 했다면… 그렇게 생각하면 참을 수가 없었다.

"난 몰랐어. 정말이야. 난 몰랐어." 미라의 커다란 갈색 눈이 내 눈 속을 살폈다. "사마라 정문 앞에 와이번이 떨어지기 전까지는 몰랐지. 10시간쯤 후에 엄마가 도착해서 사실대로 말해줬어. 모든 라이더에게 사실을 말했지."

나는 충격 속에 눈을 껌벅였다. "어머니가 그냥… 말했다고?"

"그래." 언니가 고개를 끄덕였다. "아마 거대한 와이번 시체 옆에서 거짓말을 해봐야 소용없다고 생각했겠지."

우리가 이곳으로 오고 있을 때였다.

"제이든." 나는 마음을 뺐었다. 언니를 믿지 않아서가 아니라 제이든을 더 믿어서였다.

"혹시 네 어머니가 사실을 고백했다고 말했다면, 사실이야. 우린 이제 도시 가장자리에 와 있어. 낙오자들과 같이 날아가는 중이야."

"그리고 뭐야, 어머니가 40명이나 떠나게 해줬다고?" 나는 언니의 품에서 벗어나서 사방에 내려앉은 드래곤들을 가리켰다. 상부에서 라이더 수십 명이 탈영하게 내버려둘 리가 없었다.

"어머니는 우리에게 결정하도록 한 시간 줬고, 그중에 절반이 떠나기를 선택했지. 오는 길에 같은 결단을 내린 라이더들과 마주쳤어. 사령부에서는 우리가 떠나게 내버려두는 쪽이 남아서 다른 사람들을 설득하거나 정보를 유출하는 것보다 안전한 선택이라고 판단했어. 게다가 사실은 우리가 선택한 것도 아니었어. 그렇지?" 미라는 테인을 돌아보았다.

그건… 이상했다. 왜 어머니와 멜그렌이 그들을 그냥… 보내준 거지?

"어머니는 아마 내가 진실을 알아낼 줄 알고…." 미라가 내 어깨 너머를 보더니 얼어붙었다. 동공이 크게 벌어지면서 몸을 떨기 시작했다.

"미라 언니?" 뒤를 돌아보자 미라가 충격을 받은 이유가 보였다.

브레넌이 서둘러 계단을 내려오고 있었다. 오빠의 웃는 얼굴을 보고 웃을 수밖에 없었다. 우리 셋이 다 여기에 있다니. 얼마나 완벽한 느낌인지 말로 표현할 수가 없었다. 눈시울이 뜨거워진 나는 눈을 깜박이면서, 달콤하고도 씁쓸하지만 환희 가득한 감정에 압도되지 않으려고 애썼다.

마침내 우리 셋이 모였다.

"브레넌?" 미라가 꽉 잠긴 목소리로 말했고, 나는 두 사람에게 자리를 내어주려 몇 걸음을 물러섰다. "어떻게?"

"안녕, 미라." 브레넌은 열 걸음도 떨어지지 않은 곳까지 다가와서 더 활짝 웃었다.

"살아 있었어?" 미라는 고개를 내저으며 비틀비틀 다가갔다. "그 후에… 아니… 6년이 흘렀는데… 살아 있었다고?"

"보이는 대로야." 브레넌이 팔을 벌렸다. "세상에, 널 보게 되어 정말 좋다."

미라는 주먹을 뒤로 당겼다가 브레넌의 얼굴을 정통으로 때렸다.

# 39

**여섯 생명의 피를 하나와 섞어 철의 비 속에서 그 돌에 불을 붙였다.**

__ 루세라스의 워릭이 남긴 일기장(바이올렛 소른게일 생도 번역)

피가 너무 많이 난다.

"대연회장으로 가서 리독 갬린에게 지금 얼음이 필요하다고 해줘요!" 나는 현관을 통과하면서 위병 한 명에게 외쳤다.

"난 괜찮아!" 브레넌은 얼굴에 주르륵 흐르는 피를 멈추려고 손수건으로 누른 채 말했다. 오빠는 코 연골을 건드려보고 움찔했다. "젠장, 미라. 네가 부러뜨린 것 같아."

"확실히 부러지는 소리가 들렸어." 나는 역사 수업을 듣던 집무실로 들어가면서 어깨 너머로 언니를 노려보았다. 급조한 테이블 주위로 10여 개의 의자를 놓아서 생도들이 사용하게 만들어놓은 상태였다.

"그래도 싸지." 미라가 붙잡으려는 위병을 떨쳐내면서 외쳤다. "나한테 손댈 생각 마."

"내 동생이야. 내버려둬." 브레넌이 테이블 가장자리에 앉으면서 명령했다. "이건 가족 문제야."

"가족? 가족이라면 6년 동안이나 죽었다고 생각하게 내버려둘 순 없어."
미라는 내 오른쪽 벽에 몸을 기댔다. 정확히 내가 두 사람 사이에 낀 형국이었
다. "이 방에 가족은 바이올렛과 나뿐이야."

"미라 언니…." 내가 입을 열었다.

"중령?" 율리시스가 위병들을 밀고 들어오며 내 말을 끊었다. 이번만은 그
가 눈을 가늘게 뜨고 보는 상대가 내가 아니었다.

"중령이라고?" 미라가 율리시스에서 브레넌에게로 시선을 옮기더니 가슴
앞에 팔짱을 꼈다. "6년 동안 죽은 척한 덕분에 진급은 했네."

브레넌은 미라를 쏘아보고 나서 율리시스에게 몸을 돌렸다. "전 괜찮습니
다. 모두 긴장 풀어도 됩니다. 대련 중에 이보다 심한 부상을 입은 적도 있는
걸요."

"내가 저놈 코를 부러뜨린 것도 처음이 아니죠." 미라가 눈매를 좁히고 쳐
다보는 율리시스에게 지나치게 달콤한 미소를 지었다.

위병 하나가 율리시스 옆으로 들어오더니 나에게 천으로 감싼 두꺼운 얼음
조각을 건넸다. 리독의 고유 능력이 이렇게 마음에 든 적이 없었다. "고마워
요." 나는 위병에게 말했다. "리독에게도 고맙다고 전해주세요."

"현재 정찰 일정이 없는 모든 라이더를 최대한 조용하게 티렌더 기지들에
배치하세요." 브레넌이 율리시스에게 지시했다. "다른 라이더들도 탈영하고
있는지, 아니면 공격할 태세로 여기에 밀려들고 있는지 알아봐야 합니다."

"우리에게 추가된 라이더는 다 써야겠군." 율리시스가 중얼거렸다.

"자, 바꿔." 나는 얼음을 내밀면서 브레넌에게 명령했다.

"새로 도착한 드래곤들은 어쩌지?" 율리시스가 물었다. "생도들이 도착했
을 때와 같은 과정을 거쳐야 하나?"

"마브가 전하기로는 라이오슨이 보증한다지만, 드래곤들에게도 확인받고
계곡으로 보내세요." 브레넌이 고개를 끄덕이자 턱에서 피가 떨어졌다.

"바꾸라니까." 나는 오빠 눈앞에서 얼음을 흔들며 다시 말했다.

율리시스가 미라를 흘긋 보았다. "자네 정말로…."

"제 동생은 제가 감당할 수 있습니다." 브레넌이 그를 안심시켰다.

"그렇게 확신하지 마." 미라가 한쪽 눈썹을 올리면서 맞받아쳤다. 율리시스는 문 앞을 비우고, 바깥에만 위병을 둔 채 나갔다.

"네가 날 때리다니 믿을 수가 없다." 브레넌이 중얼거렸다. "스스로를 복원하는 게 얼마나 힘든지 알아? 너라면? 문제없지. 나에게 하면? 끝내주게 아프단 말이야."

"아, 나 때문에 한번 울어봐, 오빠." 미라는 브레넌을 조롱하며 얼굴을 구겼다. "우리가 너 때문에 얼마나 울었는데."

갑자기 나는 열 살로 돌아가서 거인들이 있는 방에서 제일 작은 인간이 된 기분이었다.

"넌 이해 못할 줄 알았어." 브레넌이 미라 쪽으로 손가락질하다가 움찔했다. "젠장, 코를 바로 맞춰야겠어."

"이해? 우리가 네 물건을 태우게 내버려둔 걸 이해하라고?"

"그 싸움이라면 내가 이미 했어." 내가 언니에게 확언했다.

"어머니가 원래의 그림자처럼 되어버리는 꼴을 보게 놔둔 건?" 언니가 나를 무시하고 말을 이었다. "네 죽음에 무너진 아버지의 심장이 멈춰버리는 꼴을 보게 놔둔 건?" 미라는 벽을 밀치고 일어섰고, 나는 언니가 다시 오빠를 때리기 전에 막을 생각으로 손을 들어 올렸다.

"난 거기까지는 안 갔는데." 언니가 하는 말이 사실이긴 했지만, 젠장. 그건 가혹했다.

"아버지는 내가 한 일을 이해했을 거야." 피를 막던 천을 옮기자 브레넌의 목소리가 콧소리로 변했다.

"제발 천 좀 바꿀래?" 나는 주먹에서 돌바닥으로 물을 뚝뚝 떨어뜨리면서 말했다.

"그리고 우리 어머니로 말하자면…." 브레넌이 몸을 바로 세웠다. "내 죽음이 매일매일 어머니를 괴롭혔으면 좋겠다. 거짓을 유지하려고 내 목숨을 기꺼이 희생한 사람이야."

"그건 불공평해!" 미라가 날카롭게 외쳤다. "나도 어머니가 한 일에 동의하진 않지만, 우리를 안전하게 지키기 위한 최선이었다고 이해하겠어."

"우릴 안전하게 지켜?" 브레넌이 눈을 가늘게 떴다. "넌 안 죽었잖아!"

두 사람은 나를 없는 사람 취급하고 서로에게 소리를 질러댔다. 그래, 확실히 조용한 어린 동생으로 돌아간 느낌이야.

"너도 안 죽었지!" 미라가 외쳤다. "넌 우리가 필요로 할 때 집에 오는 대신 겁쟁이처럼 여기 숨어 있었잖아!" 그러더니 몸짓으로 내 쪽을 가리켰다. "넌 네 동생들이 아니라 생판 모르는 낯선 사람들을 선택했어!"

"난 대륙의 안녕을 선택한 거야!"

"아, 제발 그만 좀 해!" 나는 더 크게 소리를 질러서 두 사람을 조용하게 만들었다. "미라 언니, 오빠는 그때 신참 소위였어. 그리고 벌어진 일은 이미 벌어진 일이야." 나는 브레넌에게 몸을 돌려 손에 얼음을 쥐어주었다. "오빠, 바닥을 피로 물들이기 전에 제발 얼굴에 얼음 좀 대, 이 고집불통아!"

브레넌은 나를 처음 보는 사람처럼 놀라더니 코에 얼음을 갖다 댔다.

"나도 예전엔 형제가 있었으면 좋겠다고 생각한 적이 있었지." 제이든이 문가에서 말했다. 편안하게 문틀에 몸을 기댄 모습을 보니 1분은 족히 우리를 지켜본 모양새였다.

내 안의 모든 투쟁심이 순수한 안도감으로 변했고, 브레넌이 사방에 흘려 놓은 핏자국에 미끄러지지 않게 조심하면서 곧장 그에게 걸어갔다. "안녕."

"안녕." 제이든은 내 허리를 감싸 잡아당기면서 대꾸했다.

제이든을 구석구석 살펴보려니 잔잔한 연못에 돌맹이가 던져진 것처럼 심장이 불규칙하게 뛰었다. 얼굴에 새로 생긴 상처나 멍자국은 없었지만, 옷 속은 어떤지 누가 알겠는가. "괜찮아?"

"이젠 괜찮아." 그는 오직 나에게만 쓰는 부드러운 목소리로 대답했다. 그러고는 거절할 수 있는 시간을 실컷 주면서 천천히 내게 입술을 내렸고, 나는 무릎에 힘이 빠졌다.

항의할 생각은 없다. 그는 느리고 다정하게 키스했고, 나는 까치발을 들고 그에게 더 가까이 몸을 붙이면서 양 손바닥으로 그의 뺨을 감쌌다. 제이든만 안고 있다면 온 세상이 붕괴한다 해도 알아차리지 못할 것 같았다. 어쩌면 신경 쓰지 않을지도 모르고.

"이러기야?" 브레넌이 말했다. "내 눈앞에서?"

"아, 이 정도면 억제한 거야." 미라가 대꾸했다. "쟤들이 사람들 다 보는 데서 서로의 몸에 기어오를 때까지 기다려봐. 장담하는데 그 장면을 머릿속에서 없앨 수 없을걸."

나는 제이든과 키스하면서 미소 지었고, 그는 입술을 더 누르면서도 혀는 단단히 입안에 가둬두었다. 분하게시리. 제이든이 마지못해 입술을 뗐지만, 그 눈빛에는 내 피가 끓어오르게 만드는 약속이 담겨 있었다.

"그래서, 모두 다시 모였으니 소른게일 형제들은 이제 어떻게 할 거지?" 제이든이 우리 가족을 보면서 물었다.

"우리 오빠를 두들겨 패줘야지." 미라가 방긋 웃으면서 대답했다.

"살아남아야지." 브레넌이 맞장구를 쳤다.

나는 제이든의 얼굴에서 손을 내리고 오빠와 언니를 보았다. 내가 진심으로 사랑하는 모든 것이… 잃어버리고는 살 수 없는 모두가 여기 있었고, 살면서 처음으로 나는 그들을 지킬 수 있었다. "가장 강력한 라이더 여섯 명의 피가 필요해."

브레넌이 눈썹을 확 올렸고, 미라는 상한 우유라도 마신 사람처럼 코를 찡그렸다.

"역사상 가장 강력한 라이더? 아니면 지금 살아 있는 라이더?" 제이든은 눈썹 하나 까딱하지 않고 물었다.

"왜?" 브레넌은 주먹에서 물을 뚝뚝 떨어뜨리면서 물었다.

"여기 있는 사람 중에서일 거야." 나는 제이든에게 먼저 대답한 다음, 오빠와 언니를 마주 보고 마음을 가라앉히려 숨을 내쉬었다. "보호막을 올릴 방법을 내가 알거든."

우리 아홉 명, 그러니까 의회와 보디와 나는 5시간 후에 라이오슨 저택 뒷문에서 둘씩 짝지어 능선으로 이어지는 등산로를 오르기 시작했다.

"확실한 건가?" 제이든과 내 앞을 걷던 율리시스가 브레넌에게 물었다.

"제 동생이 확실하다니, 저는 그거면 충분합니다." 브레넌이 대답했다.

"생도 한 명의 변덕에 우리 시간을 낭비하다니!" 카일린과 같이 걷던 수리가 외쳤다.

"보호막을 올릴 수 있는 생도죠." 제이든이 대꾸했다.

압박감이 엄청나다.

나는 몸을 떨면서 산 뒤로 해가 지며 찾아오는 한기를 막으려고 비행 재킷 주머니에 손을 밀어 넣었다. 마침내 길이 평평해졌고, 우리가 다가가자 침울한 얼굴의 위병 두 명이 비켜섰다. 자갈길을 따라 산비탈 안으로 들어가니 사람이 만든 계곡이 나왔다. 머리 위에는 하늘이 뚫려 있었다.

우리가 그 틈으로 들어가자 마법 불빛이 켜졌고, 나는 초조감에 속이 울렁거렸다. 아니, 불안한 거다. 아니… 초조한 거지. 뭐가 됐든 간에, 저녁식사를 건너뛰길 다행이었다.

"기왕 전원이 모였으니 이 시간을 이용해서 테카루스와의 협상에 대해 논의해볼까." 율리시스가 브레넌 오빠를 비난하듯 쳐다보았다.

"어제 편지가 도착했습니다. 요청하면 우리가 도우러 가기를 원하더군요." 브레넌이 말했다. "바닷가 그리폰들을 먼저 무장시켜야 하고, 루미너리를 아레티아로 가지고 오게 해주겠다고 합니다…."

"안 그럴걸." 제이든이 말을 끊었다.

"바이가 능력을 쓰는 모습을 본다는 조건으로요." 브레넌이 말을 맺었다.

"다른 루미너리를 찾아야 할 것 같군요. 그놈은 바이올렛보다 말렉을 먼저 만날 테니까." 제이든이 마음을 단단히 결정했을 때 쓰는 차분하고 얼음장 같은 목소리로 말했다. "중령이 동생을 두 번 다시 보고 싶지 않다면야 또 모르지만 말입니다. 자작은 바이올렛을 무기로 가지고 있으려고 할 거야. 우리 둘 다 아는 사실이지."

"그런 방향으로 생각하지 않게 설득할 수 있어." 브레넌의 턱에 힘이 들어갔다.

"루미너리가 또 있다면야 우리가 그걸 얻으려고 협상하고 있지 않겠나?" 카일린이 쏘아붙였다.

"그렇다면 놈에게 무기고 전체를 제안해요. 바이올렛은 협상 대상이 아니니까." 제이든은 뒤로 돌아서 카일린을 노려보았다.

*"난 갈 생각이 있어."* 길이 좁아지고 양옆으로 계곡 벽이 더 높이 솟아오르자 우리의 어깨가 스쳤다. *"루미너리가 필요하잖아."*

*"난 못 보내. 거절이야. 언제나 방법은 있어."*

그렇다면 이제 보호막을 갖게 될 테니 다행이다. 보호막을 치더라도 나바르처럼 확장할 수 있어야 포로미엘을 보호하는 문제까지 해결할 테지만, 그 전이라도 여기 있는 모두는 안전해질 것이다.

6미터쯤 더 들어가자 계곡이 넓어지면서 드래곤 열 마리를 수용하고도 남을 둥근 공간이 나왔고, 내 눈은 바로 위쪽으로 향했다. 하늘까지 일련의 룬 문자가 이어지고 있었다. *"어떻게 이 위를 날면서도 이걸 본 적이 없지?"*

*"아주 오래되고, 아주 복잡하게 은폐한 룬이야."*

앞쪽의 라이더들이 갈라지면서 보호석이 보였다.

입이 떡 벌어졌다. 그것은….

반짝이는 검은 기둥은 높이가 제이든 키의 두 배가 넘었고, 우리 아홉 명이 손을 잡고 둘러싸도 될 만큼 굵었다. 기둥 중간에는 2미터 가까운 너비로 일련의 원이 새겨져 있었는데, 각각의 원이 다음 원과 맞물리면서 그 경로를 따라 새겨진 룬 문자를 뽐냈다. 워릭의 일기장 안에 그려져 있던 문양과 거의 같았다.

나는 다가가면서 그 문양을 자세히 들여다보았다. "오닉스야?" 제이든에게 물었다. 어마어마했다. 드래곤이라 해도 들지 못할 만큼 무거울 것이다. 문양도 이 방 안에서 새겨야 했을 것이다.

"우리도 확실히는 알 수 없지만, 아버지는 저게 광이 나도록 닦은 철이라고 생각했어."

철의 비. 심장이 펄쩍 뛰었다. 이건 진짜다. 우린 보호막을 갖기 직전이다.

"해치워보세." 율리시스의 우렁찬 목소리가 메아리쳤다.

"그래서 보호막을 올리기 위해 정확히 우리가 뭘 해야 하는 건데?" 모두가 돌을 둘러싸며 반원으로 서자 보디가 내 반대쪽 옆에 서면서 물었다.

"잠시만." 나는 비행 재킷 안에서 보호용 가죽 주머니에 넣어둔 워릭의 일기장을 꺼냈다. 원문에 끼워놓은 번역문 양피지까지 넘긴 다음, 돌을 올려다보면서 그림을 비교했다. 워릭이 그려놓은 상징과 동일하진 않았지만, 룬 문자는 같은 위치에 있었으니 좋은 조짐이었다. "여기 있어. 그리고 우리는 구내에 있는 가장 강력한 여섯 라이더를 모았다." 나는 번역문을 읽어 내려갔다. "그리고 여섯의 피와 하나를 섞어서 철의 비 속에서 돌에 불을 붙였다." 주위를 둘러보았다. "여섯." 그리고 돌을 가리켰다. "그리고 하나."

"우리더러 보호석에 피를 흘리라는 건가?" 펠릭스가 은빛 눈썹을 치켜올리며 물었다.

"전 그냥 워릭과 최초의 여섯이 어떻게 했는지 말하는 것뿐이에요." 나는 일기장을 들어 올렸다. "여기에 저보다 옛 루세라스어를 더 잘 번역할 수 있는 분이 있다면 모르지만요."

아무도 말하지 않았다.

"좋아요." 나는 턱을 내리고 나머지 번역을 들여다보았다.

"우리가 최선을 다해 계산한 바로는…" 브레넌이 온기를 유지하려고 두

52

손을 마주 비비며 말했다. "현재 아레티아에서 가장 강력한 라이더 여섯은 제이든, 펠릭스, 수리, 보디, 바이올렛, 그리고 나야."

"혈통에 뭔가가 있긴 있나 보군." 수리가 말했다.

"워릭의 말에 따르면, 최초의 여섯은 생명의 피를 흘려⋯."

내가 읽기 시작하자, 모두가 내 쪽으로 고개를 돌렸다.

"죽을 때까지 피를 흘리라는 건 아닐 거예요." 나는 얼른 바로잡았다. "바스지아스의 보호막을 세운 후에도 여섯 명 다 살았잖아요." 주위에서 확연히 안도의 한숨 소리가 들렸다. "운이 따른다면, 손바닥을 재빨리 긋고 보호석에 손을 대기만 하면 보호막을 얻을 수 있어요."

"철의 비 속에서 말이지." 보디가 천천히 말했다.

수리가 옆구리에 찬 단검을 뽑았다. "해치우자."

우리 여섯은 보호석으로 다가갔고, 나는 비행 재킷 안에 일기장을 넣었다.

"어디든 상관없어?" 보디가 단검을 손바닥에 갖다 대면서 물었다.

"일기장에서는 구체적으로 말하지 않았어." 브레넌이 손바닥을 단검으로 긋고는 보호석에 붙였고, 우리 모두 따라했다.

희망이 부풀어오르면서 맥박도 같이 빨라졌다. 나는 손바닥을 그으면서 따끔 하는 통증에 잇새로 소리를 냈다. 피가 솟자 다른 사람을 따라 상처 난 손바닥을 돌에 붙였다. 생각보다 차가웠고, 반짝이는 검은 표면에 피가 떨어지면서 내 손에서 빠르게 온기가 빠져나갔다.

그 돌은 얼어붙은 것처럼 느껴졌다. 생명이 없었다. 나는 모두가 돌에 손바닥을 딱 붙였는지 확인했고, 철 위로 여섯 개의 가느다란 핏줄기가 흐르는 모습을 보았다.

"통하는 거야?" 보디가 피를 흘리며 물었다.

나는 입을 열었다가 재빨리 닫았다. 아무도 대답하지 않았다.

제발. 빌어보기도 했지만, 내 의지로 그 빌어먹을 물건을 살릴 수는 없었다. 진동도 없고, 마력이 느껴지지도 않았다. 차가운 검은 돌일 뿐이었다. 전초기지에서 보호막에 가까이 다가가면 찾아오던 감각도 없고, 심지어 합금 단검을 손에 쥐었을 때 같은 느낌조차 없었다.

아무것도… 느껴지지 않았다.

처음에는 뱃속이 내려앉다가, 그다음엔 심장이 내려앉고, 마지막에는 어깨와 함께 고개가 수그러들었다.

"난 이만 됐네." 수리가 돌에서 손을 뗐다. "나머지는 여기 앉아서 밤새 피를 흘릴 수도 있겠지만, 이건 확실히 통하지 않는군."

안 돼, 안 돼, 안 된다고.

펠릭스, 브레넌, 보디가 손을 내렸다.

실패가 목을 틀어막으며 입안에 쓴 맛을 남겼다. 분명히 제대로 했는데. 조사하고, 읽고, 1차 자료를 훔치고, 번역하고 또 확인했어. 이게 해답이어야 했다. 내가 몇 달 동안 애쓴 전부이고, 모두를 안전하게 지킬 열쇠였는데.

엉뚱한 여섯 라이더의 피를 흘렸나? 내가 빠뜨린 마법 요소가 있나? 피에 뭘 더해야 하나? 내가 뭘 놓쳤지?

"바이올런스." 제이든이 조용히 말했다.

나는 천천히 고개를 돌려 제이든을 보았다. 그 눈에 실망이나 비난이 담겨 있을 줄 알았는데, 그런 건 없었다. 동정심도 없었다.

"내가 실패했어." 나는 손을 떨구며 속삭였다.

그는 잠시 나를 보더니 손을 내렸다. "넌 다시 시도할 거야."

그건 명령이 아니라, 그저 사실이었다.

"바이올렛, 내가…." 브레넌이 내 손에 손을 뻗으며 입을 열었다.

나는 고개를 젓고 손바닥에 고이는 피를 내려다보았다. 오빠가 이렇게 막 생긴 상처를 복원해주면 아무 흔적도 남지 않을 것이다. 나의 지난 3개월을 보여줄 흉터조차 없을 것이다.

뭔가가 찢어지는 소리가 들리더니, 제이든이 제복을 찢어낸 천으로 내 손바닥을 단단히 감아 지혈했다. "고마워."

"넌 다시 시도할 거야." 그는 자기 손바닥에도 천을 감으면서 되풀이해서 말했다.

나는 고개를 끄덕였고, 제이든은 카일린을 돌아보고 목소리를 낮춰서 뭔가 말을 했다.

"이제 그 루미너리를 실제로 어떻게 손에 넣을지 논의할 수 있을까?" 수리가 짜증스럽게 목소리를 높였다.

나는 핏자국이 남은 돌을 올려다보며 그 돌에서 답을 찾으려 했다.

"이건 잃어버린 마법이야." 보디가 내 옆으로 와서 조용히 말했다. 그는 막 복원해서 흉터도 남지 않은 손바닥을 엄지손가락으로 문질렀다. "애초에 이 돌이 작동하지 않은 이유가 있을지도 몰라. 망가졌을지도 모르지."

나는 할 말을 잃고 고개만 끄덕였다. 보디. 제이든. 미라. 리. 브레넌. 리독. 소여. 이모젠… 내가 실망시킨 사람들의 목록이 끝없이 이어졌다. 우리가 여기에 오게 된 건 내가 친구들이 그 일기장을 훔치게 만들었기 때문인데. 그게… 헛수고였다고? 분노가 일어나며 마력이 몰려들어서 피부를 데웠다.

난 실패하지 않아. 난 평생 어떤 일에도 실패하지 않았어. 음, 첫 번째 RSC 지상 항법이 있긴 하지만, 그건 셈에 안 들어가. 그건 전원의 실패잖아. 이건 나야.

"자작에게 원래 요구했던 무기의 두 배를 제안하지." 율리시스의 목소리가 발소리와 함께 멀어졌다.

"제가 내일 편지를 보내겠습니다." 브레넌이 약속하고, 다른 사람들도 방에서 걸어 나갔다.

우리에겐 보호막이 없다. 무기도 없다. 경험 많은 라이더도 거의 없다. 전부다 내가 무분별하게 행동했기 때문이다. 마력이 차오르며 손끝이 떨렸다.

펠릭스가 다가오더니 침울한 눈으로 나를 살피다가 손을 내밀었다.

나는 그 손바닥을 보며 눈을 깜박이다가 펠릭스의 얼굴을 보았다.

"자네 손." 그는 눈썹을 올렸다.

내가 다치지 않은 손을 내밀자, 그는 나를 건드리지 않고 고개만 기울인 채로 살짝 떨리는 내 손끝을 보았다.

"내일 시작하는 게 좋겠군." 펠릭스는 한숨을 내쉬었다. "달리기는 건너뛰지. 우린 자네의 고유 능력을 훈련할 거야." 그의 부츠 소리가 방 안에 울려 퍼지고, 나는 몸을 돌려 펠릭스의 모습을 보다가 제이든의 악문 입매를 보고 말았다. 카일린이 조용히 잔소리를 늘어놓고 있었는데, 마법 불빛이 카일린이 등에 멘 강철 도끼를 비췄다.

제이든이 옳았다. 전쟁에는 무기가 필요하다.

"날 테카루스에게 데려가." 나는 요구했다.

제이든이 내 쪽을 보면서 턱을 악물었다. "차라리 내가 죽고 말지."

"날 데려가지 않으면 우리 모두 죽어."

"그런 일은 안 일어나. 이 이야기는 끝이야." 그는 가슴 앞으로 팔짱을 끼고 다시 카일린과 하던 논의를 계속했다.

망할.

나는 제이든 옆을 지나쳐서 밖으로 나가는 길에 접어들었다. 친구들을 무방비한 상태로 남겨둘 수는 없다. 그것도 친구들을 이 상황까지 끌고온 게 나인데 그럴 순 없다.

"바이올렛!" 브레넌이 달려와 나를 따라잡으며 외쳤다.

"가버려." 나는 오빠에게 쏘아붙였다.

"네가 그런 표정을 짓고 있는데? 그럴 수야 없지."

"무슨 표정?" 나는 이게 오빠 잘못이 아닌 줄 알면서도 노려보고 말았다.

"네가 여덟 살 때, 꼬박 열두 시간 동안 호박이 담긴 접시를 두고 엄마와 대치했을 때 짓던 표정이야."

"뭐라고?" 라이오슨 저택으로 내려가는 길에 접어들자 발아래에서 돌멩이가 부딪쳤다.

"열두 시간이었다니까." 브레넌은 고개를 끄덕였다. "아빠가 그만 재우라고,

넌 호박을 먹지 않을 거라고 했는데도 엄마는 먹을 때까지 못 잔다고 했지."

"무슨 말을 하려는 거야?"

"다음 날 일어나보니 엄마와 아빠는 식탁에서 잠들었고, 너는 빵과 치즈를 먹고 있었어. 난 그 얼굴을 알아, 바이올렛. 넌 뭔가를 결심하면 우리를 전부 합친 것보다 더 집요해지지. 그러니까 안 돼, 난 가버리지 않을 거야."

"알았어." 나는 어깨를 으쓱였다. "이번만은 오빠가 따라다니는 입장이 되게 해줄게." 우리는 몇 분 만에 라이오슨 저택의 위병이 지키는 뒷문을 통과했고, 거미줄처럼 이어지는 복도를 걸어서 중앙 복도로 들어섰다. *"테른."*

*"아, 이거 재밌겠다."* 앤다나가 대답했다.

테른이 실제로 한숨을 내쉬기도 전에 한숨을 느낄 수 있었다.

*"이게 유일한 길인 거 알잖아요."* 다시 모퉁이를 돈 우리는 대연회장의 엄청난 소음 속으로 들어갔다. 죽 늘어선 테이블 위를 훑어보다가 우리 대대가 앉은 자리를 건너뛰어 오늘 새로 도착한 라이더들을 보았다.

*"생각해보마."* 테른이 마지못해 동의했다.

*"고마워요."* 나는 브레넌을 뒤에 달고 검은 옷의 바다를 헤치고 가다가, 친구들과 함께 테이블 끝에 앉아 있는 미라에게 다가가며 시선을 마주쳤다.

"바이올렛?" 언니는 붕대를 감은 내 손을 보고 눈을 가늘게 뜨더니 잔을 내려놓았다.

"언니의 도움이 필요해."

# 40

그의 진정한 첫 반역 행위는 동맹을 찾은 것이고, 그 첫 번째는 포로 미엘 크로블라 지방의 테카루스 자작이었다.

— 펠릭스 제롤트 대령, 《티렌더의 반역, 금지된 역사》

제이든은 코딘으로 가자는 내 두 번째 호소를 과보호하는 개자식처럼 딱 잘라 거절했고, 나는 혼자 세운 계획에 만족하며 행복하게 그를 침대로 데려갔다. 그는 아침에 내가 깨기도 전에 나바르의 탈영병들을 찾으러 나갔다.

부어오른 입술과 온몸의 쑤시는 근육이 아니었다면 어제 제이든이 돌아온 꿈을 꿨다고 생각했을 것이다. 음, 이젠 이게 일상이겠지.

"흠?" 펠릭스는 술통 같은 가슴팍 앞에 팔짱을 끼고 은빛 눈썹 하나를 올리며 나를 보았다.

눈 냄새가 나는 차가운 바람이 드래곤들 사이에 서 있는 내 뺨을 세차게 때렸다. 아레티아 위쪽 계곡에서 10분을 날아왔고, 수목한계선에서도 300미터를 더 올라온 우묵한 산비탈이었다.

"저 바윗돌을요?" 테른이 발톱 아래 눈을 뭉개면서 자세를 바꾸는 동안, 나는 능선 저편으로 세 개의 바위 무더기를 가리켰다.

"내가 색칠해주면 도움이 되겠나?"

나는 눈을 굴리고 싶은 걸 참았다. "아니오. 그저 카는 제가 어딜 때리는지 신경 쓴 적이 없었거든요. 시간당 벼락을 더 많이 치기만 하면 됐죠." 나는 어깨를 풀고 테른의 마력으로 이어지는 문을 열었다. 마력이 혈관을 돌면서 피부를 데웠다.

펠릭스는 기괴한 것이라도 본다는 눈으로 나를 보았다. "흠, 그 기술이 우리에게 어떤 결과를 안겨줬는지는 두고 봐야겠지."

"제 상태가 좋은 날에는 한 시간에 26회를 칠 수 있고, 40회 넘게 쳐본 적도 있지만, 그때는 마지막에 산을 쪼개놓은 데다가…" 그 기억을 떠올리니 말이 나오지 않았다.

"산 채로 타버릴 뻔했겠지?" 그는 물었다. "말렉의 이름으로, 대체 왜 그렇게 한계까지 자신을 몰아붙인 건가?"

"그건 징벌이었어요." 나는 마력이 치솟는 가운데 두 팔을 들어 올렸다.

"무슨 징벌?" 그는 연민이라고 부르고 싶지는 않은 표정으로 나를 보았다.

"제 드래곤을 지키기 위해 상관의 명령을 무시했거든요." 마력의 지글거림이 타오르는 수준까지 뜨거워졌고, 나는 두 손을 펴서 번개를 풀어놓았다.

구름 낀 하늘이 찢어지면서 우묵한 땅 반대편에 번개가 쳤다. 수목한계선 한참 위였고, 목표했던 바윗돌에서 400미터는 벗어난 위치였다.

펠릭스가 눈을 깜박였다. "다시 해보게."

테른의 마력을 끌어와서 같은 과정을 반복했다. 마력을 몸에 채운 후에 넘쳐흐르는 힘을 분출하여 벼락을 휘두르자, 처음 떨어졌던 곳과 바윗돌 사이쯤에 떨어졌다. 뿌듯해서 미소가 나왔다. 타이밍이 나쁘지 않았다. 연속으로 꽤 빨리 때렸잖아.

하지만 펠릭스는 웃고 있지 않았다. 그는 천천히 어이없다는 시선을 나에게 돌렸다. "대체 뭘 한 건가?"

"처음 때리고 1분도 지나지 않아서 때렸잖아요!" 나는 대꾸했다.

"그리고 저 바윗돌이 베닌이었다면 자네와 나는 지금쯤 죽었겠지." 펠릭스는 미간에 주름을 잡았다. "다시 해보게. 그리고 이번에는 '겨냥'이라는 혁명적인 전술을 한번 시도해보겠나?"

그 비아냥이 좌절감에 기름을 부었고, 다음 벼락이 풀려나서 우리와 바윗돌 사이를 때렸다.

"자네 스스로에게 내리치지 않은 게 놀랍군." 펠릭스는 콧잔등을 문지르며 중얼거렸다.

"전 겨냥을 못해요. 됐어요?" 나는 펠릭스와 예쁘장하고 조용한 트리사가 의회에서 그나마 좋은 사람들이라던 생각을 수정하며 외쳤다.

"레손에 대해 받은 보고에 따르면 자넨 할 수 있어." 그는 응수하며 깊고 낮은 목소리를 키워 마지막 부분을 강조했다. "날고 있는 와이번 위의 베닌을 때릴 만큼 조준을 잘할 수 있지."

"그건 앤다나가 시간을 멈췄기 때문인데, 앤다나는 이제 그런 일을 하지 못해요. 그러니까 제겐 이제 그 전투에서 살아남게 해준 다른 능력밖에 없어요. 때리고 기도한다는 오래된 방법이죠."

"그리고 와이번이 그렇게 많은 전장이었으니 순수한 운만으로 피해를 입힐 수 있었겠군." 펠릭스는 한숨을 내쉬었다. "레손에서의 마지막 벼락은 어떻게 때렸는지 설명해보게."

"그건… 설명하기 힘든데요."

"시도해봐."

"잡아당겼던 것 같아요." 나는 지독한 추위 때문에 허리를 감싸 안았다. 보통은 지금쯤이면 몸이 따뜻해졌다. 이렇게 발가락에 감각이 없어지는 게 아니라. "번개를 풀어놓긴 했는데, 앤다나가 시간을 멈추고 있는 동안 그 번개를 끌어다 움직였죠."

"더 작은 타격은 어떻지?" 그는 우리 사이의 돌멩이를 밟으며 내 쪽으로 몸을 돌렸다. "자네 손에서 흐르는 번개 같은 것 말이야."

뭐라는 거야? 내 얼굴에도 생각이 그대로 드러났나 보다. 펠릭스가 눈을 크게 떴다.

"지금까지 번개를 힘껏 치기만 했다는 얘긴가?" 그는 위쪽을 가리켰다. "하늘에서만 벼락을 때려댔고, 기술을 연마한 적은 없다고?"

"처음엔 다른 생도 위로 절벽을 무너뜨렸고… 그래도 그 녀석은 안 죽었지만…. 그 후 카는 번개를 얼마나 크고 얼마나 자주 치느냐에만 신경 썼어요." 나는 두 손을 들어 올렸다. "그리고 번개는 하늘에서 와요. 손이 아니라."

"멋지군." 그는 웃음을 터뜨렸다. 장중하고… 아주 짜증나는 웃음소리였다. "자네는 대륙에서 가장 파괴적인 고유 능력을 가졌을 텐데, 그 능력에 대해 아무것도 몰라. 번개를 뽑아내는 에너지장에 대해서도 하나도 모르고. 스스로의 마력을 화살처럼 정확하고 신중하게 쏘는 게 아니라 그저 맞기를 바라면서 끓는 기름처럼 던져대기만 해. 그리고 번개는 폭풍에 따라 하늘에서도 오고 땅에서도 오는데, 왜 자네 손에서는 못 나온다는 건가?"

나는 화가 나서 피부가 벌겋게 달아올랐다. 체온이 오르면서 손가락이 따끔거리더니 포효와 함께 몸 안의 마력을 밀어냈다.

"자네는 학년에서 제일 강력한 라이더, 어쩌면 자네 세대를 통틀어 가장 강력한 라이더가 될 예정인데도 그저 요란한 빛의 쇼밖에…."

마력이 솟구치면서 내게도 열기가 느껴질 정도로 가까운 곳에 번개가 쳤다. 펠릭스는 오른쪽을 흘긋 보았다. 6미터도 떨어지지 않은 곳이 새까맣게 타서 아직까지 연기를 피우고 있었다.

망할. 부끄러움이 밀려들어 조금 남아 있던 분노마저 뒤덮었다.

"그리고 자네는 겨냥을 못할 뿐만 아니라 통제도 못하는군." 그는 방금 내가 우리 둘을 구워버릴 뻔했다는 사실을 대수롭지 않게 말했다.

"통제는…."

"아니야." 그는 발치에 내려놓은 배낭으로 몸을 굽혀 안을 뒤지기 시작했다. "그건 질문이 아니었네, 소른게일. 사실을 말했을 뿐이지. 그런 일이 얼마나 자주 일어나나?"

내가 화가 났을 때. 아니면 제이든의 품에 안겨 있을 때. "너무 자주요."

"그나마 우리가 동의하는 부분도 있군." 그는 일어서서 나에게 뭔가를 내밀었다. "받게."

"뭐죠?" 나는 펠릭스가 내민 손에서 조심스럽게 그 물건을 빼냈다. 내 손에 딱 맞는 유리 구체였다. 화려하게 조각한 은빛 금속 띠가 구체를 4등분했고, 그 띠가 서로 만나는 맨 윗부분과 아랫부분의 유리 안쪽에는 엄지손가락만 한 은빛 합금 메달이 세워져 있었다.

"도관이야." 펠릭스가 설명했다. "번개가 다양한 곳에서 나타날 순 있어도, 테른은 자네를 통해서 마력을 채널링하지. 자네는 마력의 그릇이야. 통로이고, 구름이지. 더 좋은 표현이 없군. 그렇지 않다면 어떻게 파란 하늘에서 번개를 불러낼 수 있겠나? 폭풍 속에서 번개를 휘두르기가 더 쉽긴 하지만, 파란 하늘에서도 가능하다는 걸 이제까지 깨닫지 못했나?"

"생각을 안 해봤어요." 금속 끈에 닿은 손가락이 따끔거렸다.

"아니지. 배운 적이 없는 거지." 그는 주위 산비탈을 가리켰다. "자네가 겨냥을 못하는 것도, 통제를 못하는 것도 자네 잘못이 아니야. 카 잘못이지."

"제이든은 이미 존재하는 그림자만 움직이는데요." 나는 또 부끄러운 번개를 때리게 될까 봐 치솟는 감정을 억누르면서 반박했다.

"제이든은 이미 존재하는 것을 통제하고 확대할 수 있지. 그래서 밤에 더 강력해지는 거야. 고유 능력은 모두 다르고, 자네는 그전에 없던 뭔가를 만들어내. 자네는 순수한 마력을 번개라는 형태로 휘두르는데, 그건 번개라는 형태를 자네가 제일 편안하게 여기기 때문이지. 아무래도 카는 자네에게 그것 역시 가르치지 않은 모양이군."

"왜 그랬을까요?" 나는 첫 눈송이가 내려앉는 가운데 유리 구체에서 펠릭스에게로 시선을 옮겼다. "제가 최고의 무기라면서 왜?"

펠릭스는 한쪽 입꼬리를 올려 쓴웃음을 지었다. "카를 알아서 하는 말인데, 아마 카는 자네를 죽도록 무서워했을 거야. 결국 자네는 계획도 없이 생도 절반을 데리고 나왔지. 가벼운 변덕만으로 바스지아스를 무너뜨렸어." 이번에 터져 나온 웃음소리는 비웃음이라기보다는 믿을 수가 없다는 느낌이었지만, 여전히 나를 긁었다.

"내가 아니에요." 나는 유리구를 움켜쥐었다. "제이든이 그랬죠."

"제이든은 며칠 만에 라이더 없는 와이번을 사냥해서 멜그렌의 정문 앞에 두고, 국경기지들에 나바르의 가장 큰 비밀을 폭로했지." 펠릭스는 내 말에 동조했다. "하지만 생도들에게 기회를 주라고 제이든에게 요구한 건 자네였어. 그 순간에는 자네가 그 친구를 휘둘렀지. 우리의 고집불통에 타협이라곤 모르고, 휘둘리는 일이라곤 없는 후계자를 말이야."

"난 그런 짓 안 했어요." 징징 울리는 에너지가 사지를 진동시키며 한계점까지 쌓이자 나는 어깨를 돌렸다. "난 인도적인 선택지를 제시했고, 제이든은 그걸 받아들였죠. 다른 생도들을 위해서 그런 거예요."

"자네를 위해서 그런 거지." 펠릭스가 조용히 말했다. "와이번도, 폭로도, 바스지아스 침입도, 라이더 절반을 훔쳐온 것도 다 자네를 위해서였어. 왜 7월에 의회가 자네를 가둬두고 싶어 했다고 생각하나? 자네가 어떤 존재인지 알아서지. 그런 면에서 자네는 바스지아스 못지않게 아레티아에도 위험한 존재야. 안 그런가? 우리의 고유 능력만 힘이 아니지."

"내가 강력한 건 제이든이 날 사랑해서만이 아니에요." 입안에 쓰디쓴 두려움의 맛이 들어찼다. 바로 풀려난 마력이 채찍처럼 내 몸을 훑었지만 번개가 치지는 않았다. 적어도 하늘에 번개가 치진 않았다.

나는 빛나는 유리 구체를 보고 눈을 깜박이다가, 검지손가락이 놓인 금속 끈을 통해서 그 안에 든 합금 펜던트로 번개가 흐르는 모습을 보고 놀랐다. 그 작은 번개는 순식간에 사라졌다.

"그래. 자네는 강력하고 제이든은 자네를 사랑하지. 그게 더 나빠. 자네의 힘은 감정에 너무 밀접하게 엮여 있어." 펠릭스가 말했다. "이게 도움이 될 거야. 영구적인 해결책은 아니지만, 일단은 아레티아의 모두를 자네의 분노로

부터 지켜주겠지."

"이해가 안 가요." 나는 작은 번개가 언제라도 다시 나타날 거라는 듯이 유리구만 들여다보았다.

"그 도관에 새겨진 룬 문자는 특정한 힘을 끌어들이게 만들어졌다네. 지난번에 여기에 왔을 때 특별히 자네를 위해서 넣었는데, 자네는 사용법을 가르칠 기회가 오기도 전에 떠나야 했지. 솔직히 자네에게 이게 필요하지 않기를 바랐네만, 카는 내가 떠나고 6년 동안 별로 변하지 않은 모양이군."

"룬 문자요?" 나는 금속 끈에 새겨진 형태를 노려보며 앵무새처럼 중얼거렸다.

"그래. 룬. 특정한 목적을 위해 짜 넣은 마법." 그는 천천히 한숨을 내쉬었다. "자네가 룬에 대해 전혀 모르는 건 바스지아스가 티렌더의 룬을 가르치지 않기 때문이네. 그 학교가 룬 위에 세워졌는데도 말이야. 트리사에게 룬에 대해 가르치라고 부탁해야겠군. 의회에서 트리사가 제일 인내심이 강하거든."

나는 유리구에서 시선을 떼고 펠릭스를 보았다. "이게… 제 마력을 흡수하나요?"

"어느 정도는. 내가 합금에 마력을 더 간단하게 채울 방법 삼아서 만들었지. 마력이 자네를 압도하려고 하거나, 자네가 일부러 거기에 마력을 넣으려고 할 때면 그 도관이 힘을 빨아들일 거야. 부디…." 그는 눈썹을 들어 올렸다. "통제해서 조금씩만 집어넣게. 이번 주에 연습해. 자네는 통제를 배워야 해, 소른게일. 안 그러면 계속해서 주위의 모든 사람에게 위협이 될 거야. 다음에 자네가 화가 나서 이성을 잃었을 때는 대대원과 함께 구름 속을 날고 있지 않길 빌어야겠지."

"난 위협적인 존재가 아니에요."

"원한다고 사실이 바뀌진 않아. 어떻게든 해야지." 그는 배낭을 들고 어깨에 걸쳤다. "자네는 다른 대대원처럼 작게 시작해서 점점 크고 강하게 때리는 방법을 배운 적이 없어. 자네는 배운 적도 없는 기본기에 숙달해야 해. 작고

64

정확한 타격부터 연습해야지. 마력을 작은 가닥으로 움직여봐." 그는 하늘을 가리켰다. "던의 이름으로, 대체 뭔지 모르겠는 그것부터 하지 말고."

"작고 정확한 타격부터 숙달할 시간이 없어요. 오늘 당장 도움이 필요하다 고요." 나는 맞섰다. "테카루스에게서 루미너리를 받아내지 못하면…." 나는 말을 끊었다.

"안 그러면 자네와 제이든이 내가 아까 말한 변덕으로 혁명 전체를 망칠 거 라고?" 그는 나를 보고 양쪽 눈썹을 들어 올렸다.

"그 비슷해요. 대륙 전체가 아니라 제가 살아남는 것만 걱정하면 됐던 작년 이 훨씬 편했네요." 그리고 난 실패했다.

"흠, 2학년은 생도를 만들어내거나 아니면 망가뜨린다고들 하지." 농담 치 고는 무표정한 얼굴이었지만 눈이 반짝이기는 했다. "테카루스에 대해 말하 자면, 그자는 자네가 능력을 쓰는 모습을 보고 싶어 하지, 잘하는 모습을 보여 줄 필요는 없네. 그 문제에서 가장 큰 장애물은 제이든을 설득하는 거겠지. 추 측해보자면 자네가 그리로 간다는 문제에 대해서는 꿈쩍도 하지 않을 테니 말이야. 이미 7월에 어림도 없다고 했어." 그는 어깨를 으쓱였다. "어쨌든 오 늘 수업은 끝이야. 일주일 후에 다시 만나면, 그 합금에 저장된 마력량을 보고 자네가 연습을 했는지 안 했는지 알 수 있겠지. 충분히 저장했다면 계속 자네 를 가르치겠네."

"제가 연습을 안 한다면요?" 나는 유리구를 쥔 손가락을 구부렸다.

"가르치지 않겠지." 그는 레드 소드테일을 향해 걸어가면서 어깨 너머로 간단하게 답했다. "난 가르침을 받고 싶어 하지 않는 생도에게 시간 낭비할 생각이 없어. 배우고 싶어 하는 생도가 100명도 넘거든."

그 뒤에 보이는 새까맣게 탄 자국. 깨끗하기만 한 바윗돌. 능선 저편으로 벼 락이 때린 자리. 전부 신경 쓰였다. 펠릭스 말이 맞다. 나는 치명적인 결과를 낳는 빛의 쇼였고, 내가 친구들 가까이에서, 제이든 가까이에서 마력을 폭발 시킨 시간을 생각하면… 목이 메었다. 다들 제이든이 위험하다고 생각하지만, 가장 큰 위험은 나였다.

제이든은 무기일지 모르지만, 나는 재해였다. 그리고 내가 스스로를 제어하지 못해서 주위 사람들이 고통받는 상황엔 질렸다.

"배우고 싶습니다." 나는 펠릭스의 등에 대고 외쳤다. 돌아오자마자요.

"좋아. 나에게 그 마음을 보여주게."


"정말 확실한 거야?" 이번 달 들어 가장 밝은 달 아래에서 계곡에 진입하며 미라가 물었다. 풀잎마다 동트기 전의 서리가 맺혀서 반짝이는 보석처럼 빛나고 있었다.

"확실이라는 건 상대적인 표현이야."

"얼마나 상대적인데?" 미라는 나를 보고 눈썹을 올렸다. "지금부터 우리가 하려는 일은 상당히 큰 결과를 낳을 수도 있거든."

"이게 우리에게 필요한 무기를 만들 수 있는 유일한 방법이라는 건 확실해." 나는 늦은 10월의 추위를 막기 위해 비행 재킷 윗단추를 채웠다. "그리고 임무에만 충실하면 최대 이틀 안에 돌아올 수 있다는 것도 확실해. 이러면 나바르 기지에 대한 그리폰의 공격을 멈출 수 있다는 것도 확실해. 하지만 우리가 실패하거나, 테카루스 자작의 영구적인 손님이 되는 게 아니냐고 묻는다면? 그건 확실히 모르겠어."

"음, 네가 자기를 속인 걸 알면 제이든이 이성을 잃을 건 확실히 알겠다." 드래곤들에게 다가가면서 미라가 잔소리했다.

"그래, 그건 뭐, 제이든도 우리가 베닌 죽이기 사업을 회복했다는 사실을 알게 되면 바로 날 용서할 거야. 내가 이러는 건 어디까지나 제이든이 나를 보호한다는 명목으로 해야 할 일을 하지 않으려 하기 때문이야."

"그냥 알아두라고 하는 말인데, 내가 이러는 건 어디까지나 남은 평생 네가 부탁하는 일을 해줘도 네 말을 믿지 않았던 데 대한 보상이 되지 않기 때문이야. 난 과보호하는 제이든이 마음에 들어. 네 걱정을 덜 해도 되잖아."

나는 제이든이 나를 죽이고 싶어 했을 때가 그리울 지경이었다. 그래도 그때는 계속 주위에 맴돌진 않았는데.

"그리고 내가 이러는 건 어디까지나 너희 둘 다 죽지 않게 하기 위해서야." 오른쪽에서 브레넌이 끼어들었다.

"웃기지 마." 미라가 코웃음을 쳤다. "네가 여기 있는 건 제복에 달린 계급장 때문이잖아."

"너희 둘은 의회를 대신해서 무기 거래를 협상할 수 없어. 둘 다 상황이 아주 나빠질 수도 있다는 건 알고 있지?" 브레넌은 비행 재킷 주머니에 손을 밀어 넣었다.

"위험 부담이 있냐고?" 나는 고개를 끄덕이며 빨라지는 심박수를 무시했다. "맞아. 하지만 테카루스는 루미너리를 주는 대가로 내가 능력을 쓰는 모습을 보고 싶어 해. 제이든조차도 제일 큰 위협은 자작이 나를 억류하는 거라고 했지, 죽이는 거라고 하진 않았어." 그리고 내가 포로미엘에 남아서 친구와 가족들이 안전해질 수 있다면 그것도 괜찮았다. 브레넌과 미라가 루미너리를 가지고 떠날 수만 있다면, 괜찮은 거래다.

"넌 6년 동안 집으로 여긴 곳에 얼마든지 남아도 돼." 미라가 브레넌을 도발하더니 한쪽 어깨를 으쓱였다. "어차피 검술 실력은 언제나 내가 더 좋았지. 내가 생채기 하나 없이 바이올렛을 집으로 데려올게."

"안 돼." 나는 두 사람을 번갈아 보았다. 이 둘이 늘 이렇게 투닥거렸던가? "우린 가는 길 내내 싸우지 않을 거고, 도착하면 더더욱 싸울 수 없어. 이 일 자체만으로 위험하다고. 자제하고 그만 좀 티격태격해."

"네, 엄마." 미라가 놀렸다.

엄마라. 어머니는 우리 셋이 같이 일하는 걸 어떻게 생각할까?

셋 다 침묵에 잠겼고, 부츠에 서리가 밟히는 소리만 울려 퍼졌다.

"너무 이른 농담이었나?" 미라가 물었다.

"아무래도 그렇지." 나는 배낭끈을 조이면서 대답했다.

"그렇고말고." 브레넌이 덧붙였다.

드래곤들에게 도착했을 때는 우리 셋 다 희미하게 웃고 있었다.

"길은 확실히 찾을 수 있어요?" 나는 안장 뒤에 배낭을 단단히 메고 테른에게 물었다.

"그 질문은 못 들은 걸로 하마."

"스게일은요?" 나는 앞쪽으로 몸을 옮겨 안장 버클을 채우면서 가죽 재킷 속으로 스며드는 한기에 움찔했다.

"스게일은 사정거리 바깥에 있지만 감정은 차분하다."

"그리고 우리가 돌아올 때까지 스게일에게 말하지 않는다고 약속해요?" 폼멜을 꽉 잡고 계곡을 둘러보았지만 앤다나는 보이지 않았다.

"그 애는 이미 사라졌다. 그 굶주린 아이는 오늘 오후에 자기는 가지 못한 다는 사실을 알고부터 부글부글 끓고 있었지." 테른이 낮게 몸을 웅크렸다가 하늘로 뛰어 올랐다. 테른이 강하게 날갯짓을 할 때마다 땅이 멀어졌고, 나는 잠든 아레티아 위를 지나는 동안 어리석게도 숨을 참고 있었다. 마치 내가 숨을 들이마시는 소리에 친구들이 깨기라도 할 것처럼 말이다.

우리 계획을 아는 건 리애넌뿐이고, 최대한 숨겨줄 것이다. 하지만 나야 하루는 괜찮아도, 브레넌이 없다는 사실은 누군가가 곧 눈치 채겠지.

아레티아를 지나칠 때쯤에는 뺨이 얼얼했고, 몇 시간 후에 드랄로 절벽에 이르렀을 때쯤에는 다리 감각이 없어지려고 했다. 이렇게 늦은 가을에 비행하는 건 심장에 좋지 않다.

테른은 테인과 마브를 위해 속도를 억제하면서 아침 내내 날았고, 우리는 남쪽에 나타난 크로블라에서 두 번째로 인구가 많은 도시 드레이터스를 흘긋 보고는 계속해서 앞쪽의 어둠 속으로 들어갔다. 우리가 고도를 낮추고 태양이 높이 떠오를수록 사지에 감각이 조금씩 돌아왔다.

"자거라, 은빛 아이야. 테카루스가 애완동물처럼 구경하고 싶어 하는 건 내가 아니잖느냐."

나는 그 충고를 받아들여 최대한 쉬었지만, 그림으로밖에 보지 못했던 땅을 날다 보니 초조해서 자리에서 자꾸 들썩였다. 시간이 오후로 넘어가자 추수를 기다리는 호박색 들판이 하얀 모래사장과 청록색 바다로 변했다. 가까이 날아갈수록 가슴속에 불안감이 팽팽하게 쌓였다. 이건 내가 지금까지 낸 최고의 아이디어이거나… 최악의 아이디어일 것이다.

세 마리로 이뤄진 그리폰 무리가 나타나서 전형적인 V자 대형을 그리며 똑바로 우리에게 날아올 무렵에는 확실히 최악의 아이디어라는 쪽으로 마음이 기울었다.

그리폰이 더 작다고 해서 그 발톱으로 테른에게 피해를 주지 못한다는 뜻은 아니다.

"괜찮다. 저들이 우리를 코딘까지 호위할 거다." 테른은 그렇게 말했지만, 말투만으로도 이 수행단에 대해서나 그들과 보조를 맞추기 위해 속도를 줄여야 한다는 사실이 마음에 들지 않는 게 분명했다. 그리폰들은 산개하여 우리를 에워싸는 대형으로 날았다. "제일 먼 봉우리 동쪽에 서 있는 하찮은 요새 비슷한 게 보이느냐?" 테른이 해안선을 따라 날면서 물었다. 나는 그런 물 색깔을 본 적이 없었다. 터키옥 같기도 하고, 아쿠아빛 같기도 했다.

"빛을 발하는 것처럼 보이는 저 궁전 말이에요?" 그건 해변 위로 완만하게 솟아오른 언덕을 따라 다섯 개로 나뉜 테라스에 펼쳐진 파란 수영장들과 하얀 기둥들로 이뤄진 넓고 반짝이는 건축물이었다.

"하얀 대리석에 햇빛이 반사하는 것뿐이다." 테른이 그르렁거렸다. "전체적으로는 우스꽝스럽고 방어력도 없지."

얼마나… 아름다운지. 이렇게 순수하게 미관만을 위한 건물을 짓다니 얼마나 사치스러운지. 높은 벽도, 쇠창살문도 없었다. 테른 말이 옳았다. 이 건물은 방어력이 없었고, 베닌이 빼앗으려고 한다면 바로 함락될 터였다. 그래도 나는 결코 저런 곳에 살 만큼 오랜 시간 평화를 경험할 일이 없다는 생각에 가슴이 답답해졌다. 그 궁전 아래 강가에 펼쳐진 도시 위로 접근하자 심지어 거대한 색색의 정원까지 알아볼 수 있었다.

앞을 날던 그리폰이 급강하하자 테른도 뒤따라서 날개를 접고는 그 그리폰에게 너는 상대가 안 된다는 사실을 일깨줄 만큼 가까이 접근했다.

"*그만 좀 위협해요.*" 테카루스에게 루미너리를 요구하기도 전에 사고가 나는 일만은 피해야 했다.

"*저것들이 열등한 걸 내가 어쩌겠느냐.*" 테른의 목소리에는 웃음기가 확연했지만, 수평비행으로 궁전의 세 번째 테라스 앞에 펼쳐진 반짝이는 잔디밭에 접근하면서 분위기를 바꿨다. "*우리가 받을 환영인사가 반갑진 않을 거다.*" 그는 그리폰과 플라이어 뒤쪽에 착륙했고, 플라이어는 뛰어내려서 우리를 마주했다.

"*우린 괜찮을 거예요. 테른은 걱정이 너무 많아요.*"

"*두고 보면 알겠지.*"

나는 재빨리 배낭을 풀었지만, 테른의 앞다리를 미끄러져서 부드러운 초록색 풀밭에 내려서려니 뻣뻣해진 관절이 다 아팠다.

"괜찮아?" 이미 나를 기다리고 있던 미라가 물었다. 그야, 언니는 그만큼 빠르니까.

"한 자세로 오래 앉아 있어서 뻣뻣한 것뿐이야." 맙소사, 여기는 더웠다.

"미리 소식을 보냈어야 할지도 모르겠다. 협상하기보다는 싸울 태세로 보이는걸." 미라는 앞쪽에 늘어선 세 마리 그리폰과 플라이어들에게 관심을 돌렸다. 그들은 확연히 열세이면서도 드래곤들을 마주하고 서서 깃털과 발톱의 벽으로 우리가 궁전으로 들어가지 못하게 막고 있었다.

"용감한 거 하나는 인정해야겠어." 내가 중얼거리는 사이에 브레넌이 다가와서 미라와 본인 사이에 나를 끼웠다. 어떤 건 영영 변하지 않는다니까.

"우리를 예상하고 있기도 하고." 브레넌은 조용히 말하면서 앞으로 걸어가기 시작했다.

"그렇게 생각해?" 미라가 주위를 둘러보며 말했다.

나는 플라이어들과 그들 손에만 집중했다.

"위쪽 발코니에서 지켜보던 사람이 30명이 넘고, 그리폰 뒤에도 사람들이 더 있어." 브레넌이 말했다. "기다리고 있지."

"더해서, 아무도 우리 드래곤을 보고 비명을 지르지 않았어." 내가 조용히 덧붙였다.

미라가 씩 웃었다. "맞네."

"이 안에서는 말조심해. 테카루스는 우리가 어떤 거래를 하든 지키게 만들 거야. 그자는 약속을 어기는 데 관대하지 않아. 그리고 차단벽은 계속 올리고 있어. 그게 큰 쓸모가 있을지는 모르겠지만." 브레넌은 플라이어들까지 거리가 3미터도 남지 않자 지시했다. "플라이어들이 고유 능력을 쓰진 못하지만, 그들이 쓰는 단순 마법은 대부분 정신 조작과 관련이 있어. 놈들이 우리보다 우위에 있는 한 가지 영역이지."

"알았어." 내 차단벽은 확인할 필요도 없었다. 아레티아를 떠난 순간부터 단단히 자리를 잡고 있었다.

그리폰들은 다가가는 우리를 새까만 구슬 같은 눈으로 내려다보면서 마치 말을 하는 듯한 리듬으로 날카로운 부리를 딱딱 부딪쳤다. 오른쪽에 있는 그리폰의 공격적인 소리를 들으니 무슨 말을 하는지 이해하지 못해서 다행이다 싶었다.

플라이어 두 명은 시레나가 입었던 것과 같은 갈색 가죽옷을 입었지만, 왼쪽에 선 듬성듬성한 턱수염의 남자는 좀 더 색이 밝은 옷차림이었고, 옷깃에 다른 상징을 수놓았다.

"생도예요?" 나는 테른에게 물었다.

"맞다." 테른은 잠시 말을 멈췄다. "깃털 녀석들에 의하면 생도들 3분의 1이 여기에 대피했다는구나. 클리프스베인 비행 아카데미가 졸라에 있었지."

브레넌이 크로블라어로 뭔가 말을 했는데, 이름보다 자기 계급을 내세워야 할 때 쓰는 무뚝뚝한 말투로 바뀌어 있었다.

"너희가 누군지는 안다." 중앙에 서 있던 키 큰 플라이어가 공용어로 말을 끊었다. 그는 누가 제일 큰 위협인지 재보는 것처럼 우리를 살피다가 바람에 흩날린 내 땋은 머리를 보더니 자세를 바꾸며 가벼운 전투 자세를 취했다.

내가 이긴 것 같네.

미라가 내 옆으로 다가오더니 장검 손잡이 근처에 손을 가져가며 그 남자를 내려다보았다.

"그리고 넌 나바르어를 하는군." 브레넌이 말했다.

"물론이지. 모든 왕국이 자기네 언어만 해야 한다고 생각하진 않거든." 왼쪽에 선 플라이어가 장검을 손가락으로 두드리면서 말했다.

훌륭한 지적이야.

"우리에게 한 가지만 진실을 말해주면 자작님을 만나게 해주지." 중앙에 선 플라이어가 불그스름한 눈썹을 찡그리며 말했다.

"당신은 진실 감별사로군." 노라와 비슷했다. 추측이었지만, 그의 색 엷은 동공이 확 커지는 모습을 보니 생각대로였다. 그러니까, 고유 능력과 비슷하네. 흥미로워.

"라이더들과 달리 우리는 능력으로 사람을 분류하지 않아. 하지만 맞다, 나에겐 누가 거짓말을 하면 아는 능력이 있지." 그는 내 말을 바로잡았다.

"알았어." 나는 5분 만에 두 번째로 그렇게 말했다. 무지 때문에 불이익을 받기는 정말 싫지만, 아카이브에 플라이어에 대해서나 그들이 지난 600년 동안 어떤 일을 겪었는지를 다룬 책이 쌓여 있는 것도 아니었다.

"너희가 초대 없이 도착했으니, 더 나아가기 전에 정직한 의도를 듣고 싶군." 그는 단검 근처에서 손을 쥐었다 폈고, 미라는 칼자루에 손바닥을 올렸다.

까딱하면 무기를 뽑기 직전이었고, 우리 모두가 그 사실을 알고 있었다.

"자작에게 도움을 청하는 대가로 번개를 보여주러 왔다." 먼저 시작하는 게 낫겠지.

그는 머리를 살짝 기울이더니, 브레넌 쪽을 보면서 고개를 끄덕였다.

"나는 무기에 대한 대가로 루미너리를 받는 거래를 중개하러 왔다." 브레넌이 선언했다.

플라이어는 고개를 끄덕이고 미라를 보았다.

"좋아." 미라가 한숨을 내쉬었다. "내 동생에게 엉뚱한 짓이라도 했다간 물고기처럼 배를 갈라버릴 거야. 이 도시에 있는 모두에게 해당하는 소리야. 이 정도면 얼마나 정직해?"

나는 입을 살짝 벌리고 언니를 곁눈질했다.

"빌어먹을, 미라." 브레넌이 신음했다.

플라이어는 입꼬리를 올리고 이를 드러내며 웃었다. "그 점은 존중하지." 그가 그리폰을 올려다보더니, 세 사람이 갈라지면서 바로 뒤에서 기다리던 사람을 드러냈다.

머리끝부터 발끝까지 검은색으로 차려입은 사람이었다.

그는 턱에 힘을 주면서 양 주먹을 쥐었고, 그 아름다운 얼굴은… 음, 그가 그렇게 화난 얼굴로 나를 본 건 난간다리 앞에서 내 성을 알았을 때, 그러니까 나를 죽이고 싶어 했을 때 이후 처음이었다. 앞으로 조심해야겠다. 완전 망했으니까.

"여긴 내가 널 두고 온 곳이 아닌데, 바이올런스."

# 41

섬 왕국들에서 들어온 청혼을 모두 거절한 마라야 여왕은 먼 친척
인 코딘의 테카루스 자작을 후계자로 지명했다. 그러나 자작은
50대인 데다가 직계 후계자도 없었기에, 이 결정은 그다지 인기를
얻지 못했다.

— 피어슨 키토, 《포로미엘 귀족들에 대하여》

"날 두고 온 곳이라니?" 나는 위병들이 지키는 잔디밭을 가로지르면서 제
이든에게 속삭였다. 우리는 플라이어 여섯 명을 더 지나친 다음, 온통 유리로
만들어진 열린 문에 다가갔다. 이 얼마나 비실용적이면서도 극도로 화려한
지. "당신이 그러라고 했다고 내가 침대에 몸을 말고 있어야 하는 애완동물
이야?"

망할 놈.

"그것도 아주 나쁜 생각은 아니군." 그는 마주 쏘아붙였다.

나는 가방 속 유리 도관을 쓰지 않고 마력을 통제하려고 코로 숨을 들이마
시고 입으로 내뱉었다.

"그런 말은 둘만 있을 때 해, 두 사람." 브레넌이 바로 뒤에서 명령했다. "우
린 연합 전선을 펼쳐야 해."

"바이를 여기로 데려오다니 믿을 수가 없군." 제이든이 얼음장 같은 눈으
로 브레넌을 쏘아보며 대꾸했다.

"네가 나보다 지위가 높다고 생각하는 거야말로 믿을 수가 없다." 브레넌도 날카로운 투로 말했다.

"계급 하나 빼고는 모든 면에서 내가 높아." 제이든은 온몸으로 분노를 발산하며 앞을 보았다.

"그 하나가 제일 중요하거든."

"이 사람들 정말로 장식으로 풀을 키우는 거야?" 미라가 문 가까이에 선 진홍색 제복 차림의 위병 두 명에게 다가가며 화제를 바꿨다.

"나비 정원을 보면 놀랄걸." 제이든이 오른쪽에 선 위병에게 고개를 끄덕이고는 문 안으로 들어서며 말했다.

잠깐만. 왜 플라이어들이 우리를 따라오지 않는 거지? 그리고 제이든은 어떻게 여기에 나비 정원이 있다는 걸 아는데?

"당신은 여기에 얼마나 있었던 거야?" 나는 궁전에 들어서면서 물었다.

맙소사, 정말 대단한 궁전이었다.

표면이란 표면은 모조리 반짝이는 것 같았다. 하얀 대리석 벽은 자연광만이 아니라 한참 위, 건물 깊숙이 떠 있는 하얀 마법 불빛들도 반사하면서 등받이가 낮은 의자에 앉은 사람들을 비췄다. 천장은 스게일의 키만큼 높았고, 둥근 기둥은 테른의 다리만큼 굵은 데다가 각재마다 복잡한 장식을 새겨 넣었다. 더불어 다음 층으로 이어지는 게 분명한 넓은 계단들이 전체 공간을 나누었다.

내가 이 공간에 큰 소리로 이름을 외친다면 메아리쳐 돌아올 게 확실했다. 온갖 복장을 한 수많은 사람이 음영이 진 검은색 줄무늬 기둥들 근처를 맴돌고 있지만 않다면 말이다. 가장 많이 보이는 옷은 갈색이었고, 다들 지나가는 우리를 두고 수군거렸다.

"우린 몇 시간 전에 착륙했어." 제이든이 대답했다. "스게일이 테른의 이동을 느끼자마자 방향을 바꿨지."

테른이 착륙할 때 우리가 받을 환영인사가 반갑진 않을 거라더니.

"우리 얘기 좀 해요." 테른에게 생각을 뻗었다. "약속했잖아요."

"말하지 않겠다고 약속했지, 스케일이 나를 감지하지 못한다곤 안 했다."

망할 놈의 드래곤식 말장난.

"저거… 수영장이야?" 미라가 계단 주위로 휘어지다가 테라스로 뻗어나가는 구불구불한 터키옥색 길을 응시했다.

"익숙해질 거다." 제이든은 앞장서서 두 사람이 지나가도 넉넉한 대리석 다리를 지나면서 말했다. "혹시 술을 마신다면 조심해. 난간이 없거든."

"술 마실 만큼 여기 오래 있진 않을 거다." 10여 명이 우리 앞에 보이는 계단을 내려오자 브레넌이 걸음을 늦추면서 말도 느리게 했다.

제이든은 술을 마실 만큼 자주 여기에 왔다는 건가? 이 수영장에 빠진 적도 있고?

"왔군." 제이든의 목소리가 낮아졌다. "여길 불태우지 않도록 애써봐."

진홍색 제복 차림의 위병 두 명이 소용돌이쳐 올라가는 난간 양쪽에 서 있었고, 황금색 비단을 댄 진청색 튜닉을 입은 검은 머리의 남자가 앞으로 걸어 오더니 몹시 기쁘다는 얼굴로 우리 쪽을 보았다. 제복은 허리가 꽉 끼었고, 불그레한 뺨은 둥글었다.

"자작." 제이든이 그 남자를 불렀다. "이쪽은 바이올렛 소른게일 생도와 그 언니인 미라 소른게일 중위입니다. 아이서레이 중령은 이미 아시겠죠."

"알다마다." 자작은 말도 안 되게 하얀 이를 드러내며 나에게 미소를 지었다. 이마와 눈가에 깊은 주름이 파였다. "하지만 내가 제일 궁금한 건 자네라네, 바이올렛." 그 남자가 말을 길게 끌면서 음미하듯 나를 관찰하는 눈빛에는 가만히 서서 배겨내기 힘들 만큼 마음을 불안하게 만드는 기쁨이 어려 있었다. "자네가 하늘에서 번개를 부른다는 게 사실인가?"

"맞습니다." 나는 자작에게만 집중했지만, 그 뒤에서 나를 바라보는 수행단의 눈빛이 무척 무거웠다.

"이렇게 멋질 수가!" 자작이 가슴 앞에서 손을 마주치자 무거운 보석 반지

들이 반짝였다.

"우리 그러면…." 브레넌이 입을 열었다.

"저녁식사도 하기 전에 일을 논의하는 건 형편없는 예의지. 자네는 규칙을 알 텐데, 라이오슨." 테카루스는 제이든을 흘긋 보면서 말했다. "이대로 참석할 순 없어. 다들 만찬에 걸맞게 입어야 하네. 자네도 마찬가지고."

제이든이 고개를 한 번 끄덕였다.

"당신은 *규칙을 안다고?*" 제이든에게 물었다. "*대체 여기에 얼마나 여러 번 온 거야?*" 그리고 우리 제복이 어디가 만찬에 안 어울린다는 거지?

"*정확히 횟수를 세진 않아서.*"

"자리에 맞는 옷을 가져오지 않았다 해도 걱정 말게나." 테카루스가 나에게 말했다. "라이오슨이 자네가 온다고 전하자마자 내가 가진 최고의 옷을 골라놓았지. 내 조카가 제대로 복장을 갖추게 봐줄 거야. 그렇지 않니, 캣?" 그는 어깨 너머로 외쳤다.

반짝이는 대리석 바닥에 위장이 떨어지는 기분이었다.

제기랄, 농담이겠지.

"물론이죠, 삼촌." 캐트리오나가 수행단 맨 앞에서 내려왔는데, 몸매를 최대한 돋보이게 만드는 자주색의 긴 소매 드레스를 입고 있었다. 멀리서도 아름답다고 생각했지만, 이렇게 가까이에서 보니 정말이지 흠 하나 없는 이목구비에… 엄청난 미모였다.

왜 제이든이 횟수를 헤아릴 수 없을 만큼 자주 왔는지 이해가 갔다.


"네가 여기 있을 줄은 몰랐는데." 제이든은 짜증났을 때 쓰는 딱딱하고 차가운 말투로 캣에게 말했다. 우리는 들어온 곳에서 두 층 위에 있는 또 다른 복도로 안내받고 있었다.

"어둠의 세력이 졸랴를 파괴하고 클리프스베인에 자리 잡았는데 내가 어딜 가겠어?" 캣은 이쪽 별관에 있는 10여 개의 문 중 하나에 멈춰 서면서 대답했다.

브레넌을 바로 뒤에 두고 복도 한가운데에 멈춰 서면서 미라가 나를 슬쩍 보고 눈썹을 올렸다.

'나중에.' 나는 입모양만으로 말했다.

캣은 금빛 문고리에 손을 뻗었다. "이 두 사람이 씻는 동안 당신은 아이서레이를 챙기지 그래?" 그 여자가 제이든에게 갈망하는 눈빛을 던지는 꼴을 보자 눈썹이 치켜올라갔다. 정말로 내 앞에서 제이든에게 추파를 던지는 거야? "물론 당신 방은 떠났을 때 그대로 뒀어." 문을 열자 커다란 침대 두 개가 있고, 그 사이에 금색 비단 소파가 놓인 큰 침실이 드러났다. 캣은 따라오라는 듯 안으로 들어갔다.

잠깐만. 이 궁전에 제이든의 방이 있어?

또 뭘 나에게 말하지 않은 거지? 아니면 '내가 뭘 묻지 않았지?'라고 하는 게 더 좋은 질문일지도.

*"너는 내 방에서 옷을 갈아입는 게 어때?"* 제이든이 물었는데, 제안처럼 들리진 않았다.

*"당신 방? 난 거리를 좀 두고 싶은데."* 피부 아래에서 열기가 지글거렸고, 나는 마력을 제어하기 위해 심호흡을 했다. 지금은 통제력을 잃을 때가 아니다. 뭐 애초에 통제력이 있었던 건 아니지만.

"바이올렛."

나는 문고리를 잡고 돌아서서 제이든을 마주하며 눈썹을 올렸다. 미라는 내 옆을 지나쳐 방 안으로 들어갔다.

"난 옆방이야." 그는 그렇게 확언하더니, 내 어깨 너머를 보았다. "네가 비명을 지르면 들릴 만큼 가깝지."

"알아두니 좋네." 억지 미소를 짓자 제이든이 눈을 가늘게 떴다.

"설마 이 여자가 나 때문에 위험할 거라고 걱정하는 건 아니겠지?"

나는 캣의 믿을 수 없다는 말투를 듣고 어이없어서 눈을 굴렸다.

"바이올렛은⋯." 제이든이 입을 열었다.

"바이올렛은 알아서 할 수 있거든." 내가 말을 끊자 제이든이 움찔했다.

"네가 그럴 필요가 없었으면 했어. 여기서는 아니야." 그는 고개와 함께 목소리를 낮추며 대화가 우리 사이에서만 오가게 했다. 분노까지도. "테카루스는 널 붙잡아두고 싶어 할지 모르지만, 이 궁전에 있는 모든 플라이어는 네 어머니에 대한 복수라는 명목으로 기꺼이 너와 미라의 목을 그을 거야. 브레넌이 여기에서 무사했던 건 그 가명 덕분이야. 넌 얼마나 위험한 상황인지 모르고 있어. 내가 널 보호하려고 얼마나 애썼는지도⋯."

"날 보호하는 것 좀 그만해!" 나는 캣이 방 안에 있는데도 목소리를 높인 걸 바로 후회하면서 심호흡으로 노여움을 다스리려 했다. "작년에는 이런 개소리를 한 적이 없잖아. 나를 지킨다는 명목으로 날 저지하거나 가두려고 한 적이 없었어. 건틀릿에서 다른 방법을 찾으라고 한 사람도, 탈곡 때 내가 다른 생도들과 싸우는 모습을 지켜본 사람도 당신인데⋯."

"그건 내가 사랑에 빠지기 전이었어." 제이든의 손이 내 목 뒤를 잡더니, 엄지손가락으로 경동맥을 살짝 어루만졌다. "건틀릿이나 탈곡 때는⋯ 네가 나에게 어떤 존재가 될지 몰랐어." 그리고 제이든이 날 죽일 수 없었던 건 어머니와의 거래 덕분이었지. 아직도 나를 믿고 내려놓지 못하는 거래. "사흘 동안 네 침대 옆에 앉아 있지 않았다면, 너 없이는 인생에 아무 의미도 없으리라는 걸 몰랐겠지. 네가 죽은 후에도 나에게 삶이 있다면 말이지만⋯." 제이든의 눈동자에 박힌 금색 반점이 빛을 받아 반짝였고, 나는 그 눈에 비친 감정에 눈을 껌벅일 수밖에 없었다.

"당신⋯ 지금 겁먹었구나. 안 그래?" 나는 그에게 손을 뻗을까 봐 문틀을 꽉 붙잡았다.

"널 잃을까 봐? 겁먹은 정도가 아니지. 스케일에게 테른이 이쪽 방향으로 가고 있다고 들었을 때는 정신이 나갈 뻔했어."

젠장. 저러면 뭐라고 답해야 하지? "보호막을 올리겠다는 계획은 실패했고, 당신에겐 루미너리가 필요해. 당신이 나한테 무슨 일이 생길까 봐 걱정한다는 이유만으로 아레티아에 얌전히 앉아 있을 순 없어. 내가 그런 사람이었다면 당신이 날 사랑하게 되지도 않았겠지."

"첫 번째로 시도한 번역이 실패했다는 이유만으로 형제들과 함께 적진에 몰래 들어와?" 고개를 들어 올리는 제이든의 분노는 손에 잡힐 듯했고, 내 분노에도 뒤지지 않았다. "실수하지 마. 여긴 적진이야."

"우리에게 루미너리가 필요하다는 걸 아는데, 당신이 조금이라도 합리적으로 굴었다면 내가 몰래 올 필요도 없었겠지. 몇 달 전에 얻을 수도 있었을 거야." 나는 제이든을 복도에 내버려두고 방 안으로 한 걸음 물러섰다. 몇 달 전이었다면 전초기지들에 대한 공격도, 그토록 많은 죽음도 막았을 것이다.

"합리적이라고?" 제이든의 목소리가 얼음장처럼 차분해졌다. "널 테카루스에게 갖다바치기 전에 다른 방법을 찾는 게 합리적이지 않나? 하나만 분명하게 해두자. 널 안전하게 지킬 방법이 있다면, 난 무조건 그 길을 택할 거야."

망할. 그러겠지. "지금 하는 소리가 꼭 누구 같은지 알아?"

"부디 알려주시죠." 그는 가슴 앞에 팔짱을 꼈다.

"데인 같아." 나는 그의 코앞에서 문을 닫았다.


"고마워요." 나는 허리 주름을 펴면서 우리에게 배정된 시녀인 재라에게 말했다. 재라가 이렇게 짧은 시간에 몸에 맞는 드레스를 여러 벌이나 찾아냈다는 사실이 놀라웠다. 내 발에 딱 맞는 가벼운 검은색 슬리퍼까지 있었다. "저녁 만찬에선 모두가 이렇게 입는 게 확실해요?"

"자작님과의 만찬에서요? 매일 밤 그렇죠."

참… 실용성 없게 아름답네.

"됐습니다." 재라가 열린 틈을 가리키자 나는 가림막 바깥으로 나갔다.

미라는 목선이 네모나게 파이고 투명한 소매가 달린 검은색 벨벳 드레스를 골랐는데, 사실 미라가 그 옷을 택한 이유가 깊은 주머니 때문임을 알았다. 언니가 그 주머니에 단검 두 자루를 넣는 모습을 보자 웃을 수밖에 없었다.

"언니가 제복을 벗은 모습은 몇 년 만에 보는 것 같아."

"흠, 이건 검은색이니까 제복에 가깝지." 언니는 내가 거울을 보러 움직이자 씩 웃었다. "너 끝내준다."

"드레스가 굉장한 거야." 이런 옷은 처음 입었는데, 지금 기분에 딱 맞았다. 갈비뼈 아래쪽까지 V자로 깊이 파인 보디스는 내 손바닥보다 작은 검은색 잎사귀를 엮어서 만들었는데, 가슴 위에서 좁아지면서 한 줄기 덩굴이 되어 내 어깨와 등 양쪽으로 자잘한 잎사귀를 늘어뜨리며 등뼈 대부분과 인장 전체를 드러냈다. "이게 무슨 직물이죠?" 나는 허리에서부터 바닥까지 몇 겹으로 떨어지는 투명한 검은 천을 만져보며 재라에게 물었다. 치마가 한 겹이었다면 훤히 비춰보였을 것이다.

"드베렐리 실크랍니다." 재라가 말했다. "투명할 정도로 곱죠."

"섬 왕국 거예요?" 내가 만져본 그 어떤 천보다도 부드러웠다. "여기는 아직도 섬들과 교역을 하나요?" 나바르는 몇 세기 동안 교역하지 않았다.

재라가 고개를 끄덕였다. "몇 년 전까지는 했습니다만, 지금은 상인들도 여기까지 오기엔 너무 위험하다고 생각해요. 어쨌든 자작님께선 가장 아름다운 물건들을 갖춰두길 좋아하세요."

"그러니까 자작이 희귀한 물건을 수집하는 건 사실이군?" 미라가 내 뒤에 서면서 물었다.

"그렇습니다."

"사람들은 어때요?" 내가 조용히 물었다.

재라는 눈을 크게 떴다. "그건 본인이 동의할 때만이에요."

"납치는 안 한다?" 나는 미라가 건네준 칼집과 합금 단검을 받아서 허벅지에 길게 트인 부분으로 손을 넣어 다리에 묶었다. 단검 하나로 저녁식사를 버텨내기 충분해야 할 텐데. 자작이 사람을 납치하지 않는다면, 제이든은 왜 나를 이리로 데려오길 그렇게 무서워한 걸까?

누군가가 문을 두드렸다.

"그렇습니다." 재라는 고개를 저으며 문 쪽으로 걸어갔다. "아가씨를 가두시진 않을 거예요. 하지만 여기 남으라고 유혹적인 제안을 하시겠죠. 가수들, 직공들, 이야기꾼들… 다들 결국에는 남거든요." 재라가 문을 열면서 말했다.

테카루스가 나에게 제안할 만한 게 없는데, 제이든은 있다고 생각하는 게 분명했다.

"검은색을 고른 건가요?" 캣이 문 앞에서 빤히 쳐다보았다.

"난 라이더예요."

"물론 그렇겠죠." 그녀는 고개를 옆으로 기울였다. "단지 나라면 좀 더 화려한 색깔을 골랐을 텐데. 제이든은 언제나… 바스지아스의 모든 것이 단조로운 색깔이라는 점을 한탄했거든요. 원한다면 옷을 갈아입을 시간이 있어요." 캣은 마냥 친절해 보이는 미소를 지었다.

그게 결정타였다. 나는 오늘부로 이 여자를 혐오한다.

"제이든은 한탄 같은 거 안 해요." 뱃속에 추한 불길이 서서히 번져 나가면서 남을 헐뜯는 그 목에 단검을 꽂지 않기 위해 온갖 자제력을 끌어와야 했다. 거의 그러려고 했다. "그리고 당신은 제이든에 대한 게 아니면 말할 줄 모르나요?"

"그래요. 그쪽이 더 편하다면야. 당신 어머니가 어떻게 포로미엘인 수천 명의 목숨을 희생시키고도 거짓말을 영속했는지 이야기할 수도 있겠죠. 그중 일부는 당신 언니 책임이고."

나는 눈썹을 치켜들었다. 저게 방금 정말로….

미라가 나와 눈을 마주치며 사실임을 확인해줬다. "너에게 집주인을 찌르는 건 무례한 일일 거라고 일깨워주긴 하겠지만, 그거 알아?" 미라는 어깨를 으쓱였다. "관두라고 해. 우린 루미너리 필요 없어."

캣이 미라를 보고 눈을 껌벅였다.

"비열하게 굴지 좀 마, 캣." 시레나가 걸어왔다. 그녀는 격식을 차린 남색 튜닉을 입었는데, 앞쪽은 비대칭으로 더 높이 가두리를 대어 금색 깃털을 수놓았다. "드래곤에서 내린 모습을 보니 반가워, 소른게일. 라이오슨이 거기 어디에 숨어 있나, 아니면 정말로 널 자기 시야 밖에 내놓은 건가?"

"만나서 반가워요, 시레나." 시레나의 놀리는 말투를 듣자 미소가 살짝 나오고, 뱃속의 불길도 조금 잦아들었다. "제이든이 과호보하긴 하죠?"

"네가 자기 옆에 설 만큼 강하다면 안 그러겠지." 캣이 쏘아붙였다.

잦아들기는 개뿔. 불길은 전보다 더 밝고, 뜨겁고, 짜증날 정도로 강하게 타올랐다.

시레나가 캣에게 던지는 눈빛을 보자 캣이 안타까워질 지경이었다.

거의.

"시레나, 이쪽은 우리 언니인 미라예요." 나는 화제를 바꿨다.

시레나는 입매를 긴장시키고 미라를 살폈다. "당신 명성은 자자하죠. 스트리스모어에 내 친구들이 있었어요."

음, 젠장. 긴장감이 더 심해졌네.

"난 이긴 전투에 대해 후회하지 않아." 미라는 보란듯이 허리에 다음 단검을 찼다. "그리고 시레나 코넬라라면, 당신도 국경에 명성이 자자하지."

"당신이 죽었으면 하는 플라이어 수백 명 사이에서 저녁을 먹는데, 드레스를 입기로 한 건가요?" 시레나가 한쪽 눈썹을 올렸다. "내가 그토록 많이 들었던 기민한 상황 판단은 어디 두고?"

"난 드레스 차림으로도 가죽옷이나 다를 바 없이 쉽게 죽일 수 있어. 보고 싶어?" 지금 미라의 표정을 웃음으로 해석하는 사람은 바보일 것이다.

시레나는 어깨를 떨어가며 웃었다. "아, 당신과 같이 성장했다면 왜 작은 소른게일이 이렇게 다부진지 알 만하네. 갑시다. 남자들은 이미 가 있어요."

플라이어들이 등을 돌린 뒤, 미라를 한 번 노려보았더니 언니는 뻔뻔하게 어깨만 으쓱였다.

복도에 들어서는데, 캣이 조명을 받는 모습을 보자 내 선택에 대한 후회가 마음을 깊이 찔렀다. 캣은 머리카락을 복잡한 스타일로 고정시켰고 어깨가 훤히 드러나는 대담한 빨간색 실크 드레스를 입었으며 그 색깔에 어울리게 입술을 칠했다.

갑자기 내가 조금 빛바랜 듯 느껴졌다.

의심 때문에 걸음이 불안정해졌다. 나도 화려한 색을 골라야 했을까. 어쩌면 캣이 한 말이 사실이고 제이든은 검은색만 보는 데 질렸을지도 몰라. 어쩌면 캣이 나보다 제이든을 잘 알지도 몰라.

"괜찮아?" 플라이어 둘이 우리를 데리고 복도를 걸으며 대륙에서 가장 어울리지 않는 4인조를 선보이는 동안, 미라가 물었다.

"응." 나는 그 감정을 떨쳐내려고 애쓰며 어깨를 돌렸다. 대체 뭐가 잘못된 거지? 나는 다른 여자들과 외모를 비교하고 판단한 적이 없다. 싸움 실력이라면? 당연히 하지. 드래곤을 타는 능력? 물론 비교한다. 하지만… 외모처럼 얄팍한 걸 비교한 적은 없다.

바스지아스에서는 미모가 목숨을 구해주지 않으니까.

"오빠가 하나 있다던데." 첫 번째 계단에 도착했을 때 미라가 시레나에게 말했다.

나는 대리석 난간을 꽉 쥐고 내려가기 시작했다. 캣 앞에서 넘어지는 것만은 피하고 싶었다.

"드레이크 얘기겠지." 시레나가 어깨 너머로 말했다. "성은 같지만, 드레이크는 사촌이야. 그리고 생각해보니까 당신이 딱 드레이크가 좋아하는 타입이네. 자기를 실제로 죽일 수도 있는 여자들을 좋아하거든."

"내가 그리폰 플라이어에게 관심이 없어서 안타깝군." 미라는 모퉁이를 돌아 다음 계단층으로 가면서 대꾸했다.

"그래. 드레이크도 아마 드래곤 라이더에겐 선을 그을 거야." 시레나가 웃었지만, 웃음소리는 짧았다. "지금은 북쪽에 있는 나이트윙에 있어. 브레이빅 국경선에."

나는 그들의 군대 용어를 모르지만, 브레이빅 국경이라는 건 최전선이라는 뜻이었다.

중간 테라스, 그러니까 오늘 오후 처음 도착했던 테라스까지 내려온 다음 두 사람이 왼쪽으로 방향을 틀어서 구불구불한 수영장과 멀어지더니 한 줄로 늘어선 위병들을 지나쳤다.

"재라는 당신 머리카락을 어떻게 꾸밀지 몰랐나 보죠?" 위병들이 지키고 선 양여닫이문에 다가가면서 캣이 안타깝다는 듯 나를 돌아보았다. "그렇게 내버려두는 것보다는 좀 더 세련되게 만질 수 있었을 텐데 말이에요. 난 당신이 비행에 대비해서 늘 올리고 다니는 줄 알았지 뭐예요."

저 여자가 그걸 어떻게 알지? 더는 못 참겠다.

*"지금 그 여자를 죽인다면 안타까운데. 난 10분쯤 떨어진 곳에서 사냥 중이라 구경거리를 놓칠 거란 말이다."* 테른이 말했다.

마력이 차올랐다.

*"통제해라. 당장."* 테른이 비아냥이 싹 사라진 목소리로 명령했다.

나는 침을 꿀꺽 삼키면서 여자에게 벼락을 때리고 싶은 욕구와 싸웠다. 캣은 대체 왜 나에게 이렇게 비이성적인 감정을 불러일으키는 걸까? "나에 대해 걱정해주다니 참 다정하긴 한데, 오늘 밤에 내가 싸우고 싶은 상대는 당신이 아니거든." 나는 캣에게 단언했다.

"그럼 제이든이에요?" 캣은 눈을 가늘게 뜨더니, 가짜 동정심을 뚝뚝 흘렸다. "아직도 그 사람이 당황하거나 자제력을 잃는 남자가 아니라는 걸 모른다면, 당신도 정말이지 희망이 없네요. 에너지를 아껴요. 그 사람은 당신이 어떤 싸움을 걸든 어린애 같다고 생각할 테니까."

젠장. 그 말이 맞다. 내가 뭘 하는 거지? 제이든은 당황하는 법이 없고, 그것도 나 때문에 당황하는 일은 절대 없다.

삐걱대는 소리를 내면서 쪼개지다가 산산조각이 나는 나무. 바닥에 떨어져 부딪치는 단검 소리. 심장이 쿵쿵 울리는 느낌. 환희가 골수에 자리 잡으면서 밭아지는 숨. '한 번도 이렇게 통제력을 잃어본 적이 없어.' 퍼뜩 스친 기억이 내 중심을 흔들자 머리가 다시 맑아지면서 알지도 못하는 여자를 향한 참을 수 없는 질투를 걷어낼 수 있었다.

위병들은 플라이어들에게 목례를 하고 문을 열기 위해 움직였다.

"작작 좀 해." 시레나가 동생을 향해 날카롭게 말했다. "넌 바이올렛보다 한 살 많고, 너희 둘이 사귄 건 한참 전이었어. 제이든은 남자 하나에 불과하지만, 바이올렛은 우리가 어둠의 세력을 상대로 가진 최고의 무기야."

"괜찮아?" 미라가 걱정스러운 눈으로 내 얼굴을 훑어보며 물었다.

"아니." 나는 속삭였다. "하지만 뭐가 잘못된 건지도 잘 모르겠어."

문이 열리고, 나는 평생 본 가장 큰 식당으로 들어갔다. 다가오는 구름이 하늘을 어둡게 물들이고 있는데도 유리문들은 테라스를 향해 활짝 열려 있었다. 습한 저녁 바람이 테이블에 놓인 촛불들을 흔드는 가운데 위병들이 우리 뒤에서 문을 닫았다. 식당 안에 놓인 길고 화려한 장식의 테이블에는 50명도 넘는 사람이 있었다.

그리고 그들 모두가 고개를 돌려 우리 넷을 쳐다보았다.

내 시선은 순식간에 제이든을 찾아냈다. 제이든이 테이블 중앙에 앉아 있기 때문도 아니고, 검은색 옷을 입은 남자가 둘뿐이라서도 아니었다. 나를 감지한 것처럼 몸을 돌렸기 때문조차 아니었다. 내가 그를 순식간에 찾아낸 건, 그가 내 중력의 중심이기 때문이었다.

제이든이 잔소리하고, 여기에 나를 데려오지 않으려 고집을 부리고, 아직 이야기하지 않은 과거사가 있고, 지금 나에게 다가오는 제이든이 입고 있는 튜닉이 맞춤옷이라는 게 화가 나긴 해도, 그가 내 심장을 끌어당기는 자석이라는 사실이 달라지진 않았다.

"그 드레스는…." 그의 시선이 나를 훑어보자, 뺨이 붉어지고 맥박이 빨라질 정도로 열기가 한껏 달아올랐다. *"이건 반칙이야, 바이올런스."*

하지만 바로 옆에 있는 빨간 드레스를 입은 여자를 선택하는 게 당연한데 왜 나에게 오는 거지?

"난 아직도 당신에게 많이 화나 있어." 나는 턱을 들어 올렸고, 이런 자세를 취하는 나에게도 화가 났다. 이 모든 괴상한 감정이 뭔지 모르겠다.

"마찬가지야." 그는 내 머리카락에 한 손을 넣더니, 척추 끝에 손가락을 대면서 잇새로 숨을 들이켰다. "하지만 여전히 너를 미친 듯이, 걷잡을 수 없이, 통제 불능으로 사랑하면서 동시에 화가 나는 것도 가능하지."

그의 입술이 내 입술에 부딪치자마자 주위가 캄캄해지면서 제이든 외에 모든 것이 지워졌다. 이 세상에 우리밖에 없는 것 같았다. 몸에 불이 붙었다. 신들이시여. 분노보다 강한 게 있다면 우리 사이의 화학반응뿐일 것이다. 숨도 못 쉬게 키스하는 동안 그의 튜닉 자락을 붙잡게 만드는 즉각적인 욕망의 솟구침. 뜨겁던 질투도, 스스로를 의심하게 만들던 불안감도 순식간에 사라져버렸다. 마치 제이든이 나에게 둘러친 그림자 벽이….

"뭘 한 거야?" 나는 입술을 떼고 심호흡을 했고, 그는 나에게 이마를 맞대고 완벽한 어둠 속에 우리를 감쌌다.

"오늘 오후에 널 보자마자 해야 했던 일." 그의 손이 내 머리카락을 단단히 쥐고 살짝 잡아당겼다. "그리고 아마 캣에게 네 머릿속을 헤집는 일을 그만두게 할 만큼 충격을 줬겠지."

"무슨 뜻이야?"

"캣은 주위에 있는 사람들의 감정을 고조시키는 능력이 있고, 그 힘은 드물게 강력해. 네가 저녁 내내 날 차단하지 않았다면 더 일찍 말해줬을 거야."

나는 잠시 입을 벌렸다가 소리 나게 닫았다. 우선은 내가 제이든을 차단하는 데 성공했다는 사실에 놀랐고, 둘째로는…. 내가 마음을 가다듬을 수 없었던 것도 당연했다. 캣이 전쟁을 벌였는데 나는 미처 시작한 줄도 모르고 있었다. 잠깐만. 더 빨리 말했을 거라고? 말할 시간이 몇 주는 있었잖아.

"네가 이겼어." 제이든이 속삭였다. 그가 고개를 들고 나와 시선을 맞추자 그림자가 나타났을 때만큼이나 빨리 떨어져 나갔다.

"난 아직 당신과 싸움을 시작하지도 않았는데." 나는 그의 가슴팍에서 손을 내리고 내 안에서 새로이 솟아오르는 마력을 차단벽에 쏟아부었다. 애초에 캣은 어떻게 이 차단벽을 통과한 거지? 제이든을 차단했다면 캣을 막기에도 충분히 강하다는 뜻인데.

"알았어. 원한다면 오늘 밤에 얼마든지 싸울 수 있어. 다만 네가 이미 이겼다는 것만 알아둬. 네가 뭐라고 하는지 들었거든." 내 머리카락을 잡은 그의 손에서 힘이 빠지더니 목덜미로 내려왔다. "네 말을 귀 기울여 듣지 않아서 미안해. 널 그 심문실에서 빼낸 후부터 과잉반응해서 미안해. 아니, 레손부터구나. 스게일에게 놈들이 널 고문하고 있다는 말을 듣고도 네게 갈 수가 없었을 때…." 그가 잠시 눈을 감았다가 뜨자, 아까 잠깐 보았던 두려움이 전면에 드러났다. "네가 위험에 빠지면 난 숨을 쉴 수가 없어. 하지만 그게 네 잘못은 아니지. 네가 부탁했을 때 여기로 데리고 왔었어야 했어."

나는 입술을 벌리고 눈을 깜박였다. 분명히 잘못 들은 거겠지.

"이젠 네 차례야. 우리가 계획을 세울 수 있게, 내가 데려올 때까지 기다렸어야 했다고 인정할 수 있어?" 그의 손가락이 내 드러난 등을 섬세하게 따라 올라갔다.

"아니." 나는 그 손길에 몸을 떨었다. "말하지 않은 건 미안하지만, 여기 온 건 미안하지 않아. 우리에겐 지금 그 루미너리가 필요해."

그의 입꼬리가 올라갔다. "그럴 줄 알았어."

"두 사람, 그만 자리에 와서 앉지 않겠나? 자네가 오늘 저녁 논의에 가장 중요한데 말이야." 자작이 조용해진 방에 대고 말했다. 살짝 짜증이 느껴지는 말투였다.

아, 모두가 자리에서 일어나 열린 유리문 옆에 선 채로 우리를 기다리고 있었다.

"*모든 상황에 대비해.*" 제이든은 그렇게 말하고서 테카루스에게 몸을 돌렸다. "사과는 하지 않겠습니다." 그는 내게 손깍지를 꼈고, 우리는 테이블 주위를 돌아서 테카루스가 기다리는 곳으로 걸어갔다. "바이올렛이 근처에 있으면 자제하기가 불가능해서요."

얼굴에 열이 올랐다. 뭐라고? 캣이 하는 말을 들었나? 그럴 리가 없는데.

삼촌 옆에 서 있던 캣이 딱딱하게 굳더니, 제이든이 방금 전투에서 치명타라도 먹었다는 듯이 얼굴을 무너뜨렸다. 나는 그런 전투가 벌어지는 줄도 몰랐는데 말이다.

"그렇다고 듣긴 했지." 테카루스는 밖으로 따라오라고 손짓했고, 우리는 대리석 테라스로 향했다. 미라와 브레넌이 바싹 따라왔다. "자네가 저 친구를 위해 군사학교를 무너뜨렸을 때 소문이 빨리 돌았거든." 테카루스는 나에게 경의라도 표하는 것처럼 와인 잔을 내 쪽으로 살짝 기울였다. "자네 분과를 반으로 쪼개놓았다지. 브라보. 우리가 그 학교를 무너뜨리려고 몇 년을 애썼는데, 자네가 며칠 만에 해치웠지? 6일?"

죄책감이 드래곤의 무게로 가슴을 누르는 기분이었다.

"5일입니다." 제이든은 내 손을 꽉 쥐고 테라스를 가로질러 넓은 계단 위에 도착했다. 아니, 계단이 아니라 좌석이었다. 경사진 언덕의 북쪽 면 전체를 층층이 파서 테른의 키만 한 깊이에, 테른 몸길이의 두 배만 한 타원형의 야외 경기장을 만들어놓았다.

"5일이라." 테카루스가 믿을 수가 없다는 듯이 고개를 내젓더니 나를 돌아보았다. "놀랍군. 자, 자네는 내가 가진 루미너리를 획득하는 문제를 의논하고 싶겠지?"

"자작님이 저희를 여기로 데리고 나온 건 의논을 시작하기 전에 제 능력을 보고 싶어서겠죠?" 나는 비 냄새를 짙게 머금은 바람이 머리카락을 뒤로 날리는 가운데 물었다. 비가 쏟아지기 직전이었다.

"그런 귀한 물건을 두고 협상하려면 그 전에 자네들이 뭘 할 수 있는지 보는 게 신중하지 않겠나." 그는 마법 불빛이 밝혀진 무대 쪽을 가리켰다.

"공평한 이야기 같군요." 나는 제이든에게서 손을 빼고 마력에 마음을 뻗었다.

"아, 이 위에서 말고." 사람들이 마실 것을 손에 든 채 합류해서 테라스 가장자리에 서는 동안, 테카루스는 고개를 저었다. "저 아래에서 하지. 결국 이것도 일종의 공연 아닌가? 몇 년이나 걸려서 지은 경기장을 놀리는 것도 아깝고 말이야. 아주 특별한 무대라네. 모든 돌을 브레이빅에서 채굴해왔지. 던네스 강 동쪽에서 말이야. 저기 보게, 자네의 목표물을 밀고 나오는군."

목표물이라고? 이런 젠장.

제복을 입은 위병 네 명이 경기장 바닥의 풀밭 한가운데로 옷장만 한 금속 상자를 밀고 나왔다. 펠릭스가 가리킨 바위 세 개도 맞추지 못했는데, 저 상자를 때려야 한다고? 논의는 시작하기도 전에 끝나겠군.

"자네는 립스태드 궤짝을 알아볼지도 모르겠군, 제이든. 자네 아버지가 가져온 물건이지. 우리가 누군가는 더 큰 보물이라고 여길 수도 있는 것을 두고 협상할 때 말이야."

*"저 궤짝이 당신 아버지 물건이라고?"*

"아버지 소유의 가장 귀중한 물건 중 하나였지." 제이든이 긴장했다. "제가 아래까지 데려가죠."

"안 돼." 테카루스가 감정 없이 말했다.

우리 둘 다 그에게 고개를 돌렸다.

"그래서야 이 친구가 자네 없이 뭘 할 수 있는지 내가 어찌 알겠나?" 테카루스는 제이든을 보고 눈을 가늘게 떴다. "내 제안은 간단해. 라이오슨 자네가 저 경기장 안에 발을 들이지 않고, 소른게일은 목표물을 때릴 때까지 저 풀밭을 떠나지 않는 한에서만 루미너리에 대한 의논을 시작할 걸세. 그 제안을 받아들이거나 떠나게."

"우린 떠나…." 제이든이 딱 부러지는 말투로 입을 열었다.

"받아들이죠." 나는 제이든을 올려다보았다. "내 고유 능력으로부터 나를 지켜줄 필요는 없어. 자작이 당신 아버지의 궤짝을 날려버리길 원한다면 내가 날려버릴게."

그는 잠시 눈매를 좁혔다가 한숨을 내쉬었다. "하고 싶은 말은 알겠어."

나는 치맛자락을 모아 쥐고 계단을 내려가기 시작했다. 불안감에 가슴이 답답해졌지만, 그 마음을 떨쳐냈다. 벼락을 많이 불러내면 그중 하나는 맞겠지. 앤다나가 도착하기 전에 레손에서도 그렇게 헤쳐 나오지 않았던가?

"나도 갈게." 미라가 뒤에서 말했다. "나야 쟤 고유 능력과는 아무 관계도 없으니까요." 미라는 테카루스에게 그렇게 외치고 나를 따라잡았다.

자작도 반대하지 않았다.

"그리고 내 능력은 보호막에서 이렇게 멀어지면 효과가 없어." 미라는 마지막 말을 나만 들을 수 있게 속삭였다. "아까 시도해봤는데 안 되더라."

"걱정하지 마. 언니가 보호막을 칠 필요는 없어. 궤짝이 폭발하면 피하기만 해." 나는 굳은 미소를 보이며 대답했다.

*"당신 아버지가 협상한 더 큰 보물이 뭐야?"* 나는 모래 빛의 돌계단을 반쯤 내려가며 제이든에게 물었다. 이 경기장을 지을 만큼 채굴하려면 시간이 얼마나 걸렸을지 상상도 가지 않았다. 그 돌을 브레이빅 끝에서부터 가지고 온 건 또 어떻고.

*"아버지가 맺은 동맹. 작년에 내가 공식적으로 부정한 동맹이지. 그 궤짝은 값을 매길 수 없는 물건이야. 자작이 네가 번개를 쳐서 그 궤짝을 부수길 원한다면, 이건 네가 아니라 나에 대한 성명서에 가까워."*

*"왜 난 놀랍지가 않을까?"* 기분 나쁜 퍼즐이 맞춰지면서 나는 손에 쥔 섬세한 실크 드레스를 구겼다. *"그 동맹이 혹시 캣과 관련되어 있어?"*

제이든이 말하기도 전에 결속을 통해 느껴지는 망설임이 대답이 되었다.

*"맞아."*

"도착하기 전에 그 정보를 알았더라면 가치가 컸을 텐데." 조금의 과장도 없는 말이었다. 캣이 나를 미워하는 것도 당연했다. 제이든이 동맹을 파기한 이유가 나라고 생각할 만큼 자기중심적이진 않지만, 분명히 지금은 내가 동맹을 재개하는 데 방해물이었다. 캣의 삼촌은 양쪽이 합의했던 조건의 상징 자체를 내가 날려버리길 원하는 것이다.

"우린 아직 싸우는 중이군. 이해했어."

미라와 내가 풀밭에 도착했을 때쯤 빗방울이 떨어지기 시작했다.

"가죽옷을 입었어야 했는데." 미라가 나와 보조를 맞추면서 중얼거렸다.

"난 겨냥을 못해." 궤짝에서 6미터쯤 떨어진 곳에 멈춰 서면서 언니에게 조용히 말했다. 궤짝의 두꺼운 문에 새겨진 룬 문자가 보일 만한 거리였다. "카의 훈련은 질이 아니라 양에만 초점을 맞췄고, 펠릭스와 나는 이제 막 수업을 시작했거든. 그러니까 시간이 좀 걸릴 수도 있어."

위병 두 명이 그들보다 더 크고 두꺼운 궤짝 앞으로 이동했다. 정말이지 거대한 궤짝이었다. 목표물이 클수록 맞추기는 쉽다. 위병 하나가 주머니에서 작은 물건을 꺼냈는데, 이 위치에서는 알아볼 수 없었다.

"저 사람들은 얼마나 오래 걸리는지는 관심이 없는 것 같아." 미라가 경기장 위쪽을 고갯짓으로 가리켰다. 활을 든 그리폰 플라이어 수십 명이 맨 윗줄을 에워싸고서 우리 쪽으로 화살을 겨누고 있었다. "네가 목표물 대신 테카루스를 때릴까 봐 걱정하나 본데."

"그래. 참 압박감 없다." 나는 두 손을 들어 올리고 테른의 마력을 끌어당겼다. 평소에는 잔혹한 열기라고 생각했는데, 그 마력 없이 며칠이고 바리쉬의 고문을 받고 나니 이 느낌에 얼마나 마음이 놓이는지. "두 사람은 비키는 게 좋을 거예요." 위병들에게 소리치는데, 앞에 서 있던 다부진 위병이 궤짝 앞으로 주먹을 갖다댔다. 그 거대한 철 궤짝이 넘어지면 잡으려는 건 아닐 테고… 열쇠를 들고 있겠지.

불안한 전율이 등골을 타고 올랐다.

"남쪽에 있는 아크타일 대양은 물이 잔잔하고 따뜻하기로 유명하며, 한때는 수익성 높은 무역로들이 있었다." 나는 쿵쿵 뛰는 심장을 진정시키려고 읊조렸다.

"너 아직도 그거 해?" 미라가 나를 보고 눈썹을 들어 올렸다.

"그냥 내가…."

궤짝의 양쪽 여닫이문이 벌컥 열리더니, 놀랄 만한 기세로 위병 두 명을 바닥에 쓰러뜨렸다. 한 남자가 튀어나와서 손과 무릎으로 풀밭을 짚었다. 고동색 튜닉과 바지가 너덜너덜한 걸 보니 몇 주는 포로로 잡혀 있던 모양새였다.

"이게 뭐야?" 미라가 중얼거렸다.

그 남자가 고개를 홱 들어서 우리를 보자, 순수한 부동의 공포에 심장이 멈출 것 같았다.

충혈된 눈에서 주위로 뻗어나가는 붉은 핏줄.

"바이올렛!" 제이든이 고함쳤다.

베닌이었다.

# 42

소른게일 생도는 보호막을 확장하여 스스로와 드래곤 주위에 두를 수 있는 놀라운 고유 능력을 갖고 있지만, 극도의 감정적인 고통 없이는 일관되게 보호막을 생성하지 못합니다. 이 능력은 시간이 지나도 발전하지 않을 것 같다는 보고를 드리게 되어 유감입니다. 정말 큰 희망을 품었는데 말입니다.

_ 카 교수가 소른게일 장군에게 보낸 특별 보고

"저게….." 미라가 이미 단검을 뽑아들면서 속삭였다. 베닌은 미친놈처럼 웃으면서 경기장 바닥의 푹신한 풀밭에 손을 파묻고 있었다.

숨 쉬어. 숨 쉬어야 해. 하지만 공기가 없어.

물결치는 자주색 로브. 앞으로 돌진하는 솔레일, 그 뒤를 달리는 퓨일. 퍼져나가던 죽음과 부패가 그 둘에게 닿는다. 쓰러진다. 둘의 몸은 마력과 생명을 빨리고 껍데기만 남는다.

"*은빛 아이야!*" 테른의 포효가 머릿속을 찢으면서 나를 통째로 삼킬 뻔한 과거에서 뜯어냈다. 빗방울이 주위에 후드둑 떨어졌다. 거세지만 산발적인 비였다. 여긴 레손이 아니야. 여긴 코딘이고, 난 미라를 지켜야 해.

"비켜!" 나는 위병들을 향해 외쳤다. 두 명이 도망치는 가운데, 남은 한 명은 비틀거리며 뒷걸음질했고, 또 다른 한 명은 충격에 얼어붙어 있었다. "여기에서 빠져 나가." 나는 테른의 마력을 막고 있던 수문을 열면서 지글거리는 열기가 혈관을 가득 채우는 가운데 미라에게 지시했다.

"널 저 물건과 두고 갈 순 없어!" 미라가 단검을 날렸다.

"안 돼!" 소리쳤지만, 너무 늦었다. 단검이 베닌의 어깨에 꽂혔다.

놈은 쉭 소리를 내더니 단검을 잡아 뽑으면서 동시에 굳어 있던 위병을 잡아챘다.

"잘됐네, 이젠 단검도 가졌잖아!" 나는 두 손을 들어 올려 온몸을 태우는 에너지를 풀어놓았다.

하얗다 못해 파랗기까지 한 번개가 치고, 나는 손으로 눈을 가렸다. 번개는 이끌리기라도 한 것처럼 궤짝을 때렸다. 경기장에 불똥이 우수수 튀었고, 미처 털어내기 전에 불똥 하나가 내 손등을 그을렸다.

*"테른이 필요해요!"*

*"가고 있다."*

패닉에 사로잡히기 직전인데, 나는 소중한 몇 초를 허비하면서 어깨 너머를 돌아보고 말았다. 제이든이 이미 계단으로 뛰고 있었다. *"그대로 남아서 감정을 다스려. 우리에겐 루미너리가 필요해."*

*"바이올런스…."*

*"내가 할 수 있어."* 쇠약해진 베닌 하나도 처리하지 못한다면, 대륙이 살아남을 가능성이 얼마나 되겠는가?

바람 방향이 바뀌면서 머리카락이 얼굴을 때렸고, 몸을 틀자 베닌의 두 손이 위병의 목을 잡은 모습이 보였다. 지켜보지 않아도 앞으로 일어날 일을 알 수 있었다.

"저걸 죽일 수 있는 건 합금 단검뿐이야." 나는 단검을 뽑아서 옷단을 잘라내며 미라에게 말했다. 겨냥할 수 없다면 결국 격투로 가야 한다.

위병의 비명이 귀를 찔렀다.

"이런 세상에… 저게 정말로… 계획은 뭐야, 바이?" 미라가 다른 단검을 쥐면서 물었다.

95

"저놈이 우릴 죽이기 전에 저놈을 죽여야지. 그리고 무슨 일이 있어도 놈의 손이 몸에 닿게 하지 마." 나는 머리카락을 하나로 모아서 잘라낸 드레스 천으로 재빨리 묶었다. 앞이 보이지 않았다간 죽은 목숨이다.

베닌은 위병을 방패처럼 들고서 혹시 있을 단검 투척을 막았다. 비명이 몇 더니 위병이 내 눈앞에서 생기를 잃고 시들었다. 그래도 다른 세 명 중에 두 명은 이미 풀밭에서 벗어났다.

나는 테른의 마력에 휩싸여 다시, 또다시 벼락을 때렸지만 베닌 주위의 풀밭만 그을릴 뿐 놈을 맞추지는 못했다. 땅에 쓰러진 위병은 몸이 갈라졌다. 빗방울은 점점 거세고 빠르게 떨어졌다.

"빌어먹을!"

"너로군." 베닌이 점점 커져가는 폭풍 소리 너머로 말했다. "하늘을 지배하는 자." 그는 소름끼치는 흥분을 드러내며 눈을 크게 떴다. "아, 너와 같이 돌아가면 내가 얼마나 큰 보상을 받을까."

"국경 너머까지 명성을 떨치는 소른게일은 나뿐인 줄 알았더니 말이야." 미라가 내게 바싹 붙은 채로 격투 자세를 취했다.

"너희 스승이 주는 보상?" 나는 비가 쏟아지는 가운데 놈의 움직임을 주시하면서 물었다. 젠장, 단검을 던질 기회를 잡을 수가 없다. 단번에 맞추지 못하면 무방비해지는데, 이 전장에는 나 혼자가 아니었다. *단검이 필요해.*

"어떤 스승 말이냐? 내가 장담하는데, 너는 차라리⋯." 놈이 팔을 들어 올리며 말하려고 했다.

"죽고 싶어 하게 될 거라고?" 내가 그 말을 잘랐다. "그런 말은 벌써 들었어. 그 말을 한 놈도 죽였지." 하지만 그때는 성가신 드레스 차림이 아니었지. 이 옷은 욕 나오는 골칫거리였다.

*"네 뒤에."* 제이든이 말했다.

뒤를 흘긋 보자 1.5미터 정도 떨어진 땅에 합금 단검 두 자루가 박혀 있었다. "미라!"

언니는 내 시선을 따라 바로 움직였고, 나는 빠르게 손목을 털어 베닌의 목을 향해 단검을 던졌다.

단검은 놈의 옆구리에 박혔다.

젠장. 쏟아지는 비 때문에 아래로 떨어질 것을 계산하지 못했다.

베닌이 고통스러운 소리를 지르며 단검을 뽑는 사이에 미라가 제이든이 던져준 두 자루 중 하나를 건넸다. 나는 빗물에 미끌거리는 손잡이를 쥐고, 베닌이 두 팔을 들어 올리는 모습을 보며 최악에 대비했다.

그러나 놈이 던진 건 단검이 아니었다.

립스태드 궤짝이 날아왔는데, 어찌나 빠른지 간신히 미라를 넘어뜨릴 시간밖에 없었다. 궤짝은 허공을 가르는 소리가 들릴 정도로 아슬아슬하게 스쳐 지나갔다. 그 뒤에 곧바로 단검 한 자루가 날아오고, 또 한 자루가 날아왔다. 나를 맞추지는 못했지만 드레스 왼쪽 자락이 바닥에 꽂혔다. 가속도를 이용해서 계속 몸을 굴리자 얇은 실크가 찢어졌고, 브레넌이 나를 잡아 일으켰다. 브레넌도 합류하기로 한 모양이었다.

신들이시여, 안 돼요. 둘 다 여기서 잃을 순 없다.

"저놈을 포위해야 해." 브레넌이 젖은 풀밭에 떨어진 합금 단검을 집으면서 말했다. 빗물이 순식간에 내 발과 머리카락, 드레스를 적셨다.

"이 빗속에서 제대로 볼 수도 없는데 어떻게?" 미라가 물었다.

*"몇 분이면 된다!"* 테른이 소리쳤다.

그 몇 분이면 우린 죽을지도 모르지만, 어차피 내가 그 망할 루미너리를 확보하지 못하면 모두가 죽을 터였다.

"우린 무슨 일이 있어도 저놈을 이 풀밭에 붙들어놔야 해. 베닌 하나면 이 궁전에 있는 모두의 생명력을 흡수할 수 있어." 나는 언니와 오빠에게 말했다. 우리는 등을 맞대고 풀밭을 살폈다. 그리고 6미터쯤 떨어진 곳에서 한쪽 무릎을 꿇은 베닌을 보자 숨이 멎을 것 같았다.

안 돼. 놈이 땅에 손을 뻗는 모습을 보고 있으려니 시간이 느릿느릿 움직이는 것 같았다.

도망칠 시간이 없다. 도망치지 못할 것이다.

내 최악의 악몽이 현실이 되기 직전이었다.

우리의 임무가 내 오빠와 언니를 죽일 것이다.

"정말 미안해." 속삭임조차 되지 않은 소리가 흘러나왔다.

놈의 주먹이 땅바닥을 때렸다. 폭풍 속에서도 놈의 눈이 시뻘겋게 타오르고 주위에 있는 풀이 갈색이 되는 모습을 숨도 쉬지 못하고 지켜보면서 나는 공포에 질렸다.

"미라!" 브레넌이 외쳤다. "차단막!"

"보호막에서 이렇게 멀면 모, 못해!" 땅이 마법에 굴복하는 것처럼 물결치고, 죽음이 우리를 향해 질주하는 가운데 미라가 입꼬리를 내렸다.

"차단하지 못하면 우린 죽어!" 브레넌이 우리를 꽉 끌어안았다.

우리의 몸집을 최대한 작게 줄이기 위해 내가 몸을 웅크리는 사이, 미라는 위로 두 팔을 뻗었다. 미라의 몸이 떨리고, 브레넌과 나는 그 몸을 지탱하기 위해 미라의 등을 끌어안았다. 미라는 몸이 찢어지는 듯한 비명을 내질렀다.

언니가 소진되고 말 거야.

그림자가 우리 쪽으로 밀려왔지만, 제때 닿지 못할 것이다.

"*사랑해.*" 나는 제이든에게 마지막 말을 던지고 내 마력이 빨려나가는 순간을 기다렸다.

그러나 그 순간은 오지 않았다.

"*넌 살 거야!*" 제이든이 명령했다. 그렇게 간단하면 참 좋겠지.

미라가 쓰러지고, 브레넌이 그 몸을 받아내는 동안 주위를 둘러보았다.

우리를 둘러싼 작은 원을 제외하고 풀밭 전체가 죽어 있었다. 언니가 우리를 구했다. 하지만 죽은 것은 풀밭뿐이었다. 구경꾼들은 저 위에서 멀쩡하게 살아 있음을 알 수 있었다. '모든 돌을 브레이빅에서 채굴해왔지. 던네스 강 동쪽에서 말이야.' 테카루스가 그렇게 말하지 않았던가?

나는 눈에 들어간 빗물을 닦아내고 일어나서 베닌을 마주했다.

놈은 만족한 듯이 어깨를 돌렸고, 환희에 찬 웃음으로 이목구비를 일그러 뜨리며 고개를 뒤로 젖혔다.

"네가 번개로 저놈을 맞출 수 없다면 최대한 가까이 다가가서 싸워야 해. 놈이 우리 둘 다 잡을 순 없어." 브레넌이 의식을 잃은 미라를 품에 안고 일어 나며 말했다.

"*얼마나 남았어요?*" 테른에게 물었다. 이제 빗방울은 남은 풀을 때리기보 다는 고인 물 위로 떨어졌다.

"*1분도 안 걸린다.*"

"내가 놈을 맞출 필요가 없어." 나는 그렇게 속삭이면서 물에 잠긴 풀밭을 둘러보았다. "미라를 데리고 계단으로 가. 거기선 안전할 거야."

브레넌은 내가 방금 세상이 납작하다고 말하기라도 했다는 듯한 놀란 눈으 로 쳐다보았다. "저놈이 다음에 마력을 빨아들일 때까지…."

"날 믿어야 해. 언니를 데려가." 나는 오빠를 올려다본 뒤 테른의 마력을 흡 수했다. 고삐를 풀고 마력을 몸 구석구석에 가득 채웠다.

"바이올렛…." 브레넌의 시선에 어찌나 사랑과 걱정과 두려움이 가득하던 지, 미소 지을 수밖에 없었다.

"난 내가 뭘 하는지 알아. 어서, 달려." 나는 브레넌에게서 합금 단검을 받 아들고 몸을 돌렸다.

"*대체 뭘 하는 거야, 바이올런스?*" 제이든이 빠르게 물었다.

"*쉿. 나 집중하는 중이야.*" 나는 베닌이 몸을 돌리는 모습을 보며 차단벽 을 올려서 제이든을 막았다.

베닌은 나를 보고 더 활짝 웃었다.

"넌 대단한 상품이 될 거다." 놈은 빗속에서 소리치며 세상 느긋하게 내 쪽 으로 걸어왔다. "생각해보니 너와 함께 드래곤도 따라오겠군! 너희는 오래 떨 어져 있을 수 없지 않던가?"

나는 양손에 합금 단검을 쥐고 기다렸다.

지금 이성을 잃으면 죽는다.

놈에게 덤벼들었다가 지면? 죽는다.

너무 오래 기다렸다가 놈의 손이 나에게 닿으면? 그래, 역시 죽는다.

내가 테른의 등 위에서 죽였던 여자는 내 격투 모습을 보고 바로 적응했다. 그러니까 마지막 순간까지 기다렸다가 패를 보여줘야 한다.

빗방울이 달아오른 피부에 떨어져 치직 소리를 냈다. 마력을 더 많이 받아들였다간 통제 능력을 잃고 타버릴지 모른다. 나는 아슬아슬한 상태에 머물러 있었다. 그러다가 빗소리를 압도하는 소리가 들렸다.

날갯짓 소리였다.

"*타이밍이 얼마나 중요한지 내가 강조할 필요는 없겠지?*" 테른이 말했다.

"*내 타이밍은 완벽할 거예요.*" 베닌이 한 걸음, 한 걸음, 가까이 다가오는 가운데 내 심장박동은 진정됐다. 실수할 여력이 없었다. 오른쪽을 흘끗 보고 미라와 브레넌이 풀밭에서 벗어난 걸 확인했다.

"*그러리라 믿는다.*"

베닌이 바싹 다가와서 약점을 찾는 눈으로 나를 훑어보는 순간, 등에서 테른의 날개가 일으키는 바람이 느껴졌다.

지금이다. 나는 단검 두 자루를 동시에 베닌에게 던졌다. 이번에는 빗줄기의 힘도 계산했다. 그리고 단검이 놈의 부츠를 가르면서 두 발등에 꽂히는 모습을 보자마자 두 팔을 옆으로 펼치고 마력을 모조리 풀어서 뜨거운 번개를 쏟아냈다.

두 팔을 빳빳하게 펼치고 모든 근육을 고정시켰다.

테른의 발톱이 내 어깨를 낚아챈 바로 그 순간에 번개가 격분한 베닌 뒤쪽을 때리더니, 눈부신 섬광으로 하늘을 밝혔다. 그리고 강력한 에너지가 경기장을 뒤덮은 물을 통해 베닌의 발까지 전해졌다.

베닌은 날카로운 고통의 비명을 지르다가 생명을 잃고 바닥에 쓰러졌다.

우리는 그 머리 위를 체공했다.

내가 해냈다. 던이시여, 축복 받으소서. 내가 해냈다.

*"간신히 해냈지."*

테른이 왼쪽으로 몸을 기울여 경기장 곡선을 따라 궁전으로 날아가는 동안, 나는 어이없는 표정을 지은 채 얼굴에 흘러내리는 빗물 속에서 깊이 숨을 들이마셨다.

스게일, 테인, 그리고 마브가 테라스 위 방어 위치를 점거하며 모여든 사람들을 태워버릴 자세로 앉아 있었다.

*"누구든 너에게 다가가면 먹어치우겠다. 내 인내심도 다했어."* 테른은 날개를 천천히 퍼덕이며 테라스에 접근했다.

*"사람들에게 확실히 경고해둘게요."* 테른은 젖은 슬리퍼를 신고 있는 내 발이 균형을 잡을 때까지 기다렸다가, 사람들 사이로 걸어 들어가며 플라이어와 귀족들의 비명을 끌어냈다. 발톱으로 대리석을 쩍쩍 깨뜨리고, 풀밭까지 꼬리를 무섭게 휘두르면서 몸을 돌리더니 드래곤들이 구축해놓은 사각형의 방어진을 마저 완성했다.

브레넌이 나와 보조를 맞췄고, 미라는 오빠에게 기대어 있긴 해도 자기 발로 걷고 있었다.

"괜찮아?" 작은 소리로 묻는데, 옆에 우산을 든 귀족들이 보였다. 저것들에겐 이게 재밌는 오락거리였나 보다.

"네가 걱정해야 할 건 우리가 아니야." 브레넌이 중얼거리며 나를 자작 쪽으로 이끌었다. 캣과 시레나를 포함한 귀족들이 갈라졌고, 어쩌면 내가 방금 빠졌던 함정보다 훨씬 더 위험한 상황이 드러났다.

제이든이 반쯤 주먹 쥔 손을 가슴 앞으로 들어 올린 채 격분해서 차가워진 눈으로 자작을 올려다보고 있었다. 자작은 땅을 찾아 발길질을 하고 있었고. 테카루스는 목을 조르는 그림자를 뜯어내려 헛되이 애를 썼다. 꼴깍꼴깍 넘어가는 숨소리를 들으니 천천히 질식해가고 있는 게 분명했다.

"제이든, 제발 그러지 말아줘!" 캣이 외쳤다.

빗줄기는 보슬비로 변해가는데, 제이든은 손아귀에 힘을 더할 뿐이었다.

테카루스는 껵껵거리고, 플라이어들은 무기를 뽑았지만 스게일의 포효에 공격하지 못하고 멈췄다.

나는 차단벽을 살짝 내려 제이든을 들이고는, 그와 연결된 끈에 내 모든 사랑을 쏟아부었다. *"난 멀쩡해."*

제이든이 테카루스에게서 시선을 돌리는데, 그 눈동자 속에 간신히 가둬놓은 분노 때문에 누구인지 알아보기 힘들 정도였다.

"그 목 풀어줘." 나는 차분하게 말했다. "죽어버리면 질문에 대답할 수가 없잖아."

제이든은 검은 눈썹 사이에 주름을 잡더니, 손아귀에서 힘을 조금 풀었다.

나는 그 옆으로 가서 정신만이 아니라 육체로도 나를 느낄 수 있게 어깨로 그의 팔을 스쳤다. "안 죽은 게 행운인 줄 아세요." 나는 잿빛으로 변한 테카루스의 얼굴에 대고 말했다. "제이든을 그런 위험에 밀어 넣었다면 난 이만큼 자비롭지 않았을 거예요."

"이게 자비라고?" 테카루스는 아직도 허공에 발길질을 하면서 숨을 헐떡였다.

"자비롭지." 제이든이 조용히 말했다.

"당신은 던네스 강 동쪽에서 돌을 캐왔죠. 불모지와 닿아 있는 땅에서요. 거긴 이미 마법이 고갈된 땅이었어요."

"맞네!" 테카루스가 외쳤다.

제이든이 작게 욕을 뱉었다.

"베닌을 담을 구덩이를 지었다는 건 그놈 하나만 잡은 게 아니란 뜻이죠." 피부에서는 수증기가 피어올랐지만, 그래도 산 채로 타는 느낌은 아니었다.

"아는 걸 전부 말해줌세." 테카루스가 확언했다. "날 내려놓기만 하게."

"그리고 우리가 당신을 믿어야 한다고요?" 브레넌이 옆에서 물었다.

"우린 며칠 동안이나 그놈이 에너지를 얻지 못하게 할 수 있었고…."

"그거야 립스태드 궤짝에 새겨진 룬문자는 그 안에 넣은 물건을 공중에 띄워놓기 때문이지." 제이든이 말을 끊었다. "그놈은 땅에 손을 댈 수가 없으니 궤짝을 열기 전까지는 마력을 빨아들일 수 없었어. 내가 이미 아는 걸 말해줄 필요는 없어." 제이든이 손을 내리자 그림자가 사라졌다.

테카루스는 대리석 바닥에 엎드린 채 목을 잡고 헐떡였다.

제이든이 그 앞에 쪼그려 앉았다. "내가 동맹을 끊은 것을 두고 말하고 싶은 게 있다면 나한테 와야지. 바이올렛은 당신 권한 밖이야. 앞으로 극도의 친절과 존중이 아닌 다른 감정을 품은 눈으로 바이올렛을 쳐다보기라도 했다간 두 번 생각하지 않고 죽여버린 다음 시레나가 당신 자리를 계승하게 하겠어. 내 말 알아들었나?" 제이든의 차갑고 부드러운 목소리를 듣자 내 등골이 다 서늘해졌다.

테카루스는 고개를 끄덕였다.

"사과해."

*"난 괜찮다니까."* 이건 제이든이 지나쳤다. 이 남자는 포로미엘 왕좌의 다음 계승권자였다.

*"내가 받을 벌을 네가 대신 받는 건 있을 수 없는 일이야."*

"진심으로 사과하네, 바이올렛 소른게일." 테카루스가 손상된 성대로 힘겹게 말했다. "이제 우린 어떤 상황인가, 라이오슨?"

제이든은 일어섰다. "이제 협상을 해야지."


한 시간 후, 우리 넷은 식사를 하고 원래의 비행용 가죽옷으로 갈아입고서 깨끗하게 치워놓은 식당 테이블에 앉아 테카루스, 캣, 시레나, 대여섯 명의 귀족들, 그리고 테카루스 바로 왼쪽에 앉은 장군 하나를 마주 보고 있었다.

제이든과 나를 제외하면 방 안에 있는 모두가 비무장 상태였으나, 어차피 우리는 고유 능력 때문에 무방비해질 수가 없었다.

"내 조건을 먼저 제시해도 될까?" 테카루스가 붉게 부푼 자국이 남은 목에 닿지 않게 옷깃을 잡아당기며 물었다.

"그러시죠." 브레넌이 대답했다.

제이든은 내 왼쪽 허벅지에 슬그머니 손을 올리더니 그대로 두었다. 그는 테라스를 떠난 후부터 줄곧 한 손을 내 몸에 대고 있었다. 내가 비행복을 입을 수 있었던 게 놀라울 정도지만, 이해는 갔다. 제이든이 베닌과 마주하는 장면을 봤다면 나는 지금쯤 그의 무릎 위에 앉아 있을 것이다.

"자네의 힘은… 놀라워." 테카루스는 경이롭다는 듯이 나를 보고 천천히 고개를 내저었다. "심지어 자네는 아직 훈련도 안 된 상태지. 몇 년 후면 자네가 어떻게 될지 생각해보게. 아니, 1년만 지나도 말이야."

제이든이 손을 쫙 폈고, 나는 그의 손을 깍지 껴서 잡았다.

"그건 제안 같지 않은데요." 나는 이 남자가 나만이 아니라 브레넌과 미라까지 죽일 뻔했다는 사실을 무시하려 최선을 다하면서 최대한 평온한 목소리로 말했다. 그러나 치솟은 분노가 바로 끓어오르는 격노로 변했다. 그 변화는 이상하게도 너무 빨랐다.

나는 캣을 흘긋 보며 말했다. "내 머릿속에서 꺼지지 않으면 이 안에 번개를 쏠 거야."

캣이 의자에 등을 기댔지만, 눈을 가늘게 뜨는 그 모습은 패배를 뜻하지 않았다. 설마 그럴 리가. 그 여자는 괜찮은 적수로서 나를 가늠하고 있었다.

게임 시작이다.

"내가 왜 그렇게 성공적인 수집가인지 아나?" 자작이 흥분으로 몸을 떨면서 물었다. "나에겐 사람들이 뭘 원하는지, 어떤 동기에서 보물을 포기하는지 알아보는 재능이 있다네." 맙소사, 이 남자는 바리쉬와 쌍을 이루는 능력자였다. 우리의 고유 능력은 그들의 정신 능력과 크게 다르지 않았다. "자네는 나와 거래를 맺을 수 있을 거야. 자네의 가장 터무니없는 꿈을 내가 이뤄줄 수 있다고 본다면 그러겠지."

제이든이 멍하니 내 허벅지를 어루만졌는데, 그게 내가 굳건히 버티는 데 도움이 되긴 했다. "제 가장 터무니없는 꿈이 뭐라고 생각하시는데요?" 내가 물었다.

"평화." 테카루스는 고개를 끄덕였다. 그의 움직임은 흥분할수록 불규칙해졌다. "물론 자네만의 평화가 아니지. 자네의 동기는 그게 아니야. 자네가 사랑하는 사람들의 평화지."

제이든의 손가락이 멈췄다.

"저 친구의 평화." 테카루스가 말을 맺었다.

다음에 내쉬는 숨이 떨렸다. "듣고 있습니다."

그는 제안을 내놓았고, 인정하는데 잠깐이지만 나도 유혹을 느꼈다. 몇 년을 그의 개인 경비견으로 살면서 수상하게 통제된 패턴으로 날아오는 라이더 없는 와이번을 감시해준다면, 남은 평생을 제이든과 우리 드래곤과 내가 사랑하는 사람들과 함께 평화로운 섬에서 보내게 해주겠다는 건 완벽한 제안이었다. 또한 그것은 겁쟁이의 출구였으며 실현 가능성 없는 제안이기도 했다. 섬 왕국들은 나바르인을 방문객으로도 받지 않았다.

"대륙에서 당신이 드베렐리에게서 얻어낸 땅으로 도망쳐봤자 내가 좋아하는 사람들에게나 알지도 못하는 사람들에게나 도움이 되지 않아요. 그냥 도망일 뿐이죠."

테카루스가 턱에 힘을 넣었다가 뺐고, 나는 그가 거절에 익숙하지 않다는 인상을 받았다.

"내가 티렌더에 루미너리를 준다고 해도?" 그가 브레넌을 흘긋 보았다. "나바르가 생도들을 피 한 방울 흘리지 않고 보내줬다는 말이 빠르게 퍼지고 있네. 난 그 이유가 정말 궁금해. 자네는 안 궁금한가?"

그야 매일 궁금하지.

"드래곤은 당신에게 설명할 이유가 없습니다." 브레넌이 어깨를 으쓱였다. "그리고 제 동생은 방금 그 루미너리를 얻어냈습니다. 아니면 거래를 무를 생

105

각인가요?"

"난 결코 내가 한 말을 어기지 않아." 테카루스는 제이든 쪽을 보더니 화려하게 수놓은 튜닉 소매를 테이블에 대고 몸을 앞으로 기울였다. "우리가 어둠의 세력에 대해 아는 모든 것일세." 그가 은빛 눈썹의 장군에게 고개를 끄덕이자, 장군은 가죽 장정본 한 권을 브레넌 쪽으로 밀었다. 그 책을 보자마자 펼쳐보고 싶어서 손가락이 근질거렸다. "하지만 난 소른게일이 힘을 행사하면 루미너리를 주겠다고 말한 적 없네. 그 뒤에 의논을 시작하자고 했지."

이 인간이 장난하나! 나는 제이든의 손을 꽉 움켜쥐었다. 그러면 제이든이 그림자로 자작의 목을 조르거나, 내가 마력의 통제력을 잃어버리는 사태를 막을 수 있다는 듯이 말이다. 그 유리 도관을 회의에 가져왔어야 했는데.

"그렇다면 의논을 해보죠. 오늘 우리가 루미너리를 가지고 떠나는 대가로 뭘 원하십니까? 무기?" 브레넌이 물었다. "우리가 제시하는 건 무기이니 말입니다. 루미너리는 여기에서 쓸모가 없지만, 우리가 가져가면 자작이 잡지 못하는 베닌과 싸우는 데 필요한 무기를 그리폰 부대에 공급해줄 겁니다."

제발 베닌을 어떻게 잡았는지도 저 책 안에 적혀 있으면 좋겠다.

"무기는 좋은 시작점이지." 테카루스는 고개를 끄덕이며 동의하더니, 캣에게 시선을 옮겼다. "그리고 루미너리와 함께 내가 아카데미가 무너진 후에 받아들인 100명의 플라이어 생도를 아레티아로 데려가게."

지금 뭐라고… 뭐가 어째?

"당신네 생도들을 데리고 우리더러 뭘 어쩌라고?" 제이든이 고개를 비딱하게 기울이며 물었다. "그리폰들은 높은 곳에서 잘 지내지 못해."

"높은 고도에 적응할 기회가 주어진 적이 없을 뿐이야." 테카루스는 반박했다. "그리고 라이더 생도들과 똑같이 교육해줬으면 하네. 생도들을 안전하게 지키고, 함께 일하도록 가르친다면 우리에게도 이 전쟁에서 살아남을 가능성이 있을지 몰라. 하늘을 순찰하는 라이더 없는 와이번을 보았는데, 보나마나 지난 몇 주 동안 자기들이 본 것을 창조자에게 보고했을 걸세. 우리가 받은 정보에 따르면 놈들은 서쪽으로 드레이터스까지 진출했어. 플라이어들이 남쪽에 안전하게 머문다고 도움이 되진 않을 걸세. 그것도 싸우고 싶어 할 때 그래서는 안 되지. 그리고 플라이어에게 와이번을 죽이는 방법을 가르치는 데 드래곤 라이더보다 나은 선생이 누가 있겠나?"

그리폰 플라이어들과 같이 훈련하라고? 캣을 아레티아에 데리고 돌아가라고? 차라리 베닌 열 놈과 맞서겠다. 비무장 상태로. 테른도 앤다노도 없이.

"그리폰들을 데리고 티렌더로 날아갈 방법은 없어." 미라가 지적했다.

제이든이 턱에 힘을 주며 말했다. "있긴 해. 그리폰들이 살아남는다는 보장은 없지만."

"위험은 감수하겠어." 시레나가 대답했다. "생도들이 어둠의 세력과 싸울 수 있을 만큼 오래 살아남기 위해서는 그게 최선이야."

"이게 내 제안일세. 받아들이거나, 떠나게." 테카루스가 요구했다.

말도 안 되는….

"좋습니다." 브레넌이 대답했다. "플라이어 전원이 크로스볼트를 가지고 간다면 받아들이죠."

오빠를 목 졸라 죽여버리겠어.

# 43

아크타일 대양의 위험한 파도에서부터 티렌더 고원의 제일 낮은 평원에 이르기까지, 드랄로 절벽은 곳에 따라 3,600미터 이상의 높이라 그리폰이 날아갈 수 없다. 나바르 안에는 고원까지 올라가는 잘 닦인 길이 세 군데 있지만, 크로블라 국경에는 하나밖에 존재하지 않고… 그리폰과 플라이어 양쪽 모두에게 치명적이다. 어떤 상황에서도 그 길은 시도하지 말라.

— 일라이자 조벤 대령, 《드래곤 물리치기 전술 가이드》(제2장)

위로, 위로, 위로. 드랄로 절벽이 두꺼운 구름 속으로 사라지는 곳까지 올려 보려니 목이 아팠다.

우리가 테카루스와 거래를 성사시킨 지 나흘이 지났다. 사흘 전에 우리는 루미너리를 새로운 대장간이 위치할 아레티아의 위쪽 계곡 옆 줄기에 배달했다. 루미너리는 스게일의 키만 한 높이로 진동하는 파란색의 수정 고리 같은 물건이었다.

그리고 어제, 생도 전원은 하룻밤 푹 자고 3일짜리 임무용으로 가방을 싸서 새벽 4시에 비행 대형으로 집합하라는 명령을 받았다. 그렇게 지금 우리는 태양이 새벽안개를 불사르는 가운데 드레이터스 서쪽 들판에 서서 제1비행단 맞은편에 모인 그리폰 부대를 바라보고 있었다.

"진담은 아니겠지." 대열에서 내 옆에 선 리독이 나와 똑같은 각도로 고개를 꺾으면서 말했다. 이 초원에 모인 100명의 아레티아 생도와 같은 수의 플라이어 생도 중에서 95퍼센트는 똑같이 얼빠진 얼굴로 브레넌이 가리킨 보일락 말락 한 좁고 가파른 등산로를 보고 있을 것이다.

화강암 절벽에 새겨진 일련의 턱과 지그재그 산길은 그리폰보다는 산양에게 더 어울렸고, 어찌나 지형에 녹아들어 있는지 메다로 패스가 쭉 비밀로 지켜진 것도 놀랍지 않았다.

지금까지는.

"동감이야." 비시아가 고개를 끄덕였다. "농담이겠지. 저건 등산로가 아니라 죽음의 덫이야."

브레넌이 신나서 가리킨 길은 그리폰은 고사하고 마차 하나도 들어가지 못할 아주 좁은 너비였다. 그런데… 그리폰더러 저길 오르라고? 드래곤이 날아다니며 망을 보는 동안에 우리도 같이 오르라고?

"진담일 거야. 그렇지 않다면 우리가 여기 있지 않겠지." 리애넌이 어깨 너머로 말했다.

"우리더러 쟤들과 같이 절벽을 오르라니 뭘 기대하는 거야?" 아릭이 낮은 목소리로 물었다.

"쟤들이 떨어지면 잡아준다거나?" 리독이 말했다.

"그래. 우리가 그리폰을 잘도 잡을 수 있겠다." 이모젠이 대꾸했다.

나는 이마를 찌푸리며 가파른 등산로를 살폈다. 내가 걱정하는 건 좁은 길도, 브레넌이 설명한 그리폰용 함정도 아니다. 그저 내 지구력이었다. 12시간의 등산은 내 무릎과 발목을 어지간히 괴롭힐 터였다.

"*등 뒤를 조심해.*" 경고하는 제이든의 목소리가 벌써 희미해져갔다. 그는 스게일과 함께 내가 모르는 임무를 맡아 동쪽으로 날아가고 있었다. "*모든 플라이어의 의도를 조사할 시간이 없었어.*"

제이든의 개인적인 추천을 받는다고 두 학교 사이에 존재하지 않는 신뢰를 쌓는 데 도움이 될까.

*"주의는 이미 줬잖아."* 나는 제이든이 멀어지는 것을 느끼며 상기시켰다. *"죽지 말고, 며칠 후에 봐."* 따뜻한 감정이 몰려오다가 내 마음속에 그림자처럼 존재하던 느낌과 함께 멀어져갔다.

앞 줄에서 베일러가 주먹으로 하품을 가리는 가운데 브레넌은 계속해서 앞으로의 여정에 대해 설교하고 있었다. 브레넌은 쌓여 있는 크로스볼트 위에서 들판 위로 목소리를 증폭시켰다. "올라가는 데 12시간이 걸릴 테지만 서두르지 말고 중간에 쉬기를 추천한다." 그는 우리의 반응을 가늠하듯 훑어보았는데, 우리는 대부분… 할 말을 잃은 상태였다.

들리는 소리라고는 들판 남쪽 끝에 선 작은 떡갈나무들의 잎사귀를 흔드는 가을바람 소리뿐이었다. 주위에 선 드래곤과 그리폰마저도 지금 뭘 하라는 건지 믿지 못하겠다는 듯이 조용했다.

"쟤들에게 우리를 밀어서 떨어뜨릴 기회를 주라고?" 제3비행단의 라이더 한 명이 말했는데, 농담 같지 않았다.

"그 질문이야말로 너희가 같이 등산해야 하는 이유다." 브레넌이 내 시선을 피하면서 말하는데, 시레나가 크로스볼트 더미에 올라섰다. "비행단장들은 그리폰 함정들을 해제하기 위해 함정 위치를 받았다. 너희가 같이 교육받으려면 먼저 상호 존중과 신뢰를 배워야 한다. 어떤 라이더도 난간다리를 건너지 않은 생도를 존중하지 않지." 그는 뒤에 있는 등산로를 가리켰다. "저게 플라이어 생도들이 건널 난간다리다."

"좁긴 해도 난간다리만큼 좁진 않은데요!" 리독이 외치자 주위에 선 라이더 몇 명이 코웃음을 치며 동의했다.

"우리가 우리 목숨만 걸고 간다면 바스지아스에 있는 너희들의 죽음의 다리보다 못할지도 모르지." 시레나가 뒷짐을 지고 대열 절반을 이룬 라이더들을 마주하며 말했다. 햇빛이 위쪽 가죽과 연결되어 그녀의 어깨 앞으로 떨어지는 손바닥만 한 금속 고리들을 비췄다. "하지만 절벽을 오르는 동안, 너희가 진심으로 플라이어들을 받아들일지 말지 결정하는 동안…" 시레나의 시선이 나와 마주쳤다. "이 등산로는 인간에게는 완벽하게 안전한 반면, 그리폰에게는 위험하다는 사실을 생각하길 바란다. 그리고 너희라면 지난주까지 적이라고 생각하던 사람들과 더불어 적을 물리칠 더 좋은 방법을 배우기 위해 드래곤들의 목숨을 걸고 적진으로 들어가겠는지 자문해봐라. 그것도 특별히 드래곤을 죽이기 위해 고안된 길을 오를 수 있을지."

사방에 선 라이더들이 불편한 심정을 드러내며 자세를 고쳤다.

"저 말이 맞아요." 나는 테른에게 말했다. 앤다나는 3시간도 더 날아가야 하는 곳에서 원로들과 함께 아침 훈련 중일 테니 말이다. 어제는 날개를 거의 다 펴기도 했다. 거의. "나라면 테른이나 앤다나를 그런 위험에 빠뜨리지 않을 거예요."

"당연한 말을 하는구나. 내가 널 태우고 세상 어디든 갈 수 있는데 굳이 왜 그러겠느냐?" 테른이 어이없다는 듯이 눈을 굴리는 느낌이 들었다. "넌 그리폰 같은 열등한 것들과 계약하지 않았다. 드래곤들과 계약했지. 저놈들이야 좀 걸으면서 능력을 증명하라고 해라."

"플라이어들은 오히려 우리가 능력을 증명하길 기대하는 눈빛으로 쳐다보는데요."

"넌 드래곤들의 선택을 받았어. 그걸로 증명은 충분해."

"각 대대는 같은 병력의 그리폰 부대와 짝지어서 올라간다." 브레넌이 말했다. "꼭대기에 도달했을 쯤에는 동반자 관계의 틀을 쌓아올릴 공통의 바탕을 찾아냈기를 바란다."

이게 다 전우애를 위한 거라고?

"별로 그럴 것 같지 않은데." 리독이 중얼거렸다.

"그동안 너희 드래곤은 가까이에 있을 것이다." 브레넌이 확언했다.

"1분 이상 걸리지 않는 곳에 있겠다." 테른이 약속했다. "등산 재미있게 하거라."

나는 우리 대대의 배정이 나오자 테른에게 약속을 지키라고 다짐했다. 캣의 그리폰 부대였다.

3시간 후, 내 종아리는 계속되는 오르막 때문에 비명을 질렀고, 억지로 맺어진 우리 집단의 침묵은 불편한 수준에서 못 견디게 어색한 수준으로 심해졌다. 나는 수직의 바위벽에 대고 있던 오른손을 떼고 어깨에 멘 배낭 무게를 조정하면서 점점 심해지는 척추의 고통을 억지로 무마한 뒤 슬론을 확인했다. 1미터쯤 앞에 있는 슬론은 바로 앞의 그리폰이 사자 같은 꼬리를 흔들 공간을 넉넉하게 두고 꾸준히 오르고 있었다.

우리는 한 줄로 절벽을 올랐고, 제4비행단이 앞장섰다. 우리 위에는 발톱전대뿐이었다.

등산로 자체는 도전적이기는 해도 못 갈 곳은 아니었는데, 어떤 곳은 폭이 2미터에 가까웠지만 길이 무너진 곳에서는 4분의 1로 줄어들면서 여기저기 구멍이 뚫렸다. 그런 곳에서 우리는 절벽을 끌어안으며 지나가야 했다. 그리폰들은 뒷발로 균형을 잡으면서 앞발톱을 쭉 뻗어서 건너갔고, 나는 그때마다 그들이 무사히 건너는지 숨을 멈추고 지켜보았다. 우리와 함께 걷는 그리폰들이 등산로 폭보다 훨씬 크다는 점을 감안하면, 길에서 떨어진 그리폰이 둘밖에 안 된다는 사실이 놀라웠다. 지금은 그래도 다시 오를 수 있지만, 더 높은 고도에서는? 상황이 지저분해질 수 있다.

나는 이미 발동한 함정 하나에 접근하면서 저녁시간까지 짝으로 맺어진 플라이어 메런과 그녀의 그리폰을 돌아보았다. 길이 좁아지는 곳의 절벽에 공성 망치만 한 통나무가 무해하게 놓여 있었다. "여기 조심해."

"딱 가슴 높이라니, 멋지네." 메런은 입술을 꾹 물고 나에게 미소 지었다. 플라이어치고는 작은 몸집이었지만, 그래도 나보다는 키가 컸고, 하트형의 얼굴에 눈두덩이가 소복하고 검은 머리를 한 줄로 길게 땋아서 청동빛 목 위로 늘어뜨렸다. 잘 따라오는지 확인하려고 돌아볼 때마다 망설임 없이 내 눈을 마주 보는 검은 눈은 존경할 만했지만, 메런은 캣과 친한 친구였기에 다른 의미로도 등 뒤를 조심할 수밖에 없었다.

나는 그들이 안전하게 통과하는지 확인하려고 다시 한번 뒤를 보았다.

"난 절벽에서 떨어지지 않을 거야." 메런은 네 번째 지그재그 길로 날카롭게 방향을 꺾으면서 장담했다. 아니, 다섯 번째던가. 이 등산로에서 두 명이 걸을 만큼 넓은 곳은 그런 급커브뿐이었다. "다쟈레도 안 떨어져."

갈색과 흰색이 섞인 그리폰의 왼쪽 앞발이 길에서 미끄러지더니, 발톱이 바위를 긁으면서 내 평생 들어본 가장 끔찍한 소리를 내고는 아슬아슬하게 다시 균형을 잡았다.

슬론과 나는 눈빛을 교환했다. 그 시선에는 놀랍도록 적의가 없었다.

"그거 확실해?" 셋 다 멈춰 서서 혹시라도 바위 지형에서 돌이 떨어지진 않을지 지켜보면서 메런에게 물었다. 작은 돌이라도 떨어졌다간 아래에서 올라오는 사람들에게 치명타가 될 수 있었다.

그리폰이 메런 위로 몸을 구부리더니 내 쪽을 보고 부리를 딱딱 부딪쳤다.

그래. 저건 확실히 내 머리를 부술 수 있겠네.

"확실하다고? 알았어." 나는 두 손을 들어 올리고 던 여신에게 그리폰은 드래곤처럼 무례한 인간을 벌하지 않기를 빌었다.

메런이 고개를 끄덕이더니 그리폰의 깃털 돈은 가슴팍을 긁었다. "다쟈는 안정적으로 걷지만 조금 신경질적이야."

우리는 그리폰의 깔깔대는 듯한 소리를 들으며 다시 걷기 시작했다.

좁은 바위턱이야말로 그들이 절벽 어디에서든 날아서는 안 되는 이유였다. 산사태를 일으켜 아래에 있는 모두를 죽이지 않고 착륙할 수 있다는 보장이 없었다.

"이 높이에서는 떨어진다 해도 날아가서 다시 시작하면 돼." 메런이 화해 선물이라도 내미는 것처럼 나긋나긋하게 말했다. "걱정되는 건 길 위쪽이야. 1,500미터를 더 올라가면 다쟈가 날갯짓을 하기가 힘겨워질 거야. 다쟈는 서 밋윙에 맞지 않아."

"서밋윙?" 물어볼 수밖에 없었다.

"높은 고도에 제일 적합한 그리폰 부대야. 에스벤 산맥 꼭대기를 날거든." 메런이 설명했다. "다쟈는 인정하기 싫어할지 모르지만 저지대에 맞아." 그리폰이 메런의 귀 옆에서 빠르게 부리를 딱딱거리자 메런은 더 환하게 웃었다. "차라리 졸업 후에 시윙에 배속되는 게 낫겠다고?" 그녀는 그리폰이 한 말에 부드럽게 웃었다. "나도 그렇게 생각했어. 내 말 믿어. 너희도 우리를 받아들이기 싫겠지만, 우리도 티렌더로 가고 싶지 않아."

"그러면 왜 오는 거야?" 슬론은 다음 그리폰과 너무 가깝게 걷다가 꼬리에 얼굴을 얻어맞을 뻔했다.

"시레나 말대로, 그게 우리가 살아남을 최선의 방법이니까. 우리만이 아니라 국민들도."

다시 몇 분 동안 긴장된 침묵이 흐르고, 내가 물었다. "그래서 넌 어디 출신인데?"

"드레이터스." 메런이 대답했다. "나도 물어보고 싶지만, 네 어머니가 바스지아스에 배속될 때까지 네가 여러 전초기지를 떠돌면서 자랐다는 건 모르는 사람이 없네."

발을 헛디딜 뻔했다.

슬론이 나를 돌아보면서 눈썹을 올렸다.

"너에겐 엄청난 몸값이 걸려 있었거든." 메런이 마차가 오르지 못하게 만들어진 바위계단으로 다가가면서 설명했다. "솔직히 우리 대부분은 라이오슨이 1학년 추수 후에 널 잡아다가 우리에게 선물할 거라고 생각했어."

"캣이 생각했다는 말이겠지." 슬론의 말투가 수상하게 날카로웠다.

"확실히 캣이야 그렇게 생각했지." 메런이 동의했다.

"추수라고?" 나는 제이든이 날 납치했어야 한다는 암시는 통째로 건너뛰고 물었다. "탈곡을 말하는 거야?"

"맞아." 메런은 다쟈레가 계단을 오르는 모습을 확인하고 나서 계속 위로 올라갔다. "뭐라고 부르건 간에 그거 말이야. 드래곤이 너희를 죽이거나 선택하는 과정."

"사실상 우리 1학년 전체인데." 슬론이 웃음을 터뜨렸다.

"작년에 라이오슨이 죽도록 널 옹호할 태세로 나타났을 때 우리가 얼마나 놀랐겠어."

그 목소리에 내가 예상했던 반감은 실려 있지 않았기에, 나는 뒤를 돌아보았다. 메런의 눈에도 적대감이 없었다. "실망했어?"

메런이 어깨를 으쓱이자 어깨에 달린 금속 고리들이 햇빛을 받아 반짝였다. "나야 캣 때문에 실망했지만, 그렇다고 그렇게 유독한 감정을 응원하진 않았어. 너도 네 절친에게 그러진 않을 거잖아. 걔가 지금 캣과 같이 저 위에 있는 거 맞지? 너희 대장?"

나는 좁아지는 계단을 계속 걸으면서 고개를 끄덕였다. 비행 재킷을 긁지 않으면서 가능한 한 최대한 절벽에 몸을 바싹 붙였다. "리애넌은 캣이 날 던져버릴까 봐 걱정하거든."

"너와 짝이 됐다면 정말 그랬을지도 몰라." 메런은 웃음기가 실린 목소리로 인정했다. "캣은 조금….''

"불안정하다고?" 슬론이 끼어들었는데, 앞서 가는 그리폰과 3미터 정도 사이를 두고 리독, 비시아, 그리고 그쪽 그리폰 플라이어와 함께 있었다. 그 플라이어는 루엘라라고 했던 것 같지만, 확실하지는 않았다. "리애넌에게는 그 정신 능력을 시도하지 않는 게 좋을걸. 그랬다간 절벽에 매달리게 될지도 몰라. 리는 잘못 건드렸다간 큰일 나."

나는 눈썹을 치켜올렸다.

"놀랐어?" 슬론이 손을 절벽 면에 둔 채 어깨 너머로 나에게 말했다. 우리는 계단 끝에 거의 다 왔다. "그럴 것 없어. 리암은 싫어하는 사람이 별로 없는데, 유난히 캣을 싫어했거든."

그래. 제이든과 같이 위탁 양육됐으니까 리암도 캣을 만났겠지.

"화를 냈겠지." 메런이 슬론의 말을 바로잡았다. "나라면 싫어한다기보다 화냈다고 하겠어. 그리고 안심해, 슬론. 떨어져 죽지 않으려고 초집중해야 하는 그리폰에게서 감히 마력을 채널링할 사람은 없어."

"그래도 네가 미워하는 게 나 혼자는 아니구나." 나는 슬론을 보고 웃음을 참았다.

"널 미워하지 않아." 슬론이 너무 작은 소리로 말하는 바람에 내 귀를 의심할 뻔했다. "리암이 널 싫어하지 않았는데 내가 싫어하긴 힘들지." 슬론은 내 어리둥절한 얼굴을 보고 말을 이었다. "지금 10월 편지를 읽고 있거든."

"아, 제이든이 리암에게 내 경호 일을 떠맡겼을 때구나." 우리는 날카롭게 꺾이는 부분을 지나 다음 오르막을 마주했는데, 이번에는 낭떠러지의 거친 돌 안으로 더 가파르게 파인 길이었다. 나는 위를 올려다보았다가 바로 후회했다. 아래쪽과 거의 똑같은 풍경을 보자 속이 뒤틀렸다. 절벽, 절벽, 계속 절벽이었다.

"우리 둘 다 오빠를 잘 알잖아. 아무도 리암에게 싫은 일을 강요할 순 없어." 슬론이 어깨를 늘어뜨리며 대꾸했다. "다만 제이든이 다른 사람에게 부탁했으면 좋았을 거라고 생각할 뿐이야. 누구든 다른 사람에게."

"나도 그래." 나는 속삭이면서 몇 미터 넘게 무너져 있는 길을 조심스럽게 딛는 데 집중했다.

"조심해!" 위쪽에서 공포에 질린 목소리가 외쳤다.

모두가 위로 관심을 돌렸다.

회색 하늘이 빠르게 우리 쪽으로 떨어지고 있었다.

하늘이 아니라 바위였다.

함정이 발동한 덕에 우리가 파편이 되기 직전이었다.

"숨어!" 그렇게 외친 나는 두 손을 머리 위로 올리고 절벽 면에 몸을 밀착시키며 최대한 작게 웅크리고는, 바위가 위쪽 턱 가장자리를 때리고 우리 쪽으로 쏜살같이 날아오는 동안 테른의 마력에 손을 뻗었다.

심장이 귓속에서 뛰는 느낌이었다. 문고리를 돌리는 것과 비슷해. 자물쇠를 비트는 것과 비슷해. 이건 단순 마법이야. 단순 마법은 나도 할 수 있어….

페더테일 드래곤만 한 바위를?

나는 바위가 경로를 바꾸는 상상을 하면서 두 손을 비틀었고….

검은 줄 같은 것이 시야를 관통하더니 위쪽에서 폭발음이 울렸다. 자갈이 우수수 쏟아지자 나는 즉시 머리를 가렸다.

테른이 꼬리로 바윗돌을 부순 것이었다.

"*고마워요.*" 나는 벽에 힘을 빼고 기대면서 쿵쾅대는 심장박동을 늦추기 위해 심호흡을 몇 번 했다.

"바이!" 위쪽에서 리애넌이 외쳤다.

"우린 괜찮아!" 나도 마주 외쳤다.

"맙소사." 메런이 가슴에 손을 얹으며 내 옆에 기댔다.

"모닝스타테일?" 슬론이 물었다.

"모닝스타 맞아." 나는 테른이 수평비행을 하다가 우리 쪽으로 돌아오는 모습을 보면서 그 추측을 확인해줬다.

테른은 몇 초 만에 내 앞에 체공해서 정확하게 날갯짓을 하며 금빛 눈을 가늘게 떴다.

메런은 고개를 숙였고, 슬론은 시선을 피했다.

"이봐요, 이건 내 잘못이 아니었어요. 난 미끄러지지 않았다고요." 나는 테른을 보고 눈썹을 올렸다.

"*네가 별것도 아닌 등산을 하다가 우리를 죽인다면 작년을 버텨낸 게 부끄럽지 않겠느냐.*"

나는 코웃음을 쳤다. "알았어요."

그는 날개를 쳐서 내 뺨에 바람을 날리고는 다시 하강했다.

"이거… 보통이야?" 메런은 다시 걷기 시작하면서 물었다. 아드레날린이 솟구치는 바람에 심장이 두근거렸다.

"어느 부분? 테른이 날 구해준 거? 아니면 그러면서 투덜대는 거? 둘 다 보통이야."

"난간다리를 걸을 때도 너희에게 바위를 던지고 그래?" 메런이 구체적으로 물었다.

"아." 나는 고개를 저었다. "아니야. 건너기만 하면 돼. 듣기보다는 힘들지만 말이야. 너희는 선택받기 위해 어떤 과정을 거쳐?"

"우린 클리프스베인 가장자리로 걸어가서 깊이가 10미터쯤 되는 강을 내려다보면서 그리폰들이 날아서 지나가기를 기다려." 메런의 말투가 밝아졌고, 내가 돌아보자 미소를 짓기도 했다. "그리폰들이 다가오면 우린 절벽 끝에서 뛰어."

"뛴다고?" 슬론이 눈을 크게 뜬 채 고개를 홱 돌렸다.

메런이 고개를 끄덕이자 뺨에 보조개가 파였다. "뛰어. 그리고 우리가 그리폰 등에 내려앉아서 자리를 잡고 버틸 수 있으면 계약이 이뤄지지." 그녀는 손을 뻗어 다쟈레의 부리와 깃털 사이의 턱을 긁었다.

"꽤나 난폭하네." 슬론이 마지못해 인정했다. "놓치면 어떻게 돼? 시체가 해안에 밀려 올라오나?"

우리는 멈춰서 답변을 기다렸다. 인정한다. 나도 궁금했다.

메런이 눈을 깜박였다. "시체라니? 아무도 안 죽어. 절벽에서 뛰어내리는 것뿐이잖아. 놓치면 해안까지 헤엄쳐 나와서 몸을 말리고 민망함을 떨쳐낸 다음에 다른 병과를 선택하지. 보병과 포병이 인기가 좋아."

슬론과 나는 다시 한번 눈빛을 교환했다. "그냥… 해안까지 헤엄쳐 간다고." 나는 천천히 말했다.

"그래." 메런이 고개를 끄덕이더니, 슬론과 나를 번갈아 가리켰다. "그리고 물어보기 전에 먼저 말해두는데, 이상한 건 너희들 쪽이야. 징집일에 생도들을 죽이다니."

나는 주춤하며 그 말을 소화했다.

"엄밀히 말하면 그건 생도가 아니라 지원자야." 슬론이 중얼거렸다. "우린 난간다리를 건너야만 생도가 돼."

"이야, 더더욱 멋진걸." 메런이 빈정거렸다.

"어이, 움직이는 거야, 아닌 거야?" 뒤에서 소여가 외쳤다.

"움직여!" 내가 대답하고 계속 올라가는데 테른과의 결속을 통해 별처럼 빛나는 에너지가 맥동하며 흘러 들어왔다.

"와아." 슬론이 심장에 손을 대며 말했다. "방금 뭐였어?"

"나도 느꼈어." 메런이 눈을 껌벅였다.

"*아레티아의 새끼 드래곤이 첫 부화를 결정했다.*" 테른이 말했는데, 소식에 비해 말투가 딱딱했다.

"*우리에게 새끼 드래곤들이 있었어요?*" 나는 씩 웃었다. "*그런데 왜 행복해하지 않는 것 같죠?*"

"*그 새끼 드래곤의 선택은 계곡을 부화지로 변화시킨다. 마법이 변하지. 결국 계곡에서 4시간 비행거리 안에 있는 채널링이 가능한 동물은 모두가 변화를 알게 될 거다.*"

"*그래봐야 우리뿐인데요. 우리가 3시간 비행거리에 있잖아요.*" 주위를 둘러보니 다른 사람들도 계약한 상대와 대화 중인 것 같았다. "*음, 플라이어들도 있긴 한데, 어차피 이 사람들도 거기 도착하면 알게 될 거고요.*" 아레티아에서 태어난 페더테일을 생각하자 미소가 커졌다. "*이 계획이 성공하려면 우리가 저들을 믿어야 해요.*"

"*그래야겠지.*"

그날 오후가 되자, 나는 이 끝없는 등산로 계단을 또 오르느니 차라리 말렉에게 영혼을 맡기고 싶은 심정이었다. 티렌더가 한 번도 포로미엘에 침공당한 적 없는 것도 당연했다. 여기로 침입하려다간 꼭대기에 도착했을 쯤에 녹초가 되거나 죽어서 순찰하는 드래곤들에게 제거당했을 것이다.

근육 구석구석이 다 쑤셨는데, 격렬한 움직임으로 타는 듯 아프면서 동시에 높이 올라갈수록 머리가 띵해지면서 쥐어짜낸 걸음으로 온몸이 뻣뻣해졌다. 머릿속으로 공부한 내용을 읊어도 더는 몸에 연결된 느낌이 들지 않았다. 심장은 압박을 받아서 빠르게 뛰었고, 오른쪽 절벽에 몸을 기대고 멈춰 서서 한 시간만 쉴 수 있다면 뭐든 할 수 있을 듯한 기분이었다. 아니면 두 시간. 아니면 네 시간쯤.

우리는 지난 한 시간 동안 두 번을 멈춰 섰다. 그리폰도 속도가 느려져서 과연 우리가 꼭대기에 도착할 수는 있을까 걱정스러웠지만, 그래도 아직까지 추가로 떨어져 죽은 그리폰은 없었다.

플라이어와 라이더 사이에 터지는 싸움도 도움이 되지 않았다. 우리는 특정한 생도들의 위치를 바꾸기 위해서 세 번을 멈춰야 했다. 이 등반으로 우리가 플라이어들을 존중하게 될 거라는 브레넌의 결정은 옳았을지도 모르지만, 고작 하루를 등반한다고 몇 년 동안 서로에게 쌓인 증오가 해소되진 않았다.

오후 시간은 더욱 재미있어졌다. 두꺼운 구름층에 들어서면서 앞이 3미터 이상 보이지 않았고, 우리의 진전은 굼벵이처럼 느려졌다.

"이렇게 구름이 있다는 게 꼭대기에 가깝다는 뜻이면 좋겠다. 그치?" 메런이 올라갈수록 걸음이 느려진 다자레를 걱정스럽게 보면서 물었다. 다자레는 머리를 늘어뜨린 채였고, 걸음을 옮길 때마다 깃털 돋은 가슴팍이 더 빠르고 얕게 올라갔다.

저산소증이다. 메런도 같은 상태였고, 우리 앞에 있는 시벨레와 그 플라이어인 루엘라도 마찬가지였다. 시벨레는 은색 반점이 들어간 두 날개를 양옆에 그냥 접고 있는 게 아니라, 축 늘어뜨리고 있었다.

라이더들은 바스지아스 주위의 높은 산에 익숙한 데다가 종종 3,600미터 정도 높이로 날기도 했지만, 플라이어는 그럴 수 없었다. 포로미엘에서 제일 높은 산은 고작해야 2,400미터였다. 그러니 우리가 전투 브리핑 시간에 들었던 고지대 마을 습격은 서밋윙밖에 수행하지 못했다.

슬론마저도 걱정하는 얼굴이었다.

"내가 얼마나 더 가야 하는지 확인해볼게." 나는 말투를 부드럽게 해서 메런에게 말했다. "*제발 이 망할 절벽을 거의 다 올랐다고 해줄래요?*"

"*네가 좀 더 가깝게 느껴지는구나. 아마 꼭대기까지 오르막길이 세 번이나 네 번쯤 남았을 거다.*" 테른이 대답했다. "*하지만 안개 때문에 제대로 볼 수가 없다. 발톱전대는 지금 꼭대기에 이르렀다.*"

"한 시간도 안 남은 것 같아." 나는 메런에게 격려의 미소를 지으려고 했지만, 아마 걱정스럽게 얼굴을 찡그리는 것처럼 보였을 것이다. "*정말로 그리폰을 크로스볼트처럼 발톱으로 잡고 꼭대기까지 날아갈 순 없는 거예요?*" 나는 테른에게 물었다.

"*그 녀석들은 그런 치욕을 참지 못할 거다. 게다가 정상까지만 올라오면 된다. 허락하는 놈은 싣고 가려고 마차들을 대기시켜놨다.*"

그래. 그리폰은 아레티아까지 날지 못할 테니 말이지. 특히나 더 이런 조건에서는 무리다.

"한 시간이면 해낼 수 있어." 메런이 헉헉거리면서 앞쪽에 외쳤다. "루엘라! 한 시간만 더 가면 돼! 잘 버티고 있어?"

"우린 해낼 거야." 은빛 반점의 그리폰 앞에서 힘없는 목소리가 대답했다.

슬론이 절벽에 손을 댄 채로 나를 돌아보며 작은 소리로 말했다. "루엘라와 비시아는 내내 다퉜어. 조용해지긴 했지만, 그게 서로의 차이를 극복해서인지, 아니면 루엘라가 숨을 못 쉬어서인지는 모르겠어. 그리고 루엘라가 방금 토한 것 같아."

"고산병이야." 나도 똑같이 작은 소리로 대꾸했다.

"그렇게 속삭일 필요 없어." 메런이 말했다. "그리폰은 귀가 아주 좋거든."

"드래곤과 비슷하구나." 나는 중얼거렸다. "사생활이라곤 없지."

"정확해." 메런이 다쟈레의 부리 바로 위를 긁는 모습을 보자 앤다나가 긁어주면 좋아하는 콧구멍 위쪽이 생각났다. "참견쟁이들이라니까." 메런은 애정을 담아서 말했다. "걱정하지 마. 루엘라가 상대방의 마음을 살 거야. 우리 중에서 제일 착한 애거든."

"나라면 그렇게 확신 못하겠어." 슬론이 속도를 늦추고, 우리가 따라잡기를 기다렸다. "비시아의 가족은 작년 서머튼 습격에서 죽었거든."

"루는 그때 생도조차 아니었어." 메런이 가쁜 숨을 쉬면서 반박했다.

슬론은 눈썹 하나를 들어 올리며 빈정거렸다. "라이더들이 드레이터스를 태워버렸다면 북부 비행단에서 온 사람만 싫어하겠어? 아니면 모든 라이더를 싫어하겠어?"

"좋은 지적이야." 메런은 인정했다. "하지만 루엘라를 싫어하긴 힘들어. 게다가 걘 진짜 맛있는 케이크를 굽는다고. 일단 아레티아에 도착하면 버터스카치 케이크로 비시아의 마음을 살 거야. 두고 봐."

안개 속에서 드래곤 날개가 번득이더니, 칼날처럼 구름을 가르고 나서 다시 사라졌다.

"드래곤들이 아직도 정찰하긴 하네." 슬론이 계속 앞으로 가면서 말했다.

"절벽 가장자리도 안 보인다는 걸 감안하면 용감하지." 내가 덧붙였다.

테른과의 결속을 확인하니 긴장감의 파도가… 경각심이 밀려왔다. 테른도 앞이 보이지 않는 상황이 즐겁지 않은 모양이었다.

"거기가 아니야!" 익숙한 목소리가 앞쪽에서 소리치더니, 줄이 멈춰 섰다. "그러다간 작동시킬 거야!"

데인이었다.

"저 인간은 이렇게 뒤쪽에서 뭘 하는 거야?" 슬론이 중얼거렸다. 데인은 내기억을 훔친 결과가 그럴지 몰랐다고 여러 번 설명했지만, 그래도 소용없었다. 슬론은 여전히 데인을 경멸했다.

사실 나도 많은 부분에서 아직 그랬다.

시벨레가 조심스럽게 다시 길을 오르기 시작했고, 그 뒤를 따라가니 결국데인이 벼랑에 뻣뻣하게 기대어 선 곳에 이르렀다. 그는 그리폰이 지나갈 수 있게 몸을 최대한 절벽에 붙이고 있었다.

"압력으로 작동하는 장치가 있어." 그는 등산로에서 한 손에는 지도를 꽉 쥐고, 반대쪽 팔을 내밀어 리독과 루엘라를 막으면서 경고했다. "눌리면 화살이 날아온다는 건 아는데, 화살이 어디에서 오는지 모르니 해제할 수가 없어. 그래서 내가 여기 서서 저 구역에 대해 경고하고 있는 거야."

나는 화살을 감추고 있을 수 있는 절벽의 무수한 틈을 올려다보았다가 다시 우리 앞의 길을 보았다. 바위에 밧줄을 쳐서 건드리면 안 되는 영역을 표시해두었다. 너비가 1.5미터에서 1.8미터쯤으로 보였는데, 그 정도면 평지라고 해도 멈칫했을 것이다. 하물며 오르기도 힘든 바위턱 위에서, 그것도 우리만큼 지친 상태로 그 너비를 건너뛴다는 건 너무나 겁나는 일이었다. 그리폰도 물론이고 말이다.

그리고 이 안개 속에서는 밧줄 건너편이 보이지 않았다.

"건너뛰어야겠네." 리독이 등산로를 보면서 말했다.

"지금까지는 전원 건너갔어." 데인이 고개를 끄덕였다.

"루엘라?" 메런이 몸을 내밀어 시벨레 너머를 보았다.

흰색에 가까운 엷은 금발에, 소여가 떠오르도록 주근깨가 많은 작은 플라이어가 돌아보았다. "모르겠어. 저만큼 멀리 뛰어본 적이 없어."

"루엘라가 우리 중에 제일 작아." 메런은 굳이 목소리를 낮추지 않았다.

"너랑 비슷하네." 슬론이 내 쪽을 보고 덧붙였다.

"리독, 너하고 데인이 루엘라를 던질 수 있을까?" 내가 물었다.

"널 던질 수 있냐고 묻는 거야?" 리독이 특유의 비딱한 태도로 물었다.

나는 코웃음을 쳤다. "난 뛸 수 있어." 리독에게 던져질 수는 없지.

루엘라가 발끈해서 고개를 뒤로 젖혔다.

젠장. "난 이 고도에 익숙해서 그래." 나는 실수로 던진 모욕을 덮으려고 말했다. "다른 모두는 어떻게 했어?" 그리고 데인에게 물었다.

"달려가서 멀리 뛰었지." 데인이 대답했다. "우린 그저 충돌이 일어나지 않게 반대편으로 간 사람이 회복해서 움직이는지만 확인하고 있어."

맙소사. 제이든이 여기 있다면 좋을 텐데. 제이든이라면 그림자로 루엘라를 들어서 건너게 해줄 텐데. 하지만 그냥 떨어지게 둘 지도 모르겠다. 다른 사람들에 대해 제이든이 어떻게 할지는 도무지 알 수가 없었다.

리애넌은 사람만큼 큰 물건을 회수할 수 없다. 우리의 작년 부대대장이었던 시애나가 저 위에 있긴 하지만, 바람 능력도 여기에선 도움이 되지 않을 거다. 우리의 고유 능력은 이런 일에 쓸모가 없었다.

"너 먼저 뛰어라, 리독." 데인이 명령했다.

"그러면 내가 루엘라를 던지는 일은 없는 건가?"

"해내거나 해내지 못하거나. 난간다리와 같지." 비시아가 어깨까지 늘어지는 머리를 묶으면서 말했다. "내가 먼저 갈게."

"시벨레가 먼저 가겠대." 루엘라가 선언하자, 셋 다 그리폰이 지나갈 수 있게 데인 옆으로 벼랑에 몸을 딱 붙였다.

슬론 말대로였다. 루엘라는 육체적으로 나와 비슷해서, 평균보다 키와 몸집이 작았다. 심지어 나이도 같았다. 플라이어들은 라이더보다 1년 늦게 시작했기 때문이다. 하지만 루엘라는 고산병으로 힘들어하고 있고, 나는 그렇지 않았다.

나는 그저 머리가 어지러울 뿐이다. 물론 그것도 이 위에서는 충분히 사형 선고가 될 수 있지만.

안개 속에 또 다른 드래곤의 날개 끝이 나타났다. 반대쪽에서 날아오는 비행 패턴이었다. 브라운 드래곤인가? "저거 에오트롬이야?" 나는 리독에게 물었다. 이 시점에서 나는 플라이어의 긍지 따위는 무시하고 그에게 도와달라고 애원하기 직전이었다.

"아니. 에오트롬은 다른 드래곤과 같이 위에 있어. 막 크로스볼트 운송을 마치고 자기들을 마차처럼 대했다고 불평하는 중이야."

한쪽 입꼬리가 올라갔다. "맞는 말 같네."

시벨레가 황갈색과 황토색으로 이뤄진 궁둥이를 뒤로 물렀다가 앞으로 펄쩍 뛰어서 함정을 뛰어넘은 후에 내려앉으면서 주르륵 미끄러졌다. 루엘라는 시벨레의 발톱이 길 가장자리를 스치자 숨을 훅 들이켰지만, 시벨레는 재빨리 절벽에 몸을 기대며 등이 오르내리도록 헐떡였다.

그리폰이 해냈다는 안도감의 한숨과 동시에 루엘라는 할 수 없다는 확신이 들자 뱃속에 뚫린 구멍이 더 커지는 기분이었다.

"시벨레에게 난간 역할을 해달라고 할 수 있을까?" 나는 루엘라에게 물었다. "우리 둘 다 달려가서 멀리 뛰어야 할 텐데, 시벨레가 우리를 절벽에서 떨어지지 않게 잡아주면 좋잖아."

시벨레가 부자연스러운 각도로 머리를 돌리더니, 내 쪽으로 공격적인 콧김을 내뿜었다.

"시벨레가…." 루엘라가 살짝 웃었다. "마지못해 동의하네."

"비시아와 리독, 건너가." 데인이 명령했다. "계속 움직여야 해."

비시아가 우리가 선 곳까지 물러나 통통 뛰다가 팔다리를 놀리면서 뛰어가더니 밧줄이 쳐진 곳을 훌쩍 뛰어넘어서 깔끔하게 반대편에 내려섰다.

"봐, 비시아가 할 수 있다면 우리도 괜찮아." 나는 거짓말이 아니길 빌면서 루엘라를 안심시켰다.

"비시아는 우리보다 20센티미터는 큰 데다가 지치지도 않았잖아." 루엘라가 마른침을 삼키며 말했다. "그리고 나쁜 뜻은 없지만, 너 금방이라도 기절할 것 같아 보여."

"그렇지 않아." 나는 왼쪽 무릎에서 흘러내리는 붕대를 고쳐 묶으면서 거짓말을 했다. 오늘은 물을 충분히 마시지도, 충분히 쉬지도 못했고, 몸은 내가 소홀했다는 사실을 기꺼이 알려주고 있었다.

맙소사. 건틀릿을 오른 날도 이런 상태였다면 절대 해내지 못했을 거야.

건틀릿. 아이디어가 하나 떠올랐다.

"내가…." 리독이 입을 열었다.

"잠깐만." 나는 위태로운 균형을 잃지 않으려고 절벽에 오른손을 기댄 채 버티면서 함정 위쪽을 살펴보다가, 바위에 나 있는 아주 가느다란 틈을 발견 했다. 리독은 우리 중에서 가장 등반을 잘 하니까 잘하면 계획이 성공할 수도 있었다.

"무슨 생각해?" 데인이 물었다. "아무것도 아니라고는 하지 마. 지금 눈썹 사이에 살짝 주름이 패였잖아."

"리독이 자기 검에 얼마나 애착이 있을까 생각하고 있어." 나는 현기증에 늘 따라오는 메스꺼움을 누르고 숨을 쉬었다.

"이건 표준 지급품이야." 리독이 대꾸하더니, 내 시선을 따라 바위를 슬쩍 보았다가 다시 나와 시선을 마주했다. "아. 네 생각은⋯."

"맞아." 나는 리독이 확실히 이해할 수 있게 루엘라를 흘긋 보았고, 리독은 천천히 고개를 끄덕였다.

"검이 버틴다는 보장은 못해."

"시도해봐." 나는 눈썹을 들어 올렸다.

리독이 장검에 손을 뻗었다.

"아니야." 데인이 숏소드를 뽑았다. "이걸 써. 이쪽이 폼멜이 더 길고, 박아 넣기는 더 쉬울 거야." 그는 리독에게 검을 넘겨주고는 나를 돌아보았다. "아 직은 네가 어떤 식으로 생각하는지 알아."

슬론이 코웃음을 쳤다.

리독은 데인의 숏소드를 칼집 째로 받아서 왼쪽에 찬 다음, 1미터쯤 기어올 라서 수평으로 절벽 면을 이동했다.

"쟤는 뭘 하는 거야?" 루엘라가 물었다.

"지켜봐." 나는 리독이 놀라지 않게 조용히 말했다.

리독은 손을 옮겨가며 조심스럽게 바위 표면을 가로지르더니, 반쯤 가서 내 눈에는 보이지도 않는 발판에 발을 올렸다. 그리고 숏소드를 뽑고 균형을 잃지 않는 선에서 최대한 팔꿈치를 뒤로 뺐다가 전력으로 바위틈에 찔러 넣었다. 돌이 긁히는 소리가 화가 난 그리폰 소리보다 더 끔찍했다.

"돌." 그는 오른손을 뒤로 내밀며 데인에게 말했다.

데인이 내 주먹만 한 돌멩이를 하나 주워서 리독에게 건넸다.

리독은 그 돌멩이로 폼멜을 쳐서 칼날이 거의 보이지 않을 정도로 절벽에 깊이 박아 넣었고, 나는 데인이 얼굴을 살짝 움찔하는 것을 놓치지 않았다. 리독은 칼자루를 잡고 한 손으로 흔들어보다가 두 손으로 잡았다.

리독이 칼자루에 온몸의 무게를 싣자 나는 숨을 멈췄다. 던이시여, 감사합니다. 칼은 흔들리지 않았다. 리독은 칼자루를 잡은 채로 몸을 앞뒤로 흔들다가 가장 높은 곳에서 손을 놓고 밧줄 건너편에 내려앉았다.

이걸로 될지도 모르겠다.

"갑자기 난간다리가 아니라 건틀릿이 됐네." 슬론이 중얼거렸다.

"쉽네." 리독이 말하더니 몸을 빙글 돌려서 나를 보고 두 팔을 벌렸다. "해보자, 바이. 내가 잡아줄 수도 있어."

"꺼져." 나는 가운뎃손가락을 들어 올리면서도 안개 너머로 리독을 보고 웃었다. "네가 오른손잡이였으면 좋겠는데." 나는 루엘라에게 말했다.

루엘라는 고개를 끄덕였다.

"좋아. 저 칼자루는 20센티…."

"17센티미터야." 데인이 정정했다.

"여자가 추정하는 길이를 줄여 말하는 남자가 다 있네." 메런이 농담을 던졌다.

나도 웃을 수밖에 없었다. "그래. 17센티미터. 그냥 저 칼자루를 잡을 만큼까지만 뛴 다음, 리독처럼 몸을 흔들어서 건너가면 돼."

루엘라는 내가 남은 절벽을 맨손으로 올라가자고 말하기라도 한 것처럼 놀란 눈으로 쳐다보았다.

"내가 먼저 갈까?" 먼저 제안을 던졌다.

루엘라가 고개를 끄덕였다.

"이 어지러움을 가져가주시면 맹세코 아레티아에 더 큰 신전을 지어드릴 게요." 나는 던에게 기도했다. 하지만 던보다는 지날에게 애원해야 할지도 모르겠다. 우리에겐 확실히 운이 필요하니 말이다. 뱃속이 어수선했다.

"확실해?" 데인이 물었다.

나는 데인을 노려보았다.

"확실하구나." 그는 사실을 확인하듯 다시 말하더니, 나에게 공간을 내주기 위해 물러섰다.

나는 통통 뛰다가 앞으로 달려가서 밧줄 직전에 마지막 걸음을 밟고는 칼자루를 향해 뛰어올랐다.

공중에 떠 있는데 심장이 뛸 때마다 시간이 가는 것이 느껴졌다.

닿아라. 닿아라. 닿아!

나는 먼저 닿은 오른손으로 칼자루를 잡으면서 왼손을 힘차게 남은 공간에 붙인 다음, 몸이 앞으로 날려가서 함정을 발동시키지 않도록 반동을 최대한 줄인 채로 대롱대롱 매달렸다.

"할 수 있어!" 리독이 두 팔을 들어 올리며 외쳤다.

"날 잡으려고 들면 네 얼굴을 걷어찰 거야!" 나는 경고했다.

리독이 씩 웃더니 몇 걸음 물러섰고, 나는 연이어 호흡을 하면서 순수한 의지만으로 시야가 어두워지는 느낌을 밀어냈다. 현기증에 질 수는 없었다.

난 절대로 오늘 죽지 않아.

나는 건틀릿 장애물에서 했던 것처럼 몸을 흔들면서 발을 앞뒤로 밀었다가 당겼다. 그러다가 운동량이 충분해지자 다시 한번 기도를 중얼거리면서 손을 놓고는 밧줄을 향해 날았다.

나는 반대편에 내려앉았고, 앞으로 넘어지며 바닥에 손바닥을 짚는 순간 무릎에 통증이 터졌다. 해냈어. 난 해냈다고. 나는 읊조리면서 그 아픔을 깔끔한 작은 상자에 집어넣어 뚜껑을 덮고는 비틀비틀 일어섰다. 재빨리 손으로 몸을 쓸어보니 무릎이 탈구되지는 않았다. 왼쪽 무릎은 빠질 뻔했다고 항의하긴 했지만 말이다.

"봤지?" 나는 억지로 미소를 띠며 돌아보았다. "너도 할 수 있어."

메런이 루엘라의 어깨를 토닥이는데, 무슨 말을 하는지는 몰라도 루엘라가 고개를 끄덕거렸다. 나는 뒤로 물러서서 바위턱 중앙으로 이동하며 루엘라가 착륙할 공간을 만들었다.

루엘라는 나처럼 장애물을 넘기 위해 발을 차며 거리를 벌린 후 칼자루에 손을 뻗어 꽉 움켜잡았다.

"됐어!" 나는 소리쳤다. "이제 여기까지 날아올 수 있게 몸을 흔들어."

"못하겠어!" 루엘라가 외쳤다. "손이 미끄러져!"

젠장.

"할 수 있어." 데인이 용기를 북돋았다. "하지만 빨리 움직이는 게 좋겠다."

"뛰어, 루엘라!" 메런이 외쳤다.

루엘라는 리독과 내가 했던 것과 똑같이 발을 흔들어서 운동량을 모았다가 손을 놓았다.

루엘라가 안전한 선을 향해 돌진하는 동안 나는 숨을 멈추고 있었다.

루엘라의 발이 밧줄 바로 앞에 내려앉았고, 그녀는 공포에 크게 뜬 눈을 나와 마주치더니 빠르게만 움직이면 함정이 그 실수를 알아차리지 못하리라는 듯이 허둥지둥 앞으로 움직였다.

아, 망할. 데인이 틀렸을 지도 몰라. 함정이 밧줄에서 30센티미터 안쪽일지도 몰라. 루엘라가 벗어났을지도 몰라. 우리 모두 벗어났을지도….

하지만 아무래도 내가 엉뚱한 신에게 기도했나보다.

모든 것이 느려지면서도 동시에 일어났다.

루엘라가 앞으로 달려들면서 시선이 향한 곳, 그러니까 시벨레가 아니라 나에게 몸을 던졌고, 내가 겨우 팔을 벌리자마자 부딪치면서 나를 비시아 쪽으로 밀어냈다…. 절벽 가장자리로.

"바이!" 리독이 외쳤다.

나는 두 사람의 무게를 최대한 안전한 벽 쪽으로 끌어당기면서 몸을 돌리려 했지만, 시간도 힘도 충분치가 않았고 우리는 한데 엉켜서 허우적거렸다.

발이 반대쪽 발에 걸렸고, 나는 떨어지기 시작했다. 우리 모두 그랬다.

손 하나가 내 허리띠 뒤쪽을 잡고 당겨서 추락의 방향을 바꿨다. 리독이었다. 반동으로 발이 미끄러지며 무릎이 절벽 가장자리 옆에 처박히자마자 비시아와 루엘라가 미끄러지는 모습이 보였다.

그리고 나는 이제 시간을 멈출 수가 없다.

"안 돼!" 나는 돌멩이에 상반신을 긁힌 채로 앞으로 기어가며 두 팔을 뻗었다. 누구든 제일 가까이 있는 사람에게 손을 뻗었다. 돌풍과 비슷한 소리가 머리 위에 울려 퍼졌다.

비시아는 내 왼손을 잡고, 루엘라는 내 오른 손목을 잡았다. 두 사람의 무게 때문에 나까지 떨어질 뻔했다. 오른쪽 어깨가 소리를 내며 빠졌고, 고통스러운 비명이 터져 나왔다.

비시아는 손으로 절벽에 잡을 만한 곳을 더듬어 찾았지만, 루엘라는 두 손으로 내 손목을 붙잡고 버둥거렸다.

"끌어 올려!" 루엘라가 날카롭게 외쳤고, 나는 너무 아파서 못한다는 말조차 할 수가 없었다.

"리독!" 나는 시야 가장자리가 흐려지다가 새까매지는 가운데 외쳤다. "도와줘!"

발소리가 울렸지만, 루엘라의 손은 결국 미끄러져 내려갔고, 나는 비시아의 무게가 사라지자 드디어 구조자가 왔다는 생각으로 오른쪽 어깨 너머를 보았다. 그러나 비시아를 절벽에서 뽑아낸 건 거대한 부리였다.

시벨레였다.

비시아는 시벨레에게 방해였다. 그리폰은 비시아를 바위턱에 버리고 루엘라를 향해 거대한 목을 뻗었다. 오르막에서 달려 내려오는 발소리들도 들렸다. 그러나 내 눈에는 옆구리에 화살 두 개가 꽂힌 채로 비틀거리며 벽 쪽으로 물러서는 리독밖에 보이지 않았다.

"난 괜찮아." 그는 화살을 내려다보더니, 입에서 피를 흘리면서 고개를 끄덕였다.

안 돼. 안 돼. 안 돼!

나는 절벽 위를 향해 리독을 구할 수 있는 유일한 사람의 이름을 외쳤다.

"브레넌!"

# 44

그리폰과의 계약은 종신이다. 그리폰의 목숨만큼이나 스스로의 목
숨을 지켜라. 둘은 영원히 하나로 얽혀 있으니.

_《플라이어 규범》1장

부츠 소리가 양쪽에서 급하게 울리더니, 슬론이 리독을 붙잡는 것과 동시에 데인이 내 옆에 무릎을 꿇고는 몸을 내밀어 루엘라에게 손을 뻗었다. 시벨레와 동시였다.

나는 리독에게서 시선을 떼고 루엘라의 헤이즐색 눈동자에 초점을 맞췄다. 그녀는 내 힘없는 손가락을 잡고 미끄러져 내려가고 있었다.

"꽉 잡아!" 나는 외쳤다. 잠시만 버티면 된다.

그러나 루엘라는 조금 더 미끄러져 내려갔고, 결국 손을 놓치고 떨어지는 바람에 시벨레의 부리는 허공만 붙잡았다. 구름이 루엘라를 삼켜버렸다.

"루엘라!" 왼쪽에서 어떤 여자가 외쳤다.

시벨레가 비명을 질렀고, 그 날카로운 소리는 루엘라가 있던 자리를 하염없이 바라보고 있던 내 가슴을 관통하며 울려 퍼졌다. 루엘라가 안개 속에서 다시 나타날 것만 같았다. 살아 있을 것만 같았다.

"빌어먹을!" 데인이 재빨리 무릎을 세웠다. "바이…."

"움직일 수가 없어." 목소리가 흐느끼듯 낮아졌다. "어깨가 빠졌어." 금방이라도 아드레날린이 다하면 진짜 고통이 몰려올 것이다.

"알았어." 데인의 목소리가 바로 부드러워졌다. "내가 잡았어." 그는 내 갈비뼈를 감싸 안더니 조심스럽게 부축하며 일으켰다. 내 오른팔은 쓸모없이 축 늘어졌다.

시벨레의 비명이 비탄의 통곡으로 변했다.

*"뭔가 잘못된 것 같구나."* 테른이 말했다.

*"모든 게 잘못됐어요."*

"네가 떨어뜨렸어!" 캣이 시벨레 반대편에서 우리에게 달려들었다. 그 험상궂은 얼굴에 새겨진 분노는 정당했다.

"제대로 잡지 못했어." 참을 수 없는 죄책감의 무게에 가슴이 찌그러졌다. 캣의 말도 부분적으로는 옳았기 때문이다. 내가 루엘라를 떨어뜨리지는 않았지만, 구하지도 못했다.

"캣, 아니야." 메런이 서둘러 다가오며 친구를 막으려는 것처럼 손을 내밀었다. "내가 봤어. 바이올렛의 잘못이 아니야. 루엘라가 저 함정을 건너뛰지 못하는 바람에 라이더를 두 명이나 죽일 뻔한 거야."

"빌어먹을, 네가 떨어뜨렸어!" 캣은 메런을 밀어내려 했다. "시벨레가 너희 소중한 라이더를 구했는데, 너는 우리 플라이어를 떨어뜨렸다고! 널 죽여버릴 거야!"

"그만해!" 메런이 외쳤다. "잴 죽이면 라이오슨도 죽는 거야. 모두가 아는 사실이야."

망할. 언제나 그걸로 요약이 된다. 그렇지 않나?

"내가…." 캣이 입을 열었다.

"바이올렛에게 한 걸음 더 다가갔다간 내가 직접 널 이 망할 절벽에서 던져버릴 거다." 데인이 낮고 위협적인 목소리로 경고했다. "라이오슨과 달라서 난 네 삼촌이 누구든 상관없어."

133

"난 그냥 재미를 위해서 하겠어." 슬론이 덧붙였다.

"리독." 나는 어깨에서 지끈거리다가 온몸을 집어삼키는 통증 속에서 겨우 말했다.

"살아 있어." 리독이 힘없이 대답했다.

"캣, 그쯤 해둬. 시벨레에게 시간이 얼마 남지 않았어." 메런은 떨리는 손을 그리폰에게 뻗으며 말했다.

캣은 심호흡을 하더니 고개를 끄덕이고 그리폰 곁으로 갔다.

"그리폰은 플라이어와 같이 죽어." 메런은 깃털이 털로 변하는 자리를 쓰다듬으면서 목소리를 부드럽게 바꿨다.

테른과 나의 관계와 비슷하구나.

시벨레가 더듬더듬 내지른 3박자의 울음소리가 절벽 전체에 메아리쳤다. 마치 그리폰 모두가 한 몸처럼 플라이어의 상실을 슬퍼하는 것 같았다.

데인이 나를 데리고 가장자리에서 물러나는 사이에 날갯짓 소리가 다가왔고, 나는 안개 속에서 오렌지색이 보이기를 기다렸다. 마브와 브레넌의 도착을 기다렸다.

"내 어깨를 다시 끼워줘." 데인을 흘긋 보는데 목소리가 갈라져 나왔다.

"젠장. 진심이야?" 그는 눈썹을 올렸다.

"해. 내가 열네 살 때 해봤잖아."

"열일곱 살 때도 해봤지."

"바로 그거야. 넌 방법을 알고, 우리 근처엔 힐러가 없어."

"브레넌을 기다리지 않고?" 데인이 내 팔을 잡았다.

"브레넌이 나부터 복원하려고 할 텐데, 리독이 죽어가고 있어. 얼른 해치워!" 나는 고통에 대비하면서 날카롭게 말했다.

내 얼굴 앞에 가죽 끈이 나타났다. "꽉 물어." 시벨레의 울음소리 사이로 메런이 말했다.

어차피 시벨레를, 리암이 그랬던 것처럼 건강한 몸으로 죽어가는 모습을 차마 지켜볼 수가 없었기에 나는 앞을 보고 가죽 끈을 물었다.

"하나." 데인이 내 오른팔을 살짝 들어 올려 조정했다. "둘." 그러고는 팔을 90도 각도로 끌어냈다.

목구멍으로 치솟는 비명을 참느라 가죽 끈에 잇자국이 파였다. 리독은 화살을 두 발이나 맞았어. 나도 이 정도는 감당할 수 있어.

"정말, 정말 미안해." 데인이 반대쪽 손을 내 목과 어깨 사이에 두면서 속삭였다. "셋!" 그가 내 팔을 앞으로 당겼고, 나는 이를 악물며 눈을 꽉 감았다. 데인이 내 관절을 다시 맞추는 동안 새하얗게 달아오른 통증 때문에 눈앞에 별이 번쩍였다.

바로 최악의 고통은 사라졌고, 나는 가죽 끈을 입에서 빼냈다. "고마워."

"이런 건 절대로 고마워하지 마." 그는 내 팔을 머리 위로 올려서 제자리에 맞춰졌는지 확인하고 다시 아래로 돌려본 다음, 팔꿈치를 구부려서 내 가슴 앞에 접어놓고 자기 허리띠로 임시 팔걸이를 만들어 걸어줬다. "리독은 어때?" 데인이 어깨 너머로 물었다.

"피를 많이 흘리고 있어." 슬론이 대답하는 사이에 오렌지색 발톱이 함정이 있었던 바위턱에 내려앉았고, 브레넌이 완벽한 자세로 뛰어서 착륙했다.

"너⋯." 브레넌은 달려오며 내 몸을 살폈다.

"난 괜찮아! 리독을 구해줘!"

"젠장." 브레넌은 데인의 다리를 보았다. "네가 다음이다."

"그냥 긁힌 거예요." 데인이 나를 내려다보았다. "허벅지에 스쳤을 뿐이야."

브레넌은 리독 옆에 쪼그리고 앉아서 치료를 시작했다.

"괜찮아." 메런은 쓰러져서 절벽 가장자리에 머리를 늘어뜨리고 울음소리가 희미해져가는 그리폰에게 말했다. "넌 명예로운 죽음을 얻어냈어."

또다시 날갯짓 소리가 허공을 채웠고, 나는 안개 속에서 테른의 못마땅한 얼굴이 나타나기를 기다렸다. 하지만 테른이 가까워진 느낌은 없었다.

*"네가 데리러 오라고 하지 않았잖느냐."* 테른이 엄하게 말했다.

안개가 악몽 속 한 장면처럼 갈라지더니, 회색으로 쩍 벌린 입이 시야에 가득 찼다. 침이 뚝뚝 떨어지는 이빨이 보일 정도로 크게 벌어진 입이 시벨레의 목을 콱 물더니, 바위턱에서 그리폰을 낚아채며 안개 속으로 물러났다.

심장이 멈추는 것 같았다.

"대체 이게 무슨⋯." 슬론이 속삭였다.

"와이번이야." 나는 겨우 속삭이고 메런과 캣에게 고개를 돌렸다. 여기에서 와이번을 본 경험이 있는 건 그 둘뿐이었다. "와이번, 맞지?"

"와이번이야." 캣이 충격에 크게 뜬 눈으로 대답했다. 메런은 조각상처럼 멈춰 있었다.

"와이번이다!" 데인이 소리치자 난장판이 벌어졌다.

*"구름 때문에 우린 아무것도 볼 수가 없다."* 테른이 으르렁거렸다.

*"하지만 그놈들은 우릴 잡아먹을 만큼 잘 보이나봐요!"* 이미 테른이 움직이는 것을 느낄 수 있었다. 앤다나가 아레티아에 있어서 얼마나 다행인지.

"절벽 위로 올라가!" 나는 성한 손으로 메런을 붙잡고 정신 차리라고 흔들면서 외쳤다. "다쟈레를 절벽 위로 데리고 올라가!"

메런이 눈을 껌벅이다가 고개를 끄덕였다. "다쟈!"

그리폰이 앞으로 달려가자 데인이 나를 옆으로 잡아당겼고, 나는 솟구친 아드레날린 덕분에 그들이 마지막 오르막 몇 개를 올라갈 수 있기만 빌어야 했다.

"리독을 움직일 순 없어." 브레넌이 리독의 상처를 보면서 말했다. "통증은 대부분 막고 있지만 이동시킬 순 없어, 바이."

"그럼 우린 여기 주저앉은 오리 신세네." 라이더와 그리폰들이 지나가는 가운데 슬론이 안개를 쳐다보면서 중얼거렸다.

"가." 리독이 눈을 뜨고 나를 보며 속삭였다. "이 길에서 벗어나."

나는 리독 옆에 무릎을 꿇고 그의 손을 잡았다. "우리 약속했잖아, 기억 안나? 우리 넷 다 살아서 졸업하기로 했지. 우린 약속했어."

"리독?" 소여가 공포로 눈이 튀어나올 지경이 된 채 우리 쪽으로 다가왔다. 그는 우리 대대 마지막 인원을 이끌었고, 그 뒤로 꼬리전대가 시작되었다.

"드래곤들이 볼 수 없어." 브레넌이 손을 움직여 화살 하나를 반으로 꺾고, 또 하나를 꺾으면서 긴장된 목소리로 말했다. "에이토스, 드래곤들이 구름 때문에 볼 수가 없다!"

"착수합니다!" 데인은 절벽 위를 보았고, 나는 브레넌이 첫 번째 화살을 배에서 뽑아내는 동안 리독의 손을 꽉 쥐고 있었다.

"뭘 착수한다는 거야?" 소여가 데인에게 외쳤다.

"캐스가 게오탈에게 말을 전달하고 있어. 드래곤들이 볼 수 있게 시애나가 바람 능력을 써야 한다고." 데인이 대답했다. "넌 여기에서 할 수 있는 일이 없으니 사람들을 안전한 곳으로 데려가, 소여 헨릭!"

소여는 주먹을 움켜쥐었다. "내가 우리 대대원들을 두고 갈 거라고 생각한다면…."

"네 비행단장이 명령을 내린 것 같은데, 생도." 브레넌이 단호하게 말했다.

"슬론을 데려가." 나는 모욕당한 듯이 물러서는 슬론을 보았다. "난 와이번에게 배가 갈린 드래곤 옆에서 리암이 죽어가는 동안 안고 있어야 했어. 리암의 동생까지 같은 운명을 겪는 꼴은 못 봐. 저 망할 절벽을 올라가!"

소여는 슬론을 안아서 들어 올리다시피 했고, 두 사람이 서둘러서 올라가는 사람들 사이에 합류하는 동안 구름이 옅어지기 시작했다.

"시애나는 얼마나 강해?" 나는 브레넌이 두 번째 화살을 빼내는 동안 쥐고 있던 리독의 손아귀 힘을 받아내며 조용히 데인에게 물었다.

데인의 긴장한 얼굴이 대답 대신이었다.

시야가 나아질지는 모르지만, 상대를 제대로 볼 만큼 맑아지지는 않을 것이다. 그리고 설령 상대가 보인다 해도 크로스볼트가 없다면 내가 우리에게 존재하는 최선의 무기였다.

"나도 이미 같은 결론에 도달했다." 테른의 날갯짓이 일으키는 바람이 등을 때렸다.

"그래요." 나는 리독의 손을 놓고 그의 이마에 흘러내린 머리카락을 쓸어넘겼다. "넌 죽지 않을 거야. 알아듣지?"

리독은 고개를 끄덕이고, 짙은 갈색 눈동자를 파르르 떨면서 감았다. 나는 일어섰다.

"어딜 가려는 거야?" 집중력이 흔들린 브레넌이 물었다.

"내가 최선의 방책이야. 우리 둘 다 알잖아."

"젠장." 브레넌이 중얼거렸다.

"우리에게 있는 모든 바람 능력자를 찾아." 나는 바위턱 가장자리로 걸어가며 데인에게 말했다. 테른이 육중한 몸을 돌려 드랄로 절벽과 마주했다. "제1비행단에 폭풍 능력자가 하나 있을 거야. 우리 어머니만큼은 아니라도 기온을 올릴 수 있다면 구름을 걷어내는 데 도움이 될 거야."

"바이올렛!" 브레넌이 외쳤다. "우리가 구름을 걷어내지 못한다면 그걸 네게 유리한 쪽으로 이용해! 이 중 누구도 소른게일 장군만큼 강력하진 않아. 다른 계획을 생각해내."

역시나 전술가라니까.

"드래곤 전부를 보낼 수도 있어." 데인이 제안했다.

"혹시 그 와이번에 라이더가 하나라도 타고 있다면, 우린 모든 드래곤을 잃을 수도 있어." 나는 고개를 저었다.

"넌 부상자야. 그건 알지?" 데인이 자기 허리띠를 보면서 말했다.

"넌 기억을 읽는 능력자고 말이지."

데인이 눈매를 좁혔다.

"아, 이젠 뻔한 사실도 말하지 않기야?" 나는 주위 구름을 살펴보면서 조금이라도 파란 하늘이 보일 징후가 있는지를 찾았다. "굳이 지적하기는 싫지만, 네 고유 능력은 이 상황에서 별로 도움이 안 된다는 소리야."

"이럴 시간 없다." 테른은 안정적으로 체공한 채로 육중한 꼬리를 바위턱 옆에 내렸다.

"라이오슨이라면 네가 부상당했는데도 얼마나 많은 와이번이 있는지 모르는 싸움에 나가게 내버려뒀을까? 아니, 심지어는 와이번을 만든 베닌이 있을지도 모르는데도?" 데인이 눈썹을 올렸다.

"그럼." 테른의 꼬리 가운데를 밟고 서는데, 익숙한 영역에 발을 들이자 속이 진정됐다. 나는 어깨 너머로 데인을 보았다. "그래서 내가 그 사람을 사랑하는 거야."

나는 데인의 답을 기다리지 않았다. 테른이 거대한 과녁판이 되어 있는데, 그럴 수는 없었다. 테른은 내가 비늘과 스파이크 사이를 누비며 걸어가는 동안 놀라울 정도로 안정적인 자세를 유지했다.

"그 플라이어가 죽은 건 네 탓이 아니다." 테른은 내가 안장에 앉자 말했다.

"그 이야기는 나중에 해요." 나는 소중한 몇 초 동안 벨트를 더듬었다. 이 망할 물건은 한 팔로 채우기가 거의 불가능했지만, 나는 오른손으로 끈을 붙잡고 왼손으로 버클을 채우는 데 성공했다. "제가 한 손으로 번개를 칠 수 없는 건 알죠?"

"나에게 네 한계를 말해줄 필요가 없다." 테른이 급강하했고, 나는 흩어져가는 구름 속으로 수백 미터를 곤두박질치면서 좌석 앞으로 몸을 던졌다.

"그놈들을 느낄 순 없나요?"

"뭔가를 의식하기는 했다만, 내가 와이번을 보지 않고도 정확히 탐지할 수 있었다면… 내가 아니라 다른 누구라도 그럴 수 있었다면 우리가 이런 처지에 몰리진 않았겠지."

타당한 지적이었다.

바람이 얼굴을 때려 눈물이 흘러내렸지만, 가방에서 고글을 꺼내려고 소중한 팔 힘을 낭비할 생각은 없었다. 우리는 구름을 빠져 나간 뒤 수평 비행으로 전환했다.

"오르막이 전부 비었다." 테른이 말했다. "지켜야 할 라이더가 없다면 고지대에서 공격받는 위험을 감수할 필요가 없지." 테른이 날개를 세차게 움직이고, 우리는 다시 안개 속으로 올라갔다.

"여기 다른 드래곤들도 나와 있어요?" 나는 데인의 허리띠 버클에 손을 뻗어 조심스럽게 팔을 빼냈다. 이 싸움이 끝나면 다시 팔걸이가 필요할 터였다. "실수로 누굴 맞히고 싶진 않거든요." 내 겨냥 실력을 생각하면, 와이번을 맞히는 것도 우연이겠지만 말이다.

"다들 위에서 라이더들을 지키고 있다."

"잘됐네요." 우리는 구름이 제일 짙은 부분을 똑바로 통과하여 날았지만, 와이번의 흔적은 없었다.

그러다가 갑자기 와이번이, 그것도 두 마리가 우리 양옆을 날고 있었다. 끝없는 하얀 구름 속에 회색 줄이 그어진 것 같았다.

"젠장."

테른이 파란 하늘로 높이 날아올랐다.

구름은 절벽에서부터 주위 풍경을 모조리 뒤덮고 있었다. 드래곤들이 와이번을 보지 못한 것도 당연했다. 놈들은 완벽한 엄폐물에 숨어 있었다.

그리고 시애나는 이 구름을 전부 흩어 놓을 만큼 강하지 않다.

오히려 이 약점을 이용하라고 브레넌이 말했지.

와이번은 살아 있는 게 아니다… 창조된 존재다. 베닌이 일종의 에너지를 밀어 넣어서 만든 것이다.

"좋은 생각이 났어요."

"찬성한다." 테른이 구름 속으로 날아들었다. "게오탈에게 구름 제거는 그만두고 절벽에서 밀어내기만 하라고 전했다."

"딱 길이 있는 곳까지만요. 그때까지는 와이번의 주의를 계속 끌죠." 나는 다치지 않은 손으로 안장 폼멜을 꽉 잡고 오른손을 비행 재킷 버튼 사이로 밀어 넣었다. 최대한 어깨를 안정시키기 위해서였다.

이어서 테른이 안개 속으로 다시 급강하했다.

"에오트롬이 볼 수 있는 건 둘뿐이다." 테른의 날갯짓이 구름을 때리면서 생긴 작은 소용돌이가 우리 뒤로 늘어졌다. "북쪽에 구름이 옅어지면서 놈들 모습이 보인다는구나."

"순찰대인가요?"

"라이더는 없다고 한다." 테른이 확언했다.

"감사합니다, 지날이시여." 나는 눈꼬리에서 눈물이 흘러내리는 가운데 몸을 앞으로 기울였다. "알아요, 알아. 드래곤들은 우리의 신들을 염두에 두지 않는다고요."

테른은 콧방귀를 뀌면서 자기가 만든 것과 비슷한 소용돌이 패턴을 따라갔다. 그는 와이번을 추적하고 있었다.

"테른이 놈들보다 빠르죠? 맞죠?" 두려움이 내 척추를 훑었다.

"전투에 뛰어들면서 날 모욕하지 말아라."

"그래요." 나는 혼자 중얼거렸다.

"그 도관을 사용하고 싶으냐?" 테른은 앞쪽에 와이번 꼬리가 두 개 나타나자 물었다.

"아뇨. 겨냥은 지금 목표에 해로워요."

"이해했다." 날갯짓이 빨라지면서 내 속이 내려앉고 시야가 좁아질 만큼 속도가 올라가더니, 테른이 와이번 위에 멈추면서 놈들의 주의를 끌었다. 생각대로 되었고, 우리가 사냥꾼에서 사냥감으로 바뀌자 속이 울렁거렸다.

"하나뿐이었다면 놈의 목을 찢어버리고 끝낼 텐데."

"알아요." 하지만 둘 뿐이라는 보장도 없었다.

"꽉 잡아라, 은빛 아이야."

나는 최대한 납작하게 안장 위에 엎드려서 공기 저항을 최소로 줄였고, 테른은 지금껏 내가 경험해보지 못한 빠른 속도로 날았다. 테른이 구름 밖으로 쏘아져 나갔다가 잠시 후에 다시 구름 속으로 곤두박질치는 동안 나는 힘겹게 숨쉬고, 어두워지는 시야 가장자리와 싸우고, 의식을 유지하는 데만 온 힘을 쏟아야 했다.

"놈들이 따라왔다."

"좋아요." 이가 덜덜 떨렸다. "구름은 어떻게 됐어요? 제가 기절해버리면 힘을 쓸 수가 없거든요."

"거의 다 걷혔다."

나는 이를 악물며 어깨 통증을 무시했다. 길에 깔린 구름이 걷혀야 했다. 그렇지 않고 리독과 브레넌이 아직 길 위에 있다면 내가 죽여버릴 가능성이 있었다.

"흔든다." 테른은 경고하기가 무섭게 좌우로 몸을 흔들며 방향 감각을 날려 버리는 움직임을 선보였다. 대부분의 라이더는 좌석에 붙어있지 못할 기동이었다.

테른이 수평비행으로 전환하여 반대쪽으로 다시 날아가서 정확히 와이번 아래로 들어가는 동안 내 속은 완전히 뒤집혔다. "드래곤의 판단에 의문을 표하면 안 되는 건 알지만…"

"그렇다면 하지 말아라."

뾰족한 회색 발톱이 빠르게 우리를 향해 떨어졌다.

"테른!"

테른이 오른쪽으로 세게 몸을 기울였다가 재빨리 올라갔다. "등산로에 구름이 걷혔다."

심장이 미친듯이 질주했다. "놈들이 우릴 따라오는지 확인해봐요."

"고개 돌리지 말아라. 그랬다간 네가 정말로 기절할지도 모른다." 그는 더 빨리 날면서 지시했다.

나는 얼굴을 찡그리면서 재킷에서 손을 빼낸 뒤, 아픔에 숨을 들이키면서 손바닥을 아래로 향한 채로 테른의 마력에 몸을 열었다. 마력이 흘러들어오면서 내 근육을, 혈관을, 골수까지도 가득 채웠다. 내가 마력이고, 마력이 내가 되었다. 피부가 진동하다가 지글지글 끓는 소리를 내기 시작했다.

구름을 뚫고 나오자마자 나는 두 팔을 활짝 펼쳤다. 한 호흡에 고통을 밀어내고 동시에 고통의 비명을 지르면서 내 안에 녹아내린 에너지를 방출했다. 그리고 처음으로 그 힘을 아래쪽으로 조준했다.

내 안에 분출하는 에너지가 피부를 그슬리며 빠져 나가자, 우리 아래의 구름 속에 번개가 쳤다. 웃자란 들장미 덩굴의 무수한 가지처럼 갈라지고 뒤틀리고 돌면서 와이번 안에 매여 있는 에너지에 정확히 이끌려갔다.

아래에서 뚜렷한 빛의 형상이 나타났다. 와이번 두 마리는 바로 우리 아래였고, 나머지 둘은 절벽 가장자리에 더 가까웠다. 그들은 끝없는 마력의 흐름과 함께 눈부시게 빛났다.

"끊어라!" 테른이 말했다.

나는 바스지아스에서 카와 바리쉬에게 징벌을 받을 때와 같은 상태에 처하기 전에 마음속의 아카이브 문을 밀어 닫으며 테른에게서 흘러드는 끝없는 마력의 격류를 차단했다.

번득임이 멈췄다.

"가요!" 나는 왼손으로 오른팔을 붙들며 외쳤고, 테른은 왼쪽으로 깊숙이 몸을 기울이고는 급강하했다.

이번에는 구름을 뚫고 반대쪽으로 나갈 때 불어오는 바람이 피부의 열기와 폐가 타는 느낌을 가라앉혀줘서 반가웠다.

와이번 네 마리의 사체가 땅바닥에 널부러졌는데, 하나는 우리가 오늘 아침에 서 있던 바로 그 들판 한가운데였다. 테른은 사체 위를 날면서 라이더가 없는 게 맞는지 하나씩 확인했고, 곧이어 다른 드래곤 네 마리가 합류해서 일대를 정찰했다.

확인을 마친 우리는 다시 구름을 뚫고 날아올라서 모두가 모여 있는 절벽 가장자리로 다가갔다. 그리폰 몇 마리는 비틀거리며 무거운 수레에 몸을 싣고 있는 반면, 다른 몇 마리는 바닥에 의식을 잃고 쓰러진 것 같았다. 하지만 플라이어들은 모두 서 있었고, 라이더 대대들도 마찬가지였다.

빠르게 우리의 위치를 찾아낸 테른이 불쑥 내려앉자 라이더들이 황급히 흩어졌다.

"누굴 뭉갤 수도 있었어요." 잔소리할 수밖에 없었다.

"그럴 수도 있었는데 안타깝게도 다 도망쳤구나."

나는 리애넌과 소여가 리독을 부축하여 에오트롬에게 걸어가는 모습을 포착하고 안도의 한숨을 내쉬었다.

"뭐야? 내가 네 친구를 죽게 놔둘 줄 알았어?" 테른의 앞다리 오른쪽에서 보디와 데인과 함께 있던 브레넌이 팔짱을 낀 채 고개를 기울여 나를 바라보며 말했다.

"오빠 능력은 1초도 의심하지 않았어." 나는 미소를 그렸다.

"당장 내려와서 어깨를 복원받지 그래?" 브레넌은 못마땅한 오빠의 눈빛을 전문가답게 휘둘렀다.

"별로 안 그러고 싶은데." 나는 얼굴을 찌푸리면서 데인의 허리띠로 다시 팔을 고정했다. 혹시나 복원을 받았다가 의식을 잃기라도 하면 다시 탈 수 없을 것이다.

"하여간 고집은 끝내주지." 브레넌이 두 손으로 머리를 헝클어뜨리며 중얼거렸다. "그런 방법으로 놈들을 죽일 수 있다는 건 어떻게 안 거야?"

"몰랐어." 나는 어깨 무게를 임시 팔걸이에 실으면서, 의식을 끌어내리는 고통의 파도를 뚫고 숨을 쉬었다. "와이번은 베닌의 마법으로 만들어진 존재고, 펠릭스가 며칠 전에 에너지장에 대해 해준 말이 있었거든. 그래서 번개가 놈들의 마력에 끌려갈 가능성에 걸어봤고, 테른도 시도해보자고 했어."

브레넌은 입을 살짝 벌렸고, 데인은 평소답지 않은 웃음을 흘렸다. 그 모습을 보자 데인이 통금 시간보다 나무 타기에 더 신경을 썼던 시절이 떠올랐다.

"잘 포착했네." 보디가 활짝 웃으며 말했다.

"그랬지." 나는 고개를 끄덕였다. "훌륭한 아이디어였다고 말해주진 않는 거예요?"

테른이 코웃음을 쳤다. *"내가 작년에 널 선택한 것부터가 머리가 좋아서였는데, 이제 와서 새삼스럽게 칭찬받고 싶다는 거냐? 이상하기도 하지."*

*"테른에게 감명을 주기란 불가능하군요."*

*"나는 드래곤이고, 블랙 모닝스타테일이다. 내 가계도는…."*

*"네, 네."* 나는 테른이 가계도를 줄줄이 읊기 전에 말을 끊었다.

*"캐스가 그러는데, 네 마리가 있었다며."* 데인이 얼른 화제를 바꿨다. *"그래도 라이더는 없었네. 그 어둠의 세력이 우리가 플라이어들과 병력을 합쳐서 티렌더로 이동하고 있다는 걸 알면 어떨지 상상이 가? 그것도 드래곤이 막 태어난 곳에? 놈들은 우리를 잘 익은 먹잇감으로 볼 거야."*

보디의 얼굴이 침울해졌다.

이런 젠장. *"그래서 테른이 걱정한 거였군요."*

*"네 시간 비행거리에 누가 있을지 알 수 없으니까."* 테른은 '네 시간'이라는 말을 씹어뱉듯이 말했다.

*"놈들은 이미 알아."* 속이 뒤틀렸다. *"그래서 라이더 없는 와이번들에게 순찰을 시킨 거야."*

브레넌이 핏기가 빠져나간 얼굴로 정지했다.

*"뭐라고?"* 데인이 우리를 번갈아 보았다.

*"베닌은 놈들이 창조한 와이번과 집합 의식을 공유해."* 브레넌이 조용히 말했다. *"테카루스의 책에 그렇게 쓰여 있어."*

*"오빠가 나흘이나 갖고 있으면서 나는 읽지도 못하게 한 그 책 말이야?"* 어지러움이 돌아와서 손끝으로 머리를 짚어야 했다.

*"사흘밖에 안 됐고, 넌 이미 알고 있었던 것 같은데."* 브레넌이 반박했다. *"그리고 어떤 정보는 네 권한 밖이다, 생도. 특히 우리가 아직 분석을 마치지 못한 정보는 그렇지."*

*"내가 그걸 아는 건 아버지가 준 책을 읽어서야."* 나는 말하자마자 오빠가 움찔하는 모습을 보고 '아버지'라는 말에 강세를 넣은 것을 후회할 뻔했다. 오

빠는 성을 바꾸면서 엄마하고만 연을 끊은 게 아니었다. 아버지에게도 거리를 두었다. "그리고 보디가 이미 그 사실을 알고 있는 건 내가 레슨에서 그걸 이용해 와이번 한 무리를 죽였기 때문이고."

"나는 몰랐어." 데인이 끼어들었다. "그러니까 하나만이라도 그 에너지 맥동을 느꼈다면… 하나만이라도 그게 무슨 의미인지 안다면…."

"와이번을 만든 존재도 아는 거야." 내가 대신 말을 맺으면서 브레넌을 돌아보았다. "그리고 이제 놈들은 우리를 노리고 오겠지."

# 45

우리는 지난 50년 사이에야 겨우 그들이 불모지에서만 오는 게 아니라는 사실을 깨달았다. 그들은 신병을 모집하며 그리폰과 계약을 맺지 못한 이들에게 그들의 것이 아닌 마력을 채널링하는 방법을 가르치고, 원천에서 마력을 강탈하여 균형을 무너뜨리는 방법을 가르쳤다. 인간의 문제점은, 힘을 얻기 위해서라면 자신의 영혼을 내어주려는 경우가 너무나 많다는 것이다.

_ 레라 도렐 대위, 《베닌 격파 안내서》(클리프스베인 아카데미 소유)

"코렐리 라일. 니콜라이 판야." 새로운 배지를 단 드베라 소령이 서리 깔린 안마당에서 외쳤다. 새로운 사망자 명단이었다. 라이더 분과에 들어온 후 처음으로, 지난 한 주 동안 아침마다 호명된 이름은 생도들이 아니라 현역 라이더들과 플라이어들이었다. 그들은 최전선에서, 스톤워터 강가에 있는 마을들을 요새화하기 위해 싸웠다. 새로운 드래곤이 네 마리나 태어난 우리 계곡에서 베닌의 관심을 돌리기 위해 죽은 셈이었다.

미라는 부르지 마. 미라는 부르지 마. 미라는 부르지 마.

집합 대열로 서 있는 동안 어떤 신에게든 닿길 바라며 기도했다.

내가 정말 쓸모없게 느껴졌다. 지난 2주와 달리 이제는 가져올 루미너리도 없고, 실패할 보호막 문제도 없다. 저 아래에서는 진짜 전쟁이 벌어지고 있는데, 우리는 이 위에서 역사와 물리학이나 배우고 있다.

"어제 두 명을 잃었다고?" 앞줄에 선 아릭이 몸을 긴장시켰다.

리애넌이 어깨 너머로 나를 슬쩍 돌아보았는데, 눈에 슬픔이 가득했다가 순식간에 나는 꿈도 꾸지 못할 우아한 태도로 마음을 가라앉히고 소여 옆에서 어깨를 폈다. 하루에 라이더 두 명이라니, 현역 복무에서는 큰 손실이었다. 이 속도면 두 달도 지나지 않아서 아레티아 분과 전체가 죽을 것이다.

"이사의 오빠인 것 같아." 옆에서 리독이 말했다. "제2비행단 소속이야."

우리 둘 다 왼쪽으로 고개를 돌려 제3비행단 너머 제2비행단을 보았다. 이사 판야는 꼬리전대에 속한 대대 한가운데서 고개를 숙이고 있었다. 나는 눈시울이 뜨거워지는 걸 누르면서 왼손에 쥔 도관을 꽉 잡았다.

"소위였지." 이모젠이 조용히 말했다.

"우리보다 2년 선배야." 퀸이 덧붙였다. "유머 감각이 굉장했어."

"이건 잔인해." 나는 속삭였다. "이런 식으로 우리 형제와 친구들이 죽었다고 알려주는 건 너무 잔인해." 바스지아스에서 우리가 겪어야 했던 어떤 일보다 더 가혹했다.

"아침 점호시간과 다르지도 않잖아." 비시아가 어깨 너머로 말했다.

"아니, 달라." 슬론이 반박했다. "다른 비행단의 누가 죽었다는 소식을 듣는 건, 아니 심지어 우리 대대라 해도, 형제의 죽음을 듣는 것과는 달라." 슬론의 목소리가 갈라졌다.

고통스럽게 목이 메었다. 브레넌은 안에 있다. 보나마나 지난 한 달 동안 우리가 여기로 데려온 어마어마한 육식동물들을 위한 먹잇감을 찾기 위해 의회와 말다툼을 벌이고 있거나, 아니면 대장간에서 만들 수 있게 된 수송품을 배정하고 있을 것이다. 브레넌은 안전하다.

임관한 라이더는 모두가 교대로 출전했다. 제이든, 개릭, 히튼, 에머리처럼 드랄로 절벽에 있는 전초기지들에 배치되었거나… 미라처럼 전선을 지키러 갔다.

드베라가 목청을 가다듬더니 제시니아가 들고 있는 명단을 바꿔 들었다.

어깨가 축 처지고, 안도의 한숨이 싸늘한 공기에 뿌옇게 퍼졌다. 미라는 살아 있다. 아니면 적어도 교대한 라이더가 뉴스를 가지고 들어온 어젯밤까지는 살아 있었다. 제이든을 생각했을 때는 무섭지 않았다. 그에게 무슨 일이 생겼다면 바로 알 테니까….

맙소사. 생각도 못 하겠다.

"크리사 벌린." 드베라는 임관한 플라이어 명단을 읽기 시작했다. "마이카 렌프루…."

"마이카!" 오른쪽에서 낮고 으르렁대는 듯한 비명이 터졌고, 한 남자가 무릎을 꿇자 모두가 플라이어들의 대열 중앙 가까이 선 부대로 고개를 돌렸다. 부대원들이 몸을 돌리고 그를 다독였다.

"난 도무지 저런 소리에 익숙해지질 못하겠어." 아릭이 자세를 바꾸면서 중얼거렸다.

"어떤 소리 말이야?" 슬론이 맞받아쳤다. "감정이 실린 소리?"

"소른게일은 내 말뜻을 이해할 거야. 밖에 나가봤잖아…." 아릭이 나에게 말했다.

"그리고 난 리암이 죽었을 때 어린애처럼 울었어. 앞이나 봐." 젠장, 그건 내가 건틀릿 옆에서 리애넌과 싸웠을 때 뱉은 모든 말과 상충하지 않나? 죽음은 우리를 단련시키는 것이었을 텐데, 왜 이번에는 슬론의 말에 동의하는 걸까? 플라이어들의 반응에는 한없이… 인간적인 느낌이 있었다.

플라이어들이 클리프스베인에서 탈곡을 수행하는 방식마저도 우리가 바스지아스에서 견디는 방식보다 훨씬 덜 잔인했다. 이제 나는 잔인한 방식이 우리를 더 강하게 만들어주는지… 아니면 그저 냉정하게만 만드는지 잘 모르겠다.

"그리고 알바 길라나." 드베라가 명단을 끝냈다. "이들의 영혼을 말렉에게 맡기노라."

매일 아침 그랬듯이 오른쪽을 흘긋 보자 그리폰 부대 대열에서 우리 쪽에 제일 가깝게 서 있던 캣이 자세를 누그러뜨리고 눈을 잠시 감는 모습이 보였다. 시레나도 아직 살아 있어서다. 캣이 내 쪽을 돌아보았고, 내가 고개를 끄덕이자 무뚝뚝하게나마 고개를 끄덕였다. 그건 우리가 매일 갖는 휴전의 순간, 서로를 적이 아니라 누군가의 동생들로 인식하는 유일한 시간이었다. 그리고 그 휴전은 심장이 한 번 뛰기도 전에 끝났다.

대열이 흩어지면서 캣의 눈빛이 노려보는 시선으로 바뀌었다. 아마리 신에게 맹세코, 캣은 매일 내 인생을 최대한 비참하게 만드는 데 열중했고, 제이든이 여기에 온 날이면 두 배는 더 심해졌다. 캣의 증오에 비하면 슬론은 따뜻하고 포근한 수준이었다. 그리고 더 나쁜 상황은 캣의 부대가 우리 대대를 적으로 삼고, 메런을 제외한 나머지 다섯 명이 루엘라가 죽은 건 플라이어를 버리고 라이더를 선택한 내 탓이라고 주장하고 다닌다는 점이었다.

이틀 전에는 계곡 비행장에서 어깨까지 갈색 머리를 기른, 이름이 트레이거인가 그랬던 키 큰 남자가 리독에게 덤벼들었고, 리애넌의 국경 마을이 피난민들을 쫓아냈다고 입을 놀리다가 얼굴에 리애넌의 주먹이 꽂혔다. 그놈은 아직도 입술에 딱지가 앉아 있었다. 우리의 절벽 등반이 상관들의 희망처럼 끈끈한 유대감을 만들어주진 않은 것 같았다.

"오늘 아침에는 쟤가 무슨 짓했어?" 리애넌은 캣이 있는 방향을 보고 한쪽 눈썹을 올리며 물었다.

"해가 뜨기 전에 내 방문을 두들기고는, 내가 대답하자 엄청 짜증을 냈지." 그저 떠올렸을 뿐인데 도관을 잡은 손이 따뜻해졌다.

펠릭스는 이번 주에만 두 번이나 내 도관에 든 합금을 교체했는데, 그래도 내가 힘을 제어하지 못하는 덕분에 단검에 쓸 합금 충전에는 도움이 됐다. 그러니 어떤 면에서는 나도 전쟁을 돕고 있는 셈이었다. 보호석을 활성화하려던 시도는 실패했으니 말이다. 이제 붕대는 풀었지만, 오른쪽 어깨는 돌려보니 여전히 말을 잘 듣지 않았다.

"저게 널 괴롭힐 헛짓거리가 떨어져가나?" 문을 향해 움직이면서 리독이 물었다. 여기에서는 바스지아스보다 해산하는 시간이 두 배는 더 걸렸는데, 라이오슨 저택은 사람들을 들여보내기보다 막기 위해 지어진 탓이었다. "토요일에 했던 짓만큼 나쁘진 않잖아. 쟤가 지난 몇 년 동안 미라가 제거한 플라이어들 명단을 게시했던 거 말이야."

그날은 특별 만찬이나 다름없었고, 아주 확실하게 라이더와 플라이어 사이에 불을 붙였다. 그날 복도에서는 평소의 열 배가 넘는 싸움이 일어났다.

"내가 방문에 열었을 때는 캣이 드베렐리 실크 로브를 입고 있었어." 나는 바닥에 내려놓았던 가방을 잡아서 어깨에 메며 그 무게에 얼굴을 찌푸렸다. "그게 드베렐리 실크인 건 어떻게 알았냐고? 아주 속이 훤히 비쳐 보였거든."

"으아, 젠장!" 소여가 움찔했다. "대체 왜 그런… 혹시 너…."

1학년들이 먼저 안으로 들어가는 사이에 리애넌, 퀸, 그리고 이모젠까지도 소여를 노려보았다.

"바이올렛이 어디에서 자는지 생각해봐!" 리독이 소여의 뒤통수를 때렸다.

"아야! 맞다. 아직 라이오슨의 방에 있지." 소여가 자기 부대원들과 함께 지나가는 캣에게 대놓고 등을 돌리며 천천히 말했다. "깜박했어. 명단에는 네가 리애넌의 방에 들어가 있잖아."

100명의 생도를 더 데리고 왔으니 이제는 두 명이 한 방을 쓸 수밖에 없었고, 원칙적으로 나는 소위의 방에서 자면 안 됐다. 하지만 우리는 신경 쓰지 않았고, 지휘부도 이 저택의 소유주에게 뭐라고 할 리는 없었다.

"나야 좋지." 리애넌은 심장에 손을 올렸다. "덕분에 타라와 내가 시간이 날 때마다 사생활을 누릴 수 있거든."

"도움이 되어 기쁘네." 나는 슬쩍 웃었다.

"쟤한테 그거 하나는 인정해야겠다." 이모젠이 나를 지나쳐서 캣과 그녀의 부대원을 쳐다보더니 한숨을 내쉬며 고개를 저었다. "집요하긴 해."

모두가 이모젠 쪽으로 고개를 돌렸다.

"어이." 이모젠은 두 손을 들어 올렸다. "난 바이올렛팀이야. 단지 제이든이 그만두자고 했다면 너라도 되찾으려고 싸우긴 했을 거라는 거지."

을. 그렇게 표현하니….

"걸어 다니는 골칫덩어리를 사람 취급하지 마." 리애넌이 반박했다. "난 내 재와 함께 절벽을 올랐는데, 차라리 잭 발로우가 여기 있는 게 낫겠다 싶을 정도였다고."

잭은 뒤에 남아줘서 기쁜 한 사람이었다. 아무리 날 도와줬다고 해도 아직은 그 녀석을 믿을 수가 없었다. 앞으로도 믿지 못할 것이다.

"캣이… 또 캣 같은 짓을 했나?" 안마당이 비어가자 보디가 우리 쪽으로 걸어오며 물었다.

"괜찮아. 캣은 괜찮아. 나도 괜찮고." 나는 고개를 저으며 잇새로 거짓말을 밀어냈다. 그래야 보디가 제이든에게 나 혼자는 감당 못한다고 말하지 않겠지. "리애넌과 나는 가볼 곳이 있어."

"그래?" 리가 눈썹을 들어 올렸다. "그렇지."

"알았어." 보디는 리애넌을 돌아보았다. "흠, 트리사 교수님이 방금 2학년에게 새로운 수업 장소를 골랐어. 내일 2시에 계곡 안이야."

트리사? 트리사라면 몸집이 작고 조용한 의회 구성원이었다.

"시간 지켜 갈게." 리가 약속했다.


아레티아는 바스지아스보다 일찍 눈이 내렸다. 11월 첫 주에는 빠르게 성장하고 있는 마을에 이미 얇은 하얀 담요가 깔렸다. 그러나 위쪽 계곡에는 눈이 쌓이지 않았는데, 이 산맥의 자연열에 더해 그리폰과 드래곤이 채널링하는 마력이 합쳐진 결과였다. 그리고 그리폰과 드래곤의 수는 점점 불어나기만 하는 것 같았다.

계곡 끝에서 라이오슨 저택으로 이어지는 통행량이 많은 길을 보는데 불안감이 뱃속에 꿈틀거렸다.

"이거 어색하네." 소여가 팔짱을 끼고 5미터쯤 되는 계곡의 풀밭 건너편에 지겹다는 시선을 던졌다. 그 풀밭은 우리 대대 2학년과 캣의 그리폰 부대 2학년 사이를 가르고 있었다.

양쪽 다 호출된 모양이었다. 하지만 우리 뒤에 줄지어 선 드래곤들과 반대편의 그리폰들이 서로를 공격하지 않을 수 있다면야 우리도 교양 있게 굴 수 있었다.

"그러게."

"*교양은 과대평가됐어.*" 앤다나가 발톱으로 풀밭을 쥐면서 말했다. "*그리폰은 맛본 적이 없는데….*"

"*우린 동맹을 먹지 않는다.*" 테른이 앤다나에게 잔소리했다. "*다른 간식거리를 찾거라.*"

오른쪽을 보자, 소여가 앤다나와 테른을 번갈아 보고 또 보면서 차이를 비교하는 것 같았다. "걱정 마. 나도 늘 사물이 두 개로 보이는 느낌이야."

"그런 게 아니야. 앤다나가 또 성장한 거야?" 소여는 옷깃을 잡아당기며 말했다. "더 큰 것 같아."

"이번 주에 몇 센티미터는 컸을 거야." 나는 고개를 끄덕였다. "앤다나의 고정장비 양쪽으로 사슬을 하나씩 더해야 했어."

"*난 곧 장비 없이 날게 될 거야.*" 앤다나가 발끈하며 말했다.

리독이 몸을 빙글 돌리고 관찰하더니 앤다나를 올려다보며 웃었다. "작은 테른이 흉포해지고 있네. 혹시…."

"*난 누구의 축소 모형도 아니야.*" 앤다나가 리독을 향해 고개를 틀더니, 얼굴 바로 앞에서 이를 딱 부딪쳤다.

심장이 철렁했다. "앤다나!" 내가 외치면서 앤다나와 리독 사이에 끼어들려고 급히 몸을 돌리는 사이에 앤다나가 뒤로 물러났다.

"젠장." 리독은 두 손을 들어 올렸다. 그의 머리카락은 테른의… 한숨이라고밖에 표현할 수 없는 좌절 섞인 입김을 받아 뒤로 날렸다. "크다고." 리독이 불쑥 말했다. "크다고 하려던 거였어."

"스케일과 더 어울리지 마." 나는 앤다나의 턱을 두드리려다 손가락질을 한 후에 테른을 올려다보았다. 그는 앤다나를 입에 물고 강아지처럼 들판 밖으로 집어던질 수도 있다는 태도로 머리를 내리고 있었다. *"진심이야. 스케일에게 너무 많은 영향을 받고 있어."*

*"그렇다면 내가 운이 좋은 거지."* 앤다나는 우쭐해서 고개를 들어 올렸고, 테른은 자기네 말로 뭔가를 으르렁거렸다.

"맙소사." 리독이 중얼거렸다.

"미안해. 청소년이라서." 나는 리독을 보고 어깨를 으쓱였다.

"페더테일이 아이들이라니 아직도 믿을 수가 없어." 소여가 앤다나에게서 한 걸음 물러서며 말했다. "네가 블랙 드래곤 둘과 계약했다는 것도 그렇고."

"그건 나도 당황스러웠어."

길 쪽을 다시 보아도 리애넌은 보이지 않았다. 트리사 교수가 리보다 빨리 도착한다면 많이 곤란할 텐데. 트리사가 의회에서 가장 부드럽게 말하는 사람일지는 몰라도, 열받았을 때는 혀가 가장 날카로워지는 사람이기도 했다. 제이든이 오늘 아침에 히튼, 에머리와 함께 다시 국경으로 날아가기 전에 해준 말에 따르면 그랬다.

이제는 3학년들도 출정해서 와이번과 나바르 라이더들을 경계하며 드랄로 절벽을 순찰하고 있다. 내가 보호막을 세우는 데 실패하지만 않았어도 와이번 걱정은 할 필요가 없었는데.

"어느 게 더 나쁠까?" 리독이 턱 보조개를 톡톡 두드리면서 말했다. "여기 있는 이유를 하나도 모른다는 듯이 말없이 우릴 노려보기만 하는 저 녀석들? 아니면 위협적인 저 호위대?" 리독의 시선은 플라이어들을 지키고 선 그리폰들에게 꽂혀 있었다.

아직 고도에 적응하지 못했는지 다쟈레가 살짝 비틀거렸다. 여기에 온 지 일주일이 지났지만 그리폰이 나는 모습을 보지 못했다.

"둘 다 나빠." 소여가 비행 재킷 단추를 풀었다. "근데 나만 그런가? 아니면 여기가 정말로 점점 더 더워지는 건가?"

"더워지는 거 맞아." 나는 맞장구를 쳤고, 리애넌이 나타나서 나를 보고 신난 웃음을 지으며 올라오는 모습을 보자 안도의 한숨을 내쉬었다. 그러고 나서 리독에게 덧붙여 말했다. "그리고 좀 친절하게 굴어. 난 메런이 좋아."

"나도 메런은 좋아해. 하지만 메런의 절친은 이 절벽에서 던져버려야 해." 소여가 작은 소리로 말했다.

"그리폰들은 내 생각보다 빨리 일어나서 돌아다니네." 리독이 말했다. "대부분 며칠 전만 해도 고도에 적응하느라 자고 있었는데 말이야."

어깨까지 오는 갈색머리에 비딱한 미소가 특징인 트레이거 뒤에 서 있던 그리폰이 리독의 평가를 알아차리고는 경고하듯이 60센티미터는 될 법한 날카로운 부리를 딱 부딪쳤다.

트레이거가 재수 없게 웃었다.

에오트롬이 우리 머리 위로 뜨거운 콧김을 뿜어 플라이어 세 명의 얼굴에 수증기만이 아니라 꽤 많은… 어, 저거 콧물인가?

"저쪽을 변호해주자면, 우리도 호위대를 데려왔잖아." 나는 앤다나가 앞으로 나서서 내 양쪽 풀밭에 앞발을 박아 넣는 모습을 보며 말했다. 분명한 경고였다. 앤다나의 발톱은 날마다 날카로워졌고, 오늘 아침에는 처음으로 날개를 완전히 펴는 데 성공했다. 그래서인지 오늘 오후에는 평소보다 더 대담하기도 했다.

"*원로들이 그러는데 몇 주만 있으면 날 수 있을 거래.*" 앤다나의 목에서 그리폰을 겨냥한 으르렁 소리가 올라왔고, 그리폰들은 눈을 크게 떴다가 껌벅거렸다.

"너 지금 이를 드러내고 있지?" 나는 굳이 미소를 숨기지 않았다.

"*난 쟤들 안 믿어.*" 앤다나가 대답했다. "*특히 중앙에서 널 죽일 계획을 짜는 것 같은 녀석은 못 믿지.*"

"*귀찮게 신경 쓸 것 없어.*"

캣은 언제나처럼 가늘게 뜬 눈으로 나를 노려보고 있었다.

"너를 귀찮게 하잖아." 앤다나는 한 발자국 앞으로 나서서 가슴 비늘을 내 머리 바로 위에 두었다.

"그러니 익숙해지거나 아니면 저 녀석을 죽이겠지." 테른이 뒤쪽에서 대꾸했다. 이제는 페이그도 도착해서 드래곤 넷이 대기하고 있었다. "둘 다 받아들일 수 있다."

"동맹을 죽이는 데는 반대한다더니요?" 나는 오후 햇빛 덕분에 테른의 그림자가 나를 감싸 안자 어깨 너머를 돌아보았다. 소여의 드래곤인 슬리시그가 오른쪽으로 가까이 붙어서인지도 모르지만, 앤다나의 비늘에 붉은 빛이 감돌았다. 언제쯤이면 앤다나의 빛나는 비늘이 테른처럼 광택 없는 검은색이 될지 궁금할 수밖에 없었다.

"저 여자애는 동맹이 맞는지 스스로를 증명해야 한다." 테른이 말했다.

"캣은 여전히 루엘라의 죽음을 두고 절 비난해요."

"이봐, 그냥 여기 서 있는 김에 말인데…." 소여가 목덜미를 문지르더니 뺨을 붉혔다. "나한테…."

"너한테…?" 나는 하다 만 질문을 듣고 눈썹을 올렸다.

"혹시 나한테…." 소여는 민망해하며 한숨을 쉬었다. "신경 쓰지 마."

"수어를 가르쳐줬으면 좋겠대." 리독이 지루하다는 듯이 몸을 들썩이면서 대신 말을 끝맺었다.

"리독!" 소여가 리독을 노려보았다.

"왜? 네가 필요 이상으로 힘들게 굴었잖아. 맙소사, 바이올렛에게 데이트 신청이라도 하려는 줄 알았다." 리독은 대놓고 몸을 떨었다.

"그랬다면 뭐?" 내가 맞받아쳤다.

"그런 거였다면 우리 방바닥에서 라이오슨에게 산산조각난 소여의 조각들을 내가 치워야 하겠지." 리독은 고개를 절레절레 저었다. "지저분하게시리."

"첫째로, 제이든은 내가 데이트 신청을 받는 정도는 가볍게 넘길 자신감이 있는 사람이야." 나는 소여 쪽을 보았다. "그리고 알았어, 수어를 가르쳐줄게. 그게 왜 그렇게 민망한데?"

"전에 배웠어야 했는데." 소여가 손을 떨궜다. "그리고… 이유야 뻔하잖아."

"아무래도 나는 좋은 선생님이 될 만큼 수어에 능통하지 않은가봐." 리독이 눈을 굴렸다.

"너라면 섹스에 해당하는 수어를 가르쳐놓고 안녕이라는 뜻이라고 할 게 뻔해. 어디까지나 내가 그 말을 했을 때 무슨 일이 일어나는지 보려고 말이지." 소여가 쏘아붙였다.

"뭐? 내가 그렇게까지 나쁜 놈은 아니거든." 리독이 작게 미소 지었다. "나라면 네가 저녁식사에 해당하는 말을 물어볼 때까지 기다렸을 거야. 그러면 네가 혹시 같이 한 입 하고 싶으냐고 물었을 때…."

"아!" 나는 겨우 조각이 맞춰져서 눈을 깜박였다. 제시니아에 대한 이야기였다.

"걱정 마, 소여. 내가 도와줄게. 리도 수어를 잘해. 아릭과 퀸도 그렇고."

"나만 빼고 다들 잘하지." 소여가 어깨를 늘어뜨리며 한숨을 내쉬었다.

"휴, 시간에 못 맞출 뻔했네." 리애넌이 숨을 살짝 몰아쉬면서 우리 옆에 도착했다.

트레이거가 리를 보고 눈을 더 가늘게 뜨는 사이, 트리사 교수가 리 뒤에서 모퉁이를 돌아 나타났다.

"입술은 어때?" 리애넌은 트레이거에게 눈을 찡긋하며 물었다.

트레이거가 앞으로 나섰지만, 메런이 고개를 저으며 막았다.

"늦었다면 내가 대신했을 거야. 가족은 잘 도착했어?" 나는 리에게 물었다.

어젯밤 늦게 도착한 리의 가족은 여행에 지쳤고, 가져온 것이라고는 드랄로 절벽 북동쪽 면을 오르는 구불구불한 길인 프레서퍼스 패스로 이동할 수 있는 폭이 좁은 수레에 들어갈 만한 물건뿐이었다.

"응." 리는 씩 웃고는 가방을 내 가방 옆 풀밭에 내려놓았다. 풀이 놀랍도록 싱싱하고 탄력 있었다. 맹세코 이 계곡 안은 계절이 거꾸로 돌아가는 것 같았다. "너희 오빠에게 고맙다고 전해줘. 너희 오빠가 가족들 집을 장터 근처에 나란히 잡아줬더라. 우리 가족은 벌써 장터에 가게 차릴 곳도 점찍었어."

"전해줄게. 루카스는?" 리의 조카인 루카스의 완벽하고도 토실토실한 뺨을 생각하면 함박웃음이 나왔다.

"여전히 세상에서 제일 귀여워." 리는 비행 재킷 단추를 풀어서 어깨 뒤로 젖혔다. "다들 기진맥진이긴 하지만 안전해. 그리고 이젠 내가 원할 때마다 가족을 볼 수 있잖아? 끝내줘. 더해서 내 고유 능력을 자랑할 수 있었는데, 다들 감탄하더라고."

"정말 잘됐다. 나도 정말 기뻐." 자세에서 힘이 빠졌고, 나는 정말로 깊은 숨을 들이마셨다. 지난주부터 아레티아에 가족들이 도착하기 시작했는데, 보호구역 제안을 전달했던 혁명 구성원들이 눈에 띄지 않게 소규모로 이끌고 왔다. 리독의 아버지도 곧 도착할 테지만, 소여의 부모님에게서는 아직 소식이 없었다.

"왜 우리가 계곡 안에서 만나는지 궁금할지도 모르겠군." 트리사 교수는 완벽하게 고른 호흡으로 가방 안에 손을 넣어 일곱 장의 인쇄 그림을 꺼내더니, 우리들에게 건넸다.

또다시 미소가 지어졌다. 제시니아와 다른 서기들이 인쇄기를 돌리는 데 성공했구나.

그림에는 티렌더 룬이 들어가 있었는데, 제이든이 졸업하면서 나에게 남기고 간 책의 매듭들과 비슷했다. 그림을 자세히 보니 알아볼 수 있었다. 눈금이 매겨진 일련의 사각형들은 내 오른쪽 허리에 꽂힌 단검 손잡이의 룬과 거의 같았다.

"너희들은 현재 최고의 대대와 최고의 부대이기에, 우리의… 시험 대상으로 선택됐다." 트리사 교수는 양쪽에 늘어선 우리 모두를 볼 수 있게 뒤로 물러섰다. "채널링은 할 수 있나?" 그녀는 플라이어들에게 물었다.

"어제 아침부터 반 정도는 가능해졌습니다." 캣이 대답했다.

"정신 능력은?" 교수는 호기심 어린 말투로 물었다.

"아직입니다." 메런이 대답했다.

"하지만 곧 될 겁니다." 캣은 나를 똑바로 노려보며 말했다. "그리폰들은 매일 강해지고 있습니다."

그러지 않아도 캣이 내 머릿속을 엉망으로 헤집어놓은 일을 잊을 순 없는데 말이지.

"그러니까, 공예 수업으로 돌아가는 건가요?" 리독이 팔짱을 끼며 물었다.

"마법 불빛이 어떻게 동력을 얻는지 아는 사람?" 트리사 교수는 리독의 질문을 무시하고 가방 안에 손을 넣으며 물었다. 가방에서 꺼낸 것은 접시 정도 크기의 작은 나무판 여덟 개였다. 그녀는 그 나무판들을 서먹하게 서 있는 우리들 중앙에 놓았다. "누구 없나?"

"단순 마법입니다." 메런이 대답했다.

"너희가 직접 만드는 불빛은 그렇지." 트리사 교수는 고개를 끄덕였다. "1학년 기숙사에 계속 작동하는 불빛들은 어떻지? 너희가 채널링을 할 수 있기도 전부터 작동하는 것들은?"

모든 라이더가 나를 쳐다보았다.

"그 불빛은 저희와 드래곤들이 채널링하는 잉여 마력을 동력으로 삼습니다." 내가 대답했다. "마치 체열처럼 자연스럽게 발산이 되고, 워낙 적은 양이어서 저희가 알아차리지 못하죠."

"정확하다." 교수는 동의했다. "그렇다면 그런 마법이 가능하게 만드는 건 무엇일까? 마법을 마력 행사자가 아니라 물건에 묶어두는 건 뭘까?" 그녀는 기대감이 어린 진갈색 눈동자로 우리를 보며 콧잔등을 문질렀다. "맙소사. 펠릭스가 농담하는 줄 알았더니. 소른게일, 너는 사실상 그걸로 뒤덮여 있다."

나는 몸을 내려다보았다. V자로 파인 제복 옷깃 아래 드래곤비늘 갑옷의 광채를 언뜻 보고는 제이든이 준 단검들을 보았다. "룬입니까?"

"룬이다." 트리사 교수가 확실하게 대답했다. "룬은 그냥 장식이 아니다. 룬은 우리 마력에서 끌어내어, 특정한 쓰임을 위해 기하학적인 패턴으로 엮은 다음 물건에 집어넣은 마법 가닥이다. 즉시 작동하는 경우도 있고, 나중에 쓰이게 만드는 경우도 있지. 우리는 그 과정을 '담금질'이라고 부른다."

"그건 불가능해요." 메런이 고개를 저었다. "마법은 직접 행사할 수만 있습니다."

"이것도 직접 행사에 해당한다." 트리사 교수는 우리의 무지함에 실망하여 한숨을 내쉬는 듯했다. "우리가 겨울에 대비하여 식량을 저장하듯이 마법 행사자는 선택하기에 따라 많거나 적은 힘을 써서 룬을 담금질한 후에 물건에 주입할 수 있다." 그녀는 허리를 굽혀 나무판을 하나 집어 들고 우리 쪽으로 흔들었다. "나무나 금속, 뭐든 마법 행사자가 고르는 물체에 가능하다. 그 룬은 촉발될 때 활성화하여 담금질된 행위를 수행할 것이다. 마력을 수용하는 합금과 달리, 룬은 특정 행위를 위해 마력으로 담금질한다."

리와 나는 혼란스러운 눈빛을 주고받았다.

"납득을 시켜줘야겠군." 트리사 교수는 나무판을 떨구고 두 손을 들어 올렸다. "우선은 마력을 한 가닥 분리시킨다." 그녀는 앞으로 손을 뻗더니 엄지와 검지로 공기를 집었다. "솔직히 이 단계를 배우기가 가장 까다로울 수도 있다."

"교수님이 뭔가 하는 척하는 거 아냐?" 리독이 속삭였다.

트리사 교수는 날카롭게 리독을 노려보았다. "너희가 내 마력을 보지 못한다고 해도 내 눈에는 보인다. 너희는 그라운딩 과정에 익숙하지 않나? 차단벽과 마찬가지로 마력은 너희가 형태를 부여할 때 너희에게만 보인다. 그게 라이더로서 너희의 고유 능력이라는 형태든, 아니면 너희 모두가 쓸 수 있는 단순 마법의 형태든 마찬가지다."

"알아들었습니다." 리독이 졌다는 듯 양손을 들어 올렸다.

"마력에는 형태를 부여할 수 있다." 트리사는 두 손을 빠르게 움직여서 공기 조각들을 잡아당기더니, 손가락으로 보이지 않는 도형을 그렸다. 원? 사각형? 삼각형인가? 알아보기가 힘들었다. "모든 형태에는 의미가 있다. 우리가 어느 지점에 마력을 묶느냐가 그 의미를 변화시킨다. 너희는 그 전부를 외워야 할 것이다." 트리사가 다시 허공에 손을 넣더니… 저건 마름모꼴인가? "우리가 조합하는 형상들이 의미를 겹겹이 쌓아서 룬을 변화시킨다. 그 룬이 즉시 활성화할까? 유예 상태로 있을까? 룬이 고갈되기까지 몇 번이나 활성화할 수 있을까? 그 모든 것이 여기에서 결정된다." 그녀는 작업하던 뭔가를 뒤집는 것 같더니, 다시 가닥을 하나 끌어당겨서… 뭔가를 했다.

"완전 괴상하네." 리독이 작게 중얼거렸다. "어렸을 때, 안에 아무것도 없는 걸 뻔히 알면서 부모님에게 찻잔에 든 걸 마시라고 할 때와 비슷해."

리애넌이 쉿, 하는 소리를 냈다.

"준비가 다되면…." 트리사 교수가 나무판을 집어 들고 일어섰다. "우리는 룬을 설치한다. 설치하기 전까지는 그 룬에 아무 의미도, 아무 목적도 없고 빠르게 사라질 것이다. 룬을 실제 마법으로 만드는 건 담금질 과정이다." 그녀는 오른손으로 방금 전까지 담금질하던 룬을 잡더니, 손바닥을 나무판에 붙였다. "이건 단순한 난방용 룬이다."

"그게 단순한 거였다고요?" 소여가 물었다.

나무판에 연기가 오르자 나는 눈을 크게 뜨고 몸을 앞으로 기울였다.

"이제 완성이다." 트리사는 나무판을 돌려서 앞쪽을 플라이어들에게 보여준 다음, 우리에게도 보여줬다. "일단 어떤 도형을 조합해서 어떤 기호를 만드는지 이해하고 나면, 그 조합은 거의 무한정하다."

나는 잠시 입을 딱 벌렸다. 나무판에는 10분 전만 해도 내가 장식용 룬이라고 생각했던 형상이 타들어가 새겨져 있었다. 나는 손에 쥔 그림을 내려다보면서 허리에 찬 단검의 룬은 대체 뭘 위한 걸까 생각했다.

'모든 형태에는 의미가 있다. 우리가 어느 지점에 마력을 묶느냐가 그 의미를 변화시킨다.' 내가 다면 도형을 한 번 더 쳐다보는 사이 트리사가 나무판을 뒤집어서 하늘을 향해 들었고, 나는 뭔가를 깨닫고 눈을 크게 떴다.

"표어문자군요." 나는 불쑥 말했다. "옛 루세라스어나 모레인어처럼요."

트리사 교수는 눈썹을 올리며 내 쪽을 보았다. "그래, 무척 흡사하지." 그녀의 입술이 미소를 그렸다. "맞아, 너는 옛 루세라스어도 읽을 수 있었지." 그녀는 고개를 끄덕였다. "인상적이군."

"고맙습니다."

"우리 대대원이야." 리독이 나를 가리키면서 플라이어들에게 말했다.

내가 오늘 아침 수업에서 역사 퀴즈에 간신히 통과한 걸 생각하면 자랑할 만한 존재인지는 잘 모르겠다. 그나마 수학은 여전히 잘했지만, 수학이야 하룻밤 사이에 바뀌지 않지.

"너는 얼음 능력자였지?" 트리사 교수가 리독에게 물었다.

리독이 고개를 끄덕이자 트리사가 손을 뻗었다.

리독은 허리춤에 차고 있던 주머니를 열더니, 입구에서 얼어붙은 원통 형태의 물을 꺼내 트리사 교수에게 가져갔다.

트리사가 그 얼음을 나무판에 갖다 대자 순식간에 얼음이 녹아서 치직거리는 나무판에서 물이 뚝뚝 떨어졌다. 놀라서 숨을 들이킨 사람은 나 하나만이 아니었다. "룬을 담을 매개체는 조심해서 선택해라. 마력을 조금만 더 담았다면 이 나무판은 불타버렸을 거다."

"왜 아무도 이걸 가르치지 않는 거죠?" 메런이 들고 있던 양피지에서 나무판으로 시선을 옮기면서 물었다.

"이건 예전에 티렌더가 장악하고 완벽하게 연마한 기술이지만, 몇백 년 전 나바르 통합 이후에 금지됐다. 우리 전초기지 다수와 바스지아스가 룬 문자 위에 세워졌는데도 그랬지. 왜냐고?" 트리사는 눈썹을 올렸다. "물어봐줘서 정말 기쁘구나. 라이더들은 천부적으로 더 강력하다. 우리가 채널링하는 마력량과 고유 능력 때문이지."

트레이거가 눈을 굴렸다.

"하지만 룬은 훌륭한 평형추다." 트리사 교수는 나무판을 풀밭에 내려놓으며 말을 이었다. "룬은 오직 너희가 얼마나 많은 마력을 담금질할지, 얼마나 오래 지속되기를 원하는지, 그리고 고갈될 때까지 얼마나 여러 번 사용하는지에 따라 무한하다. 사령부는 엉뚱한 손에 떨어지지 않게 하려고 룬을 금지했다." 그녀는 플라이어들 쪽을 보았다. "구체적으로 말하면 너희들의 손이지. 룬에 능숙해지면 상당한 고유 능력과도 겨룰 수 있게 된다."

"그러니까, 우리보고… 이걸 담금질하라고요?" 캣은 한쪽 눈썹을 올리고 그림을 들여다보며 물었다. "마법으로… 말이죠?"

인정하기는 싫지만, 이번에는 나도 캣과 같은 생각이었다. 주위에 보이는 얼굴들을 보면 다들 마찬가지였다. 리조차도 두려운 얼굴로 그림을 보고 있었다. 이건… 어찌할 바를 모르겠다는 느낌이었다.

"그래. 내가 방금 보여준 것처럼 너희는 마력을 분리하는 방법을 배워서 그 힘으로 담금질한다." 트리사 교수는 가방 열고 나무판을 더 쏟아놓았다. 참 쉬워 보이기도 하지.

"간단한 잠금 해제 룬부터 시작할 것이다. 만들기도 쉽고 시험하기도 쉽지." 그녀는 우리들을 번갈아보았다.

"잠긴 문이라면 다들 단순 마법으로 열 수 있는데요." 트레이거가 말했다.

"물론 너희는 할 수 있지." 트리사 교수가 한숨을 내쉬었다. "하지만 잠금 해제 룬은 단순 마법을 쓰지 못하는 사람도 쓸 수 있다. 이제 해보자. 너희들이 해가 지기 전에 첫 번째 룬을 엮어냈으면 좋겠구나."

"해가 지기 전에 배우는 건 어림도 없습니다." 소여가 반박했다.

"말도 안 되는 소리. 낙인자들은 모두 첫날에 잠금 해제 룬을 배웠다."

"참 부담 없는 말씀이네요." 리가 중얼거렸다.

"슬론과 이모젠은 이걸 할 수 있다고요?" 내가 물었다.

"당연하다." 트리사 교수가 나를 보고 고개를 설레설레 저었다.

이래서 제이든이 내게 천으로 룬을 짜는 방법을 연습하게 했구나. 그 남자는 그냥 분명하게 말해주는 방법을 영영 배우지 못하려나? 아니면 영원히 내가 정보를 캐내야 하나? '어떤 질문을 하든 대답할게'라니. 나는 들리지 않게 그의 말투를 흉내 냈다. 하지만 존재하는지도 모르는 질문을 던지기란 어려운 일이다.

"너희는 학년에서 가장 뛰어나다고 알려져 있으니 그만 쳐다보고 바로 착수해라." 트리사 교수가 잔소리했다. "제일 먼저 배워야 할 것은 너희의 마력에서 한 조각을 분리해내는 방법이다. 마음속에 마력을 가득 채운 후, 그 흐름에 손을 넣어서 실 한 가닥을 뽑아내는 모습을 그려봐라."

리애넌, 소여, 리독, 그리고 나는 '어쩌라는 거야' 하는 눈빛을 주고받았고, 맞은편의 플라이어들도 마찬가지였다.

"충고해줄 말 같은 거 없어요?" 나는 테른과 앤다나에게 물었다.

"뭐든 날려버리지는 말아라." 테른이 등 뒤에서 자세를 바꿨다.

"그래도 뭔가 날려버리면 재밌긴 할 텐데." 앤다나는 그런 말로 테른에게 그르렁거리는 소리를 이끌어냈다.

"당장." 트리사가 명령하면서 손가락 하나를 들어 올렸다. "아, 그리고 조심해라. 마력을 뽑아내면 성질이 괴팍해진다. 그래서 너희 계약자도 여기에 있는 거다. 처음에는 원천에 가까울수록 쉽거든." 그녀는 우리를 보더니 팔짱을 꼈다. "흠, 뭘 기다리고 있나?"

나는 눈을 감고 아카이브와 그 주위를 소용돌이치는 마력을 머릿속에 그렸다. 테른의 거대한 문 뒤에서 흐르는 불타는 마력의 흐름은 나를 집어삼키고도 남을 것 같았지만, 앤다나의 창문 너머에서 반짝이는 진주빛 마력은… 접근하기 좋아 보였다.

나는 호흡을 가라앉히고 앤다나의 마력에 마음을 뻗었다.

쾅. 폭발음에 눈이 저절로 떠졌고, 모두가 뒤로 날아가는 소여 쪽으로 고개를 핵 돌렸다. 소여는 슬리시그의 발톱 바로 앞에 떨어졌고, 소여가 서 있던 풀밭에는 그을린 자국이 남아서 연기를 올리고 있었다.

"바로 이래서 우리가 이 수업을 야외에서 하는 거다." 트리사 교수가 고개를 저었다. "일어서라. 다시 시도해."

리독이 가서 소여를 부축해 일으켰고, 우리는 다시 시도했다.

다시 시도하고, 다시 시도하고, 또다시 시도했다.

나는 해가 지기 전에 잠금 해제 룬을 엮는 데 성공했지만, 내가 처음은 아니었다. 처음으로 성공한 사람은 캣이었고, 나머지 생도와 달리 캣의 발밑에는 그을린 자국도 남지 않았다.

# 46

어둠의 세력을 죽일 수 있는 유일한 무기가 그들을 혼이 없는 존재
로 내몬 바로 그것… 마력이라는 건 어쩐지 어울리는 일이다.

＿ 레라 도렐 대위, 《베닌 격파 안내서》(클리프스베인 아카데미 소유)

"룬?" 며칠 후, 제이든은 그의 책상 앞에 앉아서 과제를 연습하고 있는 내
어깨 너머로 몸을 기울이며 물었다. 청력을 강화하는 복잡한 삼각형의 룬이
었다. 제이든은 내가 손바닥만 한 나무 원반에 새겼다가 버린 다섯 번의 시도
가운데 하나를 집어 들었고, 나는 숨을 깊이 들이마시며 막 씻은 그의 피부에
서 풍기는 비누향을 음미했다.

개인 욕실도 그의 방에서 잘 때 얻는 특전 중 하나였다.

"우리가 시험용 대대야. 어젯밤에 말하려고 했는데." 나는 진주빛 마력에
서 섬세한 가닥을 뽑아내어 트리사 교수가 숙제로 내준 패턴의 세 번째 도형
으로 바꾼 다음, 내 앞에서 그 모양이 눈부시게 타들어가는 사이에 다음 가닥
에 마음을 뻗었다. 이제 나는 무엇을 찾을지 알고, 마력의 흐름을 또렷하게 볼
수 있었다. 단단하면서도 동시에 실체가 없는 반짝이는 마력의 가닥들이 손
아래에서 구부러졌다. 그러나 보인다고 해서 가닥을 뽑아내기가 더 쉬워지는
건 아니었다.

"나도 어젯밤에 너에게 말하려던 게 많이 있었지." 제이든은 집어 들었던 원반을 책상 위에 다시 내려놓으며 말했다. "하지만 내 침대에 누워 있는 너를 보고 나니까 입이 다른 이유로 바빠져서 말이야."

나는 그 기억에 미소 지으면서, 작은 삼각형을 빚어 내 앞에 떠 있는 큰 삼각형 안에 집어넣었다. 제이든은 최근 나가 있을 때가 많았다. 우리 대장간에서 나오는 무기를 스톤워터 강 근처 최전선에도 배달하고, 테카루스의 무기고도 채워야 했다. 이번 여행은 제이든과 개릭이 공격을 당하는 바람에 하루가 더 걸렸다.

"도와줄까?" 그는 내 목 옆선에 입술을 스치면서 물었다.

"그건…." 제이든의 입술이 갑옷 옷깃에 닿자 숨이 가빠졌다. "도움이 안 되는데."

"저런." 그는 내 목에 입을 맞추더니, 내가 숙제를 하게 두고 몸을 일으켰다. 다행한 일이었다. 곧 수업 시간이었으니 말이다.

"이것 때문에 나바르에서 그 책을 나한테 남기고 간 거였지?" 나는 다음 가닥을 뽑아서 안에 든 도형들을 안정화시킬 원을 만든 다음 룬 문자 주위에 위치시켰다. 이렇게 해서 성공해야 하는데.

"네가 유리하게 시작했으면 했지." 제이든은 내가 책상 위에 펼쳐둔 워릭의 일기장을 넘겨보면서 대답했다.

"고마워."

"이건 도무지 읽을 수가 없군." 제이든은 일기장을 닫아서 책상 위에 다시 놓고, 커다란 옷장 안에 내 제복과 나란히 걸려 있는 자기 제복을 입으러 걸어 갔다.

나는 그 가정적인 느낌에 웃고 말았다. 우리 사이를 계속 이렇게 유지할 수만 있다면 못할 일이 없었다. "아버지가 가르쳐주셨어." 나는 어깨를 으쓱이면서 혹시 빠뜨린 게 없는지 룬을 살폈다. "그리고 데인과 나는 어렸을 때 옛 루세라스어를 비밀 암호로 이용했지."

"에이토스가 옛 루세라스어를 할 거라곤 생각도 못했는데."

나는 왼손으로 나무 원반을 집어 들고 진동하는 마력 끈들을 부드럽게 이동시켜서 원반에 눌렀다. 앞서 시도했던 다섯 번보다 훨씬 나았다. "당신이 내 단검에 룬을 넣었지." 나는 의자에서 몸을 돌리며 말했다.

그리고 나는 입을 벌린 채로 제이든에게 추파를 던지고 말았다. 그는 허리에 수건만 두른 채로 옷장에서 제복을 꺼내고 있었다. 어떻게 제이든이 그 상태로 내 뒤에 있었는데 내내 눈치를 못 챘지? 이런 기회를 놓치다니….

"계속 그런 눈으로 날 보다간 수업에 못 가게 될 거야." 제이든은 깊은 눈빛으로 방을 가로질러 침대 위에 옷을 던지면서 경고했다.

나는 애써 시선을 돌렸다. 브레넌은 내가 잠자리 때문에 수업에 늦으면 바로 원래 배정한 방으로 돌아가게 될 거라고 제이든에게 경고해두었다. "당신이 내 단검에 잠금 해제 룬을 넣어놨잖아. 맞지?" 나는 방금 완성한 원반을 빼고 그동안 새긴 원반을 모조리 가방에 집어넣으면서 물었다. 책상 가장자리에서 나를 비웃고 있는 워릭의 일기장은 무시했다. "우리가 그 덕분에 심문실에서 빠져 나올 수 있었고."

"그래. 잠금 해제 룬의 변형이었지."

나는 제일 잘 만든 원반을 손에 쥔 채 가방을 어깨에 메고 일어나면서 그를 돌아보았다. 제이든은 여전히 멋진 상반신을 드러낸 채였는데, 다행스럽게도 바지는 입고 있었다. "자세히 말해볼래?"

놀랍게도 그는 셔츠가 아니라 양말에 손을 뻗었다.

"잠금 해제 룬은 너도 만들 수 있어. 아주 간단하지." 그는 어깨를 으쓱였다. "난 그 룬에 필요성이라는 요소를 추가했어. 그러니까 어떤 문으로 걸어가서 열고 싶어 한다는 이유만으로 문을 열 수는 없지만, 단검이 네 몸에 붙어 있는 상태로 네가 어떤 문의 잠금을 해제해야 한다는 필요성을 감지하면 문이 열리는 거야. 네가 바스지아스의 대장간까지 갔다면 네 필요를 감지하고 문이 열렸을 거야."

그는 침대에 걸터앉아서 부츠를 신었다.

"내가 내내 열쇠를 가지고 있었단 거야?" 나는 눈썹을 들어 올렸고, 그를 사랑하지 않았더라면 그 순간에 사랑에 빠질 뻔했다.

"그랬지. 오늘은 질문을 던질 기분이 들어?" 제이든의 입꼬리가 실룩였다.

나는 원반을 꼭 쥐고 아랫입술을 깨물었다. 우리가 만들어낸 혼돈 속에서도 행복하게 지내고 있을 때의 문제점은, 그 행복을 위태롭게 할지도 모르는 질문은 하나라도 묻기가 무섭다는 것이다. "당신 침대 옆에 두는 돌에 새겨진 룬은 뭐야? 그것도 룬 맞지?"

"맞아. 그건 복잡한 룬이지." 그는 자세를 바로 하고 작은 회색 돌에 손을 뻗더니, 일어서서 나에게 내밀었다. "살아 있는 사람 중에는 이 룬을 다시 만들 사람이 없어. 메이리 대령이 마지막이었어."

리암과 슬론의 어머니 얘기였다. 나는 손바닥만한 돌을 받아들고 복잡한 룬 문자를 들여다보았다. "담금질할 때는 거대해야 했겠는걸."

"그럴 거야. 돌들에 새길 때는 크기에 맞게 줄여야 하지."

"돌들?" 나는 제이든을 쳐다보았다. "하나가 아니야?"

"107개야." 그는 기대하는 눈으로 나를 보면서 대답했다.

낙인자의 숫자였다. 그는 내가 물어보기를 원했다.

"이 룬은 뭘 하는데?" 나는 새카만 룬을 엄지손가락으로 문질렀다.

"이미 했어. 이건 보호 룬이고, 딱 한 번만 쓰이게 만들어졌어." 그는 축축한 머리를 넘기고 멈칫했다. "룬 문자에 더 능숙해지면 그 안에 요소들을 끌어넣을 수 있어. 머리카락 같은 물건이나 위치를 찾기 위한 다른 룬을 집어넣을 수도 있지. 이 특정 룬은 내 아버지의 혈통을 지키기 위해 만들어졌어."

"당신이네." 나는 고개를 들고 그에게 돌을 돌려줬다. "당신이 유일한 자식이잖아?"

제이든은 고개를 끄덕였다. "장교들이 아레티아 전투 전, 자식들에게 돌을 하나씩 줬어. 우린 늘 그 돌을 가지고 다니라는 말을 들었고 처형날까지 몸에

169

지니고 있었지." 그는 나와 손가락을 스치면서 돌을 받아들었다. 나는 숨이 멎을 듯한 기분으로 그를 바라봤다. "이 룬은 그들을 죽이려는 드래곤 라이더가 지닌 고유 능력을 무효화하도록 고안됐어." 그는 침을 삼켰다. "하지만 드래곤 화염에 죽을 경우에만 활성화할 수 있었지."

"드래곤 화염은 반역자를 처형하는 주요 방법이지." 나는 속삭였다.

그는 고개를 끄덕였다. "그곳에서 부모님들이 처형을 위해 늘어서는 모습을 지켜보는 동안 나는, 아니 우리는 이 돌을 꼭 쥐고 있었어. 그리고 부모님들이…." 그는 어깨가 올라가도록 깊은 숨을 들이마셨다. "…불타자마자 내 팔을 따라 열이 치솟았지. 그런 느낌을 다시 받은 건 탈곡 이후였어."

나는 눈을 크게 뜨고 그의 손을 잡았다. "반역의 낙인?" 그래서 그 소용돌이 인장이 모든 낙인자의 팔에서 시작하는 게 틀림없었다.

그는 고개를 끄덕였다. "우리 부모님들은 어떤 식으로든 죽을 목숨이라는 걸 알았고, 마지막으로 우리가 보호받도록 한 거야. 내가 이 돌을 보관한 건 순전히 감상적인 이유에서고." 그는 몸을 기울여 내 이마에 입을 맞추더니, 몸을 돌려 침대 협탁에 돌을 내려놓았다. "네가 질문을 던질 때가 좋아." 그는 다시 몸을 굽혀 제복 셔츠를 집으면서 말했다. "또 알고 싶은 거 없어?"

왜 내 어머니와 맺은 거래에 대해 말하지 않았는지, 그리고 그 거래가 나에 대한 감정에 영향을 미쳤는지 묻고 싶은 마음이 간절했다. 그러나 그때 제이든이 일어서면서 내 시선은 그의 등에 남은 은빛 흉터자국들을 보고 말았다. 내 어머니가 남긴 흉터. 그러자 물어볼 수가 없었다. 그는 우리가 처음 키스했을 때부터 나를 사랑했다고 말했다. 그거면 충분해야 했다. 어머니가 해준 말 이상으로 그 거래에 대해 알 필요는 없었다…. 아니면 알고 싶지 않은지도 모르겠다. 혹시라도 그 질문이 우리 관계를 흔들어놓을 가능성이 있다면.

"바이올런스?" 그는 셔츠를 당겨 입고 돌아섰다.

"더 묻고 싶은 건 없어." 나는 애써 미소 지었다.

"아무 문제없는 거야?" 그는 미간에 주름을 두 개 잡았다. "보디가 그러는

데 캣이 널 힘들게 한다면서. 몇 번이나 번개를 쳤다고….”

“보디가 참견할 일이 아니야.” 며칠씩 나가 있을 제이든을 걱정시키고 싶지 않았다. 나는 발꿈치를 들고 그에게 부드럽게 키스했다. “오늘 밤에 봐.”

그의 눈에 실망한 빛이 잠시 스치더니, 내 뒤통수를 받쳐 들고 입술을 겹쳤다가 물러났다. 짧지만 더없이 행복한 순간이었다. “거의 정확하긴 한데, 그 룬에는 방향 신호가 필요할 거야.”

“내 룬은 훌륭하고, 필요하다면 도움을 청할 거야.” 나는 단지 할 수 있다는 이유로 짧게 키스한 다음, 시간 안에 수업에 참석하기 위해 서둘러 문 밖으로 뛰쳐나갔다. 그리고 복도에 나오자마자 원반을 귓가에 댔다.

소음이 쏟아져 들어왔다. 위층에서 쿵쾅대는 발소리, 문이 닫히는 소리, 아래에서 고함치는 소리들이 한꺼번에 몰려왔고, 입력이 너무 많아서 하나도 알아들을 수가 없었다.

“제이든 말이 맞을 때가 싫더라.” 나는 중얼거리면서 강의실에 미끄러져 들어갔다.

당연하게도 내가 도착했을 때 캣은 자기 룬을 완벽하게 담금질해놓았다. 그 덕분에 제이든에게 도움을 요청할 뻔했지만, 그는 내가 그날 수업을 다 끝내기도 전에 떠났다.


“너희에게 평화롭게 융합할 시간을 2주나 줬건만, 아직도 이 꼴이라니 많이 실망스럽다.” 그 다음 주, 드베라는 중앙 매트 옆에서 에메테리오와 플라이어 교수 한 명을 옆에 두고 우리에게 훈계했다. 이곳의 대련실은 바스지아스보다 한참 작아서 매트가 아홉 개밖에 없었고, 아레티아의 모든 생도가 꽉 들어차서 거의 어깨를 맞대고 서 있었다.

플라이어도 포함이었다.

지금까지 우리가 함께할 때는 아주 작은 단위로 이뤄지는 룬 수업과 식사 시간뿐이었는데, 그것만으로도 보통 한 번 이상의 주먹질이 오갔다.

"뭘 기대하는 거래?" 리애넌이 옆에서 팔짱을 꼈다. "몇백 년 동안 서로를 죽이고 살았는데, 갑자기… 서로 머리에 화관을 씌워주며 깊은 비밀을 털어놓으라는 거야? 재들이 우리에게 루미너리를 주고 절벽을 올랐다는 이유만으로?"

"조금 신경이 곤두서긴 하네." 나는 도관을 오른손에 들고, 잘못된 자세로 잔 죄를 용서해줬으면 좋겠다는 마음으로 아픈 어깨를 돌리면서 맞장구쳤다. 이틀 후면 펠릭스와의 수업이었고, 나는 그 작은 유리구에 최대한 많은 마력을 욱여넣고 있었다.

플라이어들이 기회만 있으면 모욕을 던지고, 내가 비시아 대신 루엘라를 떨어뜨려 죽였다고 해대는 바람에 마력이 지나치게 자주 타올랐다.

우리는 뚜렷하게 나뉘었다. 내 오른쪽은 검은색의 바다였고, 왼쪽은 갈색의 행렬이었으며 둘 사이에 넓은 맨바닥이 드러나 있었다. 어제 대연회장에서 제3비행단과 두 개의 그리폰 부대가 일으킨 패싸움 때문에 멍자국을 단 생도가 열 명이 넘었다.

"어제의 폭력 사태는 결코 받아들일 수 없는 짓이었다." 플라이어 교수가 고개를 돌려 적갈색으로 땋은 머리를 어깨 너머로 넘기며 운을 뗐는데, 플라이어만이 아니라 모든 생도에게 하는 말이었다. "이 전쟁에서 이기려면 협력해야 하고, 그 협력은 여기에서 시작해야만 한다!" 그녀는 라이더 생도들 쪽으로 방향을 돌려 손가락질했다.

"행운을 빕니다." 리독이 작게 말했다.

"교육 과정을 크게 변화시키겠다." 드베라가 선언했다. "너희는 이제부터 따로 수업받지 않을 것이다."

속이 뒤집히는 사이, 체육관 전체에 불만의 웅성임이 퍼졌다.

"이게 무슨 뜻이냐 하면…." 드베라가 목소리를 높여 우리의 급조한 대열을 조용히 시켰다. "너희는 서로를 동등한 상대로 존중할 거라는 뜻이다. 우리가 아레티아에 있을지라도 오늘부터 모든 생도에게 드래곤 라이더의 코덱스가 적용된다고 결정했다."

"그리고 손님으로서 플라이어도 전원 같은 코덱스를 지킬 것이다." 플라이어 교수가 풍만한 엉덩이에 한 손을 올리면서 말했다. 플라이어 쪽도 언짢아하며 술렁거렸다. "알아들었나?"

"알겠습니다, 키안드라 교수님." 그들은 한 목소리로 대답했다.

쳇, 그건 좀 인상적이었다. 보병 같긴 했지만 말이다.

"하지만 너희 사이의 적개심을 처리하지 않고는 앞으로 나아갈 수 없다는 사실도 인지하고 있다." 에메테리오가 두 집단을 번갈아보면서 말했다. "바스지아스에서는 생도 사이의 불만을 처리하는 방법이 하나 있었지. 너희는 도전을 청할 수 있다. 한 명이 의식을 잃거나 항복해야 끝나는 대련이다."

"아니면 죽거나." 아릭이 덧붙였다.

플라이어들이 한꺼번에 숨을 들이켰고, 우리는 대부분 눈만 굴렸다. 플라이어들은 바스지아스에서 하루도 버티지 못했을 것이다.

"상대를 죽이지 않는 선에서다." 에메테리오가 아릭을 똑바로 보면서 다음 말을 이었다. "이후 6시간 동안 같은 학년이라면 모든 도전 요청을 받아주겠다. 너희는 이 매트 위에서 불만을 처리한 다음, 그 마음을 잊어버리는 거다."

"우리보고 쟤들을 두들겨 패게 해준다는 거야?" 리독이 조용히 물었다.

"그런 것 같네." 슬론이 속삭였다.

"끝내주는 오후가 되겠군." 이모젠이 손가락 관절을 꺾으면서 씩 웃었다.

"쟤들은 베닌과 싸우도록 훈련받았어." 나는 친구들에게 상기시켰다. "나라면 얕보지 않겠어." 고유 능력을 쓴다면야 우리가 하늘에서 플라이어들을 날려버릴 수 있겠지만, 맨손 격투라면? 우리가 질 가능성이 꽤 있다.

"각자 한 명에게만 도전할 수 있고, 모든 생도는 한 번만 도전을 받을 수 있다." 에메테리오가 검지손가락을 들고 숱 많은 눈썹을 올리며 말했다. "그러니 신중하게 선택해라. 내일이면 너희가 경멸하는 라이더나 플라이어에게 도전할 수 없게 될 수도 있다."

이런 젠장. 속이 철렁 내려앉았다. 누군가가 도전할 수 없게 되는 이유는 하나뿐인데, 설마… 그건 아니겠지?

"대대원 사이의 도전은 코덱스로 금지되어 있다." 드베라가 플라이어들에게 설명하고 우리를 돌아보았다. "그리고 내일이면 모든 라이더 대대가 플라이어 부대를 하나씩 흡수할 것이다."

정말로 그러려는 거였군.

나는 분노에 달아오른 뺨으로 리애넌과 동요한 시선을 주고받았고, 대대원 모두가 같은 표정이었다. 특히 비시아가 심했다.

"내가 '흡수'라고 말했다는 점에 주목해라." 드베라가 우리를 날카롭게 쏘아보았다. "협력한다거나 팀을 짜는 게 아니다. 너희는 융합하고, 또한 하나로 섞여 통합될 것이다."

이건 우리가 배운 모든 것에 위배된다. 대대는 신성하다. 대대는 가족이다. 대대는 난간다리 이후에 태어나서 건틀릿과 탈곡과 모의전투를 통해 연마된다. 대대는 죽음 때문에 없어지지 않는 한 합쳐지지 않는다. 그리고 우리는 강철대대다.

우리는 구부러지지 않는다. 그리고 절대로 섞이지 않는다.

"너희가 통합되지 않는다면…." 체육관 안을 쓸어보는 키안드라 교수의 목소리가 부드러워졌다. "전투에서 우리는 실패하고, 모두 죽을 것이다."

"이제 도전 요청을 받겠다." 에메테리오가 그 말로 오늘 축제의 훈계 부분을 끝맺었다.

도전 요청을 위해 줄이 늘어섰는데, 대부분이 갈색 옷이라는 사실이 놀랍지는 않았다. 우리 대부분이 플라이어를 미워할 이유보다 플라이어들이 우리를 미워할 이유가 훨씬 많았다.

"우린 강철대대다. 그리고 강철대대답게 행동할 것이다." 리애넌은 줄에 선 마지막 사람이 에메테리오에게 다가가는 동안 지시했다. "우린 어떤 도전이 떨어지든 한데 뭉쳐서 매트에서 매트로 이동한다."

열한 명 모두가 동의했다.

첫 시합이 호명되었고, 트레이거가 리애넌을 매트로 불러내자 놀랍지도 않았다. 그 녀석은 아직도 리애넌이 비행장에서 한 대 먹인 일로 화가 나 있는 게 분명했다.

리애넌은 5분도 걸리지 않아서 이겼고, 트레이거의 입술에서는 다시 피가 났다. 캣의 부대장인 3학년, 목걸이 같은 흉터가 있는 브레이건이라는 다부진 남자는 입이 떡 벌어지는 펀치 조합으로 퀸을 때려눕혀 의식을 잃게 만들었다. 역시 캣의 부대 3학년인, 짧게 자른 딸기색 금발과 움푹 들어간 눈이 특징인 네브가 이모젠을 매트로 불러내자 명확한 패턴이 보였다.

"이건 나에 대한 원한이야." 나는 이모젠이 네브의 머리에 제대로 발차기를 먹이는 모습을 보면서 리애넌에게 조용히 말했다.

"그렇다면 우리 문제이기도 하지." 리애넌이 대꾸했다. "붕대도 감고 갑옷도 입었다고 말해줘."

나는 고개를 끄덕였다.

이모젠과 네브는 자로 잰 듯 정확한 타격을 주고받았고, 결국 둘 다 피를 흘리고 나서 드베라가 무승부를 선언했다.

"캐트리오나 코델라와 바이올렛 소른게일." 드베라가 선언했다. "무장 해제하고 매트에 서라."

"이러지 마." 메런이 캣을 말리려고 했지만, 캣의 가늘게 뜬 눈매에는 투지밖에 보이지 않았다.

"당연히 그렇겠지." 나는 리애넌에게 도관을 넘겼다.

"왜 놀랍지가 않을까, 캣?" 이모젠이 매트 너머를 노려보다가 우리 쪽으로 돌아섰다.

"괜찮아. 너무 뻔하긴 하지만 괜찮아." 나는 단검 열세 자루를 하나씩 뽑아서 이모젠에게 건넸다.

"캣이 너보다 15센티미터는 크니까 팔 길이에 주의해." 리애넌이 조용히 말했다.

"내 기억대로라면 캣은 공격이 빠르고 너에게 반응할 시간을 별로 주지 않을 테니까 네 움직임에 전념해. 망설이지 마." 이모젠이 덧붙였다.

"알았어." 나는 코로 숨을 들이마시고 입으로 내뱉으면서 뱃속을 뒤집어대는 신경을 가라앉히려고 애썼다. 오늘이 이렇게 흘러갈 줄 알았더라면 진작에 행동했을 텐데. 계곡 바로 아래 능선에서 자라는 포닐리를 뜯어다가 아침식사에 뿌린다거나….

"넌 할 수 있어." 리애넌이 고개를 끄덕이며 말했다. "넌 최고에게 훈련받았잖아."

"제이든." 나는 제이든이 국경이 아니라 이곳에 있었으면 좋겠다고 생각하며 속삭였다.

"나 말이야." 리애넌은 팔꿈치로 나를 찌르고는 씩 웃었다.

"바이올렛?" 슬론이 이모젠 옆으로 다가왔다. "부탁인데 날 위해서라도 재 엉덩이를 걷어 차줘."

이번에는 정말로 반쯤 미소가 지어졌고, 나는 슬론에게 고개를 끄덕이며 매트에 나섰다. 아무래도 공통의 적만큼 원수를 하나로 묶는 건 없나 보다. 그리고 캣은 나를 적으로 삼았다. 매트는 바스지아스에서 쓰던 것과 밀도가 같고, 중앙으로 걸어가는 내내 부츠에 밟히는 느낌도 같았다. 캣은 심술궂은 미소를 띤 채 중앙에서 기다리고 있었다.

"*눈을 파내버려.*" 앤다나가 제안했다. "*정말이야. 눈이 제일 부드러운 조직이거든. 엄지손가락을 찔러 넣고….*"

"*앤다나! 상식을 좀 활용해라.*" 테른이 날카롭게 말했다. "*슬개골이 더 쉬운 목표다.*"

"*조용히 해요.*" 나는 차단벽을 쾅 닫아서 테른과 앤다나를 최대한 조용히 시켰다.

"무기 금지. 고유 능력 금지다." 드베라가 말했다. "시합은 한 명이…."

"의식을 잃거나 항복할 때 끝난다고요." 캣은 나에게서 시선을 떼지 않고 말했다. "알아요."

"시작해라." 드베라가 매트에서 내려갔고, 나는 주위 소리를 차단하며 친숙한 격투 자세를 취하는 캣에게 집중했다.

나도 격투 자세를 취하며 느슨한 몸으로 움직임에 대비했다. 캣이 이모젠의 말처럼 빠르게 공격한다면 나는 방어를 펼쳐야 하리라.

"이건 루엘라를 위해서야." 캣이 연타를 날렸다. 나는 타격이 온전히 들어오지 않고 흘러가도록 무게 중심을 옮기면서 팔뚝으로 주먹을 막았다. 쉬웠다. 마치 알고 있는 안무대로 춤을 추는 것 같았다. 근육에 새겨진 기억 같기도 했다. 캣이 자세를 조정하자, 나는 그녀가 발차기를 할 줄 예상하고 바로 직전에 뒤로 뛰어서 물러섰다. 그녀는 허공을 차고 균형이 무너지다가 비틀거리며 옆을 디뎠다.

맙소사. 캣은 제이든처럼 싸웠다.

우리 둘 다 제이든에게 훈련받았다는 뜻이었다.

# 47

베닌을 물리치는 일은 등급에 따른 놈들의 나이와 경험치를 파악하는 것부터 시작한다. 입문자는 마력을 얼마나 자주 빨아들이느냐에 따라 눈 주위에 붉은 기운이 짙어진다. 아심의 눈은 붉은 정도가 계속 변하고, 화가 나면 혈관이 팽창한다. 세이지, 즉 입문자들을 책임지는 스승은 눈이 언제나 붉고, 혈관 또한 관자놀이 쪽으로 뻗어나가 있으며 그 정도는 나이에 따라 더해진다. 장군에 해당하는 메이븐은 한 번도 잡아서 조사해보지 못했다.

_ 나이트윙 소속 드레이크 코델라 대위, 《베닌 개론서》

내가 유리하다는 생각은 착각이었다. 원을 그리며 도는 동안 캣도 같은 결론에 도달했는지 눈동자가 커졌다가, 다시 눈을 가늘게 떴다. 그 모습에 속이 쥐어짜지는 기분이었다. 드베라가 규칙을 정하긴 했지만, 아무래도 캣은 규칙을 어기려는 듯했다.

"신경 쓰여?" 캣은 두 손을 들어 올리고 목소리를 낮춰서 물었다. "제이든이 날 먼저 가르쳤다는 게? 내가 그 남자를 먼저 가졌다는 게?"

"전혀. 지금은 내 남자잖아." 나는 목구멍을 태우면서 치솟는 시큼한 질투를 꿀꺽 삼켰다.

"정말로?" 캣이 잽을 날렸고, 나는 피했다. "내가 그 사람의 맛을 아는데도?" 그녀는 다시 연타를 날렸고, 내가 막아내자 시험해본 것에 불과하다는 듯이 물러났다. "내 위에 얹힌 그 무게감을 아는데도?"

이 매트에는 토하진 않을 거야. 절대로.

"아니." 그 장면이 악몽처럼 선명하게 떠오르지 않는다면 거짓말이겠지만.

캣이 그의 피부를 만지며 구불구불 뻗어나가는 반역의 인장에 입술을 대는 모습. 질투와 분노가 이명을 일으키면서 감각을 둔화시켰고, 재빨리 눈을 깜박여서 그 장면을 지웠지만 마력이 차오르면서 피부가 따끔거렸다.

캣이 다시 달려들고, 나는 팔뚝을 들어 올렸지만 예상치 못하게 자세를 바꾸는 바람에 교차공격을 막다가 왼손 훅을 맞고 말았다. 오른쪽 뺨이 뼈까지 아팠고, 비틀비틀 물러서면서 반사적으로 얼굴을 만져보았다. 다행히 피부가 찢어지지는 않았다.

"분명히 신경 쓰일걸." 캣은 다시 맴돌면서 조용히 말했다. "내가 여기에, 내가 있어야 할 곳에 있는 모습을 보기가 싫을 거야. 복도 저편에 내가 잔다는 사실도 싫을 거고. 내가 모든 면에서 그 사람에게 더 어울리는 여자라는 걸 알고, 네 유약한 몸뚱이에 질려서 그 사람이 뭘 좋아하는지 정확히 아는 여자 품으로 돌아갈 때를 헤아리고 있자니 밤에 잠이 안 오겠지."

캣이 말할수록 체온이 올라갔지만, 나는 미끼를 물기를 거부했다. 그래서 그녀가 달려와 몸을 비틀며 얼굴로 잽을 날렸을 때는 대비하고 있었다. 나는 카운터를 날려서 내가 얻어맞은 곳과 같은 자리를 때렸다.

손목이 찌르르 아팠지만, 이번 통증은 기분이 좋았다.

"내가 신경 쓰이는 게 뭔지 알아?" 나는 캣이 발끝으로 뛰어 물러나면서 손등으로 뺨을 쓸어보고 피가 묻어나자 욕하는 사이에 물었다. "네가 남자를 두고 싸우는 데 집착한다는 거야." 나는 격분에 힘입어서 공격에 나섰지만, 그녀는 내 모든 공격 조합에 대비하고 있었다.

그야 전부 제이든의 조합이니 그렇겠지.

"이 문제에 뭔가 손쓸 생각이야?" 매트 위에 생긴 분노의 안개 바깥에서 누군가가 묻는 소리가 들렸다.

"내가 그러길 바라지 않을 거야." 매트 가장자리에서 작은 대답 소리가 들리는 가운데 캣이 나에게 덤벼들었고, 나는 그녀의 손에만 집중하고 있다가 아래에서 다리를 쓸어 차는 발을 막지 못했다.

나는 잠시 공중에 떴다가 등으로 떨어졌다. 뼈가 덜그럭거리고 숨이 잠깐 멈췄다.

캣이 따라와서 내 목에 팔을 대고 공기를 차단하면서 몸을 기울여 내 귓가에 입을 댔다. "화난 것 같네, 바이올렛. 이제야 네가 특별할 게 없다는 걸 깨달았어? 네가 제이든의 임시방편 상대에 불과하다는 걸?" 낮고 잔인한 웃음소리. "나도 제이든이 얼마나 잘하는지 알아. 제이든이 손가락으로 벌이는 그 잔재주를 내가 가르쳤거든. 알지, 제이든이 손가락을…."

눈앞이 새빨개졌다. 나는 모든 분노를 실어서 캣의 옆구리를 때렸다. 제이든이 가르쳐준 위치였다. 그리고 팔을 뒤로 당겼다가 다시 한번 때리며 갈비뼈가 부러지는 둔탁한 소리와 내 주먹을 타고 손목과 팔까지 올라오는 통증을 음미했다. 방금 내가 준 고통이 열 배는 심했다는 사실을 알기 때문이었다.

캣은 소리를 지르면서 나에게서 몸을 떼고, 다치지 않은 쪽으로 나뒹굴었다. 나는 숨을 훅 들이켜서 폐에 공기를 채운 다음 뒤따라 돌진했다. 나는 캣이 회복하기 전에 무릎을 세우고 그 얼굴에 주먹을 날렸다. 만족스러운 뻑 소리가 났다. 이제는 그녀의 얼굴 양쪽에 내 손자국이 남았다.

"넌 대체 뭐가 문제야?" 나는 다그쳤다. "제이든이 널 사랑하지 않는 건 내 잘못이 아니라고!"

"그거야 당연하지!" 캣은 내 팔을 잡고 놀라운 속도로 몸을 굴려 내 등 뒤로 꺾었다. 눈앞이 하얘지는 고통이 몸을 관통하면서 입에 침이 고였다.

"제이든은 아무도 사랑하지 못해." 그녀가 귓가에 대고 식식거렸다. "내가 사랑을 두고 다른 여자를 공격하다니 너무 옹졸하다고 생각하지?"

"맞아." 나는 캣에게 팔을 잡혀 아래로 밀리면서 이를 악물고 말했다. 그녀는 쉽게 그 팔을 부러뜨릴 수 있고, 이 자세면 어깨를 탈구시키는 것도 금방이었다. 얼굴 옆면이 매트에 처박혔다.

생각해. 생각해야 해. 하지만 빌어먹을, 감정만 넘쳤다. 심장이 뛸 때마다 분노와 질투가 혈관을 맥동하면서 이성과 논리를 목 졸라 죽이는 바람에 격분밖에 남지 않았다.

"넌 제이든과 어울리기엔 너무 근시안적이야." 캣은 누가 들을까 두렵다는 듯이 조용하게 말했다. "제이든은 나처럼 앞을 내다보지. 맙소사, 왜 첫해에 제이든이 널 죽이지 않았는지 알긴 해? 난 알아. 제이든이 나도 같이 앞을 내다보리라 믿었기 때문이지."

캣은 우리 어머니와의 거래를 알고 있었다. 제이든이 말해준 것이다.

손가락이 얼얼해지면서 곧 팔 전체에 감각이 없어지리라는 걸 알았지만, 그래도 분노로 몸이 떨리는 걸 막지는 못했다… 마력도 함께 치솟았다.

생각을 해. 생각을 해야 해. 캣은 내 움직임을 알아. 적어도 제이든이 가르친 동작은 전부 알지.

"우리가 어디 있는지 봐. 라이오슨 저택이야." 캣의 입은 내 귓가에 바싹 붙어 있었다. 그녀가 얼마나 거칠게 숨을 몰아쉬는지 느낄 수 있을 정도였다. "누가 그 모든 힘과 함께 제공되는 껍데기를 사랑하지 않겠어? 하지만 난 남자의 애정 따위를 두고 너와 싸우는 게 아니야. 왕관을 두고 너와 전쟁을 벌이는 거지. 우리가 약혼한 이유도 그거였어. 왕관이 나에게 약속되어 있었는데, 그걸 자기 대대원 대신 플라이어를 떨어뜨린 망할 소른게일 따위에게 내줄 것 같아? 너희 가족은 네가 한 짓 때문에 죽어도 싸."

왕관? 약혼? 가슴이 아팠다. 전부 앞뒤가 맞았기 때문이다. 동맹을 맺어야 하는 두 귀족 집안. 그리고 나는 귀족과는 거리가 멀고.

"그리고 세상에나, 네 감정 좀 통제하지 그래? 한심할 정도로 약해 빠졌네." 캣의 말이 야유와 함께 이어졌다.

꺼져.

난 리애넌에게도 훈련받았거든.

나는 머리를 힘껏 뒤로 젖혀서 박치기를 했다. 소리를 들으니 코를 부러뜨린 것 같고, 이어서 팔과 어깨의 압력이 사라지며 몸이 풀렸다. 캣이 살짝 억눌린 소리를 질렀고, 나는 다치지 않은 팔꿈치로 그녀의 부드러운 배를 찍었다. 리가 가르친 대로였다.

나는 통증을 차단하고 무릎으로 일어나서 캣에게 몸을 던졌다. 그녀는 뒤로 넘어졌고, 나는 그 틈을 노려서 흉골에 무릎을 박아 넣은 다음에 그녀의 목에 손을 뻗었다.

죽여버리겠어. 감히 내가 루엘라의 추락을 선택할 수 있었던 것처럼 비난해? 제이든이 자기를 떠난 게 나와 관련이 있는 것처럼 말해? 집어치워. 감히 내 걸 노리다니. 그는 왕관이 아니야. 그는 권력을 얻기 위한 디딤판이 아니야. 그는 누굴 올려 세워줄 도구가 아니야. 그 사람 자체가 전부지.

캣의 얼굴이 붉으락푸르락해졌고, 패닉으로 눈이 커졌다.

"바이올렛!" 누군가가 외쳤다. 여자였다. 친구일까, 아마도?

마력이 혈관을 뜨겁게 달구면서 목덜미 털이 곤두섰다. 폭풍 같은 힘이었다. 캣의 두 손이 내 손을 긁었지만, 나는 그저 더 힘을 주기만 했다.

"빌어먹을, 캣!" 반대편에서 다른 누군가가 외쳤다. "항복해!"

항복? 난 이 여자가 항복하길 바라지 않았다. 존재하기를 그만두길 원했다.

*"솔직히 난 네가 걜 죽인다 해도 신경 쓰지 않아, 바이올런스."* 내가 적의 숨통을 막는 손길과 같이 깨부술 수 없는 손아귀로 나를 붙잡고 있는 분노를 뚫고 제이든의 목소리가 울렸다. *"하지만 넌 신경 쓰겠지."*

나는 눈을 깜박였다. 제이든의 말 덕분에 안개가 조금 걷히자 손 아래에서 느려져가는 캣의 맥박을 느낄 수 있었다. 그래도 나는 힘을 풀지 않았다.

"항복해!" 여러 명이 외쳤다.

*"난 네가 어떤 선택을 하든 존중해."*

하지만 내 선택이 아니었다. 선택권이 없었다. 혼란스럽게 몰아치는 분노와 질투의 소용돌이 뿐이었고…. 아, 망할. 캣이 반칙을 하고 있었다. 정신 마법이었다.

"내 머릿속에서 나가!" 나는 목이 찢어져라 소리쳤다.

캣이 나를 노려보았고, 그녀가 노여움이 불타는 눈으로 내 손 아래에 엄지손가락을 넣으려고 애쓰는 동안에도 머릿속에는 분노가 더 뜨겁게 타올랐다. 캣은 항복하지 않을 것이다. 나에게 지느니 죽고 말 것이다.

"난 죽이고 싶지 않아." 손을 놓아야 했다. 하지만 내 손은 신호를 받아들이지 않았다.

"그럼 죽이지 마." 제이든의 목소리가 스며들더니, 분노가 조금 잦아들면서 그가 이곳에 있다는 사실을 깨달았다. 제이든을 본 지 일주일은 지났는데, 그가 여기에 있었다.

그리고 캣에 대한 미움보다는 제이든에 대한 사랑이 훨씬 컸다.

그녀의 목에서 손을 떼기는 했지만, 그 이상은 몸을 움직일 수가 없었다. "당신 도움이 필요해."

캣이 쌕쌕거리는 가운데 왼쪽에서 무거운 발소리가 다가왔다. 제이든이 나를 감싸 안으며 일으켰고, 나는 분노에 잡아먹히지 않기 위해 죽을힘을 다해서 그에 대한 사랑에 매달렸다.

"난 항복하지 않았어!" 캣이 손자국이 남은 목을 잡고 서둘러 뒷걸음질하며 쉰 목소리로 말했다.

"라이오슨!" 드베라가 외쳤다. "왜 자네가 도전에 끼어…."

"캣이 반칙을 했으니까요!" 이모젠이 소리쳤다. "정신 마법을 썼습니다!"

"돌아버린 건 소른게일이에요!" 캣은 뚝뚝 끊어지는 목소리로 나를 손가락질했다.

"내가 돌아버렸다고? 내 머릿속을 헤집어놓은 죄로 널 죽이면 진짜 돌아버린 게 뭔지 알겠지!" 나는 제이든의 품에서 벗어나려고 발버둥을 쳤지만, 그는 요지부동이었다.

"혹시 진심이라면 다시 알려줘." 그는 나를 들어 올렸다.

"캐트리오나!" 키안드라 교수가 줄지어선 플라이어 사이를 밀고 들어왔다. "설마 네가…." 그녀는 캣을 보고 나를 보더니, 다시 캣을 돌아보았다. "풀어 줘, 캣!"

"닥쳐!" 캣은 온몸으로 순수한 증오를 뿜어냈고, 그 미움은 내 피부를 달구는 불에 기름을 부을 뿐이었다. "쟤네 가족 전부 엿 먹으라고 해! 너희가 우리한테 한 짓을 생각하면 다 죽어야 해!"

제이든의 힘을 상대로 날뛰어봐야 소용이 없었다. 그는 나를 꽉 붙들었다. 하지만 마력은 내 몸을 휘돌고 뛰쳐나가면서 타는 듯한 쩍 소리를 냈다.

번개와 천둥이 동시에 치면서 시야가 하얗게 물들었다. 생도들이 비명을 지르고 연기 냄새가 가득 찼다. 제이든이 한 손을 바깥쪽으로 던지자 그림자가 나무 관람석으로 흘러가서 커져가는 불길을 재빨리 껐다.

"브레이건! 메런! 캐트리오나를 방으로 데려가." 키안드라가 명령했다. "캣의 능력을 제한하는 건…."

"거리죠. 압니다." 제이든은 나를 곡식 자루처럼 어깨에 멨다.

"라이오슨!" 리애넌이 외치더니, 제이든이 돌아보자 도관을 던졌다.

그는 한 손으로 도관을 받고 고개를 끄덕인 다음에 출구로 걸어 나갔다.

본능은 발길질하고 몸부림치고 제이든을 때리면서 놓으라고 명령하라고 했지만, 나는 애써 몸을 가만히 둔 채로 조용히 복도로 들려 나갔다. 그는 벽에 늘어서서 도전 시간이 끝나기를 기다리고 있던 지휘부의 놀란 얼굴들 옆을 지나쳤다.

"누그러들 거야." 제이든이 장담했다.

그 말대로였다. 한 걸음 걸을 때마다 캣의 안개 같은 힘이 스러지면서 쓰라림만 남았다. 파도가 물러난 후에 남은 해변의 잔해 같았다. 맙소사, 어떻게 하면 이런 일이 다시 일어나지 않게 하지?

제이든은 땀 한 방울 흘리지 않고 대연회장을 지나치더니, 놀랍게도 현관쪽으로 방향을 꺾지 않고 곧장 의회 회의실로 향했다. 안에 있던 네 사람이 화들짝 놀랐다. 브레넌도 포함이었다.

그리고 감정 제어력을 꽤 회복한 나는 얼굴을 후려치는 민망함을 느낄 수밖에 없었지만, 몸은 아직도 분노로 부들부들 떨리고 있었다. 적어도 이번에는 온전히 내가 느끼는 분노이긴 했다.

"대체 뭘 하는…." 오빠가 입을 열었다.

"나가." 제이든은 방을 가로질러서 새로운 연단 계단을 오르면서 말했다. 연단 위에는 긴 테이블 뒤로 의회용 의자들이 늘어서 있었다. "전부 다. 당장 꺼져."

그들은 서로를 쳐다보더니, 놀랍게도 정확히 그 말대로 했다. 구석 테이블에 놓인 양피지 더미를 챙겨들고 나가면서 문까지 닫았다.

제이든은 도관을 육중한 중앙 의자에 던져놓고 나를 내려줬다. 나는 그의 몸 위로 미끄러지듯이 내려서서 연단에 발을 디뎠다. 시선이 부딪치자, 제이든이 흉터 진 눈썹을 구부렸다. "그 녀석이 널 제대로 잡았군." 그는 내 얼굴에 손을 뻗더니, 부드럽게 고개를 돌려서 내 뺨을 살펴보았다. "하지만 최후의 승자는 너라고 봐."

"그래서 그 모욕적인 말을 얼마나 들은 거야?" 답을 듣고 싶진 않았지만, 들어야 했다.

"다 들었지."

망할.

# 48

아레티아 조약의 결과로, 왕의 이름으로 티렌더 지방을 대표하는
권력은 라이오슨 가문에서 르웰른 가문으로 이전되었다.

_ 〈공고 628.86〉(세렐라 닐워트 옮겨 씀)

"그 여자가 한 말들은⋯." 나는 아픈 주먹을 움켜쥐면서 손가락 관절이 다
까진 걸 알아차렸다.

"알아." 그는 너무나 잘 아는 눈빛으로 나를 훑어보았다. 내 부상을 가늠하
는 눈이었다.

"내가 당신의 임시방편 상대에 불과하대."

"들었어. 얼마나 아파?"

"난 괜찮아." 제이든이 내 자존심에 대해 묻는 게 아니라면 말이다. "어깨가
조금 안 좋긴 하지만, 타격을 많이 받은 건 얼굴인 것 같아."

"알았어." 그는 내 허리에 팔을 감더니, 하반신을 붙인 채로 앞으로 움직였
다. 뒤쪽 의자에 허벅지가 닿을 때까지 물러날 수밖에 없었다. "앉아."

"앉으라고? 내가 방금 그 여자가 뱉은 독액 때문에, 그 여자가 내 목구멍에
밀어 넣은 감정 때문에 이성을 잃고 모두의 앞에서 통제력을 잃어버렸는데
기껏 한다는 말이 앉으라는 거야?"

그는 내 개인 공간을 침범하며 고개를 내렸다. "지금 내가 어떤 말을 한다 해도 네 머릿속에서 캣의 말을 지울 순 없으니까, 앉아, 바이올런스. 이야기는 나중에 하자."

"좋아." 두꺼운 쿠션에 털썩 주저앉자 발이 바닥에서 떴다. 이 의자는 제이든만큼 키가 큰 사람을 위해 만든 게 틀림없었다. 나 정도의 몸집이면 두 사람도 앉을 수 있을 크기였다. "그 여자는 라이오슨이라는 이름 때문에 당신을 원해."

"나도 알아." 그는 의자 팔걸이에 손을 버티고 몸을 기울여 입술을 살짝 겹쳤다. "그리고 넌 내가 라이오슨인데도 날 사랑하지. 다른 이유도 많지만 그것 때문에라도 난 언제나 널 선택할 거야." 그는 내 앞에 무릎을 꿇고 빠르고 효율적으로 부츠 끈을 풀었다.

"뭐하는 거야?"

그의 짓궂은 미소를 보자마자 맥박이 빨라지고 혈관을 지지던 분노의 열기가 더 뜨거운 불로 변했다. 부츠 한 짝이 연단에 떨어지고, 다른 한 짝도 떨어지자 나는 입술을 벌렸다.

"이 안에서?" 나는 그의 머리 너머로 빈 방을 보았다. "그럴 수는⋯."

이어서 양말이 벗겨졌다.

"할 수 있어." 제이든이 손목을 털자 문이 잠기는 소리가 돌벽에 메아리쳤다. "내 집이야, 기억해? 전부 내 방이야." 그는 나와 눈을 맞추고, 내가 기꺼이 그 눈 속에 흘려 있는 사이에 두 손으로 다리를 쓸어올리며 허벅지 안쪽을 애무했다. 그 손이 지나가는 경로마다 신경 말단이 깨어나는 것 같다가 바지 단추에 손이 닿자 숨이 멎었다.

"내 집이야. 내 의자고. 내 여자야." 그는 엄지손가락을 움직여 단추를 하나씩 풀면서 강조하듯 말했다. 욕망이 흘러넘치면서 자극적이고 중독성 있는 흥분에 피부가 달아올랐다.

그는 두 손으로 내 엉덩이를 잡고 의자 가장자리로 잡아당기더니, 목덜미를 끌어당겨서 뇌쇄적인 키스에 돌입했다. 입술이 저절로 벌어졌고, 그가 혀를 얽자마자 중심부가 녹아내렸다.

느리고 육감적인 키스였다. 입술이 닿았다가 떨어지기를 반복하는 사이에 나는 그의 머리카락에 손가락을 집어넣고 완벽하게, 그리고 철저히 항복했다. 그도 변화를 감지했는지 목 안으로 낮게 그르렁거렸고, 키스는 순식간에 통제를 벗어나 거칠고 다급해졌다. 오직 우리 사이에만 존재하는 달콤한 광기의 맛이었다.

그는 이 세상에서 내가 아무리 가져도 부족한 단 한 사람이었다. 내가 끊임없이 갈구하는 유일한 상대였다. 사랑, 화학반응, 매력, 욕망. 우리 사이에 존재하는 모든 것 때문에 늘 불씨가 남은 상태였고, 그 상태로 손만 닿으면 우리는 바로 타올랐다. 그가 입술을 떼어내며 숨찬 목소리로 엉덩이를 들라고 지시할 때쯤에는 우리가 어디 있는지 상관없어졌다. 그가 나에게 닿아 있다면 아무래도 좋았다. 제이든이 이렇게 나를 쳐다보는 한은 의회 전체가 저 문으로 걸어 들어온다 해도 알아차리지 못할 정도였다. 제이든의 눈빛에 담긴 열기는 쇠붙이도 녹일 수 있을 것 같았다.

그는 내 바지와 속옷 띠에 손가락을 걸더니 한 번에 끌어내리면서 드러나는 피부 전체에 입을 맞췄다.

"제이든." 그의 머리카락을 잡아당기는데 심장이 어찌나 거세게 뛰는지, 제이든도 내 심장 소리를 들을 수 있을 지경이다. 아니 온 세상이 들을 수 있을 것 같았다.

그는 내가 손댈 수 있게 일어나는 대신, 내 무릎을 벌렸다.

허벅지 사이로 찬 공기가 밀려들면서 숨을 들이켰지만, 바로 다음 순간에 제이든이 내 아래에서 혀를 놀리는 바람에 온몸에 불이 붙는 느낌이었다. 새하얗게 달아오른 쾌감이 번개처럼 몸을 훑고 지나갔고, 내가 내지르는 소리가 방 안을 가득 채웠다.

"너와 떨어져 있을 땐 이런 상상을 해." 그가 달아오른 내 피부에 대고 말했다. "네 맛. 네 냄새. 네가 절정에 이르기 직전에 내는 짧고 거친 호흡 소리." 그는 자리를 잡고 두 손으로 허벅지 안쪽을 넓게 벌려 고정시킨 채로 내게서 모든 생각을 강탈했다. 그는 몇 번이고 애태우고, 자극하며 점점 더 밀어붙였지만 나에게 지금 당장 필요한 그 자극은 주지 않았다. "너는 이런 상상해? 네 부드러운 허벅지 사이에 내 입이 있는 상상?"

맙소사. 이 남자는 어떻게 지금도 생각을 할 수가 있지? 심지어 조리 있는 문장까지 만들고?

나는 그 감각에 숨을 들이켰다가 곧바로 흐느낄 수밖에 없었다. 그가 긴 손가락을 넣었을 때는 신음밖에 나오지 않았고, 화답하는 듯한 그의 신음을 듣자 온몸의 신경이 진동했다.

"그래." 격렬한 느낌에 나는 손으로 비명을 막았다. "더."

그에게는 언제나 더 원할 수밖에 없다.

그는 빠르게 움직이며 애를 태우다가도 길고 느리게 내 안의 깊숙한 곳에 쾌락의 나선을 단단히 쌓았다. 기분 좋은 통증과 함께 몸이 벌어졌고, 그의 모든 부분을 갈망하게 만드는 느리고 거센 리듬에 따라 엉덩이가 들썩였다. 마력이 솟구치며 이미 달아오른 피부가 델 듯이 뜨거워졌다.

그는 내 허벅지를 놓아준 다음, 손을 뻗어서 도관을 집었다. "잡아."

"당신을 원해." 그의 머리카락을 잡고 있던 손가락으로 유리 구체를 잡고, 그의 손가락을 따라가면서 거칠게 숨을 헐떡였다.

"난 네 거야." 나는 척추를 타고 오르는 쾌락에 흐느꼈다. "그리고 정확히 내게 필요한 자리에 널 뒀지."

입을 막았어도 원초적인 비명까지 누르지는 못했다. 제이든이 애무할 때마다 쾌락이 내 안을 훑으면서 모이고, 쌓이고, 활줄처럼 팽팽하게 몸을 잡아당겼다. 옷을 다 갖춰 입은 채로 무릎을 꿇고서 가죽 재킷을 내 허벅지에 대고 있는 그의 모습이 나를 한계까지 밀어붙이고, 오롯이 기억에 새겨졌다.

"제이든…." 숨이 뚝뚝 끊어졌다.

*"바로 그거야. 그 숨소리. 너를 생각하며 단단해진 채로 깨어나면 그 소리가 귓가에 울려."*

다음 애무에 쾌락과 마력이 최고조로 달하면서 나를 압도하고, 동시에 수많은 파도가 치고 또 쳤다. 천둥도, 번개도 치지 않고 오직 내 손 안에서 웅웅거리는 에너지만이 제이든의 움직임에 맞춰 타올랐다.

하지만 해방도 찾아오지 않았다. 부드럽게 내려앉지도 못했다. 오직 부서지지도 않고 끝없이 밀려드는 절정의 파도뿐이었다. 그는 나를 말로 형용할 수 없는 환희 상태에 매달아둔 채로 고개를 들어 눈을 마주쳤다.

"못 견디겠어." 나는 끝도 없이 밀려드는 파도 속에서 가까스로 말했다.

"아니야, 견딜 수 있어. 네가 어디 있는지 봐." 그는 내 엉덩이를 쥐고 등이 검게 그을린 나무 의자에 닿을 때까지 밀어 넣고는 나를 쾌감의 포로로 만들었다. 그가 입술을 스치면서 미소 지었다. "네가 얼마나 아름다운지 봐, 바이올렛. 티렌더의 옥좌에 앉아서 절정을 맞이하다니."

맙소사. 우리가 어디 있는지 알긴 했지만, 거기까지는 몰랐다.

그는 내 허벅지 한쪽을 잡아서 옥좌 팔걸이에 걸치더니, 쿠션 가장자리에 무릎을 대고 내 반대쪽 다리를 어깨 위로 올리면서 끝없는 파도를 또다시 불러들였다.

신들이시여. 이러다가 죽겠어. 바로 여기에서. 지금 당장.

*"의회와 같이 앉을 때마다 이 일에 대해, 너에 대해 생각할 거야."* 그는 내 엉덩이를 들어 올리며 다시 움직이기 시작했다.

타는 듯한 쾌락이 몸을 훑고 지나가면서 등이 휘었고, 이번에는 그가 나에게서 짜내는 비명을 억누를 시간도 없었다. 하지만 제이든 역시 깊은 신음을 억누르지 않았다.

*"못 견디겠어."* 심장이 금방이라도 터질 것 같았다.

*"견딜 수 있고, 견딜 거야."*

반짝이는 오닉스 색깔이 머릿속을 휘감으면서 모든 것이 강렬해진다. *심장*

이 뛸 때마다 나를 내모는, 고동치는, 통제할 수 없는 욕망이 내 안을 내달리면서 출구를 요구해. 내 몸을 가둔 가죽옷을 찢고 그녀의 달콤한 맛을, 그녀가 절정에 이를 때 그 몸속에 쏟아 붓는 비할 데 없는 완벽과 맞바꾸라고 요구해.

이건 제이든이다. 나는 숨을 헐떡이면서 유리가 깨져도 이상하지 않을 정도로 도관을 꽉 쥐었다. 그의 욕망이 우리의 연결선으로 쏟아져 들어와 내 욕망과 뒤섞이고 있었다. 그의 절박함. 그의 마력이 내 마력과 부딪쳤다.

이 여자에게 들어가야겠어. 이 옥좌 위에서 저 몸을 뒤집고 넣어야겠어. 하지만 그럴 순 없어. 나무에 그녀의 손톱자국을 남기고, 이 망할 집 안 전체에 그녀의 소리를 가득 채우고, 내가 그녀를 위해 어디까지 갈 수 있는지 알려줘야 해. 그녀가 필요로 한다면 내가 무엇이든 될 수 있다는 걸. 그녀는 내 입안의 천국이야. 내 것. 그리고 거의 다됐어. 그래. 다리가 떨리잖아. 그녀의 가장 깊은 곳이 떨리고 있어. 이 여자를 말도 못하게 사랑해.

나는 그의 이름을 외치며 백만 개로 반짝이는 환희의 조각으로 부서지고 쪼개졌다. 타는 느낌도 없이 마력과 빛이 몸을 관통하고, 몇 번이고 몇 번이고 허리가 휘었다. 나라고 생각하지만 사실은 제이든일지도 모르는 존재의 이음매가 뜯어져나갔다.

공기를 들이마시는 건 내 폐고, 손 안의 구체에서 탁탁 소리를 내다가 가라앉는 것은 내 마력이며, 오르가슴이 잦아들면서 드디어 느려지는 심장박동도 나만의 것이다.

"대체 뭘 한 거야?" 나는 고개를 들었다가 제이든이 멀어진 것을 깨닫고 눈을 크게 떴다. 그는 1미터쯤 떨어진 곳에 서서 테이블에 등을 기댄 채였는데, 까마득히 먼 느낌이었다. 그림자가 뒤덮인 테이블 가장자리를 손마디가 하얗게 질릴 정도로 움켜쥐고 눈을 꽉 감은 모습을 보자 얼굴이 찌푸려졌다.

"제이든?"

"잠시만, 시간이 필요해."

나는 어색하게 허리를 바로 세우고 일어서려고 했다.

"거기 그대로 있어." 그가 손을 들어 올렸다. 그의 멋진 몸 전체가 팽팽하게 긴장해 있었고, 가죽 바지는… 맙소사, 고통스러울 텐데.

"이리 와." 내가 속삭였다.

"안 돼."

나는 고개를 젖혔다. "내가 두 번이나 당신이 중간에 날 두고 떠나게 할 줄 알아? 지난번에는 대체 뭐였는지 고사하더라도…."

"바로 그거야." 그는 눈을 번쩍 떴고, 그 눈에 보이는 열기와 갈망이 내 것처럼 느껴졌다…. 실제로 몇 초 전만 해도 그랬으니까.

"당신이 얼마나 날 원하는지 느꼈어." 나는 의자, 아니 옥좌 가장자리로 몸을 움직였다. "옥좌에 올려놓고 하고 싶잖아. 안 그래? 내가 손톱자국을 남길 수 있게 이 팔걸이를 꽉 잡게 하고서 말이야."

"젠장." 제이든의 손 아래에서 테이블이 삐걱거렸다. "그런 짓은 하지 말아야 했는데."

"아니, 했어야지. 내 평생 제일 화끈한 순간이었던 것 같은데. 당신이 날 무릎 꿇리고 싶거나 논쟁에서 이기고 싶다면, 그게 제일 확실한 방법이야."

작년에 제이든이 했던 말을 바꿔서 말하자, 그는 딱딱한 미소를 지었다.

연단 바닥에 발을 디뎠다. "당신은 내 환상을 실현시켜 줬는데…."

"그러지 말아줘. 제발." 그는 악문 잇새로 간신히 말했다. 내가 멈춰선 건 '제발'이라는 말 때문이었다. "아슬아슬하게 버티고 있으니까, 부탁이야. 제발. 그러지 마." 제이든이 고개를 숙이자 연단 위로 그림자가 미끄러져 와서 내 옷을 밀었다.

당혹스럽다는 정도로는 표현할 수 없는 기분이었지만, 나는 재빨리 바지를 입고 양말까지 신은 다음에 부츠를 집었다. "왜 그렇게 스스로를 괴롭히는 데 열심인지 단서라도 좀 줄래?"

그는 한숨에 가까운 날숨을 내쉬었다. "내가 보답 없이 네 몸을 숭배하고도 남는다는 사실을 보여줘야 하니까. 넌 절대로 내 욕구를 풀기 편한 임시방편이 아니야."

캣 때문이었어?

"그건 나도 알아." 세상에서 제일 긴 오르가슴의 여운은 물 건너갔다. 다시 화가 났다.

"넌 몰라." 그는 꽉 붙들고 있던 테이블을 놓고 옥좌를 가리켰다. "앉아."

"한 번 더 하게?"

그의 입꼬리가 씰룩였다. "그래야 네가 부츠를 묶게 도와주지. 네 키로는 발이 안 닿잖아."

"잘 알거든." 나는 중얼거리면서 옥좌에 다시 앉아서 발을 달랑거렸다. "난… 보답을 못 하는 게 싫어."

그는 내 왼발을 들어 올려 부츠에 밀어 넣었다.

"난 네가 내 세상의 중심이 아니라고 생각하는 게 싫지만, 그래도 우린 지금 이러고 있지. 그리고 다시 반박하기 전에 말해두는데, 오늘 밤에 제대로 널 안을 거야. 믿어도 좋아. 난 잠시 주장을 확실히 해둔 거지, 영원히 마조히스트로 살겠다고 맹세하는 게 아니야." 그는 내 발을 자기 허벅지에 올려놓고 끈을 묶었다.

그 모습을 보자 답답하던 마음이 조금 풀렸다. 아무도 그 무시무시한 제이든 라이오슨이 누군가의 신발 끈을 묶어준다고는 믿지 못하겠지.

"네가 걜 죽일 줄 알았어." 그는 조용히 말했다.

그래. 또 캣 이야기네.

"그럴 뻔했어." 나는 한 발을 내리고, 반대쪽 발을 올렸다. "그랬다면 당신이 용서 못 했을까?"

그는 부츠 끈을 다 묶은 발을 내려줬다. "네가 무슨 짓을 하더라도 내가 용서 못 할 일은 없어." 그는 물러서서 다시 테이블 가장자리에 몸을 기댔다. "그리고 나야 특별히 캣이 살았으면 하진 않지만, 죽었다고 기뻐하지도 않겠지. 캣은 필요하지만 불안한 동맹이고, 시레나를 적으로 만드는 건 재난이 될 거야. 하지만 뭐니 뭐니 해도 네가 죽여놓고 후회할 게 신경 쓰여."

그 순간의 분노를 생각하면, 제이든이 나타나지 않았다면 캣을 죽이긴 했을 것이다.

"어떻게 그런 여자를 사랑할 수가 있었어?"

"사랑하지 않았어." 그는 어깨를 으쓱였다. "내가 사랑한 여자는 네가 처음이자 유일해."

"그 여자와 약혼한 기간이…." 나는 멈칫했다. "난 둘이 얼마나 오랫동안 약혼 사이였는지도 모르네." 바보 같은 기분이었다.

"네가 물어봤다면 말했을 거야. 그게 문제야, 바이올렛. 넌 묻지를 않잖아."

"당신도 내 전 애인들에 대해 묻지 않잖아." 나는 다리를 꼬았다.

"그야 난 알고 싶지 않으니까. 네가 사실은 신경 쓰이는 문제들을 나에게 묻지 않는 것도 같은 이유에서가 아닐까 싶긴 한데, 그건 늘 그렇듯이 무시하기로 하자. 그 방법이 우리에게는 통하는 것 같으니까." 그는 비아냥을 진하게 깔고 말했다.

나는 시선을 돌렸다. 그가 옳았기 때문이다. 망할 놈. 왜 내 어머니와의 거래에 대해 한 번도 말하지 않았냐는 파괴적인 질문은 피하는 게 신중하지 않은가. 잘못된 답이 나오면 그를 잃을 위험이 있으니 말이다.

그는 내가 조용해지자 말을 이었다. "캣과 나는 약혼한 게 아니야. 약혼을 당한 거지. 그래, 나에겐 그 둘 사이에 차이가 있어."

"이젠 그런 차이까지 짚는 거야? 심지어 방금 내 감정을 모조리 뒤틀어서 나를 분노의 심연으로 바꿔놓은 여자 때문에?" 그 분노가 일부분 돌아오는 듯했다.

"곧 그 대목으로 들어갈 거야. 동맹에 들어간 혼약 조항은 캣이 스무 살이 됐을 때 효과를 발휘하게 되어 있었어." 제이든이 제대로 기대어 앉자 테이블이 삐걱거렸다. "우린 1년의 4분의 3정도를 들여서 시도해봤지만, 잘 맞지 않았어. 그리고 테카루스는 어차피 우리에게 루미너리를 내주지 않을 게 분명해졌지. 테카루스는 우리가 코딘에서 루미너리를 쓰길 원했어. 나는 약혼을 끝냈고, 알다시피 그건 몇 가지 문제를 일으켰지."

"*잘 맞지 않았다고?*" 이번에 느낀 날카로운 질투는 캣 탓으로 돌릴 수가 없었다. 내 뱃속을 태우는 감정은 온전히 내 것이었다. "캣이 두 사람의 관계에 대해 한 말과는 다르네."

"누굴 좋아하지 않아도 잘 수는 있지." 그는 어깨를 으쓱였다.

나는 방금 우리가 한 일을 생각하며 입을 딱 벌렸다.

그는 고개를 기울이고 나를 보았다. "내 기억에는 너도 처음에는 나를 좋아하지 않았는데…."

"거기까지만 말해." 나는 그를 손가락질했다.

"반면에 나는 이미 너를 사랑하고 있었지."

내 자세가 누그러졌다. 그거야말로 내가 가망 없이 그에게 사랑에 빠진 이유였다. 누구도 그의 이런 모습은 볼 수 없으니까. 나만 볼 수 있으니까.

"지금 생각해보니 상당히 불공평한데." 그는 테이블을 손가락으로 두드렸다. "그때는 널 너무나 원한 나머지 네가 나와 같은 감정이 아니라는 건 신경 쓰지 않았지. 네가 날 사랑할 만한 이유를 주지도 않았고 말이야. 젠장, 난 네가 멀리 도망치길 바랐어."

"나도 기억해." 시선이 마주쳤고, 그를 만지고 싶어서 손가락이 곱아들었다. 그 대신 도관에 손을 뻗었다.

"좋아. 다음에 캣이 네 머릿속에 파고들 때도 그 사실을 기억하겠지."

"파고들어? 그 여자는 내가 질투하게 만들었어!" 말하면서도 쓸쓸했다.

"걘 아무것도 만들지 않았어."

이 도관을 제이든의 머리에 던져버린다고 펠릭스가 아쉬워하진 않겠지? "아, 그래? 당신도 캣이 하는 말을 들었을 텐데. 당신 같으면 내 전 애인이 당신을 매트 위로 불러낸 다음에 섹스할 때 내가 어떤 맛인지 안다고 말하면 어떨 것 같아?"

제이든이 몸을 굳혔다.

"내가 위에 있을 때의 느낌을 안다고 하면?" 나는 목소리를 낮게 깔며 말했다. "자기가 날 먼저 가졌고, 다시 가질 거라고 하면?"

제이든의 턱에 힘이 들어가더니 그림자가 테이블 다리를 휘감았다. "캣은 내 처음과는 거리가 멀어."

"핵심은 그게 아니야. 내가 질문을 했으면 좋겠다면서. 그러면 질문을 피하지 마."

"좋아. 에이토스와 내가 모르는 과거사가 있지 않은 한 네 전 애인 중에는 라이더가 없으니까 날 매트로 불러올릴 일은 없어. 보병 중엔 있을지도 모르지만, 역시 알고 싶지 않아. 그러니까 난 묻지 않을 거야."

"난 데인과 자지 않았어." 하지만 보병에 대한 추측은 정확했다.

"그건 탈곡 이후에 그놈이 너에게 키스하는 걸 보고 바로 알았어. 말도 못하게 어색하더라." 그는 아직 헝클어져 있는 머리카락에 손을 넣었다. "그리고 아까 질문에 대답하자면, 나도 질투를 느끼긴 할 거야. 너만이 나에게서 그런 감정을 이끌어낼 능력이 있지. 하지만 그 후에 난 그놈 엉덩이를 걷어찰 텐데, 일단 나에게 도전하면 누구에게든 그렇게 할 것이고, 더 중요하게는 너와 내가 최종이 아닌 미래 따윈 없다는 걸 알려주기 위해서지."

숨이 훅 빠져 나갔다. 그걸 한숨이라고 부르기는 싫지만 그랬다. 맙소사, 그는 저런 식으로 말하면서 나를 망쳐놓는다.

"매트 위에서 또 어떤 감정을 느꼈지?"

"분노." 나는 체념하고 도리를 댄 높은 천장을 올려다보았다. "열등감. 불안감. 캣은 가진 무기를 모조리 던졌고, 그건 먹혔어."

"분노는 이해하겠어. 캣은 나에게도 열받을 말을 많이 했지." 그는 고개를 저었다. "하지만 열등감은 설명해줘야겠는데. 넌 누구보다 더 강력하잖아."

"그건 고유 능력과는 상관이 없어." 나는 앉아 있는 거대한 옥좌를 가리켰다. "캣은 당신이 라이오슨이라는 점을 지적했어."

"그거야 난간다리 때부터 알았잖아." 그는 목에 있는 반역의 인장을 두드렸다.

"그런 뜻이 아니야. 방금 당신은 이 의자를 옥좌라고 불렀지."

"그게 사실이니까. 아니, 통합 이전에는 그랬지." 다시 한번 사람 열받게 하는 가벼운 태도.

나는 얼굴을 정통으로 후려치는 깨달음 속에서 눈을 깜박였다.

"잠깐만. 그럼 당신… 당신이 티렌더의 왕이야?"

"젠장. 그럴 리가." 그는 고개를 내젓다가 멈칫했다. "그게, 음, 엄밀히 말하면 태생부터 내가 아레티아의 공작이긴 하지만, 르웰른은 우리 편이고 이 지방을 잘 다스리고 있어. 티렌더가 독립한다고 해도 난 옥좌보다는 전장에서 더 쓸모 있을 거야. 화제가 다른 데로 샌 것 같은데. 네가 나에게 열등감을 느끼지 않는다는 건 아주 잘 알아. 그러니 누구야? 캣?"

나는 입술을 지그시 물었다. "우리가 그 감정들에 대해 논의해야 한다고 생각하기 전의 당신이 더 좋았던 것 같아."

"불편하게 해서 미안하지만, 올해 바이올렛 소른게일의 역할은…." 그는 나를 가리켰다가, 자기 가슴을 두드렸다. "제이든 라이오슨이 맡을 거야. 해야 한다면 바이올렛이 발길질하고 비명을 지른다 해도 의논을 하는 진짜 관계로 끌고 갈 거야. 제이든은 바이올렛을 다시 잃을 마음이 없거든. 내가 발전해야 한다면, 너도 발전해야 해." 그는 가슴 앞에 팔짱을 꼈다.

"스스로를 3인칭으로 말하는 건 끝났어?" 나는 유리 구체를 감싼 금속 띠를 잡았다. "캣이 한 가지는 옳았어. 캣이 당신에게 더 어울리는 상대라는 거. 그 여자는 태생이 귀족이고, 플라이어가 될 만큼 용감하고, 투지가 넘치고, 무자비하고, 못됐어. 당신과 꼭 닮았지." 젠장, 거의 같은 사람이나 다름없네.

그는 눈을 크게 떴다가 가늘게 좁혔다. "잠깐만. 내가 캣보다 네가 못하다고 생각할 거라고 여긴다는 거야?"

나는 어깨를 으쓱였지만, 의도한 것처럼 태연한 몸짓은 아니었다.

그는 내 쪽으로 다가올 것처럼 들썩였다가 멈추고, 두 손을 테이블 위에 단단히 붙였다. "바이올렛, 방금 내 생각을 읽었잖아. 내가 널 완벽하다고 생각하는 걸 알 거야. 네가 죽도록 나를 좌절시킬 때조차도 그래. 그럼 이제 불안하다는 부분에 대해서 말해봐. 그 감정은 작년에 해결한 줄 알았는데."

"그랬지. 그건 당신이 혁명을 이끌고 있다는 사실을 알기 전이고, 당신이 언제나 비밀을 간직할 거라고 선언하기도 전이고, 그리고 당신과 결혼하기로 약속되어 있었는데 편리하게 한 번도 언급하지 않았던 어느 아름다운 귀족이 커다란 갈색 눈과 날카로운 손톱을 가지고 반쯤 벗은 상태로 우리 침실 앞에 나타나기보다는 한참 전이었어…."

"캣이 뭘 했다고?" 그가 눈썹을 치켜들었다.

"그러고 나타나서는 감히 당신이 섹스하기 좋아한다고 해서 내가 특별한 존재는 아니라는 소리를 했지."

"너와의 섹스를 내가 좋아하긴 하지." 그는 천천히 미소 지었다. "아니, 사실 사랑하지."

"그 여자 편들지 마!" 나는 엉덩이 아래 쿠션에 손톱을 박았다. "윽!" 고함소리가 서까래까지 메아리치자 나는 두 손으로 얼굴을 감쌌다. "왜 그 여자는 날 이렇게 형편없는 상태로 만드는 거지? 어떻게 하면 막을 수 있지?" 이대로라면 동지가 오기 전에 그 여자를 죽여버릴 것이다.

제이든의 발소리가 들리더니, 따뜻한 두 손이 부드럽게 내 손목을 감쌌다.

"날 봐."

나는 천천히 두 손을 내리고, 그에게 손이 잡힌 채로 눈을 떴다. 그는 이 대화를 시작했을 때처럼 내 앞에 무릎을 꿇고 있었다.

"이런 이야기를 또 나누고 싶진 않아." 그는 비행단장의 목소리를 냈다가, 다시 부드럽게 말했다. "하지만 할 거야. 넌 지금 냉엄한 진실을 알아야 해. 내가 코딘에서 충분히 분명하게 설명하지 못했거든."

나는 어깨를 폈다.

"네가 오늘 격분한 건, 네가 화가 났기 때문이야." 그는 엄지손가락으로 내 손목 핏줄을 어루만졌다. "네가 질투에 빠진 건 질투를 느꼈기 때문이고, 네가 열등감과 씨름한 건, 내가 이해할 수 없는 어떤 이유에서 네가 열등감을 느꼈기 때문이야. 그리고 네가 불안감에 휩싸인 건 아마 우리 둘 다 이 관계를 힘겹게 해결해나가고 있기 때문일 거야. 작년에 그랬던 것처럼 네 감정을 인정하고 나에게 솔직해져. 캣은 감정을 심을 수 없고, 네가 이미 가진 감정이 아니라면 흔들 수도 없어. 캣은 오직 네가 느끼는 감정만 증폭할 수 있어."

침을 꿀꺽 삼켰지만, 그래도 목이 막힌 느낌이었다. 그게 다… 나였다니.

"그래. 기분 더럽지. 나도 겪어봤어." 그는 내 손에 깍지를 꼈다. "캣은 1, 2분 만에 네 짜증을 미친 듯한 분노로 바꿀 수 있어. 그래, 정말 욕 나오게 강력하지. 하지만 너도 강력해. 그리고 캣이 휘두르는 무기는 오직 네가 건네준 무기뿐이야. 네 감정에 대한 통제를 유지하고 싶어? 애초에 네 감정 자체를 통제해야 해."

"못해…." 뱃속이 뻥 뚫린 느낌이었다. "레슨 이후부터 감정을 통제하지 못했어." 나는 작은 소리로 인정했다. "테른의 감정에 압도당했고, 내 저주받은 힘으로 당신 집을 불태우지 않으려고 도관을 들고 다니지. 보호막도 실패했고, 이젠 시험에도 떨어질 뻔한 데다가, 형편없는 결정을 내리고 여기저기서 일을 망쳐. 덕분에 사람들의 목숨도 불안해. 난 계속 제자리를 찾기를 바라고 있지만…." 고개를 내저었다.

그는 한 손을 내 뺨에 올렸다. 캣이 때려서 부어오른 자리는 피했다. "다시 중심을 찾아야 해, 바이올렛. 이건 내가 대신해줄 수 없어." 그는 내 시선을 붙들고 그 말을 이해시킨 후에 덧붙였다. "너는 논리와 사실로 살아가는 사람인데, 네가 아는 모든 것이 거꾸로 뒤집히고 흔들렸지. 그 점에 대해 내가 얼마나 미안한지 넌 모를 거야. 하지만 계속 그렇게 앉아서 희망만 품을 수는 없어. 넌 변해야 하고, 방법을 알아내야 해. 건틀릿 때처럼. 그럴 수 있는 사람은 너뿐이야." 그는 작년에 했던 말을 훨씬 상냥하게 바꿔 말했다.

"하지만 캣이라는 폭풍 한가운데서 어떻게 중심을 찾지?"

그는 시선을 피했다. "사실 캣이 널 조종한 건 네가 단검을 차고 있지 않았기 때문이야. V자가 여러 개 얽혀 들어간 단검이 있지? 그건 캣의 능력에서 지켜주는 룬이야. 제자리를 찾을 때까지 그걸 가지고 다니면 캣이 어떻게 하지 못할 거야. 코딘에서도 마찬가지였어. 네가 드레스라고 부르는 그 레이스 조각을 입느라 단검을 뺐잖아. 젠장, 그 옷을 내 이로 찢으며 벗기고 싶었는데." 제이든이 턱을 움직였다.

"당신이 그 단검을 준 건 작년이었어." 나는 그의 손목을 잡았다.

"합의를 깼다는 이유로 캣이 내 인생을 고달프게 만들 방법을 찾을 거라고 생각했거든. 그러자면 네가 얽힐 수밖에 없지." 그는 몸을 내게 기울였다. "난 널 사랑해. 그 여자는 이 의자에 결코 앉지 못할 거야. 티렌더 왕관을 쓸 일도 없어. 내가 그 여자 앞에 무릎 꿇는 일도 절대로 없고." 그의 입술이 짓궂은 미소를 그리는 모습을 보자마자 오늘 밤에 대한 마음의 준비를 해야 했다. "그리고 내 혀로 그 여자를 끝까지 몰고 가는 일도 한 번도 없었지."

입술이 벌어지면서 볼이 확 달아올랐다.

"자, 이 문제는 논의가 끝났다고 생각해도 될까? 아쉽지만 참석할 브리핑이 있어."

나는 고개를 끄덕였다. "나도 수업이 있어."

"그렇지. 물리학?" 그는 같이 일어서면서 추측했다.

"역사 수업이야." 나는 그가 내민 손을 잡고 연단에서 걸어 내려갔다. "알고 보니 내가 놀랍도록 역사를 못하더라. 틀린 책을 너무 많이 읽었나 봐."

"올바른 역사책을 찾아봐야겠네." 그의 미소는 나와 꼭 닮아 있었고, 행복하게도 잠시 동안은 모든 게… 정상으로 느껴졌다. 우리에게 그 말이 어울릴 수 있다면 말이다.

"그럴지도."

북적이는 복도에 나서자 그가 내 목덜미를 감싸 쥐고 끌어당겨서 짧지만 격렬하게 입을 맞췄다. "부탁 하나 들어줄래?" 그가 내 입술에 대고 말했다.

"뭐든 말해."

"오늘 밤은 일찍 들어와."

# 49

플라이어들과 라이더들은 비행단 구성만 제외하면 모든 면에서 동등한 취급을 받는다. 라이더들은 지휘관뿐 만 아니라 비행단, 전대, 대대 구성도 유지할 것이다. 그리폰 부대는 라이더 대대에 흡수되며, 그 지휘관은 부대의 응집력과 효율을 위하여 현재 작전장교(부대대장) 직위를 대신한다.

_ 아레티아 합의, 2조 1항

"놀라지 않는 사람은 너 하나인 것 같다." 다음 날 아침, 집합 시간 이후에 안마당에 서 있는데 이모젠이 말했다.

"우린 가장 강한 대대야. 쟤들은 가장 강한 그리폰 부대고. 다들 놀란다는 사실이 더 이상해." 나는 어제의 도전 시간 때문에 다채로운 자주색과 초록색 명을 달고 있는 캣의 부대원들을 건너다보며 어깨를 으쓱였다.

꼴을 말하자면 우리 대대도 마찬가지였다.

"여기 있어." 리애넌이 우리 여섯 명에게 익숙한 녹색 패치를 건넸다.

"정말로 우리가 이걸 건네줘야 해?" 리독은 우리가 죽도록 노력해서 얻은 패치이자 1학년들이 계속 유지하려고 분투한 패치를 보면서 입술을 말아올렸다.

"그래." 리애넌이 꾸짖었다. "이게 옳은 일이야. 이 시간부터는 좋든 싫든 저 녀석들도 우리 대대에 속해."

"난 싫어할래." 슬론이 대꾸했다.

나는 소리 내어 웃으면서 엄지손가락으로 그 패치를 어루만졌다.

"캣에게는 내가 가져갈게." 리애넌이 조용히 말했다. "네가 할 필요는…."

"내가 할 수 있어." 나는 안심하라는 미소를 지었다. 적어도 그렇게 보이기를 바랐다. "해치우자."

"해치우자." 리애넌도 같은 말을 반복했다. "2대대, 움직일 시간이다."

우리는 서리가 내린 안마당을 가로질렀고, 나는 왼쪽 옆구리에 찬 단검을 두드리며 제자리에 잘 있는지 확인했다.

제이든은 날 사랑해. 날 선택했어. 난 우리 세대에서 가장 강력한 라이더가 될 거야. 이 단검이 있든 없든, 캣은 오직 내가 주는 힘밖에 얻지 못해.

우리가 다가가자 플라이어 여섯 명이 몸을 긴장시켰다.

"쟤들도 싫어하는 것 같은데." 슬론이 아릭에게 중얼거렸다.

캣은 슬론을 보고 눈매를 좁혔고, 나는 두 사람 사이에 끼어들어서 캣에게 패치를 내밀었다. "제4비행단 불꽃전대 2대대에 들어온 걸 환영한다. 일명 강철대대라고도 하지."

주위에서 비슷한 인사말이 들렸지만, 나는 캣에게만 시선을 고정시켰다. 그녀는 깨물기라도 할 물건처럼 패치를 보았다. "패치 받아."

"그걸 뭐 어떻게 하라는 거야?"

"우린 제복에 패치를 달아." 리독이 옆에서 대답하면서 손을 앞뒤로 움직여 바느질하는 시늉을 했다. 어린아이에게 패치가 뭔지 설명해주는 것 같은 모습이었다.

"왜…?" 캣의 시선이 우리를 쓸어보더니, 전에는 미처 몰랐던 것처럼 재킷에 붙은 패치들을 쳐다보았다.

나는 내 쇄골 쪽을 가리켰다. "직책." 그리고 어깨를 가리켰다. "비행단. 강철대대. 고유 능력. 패치는 받는 게 아니라 얻어내는 거야. 라이더들, 그리고 이제 플라이어들은 비행단과 계급을 제외하면 모든 패치를 어디에 달지 마음대로 할 수 있는데, 비행 재킷에는 하나도 달지 않아. 아마 그러니까 제이든이 패치를 단 모습을 본 적이 없을 거야. 제이든은 대체로 패치를 싫어하지." 좋아. 나쁘지 않았어. 나도 문명인답게 굴 수 있다니까.

"그건 알고 있었어." 캣은 내 손에서 패치를 낚아챘다. "난 제이든을 오래 알았으니까."

옆에서 리애넌이 한쪽 눈썹을 올렸다.

그녀가 나는 알지 못했던 그의 인생 일부에 관여했다는 사실에 살짝 질투를 느끼기는 했지만, 격분이나 기분 나쁜 불안감은 없었고, 자기혐오도 없었다. 내 단검을 사랑할 이유가 하나 더 늘었네.

캣은 나를 건드릴 수 없다는 사실을 감지했는지 눈동자를 살짝 키우더니, 눈매를 좁히고 적의를 담아 노려보았다. 정중하게 굴 마음이 조금도 없다는 건 확실히 알겠다.

"말했다시피…." 나는 환하게 웃어 보였다. "우리 분과에서 유일한 강철대대에 들어온 걸 환영해." 나는 몸을 빙글 돌려서 리애넌에게 어깨동무를 했고, 우리는 새로이 커진 대대 안의 나머지 라이더들과 함께 걸어갔다.

"같은 대대 소속이 됐다 해도 그게 내 왕관이라는 사실은 달라지지 않아." 캣이 불쑥 말했다.

"쟤 그냥 스게일에게 먹이로 주자." 리애넌이 멈춰 서서 속삭였다.

나는 어깨 너머로 캣을 돌아보았다. "티렌더에 왕관이 없어진 지 600년도 넘었다는 사실을 알고 있어? 전부 녹여서 통합 왕관을 만드는 데 썼더라고. 그러니까 행운을 빈다."

"네가 내 인생을 비참하게 만든 만큼 네 인생도 비참하게 만드는 건 재미있겠지."

아, 문명이고 뭐고 꺼지라지.

"맙소사, 쟤 정말로 스스로를 주체할 수가 없나봐. 안 그래?" 리애넌이 작게 말했다.

"캣, 그만해." 메런이 잔소리를 했다. "보기 흉해. 내가 소른게일이 루엘라를 떨어뜨리지 않았다고 몇 번이나 말했지. 루엘라는 떨어진 거야. 단순해."

"얼마든지 날 비참하게 만들려고 시도해봐." 나는 리애넌을 두고 다시 캣에게 돌아가며 말했다. "아! 그리고 한 가지 더 있어." 나는 대대원 모두가 우리 쪽으로 고개를 돌리는 것을 의식하며 목소리를 살짝 낮췄다.

"뭐?" 캣이 날카롭게 말했다.

"네가 말했던 손기술 있지? 손가락으로 하는?" 내 얼굴에 천천히 웃음이 번졌다. "고마워."

캣의 눈이 툭 튀어나올 것 같았다.

내가 리애넌에게 돌아가는 동안 이모젠은 너무 심하게 웃느라 코를 킁킁거렸다.

"젠장. 그냥… 이야." 리가 박수를 몇 번이나 쳤다.

"진짜 사랑한다, 친구야." 리독이 내 어깨에 팔을 걸었다. "배고픈 사람? 내가 원래 계획과 다른 곳에서 깨는 바람에 아침을 못 먹었거든."

"배는 고픈데…." 내가 대꾸했다. "도서관에 가봐야 해."

"도서관? 그럼 나도 갈게." 소여가 재빨리 따라붙으면서 끼어들었다.

"나도 같이 가." 리애넌이 고개를 끄덕이며 말했다.

"셋이 간다면 나도 가야지." 리독이 덧붙였다.

"너희들은 오지 않아도 돼." 나는 현관을 반쯤 통과한 뒤 말했다.

"아, 우리도 캣 옆에서 벗어나야 했어." 리독이 손을 내저었다. "넌 그러기 위한 변명이었을 뿐이야."

"캣의 능력은… 소름끼쳐." 소여가 말했다. "캣이 내가 널 미워하게 만들면 어떻게 하지?"

"제이든이 널 미워하게 만들면?" 리애넌이 눈썹을 올렸다.

"그렇게는 못해." 나는 고개를 저었다.

"아니면 네가 아무 플라이어에게 흥분하게 만들어서 제이든이 돌아왔더니 침대 안에 너만 있는 게 아닌 거야." 리독이 중얼거렸다. "캣의 고유 능력, 아니 걔네는 뭐라고 부르는지 모르겠지만 아무튼 그거 무서워."

"캣은 너희가 이미 갖고 있는 감정만 증폭할 수 있어." 나는 친구들에게 설명했다.

"죽여버리는 것도 방법이야." 소여가 문고리에 손을 뻗었다. "플라이어들은 아직도 고도 때문에 애를 먹고 있고, 슬리시그에게 듣자니 그리폰들은 아직도 하루의 절반을 잔대. 그러니까 지금이 제일 약한 때일 거야."

모두가 잠깐 조용해졌는데, 그 말에 충격을 받아서가 아니라 실제로 고려하느라 그랬다. 적어도 나는 그랬다. "죽일 순 없어. 우리 대대원이잖아."

잠깐만, 정말로 그 문제의 윤리적인 선이 그것뿐인가?

"정말이야?" 소여가 고개를 기울였다. "말만 하면 시체는 우리가 묻을게. 아직 전투 브리핑까지 몇 시간 남았어."

"*좋은 생각이야. 간식을 즐길 수 있겠네.*" 앤다나가 신이 난 말투였다.

"*우린 동맹을 먹지 않는다.*" 테른이 잔소리했다.

"*도무지 내가 재미있게 놀게 해주질 않네.*"

나는 진심으로 웃고 말았다. "제안은 정말 고마워."

우리는 도서관으로 들어갔고, 나는 숨을 깊이 들이마셨다. 그 2층짜리 방에서 나는 냄새는 아카이브와 달랐다. 양피지와 잉크 냄새는 같지만, 지하가 아니고 창문으로 햇빛이 흘러들어오다 보니 흙냄새가 깔려 있지 않았다. 1층에 있는 책장들만 책이 가득 꽂혀 있었는데, 나는 이후 10년 안에 2층도 똑같은 모습으로 만드는 것을 내 개인적인 임무로 생각했다.

돌은 불타지 않을지 몰라도, 책은 불탄다.

"그런데 우리가 여기에서 뭘 하는 거야?" 내가 빈 테이블을 골라서 가방을 올려놓자 리독이 물었다. 그리고 리독은 도서관 안쪽을 살피고 있는 소여를 가리켰다. "저 녀석이 여기에서 뭘 하는지는 우리 모두 알지만 말이지."

"내 중심을 찾을 거야." 내 대답에 두 명이 아주 당혹스러운 눈빛을 던졌다.

"어제 무기 배달 이후에 테카루스가 제이든 편으로 책을 몇 권 보냈어. 아직 내 호의를 살 생각이 있나 보지." 나는 테카루스가 선물한 여섯 권을 하나씩 꺼내 테이블 위에 쌓고 워릭의 일기장이 든 보호용 가방을 맨 위에 놓았다. "크로블란어는 내가 잘하는 분야가 아니야."

"크로블란어야 누구든…."

나는 소여가 제시니아를 보고 말을 뚝 끊자 씩 웃고 말았다.

"좋은 아침이야." 소여는 나를 보고 수어로 말했다. "이거 맞아?"

"제대로 했어."

그는 제시니아 쪽으로 걸어갔다.

"내 방식대로 하면 훨씬 재밌었을 텐데. 제시니아는 유머 감각이 뛰어나다고." 리독이 중얼거렸다.

"소여가 진지하게 수어를 배우고 있잖아!" 리애넌은 미소 지으면서 테이블 가장자리에 걸터앉았다. 우리는 부끄러움도 없이 고개를 돌려 소여가 제시니아에게 인사하는 모습을 지켜보았다.

"그런데 벌써 돌아와?" 리독이 이마를 찌푸렸다.

나는 시계를 흘긋 보았다. "아직 문장 네 개밖에 모르거든. 그래도 빨리 따라오고 있어."

"그래서, 제시니아가 크로블란어를 잘해?" 리가 맨 위에 있는 책을 집으면서 물었다. 대전 이후에 처음 베닌이 나타났을 때를 설명해놓은 책이었다. 적어도 나는 그렇다고 생각했다.

"아니." 내가 고개를 흔드는데, 정확히 7시 30분이 되면서 도서관 문이 열렸다. 언제나처럼 시간을 정확히 지키네. "저 녀석이 잘해."

"진심이야?" 리독은 내가 그쪽으로 걸어가자 중얼거렸다.

"날 보자고 했어?" 데인이 가슴 앞으로 팔짱을 꼈다. "네 자유 의지로? 명령이나 뭐 그런 걸 받은 거 아니고?"

나는 잠시 망설였다. 그러다가 데인이 바리쉬를 찔렀고, 대열을 소집해서 분과를 반으로 갈라놓았으며, 진실을 알게 되자 단지 그게 옳은 일이라는 이유만으로 자신을 싫어하는 사람들과 같이 망명하기를 선택했다는 사실을 떠올렸다. "네 도움이 필요해."

"알았어." 그는 설명을 기다리지 않고 고개를 끄덕였다.

덕분에 내가 왜 대륙에서 제일 좋아하는 사람으로 데인을 꼽았었는지 기억이 났다.


"그건 비를 뜻하는 말이 아니야." 다음 날, 데인은 펜 끝으로 워릭의 일기장에 들어간 기호를 톡톡 두드리면서 말했다. 우리는 보호석이 있는 방 안에서 벽에 등을 기대고 다리를 쭉 뻗고 앉아 있었다. 정오의 태양이 내리쬐었지만 그래도 입김이 눈에 보일 만큼 추웠다.

"난 비라고 확신해." 나는 몸을 기울여 데인과 내 다리에 반씩 걸쳐 놓은 일기장을 들여다보았다.

"제시니아에게는 물어봤어?" 데인은 보호막을 다루는 대목에서 맨 앞으로 돌아가면서 물었다.

"제시니아도 비라고 생각했어."

"하지만 제시니아의 특기는 모레인어잖아?" 그는 고개를 기울이며 첫 항목을 뜯어보았다.

나는 눈을 크게 뜨고 그의 옆얼굴을 보았다.

"왜?" 데인은 나를 흘긋 보고는 퉁명스럽게 일기장으로 관심을 돌렸다. "내가 제시니아의 특기를 기억했다고 그렇게 놀랄 건 없잖아. 난 네가 하는 말을 잘 듣거든." 그러다가 데인이 움찔했다. "적어도 예전엔 그랬지."

"언제 그러길 그만둔 건데?" 생각하기도 전에 질문이 튀어나왔다.

그는 한숨을 내쉬고 자세를 조금 바꿨다. 그것만으로도 긴장했음을 알 수 있었다. 분과에서 2년을 보냈어도 그런 습관이 바뀌진 않았다. "모르겠어. 아마 징집일에 너에게 작별인사를 했을 때부터일 거야. 네 징집일 말고, 내 징집일 말이야."

"맞아. 내 징집일에는 잘 지냈냐고 인사했지." 나는 입술을 살짝 끌어 올렸다. "아니, 실제로는 대체 여기서 뭐 하냐고 물었던 것 같다."

데인은 코웃음을 치더니 고개를 젖혀 벽에 기대고 하늘을 보았다. "난 정말화가 나고… 겁먹었어. 내가 겨우 2학년이 되어서 다른 분과에 방문할 수 있게 됐으니 널 볼 수 있을지도 모른다고 생각했는데, 네가 서기들과 안전하게 실내에 있지 않고 어머니의 명령에 따라 검은 옷을 입고 라이더 분과에 나타났으니 말이야. 네가 어떻게 난간다리를 건넜을지… 여전히 생각만 해도 아찔해." 그는 눈에 띄게 침을 삼켰다. "그때는 이제 겨우 친구들의 이름이 사망자 명단에서 불리는 1년을 살아남았는데, 네 이름이 불리는 건 절대로 듣지 않겠다는 생각밖에 안 들었어. 그런데 넌, 네가 그토록 원했던 길로 가게 하려한다는 이유로 날 미워했지."

"그건 내가 싫어한 이유가 아니야…." 나는 입술을 꾹 물었다. "넌 내가 성장하게 놓아두지 않았고, 완고하게 무엇이 나에게 옳은지 멋대로 판단했어. 어렸을 때는 안 그랬잖아."

데인이 웃음을 터뜨리자 자조적인 웃음소리가 방 안에 메아리쳤다. "난간다리를 건넜을 때의 너와 지금의 너는 같은 사람이야?"

"아니." 나는 고개를 저었다. "물론 아니지. 첫 일년은 날 여러 면에서…." 나는 눈썹을 치켜드는 데인의 표정을 보았다. "아. 그 경험이 너도 바꿔놓았겠구나."

"그래. 코덱스에만 의지해서 살면 그렇게 돼."

"혹시 그래서 우리를 그렇게 심하게 몰아붙이나 하는 생각도 들어. 그 사람들은 우리를 완벽한 무기로 바꿔놓고, 코덱스와 그 사람들이 내리는 명령 외에는 모든 것을 비판적으로 생각하라고 가르치지."

그는 갈색 수염을 긁으며 일기장을 내려다보았다. "첫 부분에 대한 번역은어디 있어? 기호를 비교해볼 수 있을지도 몰라."

"건너뛰고 보호막에 대한 부분으로 넘어갔어. 그게 우리에게 필요한 내용이니까."

데인이 눈을 껌벅였다. "네가… 건너뛰었다고? 다른 사람도 아니고 네가, 책 한 권을 처음부터 끝까지 읽지 않았다고?" 데인은 스치는 웃음을 감추려고 했지만, 그 모습이 내 뱃속 어딘가를 때리면서 데인이 내 절친이었던 시절이 떠올랐고, 갑자기 이 상황을 감당할 수가 없어졌다.

나는 얼른 일어나서 가죽옷을 털고 보호석으로 걸어갔다.

"바이." 데인은 조용히 말했지만, 동굴 같은 공간 때문에 고함이라도 지르는 것처럼 크게 들렸다. "이제 드디어 무슨 일이 벌어진 건지에 대해 대화하는 거야?"

손에 닿은 보호석은 내가 보호막을 펼치는 데 실패한 밤과 마찬가지로 차갑고 텅 빈 느낌이었다. "마력을 채우는 방법을 알아?" 나는 그의 질문을 무시하고 물었다.

"알지." 데인은 보호석도 넘어뜨릴 만큼 큰 한숨을 쉬었고, 어깨 너머를 돌아보자 데인이 내 가방에 일기장을 내려놓고 일어서는 모습이 보였다. 다음 순간에 그는 내 옆에 서 있었다. "미안해, 바이올렛."

"여기에 마력을 채워야 할 것 같은 느낌이 들지 않아?" 나는 손끝으로 보호석에 새겨진 제일 큰 원을 따라갔다. "막 만든 합금과 비슷한 느낌이야. 텅 빈 느낌."

"내가 그 친구들의 죽음에 수행한 역할은 미안해. 정말 미안해…."

"작년에 내 얼굴을 건드릴 때마다 기억을 훔쳤어?" 나는 손바닥에 한기가 스며드는 가운데 불쑥 말했다.

침묵이 한참이나 흐르고 나서 데인이 마침내 조용히 대답했다. "아니."

나는 고개를 끄덕이고 몸을 돌려 데인을 보았다. "그러니까 네가 달라고 할 수 없는 정보가 필요했을 때만이었구나."

데인은 손가락을 쫙 펴서 내 손 가까이에서 보호석에 짚었다. "처음에는 우연이었어. 난 너를 건드리는 데 너무 익숙해져 있었지. 그리고 너는 라이오슨과 가까워졌고, 아버지는 네 어머니가 라이오슨에게 상처를 새겨 넣은 일을 두고 꽤나 떠벌렸어. 난 라이오슨이 복수를 원할 수밖에 없다는 걸 알았지만, 너는 내 말을 들으려 하지 않았고….”

“제이든은 한 번도 복수하려고 하지 않았어. 나에게는 아니야.” 나는 고개를 저었다.

“이제는 나도 알아.” 데인은 눈을 꽉 감았다. “내가 다 망쳤지.” 그는 심호흡을 하고 나서 눈을 떴다. “내가 망쳐버렸고 네 판단을 믿었어야 하는데 아버지를 믿었어. 그리고 내가 무슨 말을 한다 해도, 무슨 일을 한다 해도, 그 사람들을 되살릴 순 없어. 리암을 되살릴 순 없어.”

“그래. 그럴 수 없어.” 눈물이 고였다. 나는 억지로 일그러진 미소 비슷한 것을 지었다가 그만두었다.

“정말 미안해, 바이올렛.”

“괜찮지가 않아.” 나는 속삭였다. “어떻게 하면 괜찮아질지조차 모르겠어. 그저 리암을 생각하고 너를 보면…” 고개를 저었다. “널 미워하고 싶지 않아, 데인. 하지만 내가 다시….” 내 관심이 손에 쏠렸다. 데인의 옆에 있는 내 손이 따뜻해져 있었다. “지금 보호석에 마력을 채우고 있어?”

“맞아. 네가 그러길 바라는 줄 알았는데.”

“맞아.” 나는 고개를 끄덕였다. “이렇게 큰 보호석이라면 마력이 다 차는 데 얼마나 걸릴까?”

“몇 주. 한 달이 걸릴 수도 있어.”

보호석에서 손을 떼고 다시 자리로 돌아가 쪼그려 앉은 다음 전부 가방 안에 쑤셔 넣었다. “난 일기장에 대한 해석 때문에 네 도움이 필요해. 공평하진 않지. 난 네가 이 문제를… 리암과 솔레일에 대한 이야기를 다시는 안 꺼냈으면 하니까. 적어도 내가 그 일에서 훨씬 더 거리를 둘 때까지는 못하겠어.” 물건을 집어넣고 일어나서 데인을 마주 보았다.

데인은 어깨를 축 늘어뜨렸지만, 여전히 보호석에 손을 대고 있었다. "알았어, 그럴게."

"고마워." 나는 구름이 층층이 덮인 흐린 하늘을 올려다보았다. "난 보통 이 시간에 30분쯤 시간이 비어."

"나도야. 그리고 난 보호석에 마력을 계속 채울게."

"제이든에게도 도와달라고 할게." 나는 끈에 팔을 넣어 배낭을 멨다.

데인이 보호석에서 손을 내렸다. "라이오슨 말인데…."

나는 온몸을 긴장시켰다. "아주 신중하게 말하도록 해."

"그 녀석을 사랑하는 거야?" 그는 몸을 돌려 나를 온전히 마주 보면서 갈라지는 목소리로 물었다. "개릭과 나는 라이오슨이 심문실에서 하던 말의 뒷부분을 들었거든. 솔직히 나라도 그런 선언을 들으면 사랑에 빠질지도 모르겠지만, 너는? 정말로, 진심으로 사랑해?"

"그래." 나는 진심이라는 사실을 알려주기 위해 한참 동안 그의 눈을 마주보았다. "그리고 그 사실은 변하지 않을 거야."

데인은 턱에 힘을 주고 고개를 한 번 끄덕였다. "그렇다면 나도 너만큼 라이오슨을 믿을게."

나는 천천히 고개를 끄덕였다. "내일 보자."

"내일 봐."

# 50

바스지아스에서나 졸업 직후에 고유 능력을 숙달할 수는 없다. 살아 있는 라이더라면 누구도 힘의 한계에 도달했다고 진정으로 믿지 않는다. 죽은 라이더들은 다르게 생각할지도 모르지만.

— 아펜드라 소령, 《라이더 분과 지침》(무허가 판본)

"나아졌군." 일주일 후, 펠릭스는 포도 한 알을 입에 던져 넣더니 바위더미를 가리켰다. 그 아래에서 피어오르던 연기는 1초 만에 바람과 눈에 날려 사라졌다. "이번에는 거의 맞혔어."

나는 따뜻하게 달아오른 도관을 꽉 움켜쥐었다. "맞혔어요." 나는 발을 흔들면서 피로를 떨쳐냈다. 워릭의 일기장을 처음부터 번역하느라 밤늦게까지 시간을 보내는 날이 너무 많았고, 보호석이 놓인 차가운 방에서 점심을 먹는 날도 너무 많았으며, 확실히 데인과 너무 많은 시간을 보내고 있었다.

데인의 언어 능력이 얼마나 뛰어난지, 또 얼마나 빨리 이해하는지 거의 잊고 있었지 뭐가.

"아니." 펠릭스는 고개를 젓더니 포도를 또 한 알 뜯어냈다. 저 포도는 대체 어떻게 얼지도 않지? 우리가 여기 나왔을 때는 땅에 눈이 20센티미터 가까이 쌓여 있었는데. "맞혔다면 저 바위가 남아 있지 않겠지."

"마력을 덜 쓰라고 했던 건 기억해요? 더 작게 때리고, 통제력을 발휘하라면서요." 나는 펠릭스 쪽으로 유리구를 흔들었다. "그럼 저건 뭐였는데요?"

"표적을 빗맞힌 거지."

눈송이가 맨손에 내려앉자 수증기가 피어올랐고, 나는 교수를 노려보지 않으려고 애썼다.

"여기." 그는 포도송이를 발치에 둔 가방에 밀어 넣고는 손을 뻗어 내 유리구를 가져갔다. "도관을 때려보게."

"뭐라고요?" 나는 얼굴에 흘러내린 머리카락을 털어내며 눈을 부릅떴다.

"도관을 때려봐." 그는 금속과 유리로 만들어진 구체를 내 손에서 몇 센티미터 떨어진 곳에 들어 올린 채, 아주 간단한 과제라는 듯이 말했다.

"교수님을 죽일 텐데요."

"자네가 겨냥할 수 있다면 그렇겠지." 펠릭스는 하얀 이를 번득이며 조롱했다. "절벽에서 와이번을 잡은 방법을 보면 에너지와 인력에 대해서는 제대로 이해하고 있는데, 맞나?"

"전 구름 안을 때렸어요." 나는 이마를 찌푸렸다. "아마 그럴 거예요. 제대로 설명은 못하겠어요. 그저 번개가 구름 안에 존재할 수 있다는 걸 알았고, 힘을 행사했을 때는 번개가 거기 있었어요."

펠릭스는 고개를 끄덕였다. "에너지장은 그런 면에서 마법과 아주 비슷하지. 그리고 자넨…." 그는 구체로 내 손을 두드렸다. "가장 큰 에너지장이야. 마력을 불러들이되, 도관으로 다 흘러가게 두지 말고 자네가 가로막아."

팔에 털이 곤두서도록 밀려오는 불의 흐름과 싸우면서 자세를 살짝 바꾸고 침을 꿀꺽 삼켰다. 아카이브 문을 몇 센티미터만 남기고 닫는 상상을 하면서, 테른의 마력이 극히 일부만 내 손까지 이르게 했다.

손끝이 구체의 금속 부분을 긁자, 타닥거리는 소리와 함께 손끝에서 유리로 갈라져 나간 익숙한 청백색의 순수한 에너지 촉수가 섬세한 하나의 흐름으로 합쳐져서 도관 중앙에 놓인 합금 메달로 흘러갔다. 룬을 담금질하기 위해 앤다나의 마력에서 끌어냈던 빛나는 끈과 달리 이건 작지만 한결같은, 물리적인 번개였다. 매일 밤 하던 대로 마력을 도관으로 흘려보내려니 작게 미소가 떠올랐다. 밤마다 합금에 마력을 채우고 또 채우다 보니 이제는 충전이 끝나고 나서 교체하는 방법도 알게 되었다. "마력이 이럴 때를 보는 게 정말 좋아요."

내 마력이 파괴나 폭력을 동반하지 않고 아름답기만 할 때는 이럴 때 뿐이었다.

"제대로 보고 있지 않군, 바이올렛. 마력이 아니라 자네가 하는 일이다. 그리고 자네는 그 힘을 사랑해야 해. 마력을 두려워하기보다는 즐거움을 찾는 게 더 좋다."

"전 마력을 두려워하지 않아요." 이렇게 아름다운데 어떻게 두려워하겠는가? 이렇게 다채로운데? 내가 두려워하는 건 나 자신이었다.

"*그러면 안 된다.*" 테른이 잔소리를 했다. 그는 지난 한 시간 동안 띄엄띄엄 논평을 던졌다. 앤다나가 브레넌이 계곡 안으로 옮겨놓은 새로운 양떼를 쫓아다니는 걸 막으려는 사이사이에 말이다. "*내가 널 선택했다. 드래곤은 실수하지 않아.*"

"*그렇게 자신감 넘치게 살면 어때요?*"

"*그야… 그냥 사는 거지.*"

내가 눈을 굴리지 않을 수 있었던 건 순전히 테른의 마력을 제한하는 데 집중하고 있던 덕분이었다.

"좋아. 계속해라. 마력이 흐르게 하되, 콸콸이 아니라 졸졸 흐르는 모습을 생각해." 펠릭스는 내 손에서 천천히 도관을 빼냈다. "멈추지 말아라."

온몸의 근육이 긴장했지만, 나는 펠릭스의 지시에 따라 마력의 흐름을 끊지 않았다. 청백색 에너지 촉수가 손가락과 유리 구체 사이의 빈 공간으로 뻗어나갔다.

"무슨…." 귓가에 쿵쿵거리는 소리가 울릴 정도로 심장이 거세게 뛰기 시작했고, 다섯 개로 갈라진 마력의 필라멘트도 그 박동에 맞춰서 일렁거렸다.

"그게 자네다." 펠릭스가 조용히, 그 어느 때보다도 부드럽게 말하더니 유리구를 조금씩, 조금씩 멀리 가져갔다. 하긴, 내가 펠릭스라도 지금 나에게는 아주 조심하겠다. "천천히 키워라."

아카이브 문이 30센티미터쯤 더 열리고, 고통 없이 적당한 열기만 동반하면서 늘어난 마력이 경로에 떨어지는 눈송이들을 증발시켰다.

"이제 좀 알겠지. 안 그런가?" 펠릭스가 한 걸음을 제대로 물러섰다. 그 도관까지 닿기는 하되, 벼락이 치지 않을 만큼만 마력을 증폭하려니 손이 떨리기 시작했다.

"알다니. 뭘요?" 이제는 팔이 다 떨렸다.

"통제 말이다." 펠릭스가 씩 웃었고, 나는 화들짝 놀라서 그에게 시선을 옮겼다.

마력이 아카이브 문으로 터져 나오더니 델 듯한 열기로 내 몸을 관통했고, 펠릭스 쪽을 가리키지 않도록 두 손을 치켜들자마자 번개가 구름 낀 하늘을 가르더니 능선 위로 100미터도 떨어지지 않은 산을 때렸다.

펠릭스의 레드 소드테일이 흥분해서 수증기를 뿜었는데, 테른에게서는 뿌듯함밖에 느껴지지 않았다.

"흠, 통제하고 있었는데 말이지." 펠릭스가 도관을 돌려줬다. "그래도 통제 가능하다는 건 보여줬군. 한동안은 나도 확신이 없었는데."

"저도 그랬습니다." 나는 처음 보는 물건처럼 유리구를 뜯어보았다.

"자네는 마력을 도끼처럼 휘두르는데, 가끔은 그래야 할 때도 있다. 하지만 다른 사람은 몰라도 자네라면…." 그는 내 비행 재킷에 꽂힌 단검들을 가리켰다. "정확하게 잘라야 할 때는 단검이 필요하다는 걸 이해해야지." 그는 바닥에 놓아둔 가방을 들어 어깨에 걸었다. "오늘 수업은 여기까지다. 월요일까지는 마력의 흐름을… 어디보자, 3미터까지 유지할 수 있겠지?"

"3미터요?" 말도 안 된다.

"그래." 그는 고개를 끄덕이며 안달하는 드래곤에게 몸을 돌렸다. "4.5미터

216

로 하지." 그는 고개를 옆으로 기울이더니 드래곤과 대화하는 것처럼 잠시 말을 끊었다. "저택에 돌아가거든, 라이오슨에게 자네와 함께 5시까지 의회 회의실로 오라고 전해주게."

"하지만 제이든은…." 차단벽을 내리자 제이든이 있었다. 제이든이 가까워지자 정신을 잇는 그림자 같은 통로가 강해졌고… 피로한 걸까?

*"집에 일찍 왔네. 별일 없어?"*

*"없어."* 제이든은 짧은 대답에 더 질문하기가 어려웠다.

*"스게일은 괜찮아요?"* 나는 테른이 앞다리를 타고 올라가면서 물었다.

*"스게일은 다치지 않았다."* 좌절감과 분노가 끓어오르더니 우리 사이의 연결이 데일 듯 뜨거워졌고, 나는 내 감정에 대한 통제력을 잃지 않으려고 얼른 테른을 차단했다.


30분 후, 나는 계곡까지 날아가서 앤다나가 날개를 펼치고 30까지 셀 만큼 발전했다고 자랑하는 모습에 열렬히 박수를 쳐준 다음에, 혼란스러운 라이오슨 저택 복도에 들어서서 곧장 주방으로 향했다.

필요한 물건을 한 접시 챙겨서 나선계단을 오르는데, 2층 계단참에서 개릭과 보디, 히튼이 잡담을 나누고 있었다. 재투성이가 된 개릭의 얼굴에 떠오른 표정은 제이든의 불길하도록 무거운 분위기와 잘 맞아떨어졌고, 히튼이 고개를 돌리는 모습을 보고는 접시를 떨어뜨릴 뻔했다.

히튼의 얼굴 오른쪽이 온통 멍투성이였고, 오른팔은 팔꿈치 아래를 부목으로 고정한 상태였다.

"어떻게 된 거야?"

개릭과 보디가 시선을 주고받는 모습을 보자 속이 철렁했다. 제이든이 살아 있고, 우리 침실이 아니라 네 개 층 위에 있음을 알면서도 그랬다.

"놈들이 페이비스를 차지했어." 히튼이 주위를 경계하며 조용히 말했다.

나는 눈을 깜박였다. 그럴 리가 없었다. "그 마을은 드레이터스에서 동쪽으로 한 시간만 날아가면 있잖아."

히튼이 천천히 고개를 끄덕였다. "놈들 일곱과 와이번 한 무리를 잡았어. 마을은 우리가 도착하기도 전에 격파당했어. 너희 언니가, 아… 미라는 멀쩡해. 다리가 부러진 에머리를 힐러들에게 데려갔을 뿐이야. 아무튼 너희 언니가 철수 명령을 내렸지…." 히튼은 목소리가 갈라지더니 시선을 돌렸다.

"임무를 수행하던 나이라 볼더란이 쓰러진 후에." 개릭이 보충했다.

"나이라가?" 그녀는 작년에 제1비행단장이었던 선배고, 거의 무적이나 다름없었는데.

"그래. 나이라는 무기고 근처에 피신해 있던 민간인을 지키러 들어갔다가…." 개릭의 턱에 힘이 들어갔다. "그리고 나이라와 말라는 흔적도 남지 않았어. 솔레일과 퓨일 때와 똑같아. 완전히 빨아먹힌 거야. 내일 전투 브리핑 시간에 모두에게 소식을 알려줄 테지만, 위에서 재편성을 하기 위해 모든 장교를 아레티아로 불러들였어."

"비행단 구조를 바꾸려는 것 같아." 히튼이 덧붙였다.

"그래야지." 개릭이 동의했다. "경험이 적은 라이더들을 전선 뒤쪽에 남겨뒀다가 전선이 이렇게 유동적으로 바뀌면 도움이 안 돼."

"코딘도 놈들이 점령했어?"

개릭은 고개를 저었다. "코딘과 그 주위 몇백 킬로미터는 그냥 건너뛰었어. 놈들은 페이비스만 노렸어."

"좋은 발판이지…." 보디는 제1비행단 소속 플라이어 세 명이 지나가자 목소리를 낮췄다. "드레이터스 공격에 말이야. 그래야 해."

놈들은 우리에게 오고 있었다.

# 51

우리의 가장 뛰어난 전략가 다수는 다가오는 전환점을 추정해보려고 했다. 우리가 아직 싸우고는 있지만 전쟁의 결과는 이미 결정되었을지도 모르는, 그 결정적인 순간을 말이다. 상당수는 그때가 향후 10년 이내에 온다고 믿는다. 나는 그보다도 훨씬 빨리 도래한다고 본다.

_ 레라 도렐 대위, 《베닌 격파 안내서》(클리프스베인 아카데미 소유)

우리는 복도에 사람이 너무 많아지자 갈라졌고, 나는 5층에 올라와서 열려있는 리의 방문 앞을 지나치며 리와 타라에게 고개를 끄덕였다. 두 사람의 함박웃음을 보니 아직 소식을 모르는 게 분명했다. 나는 그들이 몇 분이라도 더 축복받은 무지의 행복을 누리게 두고 긴 복도를 걸어서 뒤로 통하는 계단으로 향했다.

뒤쪽 계단은 어두웠지만 연철로 만든 가파른 나선계단을 올라가자 중간중간 마법 불빛이 들어왔다. 단순 마법으로 문을 열고, 꼭대기 지붕선을 따라 이어지는 좁은 복도로 나가서 등 뒤로 문을 닫았다.

제이든은 100미터쯤 떨어진 작은 방어용 망루 가장자리에 앉아 있었고, 주위로는 사그라드는 오후 햇빛이 드리우는 그림자뿐이었다. 우리 사이의 연결을 통해서 포화 상태에 이른 내면의 혼란을 느끼지 못했다면 그가 그저 풍경을 보러 왔다고 생각했을 것이다. 굉장한 통제력이었다.

나는 지붕선에 조심조심 걸음을 내디뎠다. 바람이 손에 들린 접시를 빼앗아가거나 균형을 흐트러뜨리면 곤란해질 테니.

"나하고 이야기하겠다고 목숨 거는 짓에 대해 뭐라고 했지?" 제이든은 아래 펼쳐진 마을을 보면서 물었다.

"이 정도 가지고 목숨을 걸었다고 할 순 없지." 나는 접시를 벽 위에 놓고, 기어올라서 제이든 옆에 앉았다. "하지만 이제 당신이 왜 그렇게 난간다리를 잘 걷는지 이해가 가긴 해."

"어렸을 때부터 훈련한 셈이니까." 그는 내 말에 인정했다. "내가 이 위에 있는 건 어떻게 알았어?"

"우리의 연결을 통해 추적할 수 있었던 것 말고? 당신이 편지에서 말했잖아. 이 위에서 아버지가 돌아오길 기다렸다고." 나는 접시를 집어서 제이든 앞에 내밀었다. "초콜릿 케이크로 상황이 해결되진 않겠지만 자기변호 차원에서 말해두자면, 이건 그냥 당신이 형편없는 하루를 보냈다고 생각했을 때 준비한 거야. 정말로 무슨 일이 일어났는지 알기 전에."

그는 케이크 조각을 보더니, 몸을 기울여 나와 입술을 스친 뒤 접시를 들었다. "난 사람들의 보살핌에 익숙하지 않아. 고마워."

"익숙해지도록 해." 벽에서 올라오는 한기가 가죽옷을 뚫고 스며들었고, 나는 서쪽에서 짙은 회색 구름들이 다가오는 것을 알아차렸다. "산길에는 이미 눈이 내리더라. 오늘 밤에는 18센티미터쯤 될 거야."

"네가 착하게 굴면 더 될지도 모르지." 그는 포크로 케이크를 자르면서 입꼬리를 씰룩였다.

"지금 그런 농담을 한다고?" 나는 두 손을 벽 위에 두고 버텼다.

"날씨 이야기를 하고 있었잖아." 그는 케이크를 한 입 먹더니, 다시 잘라서 나에게 포크를 내밀었다.

"난 배려심으로 당신이 오늘 일에 대해 말하지 않는다는 선택지를 주고 있었거든. 차라리 데인과의 번역 작업이 어떻게 되어가는지 얘기하는 게 나을까?" 나는 케이크를 받아먹고 포크를 돌려줬다. 젠장, 제이든이 이 케이크를 사랑하는 건 당연했다. 바스지아스에서 먹은 어떤 케이크보다 맛있었다.

"배려를 그만두고 묻는 게 좋겠어." 그가 시선을 마주쳤다.

나는 그게 오늘의 상실에 대해서만 하는 말이 아니라는 느낌에 침을 꿀꺽 삼켰다. "당신도 거기 있었어?"

"응." 제이든이 접시를 무릎에 내려놓자 포크가 부딪치는 소리가 났다.

"테른은 말하지 않았어."

"스게일이 차단했었나 봐." 그는 고개를 옆으로 기울였다. "확실히 지금은 우리 둘 다 차단되어 있어. 그렇다는 건….."

"둘이 싸운다는 뜻이네." 내 차단벽 너머에 단단한 벽이 하나 더 있었다.

"개릭과 나는 에머리가 호출하자마자 드레이터스에서 날아갔지만, 우리가 도착했을 때쯤에는….." 그는 고개를 저었다. "레손을 떠올리되 열 배로 키워 봐. 민간인 숫자가 열 배였어."

"아." 뱃속에 들어간 케이크가 잿더미로 변하며 우리는 침묵에 잠겼다. 한참이 지나고 나서야 그의 눈을 다시 보고 물어볼 수 있었다. "여기 올라와서 무슨 생각을 하고 있는데?"

"우린 열세야." 그는 내게서 시선을 돌리고 턱에 힘을 줬다. "열세인 데다가 너무 얇게 퍼져 있어서 놈들에게는 성가신 수준밖에 안 돼. 우린 빠르게 연락을 주고받지 못해. 효율적이지도 않고, 드래곤을 셋씩 내보내서는 진짜 방벽이 되지도 못해." 그의 시선이 동쪽으로 움직였다. "놈들은 원한다면 언제든 남은 포로미엘을 점령하고 우리도 무너뜨릴 수 있는데, 왜 그러지 않는지 짐작도 가지 않아. 우린 졸라에 얼마나 많은 베닌이 모이고 있는지, 그 많은 와이번이 어디에서 태어나는지도 몰라. 전선을 유지하는 것 말고는 다른 계획도 없는데, 사실상 전선도 유지되고 있지 않아."

"우린 준비가 안 된 상태였어." 나는 빠르게 성장하고 있는 마을을 내려다보았다. 새로운 지붕 수십 개가 건설 중이고, 헤아릴 수 없이 많은 굴뚝이 연기를 피워 올렸다.

"어차피 준비는 영영 안될 거야." 그는 포크로 케이크를 찍으면서 반박했다. "그러니까 이것까지 네 잘못에 추가하지 마. 대장간이 돌아갈 때까지 기다렸다 해도, 합금에 마력을 채우고 단검에 새길 룬을 담금질하기 충분한 수의 라이더를 얻은 후였다 해도…." 그는 한숨을 내쉬며 어깨를 늘어뜨렸다. "다른 사람 앞에서는 절대 이런 말을 하지 않겠지만, 우린 50년이 늦었어."

다음에 들이마시는 숨은 무겁고, 갈비뼈가 조여서 불편했다.

"그러면 어떻게 하지?" 뻔한 답, 그러니까 보호막을 올릴 희망이 있을 때를 대비해서 데인과 내가 더 빨리 번역해야 한다는 것 말고. 우리는 내가 번역했던 내용 중 하나가 틀렸다는 사실을 알아냈다. 비는 비가 아니라 '불길'이었다. 물론 그래봐야 전혀 도움은 되지 않았다.

"우리가 어떻게 할지는 내가 결정할 게 아니야. 전략가는 너희 오빠고, 군을 지휘하는 건 수리와 율리시스야." 그는 케이크를 한 입 밀어 넣었다.

"당신 도시잖아." 정확히는 그의 땅이었다.

"아이러니는 말이지." 그는 다시 나에게 케이크 한 입을 먹였고, 이번 케이크는 달콤함을 잃고 모래처럼 목을 넘어갔다. "너희 언니가 나보고 전장에서 물러나라고 명령했다는 거야."

나는 눈썹을 올렸다.

그는 빈정거림이 묻어나는 날카로운 웃음을 터뜨렸다. "나한테 명령했다니까. 내가 베닌 하나를 죽이고 단검을 뽑고 있을 때 두 번째 베닌이 스게일 바로 뒤에서 채널링을 한 거야. 스게일이 1초만 늦게 이륙했어도 이 케이크는 버려졌을 거야." 그가 포크를 내려놓았다.

심장이 불규칙하게 뛰려고 했다. 제이든에게는 상처 하나도 없지만, 나는 알지도 못하는 사이에 그를 잃을 뻔했다. 그가 다시는 집에 오지 못할 수도 있었다. 그런 생각을 하니 말이 나오질 않았다.

"스게일이 발톱으로 나를 잡아채서 날아올랐는데, 미라가 그 상황을 보고 패전을 선언했어. 나이라가 죽었기 때문도 아니고, 풋윙 부대에서 온 플라이어 셋 때문도 아니고, 드래곤이 다섯밖에 남지 않아서도 아니었어." 그는 고개를 저었다. "내가 있었고, 너를 위험에 빠뜨릴 수 없기 때문에 후퇴한 거야."

"언니가 그렇게 말했어?" 첫 눈송이가 내려앉았다.

"말할 필요도 없지. 너무나 분명하니까."

"그렇다면 모르는 거…."

"난 알아." 그는 반박하며 바로 눈을 감았다. "알아. 그리고 그 모든 민간인이 달아나고 죽는 모습을 보면서 느낀 분노와 공포 속에서도 미라가 나를 대하는 방식이 탈곡 이후에 모든 낙인자가 너를 대한 방식과 똑같다는 걸 깨달았지. 너를 내 약한 연장선처럼 대하는 것 말이야."

"아무도 당신이 약하다고 착각하진 않을걸." 나는 그의 손을 잡고 손가락을 얽었다. "하지만 맞아."

그는 나와 눈을 마주치더니 내 손을 꽉 잡았다. "미안해."

"고마워. 하지만 짜증스럽긴 해도 이해는 가. 우린 하나로 묶여 있어." 나는 어깨를 으쓱였다.

그는 나에게 조용히, 빠르면서도 격렬하게 키스했다. "남은 평생 말이지."


일주일이 지났을 무렵에는, 대부분의 생도가 밤을 보낼 침대를 찾았을 시간을 훌쩍 넘기도록 도서관 테이블에 몸을 웅크리고 있는 데인과 나를 보아도 눈썹 하나 까딱하는 사람이 없었다. 우리는 여전히 정오에도 만났고, 제이든은 가능할 때마다 보호석을 충전했다. 그리고 펠릭스가 나에게 훈련시킨 번개 가닥도 알고 보니 마력을 충전할 수 있었다.

일주일이 또 지났을 무렵에는 자포자기가 나를 파고들었다. 우리는 거의 일기장 전체를 번역했는데, 보호막을 올리는 대목은 실패했던 첫 해석과 많이 다르지 않았다. 워릭이 강력한 여섯 라이더의 피를 하나의 보호석에 사용하면 다른 보호석에 또 사용할 수 없다고 주장한 건 확실히 이해했다.

"우리가 정말로 이해해야 하는 그 부분에 비하면 나머지 일기에서는 워릭이 훨씬 편하게 말한다는 거 눈치 챘어?" 옆에 앉은 데인이 눈을 비비면서 의자에 등을 기댔다. "마치 무덤에서 일부러 우리를 엿 먹이는 것 같아."

"맞아." 이제 번역할 항목은 넷밖에 남지 않았다. 말렉의 이름으로, 거기에도 답이 없다면 우린 어떻게 해야 하지? "코덱스 저술에 충고를 던지는 데도 거리낌이 없고…."

"여섯 명의 관계가 어떤 난장판에 빠지든 자세히 서술하면서 말이지." 데인은 고개를 끄덕이면서 커다랗게 하품했다.

"내 말이." 나는 데인을 쳐다보았다. "넌 자러 가야겠다."

"너도 마찬가지야." 그는 가까운 곳에 있는 시계를 보았다. "자정이 다 됐어. 라이오슨이 궁금해할 텐데…."

"지금 없어." 나는 고개를 저으며 자기연민이 담긴 한숨을 내쉬었다. "제이든의 대대는 이번 주에 드레이터스를 지켜보고 있어. 그리고 넌 정말로 자야 해. 나도 몇 분만 더 있다가 갈게."

데인이 이마를 찌푸렸다.

"가." 나는 안심하라고 미소 지으며 재촉했다. "내일 보자."

그는 한숨을 쉬면서도 고개를 끄덕이고는 의자에서 일어서서 머리 위로 두 팔을 쭉 뻗었다. "이건 내가 말했다고 하지 마." 그가 팔을 내리면서 말했다. "라이오슨이 라이더들이 온전히 활약할 수 있게 능력에 따라 전투대대를 재구성하고 싶어 한다는데, 아주 훌륭한 생각 같아."

"제이든에게는 절대로 말하지 않을게." 나는 입꼬리를 올리면서 약속했다.

데인은 테이블에 놓아둔 가방을 챙겼다. "내일 보자."

고개를 끄덕이자 그가 걸어 나갔다.

내가 일기의 다음 항목을 들여다보며 초벌 번역을 하는 동안 도서관은 마음이 편할 정도로 조용했다. "공기가 차가워진 나머지…." 나는 번역문을 큰소리로 읊었다. "아침에 내 피가 보일 정도였다."

나는 눈을 껌벅이다가 '피'에 해당하는 기호를 노려보았다. 어떤 가능성을 떠올리자 머리가 빙빙 돌았고, 좀 더 확실히 하기 위해 일기장 앞을 다시 훑었다. '피'라고 번역했던 모든 기호를… '숨결'로 바꾸면 내용에 더 잘 들어맞았다. 또 한 번 틀린 단어를 찾아냈다. 생명의 피가 아니라 생명의 숨결이었고, 보호석을 철의 불길 속에 태운다는 건….

나는 일기장을 닫고 등받이에 몸을 기댔다. 그 여섯은 라이더가 아니었어.

"드래곤이야." 나는 빈 도서관에서 큰 소리로 말했다.

데인. 데인에게 말해야…. 아니야. 데인은 윤리를 고려하지 않고 규칙에 따라서 행동할 거야. 언제나 옳은 일을 한다고 믿을 수 있는 사람은 하나뿐이야.

나는 얼른 가방에 물건을 쑤셔 넣고 도서관을 뛰쳐나가서 4층 계단을 올라갔다. 그리고 쿵쾅대는 심장으로 리애넌의 방문을 두드렸다.

"어이." 리애넌이 문을 열면서 활짝 웃다가 내가 마주 웃지 않자 얼굴을 흐렸다. 그녀는 두말 하지 않고 뒤로 물러서면서 들어오라고 손짓했다.

나는 방 안을 서성이며 간소한 내부를 흘긋 보았다. 수수한 책상 두 개, 문이 달리지 않은 옷장 두 개, 그리고 단순한 검은색 시트를 덮은 침대 두 개는 누가 봐도 1인용인 공간에 어울리지 않았다. 플라이어들이 온 탓이었다. 하나 있는 창문으로 아침 햇살이 흘러들어왔고, 곧 조회 시간이었다.

"저 침대가 네 거야." 리는 오른쪽 침대를 가리키며 말했다. "혹시나 라이오슨과 따로 밤을 보내고 싶을 때에 대비해서."

나는 입술을 깨물고 정확하게 할 말을 찾으면서 리애넌의 방 안을 서성였다. "너에게 해야 할 말이 있어."

"알았어."

나는 방 한가운데에 멈춰 서서 리애넌을 돌아보았다. "보호막을 올리는 방법을 알아냈어. 그런데 보호막을 올려야 할지 잘 모르겠어."

# 52

**여섯 생명의 숨결과 하나를 합쳐서 철의 불길 속에 그 돌을 태우라.**

— 루세라스의 워릭이 남긴 일기장(바이올렛 소른게일과 데인 에이토스 생도 번역)

다음 날, 리애넌은 여동생네 식탁 맞은편으로 따뜻한 애플사이다가 담긴 머그를 건네주고는 리독과 슬론 사이의 빈자리에 앉았다. 그 집에서는 라이오슨 저택의 병영 대부분과 같은 냄새가 풍겼다. 새로 자른 나무와 희미한 염색 냄새. 목수들이 쉴 새 없이 실용적인 가구들을 뽑아낸 덕이었다.

어둠의 세력이 높은 고도에서 와이번을 시험해보기로 결정한다면 이 모든 것이 불타버릴 수 있다고 믿고 싶지 않다. 네 시간. 놈들이 드레이터스에서 여기까지 오는 데 고작 네 시간밖에 걸리지 않는다.

"고마워." 나는 머그를 들고 마음을 달래주는 향기를 즐긴 후에 마셨다. 식당과 연결된 거실 화롯가 근처에서 소여가 제시니아와 함께 앉아 있는 모습을 보자 미소가 지어졌다. 소여가 집중한 얼굴로 손짓하는 모습은….

아이고, 소여가 방금 제시니아에게 '네 거북이는 파랗다고 생각해'라고 한 것 같은데. 하지만 끼어들진 말아야지.

리의 요청에 따라 레이건이 우리 대대에게 집을 개방한 건 이번 주만 두 번째였고, 제시니아가 합류한 건 처음이었다. 리의 아이디어는 천재적이었다. 열여덟 명의 대대 전원이 라이오슨 저택의 학구적인 분위기에서 벗어난다고 해서 라이더와 플라이어 사이의 긴장이 해소되지는 않았지만, 그래도 올바른 방향으로 내딛은 한 걸음이었다.

나에게서 최대한 멀리 떨어져서 거실 구석에 앉은 캣조차도 빈정대지 않고 네브, 퀸과 대화하고 있었다. 캣은 여전히 2대대 소속이 된 것을 싫어했지만, 그래도 나만 빼고 다른 모두에게는 정중하게 굴었다.

11월에 들어선 지난 몇 주 동안, 그리고 12월 첫 주가 되도록 우리는 플라이어들과 대형을 조정하고, 같은 학년끼리 수업에 참석하는 일상에 익숙해졌다. 어제는 처음으로 아무도 피를 흘리지 않고 대련을 마치기도 했다. 리애넌이 지난주에 규칙을 세우면서 우리는 매일 아침 달리기를 하고, 전투 브리핑과 식사 시간에 같이 앉았다. 심지어 리애넌은 가깝게 지내다보면 서로를 이해하게 되거나 적어도 견딜 수 있게 되리라는 희망을 품고 공부할 짝까지 배정했다. 내 짝이 메런이라 어찌나 고마운지 모르지만, 나를 위해 리가 캣을 떠맡은 것에 대해서는 여전히 기분이 좋지 않았다.

"혹시 옛 루세라스어를 할 줄 알아?" 나는 테이블 끝에 있는 아릭에게 물었다. 아릭이 받은 개인교습은 나에 버금갔다. 아무래도 내 경우는 마컴이 스승이었으니까. 규칙만 따르는 데인 말고 또 다른 누군가가 네 번째로 번역문을 확인해줄 수 있다면 기분이 나아질 것 같았지만, 이번에는 진짜라고 생각하긴 했다. 그렇지 않다면야 왜 우리가 여기에 있겠는가?

"전혀 못 하지." 아릭은 고개를 저으며 이마를 찌푸린 채 새로운 잉크펜에 집중했다. 1학년들은 전원 채널링을 하고 있었고, 고유 능력을 발현하지는 못했지만 누가 제일 먼저 펜을 작동시키는 단순 마법을 숙달하는지를 두고 내기를 하고 있었다. 보나마나 루엘라를 잃고 혼자 남은 1학년 플라이어인 카이가 모두를 앞설 것이다.

문제의 카이는 지금 소파에서 1학년 두 명 사이에 앉아, 삐죽삐죽한 검은 머리를 맹렬히 끄덕이고 청동빛 뺨에 보조개를 만들면서 브레이건이 하는 이야기에 웃고 있었다. 브레이건은 그리폰 부대장이자 우리의 새로운 작전장교였는데, 메런을 빼면 가장 어울리기 편한 플라이어였다. 또한 그는 캣에게 갈망하는 눈빛을 던질 때가 많았다.

"아릭이 왜 루세라스어를 하겠어?" 물리학 숙제를 하던 비시아가 테이블 반대쪽 끝에서 고개를 들고 물었다. "아릭, 너 칼디르 출신 아니야?"

젠장, 좀 더 조심해야 했는데.

"맞아." 나를 보는 아릭의 얼굴은 완벽하게 반짝이는 가면 같았다. "링크스와 날 헷갈렸나봐. 링크스가 루세라스 출신이야."

"아, 물론이지." 나는 아릭의 재치에 감사하며 고개를 끄덕였다.

"언젠가는 너도 1학년들을 제대로 알아야 할 거야. 이젠 쟤들도 사람이거든." 리독이 굳은 미소를 지으며 놀렸다. 리독은 우리가 지금부터 하려는 일에 찬성했지만, 플라이어들의 반응에 대해 걱정하고 있었다. 그럴 만도 했다.

"바이올렛을 탓할 수도 없지." 이모젠이 주방에서 머그를 들고 오면서 말했다. 메런이 바싹 따라오고 있었다. "6주 만에 대대에 1학년 여섯 명과 플라이어 여섯 명이 더해졌잖아."

"우린 7월부터 같은 대대 소속이었어." 비시아가 항의했다.

"탈곡 이전은 셈에 안 들어가." 이모젠이 방 저편을 보면서 어깨를 으쓱였다. "난 캣에게서 퀸을 구하러 가야겠다."

"내 동생 집에 피 흘리지 마." 리애넌이 진심 어린 눈빛으로 이모젠을 쏘아보았다.

"네, 엄마." 이모젠은 경례하는 시늉을 하더니 퀸에게 다가갔다.

메런은 내 옆에 앉았고, 리애넌은 나를 보고 눈썹을 들어 올리며 무언의 질문을 던졌다. 목이 조이는 느낌이었다. 이제 시작이다. 애초에 오늘 밤의 모임을 계획한 이유가 이것 때문인데, 왜 갑자기 불안해지지?

그건 내 결정을 제이든과 의논하지 않았기 때문이었다. 제이든과 브레넌이

228

전투대대를 재조직하기로 결정한 이후부터 제이든은 일주일에 하루 이상 여기 머물지 않았지만 말이다.

"*넌 옳은 일을 하고 있어.*" 앤다나가 말했다.

"*고결한 행동이지.*" 테른이 끼어들었다.

"말해." 나는 두 손으로 잔을 감싸 쥐며 리애넌에게 말했다.

"다들 들어 봐!" 리가 일어서면서 큰 소리로 모두를 조용하게 만들고, 생도를 하나하나 보았다. "라이더에게 대대는, 군사적인 단위를 넘어서 가족이야. 살아남기 위해서 우리는 전장에서나… 전장 밖에서나 서로를 믿어야 해. 그러니 지금 이 정보를 가지고 어떻게 할지도 너희를 믿고 알리려고 해." 리애넌이 나를 보았다.

우리가 지금부터 하려는 일은 반역의 경계선에 있지만, 나로서는 다른 방법을 생각할 수가 없었다.

나는 심호흡으로 마음을 가라앉혔다. "난 그동안 워릭의 일기장을 번역했어. 바스지아스의 보호막을 세운 최초의 여섯 중 한 사람이지." 나는 혹시 플라이어들이 우리의 역사를 잘 모를까 봐 보충 설명했다. "다가오는 와이번들이 우리를 다음 목표물로 삼기 전에 아레티아에 보호막을 칠 수도 있다는 희망 때문이었어…. 그리고 방법을 알아낸 것 같아. 하지만 그래서 너희에게 이야기하고 싶었어. 보호막을 올린다면, 플라이어들은 마력을 쓰지 못하게 될 테니까."

플라이어들은 깜짝 놀라서 나를 쳐다보았다. 캣마저도 두려움에 가까운 감정으로 눈을 크게 떴다.

"우린 지난 2주 동안 포로미엘의 마을 두 개가 더 함락됐다는 걸 알고 있고, 드레이터스는 취약해진 상황이며, 의회는 당장 보호막을 올려서 작동시키고 싶어 해." 리애넌이 말을 이었다. "이것도 너희가 알 자격이 있다고 생각해."

"뭘 알라고?" 캣이 단단한 나무 바닥에 의자 끄는 소리를 내면서 일어섰다. "너희가 우리의 채널링 능력을 죽여버릴 거라는 것? 우리의 그리폰은 아직도 높은 고도에 적응하려고 애쓰고 있는데, 이젠 우릴 힘없는 존재로 만들겠다고?"

"우리는 너희가 여기 오기 한참 전부터 보호막을 세우려고 했어." 이모젠이 벽에서 몸을 떼고 가볍게 허리에, 정확히는 제일 좋아하는 단검 근처에 손을 얹으며 캣 쪽을 보았다. 그러자 퀸이 옆걸음으로 캣의 측면에 붙었다.

"하지만 지금은 우리가 여기 있잖아." 캣이 쏘아붙였다. "삼촌도 너희가 우리의 뒤통수를 칠 줄 알았다면 이런 거래는 하지 않았을 거야!"

"진정해, 캣." 브레이건은 목소리를 높이지 않았지만, 일어서서 왼팔로 캣이 우리에게 달려들지 못하게 막으면서 갈색 눈동자를 날카롭게 빛냈다. "보호막이 올라갈 때까지 얼마나 걸리지?" 그는 나에게 물었다.

"내가 의회에 새로 알아낸 내용을 말하자마자." 오늘 아침에는 보호석이 뚜렷이 진동하기 시작했는데, 그 방이 잔잔하게 떨리는 모습을 보면 제이든이 합금 단검을 넣어두는 사마라의 무기고에 대해서 했던 설명이 생각났다.

"그래서 언제 말할 건데?" 캣이 외쳤다.

"너희가 여기 있지 않았다면 진작에 말했겠지." 나는 캣과 똑같은 말투로 쏘아붙였다. 의회 대다수는 이런 짓을 한 나를 반역자라고 볼 테고, 그 생각이 맞을지도 모른다. "하지만 너희가 여기 있어. 너희는 중요해."

옆에 앉은 메런의 움직임에 나는 단검에 손을 뻗지 않았지만, 리독은 주저 없이 팔을 접어서 어깨에 있는 칼집에 손댈 수 있는 자세를 취했다.

"그러면 우리에게 얼마나 시간을 줄 거지?" 브레이건은 턱을 기울여서 목을 따라 옷깃 속으로 사라지는 수직의 은빛 흉터를 드러내며 물었다.

모두가 내 쪽을 쳐다보았다.

"난 제이든에게 거짓말하지 않을 거야. 제이든이 오는 즉시 말할 거야." 내가 인정하자 플라이어 여러 명이 욕을 했다. "하지만 또 최대한 그 순간을 미루고, 너희에게 채널링을 할 수 없게 된다해도 이곳에 남을지 결정할 기회를 줘야 한다고도 말할 거야."

"정말로 제이든이 네 말을 들을 거라고 생각해?" 캣이 주먹을 움켜쥐었다.

'좋은 결정, 나쁜 결정, 용서할 수 없는 결정이었지.' 제이든은 혁명의 이익보다도 내 안전을 위에 두면서 그렇게 말했다. 그리고 제이든은 내가 여기 있고 그는 아니라는 사실 때문에 보호막을 올리고 싶어 할지도 모르지만, 또한 생각해야 할 영지가 있기도 했다.

"아니." 나는 천천히 고개를 저었다. "난 제이든이 티렌더에 최선인 방향으로 행동할 거라고 생각해." 그의 공식에서 나를 빼고 말하자. "그리고 최대한 빨리 보호막을 올리고 싶어 할 거라고 봐. 그래도 시도는 해봐야지."

"채널링을 할 수 없다면 우린 국민들에게 아무 쓸모가 없어." 메런이 아릭 너머로 창문을 보면서 손가락으로 테이블을 두드렸다.

"그래. 너희가 죽어도 쓸모없긴 마찬가지지." 이모젠이 캣을 주시하면서 맞받아쳤다. "그리고 보호막을 당장 올리지 않음으로써 우린 아레티아 전체를, 드래곤과 그리폰 할 것 없이 전부를, 아니 나바르의 보호막 바깥에 있는 티렌더 전체를 불필요한 위험에 노출시키고 있어. 그러니까 너희는 언제든 보호막이 올라갈 수 있다는 걸 알면서도 여기 남을지, 아니면 코딘으로 피신할지 결정하는 게 좋을 거야. 거기라면 마력도 있고 베닌도 있겠지."

그런 선택지가 부럽지는 않지만, 그래도 우린 선택지를 줬다.

"그리고 너희가 남는다면 무력한 상태로 두지는 않을 거야." 테이블 아래로 손을 뻗은 나는 검은색 가죽 배낭을 테이블 위에 올려놓고 위쪽을 열었다. "우리가 마력을 충전할 수 있는 게 합금만이 아니더라고." 나는 어제 펠릭스를 믿고 진실을 털어놓은 후에 받은 도관 여섯 개를 꺼냈다. 각각 내가 몇 주 동안 마력을 불어넣은 금속과 비슷한 화살촉이 담겨 있었다.

"그 안에 든 건 뭐야?" 브레이건이 미간에 주름을 잡으면서 물었다.

"우리가 합금을 만들 때 쓰지 않는 광물인데, 텔라듐만큼 희귀하진 않지만 열 배는 더 쉽게 폭발해. 마력을 충전하지 않은 상태로도 하늘 높이 폭발하는 모습을 본 적이 있어." 내가 시선을 던지자 슬론이 천천히 미소 지으며 대답했다.

"메오사이트."

나는 다시 햇볕에 탄 들판 위에 매달려 있고, '세이지'가 나를 움켜잡은 보이지 않는 손을 놓으면 죽음의 파도가 엄습하기 직전이다. 그리고 세이지는 손을 놓을 것이다. 매번 그렇게 하니까. 지금 벌어지는 시나리오가 되풀이되는 악몽이라는 것은 알지만, 그래도 여전히 나는 무력하게 붙잡혀 있고, 여전히 테른에게 도착하기에는 너무 느리며, 억지로 잠에서 깨어날 수도 없다.

"점점 싫증이 나는구나. 이제 힘을 발휘해라." 세이지가 속삭인다. 오늘 밤 그의 로브는 자주색이다. "내 손을 풀어봐라. 네가 무역기지 위에서 우리 군세를 죽이는 데 썼던 힘을 보여 봐. 네가 지켜볼 가치가 있고, 회수할 가치가 있는 무기라는 내 판단이 옳다는 걸 증명해라."

그의 손이 내 손 위를 맴돌지만 건드리지는 않는다. "그동안 지켜본 자는 네가 결코 굴복하지 않을 거라고, 네가 능력을 온전히 발휘하기 전에 죽여야 한다고 생각한다."

앙상한 손이 위쪽으로 올라오다가 내 목 앞에서 멈추자 속이 뒤집히고, 구역질 때문에 입에 침이 고인다.

"보통은 질투심이 젊은 능력자의 마음을 흔들지."

그는 로브 아래 황갈색 팔을 드러내어 긴 손톱 하나로 내 목을 쓸어내리고, 나는 두려움 때문에 빨라지는 심장박동과 함께 경련한다.

억지로 입을 열어보지만 아무 소리도 나오지 않는다.

놈이 날 건드리는 부분은 새롭다. 놈이 날 건드리자 소름이 끼친다.

"나머지는 힘을 위해 돌아서고." 그는 입김의 단내를 희미하게 맡을 수 있을 만큼 가까이 다가오며 속삭인다. "하지만 너는 훨씬 더 위험한 것, 훨씬 더 부질없는 것 때문에 돌아설 것이다." 그는 내 목에 느슨하게 손을 감는다.

나는 겨우 고개를 흔들어 부정한다.

"그럴 것이다." 그는 속눈썹이 없는 검은 눈을 가늘게 뜨더니, 톱니 같은 손톱으로 내 피부를 긋는다. 진짜 같은 통증이 찾아온다. "때가 오면 네가 직접 보호막을 무너뜨릴 것이다."

기온이 뚝 떨어지고, 차가운 공기 속에서 그다음에 뱉은 입김이 눈에 보인다. 눈을 깜박이자 눈이 바닥을 뒤덮고 있다. 따뜻한 것이라고는 내 목을 따라 흘러내리면서 빠르게 식어가는 피뿐이다.

"그리고 네가 그런 일을 하는 건 힘처럼 진부한 것을 위해서도, 탐욕처럼 만족하기 쉬운 것 때문도 아닐 게다." 그는 가만가만 장담한다. "인간의 감정 중에서도 가장 비논리적인 것, 사랑을 위해서일 게다. 아니면 너는 죽겠지." 그는 어깨를 으쓱인다. "너희 둘 다 죽을 거야."

놈이 손목을 털자 귀에 거슬리는 날카로운 소리와 함께 나는 잠에서 깨어났다. 침대에 벌떡 일어나 앉아서 목을 더듬으며 숨을 몰아쉬었지만, 상처 자국도 아픔도 없었다. 단순 마법으로 마법 불빛을 켜서 손을 뒤집어 보아도 피 한 방울 없었다.

"없는 게 당연하지." 소리 내어 속삭이자 침실의 정적이 깨졌다. 첫 햇살이 창문 너머 하늘을 자주빛으로 밝히고 있었다. "빌어먹을 악몽에 불과해."

제이든이 옆에서 자고 있다. 여기에서 날 건드릴 수 있는 건 아무것도 없다.

"*혼잣말 좀 그만해라.*" 테른이 나 때문에 깬 것처럼 투덜거렸다. "*우리 둘 다 불안정해 보이잖느냐.*"

"*제 꿈이 보여요?*"

"*네 잠재의식이 벌이는 술책을 감시할 만큼 한가하지 않다. 새끼 드래곤처럼 괴롭힘을 허용하지 말고 어른처럼 알아서 깨거라.*" 그는 내가 인간의 꿈은 그렇게 작동하진 않는다고 말하기도 전에 대화를 끊었고, 우리 사이의 유대가 약해졌다. 테른이 다시 잠들었다는 뜻이었다.

그래서 나는 다시 누워서 제이든에게 몸을 말았고, 그는 반사적으로 내 등을 안고 나를 더 가까이 끌어당겼다. 마치 앞으로 50년은 이렇게 잘 것처럼 자연스러웠다. 나는 그의 가슴에 머리를 기대고 그 온기에 적응했다. 테른과 앤다나의 날갯짓 소리를 빼면 세상에서 제일 마음이 편해지는 리듬… 제이든의 심장 소리를 들으며 마음을 가라앉혔다.

6일 후, 사망자 명단에는 새로운 여섯 명의 이름이 올랐다. 12월의 눈 때문에 계곡 바깥의 비행은 비참해졌다. 바스지아스에서였다면 드래곤들이 불편하다는 이유로 훈련을 거부했을 테지만, 우리는 가능한 한 모든 비행 기회를 누려야 했다. 그래서 우리는 비행장에 나와서 드베라와 트리사가 체계화한 대대 훈련을 받기 위해 발톱전대와 꼬리전대를 마주 보고 서서 명령을 기다리는 중이었다.

"이 계곡 안은 어찌나 더운지, 불모지에 와 있는 줄 알겠어." 오른쪽에서 리독이 비행 재킷 단추를 풀면서 투덜거렸다. "이제 11시밖에 안됐는데."

내 목덜미에서도 비행 재킷 옷깃으로 땀이 흘러내렸으니 반박할 수가 없었다. 겨울용 비행 재킷은 베일이나… 이 계곡에 어울리는 옷이 아니었다.

"날아오르면 바로 어울리는 옷이 될 거야." 소여가 앞을 보면서 잠시 눈을 가늘게 떴다. 리애넌과 브레이건, 다른 대대장들이 드베라와 트리스와 만나는 중이었다.

"넌 괜찮아?" 나는 앞에 선 1학년들이 듣지 못하게 조용히 물었다.

"대대를 위해서잖아. 안 그래?" 소여는 입술을 꾹 물고 딱딱한 미소를 지었다. "저 녀석들이 우리가 언제든 마력을 빼앗을 수 있다는 걸 알면서도 남아서 견딜 수 있다면, 나도 부대대장 자리쯤은 잃어도 돼."

"나도 같이 가고 싶어." 앤다나가 그 말을 지난 15분 사이에만 열 번이나 했고, 나는 어깨 너머로 앤다나가 테른 옆에서 땅을 깊숙이 딛고 발톱에 힘을 주는 모습을 보았다. 오늘 아침에는 앤다나의 검은 비늘이 주위 풀밭을 반영하여 녹색으로 빛났다. 어쩌면 금빛이 남아 있어서 그럴지도 모르겠다. 불을 뿜게 되면 마지막 광채도 사라지겠지.

"우리를 얼마나 멀리까지 날게 할지 모르겠어." 나는 최대한 부드러운 목소리를 유지했다.

"네가 날 수 있는 거리보다는 멀 거다, 작은 아이야." 테른이 덧붙였다.

"어제는 한 시간 동안 날았다고." 앤다나가 반박했다. 이제 앤다나는 반박만 하고 살았다. 테른이 풀밭은 녹색이라고 말하면, 오직 풀밭 색깔을 바꾸기 위해 양의 배를 가를 정도였다.

내가 테른을 보고 양쪽 눈썹을 올리자 그는 콧김만 내뿜었다. 대체 그게 무슨 의미인지 모르겠다.

"드래곤이 둘이라서 문제가 생겼어?" 리독이 묻자, 캣이 건너편에서 내 쪽을 보았고 메런도 시선을 돌렸다. 우리는 4열 종대로 섰다.

"앤다나가 우리와 같이 날고 싶어 해."

"너랑 나는 거야." 앤다나는 실제 발톱만이 아니라 정신적인 발톱도 박아 넣으면서 우겼다. "그리고 이 문제는 네 인간 친구들과 논의할 게 아니야. 드래곤은 인간과 상의하지 않아."

"네가 엠피리언에 계약하게 해달라고 했을 때 그럴 권리가 없다고 반대할 걸 그랬다." 테른이 투덜거렸다.

"그렇다면 테른이 우리 굴의 수장이 아니라서 다행이네. 그치?"

"코다흐가 그러면 안 됐는데…."

"다른 청소년들은 오늘 뭐해?" 나는 테른의 말을 끊으며 앤다나의 마음을 다른 데로 돌리려고 물었다. 앤다나가 감당할 수 없는 고도까지 올라갔다가 날개가 꺾이는 사태는 정말이지 바라지 않았다. 맙소사, 그런 실수의 결과가 어떨지 생각할 수도 없었다.

"다른 청소년 드래곤들은 계약하지 않아서 날 이해 못해."

테른이 눈을 굴리는 모습이 눈앞에 보이는 것 같았다.

"전쟁놀이를 하려고 그동안 날개를 펴느라 한 고생을 위험에 빠뜨리겠다는 거야? 차라리 실제로…." 젠장. 그나저나 청소년 드래곤들은 종일 뭘 하지?

"노는 게 어때?"

"그래. 난 차라리 훈련 임무로 날개를 시험해보는 게 더 좋아."

리애넌과 브레이건이 토론에 몰두하면서 우리 쪽으로 돌아왔는데, 둘 다 손짓하는 모습을 보니 기동 동작을 표현하는 것 같았다. 리애넌의 얼굴에 스치는 미소에 신나는 기색이 실렸기에 나도 저절로 웃게 됐다. "리가 행복해 보이네."

"드디어 30분 이상 날게 해주려는 건지도 몰라… 비행 후에 드랄로 절벽을 오르게 하지 않고 말이야." 리독이 말했다. "난 비행 시간이 그립다고."

"그렇다면 좋겠다." 소여가 나를 보고 놀리는 듯한 미소를 지으며 맞장구쳤다. "우리 모두 코딘까지 날아가는 즐거움을 누리진 못했거든."

"이봐, 그 덕분에 루미너리를 얻었잖아." 나는 소여가 옆구리에 찬 칼집을 의미심장하게 보았다. 합금 손잡이 단검이 꽂혀 있었다. 한 명당 한 자루씩이라는 게 브레넌이 그리폰 부대에 보급할 때 의회와 맺은 약속이었고, 우리는 이제야 드디어 아레티아에 있는 모든 라이더에게 여러 자루를 줄 수 있을 만큼 단검을 만들어냈다.

"잘 들어라, 2대대." 리애넌이 우리를 훑어보며 말했다. "우리의 임무는 간단하다. 트리사가 그동안 우리에게 시킨 소환 룬 알지?" 1학년까지도 고개를 끄덕였다. 1학년은 룬을 엮지는 못할지라도 그게 뭔지는 알았다. 그것만 해도 작년의 우리보다는 한 발 앞선 셈이었다. "서쪽 능선을 따라 30킬로미터 이내에 소환 룬이 30개 감춰져 있다. 우리만을 위한 시험이 아니라, 우리의 드래곤들이 룬을 감지하는지 시험하기 위해서다."

"테른, 혹시…."

테른은 우르릉거리는 소리로 대답을 대신했다.

알아들었습니다.

"승자는 주말 휴가권을 받는다. 훈련도, 숙제도 없고, 제한도 없다." 리애넌이 쳐다보자 브레이건이 입술을 씰룩여 미소를 지었다.

"원하는 곳은 어디든 날아갈 수 있다는 허락을 받았다. 너희들의 그리폰이 편하게 절벽을 날 수 있다면 어디든 갈 수 있다는 뜻이다." 그는 캣을 보았다. "코딘이라 해도 갈 수 있다. 거기까지 가면 몇 시간 만에 다시 출발해야 할 테지만 말이지. 물론 이길 경우에 그렇다는 거다."

"아, 우리가 당연히 이기지." 메런이 캣에게 어깨를 부딪치면서 말했다. 리애넌이 나에게 그럴 때와 똑같았다.

"좋아. 휴가권을 받고 싶나? 우린 룬 문자가 그려진 상자를 저들보다 많이 찾아내서 닫아야 한다." 리애넌은 발톱전대와 꼬리전대 쪽을 고갯짓으로 가리켰다.

"*그들이 돌아온다.*" 테른이 말하는 순간 날갯짓 소리가 하늘을 채웠다.

스게일이 크라드와 다른 여덟 마리 드래곤과 함께 머리 위를 날아가는 모습을 보자 얼굴에 천천히 미소가 번졌다. 그러나 여덟 중에서 히튼, 에머리, 시애나와 계약한 드래곤을 제외한 나머지는 누군지 알아볼 수 없었다. 제이든이 열 마리의 드래곤 부대를 전부 데리고 집에 오다니.

"*새로운 조직 구성에 익숙해졌나 봐?*" 그들이 늘어서 있는 우리의 그리폰과 드래곤 뒤쪽에 착륙하자 제이든에게 물었다.

테른은 우리가 훈련 임무에 나서기 직전이었다는 사실을 무시하고 떨어져 나갔다.

"브레이건과 나는 너희들을 능력에 따라 네 명씩 나눌 거다." 리애넌이 계속 말했다.

"*어떤 면에서는.*" 완벽하게 착지한 제이든이 우리 쪽으로 걸어오며 대답했다. 심장이 펄쩍 뛰었고, 새로운 부상이나 피가 보이지 않자 늘 도사리고 있던 걱정이 조금 덜어졌다.

"소른게일, 듣고 있나?" 리가 외쳤다.

고개를 홱 돌리자, 리가 나를 보고 한쪽 눈썹을 올리고 있었다.

"4인 한 팀은 능력에 따라 나눈다." 나는 고개를 끄덕이면서 대답하고는,

대대장이 절친이라는 상황을 남용하며 애원하는 눈으로 리를 보았다.

"이륙해서 한 시간쯤 걸릴 거야." 브레이건이 말했다.

'가봐.' 대대가 브레이건에게 주목하자 리가 입모양으로 말했다. 나는 고맙다는 뜻으로 미소 짓고 대열에서 벗어나 앤다나와 페이그를 지나치고 짓밟힌 풀밭을 넘어서 제이든에게 다가갔다. 며칠이나 나가 있던 바람에 턱이 거뭇거뭇했고, 눈 아래도 그늘져 있었다. 그는 손을 뻗더니 놀랍게도 제4비행단 전원이 보는 앞에서 나를 끌어당겨 안았다.

제이든이 차가운 얼굴을 내 목에 대고 숨을 깊이 들이마시자 차가운 턱수염이 간지러웠다. "보고 싶었어."

"마찬가지야." 나는 두 손을 제이든이 등에 엇갈려 맨 두 자루의 장검과 비행재킷 사이 공간으로 밀어 넣으며 따뜻하게 꽉 끌어안았다. "당신에게 해야 할 말이 있어."

"나쁜 소식이야?" 그는 물러서서 내 눈을 살폈다.

*"아니야. 단지 의논할 시간이 있을 때 말하는 게 좋은 소식일 뿐이야."*

그는 이마를 찌푸렸다.

"얼굴 보니 반갑다, 바이." 개릭이 지나가면서 내 어깨를 툭 쳤다. "제이든이 드레이터스 바깥에서 해치운 베닌에 대해 꼭 들어야 해."

"뭘 어쨌다고?" 위장이 팽개쳐지는 느낌이었다.

"말해줘서 고맙다, 멍청아." 제이든이 개릭을 노려보았다.

"네가 안정적인 관계에서 소통 기술을 발전시키는 데 도움이 되려고 노력할 뿐이지." 개릭은 뒷걸음질하며 손을 들고 어깨를 으쓱였다.

"너한테 안정적인 관계를 이야기할 여지나 있는 것처럼 말하네." 개릭 뒤에서 이모젠이 반박했다. 대대는 임무를 준비하느라 흩어진 상태였다.

"상대가 많은데 왜 그래야 하냐는 진부한 소리는 넘어갈까?" 개릭은 씩 웃더니 몸을 돌려 계곡 끝에 난 길 쪽으로 향했다. "난 이제 생도가 아니라 성숙하고 책임감 있는 장교니까 말이야."

이모젠은 개릭이 지나가자 코웃음을 쳤다. "가야 해, 소른게일."

"베닌을 쓰러뜨렸어?" 나는 제이든만 신경 쓰며 몸을 돌렸다. "드레이터스 외곽이라고?" 드레이터스는 드랄로 절벽까지 오기 전에 남은 마지막 포로미엘 요새였다.

"너에겐 의논할 소식이 있고?" 그는 눈썹을 들어 올리며 대꾸했다.

"괜찮아?" 나는 두 손을 그의 얼굴에 대며, 드러나 있는 피부 외에 보이지 않는 95퍼센트가 멀쩡한지 보면 알 수 있다는 듯이 샅샅이 훑어보았다. 제이든이 안전하지 않다면 보호막을 올릴 수 있다고 해도 의미가 없다. 적어도 나에게는 아무 의미가 없다.

"무슨 소식인데?" 그는 눈을 가늘게 떴다.

"바이올렛!" 리애넌이 외쳤다.

"비행하러 가야 해." 나는 마지못해 손을 내렸고, 그는 한 걸음 물러서는 내 손을 잡았다. "돌아오면 얘기하자."

"지금 말해."

"비행단장 말투는 나에게 안 통하거든요." 나는 그의 따뜻한 손을 꼭 잡았다가 놓았다.

그는 눈을 크게 떴다. "보호막 올리는 방법을 알아냈구나."

나는 눈을 껌벅이다가 표정을 구겼다. "당신이 그럴 때가 싫더라. 내 얼굴이 그렇게 읽기 쉬워?"

"나에게는 그렇지." 그는 라이오슨 저택으로 이어지는 돌투성이 길을 보았다. "우린 지금 가봐야 해. 보호막을 올리는 데 얼마나 걸리지?"

"아니야." 나는 고개를 젓고 대대 쪽으로 몸을 돌려, 나를 기다리고 있는 게 분명한 슬론과 비시아와 캣을 보았다. 우리 팀이 누구인지 물어볼 필요도 없겠군. "나중에 얘기하자. 의논은 잠시 멈춰둔 거야."

"그럼 처음에 뭘 놓쳤는지라도 말해." 제이든이 재빨리 나를 따라왔다.

"드래곤이었어." 나는 기다리고 있는 셋에게 다가가면서 앤다나의 앞다리를 토닥였다. *"제일 강력한 여섯이라는 게 라이더가 아니라 드래곤 이야기였어."*

*"그렇다면, 네가 돌아오기 전에 내가 준비해둘 수 있어."*

*"아니, 못 해."* 나는 그를 노려보았다.

*"둘이 소리 없이 싸우는 거야?"* 캣이 제이든과 나를 번갈아 보면서 완벽하게 구부러진 눈썹을 천천히 들어 올렸다.

*"그러더라."* 슬론이 알려줬다.

제이든은 둘을 싹 무시하고 나만 보면서 걸었다. *"왜 못 한다는 건데?"*

나는 발을 살짝 들고 그의 서늘한 뺨에 입술을 스쳤다. "그야 테른이 필요할 테니까. 이제 몸 좀 녹여. 나에겐 비행 임무가 있어." 나는 더 말하지 않고 대대원을 돌아보았다. "가자."

# 53

자연스럽게 마력을 충전할 수 있는 고유 능력은 매우 드물고, 자동으로 그게 가능한 고유 능력은 하나뿐이다. 흡수 능력.

_ 달턴 시스네로스 소령, 《고유 능력 연구》

40분 후, 우리 넷은 팀이 배정받은 구역 안에서 걸어서만 접근할 수 있는 동굴에 가기 위해 눈 덮인 가파른 능선을 내려가고 있었다. 운 좋은 나는 맨 앞에 섰다. 캣이 등 뒤에 있다는 뜻이었다.

하지만 캣이 나를 제이든의 침대에서 끌어낼 뾰족한 아이디어라도 떠올릴 경우에 나를 지켜줄 앤다나가 옆에 있었다.

*"이건 같이 날고 싶다고 했을 때 내가 생각한 그림이 아니야."* 앤다나는 가루눈에 대고 씩씩거리며 얼어붙은 괴로움으로 이뤄진 반짝이는 구름을 일으켰다.

*"이게 우리 임무야. 그리고 네가 날아서 돌아가려면 힘이 필요해."* 나는 무릎까지 빠지는 신선한 지옥을 헤치고 걸으면서, 혹시나 더 오래된 눈더미에 빠지지 않기를 빌었다.

힘겨워하지 않는 건 캣의 은빛 날개 그리폰, 키라레뿐이었다. 키라레는 앤다나 옆에서 걸었는데, 그 둘만이 존재하지 않는 길에 눈사태를 일으키지 않을 만큼 가벼웠다.

"뭐라도 찾았느냐?" 테른이 다음 봉우리로 날아가면서 굳은 목소리로 물었다.

"아직 테른이 고른 동굴까지 가지도 못했어요." 나는 20미터쯤 앞에 있는 동굴 입구를 발견하고 대꾸했다. 테른이 눈 덮인 돌출부에 가려진 아래쪽을 지적했기 때문이다. 드래곤들은 이 지형에서 유일하게 안정적인 구역에 우리를 내려놓았다. 포악한 바람에 시달려 바위가 그대로 드러난 구간이었다.

"난 여전히 이 계획이 문제 있다고 생각한다." 테른이 잔소리를 늘어놓았다. "너를 한 봉우리에 내려놓고 다른 봉우리에서 에너지 신호를 확인하라니, 용납할 수 없는 위험에 빠뜨리는 짓이야."

"누구 때문에요?" 나는 드러난 귀끝이 얼얼해지자 바람을 막으려고 모피를 댄 후드를 바싹 당겼다. "혹시 와이번이 정말로….'

"돌아가겠다."

"테른의 짜증을 일으키기는 너무 쉽단 말이죠." 내가 터뜨린 웃음소리가 눈 덮인 분지에 메아리치는 바람에 우리 모두가 멈춰 섰다.

"맙소사, 소른게일." 주위 눈밭이 잠잠해지자 캣이 잇새로 말했다. "우릴 눈사태에 묻어버리려는 거야?"

"미안." 나는 어깨 너머로 속삭였다.

캣이 눈을 크게 떴다. "너 방금 나한테 사과한 거야?"

"난 내가 잘못했을 때 인정할 수 있는 사람이거든." 나는 어깨를 으쓱이고 계속 걸었다.

"내가 여기 있고, 바이올렛을 지킬 수 있거든." 앤다나가 테른을 비난했다.

"넌 아직 불을 뿜지 못해."

"불을 뿜어봤자 산을 녹이기나 하겠지." 앤다나가 상기시켰다. 뒤를 돌아보니 앤다나는 조심스럽게 걷고 있었는데, 비늘이 눈빛을 반사해서 군데군데가 거의 은색처럼 보였다. "저 귀족이 독기를 드러내면 이빨과 발톱을 휘두르면 돼."

"나는 그렇지 않다는 거야?" 캣이 물었다.

"네가 잘못했다고 생각하는 일이 있기는 해? 한 번이라도?" 나는 계속 걸어가면서 물었다. "솔직히 자신감이라는 면에서는 네가 드래곤보다 더 지독할 것 같은데."

"*오만함이야.*" 앤다나가 내 말을 정정했다. "*저 플라이어에겐 자신감이라는 말을 뒷받침할 만한 기술이 없어.*"

콧방귀가 나왔지만, 터져 나오는 웃음은 위험해질까 봐 참았다. 3미터만 더 가면 동굴이었다. 우리가 첫 번째 룬을 회수하는 사이에 테른이 두 번째 위치를 찾아낸다면 발톱전대를 앞서게 된다. 테른의 말에 따르면 발톱전대는 이미 세 개를 찾았고, 우리 전대는 두 개였다.

드래곤은 정말이지 경쟁심이 강하다.

"뭔데?" 캣이 물었다.

"앤다나가 너는 자신감이 넘치는 게 아니라 오만한 거래." 내가 말했다.

"맞아." 슬론이 맞장구쳤다.

"너희 오빠가 나를 좋아하지 않았다고 해서 네가 날 아는 건 아니거든." 캣이 슬론에게 속삭였다.

"안 돼." 나는 돌아서서 캣을 마주하며 내 발자국을 따라오던 움직임을 멈춰 세웠다. "싸우고 싶으면 나한테 덤벼."

캣은 고개를 옆으로 기울여 나를 찬찬히 보았다. "네가 쟤 오빠의 죽음에 죄책감을 느끼기 때문이지." 비난도, 비꼬기도 아니었다. 그저 사실이었다.

"리암에게 슬론을 돌봐주겠다고 약속했기 때문이야. 그러니까, 네 미움은 다 나한테 겨눠도 돼." 나는 장갑 낀 손으로 가슴을 두드렸다.

"오빠가 너한테 그런 부탁을 한 건 잘못이야." 슬론이 따라잡았고, 비시아도 바로 뒤에 따라왔다.

"네 보호자 노릇은 이모젠이 더 잘했을 테니까?" 나는 그 친숙한 파란 눈을 잠시밖에 마주하지 못하고 시선을 피해야 했다.

"아니. 넌 이미 제이든의 목숨을 지킨다는 짐을 지고 있으니까. 거기다가 내 목숨까지 얹어주는 건 부당했어." 슬론은 장갑 낀 두 손을 오므려서 입김을 불어 넣으며 데우려 했다.

바람이 아닌 것 때문에 따끔거리는 눈을 깜박인 다음, 계속해서 눈을 뚫고 터벅터벅 동굴로 향했다. 동굴 입구는 얼어붙은 좁은 바위턱에 불과했다. "공중에서 봤을 때 생각한 것보다는 크네요." 하지만 앤다나보다 큰 드래곤이 비집고 들어갈 만큼 넓지는 않았다.

"우리 종족이 이 산맥 모든 곳에 살던 시절이 있었지." 테른이 말했다. "그 동굴도 분명 겨울용으로 이 능선 안에 퍼져 있던 동굴망 중 하나다. 이 입구는 곧바로 날아 들어가는 것 외에는 어떤 식으로도 접근하기 어렵지. 어린 드래곤… 그리고 청소년 드래곤들을 지키기 위해서였어."

"청소년을 강조하긴." 앤다나가 비꼬았다.

"키라레가 그러는데, 우리 대대에서 상자를 하나 더 찾았대." 내가 마침내 동굴 입구에 도착해 바람에서 벗어나는데 캣이 말했다.

"휴가권은 우리가 따낸 거나 다름없어." 비시아가 씩 웃었고, 캣은 눈밭에서 벗어나서 울퉁불퉁한 동굴 바닥으로 들어왔다.

"그리폰은 전부 이름에 '레'가 붙나?" 나는 화제를 바꾸면 캣의 독설도 슬론에게서 방향을 돌릴까 싶어서 물었다.

"당연히 아니지. 라이더는 전부 소른게일이야?" 캣은 팔짱을 끼고 온기를 유지하려는 것처럼 발을 동동 굴렀다.

"바로 그래서 내가 널 싫어하는 거야." 슬론이 동굴 안으로 들어왔다. "넌…."

나는 막 들어오려는 비시아에게 손을 뻗어서 동굴 안으로 끌어당겼다. 방금까지 비시아가 밟고 있던 눈이 허물어졌다.

"괜찮아?" 나는 비시아를 동굴 안으로 더 끌어당기고 놀란 얼굴을 살피며 물었다.

"당연히 괜찮지. 쟤는 언제나 문제없이 구하는 것 같네." 캣이 중얼거렸다.

"괜찮아." 비시아는 고개를 끄덕이고 후드를 젖혔다. 이마선을 따라 내려오는 드래곤 화상이 드러났다. "이러면 움직이기가 힘들어지겠어."

나는 캣을 무섭게 노려보았지만, 정작 캣은 자기 그리폰인 키라레가 길에 뚫린 구멍을 넘어서 안전하게 들어오는 모습을 지켜보느라 바빴다.

"두 번째 이유지." 슬론이 손가락 두 개를 올리더니 캣을 지나쳐서 어두운 동굴 속으로 들어갔다. "말할 필요도 없겠지만, 이 안에는 마법 불빛이 없어."

그리고 난 불빛을 켜는 데 능숙하지 못했다.

내가 단순 마법으로 켤 수 있는 불빛은 이 어둠이 삼켜버릴 것이다. 나는 배에 손을 올렸다. 그런다고 주위에서 끼쳐 오는 흙냄새로 구역질이 나는 것을 참는 데 도움이 되진 않지만 말이다. 그나마 심문실 같은 눅눅한 냄새는 없었지만, 지금 상태로도 멈칫하기에 충분했다.

"널 포로로 *잡았던 놈은 네가 죽였어.*" 앤다나가 입구에 맞게 날개를 바싹 접고 키라레를 따라 들어오면서 나를 일깨웠다.

"*공포라는 게 늘 논리적이진 않아.*" 나는 다른 라이더들을 보았다. "혹시 화염 능력자 있을까? 내가 이 안에서 능력을 행사하길 바라진 않을 테고." 손과 도관 사이에 에너지 가닥을 4.5미터로 유지하자면 매번 땀이 났고, 몇 초 이상은 유지할 수가 없었다.

"아직 고유 능력이 안 나와." 비시아가 대답했다.

"나도야." 슬론이 어둠 속을 보면서 대답했다.

"드래곤을 데려왔잖아." 캣이 큰 몸짓으로 앤다나 쪽을 가리켰다.

"앤다나도 아직 불을 뿜지 못해." 나는 앤다나를 보고 미소 지었다. "하지만 곧 하게 될 거야."

"*저 여자한테 내가 한 입에 목을 꺾을 수 있다는 사실을 일깨워줘.*" 앤다나가 우르릉거리는 소리는 테른의 위협적인 소리보다 높았다.

"*그 말은 전하지 않을래. 테른이 뭐라고 했지?*"

"우린 동맹을 먹지 않는다." 앤다나는 그렇게 중얼거리면서도 대놓고 발톱으로 바위 바닥을 두드렸다.

"멋져라. 왜 날 너희 셋과 붙여놨는지 도무지 모르겠다. 한 명쯤은 마법 불빛을 제대로 켤 만도 한데." 캣은 활을 내려놓더니, 등에 진 배낭을 내려서 가득 찬 화살통 옆에서 작은 홰를 하나 꺼냈다.

"진짜야?" 나는 캣이 가방에서 손바닥만 한 나무 조각을 꺼냈다가 고개를 젓고 다른 나무 조각을 꺼내는 모습을 보며 입을 딱 벌렸다. "그것들을 늘 가지고 다녀?"

"당연하지." 캣이 다시 가방 안에 손을 넣었다. "네가 이런 걸 가지고 다니지 않는다면 아직 어둠을 제대로 무서워해본 적이 없다는 뜻이야. 젠장, 메런이 만들어준 불꽃 룬을 못 찾겠어."

"너희는 룬을 교환해?" 비시아가 대놓고 놀란 얼굴로 물었다.

"그러면서 너희가 가족이라고? 당연히 우린 룬을 공유해. 누구든 만들 수 있는 사람이 만들고, 교환해서 모두가 같은 장비를 갖추지." 캣은 고개를 절레절레 흔들더니 욕을 하면서 일어섰다. "못 찾겠어."

"그거… 훌륭한 방식이네." 나는 인정했다. "왜 우리에게 말하지 않았어?"

"너희는 힘을 비축하는 데 익숙하지." 캣은 됐다는 듯이 어깨를 으쓱였다. "공유하는 게 아니라. 자, 누군가가 불을 피울 아이디어가 없다면…."

"알았어." 나는 장갑을 벗어서 한쪽 주머니에 넣고 반대쪽 주머니에서 도관을 꺼내면서 마력을 조금씩 불러들였다. 얼얼하다가 화끈거리는 마력이 손에서 손가락을 통과해서 도관으로 들어갔다. 에너지 촉수가 주위 가까운 곳을 밝혔다.

"끝내준다." 비시아가 웃었다. "다들 그렇게 할 수 있는 거야?"

"아니. 우리 대부분에게는 진동만 하지. 너희에게 필요한 빛은 다 있을 테니 좋겠네." 캣의 목소리에서 비아냥이 뚝뚝 떨어졌다.

"받아." 나는 슬론에게 지시했다.

"난 살고 싶은데." 슬론이 두 손을 치켜들었다.

"이게 사람을 죽일 거라고 생각했다면 캣에게 줬겠지." 나는 슬론에게 도관을 내밀었다.

캣은 콧방귀를 뀌었지만, 살짝 웃음기도 섞인 것 같았다.

"일리 있는 말이야." 슬론이 도관을 받자, 나는 에너지를 계속 연결하는 데 집중했다.

"세 걸음 물러서. 좋아. 다시 두 걸음." 슬론이 내 지시대로 하자 고유 능력이 늘어나면서 손가락이 떨렸다.

"와." 비시아가 속삭였다.

"저 에너지로 횃불을 밝혀, 캣."

"그게 안전할까?" 캣이 물었다.

"짐작도 안 가지만, 네가 시도한다면 나도 해볼 의향이 있어." 나는 도관에, 에너지 흐름에, 열기에 집중하면서 테른의 마력과 이어지는 문을 계속 통제했다.

키라레가 혀를 차면서 그동안 익숙해지기는 했지만 뜻은 모르는 소리를 연이어 냈다.

"알았어. 할게." 캣이 중얼거리더니 불이 붙을 때까지 홰를 내렸다.

나는 바로 손을 내려서 마력을 끊었고, 이 방법이 통했다는 사실에 던 여신에게 감사했다. 펠릭스가 내일 수업 때 머리에 창을 꽂으려고 할지도 몰라. "내가 받을게. 고마워, 슬론."

슬론은 폭발물이라도 다루는 것처럼 조심스럽게 도관을 돌려줬다.

"젠장." 캣이 횃불과 도관, 나를 차례로 훑어보면서 말했다. "네가 그럴 때 참 싫더라."

"뭐, 대단할 때?" 슬론이 왠지 리암이 떠오르는 미소를 지으며 말했다.

"강력할 때." 캣은 시선을 돌리고 인정하면서 배낭을 다시 메고, 횃불을 누구에게 건네는 대신 손만 바꿔서 들었다.

"이게 가능한 건 마력 때문이 아니야." 나는 도관이 다시 켜지도록 마력을 흘려 넣고 어둠 속으로 들어가면서 말했다. "통제력 덕분이지."

"흠, 그래. 그것도 아주 싫어." 캣은 내 옆을 걸으면서 중얼거렸다.

"드물게 솔직한 순간이네. 받아들일게."

우리는 동굴 안으로 들어갔다. 한 걸음 디딜 때마다 넓어지는 것 같았다.

"우리를 같은 팀에 넣은 건, 내가 대대에서 제일 강력한 라이더이기 때문이야." 나는 캣이 들리지 않게 중얼거리는 소리를 무시하고 말했다. "하지만 룬은 네가 더 잘 다루지. 우리가 서로를 긍정하진 못하더라도 서로를 인정은 하자." 나는 어둠 속을 걸으면서도 미소 지었다. "이해했어? 긍정과 인정, 한 끗 차이지."

캣은 괴물 보듯이 나를 쳐다보았고, 횃불이 흔들리기 시작했다.

바람이 분다는 뜻이다.

"지금 서기식 농담을 한 거야?" 몇 발자국 뒤에서 비시아와 함께 걷던 슬론이 물었다.

"제시니아라면 재밌어했을 거야." 비시아가 나를 구해주려는 듯이 말했다.

"제시니아는 서기잖아." 슬론이 지적했다.

6미터쯤 가자 동굴이 넓어지면서 왼쪽으로 거대한 터널이 갈라졌다.

"이 동굴에 들어오는 훨씬 쉬운 길이 있는 것 같은데." 캣이 중얼거렸다.

"이 능선 안 여기저기에 뚫린 동굴망의 일부래." 내가 설명했다.

"양쪽으로 갈라져야 할까?" 비시아가 물었다.

"안 돼!" 우리 셋이 동시에 대답했다.

"어느 쪽으로 가지?" 슬론이 모두가 생각하고 있던 질문을 던졌다.

아무도 대답해지 않았다.

*"도와줄 수 없어요?"* 나는 서로의 연결이 길게 뻗어가는 것을 느끼며 테른에게 물었다. 테른이 멀리 있지는 않지만, 그렇다고 가깝지도 않았다.

*"그 동굴 안에 에너지 흔적이 있다. 내가 말할 수 있는 건 그것뿐이야."*

"오른쪽으로 가자. 그쪽이 아니면 돌아와서 왼쪽으로 가고." 나는 다른 팀원들을 보았다.

캣이 고개를 끄덕였고, 우리는 더 나아갔다.

"그래서, 두 번째 고유 능력도 얻을 것 같아?" 비시아가 침묵을 깨고 물었다. "드래곤이 둘이니까 고유 능력도 둘이어야 맞지?"

"모르겠어." 앤다나를 슬쩍 돌아보았다. 사실은 앤다나가 너무 어릴 때 계약을 맺었고, 시간을 멈추는 능력은 잃었기에 내가 받은 축복은 번개 능력뿐이라 생각했다. 하지만 이제는 궁금해진다… "그렇게 될까?"

"왜 나한테 물어? 고유 능력은 행사하는 사람에 따라 발현하거든." 앤다나는 검은 비늘이 암흑에 녹아들어간 채로 금빛 눈만 깜박였다.

"두 번째 고유 능력이 생기는 건 드래곤이 예전 라이더의 직계 라이더와 계약할 때뿐이야." 슬론이 비시아의 질문을 잘못 이해하고 대답했다. "하지만 그러면 광기를 일으킬 가능성도 있지. 소트에게 들었는데, 크루스가 퀸과 계약했다고 벌을 받지 않은 것도 그래서야. 퀸은 크루스의 예전 라이더의 종손녀니까. 퀸의 고유 능력은 다른 사람보다 강하지만 완전히 다르진 않지."

"소트는 너에게 엠피리언에서 결정한 문제를 말해주면 안 돼." 비시아가 설교하더니, 내 쪽을 슬쩍 보았다가 다시 쳐다보았다.

중력이 달라지는 느낌이다. 그럴 리가 없는데. 그건….

"바이올렛 선배, 괜찮아?" 비시아가 물었다.

나는 고개를 저었지만 대답은 "응"이라고 했다. 심장이 동굴 바닥 아래로 꺼지는 듯한 느낌을 어떻게 설명한담? 나는 심호흡을 하고 밝게 빛나는 도관을 잡은 채로 손을 쥐었다 폈다. 오른쪽에서 앤다나가 으르렁거리기에 얼른 "괜찮아"라고 말했지만, 우리 둘 다 내가 전혀 괜찮지 않다는 걸 알았다. 그와 동시에 지금은 내가 그쪽으로 신경을 분산할 때가 아니라는 것도 확실했다.

"이런 젠장. 저기 있다." 나는 슬론의 말에 주의를 돌렸다. 슬론은 우리를 지나쳐서 평범한 금속 상자를 주우러 갔다. 그 상자는 앞면의 룬에 의해 열린 상태로 고정되어 있었다.

"평범… 하네." 비시아가 말했다.

"소환 룬은 네가 무효로 돌릴래?" 나는 캣에게 묻고, 그녀가 한쪽 눈썹을 올리자 덧붙여 말했다. "룬은 네가 더 잘 다루잖아. 기억해?"

"그건 그래." 캣은 고개를 끄덕이며 진심 어린 미소를 지었다. 처음 보는 웃음이었다. "그냥 네가 그 말을 한 번 더 하게 하고 싶었어."

키라레가 우리를 지나서 어둠 속으로 걸어가며 날개 끝으로 내 어깨를 스쳤다. 보이지 않는 위험으로부터 캣을 지키기라도 해야 한다는 듯한 모습이었다. 캣은 불안하고 불만스럽게 입매를 굳힌 채로 우리를 번갈아 보더니, 고통스러운 희생이라도 하는 것처럼 비시아에게 횃불을 건넸다.

아니지. 희생이 아니라, 신뢰의 몸짓이지.

캣이 두 손을 자신 있게 움직여서 부러울 정도로 빠르게 잠금 해제 룬을 엮는데, 앤다나가 내 뒤에서 자세를 바꿨다.

"무슨 일이야?"

"다른 것들의 냄새가 강해져."

"와이번이야?" 온몸의 근육이 긴장했다.

"아니야. 와이번이 가까워지면 훔친 마법의 냄새가 나." 앤다나가 고개를 들자 터널의 4분의 3이 찼다. "이건… 드래곤 냄새야."

"됐어!" 캣이 말했고, 돌아보자 찰칵 하는 금속성이 들렸다. 상자가 확실하게 닫히는 소리였다.

"서두르는 게 좋겠어." 나는 팀원들에게 말했다. "앤다나가 다른 드래곤 냄새가 난다는데, 그렇다면 다른 대원들이 다가오고 있을지도 몰라."

"난 휴가권을 놓칠 생각 없어." 비시아가 캣에게 상자를 받고 횃불을 돌려줬다. "그게 있으면 집까지 날아가서 삼촌과 숙모를 설득하고 안 되면 사촌들이라도 국경을 떠나게 설득할 수 있단 말이야."

"나바르로 가겠다고?" 슬론이 고함을 지르다시피 했다.

"국경선 바로 앞이야. 나바르에선 모를 거야." 비시아는 상자를 고쳐 잡고 서둘러 앤다나 옆을 지나쳤다. "그러니까 여기에서 나가자."

"나바르에 돌아가겠다니 대담한 결정이네." 캣이 뛰다시피 비시아를 따라 잡으며 앞을 밝혔다. "존중한다."

캣이 비시아를 위해 배려하는 모습을 보자 심장 한 구석이 녹았다. 어쩌면 캣도 모두에게 끔찍하진 않을지 모르겠다… 나에게만 끔찍하지.

"그럴 수밖에 없어." 비시아는 터널 갈림길로 다가가면서 입을 열었다.

그때 낮은 으르렁 소리가 발아래 땅을 흔들면서 우리 넷은 딱 멈춰 섰고, 나는 목덜미 털이 곤두섰다.

"뭔데…." 캣이 입을 열었다.

다시 으르렁거리는 소리에 발치의 자갈이 튀었고, 오렌지 드래곤 하나가 모퉁이를 돌아서 나타나더니 등으로 동굴 천장을 긁으면서 우리 쪽으로 고개를 휙 틀었다. 그러고는 하나뿐인 눈으로 우리를 노려보았다.

아, 망할!

비시아가 비명을 질렀다.

*테른!* 나는 머릿속으로 비명을 지르면서 충격과 공포와 메스껍도록 희망 없는 우리 상황을 극복하려고 억지로 몸을 움직였다. 손에서 떨어진 유리 구체가 바닥에 떨어져 부서지는 것과 동시에 앞에 있는 팀원들에게 손을 뻗었지만, 내 손은 캣의 가방끈밖에 붙잡지 못했다.

내가 온 힘을 다해 캣을 잡아당기는 것과 동시에 비시아가 날카롭고 들쭉날쭉한 발톱에 사로잡혔다. 캣의 몸이 나와 부딪치면서 둘 다 바닥에 나뒹굴고, 횃불은 캣의 손에서 떨어졌다. 비시아가 동굴 벽에 부딪치면서 울려 퍼진 소리에 속이 울렁거렸다.

그 각도, 그 부서지는 소리… 안 돼…. 비시아는… 비시아는 죽었다.

*은빛 아이야.* 테른의 목소리가 울리는 가운데, 앞을 막은 오렌지 드래곤이 가늘게 뜬 눈으로 우리를 보면서 입을 크게 벌렸다.

악취가 나는 입김이 허공에 가득 차더니 그 드래곤이 혀를 말았고, 목구멍으로 솟아오르는 오렌지색 불길이 번쩍였다.

"솔레스가 우릴 발견했어요!"

# 54

드래곤의 화염에 대해 한 가지는 인정해야 한다. 빨리 죽인다는 것.

___ 케이오리 대령, 《휴대용 드래곤 도감》

검은 그림자 하나가 왼쪽에서 달려들더니 캣과 나를 밀어냈고, 우리는 팔다리가 뒤엉킨 채로 빙글빙글 돌면서 뒤쪽으로 날아갔다. 나는 혼란 속에서도 캣을 붙잡고 그 몸이 내 앞에 있도록 하면서 미끄러졌다. 내 등을 솔레스 쪽으로 향하고 감싸봤자 큰 소용은 없겠지만, 그래도 시도는 해야 했다.

캣은 살아야 한다. 캣은 포로미엘의 왕위 계승 서열 3위다. 이 여자가 티렌더에서 죽는다면 코딘은 제이든을 추적해서 처형할 것이다…. 제이든이 내 죽음 이후에도 살아남는다면 말이다.

살아남아. 살아남아. 살아남아.

나는 사정거리 안에 있을 때에 대비해서 모든 연결선에 그렇게 요구했다. 제이든은 너무 멀지만, 테른은 들을 테고, 앤다나는… 맙소사. 테른이 제때 도착해서 앤다나를 구해야 하는데.

그다음에는 키라레와 슬론이 보이지 않는 힘에 떠밀려 우리 쪽으로 날아오면서 슬론과 내가 뒤쪽으로, 솔레스 쪽으로 밀려갔다. 그러나 내 등은 단단하

고 거친 표면에 부딪쳤고, 동굴 벽이 곧 우리를 덮칠 으스스한 화염을 비추자
마자 어둠이 우리에게 들이닥쳤다.

*"숨 들이마셔!"* 앤다나가 명령했다. *"논쟁할 시간 없어!"*

어둠이 아니었다. 날개였다. 내 등에 부딪친 건 앤다나의 배였다. 앤다나가
날개로 우리를 감싸고 있었다.

"숨을 깊이 들이마신 다음에 참아!" 나는 그렇게 외치고 유황 냄새가 나는
공기를 한껏 들이마셨다.

열기가 터지고, 포효와 함께 불의 흐름이 앤다나의 날개를 흔들면서 우리
를 치고 지나갔다. 온도가 치솟았다. 나는 오븐 안에 던져진 것처럼 피부가 타
는 가운데 구워지지 않도록 눈을 꽉 감았다. 앤다나가 여기에서 어떻게 살아
남지?

*"앤다나는 불이 붙지 않는다."* 테른이 일깨워주긴 했지만, 그 목소리에서
도 패닉이 느껴지니 내 심장을 조이는 두려움은 조금도 누그러들지 않았다.

*"숨 쉬지 마!"* 앤다나가 명령했다. 숨을 쉬었다간 폐가 화상을 입을 터였다.
우리 중 누구든 마찬가지였다. 나는 심장박동을 헤아렸다. 하나. 둘. 셋.

불길이 영원히 이어지는 것 같았다. 불이 나의 영겁이 된 것 같았다. 슬론이
처음에 악담했을 때처럼 내 영혼이 말렉에게 맡겨지지 않고 곧장 지옥에 떨
어진다면 딱 그럴 것 같았다. 여덟. 아홉.

불길은 열을 셀 때 멈췄고, 앤다나의 날개가 멀어졌다. 공기가 쏟아져 들
어왔고, 나는 서늘한 공기가 뺨을 스칠 때까지 기다렸다가 숨을 몰아쉬었다.
다른 사람들도 똑같이 하는 소리가 들렸다.

눈을 뜨자 좁은 공간 너머에 구르는 횃불의 빛 속에서 캣이 달려들어서 장
갑 낀 손으로 키라레의 깃털에 붙은 불똥을 끄는 모습이 보였다. 그쪽만 불길
에 노출됐던 게 분명했다. 슬론이 도우러 가는 사이에 앤다나가 일어섰고, 나
는 솔레스를 마주하러 몸을 돌리는 앤다나의 꼬리를 가까스로 피했다.

*"안 돼! 솔레스는 네 몸집의 두 배야!"* 나는 두 손을 들어 올리고 테른의 마

력으로 이어지는 수문을 열어젖혀 솔레스의 불길조차 태우지 못한 몸을 순수한 불덩어리로 바꿔놓았다. 하지만 이 안에서 번개를 휘두를 순 없었다. 우리 편 누군가를 때릴 위험이 있을 때는 그럴 수가 없었다.

앤다나의 포효가 울려 퍼졌고, 앤다나가 솔레스의 목을 노리는 모습에 심장이 멈출 것 같았다. 솔레스는 성가시다는 듯이 앤다나를 쳐냈고, 나는 앤다나가 비시아의 새까맣게 탄 유해 바로 위의 벽을 들이받는 모습에 터져 나오는 비명을 눌렀다.

"난 괜찮아." 앤다나가 충격을 털어내는 사이에 솔레스는 나를 가늠했다.

"3분이다." 테른이 말했다. "넌 오늘 죽지 않는다!"

3분. 3분은 버틸 수 있어. 하지만 문제는 시간이 아니야. 테른은 동굴 입구를 통과할 수 없어. 솔레스가 들어온 입구를 찾아야 할 거야.

"드래곤은 대체 어떻게 죽이죠?"

"놔줘!" 캣이 외쳤다. "네가… 네가 내 마력을 빨아들이고 있잖아!"

이건 또 뭐야? 뒤를 흘긋 돌아보았지만, 패닉에 빠진 슬론의 손을 뿌리치는 캣의 모습밖에 보이지 않았다.

"놈의 남은 눈을 노려라."

"비켜서." 나는 앤다나에게 명령했고, 이번에는 앤다나도 그 말을 듣고 비척비척 내 옆으로 돌아왔다. 나는 칼집에서 단검을 두 개 뽑아들고 확 뒤집어서 칼끝을 잡았다가 던졌다.

첫 번째 단검은 솔레스가 고개를 돌리는 바람에 빗나갔지만, 두 번째는 표적을 맞혔다.

고통스러운 소리에 이어 분노의 소리가 울려 퍼졌고, 솔레스가 터널 갈림길로 뒷걸음질하면서 놈의 머리와 벽 사이에 작지만 귀중한 틈이 생겼다.

캣과 슬론이 더 가깝다. 두 사람은 빠져 나갈 수 있다.

"데리고 나가!" 나는 캣에게 외쳤다. "당장!"

"바이올렛!" 슬론이 소리쳤지만, 키라레가 부리로 슬론의 배낭을 잡더니 허공으로 집어던졌다. 캣은 재빨리 키라레에게 올라탔다.

그들이 왼쪽으로 돌진해서 아슬아슬하게 빠져 나간 직후에 솔레스가 발톱을 휘둘러 동굴 벽에 고랑을 파놓았다.

바닥에 쓰러지면서 어깨에 통증이 확 타올랐다. 발톱이 우리 위를 스치고 지나갈 때는 터지는 소리가 나지 않았건만, 뭔가가 손바닥을 파고들었다. 도관에서 깨진 유리였다.

나는 횃불이 완전히 꺼지기 전에 피가 나는 손가락을 쫙 펴고 남은 조각들을 찾아냈다. 도관의 금속 연결부위 위가 부서지면서 네 개로 갈라진 유리 조각과 멀쩡한 합금 조각 하나가 남았다.

*"난 불을 쏘지 못해."* 앤다나가 내 생각의 흐름을 따라가면서 말했다.

그러나 나에게는 마력이 있다.

*"이 안은 곧 아주 깜깜해질 거야."* 그게 우리의 유일한 기회다. 나는 그 기회를 잡을 것이다. *"틈이 생기자마자 뛰어야 해."*

*"난 너를 두고 가지 않아."* 앤다나는 고집스럽게 반박했다.

*"1분이다!"* 테른이 외쳤다.

대체 어떻게 하면 도관의 잔해를 솔레스에게 박아 넣을 만큼 가까이 다가갈 수 있지? 단검에 묶을 시간은 없고, 던지는 힘으로는 부족할 텐데….

솔레스가 고통의 포효를 내지르며 어깨 쪽으로 고개를 돌렸고, 그 너머로 희미한 빛 속에서 캣이 화살을 하나 더 메기는 모습이 보였다.

캣이 나를 구하려고 남아 있다는 사실을 깊이 생각할 시간은 없었다. 나는 이미 움직여서 빈손에 꺼져가는 횃불을 잡고, 솔레스 앞다리의 아래쪽 부드러운 지점으로 달려갔다. 관절을 움직이기 위해 비늘이 몇 센티미터 정도 벌어지는 지점이었다.

솔레스가 다시 포효했고, 눈이 보이지 않는 상태로 짧게 내뿜은 불길이 캣이 아니라 앞쪽 벽을 때리면서 동굴 안이 밝아졌다. 나는 솔레스의 몸 아래에 있는 치명적인 공간으로 달려 들어갔다가, 이대로 놈이 쓰러지면 그 몸에 깔리게 된다는 사실을 깨닫고 표적을 바꿔 오른쪽 어깨로 돌진했다.

나는 앤다나가 솔레스의 목과 어깨 사이에 이빨을 박아서 주의를 끄는 사이에 솔레스의 비늘 사이 부드러운 곳에 도관 조각을 꽂고 번개를 불러냈다. 지글거리는 에너지가 금속과 맞닿은 손끝으로 흘러들었다.

통제. 이건 전적으로 통제력 싸움이었다.

나는 한 손을 올려 섬세한 에너지 끈을 만들고, 최대한 빨리 솔레스에게서 물러나면서 마력을 밀어 넣다가 전부 다 들이부었고….

솔레스가 포효하면서 몸을 뒤흔들었다. 그때 뭔가가 날아왔고, 나는 희미한 빛 속에서 놈의 두꺼운 꼬리 부분을 알아보자마자 배를 맞고 날아갔다. 덕분에 번개의 흐름도 끊어졌다.

나는 공중에 뜬 발사체에 불과한 상태로 뒤쪽으로 날아가다가 엉덩이를, 등을, 마지막으로 머리를 바닥에 부딪쳤다. 우지직 소리가 났다. 그래도 나는 번개를 치지 않고 마력을 단단히 붙잡고 있었다. 내 안이 타들어가더라도 잘못해서 앤다나를 때리는 것보다는 나았다.

귓가에 커다란 이명이 울렸고, 눈에는 빠르게 번쩍이는 빛밖에 들어오지 않았다. 불이었다. 혼란스러운 심장 소리 속에서 힘겹게 일어나 앉는데 불빛이 번득이면서 앤다나가 솔레스에게 달라붙는 모습이 보였다. 앤다나는 놈이 몸부림을 쳐서 그 작은 몸을 동굴 벽에 패대기치는데도 떨어지지 않았다.

"안 돼!" 소리를 지른 것 같기는 한데 머릿속에 끊임없이 울리는 종소리 때문에 아무것도 들리지 않았고, 나는 갑자기 나타난 누군가의 팔에 잡혀서 뒤로 끌려가고 있었다. 머리를 뒤로 젖히자 내가 잘 아는 눈이 보였다.

리암. 내가 죽었나 보다.

"명확하지 않아!" 이명이 살짝 줄어들 때쯤 누군가가 외치는 소리가 들리더니 다시 불이 확 타오르면서 솔레스의 어깨였던 피투성이 구멍에 화살 두 개가 더 꽂힌 것이 보였다. 캣이었다. 캣이 내 옆에서 화살을 다시 뽑으면서 소리 없이 입술을 움직였다.

그리고 내 위에 보이는 건 리암의 눈이 아니었다. 슬론이었다.

우리는 잠시 어둠에 잠겼고, 이명이 사그라들면서 캣의 목소리가 또렷하게 들렸다.

"구십. 백. 백 하나." 캣의 목소리가 떨렸다.

몸이 뒤로 끌려가는 가운데 빛이 다시 타오르고, 캣이 화살을 쏘아 솔레스의 상처를 다시 맞혔다. 어둠이 돌아왔다가 내 몸이 동굴 입구 쪽으로 끌려가면서 주위가 서서히 밝아지고, 앤다나가 솔레스를 한 움큼 뜯어내면서 날아가는 모습이 보였다.

"앤다나!" 슬론의 손을 할퀴었지만, 반항할수록 힘이 약해지는 느낌이 들었다. 그리고 견디기 힘든 마력의 열기가 약해지더니 슬론이 비명을 지르며 나를 떨어뜨렸다.

*"은빛 아이야!"*

등을 때리는 일정한 공기 흐름으로 테른이 도착해서 체공하고 있음을 알았지만, 입구 근처에서 비틀비틀 일어서면서도 어두운 동굴 속에서 눈을 돌릴 수가 없었다.

드래곤의 비명 소리가 들리더니 무시무시한 정적이 찾아왔다.

그럴 리가 없어. 그럴 순 없어.

*"앤다나는 살아 있다."* 테른이 장담했지만, 나는 정신을 뻗어서 앤다나와의 결속이 강하게 반짝이는 것을 확인할 때까지 숨도 쉬지 못했다.

"내가 네 마력을 빨아들였어." 슬론이 덜덜 떨리는 두 손을 들고 남의 손을 보듯이 노려보았다. "내가 빨아들였다고!" 슬론이 내 어깨를 덥석 잡으면서 어둠에서 내 시선을 돌렸다. 머리가 빙빙 돌았다.

"맙소사, 슬론. 시간을 좀 줘. 방금 머리를 부딪쳤잖아." 캣이 여전히 어둠 속을 겨눈 채로, 그러나 표적이 보이지 않으니 화살을 쏘지는 않은 채로 외쳤다. 우리는 이제 밝은 빛 속에 서 있었다.

"내 눈이 빨간색이야?" 슬론이 나를 흔들었다. 아니면 슬론이 나를 잡은 채로 덜덜 떨고 있었는지도 모르겠다. "빨갛게 보여? 정말로 내가 그러려고 한 게 아니야, 바이올렛. 일부러 마력을 가져온 게 아니야! 세상에, 내가 베닌이 되는 거야?"

"그 녀석은 *나올린과 같다.*" 테른이 말했다.

"넌 베닌이 되는 게 아니야." 나는 어깨에 놓인 슬론의 손을 잡고 어둠 속을 보았다. 바위에 발톱 부딪치는 소리와 발소리가 들렸다.

"아니야?"

"네 고유 능력이 발현한 거야." 나는 눈에 힘을 주고 동굴 안을 보면서 속삭였다. "넌 흡수 능력자야."

앤다나가 빛 속으로 걸어나왔는데, 내 관심이 쏠린 것은 그 입에 묻은 피가 아니었다. 앤다나의 꼬리에 돋은 독가시에서 뚝뚝 떨어지는 피였다.

"네가 죽였구나." 안도감으로 어깨에서 힘이 주욱 빠졌다. "네가 솔레스를 죽였어."

자랑스러움과 걱정이 동시에 나를 덮쳤고, 차단벽을 올릴 겨를도 없이 테른의 목소리가 내 존재 전체를 채웠다.

"*슬레이어로구나.*"


힐러들이 내 눈을 가렸다가 빛에 노출시켰다가 하면서 확인을 마쳤을 때 제이든이 들이닥쳤다.

"바이올렛…" 그는 우리 침대 가장자리에 앉은 나에게서 1미터쯤 앞에 멈춰 섰다. "캣? 대체 넌 여기에서 뭘 하는 거지?"

"쟤가 내 목숨을 구했으니까 힐러의 진료를 받도록 하는 정도는 해야지." 캣이 대답했다.

"뭘 어쨌다고?" 제이든이 다가오는 사이에 힐러가 일어섰다.

"들은 대로야. 쟤가 거대한 오렌지 드래곤과 나 사이를 막았어." 캣이 앉은 자리에서 일어났다. 내가 레손에서 베닌의 독이 묻은 칼에 찔린 후 며칠 동안

259

잠들었을 때 제이든이 앉아 있었던 바로 그 의자였다. "고마워, 소른게일." 캣은 조금 숨이 막히는 듯한 목소리로 말하고는 제이든을 지나쳐서 밖으로 나갔다.

"솔레스가…" 나는 설명하려고 했다.

"그건 이미 알아." 제이든이 분노를 끓였다. "스게일에게 들었어."

"당신은 회의 중이었잖아. 성가시게 하고 싶지 않았어." 나는 힐러가 움직이는 손가락을 따라 시선을 움직였다.

"성가시게 한다고?" 바닥에 그림자가 넘쳤다.

힐러도 그 사실을 알아차리고 빠르게 눈을 깜박였다. "괜찮을 겁니다. 뇌진탕이 온 것 같진 않지만, 뒤통수에 꽤 큰 혹이 남았어요. 그리고 꿰맨 손은 조심해주세요." 그녀는 나를 보며 은빛 눈썹 한쪽을 들어보였다.

"물론이죠." 나는 붕대가 감긴 왼손을 들어 올렸다. "고맙습니다."

힐러는 고개를 끄덕이고 빠르게 복도로 나갔다.

나는 제이든을 응시했고, 제이든도 온몸에서 긴장감을 발산하며 나를 응시했다. "보호막을 두고 싸우고 싶다면 그건 괜찮지만, 내가 동굴에서 힘겹게 나왔다고 비난할 순 없어."

그는 천천히 걸어오더니 몸을 굽혀 부드럽고 느리게 키스했다. "살아 있구나." 그가 내 입술에 대고 속삭였다.

"심장 뛰는 소리로 봐서는 그래."

"다행이야." 그는 일어서서 팔짱을 꼈다. "이제 싸울 수 있겠군. 캣을 구하다니, 대체 무슨 생각을 한 거야?"

나는 눈을 껌벅였다. "미안한데, 나한테 화내는 거야? 드래곤을 상대로 싸워서 동굴 밖으로 나왔더니 나보고 화를 낸다고? 포로미엘의 왕위 계승자를 구했다고 화를 내?"

비틀거리며 물러서는 그의 눈에 공포가 스치더니 바로 분노에 뒤덮였다. "캣을 구한 이유가 계승 서열 3위여서야?"

"우선, 난 누굴 구하기 위해서든 싸웠을 거고…."

"이 이타적이고 무분별한…." 그는 천천히 물러서면서 나를 비난했다.

"둘째로, 캣이 죽으면 당신이 죽을 수도 있잖아. 그러니 당연히 구했지!" 발이 바닥을 딛자 잠시 머리가 어지러웠지만, 심호흡을 하자 맥박이 안정됐다. "캣이 당신 보호하에 죽는다면 테카루스가 당신을 처형하고 말 거야."

"정말이지 믿을 수가 없군." 그는 두 손을 머리 위에 올렸다. "넌 캣을 미워하면서도 그 녀석이 마력을 잃지 않게 하려고 보호막을 고민하고, 그걸로도 모자라서 그 녀석 목숨을 너보다 우선하고…."

"당신을 위해서였어!"

"내가 원하는 건 너뿐이야!" 제이든이 손을 튕기자 그림자가 필요 이상으로 문을 꽉 닫으면서 우리를 방음벽 속에 가뒀다. "캣이 죽는다면 그 결과는 내가 감당할 거야. 플라이어들이 채널링을 할 수 없다면 그 결과도 내가 감당할 거고. 하지만 너는 아니야. 절대로 너는 안 돼. 맙소사, 바이올렛. 난 네 자유를 존중하면서도 널 안전하게 지키기 위해 온 힘을 다하고 있는데 너는…." 그는 고개를 절레절레 흔들었다. "대체 네가 뭘 하고 있는지 모르겠다."

"날 안전하게 지킨다고?" 나는 웃음을 터뜨렸다. 비아냥대느라 눈이 아플 지경이었다. "그게 당신이 하는 일이야? 그걸 그냥 날 죽이지 않는 것과 혼동했는데."

"드디어 나왔군." 그는 벽에 등이 닿을 때까지 물러서더니 팔짱을 끼고 벽에 기대어 발목을 꼬았다. "드디어 내가 네 어머니와 한 거래에 대해 물어볼 준비가 됐어?"

# 55

흔들림 없이 강력한 사랑을 빠르게 죽일 수 있는 게 상충하는 이념
말고 또 있을까.

— 루세라스의 워릭이 남긴 일기장(바이올렛 소른게일과 데인 에이토스 생도 번역)


나는 입을 뻐끔거렸다. "내가 안다는 걸… 알았어?"

"당연히 알지." 그는 지금 문젯거리는 나라는 듯이 검은 눈썹을 올렸다. "네가 다 집어치우고 나한테 물어볼 만큼의 용기를, 아니면 신뢰를, 뭐라고 부르건 간에 그걸 가질 때까지 기다리고 있었을 뿐이야."

나는 두 주먹을 쥐고 마력을 아카이브 문 뒤로 밀어 넣은 다음에 차단벽을 올렸다. 도관이 없으니 언제든 엉뚱한 이유로 커튼에 불을 붙일 수가 있었다. "내가 몇 달 동안 그 문제로 속 끓이게 내버려뒀다고?"

"네가 묻질 않았잖아!" 그는 벽에서 몸을 뗐지만 한 걸음 이상은 딛지 않았다. "내가 알고 싶은 게 있으면 물어보라고 몇 달이나 말했는데, 우리 사이에 네가 쳐놓은 난공불락의 벽을 무너뜨려 달라고 몇 달이나 빌었는데 넌 묻질 않았어. 왜지?"

감히 이걸 나한테 뒤집어씌워?

"절대로 나한테 완전히 솔직해질 수 없다고 말한 사람은 너야. 네가 대답할지 안 할지 대체 내가 어떻게 알아? 뭘 물어봐야 하는지는 어떻게 알고?"

"질문이 떠오르면 물어봐. 간단하잖아."

"간단해? 브레넌이 살아 있어. 넌 내 목숨을 두고 어머니와 거래했어. 어머니는 네 등에 그 흉터를 새겼어. 말해봐, 제이든. 내가 너한테서 캐내길 원하는 비밀은 우리 가족에 대한 것뿐이야? 혹시 미라에 대한 비밀도 있어?"

"젠장." 그는 한 손을 머리카락에 밀어 넣었다. "흉터에 대해서는 너에게 알리고 싶지 않았던 게 사실이야. 그래도 네가 물었다면 대답했을 거야."

"내가 작년에 물었지." 나는 재건한 도시가 내다보이는 창가로 걸어가면서 이의를 제기했다. 분노로 피가 끓었지만… 고맙게도 아직 피부까지 달아오르진 않았다.

"미안해. 작년을 바꿀 수는 없어. 그리고 넌 내가 왜 비밀을 숨겼는지 이해한다고 말했지만 사실은 날 용서한 것 같지 않아."

"내가…." 그런가? 내 몸을 끌어안고 서서 머리 위로 날아가는 열 마리의 드래곤 무리를 지켜보려니 제이든이 한 거래, 제이든이 안다는 사실, 제이든이 우스꽝스러운 질문들로 나를 시험한다는 사실로 머리가 빙빙 돌았다. 그런데도 여전히 제이든은 나에게 등에 있는 흉터에 대한 진실을 말하지 않았고, 동굴 속에서 의심을 품게 된 그와 스게일과의 계약에 대해서도 말하지 않았다. 얼마나 많은 비밀이 더 있을까?

"흉터에 대해서는 네가 알고 싶지 않을 거라고 이미 말했을 텐데. 솔직히 알아서 기분 좋다고는 할 수 없잖아. 안 그래?"

뱃속이 뒤틀렸다.

"당연하지!" 나는 몸을 빙글 돌려서 그를 마주했다. "그 여자가 당신에게 몇 번이고 칼질을 했잖아!" 나는 제이든이 어떻게 그런 일을 견뎠는지도, 어머니가 왜 그런 행동을 했는지도 이해할 수가 없어서 고개를 저었다.

"맞아." 그는 그저 사실이라는 듯, 역사의 한 조각일 뿐이라는 듯이 고개를 끄덕였다. "그리고 그 정보를 먼저 알려주지 않은 건, 네가 어떻게든 스스로를 탓할 걸 알아서였어. 지난 몇 달 동안 일이 잘못될 때마다 모든 죄책감을 떠안았잖아."

나는 몸을 굳혔다. "난 그러지…."

"그랬어." 그는 걸어오다 말고 침대 앞에 멈춰 섰다. "그리고 내 등에 남은 흉터는 네 잘못이 아니야. 그래, 네 목숨이 낙인자들이 라이더 분과에 들어가는 대가이긴 했지." 그는 어깨를 으쓱였다. "네 어머니는 내 부탁을 들어준 대가를 요구했고, 난 응했어. 내가 널 알기도 전에 한 거래를 두고 사과받고 싶어? 널 사랑하기도 전에 한 거래인데? 우리가 지금까지 살게 해준 거래이고, 플라이어들에게 무기를 공급할 수 있었던 이유인데? 난 사과하지 않아. 미안하지 않아."

"난 그 거래에 화가 난 게 아니야." 어째서 이해를 못하지? "내가 화가 난 건 당신이 그걸 나에게 숨겼고, 터놓고 말했어야 할 일들을 두고도 내가 물어봐야 한다고 주장하기 때문이야. 가끔은 당신이 누군지 도무지 모르겠다는 생각이 드는데, 대체 어떻게 당신을 계속 사랑하라는 거야?"

"내가 널 살려둔 덕분에 우리가 사랑에 빠진 셈이니까." 그는 말했다. "그 거래가 없었다면, 복수심 때문에 무슨 짓을 했을지 몰라. 왜 내가 그 거래를 후회하지 않는지 물어봐. 내가 널 처음 본 순간에 대해 물어봐. 내가 그런 거래를 해놓고도 널 죽일 뻔했다가 그러지 않기로 한 순간을 물어봐. 이유를 물어봐. 뭐라도 물어보라고! 작년에 내가 네 신뢰를 깨뜨리기 전에 그랬던 것처럼 맞서봐. 답을 겁내지 말고, 답을 줄 때까지 기다리지도 마. 진실을 요구해! 넌 내 전부를 사랑해야 해. 네가 보기로 한 면만 사랑하는 게 아니라."

"어떻게 우리가 다섯 달이 지나도록 같은 싸움을 하고 있는 거지?" 나는 고개를 절레절레 흔들었다. 그는 나에게 말할 수도 있고, 말하지 않을 수도 있지만, 나는 어떤 질문을 해야 할지 추측하는 데 질렸다.

"작년에 네 신뢰를 박살낸 건 나만이 아니니까. 넌 혁명에 대한 피상적인 질문에 내가 대답하지 않겠다고 한 걸로 너무 화가 난 나머지, 우리에 대한 진

264

짜 질문을 던지지 않으려고 하니까. 네가 제자리를 찾을 기회도 얻기 전에 고 문당했으니까. 내가 너를 찾아가서 사랑한다고 말했고, 너는 아직 날 사랑한 다고 인정하고 함께할 수도 있다고 결정했지만, 네가 나를 온전히 신뢰하는 단계는 건너뛰었으니까. 답을 골라봐. 우린 아직 작년의 난간다리 위에 서 있 는 셈이야. 네가 파고들어 불쾌한 진실을 찾아낼까 봐 걱정하는 사람은 내가 아니야. 너지."

"개소리." 나는 고개를 저었다. "옷장에서 이쪽저쪽으로 도끼가 날아오는 데 어떻게 당신을 온전히 믿어?"

그는 흉터 진 눈썹을 올렸다. "무슨 말인지 이해가 안 가는데…."

"이모젠과 대화하다가 썼던 비유야. 신경 쓰지 마." 나는 손을 내저었다.

"옷장에 도끼가 들어 있다고?" 그는 고개를 기울여 나를 살폈다.

나는 이마 한가운데를 문질렀다. "당신 옷장에서 도끼가 날아와서 날 죽일 뻔했다면, 그런 일이 또 일어나지 않게 옷장을 확인하고 싶지 않겠냐고 했어."

"흐음." 그는 곁눈질로 우리의 제복이 나란히 걸린 옷장을 보더니 생각에 잠겨서 이마를 찌푸렸다. "써먹을 수 있겠는데."

"뭐라고?"

"지금 우리 옷장에 뭐가 있지?" 그는 가슴 앞에 팔짱을 꼈다.

나는 입을 뻐끔거렸다. "제복. 부츠. 비행용 가죽옷."

"제복 몇 벌? 부츠 몇 켤레?" 그림자가 침대 밑에서부터 바닥을 기며 옷장 문으로 뻗어 나갔다. "정말로 옷장 안에 뭐가 있는지 알아? 아니면 내가 네 소 지품을 옮기지 않고 그대로 뒀을 거라고 믿는 거야?"

"비유라니까 그러네." 터무니없었다. "그리고 난 매일 옷장을 열어. 내 눈으 로 보니까 뭐가 어디에 있는지 알아."

"맨 위 선반 뒤쪽에 있는 내 어머니가 만들어준 담요는?" 그림자 두 가닥이 손잡이까지 흘러가서 옷장 문을 열었다.

"안을 뒤져보지는 않았어." 나는 눈매를 좁히고 고개를 저었다.

그는 입꼬리를 올렸다. "나를 믿기 때문이지."

"비. 유. 라니까." 나는 음절을 끊어가며 말했다.

"그러니까 질문해, 바이올렛." 그는 부드럽게 말했다. 그런 차분하고 절제된 목소리를 들으면 턱을 올리게 된다. "나에게 좀 맞춰줘."

"좋아." 나는 이를 악물고 잇새로 말했다. "혹시 당신 옷장에 도끼가…."

옷장에서 그림자가 밀려왔고, 금속의 반짝임이 눈에 스치더니 그림자 끈이 내 턱 바로 앞에 단검을 치켜들었다.

나는 숨을 헉 들이키고는 모든 근육에 힘을 넣었다. "대체 뭐야, 제이든?"

"내가 널 해칠 것 같아?" 제이든이 방을 가로질러 걸어오는 발소리는 카펫 때문에 거의 들리지 않았다. 그는 나에게 항의하거나 뒷걸음질할 시간을 충분히 줬지만, 나는 어느 쪽 행동도 하지 않았다.

"그거 치우지 않으면 내가 당신을 해칠 거야." 나는 제이든만 주시했다.

"내가 이 단검이 널 해치게 둘 것 같아?" 그의 부츠가 내 부츠 끝을 건드리고, 제이든이 내 쪽으로 몸을 기울였다.

"당연히 아니지."

그림자가 천천히 제이든의 목 가까이로 칼을 가져갔고, 나는 제이든이 실수로 목을 베기 전에 단검 손잡이를 잡아서 책상에 던져버렸다.

제이든 얼굴에 미소가 비쳤다가 사그라들었다. "어이, 바이올런스."

"뭔데?" 나는 쏘아붙였다.

"옷장 안에 단검이 있어." 그는 내 목 뒤쪽으로 손을 움직이더니, 몸을 기울여 세상을 우리 둘만으로 좁혔다. "넌 묻기만 하면 되고, 설령 단검이 날아오는 걸 몰랐다 하더라도 내가 절대 그 칼이 널 해치게 둘 리 없다는 걸 알아. 네가 신뢰하지 않는 건 내가 아니야."

나는 코웃음을 쳤다. "그게 대체 무슨 말이야?"

"내 사랑, 넌 내가 아는 가장 똑똑한 사람이야. 네가 정말로 답을 원한다면 올바른 질문을 던지겠지." 그는 엄지손가락으로 내 턱선을 쓸면서 부드러운 목소리로 말했다. "넌 그 거래에 대해 알았어. 어쩌면 네가 던져야 할 질문은, 왜 네가 그 문제로 나와 정면으로 부딪치지 않았냐는 것일지도 몰라."

"그야! 널 사랑하니까 그랬지." 목소리가 굴욕적으로 작아지는 게 민망했고, 떨쳐내지 못하고 머릿속을 맴도는 생각은 두 배 더 부끄러웠다. 어머니가 제이든과의 거래에 대해 이야기한 순간부터 나는 이런 순간을 막으려고 애썼다는 생각. 제이든은 물끄러미 나를 보고 있었고, 나는 두 뺨이 달아오르고 좌절감에 주먹이 쥐어졌다. "당신이 탈곡 이전에 나를 살려둔 게 어머니와 거래 때문이 아니라, 내가 당신에게 그랬던 것처럼 당신도 나에게 흥미를 느꼈거나 감명받았거나 매력을 깨달아서라고 생각하고 싶었으니까. 당신이 나를 사랑하게 된 이유가 오직 그 여자라고 생각하면 끔찍하니까. 어쩌면 당신 말이 맞고, 내가 이 사실을 알고 싶지 않았기 때문일지도 모르지. 나는 헌신과 집착, 비겁함과 자기 보존 사이의 경계선이 아주 얇다는 걸 알고 있고, 당신 문제만 되면 꼭 그 선을 넘나드니까. 당신을 치 떨리게 사랑한 나머지 작년에 모든 경고를 무시했고, 이제는 선 어느 쪽에 서 있는지 알 수 없을 때가 너무 많아. 당신을 쳐다보느라 내 발밑을 보질 못해서!"

"네 발이 어디 있는지 네가 알고 싶어 하지 않아서야." 그는 조용히 말했다.

나는 입을 딱 닫았다. 감히 어떻게.

누군가가 문을 두드렸다.

"꺼져!" 제이든은 어깨 너머로 외쳤다가 방음벽을 떠올리고는 한숨을 내쉬었다.

"당신 가설을 시험해볼까. 내가 진실을 요구하길 바란다고? 당신에게 의미 있는 질문을 던져줘?" 나는 그와 시선을 마주치고 마음을 굳게 먹었다.

"부디 그래줘." 그는 나를 부추겼다.

"당신의 두 번째 고유 능력은 뭐야?"

그는 눈을 크게 뜨더니, 얼굴에서 핏기가 싹 빠지면서 손을 떨궜다. 내가 제이든 라이오슨에게 충격을 주는 데 처음으로 성공한 모양이었다.

"있다는 건 알아." 나는 문 두드리는 소리 속에서 속삭였다. "스게일이 당신 할아버지와 계약했었으니 당신은 직계 후손이 되지. 드래곤이 예전 라이더의 가족과 계약하면 고유 능력이 강해지지만, 직계 후손과 계약하면 두 번째 고유 능력이 생기거나… 아니면 광기를 일으켜. 그리고 당신은 꽤나 제정신 같거든."

그는 숨을 급하게 들이켜더니 애써 가면 같은 얼굴을 했다.

나는 고개를 내저으며 코웃음 쳤다. "물어보라고? 웃기시네. 단지 난 스게일이 왜 당신을 선택해도 좋다고 허락받았는지, 어떻게 그러고도 빠져 나갔는지 모르겠어. 어떻게 둘 다 빠져 나갔는지를."

문 두드리는 소리가 커졌다. "비상사태야!"

브레넌?

우리 둘 다 문 쪽으로 고개를 돌렸고, 제이든이 재빨리 문을 열었다. 그는 잘 들리지 않는 오빠의 말을 귀 기울여 듣더니 어깨 너머로 나를 돌아보았다. "와이번 떼가 페이비스에서 절벽으로 날아오는 모습이 포착됐어."

제이든이 브레넌에게 뭔가 말하더니 다시 나를 돌아보았다. "이제 보호막을 올릴 준비가 됐어? 아니면 놈들이 문 앞까지 오도록 기다리고 싶어?"

젠장.

# 56

이 대륙은 한 번도 우리 것이었던 적이 없다. 처음부터 그들 것이었고, 우리는 단지 여기에 살아도 된다는 허락을 받았을 뿐이다.

_ 루세라스의 워릭이 남긴 일기장(바이올렛 소른게일 생도 번역)

"드래곤들이었다고." 브레넌이 말했다. 우리는 보호석이 있는 방으로 이어지는 아래쪽 길을 건너뛰고, 의회 구성원들과 함께 곧장 언덕 꼭대기로 올랐다. 제이든과 리애넌이 오후 햇빛을 받으며 뒤따랐다.

머리 위에 먹구름이 밀려오며 바람이 울부짖었다. 날씨마저도 다급한 느낌이었다. 혹시 내가 또 틀렸다면? 기호 하나를 빠뜨렸다면? 의미 하나를 빠뜨렸다면? 그럴 경우에 우리는 몇 시간 안에 목숨을 걸고 싸워야 할 것이다. 하지만 여기에서도 보호석의 뚜렷하고 강력한 진동을 느낄 수 있었으니, 부분적으로나마 내가 옳은 것은 확실했다.

데인과 제이든과 내가 보호석을 충전하기 위해 쓴 시간은 보상을 받았다. 물론 보호석이 그것만으로 보호막을 만들어내지는 않았지만, 이제는 마력을 담고 있기는 했다.

저택 안의 혼란은 계곡으로 이어지는 산길까지 가득했고, 라이더와 플라이어들이 장검, 도끼, 단검, 활로 무장하고 비행장으로 올라가고 있었다. 나도 솔레스의 몸에 꽂힌 채로 동굴 속에 남겨진 두 자루만 빼고 모든 단검을 챙겼고, 배낭도 메고 있었다. 대부분의 3학년과 2학년들은 나바르 쪽 국경선에 있는 전초기지들로 향했고, 나는 따로 움직였다.

테른과 스게일은 다른 드래곤보다 빠르게 날 수 있으니, 나는 다가오는 와이번들을 마주하러 가는 제이든과 함께할 것이다. 놈들이 아레티아에 들어오게 할 수 없다. 우리가 서두른다면, 그리고 번역이 정확하다면, 와이번들이 절벽 위에 도착하는 때에 맞춰서 보호막을 올릴 수 있을 것이다. 실패할 경우에 대해서는 생각하지 않으려 애썼다. 서둘러 산길을 오르는 내내 심장이 미친 듯이 뛰었다.

어깨 너머로 제이든을 보았다. 그는 이를 악문 채 나와 눈도 마주치지 않았다. 우리가 계속 같은 싸움을 하는 건 제대로 마무리한 적이 없어서인지도 모르겠다. 대체 고유 능력이 뭐길래 그렇게 창백해진 거지?

"드래곤들이었어." 나는 브레넌 오빠에게 관심을 돌리고, 일기장에서 잘못 번역했던 페이지를 펴서 건넸다. "저 선 보이지?" 나는 장갑 낀 손가락으로 가리켰다. "저 선이 기호 아래쪽에 붙었으니 물리적인 힘이 아니라 정치적인 힘으로 해석이 돼. 데인이 잡아낸 거야. 그러니까 보호석에는 드래곤 종마다 대표가 하나씩 필요해." 리애넌이 아무 말이 없는 제이든과 함께 우리 뒤를 따라오는 것도 그래서였다. 우리에겐 페이그가 필요했다. "그리고 앞부분을 다 읽고 나서야 보호석에 불을 뿜은 드래곤은 다른 보호석에 이용할 수 없다는 걸 알았고, 끝까지 읽고 나서야 그들이 보호석 두 개를 만들었다는 걸 확인했어. 하지만 왜 이쪽 보호석을 활성화하지 않았는지는 나오지 않아. 보호석에 새겨진 룬을 작동시키는 건 드래곤 화염이고, 그 당시에 드래곤 숫자는 충분했을 텐데, 할 수 있다면 왜 나바르를 더 보호하지 않았을까?"

어제 받은 공격 때문에 온몸이, 특히 머리와 어깨가 아팠고 나는 이 일을 끝마치기 위해 통증을 가둬두려고 애썼다. 앞으로 몇 시간 후에 죽는다면 몸이 아픈 것쯤은 문제가 아닐 것이다. 나는 뒤통수에 부어오른 혹을 가만히 눌러

보고 얼굴을 찌푸렸다.

"복원해줄게." 브레넌이 일기장에서 눈을 들더니 걱정스럽다는 듯이 이마를 찌푸렸다.

"지금은 그럴 시간이 없어. 나중에." 나는 고개를 젓고 추위를 막으려고 후드를 당겼다.

오빠는 못마땅한 눈으로 보았지만, 그렇다고 내 결정을 뒤집으려고 하지는 않았다. "넌 단순히 번역만 해낸 게 아니라, 대부분이 그만뒀을 시점에 되돌아가서 끝까지 해냈어. 정말 감탄했다, 바이올렛." 브레넌이 입꼬리를 올려 미소 지었다.

"고마워." 나도 조금은 뿌듯한 미소를 돌려줄 수밖에 없었다. "아빠가 날 잘 가르쳤고, 그다음에는 마컴이 이어받았지."

"보나마나 네가 라이더 분과에 남았을 때 마컴은 엄청나게 실망했겠지."

"내가 마컴의 제일 큰 실패작인 건 확실해." 몇 걸음만 더.

"하지만 아빠의 제일 큰 성공작이야." 브레넌은 일기장을 돌려줬다.

"아빠는 우리 모두를 자랑스러워할 거야. 그 일기장은 오빠가 보관해." 나는 겨우 꼭대기에 도착해서 일기장을 고갯짓으로 가리켰다. "보존해야 할 물건이야."

"네가 원한다면 언제든 줄게." 브레넌은 일기장을 재킷 안에 넣으면서 왼쪽으로 향했다. 마브가 캐스 옆에 서 있었고, 캐스는 데인이 앞에서 초조하게 짝다리를 짚고 기다리는 동안 꼬리를 휙휙 움직였다.

여섯 드래곤이 날개와 날개를 맞대고 보호석이 있는 공간 위쪽을 둘러쌌고, 나는 예상한 대로 스케일 옆에 서 있는 테른에게 다가갔다.

"앤다나는 어때요?" 나는 테른의 앞다리 사이에 서서 30미터 아래에 놓여 있는 보호석을 바라보며 물었다. "제가 마음을 뻗어도 대답을 안 하는데요."

"원로들이 심문 끝에 앤다나의 행동은 정당하다는 판결을 내렸다." 테른이 대답했다. "하지만 스스로를 지키거나 라이더를 지키기 위해서라 해도 다른

271

드래곤을 죽이는 건 영혼에 무거운 흔적을 남긴다."

"그래서 솔레스를 죽이는 대신에 한쪽 눈만 가져간 거였군요."나는 제이든이 다가오자 몸을 굳혔고, 스게일과 함께 위치를 잡는 그를 쳐다보지 않으려 했다.

"그때 그놈을 죽였어야 했어. 앞으로 비슷한 입장에 처한다면 주저하지 않겠다. 덕분에 지금 앤다나가 내 것이어야 할 고통에 시달리고 있지 않느냐."

"전 앤다나가 자랑스러워요."

"나도 그렇다."

리애넌이 페이그와 서고, 수리가 브라운 클럽테일 드래곤과 섰다.

"해치우지." 수리가 내 쪽을 노려보는 표정이, 아직도 내가 새로운 발견을 일주일이나 숨겼다는 사실에 화가 난 기색이었다. 나는 신뢰 부문에서 전혀 점수를 얻지 못하고 있었다.

여섯 명 모두가 눈빛을 교환하고 재빨리 고개를 끄덕였다.

"때가 됐다." 테른이 말했다.

드래곤들이 한 몸처럼 숨을 들이마시더니 여섯 줄기의 화염을 방 안에 내뿜었고, 바로 공기가 따뜻해졌다. 이래서 보호석이 있는 방의 천장을 열어둔 거였다. 별들을 보기 위해서가 아니라, 드래곤들이 접근해서 이런 작업을 해야 했기 때문이다.

열기 때문에 아직도 솔레스의 습격으로 따끔거리던 민감한 피부가 화끈거리자 나는 고개를 옆으로 돌렸다. 잠시 후, 맥박 치는 마법이 파도처럼 내 몸을 진동시키면서 아레티아의 첫 드래곤 탄생 때보다 살짝 부드러운 느낌으로 내 마력을 끌어 올렸다.

화염이 멈추고, 타는 듯한 열기가 겨울 공기 속으로 흩어졌다. 우리는 보호석을, 그리고 드래곤들을 쳐다보았다.

바스지아스의 보호막 안에서 느꼈던 안정적이고 견고한 감각이 돌아오고, 나바르를 떠난 순간부터 피부 아래를 기어다니던 거칠고 속박되지 않은 마법이 가라앉은 느낌이었다. 약해진 게 아니라 확실히 더… 길들여진 느낌이었다. 아래를 들여다보았지만, 보호석 자체는 이전과 같아 보였다.

불이라는 건 더 상징적인 표현일까?

데인을 보았더니, 그가 몇 년 사이에 가장 크게 웃는 얼굴로 나를 보고 고개를 끄덕였다. 똑같은 웃음이 내 얼굴에도 걸렸고, 신이 나서 가슴이 부풀었다. 우리가 해냈다. 이 순간을 위해서라면 마력을 불어 넣으면서 보낸 긴 밤과 추운 낮들도, 번역을 두고 벌인 언쟁들도, 심지어는 처음 시도했을 때의 실패마저도 감수할 가치가 있었다.

"이게 끝이야?" 브레넌이 보호석이 있는 방 너머로 나를 보면서 물었다.

"시험해볼 시간은 없어." 제이든이 위를 가리켰다. 이미 그리폰들이 날고 있었다. 그는 나와 시선을 마주쳤다. "가자."

테른은 그 어느 때보다도 빠른 속도로 스게일과 제이든을 따돌리고 와이번을 찾아내기 제일 좋은 지점이 있는 절벽으로 날아갔다. 문제의 지점은 고원 가장자리였는데, 보통은 테른도 두 시간은 비행해야 하는 곳이지만 오늘 저녁에는 평소보다 몇 분 더 빨랐다.

"*그 둘은 15분 뒤처져 있다.*" 테른은 수 킬로미터에 이르는 밭 위를 날면서 말했다. 논밭이 점점 아래로 멀어지고, 우리는 절벽에서 50미터쯤 떨어진 곳에 착륙했다. "*그 시간을 이용해서 중심을 잡아라.*"

"*이번 언쟁에서는 제이든 편을 들 생각도 말아요.*" 나는 버클을 풀고 안장에서 내려가면서 얼굴을 찡그렸다. "*다리를 좀 펴야겠어요.*"

"*나는 소위 녀석의 어디에도 편들지 않는다.*" 테른이 식식거렸다. "*너희의 애정 문제에 귀 기울일 정도로 할 일이 없는 줄 아느냐.*"

"*미안해요. 섣불리 비약했네요.*" 나는 테른의 스파이크 사이를 누비며 움직였고, 그는 어깨를 낮춰줬다.

"*네 모욕이 언짢기는 하다.*" 그는 내가 자신의 다리를 타고 내려가는 사이에 말했다.

"*모욕이요?*" 부츠가 얼어붙은 땅에 닿자 무릎이 항의했지만, 붕대는 단단히 감겨 있었다.

"*스스로의 판단을 의심하지 않느냐. 내가 널 택한 이유가 그 판단력인데.*"

"*그러면서 듣고 있지 않았다는 거죠. 그래요.*" 나는 어깨를 돌리면서 입김은 여전하지만 살갗이 따뜻해질 만큼 마력을 일으켰다.

그러자 진동이 느껴졌고, 본능적으로 여기가 보호막이 끝나는 지점임을 알수 있었다. 절벽 가장자리에서 6미터쯤 떨어진 곳이었다. 평균적인 드래곤이라면… 그런 게 존재한다면 아레티아에서 쉼 없이 네 시간을 날아와야 하는지점이었다.

전초기지를 이용해서 연장하지 않았다면 바스지아스의 보호막도 이 정도였을까? 이 정도 거리면 엘숨과 티렌더는 물론이고 칼디르마저 대부분 보호를 받지 못했을 것이다.

맙소사, 이게 보호석의 자연 범위라면 티렌더 대부분도 지키지 못한다.

"*상황은 어때요?*" 테른에게 물었다.

"*제일 가까운 드래곤 세 마리 편대는 북쪽으로 30킬로미터고, 남쪽도 마찬가지다.*"

"*보이진 않고요?*" 오늘 밤 우리에게는 제이든이 원한 만큼의 숫자로 나눌병력이 없었지만, 셋 또는 우리처럼 둘씩 나눠서 국경선을 더 넓게 살필 수 있었다. 수는 적지만 가까운 간격으로 부대를 배치하면 강력한 드래곤들이 소통하기에 유리했다.

절벽을 방어하기 위해 포로미엘 전선에 있는 모든 드래곤과 라이더를 소환했지만, 코딘이나 더 멀리 브레이빅 국경에서 주둔하는 이들이 제 때 돌아올희망은 없었다.

"*절벽에서는 보이지 않는다.*"

"*그 너머는요?*" 나는 혹시나 회색 날개가 보일까 싶어 어두워져가는 풍경을 집요하게 훑어보았다.

"*15분쯤 남았을 거다.*" 그는 내 옆으로 뜨거운 콧김을 내뿜었다. "*마음의 준비를 해라. 스게일이 거의 도착했다.*"

"제이든 말이 맞다고 생각해요?" 나는 날갯짓 소리가 고요한 밤을 깨뜨리는 가운데 가슴 앞에 팔짱을 끼고 물었다.

"*본인이 그렇게 생각한다는 건 알지.*"

참 도움이 되네요.

스게일이 테른 가까이 내려앉았다. 마지막으로 남은 평화로운 시간 속에서 나는 숨을 들이마시며 진짜 전쟁이 시작되기 전에 치러야 할 나만의 전투에 대비했다.

익숙한 발소리가 다가왔다.

"이쪽에서는 보이지 않아." 차단벽을 단단히 올린 나는 옆에 서는 그에게 말했다. "그리고 테른이 15분쯤 남았대."

"여기엔 달리 아무도 없어." 그는 짧게 말했다.

"맞아. 둘만 있는 건 우리뿐이야." 나는 평소처럼 나를 흠뻑 적시는 대신 손가락이 아리도록 천천히 세포를 채우며 밀려드는 에너지 속에서 짝다리를 옮겨 짚었다. "부대를 더 크게 운용하자는 당신 생각에 안 맞는 건 알지만…."

"그 말이 아니야." 그는 장갑을 주머니에 집어넣으며 맨손으로 능력을 행사할 준비를 갖췄다. 완벽하게 평정과 통제력을 발휘하는 모습이었다. "몇 킬로미터 이내에 우리 말을 들을 사람이 없다고."

나는 눈썹을 홱 올리고, 도무지 믿을 수 없는 기분으로 그를 돌아보았다. "미안한데, 그러니까 아레티아에서는 당신이 직접 방에 친 방음벽도 믿을 수가 없어서 내 질문에 대답하지 않았다는 거야?"

"언제나 뭔가를 더 잘하는 사람이 있기 마련이고, 보호막도 마찬가지야." 그는 얼굴을 찡그렸다. "물론 그것만이 이유는 아니었겠지."

"무슨 개소리를 하려는 건지 몰라도 넣어둬." 뱃속이 뒤틀렸다. 나는 최대한 목소리를 낮게 깔고 제이든을 흉내냈다. "물어봐." 그리고 고개를 저었다. "그래놓고선, 처음으로 진짜 질문을 던지자마자 겁쟁이처럼 도망쳤어."

"네가 두 번째 고유 능력에 대해 물어볼 줄은 생각도 못했어."

"거짓말." 나는 시선을 올려 하늘의 움직임을 살피면서 동시에 아카이브 문이 위험할 정도로 끓어오르는 분노를 억눌렀다. "진짜 알리고 싶지 않았다면 스게일이 할아버지와 계약한 사이였다는 말도 안 했겠지. 의식적인 선택인지, 무의식적인 선택인지는 몰라도 당신이 선택한 거야. 당신은 내가 알아낼 줄 알았어. 이것도 그 '물어봐'라는 시험의 연속인가? 그런 거라면 이번 시험에 실패한 건 내가 아니라 당신이거든."

"내가 그걸 모를 것 같아?" 그의 목소리는 목이 졸린 사람이 내지르는 것도 같고, 목에서 말을 억지로 뜯어내는 것 같기도 했다.

그렇게 인정하니 관심이 확 쏠렸지만, 그는 재빨리 자제력을 발휘하여 감정 폭발을 진압했다. 제이든이 먼 곳을 바라보는 가운데 우리는 껄끄러운 침묵에 잠겼다.

"가끔은 당신을 모르겠다는 기분이 들어." 나는 턱에 힘을 주는 제이든의 깎은 듯한 얼굴선을 보았다. "당신을 모르는데 어떻게 정말로 사랑한다고 할 수 있을까?"

그럴 수는 없다. 그리고 우리 둘 다 그걸 알았다.

"누군가의 사랑이 식는 데 걸리는 시간이 얼마일 것 같아?" 그는 하늘을 살폈다. "하루? 한 달? 아무 경험이 없어서 묻는 거야."

뭐가 어째? 나는 팔꿈치로 그놈을 콱 찌르고 싶은 충동에 넘어가지 않으려고 팔짱을 꼈다.

"내가 그걸 묻는 건…." 그는 침을 삼키면서 말을 이었다. "네가 알면 순식간에 그렇게 될 거라 생각하기 때문이야."

불안감이 등골을 타고 올라와서 목을 틀어막았고, 차단벽을 살짝 내리자 제이든과의 연결에서 얼음처럼 차가운 공포가 느껴졌다. 대체 두 번째 고유 능력이 무엇이기에 내가 그를 더는 사랑하지 않을 거라는 거지?

젠장. 혹시 캣과 비슷한 능력이면 어쩌지? 내내 제이든이 내 감정을 조종했던 거라면? 나는 목으로 올라오는 쓴물을 삼켰다.

"그런 짓은 절대로 안 해." 그는 하늘을 보다가 곁눈질로 나를 노려보고는, 상처 입은 듯이 쏘아붙였다.

"젠장." 나는 두 손으로 얼굴을 문질렀다. "큰 소리로 말할 생각은 없었어."

그는 대꾸하지 않았다.

"그냥 말해줘." 나는 손을 뻗어 그의 팔등을 잡았다. "내가 당신 곁에 남으리라 믿는 이유가, 내가 당신이 한 제일 사악한 짓을 모른다 해도 당신이 뭘 할 수 있는지는 아니까라고 했잖아. 하지만 당신이 말하지 않으면 난 몰라." 어떻게 된 건지 우리는 둘 다 서로를 온전히 믿지 못하던 몇 달 전으로 돌아가 있었다.

그는 말하려다가 다시 생각한 듯이 입을 뻐끔거렸다.

"고유 능력은 우리의 본질이 누구인지, 우리에게 필요한 게 무엇인지와 관련이 있어." 나는 큰 소리로 말했다. 제이든이 말하지 않는다면 직접 알아내겠다. "당신은 비밀에 통달해 있으니까 그림자 능력을 얻었지." 나는 그의 발치에 감긴 그림자를 가리켰다. "또 고르는 무기마다 치명적으로 잘 다루긴 하지만, 그건 고유 능력이 아니야." 나는 이마를 찌푸렸다.

"그만해."

"당신은 인정사정없이 무자비한데, 그건 감정을 차단하는 능력과 관련이 있을 수도 있지." 나는 무게 중심을 옮기고 그의 얼굴을 살피면서 추측을 이어갔다. 와이번이야 우리보다 테른이 먼저 발견하겠지. "당신은 타고난 지도자야. 모두가 당신에게 끌려가지. 그러지 않는 게 낫다고 생각할 때조차도 그래." 마지막 말은 작은 소리로 흘러나왔다. "당신은 언제나 적재적소에 있고…." 나는 눈썹을 올렸다. "혹시 공간 이동 능력자야?" 역사를 통틀어서 한 걸음에 수백 킬로미터를 건너뛸 수 있는 능력자는 딱 두 명밖에 없었다.

"공간 이동 능력자는 수백 년 동안 나오지 않았고, 내가 그런 능력이 있었다면 매일 밤을 네 침대에서 보내지 않았을까?" 그는 고개를 저었다.

"그럼 당신에게 필요한 게 뭘까?" 나는 제이든의 긴장된 턱선을 무시하고 곰곰이 생각했다. "당신은 모든 사람을 의심하고 판단을 내려야 해. 사람을 빠르게 판단할 수 있어야 누굴 믿고 누굴 믿지 말아야 할지 알고, 그래야 바스 지아스에서 몇 년이나 밀수를 성공시키지. 무엇보다도 통제력이 필요하고. 그건 당신의 성격 모든 면에 녹아들어간 특성이야."

"그만." 제이든이 말했다.

나는 그 경고를 완전히 무시했다. 작년에 미라가 제이든을 멀리하라고 했을 때 무시했던 그대로였다. "당신은 문제를 해결해야 직성이 풀리는데… 아니야. 복원할 수 있었다면 날 데리고 아레티아까지 오지 않았겠지. 그보다는 가능성 없는 고유 능력들을 지워보자. 당신은 미래를 보지 못해. 그랬다면 우리를 데리고 애더빈으로 가지 않았을 거야. 불이나 물 같은 원소를 쓰지도 못해. 그런 능력이 있었다면 레손에서 썼겠지…." 나는 문득 드는 생각에 잠시 말을 멈췄다. "누가 알아?"

"돌이킬 수 없는 데까지 가기 전에 그만해." 그림자가 내 종아리를 타고 올랐다. 마치 나를 붙들어둬야 한다고 생각하는 것 같았다.

"누가 아냐니까!" 나는 분노한 만큼 언성을 높여서 다시 물었다. 상관없었다. 몇 킬로미터 이내에는 아무도 없고, 아레티아에는 멜그렌 장군의 개인 부대에 속한 그릴리 대위처럼 몇 킬로미터 떨어진 소리를 들을 수 있는 능력자가 없었다. 그래서 우리의 소통 시간이 나바르에서보다 느린 거고. "낙인자들은 알아? 의회는 알아? 혹시 이번에도 작년처럼 가까운 사람 중에 나만 모르는 거야?" 나는 그의 팔을 놓았다.

아무도 감지하지 못하고, 훈련하지 않는 고유 능력을 가진다는 건 불가능했다. 제이든이 또 나를 바보로 만든 걸까? 갈비뼈와 심장 사이가 수축하면서 가슴이 무너지려고 했다.

"맙소사, 바이올렛. 다른 사람은 아무도 몰라." 그는 나에게 몸을 홱 돌렸다. 다른 사람이라면 그 빠른 움직임에 겁먹었겠지만, 나는 그가 적어도 육체적으로는 나를 해칠 수 없다는 사실을 알기에 턱을 치켜들고 도전적인 자세로 금빛 반점이 떠도는 검은 눈을 들여다보았다.

"난 이것보다 나은 대접을 받을 자격이 있어. 말해."

"넌 언제나 나보다 나은 놈을 만날 자격이 있었어. 그리고 아무도 몰라." 그는 다시 한번, 이번에는 더 낮은 목소리로 말했다. "누가 안다면 난 이미 죽었을 테니까."

"대체 왜…." 입술이 벌어졌고, 머리가 어지러워지며 맥박이 치솟았다.

제이든은 상황을 완전히 통제해야 하는 사람이다. 그래서 빠르게 사람을 판단해야 한다. 바스지아스의 벽 안에서 그만큼이나 성공적으로 혁명을 이끌려면… 모든 것을 알아야 한다.

제이든이 가장 절박하게 필요로 하는 건 정보였다.

테른이 몸을 움직이더니 스게일과 나란히 서지 않고 스게일 쪽을 비스듬히 보고 섰다.

신들이시여. 라이더들이 가지고 있다는 이유만으로 살해당하는 고유 능력은 하나뿐이다. 공포가 내장을 휘저으며 얼마 먹지 못한 아침식사를 게워내려고 했다.

"맞아." 그는 나와 시선을 맞추며 고개를 끄덕였다.

젠장. 지금 방금….

"아니야." 나는 고개를 저으며 그의 그림자에서 한 걸음 뒤로 물러섰지만, 그는 나와 같이 걸음을 딛는 것처럼 움직였다.

"맞아. 그래서 작년에 나무 밑에서 모인 걸 들켰을 때, 네가 아무에게도 말하지 않으리라 믿을 수 있었던 거야." 그는 내가 또 한 걸음을 물러서자 말했다. "매트 위에서 상대가 뭘 하려고 하는지 아는 것처럼 보이는 것도 그래서야. 누군가에게 필요한 일을 하게 하려면 어떤 말을 해야 하는지 정확히 아는 것도 그래서고, 바스지아스에 있을 때 누가 조금이라도 우리를 의심하면 바로 알아차렸던 것도 그래서야."

나는 받아들이지 못하고 고개를 마구 저었다. 밀어붙이지 말라고 할 때 그만할걸.

그는 뒷걸음질하는 나를 따라왔다. "그래서 심문실에서 데인을 죽이지 않고 따라오게 놔둔 거야. 그 녀석의 차단벽이 흔들리자마자 정말로 충격적인 깨달음을 얻었다는 걸 알았으니까. 내가 그걸 어떻게 알았을까, 바이올렛?"

그는 데인의 마음을 읽었다.

제이든은 내 상상 이상으로 위험한 사람이었다.

"인틴식이구나." 나는 속삭였다. 라이더 사이에서는 그런 의심만으로도 사형 선고였다.

"일종의 인틴식이지." 그는 처음 말해본다는 듯이 느릿느릿 인틴식이라는 말을 되풀이했다. "난 의도를 읽을 수 있어. 이런 고유 능력의 낌새만 보여도 다 죽여버리지 않았다면 이걸 뭐라고 부르는지 알았을지 모르지."

나는 눈썹을 홱 치켜들었다. "생각을 읽을 수 있는 거야, 아닌 거야?"

그는 턱에 힘을 넣었다. "그보다는 복잡해. 실제로 생각하기 직전에, 스스로도 깨닫지 못하는 무의식적인 동기가 있을 수 있어. 아니면 본능으로 움직일 때, 아니면 누군가를 배신하려고 할 때. 언제나 거기엔 의도가 있어. 대부분은 스쳐 지나가지만, 어떤 사람들은 아주 또렷한 그림으로 의도를 발휘해."

테른이 목구멍 안쪽으로 낮게 우르릉거리더니 스게일을 향해 고개를 낮췄고, 우리의 결속을 통해 메스꺼운 감정이 쏟아져 들어왔다. 배신감이었다. 나는 차단벽을 얼른 올리고 테른의 감정에 휩쓸릴 가능성을 막았다. 이미 내 감정만으로도 벅찼다.

테른도 몰랐구나. 다시 한번 분노의 울림이 가슴 비늘을 진동했고, 찌르는 듯한 공감으로 내 심장이 요동쳤다. 놀랍게도 스게일은 뒤로 물러났지만, 반려에게 고개를 들어 목을 드러내고 있었다. 제이든이 방금 한 행동도 목을 내민 것과 다름없었다. 내가 누군가에게, 누구에게든 한마디만 하면 그는 죽은 목숨이었다. 조용한 굉음이 들리는 것 같았다.

"반려라고 해도 공유할 수 없는 비밀이 있어." 제이든은 나와 눈을 맞추고서 말했지만, 그건 테른을 향한 말이었다. "보호막 안에서조차도 말할 수 없는 비밀."

"그러면서 당신은 모두의 비밀을 알잖아? 모두의 의도를?" 그래서 인턴식을 살려두지 않는 거다. 그의 고유 능력이 암시하는 바가 전쟁을 시작하는 충차처럼 나를 들이받았고, 나는 실제 타격을 입은 것처럼 비틀거렸다. 제이든은 몇 번이나 내 마음을 읽었을까? 얼마나 많은 생각 전의 생각을 엿보았을까? 내가 정말로 그를 사랑하긴 한 걸까? 아니면 그가 내가 듣고 싶어 하는 말을 해준 걸까? 내게 필요했던 말들을….

"1분도 안 걸렸어." 제이든이 속삭였다. 스게일이 그에게, 아니 우리에게 다가오고 있었다. "네가 나에 대한 사랑을 잃는 데 1분도 안 걸렸어."

나는 퍼뜩 시선을 돌렸다. "내 마음… 이든 뭐든 읽지 마!"

내 쪽으로 걸어온 테른이 고개를 낮추고 이를 드러내며 등 뒤에 섰다.

"읽지 않았어." 제이든은 내가 본 그 어떤 표정보다 서글픈 미소를 지었다. "우선은 네가 차단벽을 올리고 있기 때문이고, 둘째로는 읽을 필요가 없기 때문이야. 얼굴에 써 있어."

내 심장은 규칙적으로 뛰려고 안간힘을 썼다. 서서히 심장박동을 늦추면서 힘없이 패배를 인정하고 싶기도 하고, 심장박동을 높여서 그래도 그를 사랑한다는 단순하지만 고통스러운 진실을 변호하고 싶기도 했다. 싸우고 싶기도 했다.

하지만 내 사랑이 얼마나 더 타격을 견뎌낼 수 있을까? 옷장 안에는 단검이 몇 개나 더 숨겨져 있는 걸까? 신들이시여. 어떻게 생각해야 할지 모르겠다. 구역질이 났다. 나에게 그 능력을 얼마나 썼을까?

"무슨 말이라도 해봐." 그는 두려움에 찬 눈으로 애원했다.

굉음이 커졌다. 빗방울 천 개가 지붕을 두드리는 듯한 소리였다.

"내 사랑은 변덕스럽지 않아." 나는 그의 눈을 마주 보면서 천천히 고개를 저었다. "그러니까 살아남는 게 좋을 거야. 이제 당신에게 온갖 빌어먹을 질문을 던질 준비가 됐으니까."

"*은빛 아이야, 올라타거라!*" 테른이 내 차단벽을 얇은 종이처럼 허물어뜨리면서 소리쳤다. "*와이번이다!*"

제이든도 나도 절벽 가장자리를 쳐다보았다. 다가오는 회색 구름이 폭풍이 아니고, 내 귀에 들리던 굉음이 실제 날갯짓 소리라는 사실을 깨닫자 속이 철렁했다. 나는 딱 1초만 멈췄다가 몸을 돌렸다. 얼어붙은 땅을 질주해서 테른이 앞다리와 어깨로 만들어준 경사로를 올라갔다.

"*숫자는요?*" 나는 비행 고글을 내리고 안장에 오르면서 우리 넷을 연결하는 정신 통로로 질문을 날렸다.

"*수백이다.*" 스게일이 대답했다.

"*그거 유감이군요.*" 규칙적인 호흡으로 폐에 공기를 넣어서 침착함을 유지하려 했지만, 무릎에 버클을 채우는 손이 떨리고 있었다. 테른은 내가 몸을 고정시키자마자 절벽으로 몸을 날려 이륙했고, 테른이 무겁고 힘차게 날갯짓을 하면서 빠르게 올라가자 좌석 뒤쪽으로 몸무게가 쏠렸다.

테른은 공중에서 우위를 유지할 만큼 고도를 확보하자 왼쪽으로 몸을 기울이며 작게 원을 그려서 날아오는 와이번 떼를 마주했다. 다음 순간에 테른은 바람에 맞서서 날개를 뒤로 젖히며 갑자기 멈춰 섰고, 덕분에 내 몸은 폼멜 쪽으로 와락 쏠렸다. 그는 우리와 절벽 사이에 몸길이 두 배쯤 되는 거리를 남기고 얼어붙은 들판에서 30미터쯤 위에 체공했다. "*다음엔 경고 좀 해줄래요?*" 우리만의 경로로 말했다.

"*네가 떨어졌던가?*" 테른도 같은 경로로 대꾸하며, 비슷한 자리에 머물 수 있을 만큼만 날개를 올렸다가 내렸다.

제이든과 스게일이 오른쪽에 도착해서 테른의 날개 끝에서 분명한 거리를

두고 멈춰 서자 나는 대꾸하려던 말을 삼키기로 했다. "스게일이 말하지 않았
다니 안타까워요."

"감정 문제는 생사 문제를 해결한 후에 처리하자."

그러죠.

와이번 하나하나를 알아볼 수 있게 되자 속이 뒤틀렸고, 놈들의 날갯짓 사
이로 저녁 하늘이 보이자 노골적으로 악화됐다.

"30초 남았다." 테른이 추정했다.

나는 손바닥을 위로 들면서 테른의 마력으로 이어지는 아카이브 문을 열어
온몸의 세포에 마력을 채웠다. 보호막 가장자리에서 느꼈던 에너지 진동이
나 자체로 바뀌었다.

"속도가 느려지는데." 제이든이 말하는데, 와이번 떼가 퍼지더니 대형이라
고 인정하기에는 무서운 형태를 띠었다.

숫자를 세다 보니 목으로 담즙이 치밀었다. 하나, 둘, 셋, 넷…. "베닌이 열
명이 넘어."

"열일곱이다." 테른이 우르릉거리며 정정했다.

베닌 열일곱에 아레티아에 있는 드래곤 전체 수에 맞먹는 와이번 떼가…
우리 상대라니. "보호막이 올라가지 않았다면, 혹시라도 내가 번역을 망쳤다
면 우린 죽은 목숨이야."

"넌 실수하지 않았어." 제이든은 내 기분보다 한없이 자신감 있는 대답을
돌려줬다.

마력이 배출구를 찾으면서 피부가 뜨겁게 달아올랐지만, 나는 와이번 세
마리가 집단에서 떨어져 나와서 가까이 날아오는 동안 번개를 휘두를 준비를
하면서 힘을 제어했다. 놈들은 절벽 바로 앞을 맴돌았다. 비늘은 둔탁한 회색
빛이었고, 만들다 만 것처럼 날개에 구멍이 여기저기 뚫려 있었다.

"놈들은 보호막을 느낄 수 있어." 간신히 말을 꺼내자마자 속이 내려앉다
못해 돌덩이처럼 아래로 떨어져가는 느낌이 들었다. 가운데 와이번에 올라탄

베닌은….

*"그렇다면 보호막 안에서 죽을 수도 있겠지."* 스게일이 대꾸했다.

이 거리에서는 이목구비를 희미하게 볼 수밖에 없지만, 나는 뼛속 깊이 그게 그놈이라는 사실을 알았다. 레손에서 만났던 그 스승. 내 악몽에 둥지를 튼 세이지였다.

놈이 내 쪽에서… 제이든 쪽으로 고개를 돌리는 모습이 눈에 띄었다.

*"저놈이 레손에 있었어."* 제이든에게 말했다.

*"알아."* 하얗게 달아오른 분노가 고스란히 전해졌다.

세이지는 지팡이를 치켜들더니 곤봉처럼 휘둘러서 우리 쪽을 가리켰다.

*"사랑해."* 제일 가까이 있던 와이번이 보호막 앞에서 방향을 돌리고 급강하했다가, 속력을 얻고 다시 맨 앞의 두 마리 뒤로 올라온 후 곧바로 우리 쪽으로 날아오자 제이든이 말했다. *"내 말을 다 믿지 않는다 해도 이것만은 믿어줘."*

*"죽을 수도 있다는 듯이 말하지 말아라."* 테른이 꾸짖고는 우리 주위에 뚫을 수 없는 검은 돌로 된 벽을 세워 제이든과 스게일을 차단했다.

나는 심호흡하고, 마력을 제어하고, 감정을 억제하는 데 모든 집중력을 발휘했다. 문제의 와이번은 속도를 올려서 앞서 있던 두 마리를 추월하며 보호막으로 향했다.

시간이 느려지고, 뜨거워진 가슴 속에서 숨이 얼어붙는 기분이었다. 그러다가 와이번이 보이지 않는 방벽을 통과했고, 그놈이 날갯짓을 한 번, 두 번 하는 모습을 보자 심장이 멎는 것 같았다.

*"급강하에 대비해라."* 테른이 고개를 돌리고 입을 여는 사이에도 와이번과의 거리는 고작 몸길이만큼도 남지 않았고, 나는 강하 기동에 대비했다. *"아니, 됐다."*

와이번의 날개와 머리가 아래로 늘어지더니, 몸뚱이가 뒤따랐다. 마치 누군가가 그 몸에서 생명력을 뽑아낸 것 같았다. 그리고 와이번은 떨어졌다. 우리에게서 10미터쯤 아래를 지나 들판에 충돌하더니, 깊은 고랑을 파놓고 나서 움직임이 멈췄다.

"*확인해봐야⋯.*"

"*심장이 멎었다.*" 테른이 말했다. 그의 관심은 이미 보호막 바깥에 있는 두 와이번과 그 뒤에 대기한 군대로 돌아가 있었다. "*보호막이 작동하는구나.*"

보호막이 작동한다. 안도감에 심장이 다시 뛰었다.

세이지가 다시 지팡이를 휘두르며 성난 고함을 내질렀고, 그 지시에 따라 움직인 오른쪽 와이번이 잠시 후에 같은 운명을 맞이하며 첫 번째 와이번과 가까운 곳에 떨어졌다.

테른은 스케일이 시체들 쪽으로 하강해도 쳐다보지 않았지만, 차단벽은 내렸다.

"*둘 다 죽었어.*" 잠시 후에 제이든이 확언했고, 슬쩍 아래를 보았더니 펠릭스가 레드 소드테일을 타고 도착했다.

우리는 안전했다. 나는 두 손을 들어 올리고 내 안에서 지글지글 타던 에너지를 풀어서 휘둘렀다. 하늘에 번개가 번득이더니 남아 있던 와이번에게서 1미터쯤 떨어진 곳을 때렸다. 나는 속으로 욕을 퍼부었다.

가까웠지만, 놈을 맞추지는 못했다. 그것만으로도 세이지가 공격을 물리기에는 충분했다. 이 거리에서는 얼굴이 잘 보이지 않았지만, 놈이 군대에 합류하기 전에 돌아볼 때 나를 쳐다보는 증오스러운 눈빛을 느낄 수 있었다.

"*이게 끝이에요?*" 나는 와이번들이 다시 회색 구름으로 돌아가는 모습을 지켜보는 테른에게 물었다. 이 얼마나⋯ 맥 빠지는 결말인가. "*이젠 어쩌죠?*"

"*확실해질 때까지 지켜보다가 집으로 가야지.*"

우리는 세 시간을 더 기다렸다가 돌아갔다. 수리가 도착해서 절벽 여기저기에서 비슷한 사건이 세 번 일어났다고 알려줄 만한 시간이었다. 우리만 와이번 떼의 방문을 받은 게 아니었다. 그건 조직적인 동시 공격이었다.

그러나 우리는 살아남았다.

몇 시간 후, 펠릭스와 함께 라이오슨 저택으로 들어갈 때는 즐거운 분위기였고 나는 곧바로 리애넌의 포옹을 받았다.

"네가 보호막을 올리는 데 성공했어!" 리애넌의 비행복은 밤공기 때문에 싸늘했다. 리도 방금 돌아왔다는 뜻이었다.

"우리가 해낸 거지." 나는 그렇게 반박하고 나서 리의 품에서 벗어나 리독을 끌어안고, 그다음에는 소여와 포옹했다. 사방에서 라이더와 플라이어들이 축하하고 있었고, 그 소음이 라이오슨 저택의 동굴 같은 현관을 꽉 채우면서 좋은 의미로 공간이 작아지는 느낌이었다. 전보다 덜 요새 같고, 조금 더 집 같았다.

"우린 바로 의회 회의실로 가야 해." 제이든이 슬론 옆으로 몸을 기울이더니, 소란 속에서도 들리게 목소리를 높였다.

눈이 마주쳤고, 나는 차단벽을 단단히 둘러서 그를 막은 채 고개를 끄덕였다. 그런데 어쩐지 차단하는 게 부자연스러울 뿐만 아니라… 잘못된 일처럼 느껴졌다. 기념비적인 승리를 축하하면서도 무언가 소중한 것을 잃었다고 느끼다니 얼마나 아이러니한지. 내가 차단벽을 내린다면, 그가 숨긴 고유 능력으로 내 머릿속이 얼마나 엉망인지 알게 될 것이다. 그 사실에 대해 둘이서 대화할 시간이 한순간도 없었다.

이 관계를, 우리 관계를 끝낸다는 건 상상할 수도 없지만 그렇다고 해서 우리가 상의해야 할 심각한 문제가 없는 건 아니었다. 또한 제이든이 내 판단을 의심할 이유를 줬다는 사실에 미친 듯이 화가 나는 것도 여전했다. 지금은 상상할 수 없지만, 유익한 합의점을 찾지 못한다면 나는 이 관계를 떠날 것이다. 나는 누군가를 사랑하면서 동시에 함께 있기 싫을 수도 있다는 사실을 빠르게 배우고 있었다.

우리가 회의실로 들어가고 위병 하나가 문을 닫자마자, 바깥 소음은 사라지고 여덟 쌍의 눈동자가 일제히 돌아보았다. 방금 우리가 해낸 일에 비해 이상하게 기뻐 보이지 않는 얼굴이었다.

시레나와 미라는 의회 옆을 벗어나서 우리에게 걸어왔고, 연단 위에 있던 펠릭스는 다급한 말투로 제이든을 불렀다.

"우린 대화할 시간을 찾아내야 할 거야." 제이든은 빠르고 조용하게 말했다. 그가 소리 내어 말하는 건 내가 마음속에 들여놓지 않기 때문이었다.

"나중에." 내가 동의한 건 그저 미라와 시레나가 듣기 전에 대화를 끝내기 위해서였다. 모든 시간을 동원하더라도 제이든이 나에게 한 말을 처리하기엔 부족했다.

제이든은 다가오는 두 사람과 엇갈려서 걸어갔고, 나는 그의 등에서 언니에게로 시선을 옮겼다. 언니의 긴장한 얼굴을 보자 바로 마력이 치솟으며 내 몸이 전투에 대비했다. "무슨 일이야?"

"공격이 끝나자마자 율리시스에게 편지 한 통이 도착했어." 미라가 말했다. "율리시스는 테리아 기지에 있었는데…"

"나바르 쪽 국경선이지." 나는 얼른 핵심을 듣고 싶어서 대신 말했다.

"멜그렌이 내일 만나자고 청했어. 누구든 우리 운동을 대표하는 사람으로, 낙인자는 두 명 이상 넣지 말고, 더해서 바이올렛과 미라 소른게일이 와야 한다고 요구했어." 미라는 손을 뻗어 내 손을 부드럽게 잡았다. "싫다고 해도 돼. 넌 싫다고 해야 해."

"나바르 전군 총사령관이 생도 하나와 중위 하나를 요구할 이유가 뭐겠어?" 목소리가 흐려졌고, 연단 쪽을 보자 브레넌이 다른 여섯 명과 조용하지만 열띤 토론을 벌이고 있었다. "어머니가 그 자리에 있을 거야."

"그리고 싸움이 벌어진다면 멜그렌에게 유리하게 끝나겠지. 그렇지 않다면 우리를 소환할 리가 없잖아. 멜그렌은 이미 결과를 본 거야."

나는 점점 늘어나는 해결해야 할 일 목록에 그 문제를 덧붙였다.

"네가 알아야 할 게 하나 더 있어." 시레나가 단검을 하나 뽑더니 손바닥 위에 올려놓았다. 시레나가 손목을 털자 단검이 살짝 떠올랐고, 두 번째 손가락을 돌리자 단검도 회전했다. 간단한 단순 마법이었다. 나도 작년에 배운….

"아직 마력을 쓸 수 있구나." 그게 암시하는 바를 떠올리자 심장이 내려앉고, 어깨가 축 처졌다.

시레나는 침통하게 고개를 끄덕였다. "내가 마력을 빼앗기지 않은 건 기쁘지만, 안타깝게도 보호막에 문제가 있는 것 같아."

망할.

# 57

오거스틴 멜그렌이 고유 능력을 발현한 날, 나바르 왕국의 전쟁은
영원히 달라졌다.

_루이스 마컴 대령, 《나바르, 편집되지 않은 역사》

애더빈에서 만난다니 아이러니하다고 생각할 수밖에 없었다. 제이든 라이
오슨이 나에게 관련 정보를 숨겼다는 사실을 알아내고 나서 에스벤 산맥 가
장자리에 있는 기지에 방문하는 게 두 번째라는 사실도 마찬가지였다.

어젯밤은 도서관에서 보냈는데, 그게 모두에게 최적이었을 것이다. 그러면
서 나는 계속 생각에 파묻혀 허우적거렸다. 생각인지, 의도인지, 뭐든 간에.

오늘 나는 제대로 쉬지 못해 흐릿한 눈에, 답을 얻기보다는 의문만 더 많아
진 상태였다. 하지만 스게일의 등에 탄 제이든의 핼쑥하고 긴장된 얼굴을 보
자, 그가 말하고 싶어서 한 게 아니라 해도 비밀을 털어놓은 것이 궁극적으로
신뢰의 몸짓이라는 사실은 인정할 수 있었다.

그리고 이번에는 내가 마지막으로 안 사람이 아니었다. 처음으로 안 사람
이었다. 이런 생각을 하다니 나는 여전히 못 말릴 바보인지 모르지만, 그 사실
이 차이를 낳기는 했다. 설령 지금까지 제이든에게 그 말을 할 기회가 없었다
해도… 아니면 내 의도를 얼마나 여러 번 읽었는지 캐낼 기회가 없었다 해도

말이다. 다만 내가 언제까지 이런 식으로 넘어갈 수 있을지는 알 수가 없었다. 아무리 그를 사랑해도 말이다.

열 명으로 구성된 우리의 드래곤 부대는 정오에, 그러니까 만나기로 한 것보다 한 시간 빠르게 기지에서 능선을 넘어간 공터에 내려앉았다. 드래곤 넷은 즉시 숲속으로 들어가서 들판을 에워싼 거대한 상록수림에 숨었다. 다른 여섯은 기별만 떨어지면 이륙할 태세로 나란히 섰다.

*"숨은 드래곤들을 저쪽에서 알 수 없다는 건 확실해요?"* 나는 비행용 고글을 배낭에 집어넣고 테른의 앞다리를 타고 내려가면서 물었다. 얼어붙은 땅에 내려서자 얼굴이 찌푸려졌다. 오늘 아침에 백 년 묵은 책을 뺨에 붙이고 목이 뻐근한 상태로 깨어난 탓이었다.

*"꼭 그렇지도 않다만, 이 고도에서는 흔적이 남을 만큼 눈이 쌓이지 않아. 드래곤들이 서로의 정신을 감지할 수 있는 건 허락할 때뿐이다. 넷이 바람 아래쪽에 머물기만 한다면, 다른 드래곤들이 눈치를 챈다고 해도 몇이나 되는지, 누가 왔는지는 알 수 없을 거다."*

*"별로 위로가 되진 않네요."* 특히나 우리와 꼭 같이 와야 한다고 우긴 사람이 누군지 생각하면 더 그랬다. 나는 태양을 향해 두 팔을 쭉 뻗고 목을 조심스럽게 돌려서 근육을 풀었다. 솔레스와 싸운 이후부터 수많은 일이 있었던 데다가 어젯밤에는 도서관 테이블에서 잤더니 몸이 따라주지 않는 것을 탓할 수가 없었다.

*"넌 위로가 필요한 어린아이가 아니다."*

그건 사실이다. 덕분에 아레티아에서 나를 기다리고 있을 성난 청소년이 생각났다. 테른이 들고 날아간다고 해도 앤다나의 존재를 논리적으로 설명할 방법이 없다고 했더니, 앤다나는 우선 들려서 가는 것부터 맹렬하게 반대했고 그 후에는 테른의 가계도를 모조리 저주한 다음에 우리를 차단해버리고 원로들과 연습하러 갔다. 테른은 청소년기 드래곤의 감정 기복에 대해 투덜거릴 뿐이었다.

스게일이 평소처럼 테른 옆에 서지 않고, 율리시스의 성미 고약한 그린 소드테일인 판과 테인 사이에 있다는 사실도 모를 수가 없었다. 그게 테른의 험악한 기분을 설명해주는지도 몰랐다. 아니면 그 결과일 수도 있고.

엄마와 아빠가 싸우면 누구나 알게 되지.

제이든은 드래곤이 무례하게 내뿜는 콧김에 전혀 신경 쓰지 않고 판 앞을 가로질러서 나에게 다가오며 장갑을 벗었다.

"어젯밤에 자러 오지 않았지." 그는 이마를 찌푸린 채 재빨리 내 얼굴을 살피더니, 주머니에 장갑을 밀어 넣었다. 나도 혹시 능력을 써야 할 때에 대비해서 똑같이 했다. 그런 다음에 차단벽을 다시 강화했다.

"데인과 도서관에 있었어. 뭘 잘못했는지 알아내려고 워릭의 일기장을 들여다봤지. 둘 다 테이블에 엎드려 잠들었다가 제시니아와 다른 몇 명이 공부하려고 들어온 덕분에 깼어." 나는 제이든과 시선을 마주쳤다가 눈을 돌렸다. 그대로 있다간 질문을 쏟아내거나, 대답을 듣기도 전에 그를 용서해버리는 멍청한 짓을 해버릴 것 같았다.

"제시니아는 옛 루세라스어를 할 줄 모르지 않나?" 그는 판 앞에 모이는 라이더들을 거의 쳐다보지도 않았다. 우리는 의회 구성원들에 더해서 미라의 부대에서 세 명을 데려왔다.

"제시니아는 못하지만, 소여는 옛 루세라스어에 푹 빠졌고 다른 몇 명도 돕겠다고 마음먹었지." 캣과 메런, 트레이거마저도 지지의 뜻으로 합류했다.

"뭔가 찾아냈어?"

공터 반대편에서 다가오는 소리에 드래곤들이 고개를 들었다가 잽싸게 내리는 모습을 보자 알아야 할 건 다 알 수 있었다. 빨리 도착했다 해도 이 모임은 곧 시작할 것이다.

"아니." 나는 숲 쪽만 보면서 목을 틀어막으려고 드는 불안감과 싸웠다. '여섯 생명의 숨결과 하나를 합쳐서 철의 불길 속에 그 돌을 태우라.' 내가 뭘 놓친 걸까? "내가 뭔가 찾아냈다면 당신도 알 거야."

"그럴까?" 말투가 딱딱했다.

"그럴 거야." 나는 시선을 돌려 그와 눈을 마주쳤다. "오지 말라고 말리지 않아줘서 고마워."

"코딘에서 교훈을 얻었거든." 그는 내 얼굴을 살폈지만 손을 뻗지는 않았다. "날 들여보내줘. 잠깐만이라도 좋으니까, 들여보내줘."

그의 눈을 마주하고 심장이 뛸 때마다 가슴이 답답해졌다. 이 일에서 내가 용서할 몫이 정확히 얼마나 될까? 이건 그의 비밀이다. 하지만 그가 내 의도를 얼마나 여러 번 읽었는지 궁금할 수밖에 없었다. 아무리 그를 사랑한다 해도 망설이게 되는 건 그래서였다.

"바이올렛?" 노골적으로 애원하는 그의 목소리에 결국 나는 우리의 연결을 느낄 수 있을 만큼만 차단벽을 내렸고, 그의 얼굴에 뚜렷한 안도의 표정이 떠올랐다. *"내가 너에게 저지른 죄에 대한 벌로 사람들에게 내 정체를 말하기로 결정했다 해도 이해할게."*

*"하필이면 지금 이 문제를 의논하고 싶어?"* 나는 눈썹을 치켜들었다.

*"어젯밤에 의논하고 싶었는데, 네가 티렌더를 구하느라 바빴잖아."* 제이든이 숲 쪽으로 주의를 돌렸고, 테른의 그림자가 얼어붙은 풀밭을 질주하여 우리 주위를 휘감았다.

*"불평하는 거야?"* 숲을 뚫고 다가오는 이들을 마주하려고 몸을 돌리다 보니 서로 손이 스쳤다.

*"나와의 싸움보다 우리 집의 안전을 중시했다고 해서?"* 그는 얼굴을 구기면서도 내 손에 손가락을 얽었다. *"아니야. 하지만…."*

제이든 뒤에서 미라가 다가왔다. 걸음걸이는 자신감 있었지만 걱정 때문에 미간에 주름이 두 줄 패여 있었다.

나는 제이든의 손을 꾹 잡았다가 놓았다.

*"이건 알아야겠어."* 나는 손으로 엉덩이 양쪽을 훑으면서 여섯 자루의 단검이 잘 꽂혀 있는지 헤아렸다. *"어떤 식으로든 내 감정에 영향을 주기 위해*

서 당신 고유 능력으로 정보를 얻은 적이 있어?"

"한 번도 없어." 그는 고개를 저으면서도 주먹을 꽉 쥐고 턱에 근육이 불거질 정도로 힘을 줬다. "하지만 너에 관해서만은 나도 언제나 자제력이 부족했고, 우리의 관계 때문에 깨닫기도 전에 네 의도를 파악하는 게 쉬웠어."

그 폭로를 듣자 차라리 죽는 게 나을 정도로 민망했다.

"네가 원한다면 내가 저놈을 구워버릴 수도 있다." 테른이 제안했다. "하지만 넌 애착이 강해 보이는구나."

목이 달아오르고 뺨이 화끈거리면서, 제이든이 나타나기만 하면 두피가 저릿하던 순간들이 떠올랐다. "그러면 그날 밤 성벽 옆에서 내가 키스하고 싶어 한다는 걸 알고…."

맙소사. 질문을 끝까지 하지도 못하겠어.

그때 나무들의 끄트머리가 흔들리기 시작했다. 그들이 온 것이다.

"그래." 그는 나를 흘긋 보았다. "진심으로 사과할게. 우리가 이렇게 될지 알았더라면…." 그는 고개를 저었다. "젠장. 아마 알았어도 난 그랬을 거야."

"아직도 그래?" 나는 알아야 했다.

"아니야. 네가 장군의 딸 이상의 존재가 된 순간부터, 데인이 끼친 해악을 안 순간부터 멈췄어. 나도 그 녀석보다 나을 게 없다는 걸 깨달은 순간부터."

제이든은 훔쳐낸 정보를 어디에도 전하지 않았다. 리암과 솔레일의 죽음에 책임이 있다는 점만 빼면 말이지. 그렇지만 나는 데인과도 화해한 셈이 아니던가? 배신이 사방에 널려 있으니 나도 무심해지고 있나 보다.

"당신을 밀고하진 않을 거야." 나는 미라가 가까이 다가오자 그를 올려다 보며 잽싸게 말했다. "하지만 이 싸움은 나중에 하자." 그러고는 눈썹을 들어 올렸다.

그는 더 말하고 싶다는 듯이 턱근육을 움찔거렸지만, 이렇게만 덧붙였다. "내가 너에게 맞춰서 시간을 낼게."

"준비됐어?" 미라가 제이든 앞을 가로질러서 내 옆에 서며 물었다.

"아니." 나는 미라에게 대답했다. "언니는?"

"안 됐지." 미라는 허리에 찬 숏소드 폼멜에 손을 얹었다. "하지만 그 여자는 절대 모를 거야."

"어렸을 때 난 언니가 되고 싶었어." 불안감에 호흡이 빨라지는 와중에도 슬그머니 입꼬리가 올라갔다.

"넌 나보다 나은 사람이 될 거야." 미라는 그렇게 반박하더니, 내 머리 위로 제이든에게 말을 걸었다. "그나저나, 그 녀석은 아레티아에 남아 있으라고 설득할 수 없었던 거야?"

"난 감정 능력자가 아니고, 의회 구성원들은 묶여 있는 걸 좋게 받아들이지 않아." 그는 능력을 행사할 수 있게 오른손은 남겨두고, 어깨 너머로 왼손을 뻗어 등에 진 장검 한 자루를 뽑았다. "정신에 영향을 미치고 싶다면 플라이어를 찾아."

나는 그의 교묘한 말에 팔꿈치를 찌르고 싶어지는 것을 겨우 참았다.

"이제 시작이네." 미라가 중얼거리고, 검은 옷을 입은 일곱 명이 공터에 들어왔다.

나는 오른손에 단검을 쥐고 아카이브 문을 살짝 열어서 마력을 조금씩 몸에 흘렸다.

중앙에서 걷고 있는 멜그렌이 구슬 같은 눈을 움직여서 아레티아 측 라이더들을 훑어보았다. 캣 같은 능력으로 멜그렌의 분노를 증폭시킬 필요도 없었다. 그는 격노를 제복처럼 몸에 두르고 있었다.

나는 억지로 시선을 옮겨 그쪽에서 선택한 다른 사람들을 보았는데, 셋만 알아볼 수 있었다. 그중 두 명은 어느 시점에서든 어머니의 보좌관으로 일한 적이 있었다.

"*왼쪽에서 두 번째, 프레몬트 대령은 아주 강력한 바람 능력자야.*" 나는 제이든에게 말했다. "*사람 폐에서 공기를 빨아낼 수 있어.*"

"*고마워.*" 우리 셋 앞에 그림자가 일어나더니, 무릎 높이에서 칼날 같은 손가락들을 만들어냈다.

다음 순간, 내 시선은 어머니에게 떨어졌다.

어머니는 멜그렌 옆에서 빠르고 효율적인 걸음걸이로 공터를 가로질렀는데, 미라 언니와 나에게 관심을 분산하고 있었다. 가까이 다가올수록 어머니가 얼마나 지쳤는지가 눈에 보였다. 눈 밑이 시커매서 평소보다 창백한 안색과 대조를 이뤘다. 비행 고글이 남긴 자국을 보면 하늘에서 시간을 많이 보내고 있을 텐데도 그렇게 창백하다니.

미라가 턱을 들어 올리더니 표정을 가면처럼 매끄럽게 가다듬었다. 나는 부러운 마음으로 최선을 다해 흉내 내려고 했다.

드래곤들이 뒤따라서 숲 밖으로 나왔는데, 맨 앞에는 멜그렌의 드래곤인 코다흐가 있었다. 절대적인 악몽 같은 블랙 드래곤은 앞으로 걸어오면서 바로 고개를 내리고, 금빛 눈을 가늘게 뜨고 나를 보았다… 아니, 내가 아니라 내 뒤에 선 테른을 보았다. 젠장, 코다흐가 얼마나 큰지 잊고 있었다. 그는 테른보다 1.5미터는 컸고, 가슴 비늘과 날개에는 수많은 흉터가 남아 있었다.

그 뒤로 어머니의 드래곤인 에임시르와 다른 드래곤도 나타났다. 오렌지 하나, 레드 둘… 그리고 블루였다.

테른이 나서더니 내 위로 고개를 들고 위협적으로 으르렁거렸다.

*"내 위에 침 흘리지 말아요."* 내 농담은 별 효과가 없었다.

나바르 라이더들은 공터 중앙으로 걸어왔고, 율리시스가 움직이자 우리도 3미터 정도 빈 공간을 사이에 두고 늘어섰다. 양쪽 모두 손닿는 곳에 장검과 단검들이 번득였다.

"자네는 죽은 줄 알았는데, 율리시스." 멜그렌이 미소라기보다는 거의 이를 드러낸 표정을 지으면서 말했다.

"그리고 난 네놈이 죽었으면 좋겠다고 생각했지." 율리시스가 큰 키를 활용하여 멜그렌을 내려다보면서 맞받아쳤다.

"그런 운은 따르지 않았군." 멜그렌이 대꾸했다. "기지에서 만나자던 건 어떻게 된 거지?" 그는 뒤쪽 숲을 가리켰다. "생각 있다면 다과도 준비해뒀는데 말이지….."

"*아마 독이 들었겠지.*" 테른이 중얼거렸지만, 동시에 여러 개의 대화라도 하는 것처럼 정신이 다른 데 팔린 기색이었다. 실제로 그랬겠지.

"관심 없어." 제이든이 끼어들었다. "용건을 얘기해, 멜그렌."

멜그렌의 시선이 제이든에게 날아왔다. "애초에 네놈을 분과에 들여보내는 게 아니었어."

"후회라는 게 참 짜증나긴 하지?" 제이든은 고개를 기울였다. "본론으로 들어갑시다. 당신들은 할 일이 별로 없을지 모르지만, 우린 대륙을 위해 싸우느라 바빠서."

"할 일이 없어?" 멜그렌은 붉으락푸르락한 얼굴로 외쳤다. "네놈이 전초기지들에 와이번을 떨궈서 일으킨 피해가 얼마나 되는지 아느냐? 비밀을 지키기 위해서 우리가 얼마나 애썼는지? 우리가 얼마나 많은 민간인을…." 그는 말을 멈추더니, 심호흡을 하고 어깨를 폈다. "너희는 몇 세기에 걸친 노력을, 우리 국경 안에 사는 사람들을 지키기 위해 고안한 촘촘한 방어 전략을 거의 무너뜨릴 뻔했다."

"하지만 오직 국경선 안에 있는 사람들뿐이지." 미라가 비난했다. "다른 사람은 알 바 아니고, 맞지?"

질책하고 싶은 마음을 겨우 참는지, 어머니의 눈이 번쩍였다.

"그렇다." 멜그렌은 흔들림 없는 시선을 미라 언니에게 돌렸다. "허리케인 한가운데서 배를 버릴 때는 작은 상륙정에 태울 수 있는 사람들만 구하는 법이고, 다른 사람들이 상륙정에 오르려고 하면 다 같이 가라앉지 않게 그 사람들 손을 잘라야 마땅하지."

"넌 무정한 개자식이야." 미라가 쏘아붙였다.

"칭찬 고맙군."

"우리가 여기 모인 이유가 있긴 한가?" 제이든이 물었다. "사악한 악당의 설교를 듣는 것 말고?" 제이든이 손을 옮겨 쥐자 검날이 햇빛을 반사했다.

"우린 너희를 보내줬다." 멜그렌이 율리시스와 제이든을 번갈아 보면서 대답했다. "싸우지도 않고 라이더 생도 절반을 데려가게 내버려뒀지. 저 애도 보내줬어…." 사람을 위축시키는 멜그렌의 눈빛이 나에게로 향하자, 나는 몸서리를 치지 않기 위해 근육에 힘을 줘야 했다. "부생도대장을 잔인하게 살해했는데도 말이야. 혹시 그 이유를 생각해봤나?"

속이 죄어들었다.

"당신에 대해서는 굳이 생각하지 않으려고 하는 편이야." 제이든의 대꾸는 노골적인 거짓말이었지만, 정말이지 잘해냈다.

"우리와 싸우느라 필요한 라이더들을 잃을 여유가 없는 거겠지." 율리시스가 대답했다. "우린 유지비가 너무 비싸거든. 그쪽을 떠나기로 한 라이더와 드래곤들의 수를 생각하면 더 그렇고."

"그럴지도 모르지." 멜그렌은 고개를 기울였다. "아니면 내가 보내준 것일 수도 있고."

나는 단검을 꽉 움켜쥐었다.

"아니면…." 멜그렌 장군은 말을 길게 끌었다. "다가오는 전투에 너희가 필요하다는 걸 알아서였을 수도 있겠지."

그럴 리가 없다. 보호막 안에서 누구와 싸운다고?

"내가 나바르를 위해 다시 싸우느니 말렉을 만나고 말지." 율리시스가 으르렁거렸다.

"자네는 언제나 중요한 결정을 내리는 데 성급하게 굴었지." 멜그렌이 한숨을 내쉬며 가슴팍을 두드렸다. "그래서 내가 자네를 잃었다고 해서 슬퍼하지 않은 거야."

어휴. 혹독한 말이었다.

"이 만남은 끝…." 율리시스의 목에서부터 뺨까지 붉은 기운이 올라가고 있었다.

"놈들이 사마라에서 우리를 침략할 거다." 멜그렌이 그의 말을 끊었다.

모두가 조용해졌다.

나는 숨을 계속 쉬려고 애썼다. 설마 진심으로 하는 말은 아니겠지. 어머니를 보았다가 무릎이 풀릴 뻔했다. 어머니가 희미하게 고개를 끄덕였기 때문이다. 미라마저도 긴장했다.

"내가 봤어." 멜그렌이 말을 이었다. "놈들은 동지에 우리에게 쳐들어오고, 놈들이 이긴다."

젠장. 진심으로 하는 말이잖아. 얼굴에서 핏기가 빠져 나가면서 등골을 타고 한기가 올라왔다. 사마라가 함락된다면, 아니 어떤 전초기지라도 함락된다면 지난 600년 동안 연장된 보호막이 지켜왔던 나바르 땅에 와이번이 자유롭게 드나들게 될 것이다.

전초기지들을 잃으면 바스지아스의 보호막은 원래의 한계 범위로, 기껏해야 몇 시간 비행거리로 돌아간다. 국경까지는 어림도 없다.

"어떻게?" 율리시스가 의심했고, 미라의 부대원들은 못 믿겠다는 눈빛을 교환했다.

"부탁 좀 들어줘." 나는 제이든에게 말했다. "내 의도를 읽은 문제에 대한 죄책감은 잊어버리고, 제발 저 사람들 의도를 읽어봐."

"오른쪽에 서 있는 소령 빼고는 모두가 차단벽을 치고 있는데, 소령은 죽도록 겁먹었고 우리의 동의를 얻기 위해 필요한 일은 뭐든 할 의도가 있어." 그는 손등이 스치게 자세를 바꾸면서 대답했다. "아, 그리고 저 소령은 이 만남 이후에 식사를 하고 싶어 하고, 또 너희 어머니에게 딸들에 대한 애정으로 그러시면 안 된다고 하고 싶어 하는군. 이제 차단벽을 올리고 나를 쫓아내. 다른 사람도 다 차단하고."

맙소사. 인틴식을 살려두지 않는 것도 당연하다. 제이든은 굉장한 무기이면서 동시에 무시무시한 골칫거리였다. 나는 제이든의 말대로 하고, 테른이 들어올 자리와 이렇게 멀리 떨어져 있어도 느껴지는 앤다나와의 불투명하게 반짝이는 연결선만 남겼다.

"내 능력은 그런 식으로 작동하지 않아." 멜그렌은 팔짱을 꼈고, 코다흐는 침이 뚝뚝 떨어지는 이빨을 드러냈다. "중요한 건 우리가 동지에 진다는 사실이다."

그들이 진다. 보호막이 뚫린다면 사망자 명단은 추정조차 할 수가 없다. 국경에서부터 보호석의 자연적인 한계선까지 사이에 살아 있는 모든 나바르인은 죽음의 위험에 처할 것이다.

"*은빛 아이야?*"

"난 *괜찮아요.*" 하지만 괜찮지 않았다.

"이미 결과를 보았다면, 대체 우리에게 뭘 기대하는 거지?" 율리시스가 두 손을 들고 어깨를 으쓱이면서 맞섰다.

나는 율리시스 쪽으로 고개를 돌렸고, 그야 당연히 우리의 도움을 기대하는 거라고 대답하려다가 입술을 깨물고 참았다.

"우리 편에서 싸워서 그 결과를 바꿔." 멜그렌은 억지로 썩은 과일을 삼키는 사람처럼 얼굴을 구겼다. "나에게 보이는 전투에는 너희들이 아무도 없다." 그는 제이든을 보았다.

"당연히 없지." 율리시스가 고개를 저었다. "우린 네놈을 위해 날지 않아."

그렇지. 우리는… 잠깐만, 우리가 누굴 위해 날지? 아레티아나 티렌더만을 위해서는 아닌데. 그리고 우리가 포로메일의 시민들을 지키기 위해 기꺼이 싸운다면, 왜 나바르인들을 지키기 위해서는 싸우지 못하지?

"그렇지만 엠피리언을 위해서는 날겠지." 어머니가 끼어들었다. "베일의 부화지가 위태로워진다면 드래곤들은 방관하지 않을 거야."

"드래곤을 대신해서 말하다니, 네 어머니가 건방지구나." 테른이 말했다.

"부화지가 위태로워진다면 그렇겠죠. 전초기지 하나를 잃는다고 모든 체계가 무너지진 않아요. 그리고 그 드래곤들 절반은 우리와 함께 떠났어요." 나는 어머니를 일깨웠다.

"그게 자랑스럽나? 네가 일으킨 사태가 우리가 이번 전투에서 지는 이유일 수도 있어!" 어머니 옆에 서 있던 각진 몸의 대위가 내 쪽으로 검을 치켜들며 으르렁거렸다.

나는 단검을 뒤집어서 끝을 쥐고 던질 준비를 했지만, 그림자가 확 튀어나가서 대위의 손에 들린 장검을 쳐내고 엉덩방아를 찧게 만들었다.

제이든이 혀를 차면서 손가락을 흔들었다. "아니, 아니. 예의를 잃으면 곤란하지. 안 그래? 우리 모두가 아주 잘 어울리고 있었는데."

"저주받을 반역자 놈." 대위는 일어서기 전에 장검부터 주우면서 내뱉듯이 말했다. "네놈의 죄를 말렉이 살피실 거다."

어머니는 언제 뽑았는지 모를 단검을 칼집에 넣고, 대위와 제이든을 번갈아 보았다.

"시도는 해봤거든. 말렉은 나도, 우리 중 누구도 원하지 않았어. 기억해?" 제이든은 빈손으로 반역의 인장을 긁었다.

"그만." 멜그렌이 외쳤다. "아무 대가 없이 우리와 동맹을 맺길 기대하진 않는다. 사마라에서 우리를 위해 싸워준다면, 내가 타우리 왕에게 너희들의 독립과… 너희가 대피한 도시를 존중하겠다는 약속을 받아내겠다."

폐가 얼어붙는 느낌이었다. *저 사람이 아레티아에 대해 알아?*

*"모르겠어."*

"우리는 너희 시민들을 우리 군대에 징집하지 않을 것이고, 국경 전쟁에 끌어들이지도 않을 것이다. 너희가 이길 가망이 없는 전쟁말이다." 멜그렌이 어깨를 으쓱였다.

"정말로 그렇게 생각했다면 우리가 떠나자마자 침공했겠지." 미라는 지겹다는 투였다. "전투가 당신 뜻대로 되지 않는 장면을 보지 않았다면 말이야."

"이게 유일한 제안이다." 멜그렌은 미라를 무시하고 율리시스에게 집중했다. "동맹이 아니라면 너희는 적일 수밖에 없다."

동맹이라. 논리적인 답이긴 했다.

"우린 빠져야 할 것 같군." 율리시스는 마치 차 마시자는 제안이라도 거절하는 것처럼 일축했다. "다른 나라를 절대로 돕지 않는 왕국은 필요할 때 도움을 받을 자격이 없어. 개인적으로 그쪽은 어둠의 세력에게 무슨 꼴을 당해도 싸다고 생각하네."

나는 눈을 껌벅였다. 지도자들이 부족했다는 이유로 민간인들도 죽어 마땅하다는 감상에 온몸이 반발했다. 그 지도자가 누구라 해도…

"자네가 그 혁명을 대변하는 건가?" 멜그렌은 제이든에게 관심을 돌렸다. "아니면 후계자가 대변하는 건가?"

제이든은 미끼를 물지 않았고, 율리시스가 한 말에 반박하지도 않았다. 하지만 반대하겠지, 그렇지?

미라와 나를 번갈아보다가, 우리 너머를 본 어머니의 얼굴에서 핏기가 빠져 나갔다. 어머니가 휘청이는 모습을 보기는 처음이었다. 마치 누군가가 어머니의 중심을 후려갈긴 것 같았다. 뒤쪽에서 발소리가 들렸지만, 나는 어머니의 얼굴에 빠르게 스치는 일련의 감정에서 눈을 뗄 수가 없었다. 그리고 돌아보지 않아도 누군지 알 수 있었다.

"우리를 이끄는 건 위원회입니다." 브레넌이 미라와 나 사이에 멈춰 서서 선언했다. "그리고 저는 정족수를 대변하여 이렇게 말해도 될 것 같군요. 우리는 보호막 안에 안전하게 숨기 위해서 옆나라 민간인들을 희생할 뿐만 아니라…." 브레넌이 어머니 쪽으로 고개를 돌리자, 어머니 눈이 튀어나올 듯했다. "…자기 자식들까지 희생하는 나라를 지키지 않는다고요. 당신들이 나머지 대륙에 강요한 고통에서 당신들만 벗어날 순 없습니다."

"브레넌…?" 어머니가 작은 소리를 냈는데, 그 순간에는 선을 넘어서 어머니를 부축하고 싶은 충동을 억누르기가 쉽지 않았다.

"정말이지, 브레넌." 미라가 속삭였다.

"자식 셋이 다 반대편에 섰으니 스스로를 돌아볼 시간이 왔는지도 모르겠군요. 이 만남은 공식적으로 종료입니다." 브레넌이 어머니에게 시선을 고정한 채 말했다. "여러분의 부화지는 위험하지 않고, 우리 드래곤들에게는 이제 따로 지켜야 할 부화지가 있습니다." 그는 가슴에 손을 올렸다. "온몸으로 하는 말입니다. 우리는 당신들의 평화 제안을 거부하고 기꺼이 전쟁을 받아들입니다. 2주만 지나면 살아남아서 싸우지도 못할 것 같으니 말입니다." 브레넌은 몸을 빙글 돌려서 걸어가버렸고, 어머니는 입을 딱 벌린 채 멀어지는 오빠의 등을 보고 있었다.

이게 다라고? 수리와 카일린이 숲 속에 숨어 있으니 의회 정족수가 갖춰진 건 사실이지만, 제이든은 아직 발언하지 않았는데.

"그래." 제이든은 목 근육을 긴장시키면서 고개를 끄덕였다. "내가 당신이라면 애초에 대전의 승리를 도왔던 동맹들을 호출해볼 텐데. 아, 그렇지. 그 동맹들과의 연락은 수백 년 전에 끊겼지. 이게 정말 작별 같군."

나는 제이든 쪽을 보았다가 재빨리 표정을 가다듬고 놀라움을 감췄다. 저 사람들은 정말로 그들이 죽게 놓아둘 거야. 우리가 그들을 버릴 거라고.

멜그렌의 가늘게 뜬 눈에 격노가 비쳤다. "이야기는 끝났군. 작별인사를 하게." 그는 내 어머니에게 말하고 나서 공터를 떠나 숲으로 걸어갔고, 코다흐가 슬그머니 뒷걸음질하며 이를 드러내고 혹시라도 자기 라이더의 등을 공격하려는 멍청이가 있다면 조심하라고 경고했다.

나바르 라이더는 어머니만 빼고 다 따라갔다.

"브레넌." 어머니가 어깨를 움츠리고 손으로 입을 막으면서 다시 속삭였다. 눈물이 고인 눈에 비치는 아픔을 보자 외면할 수밖에 없었다.

우리 쪽 라이더들도 빠르게 드래곤에 올랐고, 제이든과 미라, 나만 남았다.

"바이올렛과 미라는 왜 보고 싶어 한 겁니까?" 제이든이 매정하게 물었다.

"브레넌이 살아 있었어?" 어머니가 미라에게 물었다. 충격 때문인지 목소리에 힘이 없었다.

"보시다시피요." 미라는 팔짱을 끼며 대답했다.

어머니는 다른 답을 들을 수 있으리라는 듯이 나에게 시선을 옮겼다. "베닌의 칼에 옆구리를 찔렸을 때 복원해준 게 오빠예요."

어머니의 눈빛이 날카로워졌다. "몇 달이나 알고 있었다고?"

"아무것도 모르고 지내니 끔찍하죠?" 미라가 쏘아붙였다. "다름 아닌 가족에게 거짓말을 듣고 배신당하기까지 했다는 기분요."

"언니." 나는 나무라는 투로 끼어들었다.

"저 사람은 너도 희생시켰어, 바이올렛." 미라가 상기시켰다. "저 사람이 정말로 서기가 된 네가 진실을 알고 살해당하는 걸 막으려고 라이더 분과에 밀어 넣었을지도 모르지만, 네가 진실을 알아내고 자기의 소중한 군사학교를 무너뜨리기 전에 죽이려고 그랬을 수도 있어." 미라는 곁눈질로 나를 보았다. "기억하는지 모르겠지만, 결국 넌 학교를 무너뜨렸지."

어머니는 어깨를 펴고 턱을 들어 올리며, 놀랍고도 부러운 속도로 냉정을 되찾았다. "딸들과 이야기 좀 해야겠다."

그 말을 들은 제이든은 흉터 진 눈썹을 구부리더니, 내 결정을 묻듯이 쳐다보았다.

나는 고개를 끄덕였다. 멜그렌의 말이 사실이고 어머니가 최전선에 불려간다면, 지금이 어머니를 마지막으로 보는 순간일 수도 있었다. 그렇게 생각하니 속이 울렁거렸다. 어머니를 떠나서 연락을 단절하는 것과 어머니가 죽도록 내버려두는 건 전혀 다른 문제였다.

제이든은 그대로 물러섰고, 테른의 발톱 옆을 지나면서 등을 돌렸다.

"뭘 원해요?" 미라가 물었다.

"지금 그게 중요할 것 같진 않구나." 어머니는 떨리는 손으로 비행 재킷을 풀었다. "하지만 내가 원하는 것은, 언제나 원한 것은 내 자식들이 사는 거다. 너희가 워릭의 일기장에 담긴 지시에 따라 올린 보호막은 실패할 거야."

미라가 몸을 굳혔다. "우리 보호막은 멀쩡해요."

언니도 제이든 못지않게 거짓말을 잘하네.

"그렇지 않아." 어머니는 눈빛만으로 긴 설교를 전달했다. "어제 너희 국경을 넘었다가 죽은 와이번의 시체를 갈라봐라."

나는 입을 벌렸다.

"대체 왜 내가 너희 국경에서 벌어진 일을 모를 거라고 생각한 거냐, 바이올렛? 내 딸들… 아니, 내 자식들이 있는 곳에 대해 모를 거라고?" 어머니는 고개를 젓더니 순식간에 다섯 살로 돌아간 기분이 들게 만드는 짧고 매서운 눈빛으로 나를 나무라고 나서 미라를 돌아보았다. "사마라에 떨어진 와이번 사체가 어땠는지 기억하나? 라이오슨이 친절하게 배달해줬던 사체들?"

미라가 고개를 끄덕였다.

"그것을 만드는 데 쓰인 돌은 표시가 된 차가운 돌멩이에 지나지 않았지."

돌? 어둠의 세력에게도 룬이 있다는 뜻이야?

"그래요. 나도 봤어요." 미라의 말투가 날카로워졌다.

"내 말을 못 믿겠거든, 어제 죽인 와이번을 확인해봐."

"그런 다음에는요?" 내가 물었다.

"너희 보호막을 고쳐라." 어머니는 재킷에서 가죽에 싸인 공책을 꺼냈고, 나는 그게 무엇인지 알아보고 눈을 크게 떴다. "고치지 않으면 그 보호막은 시간이 지날수록 무의미해질 거야. 예전에 너희 아버지가 연구한 바에 따르면 워릭은 어느 누구도 보호막의 힘을 갖지 못하기를 바랐어. 언제까지나 나바르가 유리한 입장이길 원했지. 하지만 리라는 그 지식을 널리 공유해야 한다고 생각했어."

"워릭이 거짓말을 했군요." 나는 속삭였다. 하지만 어느 부분에서?

어머니는 내가 훔쳤다가 고문당했던 일기장을 건네고는, 내 영혼을 땅바닥에 못 박을 만큼 강렬한 눈빛으로 바라보았다. "넌 라이더의 심장과 서기의 머리를 가졌다, 바이올렛. 너라면 스스로를 지킬 뿐만 아니라 미라와…" 어머니는 이 대목에서 침을 꿀꺽 삼켰다. "브레넌까지 지켜주리라 믿는다."

일기장을 잠시 펼쳐보기만 해도 모레인어로 적혀 있음을 알 수 있었다. 잠시 심장이 내려앉았지만, 나는 일기장을 닫고 재킷 단추를 풀어서 안주머니에 집어넣었다. 이 일기장의 번역은 온전히 제시니아 몫이 될 것이다. 모레인어는 내가 읽지 못하는 죽은 언어였다.

어머니는 애타는 눈으로 내 어깨 너머를 보았다가 미라와 나를 차례로 보았다. "너희가 내 선택을 이해할 필요는 없어. 그저 살아남기만 하면 돼. 너희를 사랑하는 마음으로, 너희의 실망쯤은 짊어질 수 있다." 그리고 우리가 대꾸하기도 전에 그녀는 돌아서서 에임시르 옆을 지나쳐 숲 속으로 사라졌다.

"저게 헛소리 같아?" 미라가 물었다.

"플라이어들이 마력을 쓸 수 있어."

"좋은 지적이야."

미라와 나는 아레티아로 돌아가는 비행 중에 대형에서 떨어져 나와서 우리 국경 안에서 제일 가까운 곳에 떨어진 와이번 사체를 보러 갔다. 제이든은 교훈을 얻었다던 선언에 충실해서, 우리가 따로 움직여도 막지 않았다.

두 마리의 와이번 사체를 찾아내고 30분 후, 미라는 단검을 창의적으로 놀려서 반짝이는 돌덩이를 끄집어냈다. 오닉스 같았는데, 내가 복제할 엄두도 나지 않을 만큼 복잡한 룬이 새겨져 있었다.

그리고 그 망할 것이 진동하고 있었다.

젠장. 이래서 와이번이 갑자기 다시 나타난 거였나? 누군가가 베닌에게 룬을 알려줘서? 그 돌이 짝을 부르기라도 한 것처럼 6미터 떨어진 곳에 있던 사체가 몸서리를 쳤고, 고개를 홱 돌리자 껌벅거리며 열리는 거대한 금빛 눈이 보였다.

"망할. 안 돼." 미라가 장검을 뽑으며 속삭였다.

하지만 나는 이미 테른의 마력으로 이어지는 문을 연 상태였고, 패닉 때문에 손바닥을 펼치자마자 마력이 바로 풀려났다. 시야가 하얗게 물들면서 번개가 목표물을 때렸다.

폭발 때문에 뒤로 날려간 미라와 나는 뒤쪽에 있던 차갑고 딱딱한 와이번의 사체에 부딪쳤다. 등골을 타고 통증이 흘렀지만, 언니 옆에 엉덩방아를 찧었을 때는 온몸이 제자리에 붙어 있는 것 같았다.

우리는 할 말을 잃고 주저앉아서 이제는 새까맣게 연기를 피우고 있는 와이번이 다시 움직이는지 지켜보았다.

"번개를 맞으면 죽는 거 확실해?" 미라가 긴장감 넘치는 몇 분이 흐른 후에 물었다.

"확실해." 나는 대답했다. "어둠의 세력이 더 머물러 있다가 저 꼴을 보지 못한 게 다행이야." 절벽 옆에는 되살아난 와이번이 널려 있었을 것이다.

미라는 와이번 사체에서 완전히 눈을 떼지 않으면서 천천히 고개를 돌려 나를 보았다. "부담 주려는 건 아니지만, 네가 워릭의 거짓말을 알아내지 못하면 우린 다 망한 거야."

"그래." 내가 처음에 참 잘했으니 말이지. 심지어 난 모레인어도 몰랐다. 리라의 일기장을 번역해서 두 내용을 비교하는 작업은 순전히 제시니아에게 기대야 했다. 나는 떨리는 숨을 들이마셨다. "참 부담 없네."

# 58

바스지아스에 있는 합동 부화지는 우리 세대의 가장 큰 자산이며…가장 큰 골칫거리다.

__ 루세라스의 워릭이 남긴 일기장(바이올렛 소른게일 생도와 데인 에이토스 생도 번역)

"고집불통." 나는 강당 바로 앞에서 방향을 틀어 대련장으로 향하면서 중얼거렸다. 지난 일주일 동안 브레넌과의 대화는 아무런 성과도 없었고, 사마라 문제에 대한 의회의 입장을 재고해달라는 나의 진심 어린 애원을 빠르고 효과적으로 묵살하는 그 태도에 피가 끓었다.

필요 이상으로 문을 세게 밀어 열고 보니 주말 밤 10시답게 대련장은 텅 비었고, 매트마다 떠 있는 서늘한 마법 불빛만이 희미하게 공간을 밝히고 있었다. 제이든은 체육관 한가운데 매트 위에 다리를 벌리고, 팔짱을 낀 채 서 있었다. 대련 복장이었고 조심스럽게 쌓아올린 예의 무심한 표정을 가면처럼 쓰고 있었다.

"쪽지 받았을 때는 농담하는 줄 알았어." 나는 등 뒤로 문을 닫고, 자물쇠에 집중한 채로 허공에서 손을 돌리면서 볼트가 철컥 들어가는 만족스러운 소리가 들릴 만큼만 마력을 흘려넣었다. "일주일 동안 못 봤는데, 여기에서 만나고 싶다고?"

그는 애더빈에서 돌아온 직후에 바로 드레이터스를 감시하러 갔었다.

"우리가 싸울 거라고 생각했지. 싸움에 대련장보다 더 좋은 곳이 있겠어?" 그는 꼼짝도 하지 않고 내가 다가가기를 기다렸다. 평소에 차고 다니던 장검은 없고, 허리에 단검 두 자루만 보였다.

"당신에겐 보호막이 쳐진 침실이 있잖아." 나는 매트에 올라서면서 일깨웠다. 우리가 아레티아의 보호막을 올린 방법에 오류가 있었다는 점을 감안하면, 일반 보호막은 과연 얼마나 강한지 확신이 없었지만 말이다.

"내가 아니라 우리의 침실이지." 그는 내 말을 정정하더니, 그에게서 1미터 앞에 멈춰 서는 내 모습을 굶주린 듯이 쓸어 보았다.

나도 똑같이 그의 몸을 샅샅이 살피고 있었으니 나무랄 수 없는 일이었다. 제일 최근에 드러난 사실 때문에 아직 화가 나 있다고는 해도, 모든 순간에 제이든이 보고 싶은 건 변함이 없었다. "우리가 정확히 뭘 두고 싸우는 거지? 의회가 나바르가 알아서 하라고 표결한 일에 대해서? 아니면 당신이 다시 한번 나에게 숨긴 비밀에 대해서?"

제이든이 턱에 힘을 넣었다. "돌아온 다음에 다수결로 내려진 결정이고, 자세한 투표 내용은 기밀이지만 규정을 깨고 말하자면, 내가 졌어."

"아." 제일 날카롭던 분노가 누그러들었다. "그래서 두 번째 문제를 여기에서 논의하겠다고? 누구든 들어와서 우리 말을 들을 수 있는 곳에서?"

"주변에 완전한 인틴식이 없는 한 아무도 우리 대화를 들을 순 없어." 그는 몸짓으로 빈 체육관을 가리켰다. 그리고 한 손을 내밀면서 손가락을 구부렸다. "그러지 마. 네가 화난 걸 아는데, 그 사실을 알기 위해서는 정신을 연결할 필요도 없어. 얼굴에 다 써 있거든. 뾰로통하게 내민 입술을 봐도 알고, 어깨를 긴장시킨 모습만 봐도 알지."

나는 일부러 자세에서 힘을 뺐다. "맞아. 당신은 결속 없이도 알지."

"봤지? 아직 화나 있다니까." 제이든은 내가 손을 들어 올릴 틈도 없이 빠르게 움직여서 내 발 아래를 쓸어찼다.

젠장.

그는 같이 넘어지면서 한 손으로 넘어지는 나를 받치고 반대쪽 손으로는 자기 무게를 지탱했다. 쓰러지는 충격으로 숨이 멎진 않았지만, 그래도 숨을 쉴 수 없기는 마찬가지였다. 내 손은 그의 가슴팍에 놓였고, 그의 얼굴은 나에게서 몇 센티미터밖에 떨어지지 않은 곳에서 내 시야를 가득 채우며 세상을 차단시켰다.

"난 당신과 대련하지 않을 거야."

"왜?" 그는 당혹스럽다는 듯 눈썹을 찌푸렸다. "더 나은 선생이 있어? 베닌이 우리의 격투 스타일에 정말 빨리 적응하다 보니 에메테리오가 새 기술을 가르치고 있다고 들었는데."

"그건 사실이야. 하지만 당신과 대련하고 싶진 않아. 진심으로 걷어차고 싶으니까." 내가 고개를 젓자 땋은 머리가 매트에 살짝 걸렸다.

"아, 날 다치게 할 수 있다고 생각한단 말이지." 나는 그의 느릿한 웃음을 보며 눈매를 좁혔다.

옆구리 칼집에서 단검을 하나 뽑아 그의 따뜻한 목에, 소용돌이치는 낙인 바로 위에 댔다. "그런 말에 굳이 반응해서 힘을 실어줄 필요는 없지." 망할 자식. 나는 그 생각이 확실히 들리도록 차단벽을 내렸다.

제이든은 뿌듯해하는 듯한 표정으로 눈을 크게 뜨더니, 내 칼날에 몸을 기울였다.

나는 피가 나오지 않을 만큼만 칼날을 물렸다.

우리 둘 다 의견을 밝힌 것 같군.

"넌 상상조차 할 수 없는 방식들로 내게 상처를 줄 수 있어, 바이올렛. 내게 치명타를 먹일 기술이 있을지는 모르지만, 나를 파괴할 힘을 가진 건 너뿐이야." 그는 내 등을 감싼 손을 빼내며 몸을 살짝 일으켰다. "자, 우린 여기에서 대화할 수도 있고, 아니면 스게일과 테른이 싸움을 끝냈는지 보고 나서 이 눈보라를 뚫고 제일 가까운 빈 봉우리로 날아갈 수도 있어. 어느 쪽이든 간에 우린 이 문제를 해결할 거야."

나는 단검을 칼집에 넣은 다음, 다시 그의 가슴팍에 손을 올렸다. "대련 매트 위에서?" 내 손 끝에 느껴지는 그의 심장박동은 힘차고 안정적이었다. 북소리처럼 울리는 내 심장박동과는 달랐다. 나에겐 정리할 시간이 일주일 있었다. 제이든이 옆에 있어서 소리를 지를 수 있었으면 좋겠다고 생각한 일주일이었고, 제이든이 나에게 말하지 않은 논리적인 이유들을 곰곰이 생각한 일주일이기도 했다.

제일 큰 이유는 제이든이 자기 목숨을 아낀다는 것이었다.

"아무튼 우리 침실에서는 안 돼." 그의 무릎이 내 다리에서 떨어졌다. "우린 침실에서 싸우지 않아."

"언제부터?" 그렇게 터무니없는 말은 처음 들었다. 이 저택을 통틀어서 우리가 사생활을 누리는 공간은 그 방뿐인데 말이다.

"지금부터. 방금 만든 규칙이야. 침실에서는 싸우지 않는다."

"그런 식으로 돌아가는 게 아니야."

"돌아가고말고." 그는 내 입으로 시선을 내렸다. "규칙은 필요할 때 우리가 만드는 거야. 자, 하나 만들어 봐."

"규칙을?" 나는 원하면 일어나려고 다리를 끌어올려 매트에 발을 댔지만, 그 덕분에 허벅지 안쪽이 제이든의 엉덩이를 쓸고 말았다. 제이든은 바로 반응했을 텐데, 마침 그 아픔을 해소하기 가장 좋은 위치에 있기까지 했다.

"뭐든."

"우린 비밀을 두지 않아. 이제 '물어봐'는 더 없어. 누가 이 관계에 진심이고 아닌지를 알아보려는 시험도 더는 안 돼. 우리 둘 사이에서는 모든 걸 밝히기야…." 나는 진정하려고 숨을 내쉬면서 혹시 오늘이 마지막일까 봐 그의 눈동자에 박힌 금빛 반점을 자세히 들여다보았다. "그게 아니면 끝이야."

"알았어."

"진심이야." 내 손은 그의 가슴에서 어깨와 목이 맞물리는 곳으로 올라갔다. "당신이 옳았다는 걸 안다 해도 그래. 내가 올바른 질문을 던지지 못한 건 답이 두려워서였어. 그리고 아마 지금도 그럴 거야. 당신은 나에게 숨기는 게 없었던 적이 없잖아. 내 인생의 거의 모든 사람이 나에게 비밀을 만들었어. 내가 올바른 질문을 던지지 않았기 때문이고, 내가 곧이곧대로만 받아들이고 더 들여다보지 않았기 때문이지. 당신이 나에게 모든 걸 말할 수 없는 때가 있으리라는 건 이해해. 라이더로서 우리의 본성이 그렇다는 것도. 하지만 뭘 물어봐야 하는지를 내가 알아내야 한다고 주장하며 계속해서 나에게 실패의 덫을 놓는 건 그만해야 해."

"알았어." 그는 고개를 끄덕였다. "난 그저…." 그는 턱 근육을 움직였다.

"그저 뭐?" 내 손가락은 그의 따뜻한 목을 타고 올라가서 머리카락을 헤집었다.

"난 네가 여기 있을 거라는 걸 알아야겠어. 무슨 일이 일어나더라도 우리가 대화로 풀거나 싸워서 풀 수 있게 돌아올 거라고." 그는 내 입으로 시선을 내렸다가, 이목구비를 훑어보았다.

가슴이 조여들었다. 나는 그의 가슴을 따라가다가 갈비뼈를 돌아 등으로 손을 보낸 다음, 그대로 멈췄다. "알았어."

그는 미간의 주름을 폈다. "내가 어떤 정보를 쥐고 있다 하더라도 결코 너를 해치는 데 이용할 리 없다는 걸 알 만큼은 네가 나를 믿고 사랑한다는 걸 알고 싶어. 내가 그렇게 알기 쉬운 사람은 아니지만, 나도 교훈을 얻었어. 정말이야. 아무리 기밀이라 해도 너에게 영향을 미칠 정보라면 숨기지 않을게." 그는 침을 삼키더니, 한 팔로 몸무게를 지탱하면서 손등으로 내 뺨을 쓸었다. "네가 도망치지 않으리라는 걸 알아야겠어. 네가 결코 도망칠 필요가 없다는 걸 알았으면 좋겠어."

"당신을 사랑해." 나는 속삭였다. "당신이 내 세상 전부를 격변으로 밀어 넣더라도 난 당신을 사랑할 거야. 당신이 비밀을 지키고, 혁명을 이끌고, 나를 말도 못하게 좌절시키고, 나를 망칠지라도 난 여전히 당신을 사랑할 거야. 나도 멈출 수가 없어. 멈추고 싶지도 않아. 당신은 내 중력이야. 당신이 없으면 내 세상은 하나도 돌아가지 않아."

"내가 중력이라고." 그는 천천히 입술을 휘어 아름다운 미소를 지으며 속삭였다.

"우리가 절대로 벗어날 수 없는 단 하나의 힘이지." 나는 놀려대다가 웃음을 잃었다. "하지만 진심이야." 그를 보며 눈썹을 올렸다. "당신은 나에게 완전히 마음을 열어야 해. 그러지 않으면 세상 모든 사랑을 끌어다놓아도 이 관계를 유지할 수 없어. 나는 진실을 알아야 중심을 잡을 수 있는 사람이야."

"알았어." 그는 속삭였다. "내 아버지에 대해 알고 싶어? 내 할아버지와 스게일에 대해 알고 싶어? 아니면 혁명에 대해?"

좀 더 쉬운 질문이 낫겠지. "어머니는 어디 계셔?"

그는 소스라쳤지만 재빨리 반응을 감췄다.

"아무도 그분 이야기를 안 하던데." 나는 말을 이었다. "그림도 없고, 칼디르 처형에 있었다는 언급도 없어. 아무것도. 마치 당신은 태어난 게 아니라 알을 까고 나온 것 같아."

잠시 침묵이 흘렀다.

"어머니는 내가 어렸을 때 떠났어. 두 분의 결혼 계약은 후계자가 10살까지 살아남으면 어머니가 자유롭게 떠나도 된다는 내용이었고, 실제로 그랬지. 그 후로는 본 적도 들은 적도 없어." 마치 깨진 유리 위로 거니는 듯한 목소리였다.

"아." 나는 그의 가슴 위로 손을 쫙 폈다. "미안해." 괜히 물어봤다.

"아니야." 그는 어깨를 으쓱였다. "또 알고 싶은 거 있어? 이 짓을 또 하진 못하겠거든. 혹시나 내 인생에서 정말로 의미 있는 유일한 관계를 망쳐버린 건지 아닌지도 모르는 상태로 널 되찾기 위해 발버둥치면서 확신 없는 몇 달을 보내는 건 못 할 짓이야." 그는 잠시 눈을 감았다. "그래도 너에게 필요하다면 또 하겠지만."

"언제 발현했어?" 나는 그의 목으로 손을 올렸다. "그 고유 능력 말이야."

"그림자 능력이 발현하고 한 달쯤 후였지. 이미 마음을 읽는다는 이유로 카가 다른 1학년을 죽이는 걸 봤기 때문에 능력이 발현됐을 때는 정신을 단단히 차리고 스케일에게 갔어. 그리고 스케일이 내 친척과 계약했다는 걸 아는 카가 다른 능력이 생기진 않았냐고 물었을 때는 거짓말을 했지. 그림자를 조종하는 내 능력이 예상보다 강했기 때문에 놈들도 더 파고들 이유가 없었어." 그는 한쪽 입꼬리를 올렸다. "문제의 라이더가 내 할아버지가 아니라 작은 할아버지로 여겨진 것도 도움이 됐어."

"정말로 스케일만 알고 있었던 거야?"

"맞아. 스케일이 아무에게도 말하지 말라고 했어. 스케일은 누구든 알면 나를 죽이거나… 아니면 무기로 쓸 거라고 생각해."

"젠장. 나도 그러지 않았어?" 멜그렌과 같이 있었을 때, 내가 부탁을….

"아니야." 그는 한 손을 들어 올려 손등 끝으로 내 뺨을 쓸면서 속삭였다. "넌 임무를 위해서 부탁했지. 절대로 개인적인 이득을 위해서 쓰진 않을 테니까." 그는 몸을 기울여 나와 이마를 맞댔다. "괜찮다고 해줘. 이 일도 우리를 갈라놓진 못했다고 해줘."

"다시는 나에게 그 능력을 쓰지 않겠다고 약속해." 나는 그의 눈을 보면서 셔츠를 구기듯 붙잡았다.

"약속해." 그는 속삭이고 나서 가볍게 키스했다. "자, 이제 선물 받고 싶어?"

"선물?" 나는 허리를 휘어 그에게 몸을 붙였다.

"솔레스와 싸우다가 단검 두 자루를 잃었잖아. 내가 새로 두 자루를 제작하게 했어." 그의 얼굴에 느리게 미소가 번졌다. "날 무장해제 시키기만 하면 네 거야."

나는 그의 가슴에서 아래로 손을 미끄러뜨려, 정확히 그 말대로 했다.

12월 19일. 나는 노트의 다음 장에 날짜를 적고 나서 빤히 바라보았다. 동지까지는 이틀밖에 남지 않았고, 여전히 의회는 꿈쩍도 하지 않았다. 하지만 사마라까지는 날아서 8시간밖에 걸리지 않으니, 우리가 옳은 일을 할 거라는 희망을 버릴 수 없었다.

"리라의 일기장에서는 뭐 좀 나왔어?" 전투 브리핑 시간, 리애넌이 옆자리에 앉으면서 물었다.

우리 대대원 거의 전원이 내 쪽으로 고개를 돌렸고, 그들의 기대감이 뱃속을 무겁게 눌렀다. 매일 같은 질문이 날아왔는데, 대답할 말이 없었다.

"말했듯이, 제시니아가 번역을 끝내면 알려줄게." 나는 딱 하루 번역을 시도해보았다가 좌절하며 일기장을 제시니아에게 넘겼다.

나는 배낭에서 새 도관을 꺼내 무릎에 올려놓았다. 펠릭스는 지난주에 모든 2학년과 3학년에게 도관을 나눠줬고, 다들 꺼내놓고 있었다. 라이더들은 남는 시간마다 에너지를 짜내어 단검에 쓸 반짝이는 합금 조각을 충전하고 있었다. 다만 내 도관은 솔레스와의 싸움 이후에 내가 부탁해서 특별히 추가한 부분이 있었다. 전투 중에 잃어버리지 않게 팔찌처럼 거는 끈이었다. 유리 구를 손바닥에 쥘 수 있으면서도, 맨손 격투를 위해 손을 비워야 할 때는 팔에 걸어놓을 만한 길이였다.

플라이어들은 화살통에 넣을 반짝이는 메오사이트 화살촉도 깎았다.

우리가 멜그렌과 만나고 나서부터 지난 2주일 동안, 분위기는 학교가 아니라 실제 전장처럼 변했다. 저택 안에는 폭풍이 오기 직전의 공기 같은 불안한 에너지가 감돌았다. 2학년과 3학년은 룬을 배웠고, 캣이 여전히 우리 학년 최고라는 사실을 인정할 수밖에 없었다. 우리 중에서 다른 사람의 룬을 추적하는 룬을 완전히 익힌 사람은 캣 하나뿐이었다. 놀라워라.

우리 대장간은 무기를 생산하기 위해 쉬지 않고 번쩍였고, 모든 라이더는 해안가 전초기지를 떠나서 나바르와 포로미엘 쪽 국경 지대에 배치됐다.

"조용!" 드베라 교수가 무대 중앙에서 명령하고 브레넌이 합류하면서 극장은 빠르게 조용해졌다. "이제 좀 낫군."

314

리독이 앞 의자에 발을 올리자, 리애넌이 예의를 지키지 않으면 죽인다는 눈빛을 쏘면서 리독을 찰싹 때렸다.

"왜?" 리독은 바로 앉으면서 투덜거렸다. "지난주 사망자 명단 들었잖아. 논의할 만한 패배가 없다고."

"대부분 알겠지만, 새로운 공격 보고는 없다." 드베라가 입을 열자, 리독이 보란 듯이 리를 보고 눈썹을 올렸다. "하지만 순찰비행 덕분에 90퍼센트가 넘는 정확도로 업데이트된 지도가 있지."

드베라는 거대한 대륙 지도를 향해 몸을 돌리고 두 손을 들었다. 빨간 깃발들이 명백한 패턴으로 움직이기 시작했다. 알려진 요새들에서 빠져 나온 깃발들이 동쪽으로 모이고 있었다. 대부분은 사마라 바로 맞은편에 모였고, 빨간 깃발 몇 개는 우리 쪽 국경을 따라 퍼졌다.

"놈들이 페이비스를 떠났네." 리독이 몸을 기울이면서 말했다.

"남쪽에서는 전부 떠났어." 소여가 덧붙여 말했다. "티렌더 국경에서도."

북쪽, 시그니슨과 브레이빅 지방에는 여전히 빨간 깃발이 흩어져 있었다.

"하지만 졸랴는 그대로야." 왼쪽으로 몇 자리 떨어진 곳에 있던 메런이 한숨을 내쉬었고, 그 옆에서는 캣이 입술을 꾹 물었다.

놈들은 우리 보호막이 온전한 힘을 발휘하지 못한다는 사실을 모르는 게 분명했다.

"이 움직임에서 뭘 알아낼 수 있지?" 드베라가 몸을 돌려 물었다.

브레넌이 팔짱을 끼고 자기 발을 내려다보았다가 우리 쪽으로 시선을 올렸다. 내가 아는 표정이다. 죄책감을 느끼는 얼굴.

잘됐네.

"놈들은 멜그렌이 내다본 전투를 준비하고 있습니다." 제3비행단 소속 라이더가 말했다.

그래도 의회가 멜그렌의 요청을 비밀로 두지는 않았다. 그저 각자가 어떻게 투표했는지만 비밀이었다.

"동의한다." 드베라는 그쪽으로 고개를 끄덕이며 말했다. "정확한 숫자를 세기는 어렵지만, 우리는 와이번이 500마리 이상일 것으로 예상한다." 그녀는 브레넌을 흘긋 보더니, 아무 말이 없자 계속했다. "그리고 베닌들도 있다."

극장 여기저기에서 욕설이 흘러나왔다.

"그런데도 우리가 관여하지 않는 이유는 뭡니까?" 제1비행단의 누군가가 물었다.

"우리가 앙심을 품었기 때문이지." 뒷줄에 앉은 퀸이 말했다.

"뭐라고 했나, 생도?" 드베라가 퀸을 지명했다.

퀸이 자리에서 꿈지럭거렸지만, 내가 돌아보았을 때는 고개를 높이 들고 있었다. "우리가 앙심을 품었기 때문이라고 했습니다." 퀸은 큰 소리로 되풀이했다.

"말해버렸네." 리가 조용히 말했다.

브레넌이 헛기침을 했다. "우리가 관여하지 않는 건 의회에서 투표를 통해 이 전투에서 라이더와 플라이어를 너무 많이 잃을 거라고 판단했기 때문이다. 이런 규모의 전투에서는 우리 병력이 전멸할 수 있고, 그러면 나머지 대륙은 무방비 상태가 된다."

나는 이 얼마나 익숙한 논리인지 생각하며 고개를 절레절레 저었다.

"우리 중엔 나바르에 가족이 있는 사람도 있습니다." 우리 대대의 1학년들과 함께 내 앞줄에 앉아 있던 애벌린이 말했다. "그냥 앉아서 가족들이 죽었다는 소식을 기다리라는 겁니까?"

"진작 떠났어야지." 제2비행단 근처에 앉은 라이더 한 명이 쏘아붙였다.

"모두가 전쟁이 다가온다는 이유만으로 생업을 다 걸고 이동할 수 있는 건 아니거든, 이 엘리트주의자야." 애벌린이 목소리를 높여 맞받아쳤다.

맞는 말이었고, 여기저기에서 동의하며 투덜거리는 소리가 높아졌다.

"전투 브리핑은 이러라고 있는 시간이 아니다!" 드베라가 외쳤다.

우리는 조용해졌지만, 분위기는 좋지 않은 방향으로 바뀌었다.

"다른 식으로 돌려 생각해볼까." 브레넌이 말했다. "너희가 멜그렌이라면, 지금 뭘 하고 있을까?"

"똥이나 싸고 있겠죠." 리독이 대답했다.

브레넌이 콧잔등을 문질렀다. "그것 말고는?"

"보호막을 강화하겠습니다." 리애넌의 제안이었다. "보호막이 전력을 발휘하는 한은 이것도 적의 허세일 뿐이니까요."

"좋은 지적이다, 마티아스 생도." 브레넌이 고개를 끄덕였다.

"그럼 멜그렌은 군대를 무장시키거나 무기고에 계속해서 마력 공급을 집중하는 것 중에서 선택해야 하는 겁니까?" 제1비행단에서 나온 질문이었다.

"그것도 훌륭한 지적이다." 브레넌이 동의했다. "군대를 무장시키는 데 따라오는 문제가 뭐지?"

"단검을 나눠주면 보호막에 대한 마력 공급의 효율이 떨어집니다." 리애넌이 대답했다. "그 에너지를 실제로 베닌을 죽이는 데 소모하지 않는다 해도, 보호막은 약해지죠."

"맞다." 브레넌이 나를 똑바로 쳐다보았다. "소른게일 생도라면 어떻게 선택하겠나?"

"무고한 민간인들을 지키기 위해 실제로 싸우는 것 외에 말이야?" 공개적인 문제에 대해 두 번 생각하기도 전에 말이 입 밖으로 흘러나왔다.

"네가 멜그렌이라면 말이다." 오빠가 고개를 기울이는 모습과 표정을 보니, 이 시간이 끝나면 어마어마한 설교를 듣게 될 게 분명했다.

나는 잠시 지도를 살폈다. "저라면 해안 기지에 있는 단검을 모조리 빼내서 국경 기지의 마력 공급을 강화하겠습니다. 놈들은 국경을 넘으면 무력해집니다. 와이번은 죽고, 베닌은 채널링을 하지 못합니다. 그러면 육박전만 남는데…."

"화살도 있고." 캣이 덧붙였다.

"맞아." 나는 캣을 슬쩍 보고 고개를 끄덕였다. "나바르 군대가 물리적으로 베닌을 격퇴해서 무기고의 마력 공급을 흩어놓지 못하게만 할 수 있다면, 진짜 습격의 위험은 없습니다."

"내 말이 그 말이다."

"하지만 멜그렌은 패배를 봤는데요." 제2비행단의 플라이어가 말했다.

"그 생각을 이어가보자." 드베라가 지도를 가리켰다. "사마라의 보호막이 내려간다면, 무슨 일이 일어나지?"

"부화지까지 직항로가 열리겠죠." 누군가가 대답했다.

"아니야." 내가 대답했다. "그 지점의 보호막은 자연적인 거리로 줄어들 텐데, 그건 우리 보호막과 마찬가지로 바스지아스에서 서너 시간 비행 거리입니다. 전초기지의 마력 공급은 보호막을 연장하지, 보호막을 만들지는 않아요. 그러니까 나바르의 많은 지역이 보호에서 벗어나겠지만…." 나는 눈을 깜박이다가 오빠를 보았다.

그는 고개를 끄덕였다.

멜그렌은 우리가 보호막이 어떻게 작동하는지 제대로 알지 못한다고 믿고 허풍을 치고 있었다. 우리를 싸움에 끌어들이려고 공포 전술을 쓴 것이다.

"생각을 끝내고 싶나, 생도?" 드베라가 물었다.

심장이 목구멍까지 뛰어오르고 머리가 빙빙 돌았다. 나는 지도를, 난공불락으로 보이는 적군이 아직 건너지 않고 남아 있는 가느다란 국경선을 응시했다. 그리고 차마 떠올리기에도 무서운 생각이 자리를 잡기 시작했다. "이 정보는 얼마나 된 겁니까?"

"뭐라고?" 드베라가 눈썹을 들었다.

"놈들이 국경에 자리 잡은 지 얼마나 됐죠?" 나는 구체적으로 물었다. 나를 집어삼키려는 두려움을 누르느라 주먹 쥔 손톱이 손바닥을 파고들었다.

드베라가 쳐다보자 브레넌이 대답했다. "3일 동안 그 자리에 있었다. 오늘 아침의 보고에 따르면 움직이지 않았고."

신들이시여.

*"당장 움직여야 한다."* 테른의 목소리가 머릿속에 울려 퍼졌다.

나는 드베라가 다른 라이더에게 질문을 던지는 사이에 배낭 안에 소지품을 쑤셔넣었다.

"뭐하는 거야?" 리가 작은 소리로 물었고, 우리 대대원 대부분이 나를 쳐다보고 있었다.

"제이든을 찾아야 해." 나는 배낭을 어깨에 걸고 팔을 끈에 집어넣으면서 일어서려고 했다. "사마라가 아니야."

"알았어." 리애넌이 짐을 챙겼고, 대대원도 뒤따랐다. "우리도 같이 가."

언쟁할 시간이 없었기에 고개를 끄덕였다. 우리가 빠져 나가자 드베라가 뭐하는 짓이냐고 외친 것 같지만, 머릿속에 미친 듯이 생각이 돌아가면서 이명이 울려서 정확하게 들리지도 않았다.

모든 생도가 전투 브리핑에 들어가 있었기에 복도는 상대적으로 비어 있었고, 서쪽 부속건물로 빨리 가는 데 도움이 됐다.

*"어디 있어?"*

*"의회 회의실에서 전략회의 중이야."* 제이든이 대답했다. *"왜?"*

*"지금 그쪽으로 가는 중이야. 당신이 필요해."* 우리는 역사 강의실 앞을 지나치고 대연회장을 지나쳤다.

"우리가 왜 전투 브리핑 수업에서 뛰쳐나온 건지 말해줄 사람?" 몇 걸음 뒤에서 캣이 물었다.

"바이올렛의 눈빛." 리애넌이 내 옆으로 따라붙으며 설명했다.

"작년 대항전에서도 저런 눈빛이었지." 소여가 말했다.

"우리가 경험해본 바로는 바이올렛이 뭔가를 알아차리면 그냥 따라가야 해." 리애넌이 설명을 마무리했다.

제이든이 회의실에서 나와서 곧장 내 쪽으로 향했고, 우리는 복도 한가운데에서 만났다. "무슨 일이야?"

"우리가 걱정해야 하는 건 사마라가 아니야."

"왜?" 그는 대대원들이 이리저리 움직이거나 말거나 나만 보았다.

"놈들이 거기서 기다리고 있으니까." 나는 설명했다. "놈들은 3일 동안 기다리고 있었어. 왜일까?"

"내가 놈들의 사고방식을 알았다면 이 전쟁이 벌써 끝났겠지." 제이든이 대꾸했다.

"멜그렌은 동지에 놈들이 침략해온다고 했어. 그게 모레야." 맙소사, 우린 빨리 움직여야 한다.

제이든이 고개를 끄덕였다.

"와이번은 사마라의 보호막을 무너뜨리지 않을 거야. 와이번은 보호막 안에서 날지 못해. 더해서 그보다 작은 와이번 떼들이 국경 전체에 다가가 있었어. 사마라는 교란용이고, 놈들은 보호막 전체가 내려가길 기다리는 것 같아."

제이든이 잠시 눈을 크게 떴다.

"다른 곳에서 전투가 일어날 리가 없어." 소여가 반박했다. "그랬다면 멜그렌이 봤을 거야."

"우리가 있으면 못 봐." 슬론이 맞섰다. "멜그렌은 낙인자 세 명이 모이면 전투 결과를 못 본다고. 기억해?" 슬론이 팔뚝을 들어 올리자 소매 끝으로 낙인이 보였다.

"바로 그거야." 손톱이 손바닥을 파고들었다. "우리가 있다면 멜그렌은 진짜 전투를 못 봐. 그래서 모든 병력을 사마라에 집중시켰지. 사실 지켜야 할 곳은⋯."

"바스지아스." 제이든이 내 생각을 말하며 내 눈을 살폈다. "베일이야."

"그래."

"돌아가고 싶어?" 그가 물었다.

"당연히 가야지." 리독이 대답했다.

"너한테 묻지 않았어." 제이든은 내 눈을 보고 있었다. "가고 싶어?"

가고 싶으냐고? 나바르는 600년 동안 국민에게, 즉 우리에게 거짓말했다.

"그놈들은 절대로 우릴 도우러 오지 않을걸." 슬론이 말했다.

"확실히 우릴 도우러 온 적은 없지." 캣이 동의했다.

그들은 나바르 시민들의 삶에 눈가리개를 씌우고 보호막 안에 안전하게 숨어서 몇 번이고 포로미엘인들이 죽게 내버려뒀다.

"거기엔 부화지가 있어." 리애넌이 반박했다.

"우리에게도 부화지가 있어." 맞선 사람은 트레이거 같았다. 제이든에게서 시선을 돌릴 수 없었기에, 추측이었다.

머리가 점점 빨리 돌아가고, 대대원들이 꼭 내 머릿속 같은 상반된 의견들을 내놓는 가운데 제이든만이 안정된 땅처럼 내 발밑을 받쳤다.

"내 가족이 모레인에 있어." 애벌린이 애원했다.

대대원이 언쟁을 시작하자 뒤에서 들리는 목소리들이 불분명해졌다.

*"가려면 바로 떠나야 해."* 제이든의 목소리가 소음을 뚫고 울렸다.

"그들은 우리에게 거짓말했어. 당신 아버지를 처형하고 날 고문했어." 나는 그들의 죄가 내 양심을 압도하기 전에 그만 헤아리려고 했다.

*"그래."*

"계속 보병 생도들과 힐러들과 서기들이 생각이 나. 케이오리 같은 사람들도 그저 고향을 지키고 싶어서 뒤에 남았어." 나는 휘청거리지 않으려고 손을 뻗어서 그의 팔을 잡았다. 언쟁 소리가 점점 커지는 것을 들으니 이제 주위에는 우리만이 아닌 듯했다.

*"그래."*

"우리가 가지 않는다면 그들보다 나을 게 없어. 우리가 나바르 민간인들에게 필요한 무기일지도 모르는데 그들을 죽게 내버려둔다면…." 나는 그의 팔을 꽉 쥐었다.

"싸우고 싶어?" 제이든이 몸을 아래로 기울이면서 물었다. 주위의 언쟁이 잦아들었다. 모두가 내 말을 기다리는 것 같았다. "말만 해. 그러면 내가 의회에 가져갈게. 의회에서 지지하지 않는다면 갈 사람끼리만 가면 돼. 네가 가는 곳이면 나도 가."

내 친구들을 위험에 빠뜨리고 또 잃는다는 생각을 하자 속이 뒤집혔다. 테른과 앤다나를 위험에 밀어 넣고 싶지 않다. 제이든의 목숨을 가지고 도박을 하느니 차라리 내가 죽는 게 낫다. 하지만 정말 선택지가 있기는 할까? 가면 죽을지도 모르지만, 가지 않으면 우리는 적과 똑같아질 것이다.

"가야 해."

# 59

우리는 동맹을 먹지 않는다.

_ 브레넌의 일기장에 테른이 개인적으로 추가한 내용
_ 바이올렛 소른게일 생도 인용

"나 혼자 할 수 있어." 3시간 뒤, 계곡 중앙에서 생도들이 승인도 받지 않은 채로 다급하게 서둘러 대형을 갖추는 동안 앤다나가 투덜거렸다.

"18시간 비행이야." 나는 앤다나의 새로운 고정장비 연결부위를 빠짐없이 점검하면서 상기시켰다. 아직 스게일의 절반만 한 몸집이어서 테른이 들 수 있으니 다행이지. "같이 가겠다는 결정은 존중하지만, 그러려면 이 방법밖에 없어." 한두 시간만 날아도 앤다나의 날개 근육에 쥐가 나니 말이다.

"그래서 내가 어린애처럼 들려가야 한단 말이야?" 내가 몸 아래를 걸으면서 어깨 밑으로 구부러지는 매끈한 금속과 비늘 사이에 손가락을 넣자 앤다나가 콧김을 내뿜었다.

"테른이 네 무게를 감당할 수 있어서 다행이라고 생각해. 네가 지치거나 모두를 지체시키기 전까지는 날아도 되지만, 빠르게 날 때에 대비해서 고정장비를 차지 않으면 따라오게 해줄 수 없어. 네가 대형에서 떨어져 뒤에 남는 위험을 감수할 순 없거든." 나는 강철 띠를 당겨보면서 결합 부분이 단단한지 확인했다. "네가 들려가고 싶지 않는 건 이해해. 나도 가끔은 안장 없이 날고 싶지만, 드래곤에 타려면 어쩔 수 없어. 선택해. 장비를 차고 따라오든가, 뒤에 남든가."

"드래곤은 인간의 명령을 듣지 않아." 앤다나가 곤추서면서 성질을 냈다.

"하지만 원로의 말은 듣지." 테른이 풀밭에 발톱을 펴면서 그르렁거렸다.

"우리 굴에서 제일 나이 많은 드래곤만이야." 앤다나가 반박했고, 나는 바닥에 내려놓은 비행 재킷과 배낭을 밟지 않으려고 조심하면서 그 몸 아래에서 빠져 나왔다. 이 계곡 위는 12월 날씨가 무색하게 미친 듯이 더웠다.

"그래. 내가 얼른 가서 코다흐에게 물어볼게." 나는 빈정거리다가, 그리폰한 마리가 전속력으로 달려가자 펄쩍 뛰어 물러섰다. 그리폰들이 하늘에서는 드래곤보다 느려도, 땅에서는 무섭도록 빨랐다.

메런에게 들으니 그리폰들도 뒤에 남겨지는 게 못마땅한 모양이었다.

"도착하기 전에 죽지 않도록 해봐, 바이. 우리에게 네가 필요할지도 모른다고." 왼쪽에서 에오트롬과 기다리던 리독이 놀렸다. 에오트롬은 너무 가까이에서 질주하는 그리폰을 향해 이를 딱 부딪쳤다. 고개를 뒤로 물릴 때 잇새로 깃털이 떨어지는 줄 알았다.

"난 우리 굴에서 제일 연장자가 될 거야." 앤다나가 날아가는 새 떼를 따라 목을 구부렸다. 나도 따라서 시선을 옮겼다가 태양빛이 눈을 찌르자 얼른 고개를 내렸다. 잠시 앤다나의 비늘이 반짝이는 하늘색으로 보였는데, 눈을 깜박이자 잔상이 사라졌다.

"나도 아직 중년이다." 테른이 투덜거렸다. "넌 한참 기다려야 할걸."

"진짜?" 앤다나는 몸을 흔들어서 고정장비를 좀 더 편한 위치로 옮겼다. "테른은 원로가 된 지 수십 년은 넘은 줄 알았어. 꼭 원로처럼 행동하잖아."

테른이 천천히 고개를 돌리더니 앤다나를 보고 눈매를 좁혔다.

"백 살보다 늙은 느낌은 전혀 안 나요." 나는 테른을 안심시킨 다음, 캣과 함께 다가오는 메런에게 미소를 지었다.

"우리가 못 간다는 게 너무 싫어." 메런이 어깨에 멘 가죽 배낭을 흔들어 내리면서 말했다. "대대원은 하나로 뭉쳐야 하는 거 아냐?"

"너희는 힘을 쓸 수 없을 거야." 나는 메런이 쪼그려 앉아서 배낭 안을 뒤지는 모습을 보며 상기시켰다. "나바르 보호막 안에 들어가는 순간 무방비해지는 데다가, 라이더와 베닌 양쪽이 노릴 거야. 멋진 조합은 아니지."

"게다가 느려서 너희 발목을 잡겠지. 우리도 들었어." 캣은 팔짱을 끼고 혼란을 살폈다. 페이그가 우리 앞으로 내려오더니 날개를 활짝 펼쳤다가 리애넌 가까이에 착륙했다. "그렇다고 해도 너희가 전투를 하러 가는데 우린… 여기서 공부나 한다는 게 더러운 기분인 건 어쩔 수 없어."

"공부라는 부분도 잘 모르겠다. 드베라의 레드 클럽테일이 저기 있는 것 같은데." 리독이 대형 앞쪽을 가리키며 말했다.

"여기." 메런은 배낭에서 작은 쇠뇌와 가죽 뚜껑을 씌운 화살통을 꺼내면서 일어섰다. "이런 말하긴 그렇지만, 넌 큰 활을 끔찍하게 못 다루잖아."

"흐음, 고마워?"

"단검이 떨어지면 이게 두 번째 무기가 되어줄 거야. 줄을 당겨서 여기에 건 다음에 화살을 홈에 끼우고…" 메런은 쇠뇌 중앙에 파인 홈을 가리켰다. "집게손가락으로 레버를 당기는 거야."

쇠뇌는 크기가 작고, 작동하는 데 힘이 많이 들지 않을 물건이었다. 이걸 챙겨주다니 정말이지 다정한 몸짓이어서 목이 메었다. "완벽하네. 고마워."

메런은 내게 쇠뇌를 건넸지만, 화살통은 멀찍이 들고 있었다. "이건 전부 메오사이트 화살촉이야. 마력을 충전해서 상대에게 닿으면 폭발하도록 룬을 새겨놨어." 메런이 검은 눈썹을 들어 올렸다. "화살통 안에서는 완충재에 싸여 있지만, 절대로, 떨어뜨리지, 마."

"알았어." 나는 화살통을 받아서 함께 배낭에 넣었다.

"의회는 꿈쩍도 하지 않을 거야." 제이든이 다가오며 말했다. 그는 비행복을 갖춰 입고, 두 자루의 장검을 등에 맨 채로 내 형제들과 함께 있었다.

"고집불통들 같으니라고." 미라도 비행 복장으로 옆구리에 장검을 찼지만, 브레넌은 평상복 차림에 못마땅한 분노를 담은 눈으로 나를 노려보았다.

"부화지가 위험하다는 걸 알고도 싸우지 않는다고?" 리독이 소여, 이모젠, 퀸과 같이 다가오면서 비딱하게 말했다.

"그 사람들은 우리 말을 믿지 않는 거다." 제이든이 대답했다.

"그 사람들은 훈련도 덜된 생도들과 적진으로 달려드는 건 실수라고 생각해." 브레넌이 날카롭게 말했다. "그리고 나도 동의한다. 너희는 생도들을 죽이고 말 거야. 스스로도 포함해서."

"1학년을 데려가는 것도 아니잖아요." 리애넌이 비행 재킷 여기저기에 달린 칼집 끈을 조이면서 말했다.

"그것도 말이 안 돼." 아릭이 물어뜯듯이 말했다. 슬론과 다른 1학년들도 걸어오고 있었는데, 다들 비행복을 갖춰 입고 결심을 굳힌 얼굴이었다. "우리에게도 2학년이나 3학년처럼 부화지를 지킬 권리가 있어." 아릭이 애원과 비난을 함께 담아서 쳐다보는 모습에 가슴이 내려앉았다. 아릭에게는 여기 있는 누구보다 더 나바르를 지킬 권리가 있었다.

"너희는 아무도 못 가…." 브레넌이 입을 열었다.

"어머니가 죽을 가능성이 높다는 걸 알면서도 여기 남겠다고?" 나는 오빠에게 한 걸음 다가섰고, 미라도 몸을 빙글 돌려서 브레넌을 마주 보았다.

브레넌은 나에게 한 대 맞기라도 한 것처럼 움찔하며 고개를 젖혔다. "그 여자는 우리 셋을 죽을 자리에 보냈어." 브레넌은 미라와 나를 번갈아보면서 이해를 기대했지만, 우리는 그 기대에 부응하지 않았다.

"이럴 시간 없어." 제이든이 잔소리했다. "브레넌이 가지 않을 거라면 그건 알아서 하고, 지금 떠나지 않으면 바스지아스에 너무 늦게 도착할지도 몰라." 그는 몸을 돌려 1학년들에게 손가락질했다. "그리고 너희는 절대 안 된다. 대부분 아직 고유 능력을 발현하지 못했고, 너희나 너희 드래곤을 또 다른 에너지원으로 갖다 바칠 생각은 없다."

"난 발현했어요." 슬론이 배낭끈을 움켜쥐며 항의했다.

"그래도 여전히 1학년이지." 제이든이 맞받아쳤다. "마티아스, 대대 이륙을 준비하고, 이후 지시는 비행단장에게 받도록. 곧장 뚫고 가야 할 거다. 나는 바이올렛을 데리고….."

"외람되지만….." 리애넌이 자세를 똑바로 펴더니 제이든을 노려보았다. "모의전투와 달리, 제4비행단 불꽃전대 2대대는 온전한 부대 단위로 남을 겁니다. 소위님이 합류하신다면야 환영하겠지만요."

소여와 리독이 내 양옆으로 이동했고, 내가 뒤로 넘어진다면 퀸과 이모젠이 있을 게 분명했다.

제이든은 흉터 진 눈썹을 들어 올리면서 나를 보았고, 나는 리애넌에게 반대하는 대신에 미라 언니를 보았다. "언니도 마찬가지야. 합류는 환영하지만, 난 우리 대대와 함께 갈 거야."

거의 18시간이 흐른 뒤, 매섭도록 차가운 바람이 얼굴을 때리는 가운데 우리는 모레인 지방에 진입하여 이아코보스 강을 따라 바스지아스로 이어지는 구불구불한 산맥 위를 날고 있었다. 채널링할 때 몸이 뜨거워진다는 점이 이렇게 고마울 때가 없었다. 나 말고 다른 사람들은 거의 얼어붙었을 것이다.

멜그렌 장군이 사마라에 대해 확실하게 단언했던 덕분에 어떤 순찰대도 우리를 막지 않았다… 순찰대가 없었기 때문이다. 테른과 스게일이 이끄는 드래곤 50마리가 날아가는데도, 내륙 기지들마저 라이더가 없었다.

우리는 1학년들을 두고 왔지만, 미라처럼 절벽 쪽 국경에 배치되지 않은 현역 라이더 일부가 따라왔다. 미라는 시야에서 놓을 수 없다는 듯이 테인과 함께 내 뒤에 바싹 붙어서 날고 있었다.

"에임시르는 베일 안에 있구나. 네가 어머니를 찾는 동안 대대 통신은 테인이 중계할 거다." 지휘부에서 비행 중에 고안한 계획을 테른이 전했다. 우리에게 정찰을 허용한 다음, 발견 내용에 맞춰 수정할 예정이었다.

내가 맡은 임무는 어머니에게 가는 것이었다. 참 부담 없네.

"강굽이에 이르면 네 고정장비를 풀어라." 테른이 앤다나에게 말했다. "그리고 베일로 날아가서 머물러라. 청소년 블랙드래곤이 나타나면 바스지아스에 있는 인간들이 의심할 거다. 상황이 끝날 때까지 드래곤들 사이에 숨어 있어라."

"그러다가 지난번처럼 내가 필요해지면 어쩌게? 나도 바로 옆에 숨어 있을 수 있어."

내가 제발 숨어 있으라고 간청했는데도 앤다나가 전장에 나타났던 일을 떠올리자 심장이 답답해졌다. 앤다나는 우리를 도우려 목숨을 걸었고, 그러다가 죽을 뻔했다. "페더테일과 같이 있어줘. 보호막이 내려간다면 아이들에게 네 보호가 필요할 거야. 그리고 보호막이 내려가면 바로 우리에게 알려주고."

우리가 너무 늦었다면… 이제는 신들의 도움을 빌 뿐이다.

앤다나는 강굽이가 나타나자 장비를 떼어내고 작은 날갯짓으로는 따라잡을 수 없게 될 때까지 옆을 날다가 얼음 낀 강을 향해 급강하했다.

"베일로 가." 나는 다시 일깨웠다.

"난 나를 필요로 하는 곳에 있을 거야." 앤다나는 그렇게 대꾸하더니, 왼쪽으로 몸을 기울여 비행장 뒤편으로 베일까지 이어지는 눈 덮인 능선으로 날아갔다.

"도무지 말을 들을 생각이 없는 것 같은데요." 나는 앤다나의 뒷모습이 희미해질 때까지 지켜보다가 테른에게 말했다.

"청소년들이 어떤지 경고했잖느냐." 테른은 날개를 접고는 내 위장이 뚝 떨어지는 느낌으로 급강하했다. 순식간에 몇백 미터를 떨어졌다가, 강가에 늘어선 키 큰 참나무 위로 30미터쯤 남기고 수평비행으로 전환하여 남쪽에서부터 바스지아스로 접근했다.

사그라드는 저녁 빛을 받은 바스지아스는 모든 것이 그대로였다. 6주 전에 떠났을 때와 같은 모습에, 그저 갓 내린 눈이 덮였을 뿐이었다. 어깨 너머를 돌아보니 드래곤 부대 절반, 정확히는 제1, 제2, 제3비행단이 떨어져서 비행장으로 향하고 있었다.

계획대로 된다면, 다음 4분의 1은 분과 안마당에 착륙하고 나머지는 바스지아스 본관으로 진입할 것이다.

"뭔가 이상한 점이 느껴져요?" 나는 라이더 분과의 성벽이 눈에 들어오자 테른에게 물었다. 기숙사 창문은 절반만 불이 켜져 있었다. 가슴이 조금 아팠다. 여기에서 아무리 잔혹한 일이 벌어졌다 해도 집으로 여겨졌다. 이곳은 내가 공부한 곳이고, 데인과 함께 나무를 탄 곳이며, 아버지가 아카이브의 경이로움을 가르쳐준 곳이었다. 또한 내가 제이든과 사랑에 빠지고, 바로 그 아카이브에서 얼마나 많은 정보가 삭제되었는지 알게 된 곳이었다.

"보호막은 여전히 올라가 있다. 우리가 온 것을 엠피리언에게 알렸고, 그들이 불쾌해하는 것도 확실히 느껴지는구나. 그걸 두고 하는 말인지는 모르겠다만." 분과 안마당 위를 날면서 꼬리전대와 발톱전대가 드베라를 따라 떨어져 나갔다. 그들이 성벽을 따라 착륙하면서 석벽이 막대한 피해를 입었다. "하지만 그라임이 베일에 있으니, 사마라에 있는 자기 반려에게 연락해서 코다흐와 접촉할 거다."

"테른과 스게일은 언제쯤이면 그렇게 먼 거리에서도 소통할 수 있게 될까요?" 우리는 순식간에 난간다리를 건넜고, 테른은 왼쪽으로 몸을 기울였다.

"꽤 걸리지. 그라임과 메이즈는 반려가 된 지 수십 년이야." 그는 바스지아스 본관 종탑 위를 지난 후에 날개를 활짝 펼치고 뒤쪽으로 날갯짓을 하며 속도를 줄였다. 네 개의 탑에서 경비병들이 비명을 지르며 경고의 말을 외치고 있었다.

"저 아래에 사람들이 있어요." 나는 테른이 우아하게 본관 안마당으로 내려가자 말했다.

"비킬 거다."

물론 그랬다. 테른이 내려앉자 사람들이 다급하게 비켜섰다. "네 마음이 바뀌면, 그냥 저 지붕을 뜯어내고 데리러 가겠다."

나는 재빨리 버클을 풀고, 가져온 단검 상자를 안장에서 내렸다. "난 괜찮을 거예요." 나는 비행 고글을 벗거나 배낭끈을 조이지도 않고 테른의 어깨를 달리면서 약속했다. 이곳은 폭이 좁아서 한 번에 드래곤 하나밖에 착륙하지 못하니 속도가 생명이었다. 스게일이 따라올 때까지는 나 혼자일 것이다.

긴 시간을 앉아 있다가 갑자기 움직이니 근육이 저항했지만, 나는 테른의 어깨로 올라갔다가 익숙한 비늘 경사로를 타고 미끄러져서 바스지아스에 발을 디뎠다. 내가 배낭을 제대로 메자마자 테른은 하늘로 날아올랐다. 테른은 힘이 센 만큼 무겁기도 해서 날아가다가 보병 분과의 지붕을 스칠 뻔했다.

장교들은 할 말을 잃고 성벽 앞에 서서 충격받은 표정으로 나를 보고 있었고, 나는 공격에 대비해서 아카이브 문을 열고 딱 번개를 칠 수 있을 만큼의 에너지를 채웠다. 두 손을 올리고 주위를 둘러보자, 남색 제복 차림의 대위 하나가 장검에 손을 뻗는 모습이 보였다. 나는 행정동으로 올라가는 계단 옆으로 후퇴했다. 등에 차가운 돌이 닿았다.

바로 다음 순간에 스게일이 착륙하면서 잠시 나를 가렸고, 제이든이 한 손에는 그림자를, 한 손에는 장검을 들고 내리더니 나와 똑같은 움직임으로 내 옆에 섰다. 스게일이 안마당에서 이륙하자마자 테인이 내려왔다.

계단 위의 움직임이 주의를 끌었다. 나는 몸을 빙글 돌려서 제이든과 어머니 사이에 섰다. 어머니는 칼집에 든 숏소드에 손을 얹은 채 신중하게 내려왔고, 놀론이 몇 걸음 뒤에 따라왔다.

이제 시작이군.

그림자가 내 주위를 휘감더니 자갈 바닥을 질주해서 어머니가 내려서는 순간에 딱 맞춰 첫 번째 계단 앞에 멈춰 섰다. 어머니는 순수하게 짜증이 느껴지는 한숨을 내쉬더니, 눈 밑이 시커멓게 내려앉은 눈을 가늘게 뜨고 우리를 보았다.

"어머니." 어머니 뒤로 나를 포로로 잡을 때 도왔던 남자가 보이자 마력과 함께 머리카락이 곤두섰다.

"이러기냐, 바이올렛? 정문을 이용할 순 없었고?" 어머니는 미라를 보더니, 캐스가 내려앉는 하늘로 시선을 돌렸다. 실망한 얼굴이었지만 자세는 여느 때처럼 흐트러짐이 없었다.

"걔는 같이 안 왔어요." 미라가 나서려던 대위에게 장검 끝을 겨눈 채로 말했다. "사실 걔는 우리가 오는 데도 화를 냈죠."

어머니가 고개를 살짝 기울였다. 에임시르와 대화한다는 의미였다. "우리 가 제대로 침공을 당한 것 같구나."

"싸우려고 온 게 아니에요. 같이 싸우려고 왔죠." 내가 말했다. "제 말을 안 믿을지도 모르지만, 여기 보호막이 위험해요."

"우리 보호막은 완벽하다. 너희도 느낄 수 있을 텐데." 어머니는 데인까지 합류하자 팔짱을 꼈다. "아, 적당히 좀 해라." 어머니는 안마당 저편으로 외쳤다. "홀린, 드래곤이 지붕을 날려버리기 전에 저 망할 문을 열게." 어머니가 앞을 막은 그림자를 날카롭게 쏘아보자 그림자가 내 부츠 앞코까지 물러났다.

*"다른 드래곤에게도 문이 열린다는 걸 알려줘요."* 테른에게 말했다.

*"나도 거기 맞춰서 위치를 잡겠다."*

1분쯤 흐르고, 위병들이 정문을 열어젖히자 나머지 대대원이 내려서는 모습이 보였다.

"제 말을 믿으세요. 어머니가 예상하는 전투는 사마라에서 벌어지는 게 아니에요. 여기예요." 나는 대대원들이 다가오는 시간을 활용해서 어머니에게 설명했다. "누군가가 여기 보호막을 끌어내릴 거예요."

"불가능하다, 생도." 밤이 내려앉는 가운데 어머니가 고개를 내저었다. "매 순간 엄중하게 지키고 있다. 보호막에 대한 가장 큰 위협이 너였을걸."

"확인해보죠." 제이든이 내 뒤에서 말했다. "당신 딸들이 절대로 나바르의 보호막을 벗겨내지 않으리라는 건 잘 알 텐데요."

"난 내 딸들이 어떤 사람인지 정확히 안다. 그리고 대답은 거절이다." 어머니는 퉁명스럽게 일축했다. "적의 영공을 살아서 건너온 것도 행운인 줄 알아

라. 목숨을 유지하고 있는 걸 선물이라고 생각하고."

"아닌 것 같은데요." 미라의 시선이 안마당을 훑었다. "이 시간이면 여기는 식당에서 나오는 병사들로 가득해야 하는데, 다섯 명밖에 안 보이네요. 대위 하나에 생도 넷. 그래요, 구석에 있는 힐러들은 세지 않았어요. 가용 인원을 모조리 사마라로 보냈군요. 아닌가요?"

안 그래도 춥던 안마당의 공기가 숨도 쉬기 힘들 정도로 차가워졌다.

"어머니 뒤에 서 있는 위병들은 정신계 고유 능력을 가졌죠. 장담하는데 지금 여기서 제일 강력한 라이더는 어머니와… 누가 있죠? 카 교수?" 미라가 두려움 없이 앞으로 나섰다. "우리 병력은 도울 수도 있고, 정복할 수도 있어요. 어머니 선택이에요."

긴장된 몇 초가 흐르면서 어머니의 콧구멍이 커졌다.

"장군님이 보호막까지 안내하지 않으시겠다면…." 뒤쪽 어딘가에서 데인이 말했다. "제가 하죠. 아버지가 작년에 알려주셨거든요." 바로 그래서 데인이 우리 대대와 같이 온 거였다.

"어떤 사람이 되고 싶으세요? 바스지아스를 구한 장군, 아니면 당신의 거짓말을 거부한 생도들에게 패배한 장군?" 나는 턱을 들어 올렸다.

"검은색이 정말로 너에게 잘 어울리긴 하는구나, 바이올렛." 그건 평생 어머니에게 들은 최고의 칭찬일지도 몰랐다.

"소른게일 대위 말대로 장군님의 선택입니다. 우린 지금 시간을 허비하고 있어요." 나는 쏘아붙였다. 밤이 왔으니, 공식적으로 동지였다.

어머니는 미라를 보고 나를 보았다. "아무렴, 보호막을 점검해보자."

안도감에 어깨가 처졌지만, 나는 마력을 준비 태세로 유지하며 행정동 계단을 올라갔다. 놀론과 가까워지자 목이 메고 불안감에 침을 삼켜야 했다.

"바이올렛…." 놀론이 입을 열었다.

그 목소리를 듣기만 해도 목 안쪽에서 쓴물이 올라왔다.

"바이올렛에게 접근하지 마. 그러면 네놈을 살려둘 생각도 있어. 어디까지나 전투가 있을 경우에 라이더들을 복원하기 위해서지만." 제이든은 입구에서 놀론 옆을 지나치며 경고했다.

익숙한 복도에 들어서자 머리 위에 마법 불빛이 빛났고, 식당 쪽에서 나타난 힐러 두 명이 종종걸음으로 지나갔다. 연한 파란색 제복을 입은 생도 한 무리가 문 밖을 엿보고 있었다.

"크라드가 걱정하는구나." 테른이 긴장된 목소리로 말했다.

"개릭의 드래곤이 뭘 걱정한다는 겁니까?" 제이든이 우리 넷을 연결하는 경로로 물었다.

"룬이다." 스게일이 대답했다.

그렇지. 개릭의 브라운 스콜피언테일은 극도로 민감하기 때문에 레손에서도 미끼를 찾아낸 적이 있었다. "바스지아스는 룬 위에 세워졌잖아요." 나는 그들에게 상기시켰다.

"이건 다르다. 크라드는 레손에서 감지했던 것과 같은 에너지를 느꼈어." 테른의 말투가 변했다. "크라드의 라이더는 공식적으로 드베라와 함께 기숙사를 장악했다."

개릭은 계획대로 자리 잡았다.

어머니는 앞장서서 복도를 걷다가 북서쪽 망루로 들어가더니 나선 계단을 내려갔다. 계단이 남쪽에 있는 망루 계단과 너무 비슷해서 흙냄새를 맡자 숨이 막히려고 했다.

똑. 똑. 똑.

물 떨어지는 소리가 실제처럼 선명하게 들렸다. 심문실에 다시 돌아간 것 같았다. 제이든이 내 손에 손가락을 얽었다.

"괜찮아?" 제이든이 묻고, 그림자가 우리의 맞잡은 손을 감싸는 감촉이 벨벳처럼 부드러웠다.

잠시 괜찮은 척할까 갈등하기도 했지만, 서로에게 솔직해야 한다고 했던 사람은 나였으니 솔직하게 답해야 했다. "심문실과 비슷한 냄새가 나."

"떠나기 전에 그 방을 불태워버리자." 제이든이 약속했다.

계단을 끝까지 내려가자… 아무것도 없었다. 주춧돌로 포장된 원형의 방 하나뿐이었다.

어머니의 시선에 데인이 앞으로 나서더니 패턴을 살펴보다가 어깨 높이에 있는 사각형의 돌 하나를 밀었다. 돌끼리 긁히는 소리가 나면서 벽에 문이 열리고 마법 불빛이 켜진 터널이 드러났다. 어찌나 비좁은지 아무리 용감한 사람이라 해도 폐쇄공포를 느낄 지경이었다.

"아카이브와 똑같네." 나는 제이든에게 말했다.

어머니는 따라온 병사들에게 보초를 서라고 지시했다. 리애넌은 소여와 이모젠에게 우리가 들어간 뒤 병사들을 지켜보라고 지시했다. 어머니가 맨 앞이었다.

"지키고 있다더니요?" 제이든이 내 앞을 걸으면서 물었다.

미라는 내 뒤에 있었다.

"보호막은 지키고 있다." 어머니는 터널이 더 좁아지자 몸을 옆으로 돌리면서 말했다. "텅 빈 계단 밑에 위병들을 배치해두면 수상해보일 것 같지 않나?" 도전적이었다. "때로는 단순한 위장이 제일 좋은 방어수단이지."

나도 옆으로 걸으면서 코로 숨을 들이마시고 입으로 내뱉으며 어디든 다른 곳에 있다고 상상하려 했다.

'우린 즐거운 시간을 누리게 될 거다.' 바리쉬의 말이 떠오르면서 심장박동이 빨라졌다.

맞잡은 손을 감싸고 있던 제이든의 그림자가 내 허리로 뻗어왔고, 그의 팔이 나를 안는 것처럼 느껴지자 약 6미터에 걸쳐진 좁은 통로를 걷는 게 견딜 만해졌다. 다시 통로가 넓어졌다. 터널은 50미터쯤을 더 이어지다가 빛나는 파란 아치에서 끝났는데, 보호석에서 흘러나오는 에너지의 진동이 내 뼈까지 뒤흔들었다. 아레티아의 보호석보다 열 배는 강력한 진동이었다.

"봐라. 지키고…." 어머니의 말이 뚝 끊겼고, 우리도 그 모습을 보았다.

검은색 제복을 입은 몸뚱이 둘이 바닥에 누워 있었고, 흘러나온 피가 서로에게 번져가고 있었다. 눈은 뜨고 있지만 유리알처럼 텅 빈 것이, 막 죽은 모습이었다. 심장이 요동치고, 제이든의 손과 그림자가 같이 떨어져 나가면서 우리 둘 다 무기에 손을 뻗었다.

"이런 젠장." 리독이 속삭이는 가운데 뒤이어 좁은 통로를 빠져 나온 사람들이 각자의 장검, 단검, 전투도끼를 뽑아들었다.

금속이 스치는 소리가 나더니 어머니가 장검을 뽑아들고 터널을 질주하기 시작했다.

"내가 뭐라고 해도 네가 여기 남을 리는…."

"없어." 나는 어머니를 따라 달리면서 어깨 너머로 제이든의 말을 끊었다. 불분명한 명령 소리가 터널에 메아리치더니, 재빨리 우리를 따라잡은 미라가 나를 제치고 어머니 옆으로 달려갔고, 제이든은 나와 보조를 맞췄다.

"보호석이 있는 방과 하늘로 통하는 곳이 어딘지 알아요?" 나는 돌바닥을 거세게 밟으면서 테른에게 물었다. 아레티아와 비슷하게 만들어졌다면 하늘이 뚫려 있을 것이다.

"나는 한 군데 이상 화염을 쏠 수 없…." 테른은 내 상황을 살피는 것처럼 말을 멈췄다. "지금 간다."

"안 돼!" 어머니의 고함 소리를 듣자 등골을 타고 오한이 흘렀다. 어머니와 미라는 우리보다 앞서 도착했는데, 둘 다 무기를 높이 들고 왼쪽으로 돌진하고 있었다.

내가 상황을 가늠해보기도 전에 제이든의 그림자가 나를 들어 올려 그의 가슴팍에 안기더니, 제이든이 나를 안은 채로 뒤로 돌면서 내 등을 아치 통로 벽에 밀어붙였다. 그 순간, 오렌지 드래곤의 전갈 같은 꼬리 끝이 방금 전까지 내가 서 있던 자리를 스치고 지나갔다.

이 안에 드래곤이 있어?

"혹시…." 제이든이 눈을 크게 떴다.

"안 맞았어." 나는 그를 안심시켰다.

제이든은 고개를 끄덕였고, 눈빛이 걱정에서 경계로 변했다. 우리는 입구로 다시 몸을 돌렸고, 리독과 리애넌과 데인도 빠르게 따라왔다.

입이 벌어지고, 마력이 혈관을 질주하면서 손끝이 울렸다.

이 보호석은 아레티아의 두 배는 컸고, 보관실도 그만큼 컸다. 하지만 아레티아와 달리 보호석에 새겨진 고리 모양과 룬 문자들은 다이아몬드 패턴으로 끊겨 있었다. 또한 아레티아와 달리 보호석이 불타고 있었다. 꼭대기에서부터 검은 화염이 타닥거리며 타올랐다. 그리고 보호석 왼쪽 뒤에서 나타난 드래곤 하나가 어머니와 미라를 우리 쪽으로 밀어붙이고 있었다.

다른 드래곤도 아니고, 베이드였다.

"*거기에서 나와라!*" 테른이 명령하는 동안에도 베이드는 고개를 내렸고, 금빛이 아니라 불투명해진 눈동자를 본 다음 순간에 어머니가 장검을 들어 올리고 베이드의 코를 향해 돌진했다.

베이드는 고개를 한 번 휘저어서 어머니를 날려버렸고, 어머니는 벽에 머리를 부딪친 채로 떨어졌다. 베이드가 포효하며 입에서 수증기와 침을 날리는 사이, 제이든의 그림자가 흘러가서 미라와 어머니를 붙잡아 우리 쪽으로 끌고 왔다.

베이드가 발톱을 돌에 부딪치면서 보호석 옆을 돌아서 다가오자, 그 등에 앉은 잭 발로우가 보였다. 잭이 나를 보고 웃는 모습에 속이 뒤틀렸다. "시간에 딱 맞춰 왔군, 소른게일."

"*테른이 언제 나타나든 아주 고마울 거예요.*" 내가 테른에게 말하는 사이, 제이든의 그림자는 미라를 내 옆에 풀어놓았지만 의식을 잃은 어머니의 몸은 아치 통로 뒤편으로 옮겼다.

이 안에서는 번개를 칠 수 없다. 그러면 모두를 위험에 빠뜨리게 된다. 게다가 어떤 마법 공격을 하더라도 보호석으로 끌려갈 것이다.

"*쉽게 갈 수 있는 곳이 아니다.*" 테른이 우르릉거리며 대꾸했다.

"발로우, 네가 여기서 뭘 하는 거지?" 데인이 외쳤다.

"내가 약속한 일을 하고 있지." 잭은 신나서 눈을 반짝이며 대답했다.

제이든이 이번에는 발로우 쪽으로 그림자를 보내자 베이드가 턱을 내리고 으스스한 눈동자를 번득이면서 목구멍으로 화염을 끌어올렸다.

"제이든!" 내가 외침과 동시에 리독이 나를, 아니 우리 모두를 제치고 나서더니 손바닥을 펼쳐 앞으로 내밀었다.

"숙여!" 리독이 외쳤고, 제이든이 나를 감싸서 웅크리기 직전에 우리 앞에 얼음벽이 솟아났다. 1초, 2초, 석실이 오렌지빛으로 빛나면서 불이 벽을 때렸다. 불길이 잦아들면서 리독이 비명을 질렀다.

우리는 화염 공격이 멈추자마자 일어서서 발로우와 베이드를 마주하려 했지만, 드래곤은 다시 보호석 뒤로 몸을 숨긴 후였다.

"내가 챙겼어!" 리애넌이 달려가서 리독의 겨드랑이 아래 손을 넣고 끌고 왔다. 얼음벽이 서 있던 자리에는 물웅덩이만 남아 있었다. 화상을 입고 물집투성이로 피 흘리는 리독의 손을 보자 충격을 떨칠 수가 없었다.

"우리가 왼쪽을 맡는다." 제이든이 나를 흘긋 보면서 말했다.

"오른쪽을 맡을게." 데인이 동의하면서 미라를 쳐다보았고, 미라도 힘주어 고개를 끄덕였다.

제이든과 나는 왼쪽으로 달려갔고, 손에 쥔 단검을 뒤집어서 언제든 던질 준비를 하면서 모퉁이를 돌았다.

이게 대체 뭐지?

베이드는 주저앉아서 앞발로 불타는 보호석 위쪽을 붙잡고 있었고, 발로우는 그 등에 없었다. 우리는 소중한 1초를 허비해서 겨우 잭이 베이드의 뿔 하나를 붙잡고 목 위에 매달린 모습을 발견했다.

제이든조차도 베이드의 목 비늘 사이로 꽂히는 잭의 숏소드를 막을 만큼 빠르지는 못했다. 드래곤의 비명이 석실의 주춧돌까지 뒤흔들다가, 잭이 칼날을 목 앞까지 밀어 넣으면서 뚝 그쳤다.

잭이 우리 쪽으로 고개를 돌리더니 손바닥을 내밀어 제이든의 그림자를 막아냈고, 베이드의 목에서 보호석으로 피가 흘렀다. 그러자 검은 불꽃이 꺼졌다. 베이드가 앞으로 쓰러지기도 전이었다.

보호석이 기울어지면서 잭이 매달리려고 허둥거린 덕분에 단검을 던질 완벽한 기회가 찾아왔다. 만족스러운 비명 소리가 들리더니, 제이든이 내 손목을 잡고 주위에 그림자 벽을 둘렀다. 그래도 뭔가가 쪼개지는 소리까지 막지는 못했다. 돌이 깨지는 소리였다.

진동이 멈췄다.

보호막이 무너졌다.

# 60

마법은 본질적으로 균형을 요구한다. 무엇을 가져가든 보상을 받아

내는데, 그 대가를 결정하는 것은 마법을 행사하는 사람이 아니다.

_ 에머진 러손 대령, 《마법: 라이더들을 위한 보편적 연구》

제이든이 그림자를 내리고, 우리는 고개를 돌려 피해를 살폈다.

심장이 멎는 기분에 나는 반사적으로 제이든의 손을 잡았다. 보호석이 두 조각이 되어 바닥에 누워 있고, 불꽃은 일어나지 않았다.

던 여신이시여. 나바르는 무방비 상태가 되었다.

베이드의 시체 너머로 미라를 확인할 수 없었기에 오른쪽으로 시선을 홱 돌렸다가, 아치 통로 앞에서 리독과 어머니를 지키고 있던 리애넌의 크게 뜬 눈과 마주쳤다.

내 단검에 맞고 비틀거리며 물러선 잭은 멍하지만 의기양양하게 일그러진 얼굴로 어깨에서 단검을 뽑아 바닥에 떨어뜨렸다.

"몇 분밖에 살지 못할 거야." 나는 제이든에게 속삭였다.

발로우는 방금 자기 드래곤을 죽였다. 도저히 이해할 수 없는 일이었다. 있을 수 없는 일이었다. 하지만 베이드는 확실히 죽었고, 잭은 무릎을 꿇더니 15미터 위의 하늘을 보면서 웃음을 터뜨렸다.

미라가 조용히 베이드의 시체를 돌아 움직였고, 제이든은 미라가 장검을 들어 올리자 살짝 고개를 저었다. 미라는 공격 자세를 유지했지만 더 나아가지는 않았다.

"곧 네 드래곤 옆으로 가게 된다는 건 알고 있겠지?" 제이든이 낮은 목소리로 물었다. 그림자는 우리 발치를 요란하게 휘돌았다.

"뭐하는 거야?" 나는 단검을 하나 더 꺼냈다.

"정보를 끌어내야지." 침착하기 그지없는 말투에 마음이 불안해졌다.

"그게 말이지." 발로우는 한 손으로 바닥을 짚고 쓰러지는 바람에 금발이 이마를 덮은 모습으로 말했다. "사실은 아니거든. 저것들 때문에 우리가 열등한 종이라고 믿고 살았는데, 내가 베이드를 얼마나 쉽게 조종하는지 봤지? 베이드가 나를 속박했던 에너지가 얼마나 쉽게 대체되는지?" 그는 돌바닥에 손가락을 쫙 펴면서 눈을 감았다.

"잭! 이러지 말아라!" 놀론이 리애넌 옆을 지나쳐서 달려오더니, 주위에 펼쳐진 파괴 장면을 보면서 망한 얼굴을 했다. "너… 넌 이보다 나은 존재야! 넌 선택할 수 있어!"

가슴이 조여들었다. "말하는 꼴이 마치 이럴 줄 알았던 것 같네."

"알았으니까." 제이든이 잭만 보면서 대답했다. "놀론은 저놈을 복원하고 싶어 해. 5월부터 계속 복원하려고 시도했지. 지금은 약해져 있어서 의도를 숨기지도 못하는군."

"뭘 복원해? 추락으로 입은 상처?"

집중하느라 제이든의 이마에 주름이 졌다. "잭은 베닌으로 변했어. 방법은 모르지만, 보호막 안에서 변했어."

토할 것 같았다.

"선택권 따윈 없어!" 잭이 외쳤다. "선택권이 있었다면 저걸 본 순간에 마음을 정했을 거야." 그는 내 쪽을 쏘아보았다. "저게 탈곡에서 남아 있는 가장 강력한 드래곤과 계약하는 모습을 봤을 때. 우리 힘만으로 운명에 손을 뻗을 수 있는데 왜 저것들이 우리의 잠재력을 결정하게 해야 하지?"

맙소사. 발로우의 눈은 정말 오랫동안 충혈되어 있었다. 언제 벌어진 일이지? 추락하기 전, 내가 처음 능력을 쓰기 전이었을 것이다. 그날 체육관에서… 내가 엉뚱한 단검을 던진 셈이었다.

"*베이드.*" 테른이 우르릉거리는 소리에 위를 올려다보자 한참 위에서 별들을 가로막은 그의 모습이 보였다.

"*정말 안타까워요.*"

"마법은 균형을 요구해." 놀론이 맞섰다. "대가 없이 주는 일은 없어!"

"그래?" 잭이 숨을 들이마시자, 주변의 돌이 짙은 회색에서 흐릿한 베이지색으로 변했다. "당신 발밑에 얼마나 많은 마력이 있는지는 알아?"

블록 하나가 색을 잃고, 또 하나가, 또 하나가 흐릿해졌다.

"*제이든….*"

"*알아.*" 그림자가 쏘아져 나가더니 잭을 넘어뜨려서 바닥으로 끌고 오다가 공중으로 들어 올려 몸통을 X자 모양으로 고정시켰다. "언제 변한 거지?" 제이든이 물었다.

"알고 싶겠지?" 잭은 풀려나려고 버둥거렸지만, 제이든이 주먹을 쥐자 그림자가 더 단단히 조여들었다.

"난 네가 말할 걸 알아." 제이든이 앞으로 걸어갔다. "난 널 죽여서 잃을 게 없거든. 그러니 언제였는지 말해. 작은 호의라도 얻어내봐."

"나에게 도전하기 전이었지." 잭이 대답하지 않자 내가 답했다. "그때 내 몸에 마력을 밀어 넣었는데, 그때는 그게 뭔지 알 수가 없었어. 그런데 어떻게 한 거지? 보호막은…."

"보호막은 너희가 믿는 드래곤 말처럼 모든 마력을 막지 않아! 우린 여전히 땅에서 마력을 공급할 수 있고, 여전히 살아남을 만큼 채널링을 할 수 있지. 드래곤 놈들을 속일 정도로 가능해. 너희의 보호막 아래에서는 전력을 다할 수 없고, 더 강력한 마법을 휘두를 수도 없을 뿐이야. 분명히 말해두마. 우린 이미 너희들 사이에 있고, 이제는 자유의 몸이다." 잭은 몸짓으로 베이드를 가리키며 제이든과 나를 번갈아 노려보았다. "그분이 원하는 게 왜 너인지 모르겠다. 대체 네가 뭐가 그리 특별해서?"

"이러면 모든 게 바뀐다." 테른이 강하게 말했다.

"너희는 무엇이 오는지 짐작도 못할걸." 잭이 그림자를 잡고 허공을 걷어 찼지만, 제이든이 그의 목에 그림자 띠를 하나 더 두르자 잠잠해졌다. "그들은 너희 생각보다 빨라. 그분은 녹색 화염 군단을 데리고 오신다. 전부 온다."

"지도를 읽는 데 시간이 걸릴 수도 있지." 제이든이 비웃는 투로 말했다. "그리고 넌 그것들이 도착하기 한참 전에 죽었을 거야."

"최대한 오래 살려두고 심문해야 해." 나는 잭의 관심을 피하기 위해 조심 스럽게 자세를 바꿨다.

"그러기 위한 해결책은?" 제이든이 물었다.

우리는 놈의 마력을 단절시켜야 했다. 시선을 옆으로 옮기자, 왼쪽에서 조용히 움직이는 놀론이 보였다. 놀론이 이렇게 오랫동안 발로우를 통제한 건….

"그 혈청이야." 제이든에게 말했다. "고유 능력을 차단하는 혈청을 개발한 이유가 저놈 때문이었을 거야."

데인이 미라 옆을 빠져 나오고 있었다.

"지도 같은 건 필요 없어. 내가 길을 보여주는데 왜 필요하겠어? 네놈들이 무기를 몰래 내보내느라 바쁠 동안 우리는 그들을 몰래 들여오느라 바빴거든." 잭의 움직임이 점점 약해지면서 호흡이 부자연스러워졌다. 리암도 그랬었는데. "몇 시간 뒤면 여기 전체가 우리 것이 될 거다." 그는 손바닥을 쫙 펴서 벽에 대더니 몸서리를 쳤고, 벽에서도 색깔이 빠져 나갔다.

심장이 덜컹했다. 우리는 지하에 있었다.

제이든이 합금 단검을 뽑아 성큼성큼 걸어갔지만, 데인이 더 빨랐다.

"아직은 안 돼!" 벽에서 색깔이 빠져 나가는 가운데 데인이 잭의 머리를 붙잡고 눈을 감았다.

하나. 둘. 셋. 나는 색을 잃은 벽이 퍼져 나가는 가운데 심장 뛰는 횟수를 세기 시작했다. 넷까지 셌을 때 잭이 벽에서 손을 떼더니 데인의 팔뚝을 움켜잡았다.

"제이든?" 그건 요청이었지만, 제이든은 행동하지 않았다.

데인이 몸을 떨기 시작했다.

"제이든!" 내가 외쳤다. "잭이 데인을 빨아들이고 있어!" 마력이 번개를 칠 태세로 손끝에 물결쳤다.

제이든은 데인이 고통스러운 비명을 지르고 나서야 마지막 한 걸음을 딛고 단검 손자루로 잭의 관자놀이를 후려쳐 기절시켰다.

나는 비틀거리면서 뒷걸음질하는 데인에게 달려가서 비행 재킷을 뜯어내듯 벗기고 제복 소매를 밀어 올렸다. 잭이 붙잡았던 자리에 회색 손자국이 고스란히 찍혀 있었다.

"괜찮아?" 맙소사. 그 부분의 피부가 오그라들었다.

"그런 것 같아." 데인이 팔을 훑어보더니, 손가락을 쥐었다 펴면서 평가했다. "얼음에 데인 것처럼 아파."

"당신은 저놈을 어떻게 해야 하는지 알겠지? 5월부터 해온 일이니 말이야." 제이든이 무시무시한 눈으로 놀론을 쏘아보았다.

놀론은 고개를 끄덕이더니, 잭에게 다가가서 입에 혈청을 부었다. 제이든은 그림자를 물려서 잭을 바닥에 떨군 다음 잭의 제1비행단 패치를 뜯어냈다.

"여기 라이더가 몇 명 있죠?" 데인은 불신과 공포가 뒤섞인 얼굴로 잭을 보고 있는 놀론에게 물었다. 왜 올해 내내 놀론이 그렇게 지쳐 보였는지 이해가 갔다. 그는 비유적인 의미가 아니라, 문자 그대로 영혼을 복원하려고 했던 것이다.

"라이더가 몇 명 있냐고요, 놀론!" 데인이 외쳤다.

복원 능력자는 지친 시선을 들어 올렸다.

"생도가 119명이다." 어머니가 피가 흐르는 머리에 손을 올리며 대답했다.

"사령부에는 열 명. 나머지는 모두 내륙 기지와 사마라로 보냈다." 어머니가 나를 쳐다보았다. "그리고 네가 데려온 라이더들이 있지."

"잭의 기억을 봤어. 그걸로는 충분치 않아." 데인이 고개를 저었다.

"흠, 충분해야지 어쩌겠어." 미라가 대꾸했다.

"모두를 모아요. 놈들은 드래곤보다 빠릅니다." 데인은 어머니에게 말했다. "10시간 남았어요. 어쩌면 더 빠를 수도 있고… 그 후엔 우리 모두 죽는 겁니다."


30분 후, 전투 브리핑 강의실은 거의 꽉 찼고, 포로미엘을 위해 싸우기로 한 우리들과 남아서 나바르를 지키기로 했던 이들 사이에는 뚜렷한 선이 그어졌다. 아레티아 생도들은 계단식 강의실 오른쪽을 차지했고, 내 평생 처음으로 필기할 준비를 하지 않는 가운데 어머니와 드베라, 그리고 데인이 무대를 차지했다.

강의실 안의 불안한 분위기 때문에 애더빈의 망루 위에서 레손에서 싸울지 말지 결정하던 순간이 떠올랐다. 다만 오늘은 선택권이 아예 없었다. 우리는 여기에 있었다.

이 전투는 보호석이 있는 방에서 시작되었고, 우리는 이미 졌다. 어쩌다 보니 아직 숨을 쉬고 있을 뿐이다. 그라임이 테른에게 전달하기를, 멜그렌과 그의 병력은 다가오는 와이번 떼보다 먼저 도착하지 못한다고 했다. 그리고 한 시간쯤 전에는 두 번째로 날아오는 와이번 떼가 있다는 소식도 들어왔다.

첫 번째 무리만으로는 우리를 박살내기 부족하다는 듯이.

어깨 너머로 윗자리를 돌아보자, 제이든이 보디 옆에 팔짱을 끼고 서서 개릭이 하는 말을 듣고 있었다. 심장이 쥐어짜지는 아픔이 느껴졌다. 어떻게 우리에게 몇 시간밖에 남지 않을 수가 있지?

그는 내 시선의 무게를 느낀 것처럼 쳐다보더니, 전멸을 앞둔 사람답지 않게 눈을 찡긋했다. 그저 작년으로 돌아가서 평소와 같이 전투 브리핑 수업을 듣는 것처럼 말이다.

"손은 어때?" 무대에서 상의가 이뤄지는 동안, 소여가 리독에게 물었다.

"놀론이 소른게일 장군을 치료하고 나서 바로 복원해줬어." 리독은 손가락을 쫙 펴면서 흠 하나 없는 피부를 보여줬다. "데인은?"

"데인에게는 해줄 수 있는 게 없었어." 나는 고개를 저었다. "복원이 불가능한 상처라서인지, 아니면 놀론이 잭을 복원하려다가 지칠 대로 지쳐서인지 모르겠어."

"망할 놈의 잭." 리가 중얼거렸다.

"망할 놈의 잭이지." 나도 맞장구를 쳤다.

드베라가 브리핑을 시작했다. 정보에 따르면 천 마리의 와이번이 이쪽을 향했다. 좋은 소식은? 놈들이 사마라에 들르지도 않았고, 덕분에 사상자가 적다는 것이다. 나쁜 소식은? 놈들이 아무 데도 멈추지 않은 것 같으니, 지연되는 일 없이 우리에게 곧장 다가올 거라는 사실이다.

데인이 나서서 목청을 가다듬으며 말했다. "추적 룬을 완전히 익힌 사람이 몇 명이지?"

아레티아 생도 중에는 아무도 손을 들지 않았다. 리와 나도 마찬가지였다. 바스지아스 생도들은 크로블라어라도 들은 듯한 멍한 표정이었다.

"그래." 데인은 머리카락에 손을 넣고 표정이 무너졌다가 다시 가면을 썼다. "그러면 일이 복잡해지는군. 어둠의 세력이 우리가 어디 있는지 정확히 아는 이유는, 발로우의 기억에 의하면 그놈이 학교 여기저기와 베일로 가는 길에 미끼를 심어놓았기 때문이다."

데인도 고유 능력을 비밀로 유지하기는 그만둔 모양이다.

나는 입을 살짝 벌렸다. 도착했을 때 크라드가 감지한 에너지가 바로 그것이었다. 베닌을 레손으로 불러들였던 에너지. 시간을 벌 방법, 아니 최소한 그 다음에 올 공격이라도 떨쳐낼 방법은 그 미끼를 파괴하는 것뿐이었다.

"발로우가 둔 미끼 상자를 봤지만, 전부 보지는 못했어." 데인이 말을 잇는

데 문가에 발소리가 울렸다.

보병 생도들이 불안하고 자신 없는 얼굴로 쏟아져 들어오자 모두가 고개를 돌려 쳐다보았다. 우리와 함께 훈련했던 소대장 캘빈이 얼빠진 눈으로 강의실을 보다가 나바르 지도에 시선을 두는 모습이 보였다. 나머지 보병도 같은 배지를 단 것을 보니, 보병 분과에서는 지도부만 보낸 모양이었다.

"보병 분과에서는 앞으로 몇 시간 동안 미끼 상자들을 찾아다니면서 전투 준비도 할 것이다…." 데인의 목소리가 줄어들더니 침을 삼켰다.

드베라가 그에게 자비를 베풀며 앞으로 나섰다. "너희는 오늘 밤 대대 단위로 움직일 것이다. 와이번은 주의를 돌리는 수작이자 무기라는 사실을 명심해라. 너희가 베닌을 쓰러뜨리면, 베닌이 만든 와이번도 죽는다. 절대 베닌과 혼자 싸워선 안 된다. 그러다가는 죽는다. 대대 대항전에서처럼 함께 싸우고, 서로에게 의지하고, 서로의 고유 능력을 보완해라."

"진짜 전투라는 점만 빼면 비슷하겠지." 리애넌이 작게 중얼거렸다.

생도들이 진짜로 죽는 진짜 전투.

"베닌은 너희의 격투 방식을 흉내 낸다는 것을 명심하고, 격투밖에 다른 선택지가 없다면 방식을 바꿔라." 드베라가 말을 이었다. 입매가 굳은 것이 걱정과 아마도 약간은 두려움 때문인 듯했다.

바스지아스 생도들이 수군거리면서 의자에서 들썩였다.

"우리가 가져온 단검을 전부 걸고 단언하는데, 여기선 베닌과 싸우는 방법을 가르치지 않은 게 분명해." 소여가 고개를 내저으며 손끝으로 책상을 두드렸다.

"고유 능력이 발현하지 않은 1학년들은 짐을 싸서 우리가 함락되면 바로 날아갈 준비를 해라. 힐러들은 병동을 갖추고 준비하고 있다. 서기들은 가장 중요한 책들을 챙겨서 대피하는 중이다." 드베라가 내 어머니 쪽을 보았다.

당연히 그렇겠지. 다만 서기들이 어떤 책을 귀중하다 여기고, 어떤 책을 남기고 갈지 궁금했다.

어머니는 미라가 친구들과 서 있는 곳을 보다가 내 쪽으로 시선을 옮기고는 입을 열었다. "오늘 밤의 임무 배치는 바스지아스와 베일에 최선이 되도록 결정했다. 너희 중에는 믿을 수 없을 만큼 강력한 고유 능력자들이 있다. 탁월한 라이더들이지." 그녀는 에메테리오 교수가 앉아 있는 앞줄을 쳐다보았다. "그리고 전투의 대가들도 있다. 하지만 거짓말을 하진 않겠다…."

"처음이겠네." 내가 중얼거리자, 리애넌이 소리 없이 콧방귀를 뀌었다.

"우리는 수적으로 열세다." 어머니가 말을 이었다. "힘에 있어서도 열세다. 그러나 확률은 불리할지라도 신들은 우리와 함께 있다. 탈곡 이후에 떠났든, 남았든 관계없이 우리 모두는 가장 어두운 때에 드래곤들을 지키기 위해 계약한 나바르 라이더들이고, 지금이 바로 그때다."

1년 중에서 가장 긴 밤에, 가장 어두운 때가 왔다.

휘감기는 무력감의 무게를 떨쳐내려고 애쓰면서도 뱃속이 뒤틀렸다.

*"넌 아레티아로 떠났으면 좋겠어."* 나는 앤다나에게 말했다. *"놈들이 도착하기 전에 떠나. 숨을 수 있는 곳에 숨으면서 브레넌에게 돌아가."*

*"난 필요로 하는 곳에 있을 거고, 그건 네 옆이야."* 앤다나가 대꾸했다.

내가 앤다나를 살려두기 위해 무슨 논리를 짜낸다 해도 소용없었다. 우리 둘 다 알았다. 인간은 드래곤에게 명령하지 못한다. 앤다나가 테른과 나와 함께 죽겠다고 결심했다면, 내가 어떻게 할 수 있는 방법은 없다. 나는 입술을 지그시 물며 눈이 따끔거리는 기분을 삼키려 애썼다.

손톱이 파고들도록 주먹을 쥐고 있는 동안, 어머니는 현역 라이더들을 생도 대대에 배정하면서 경험자를 나눴다. 개릭은 불꽃전대 1대대로, 히튼은 발톱전대 1대대로, 에머리는 제1비행단 대대로 배정됐다. "소른게일 대위." 어머니는 미라를 쳐다보았다. "자네는 제4비행단 불꽃전대 2대대와 함께한다."

우리 대대 전원이 미라를 쳐다보았고, 나는 언니의 눈동자에 피어오른 두려움을 보고 눈을 크게 떴다.

제이든의 끓어오르는 분노가 흘러들었다. *"집어치우라고 해."*

"외람되지만, 소른게일 장군님." 미라가 어깨를 젖히며 대답했다. "우리 고유 능력을 최대한 활용하려고 한다면, 저는 장군님과 함께 마지막 방어선을 맡아야 합니다. 저는 보호막 없이도 방벽을 칠 수 있으니까요."

어머니가 놀란 듯 눈썹을 올렸고, 나는 운동 경기라도 관람하는 기분으로 두 사람을 번갈아 쳐다보았다.

미라가 침을 꿀꺽 삼키더니 나와 시선을 맞췄다. "그리고 라이오슨 소위가 2대대에 들어가야 합니다. 이전의 전투에서 소위의 고유 능력이 소른게일 생도의 고유 능력과 상호 보완된다는 사실이 증명됐습니다." 언니는 전투 직전의 브리핑이 아니라 식당에 마주 앉아 있는 것처럼 부드럽게 나를 보았다. "저도 소른게일 생도의 방패가 되고 싶은 마음은 간절합니다만, 라이오슨 소위야말로 우리의 가장 효과적인 무기를 살려둘 가능성이 높습니다."

긴장된 순간이 흐르고, 나는 어머니를 보았다.

"그렇게 하지." 어머니가 고개를 끄덕이며 부대 변동을 마무리했다.

정신 통로로 느껴지던 열기가 사그라들었고, 나도 안도감에 자세를 풀었다. 적어도 우린 함께 있을 것이다.

"우리가 둘 다 얻은 거야?" 리독이 씩 웃었다. "한 시간은 버티겠네."

"난 두 시간에 걸겠다." 소여가 고개를 끄덕이며 끼어들었다.

"둘을 박치기 시키기 전에 입 닫아라." 이모젠이 뒷자리에서 경고했다. "4시간 이하는 용납할 수 없어."

레손에서는 얼마나 버텼더라? 한 시간? 그때는 라이더 넷과 플라이어 일곱이 베닌 넷과 싸웠는데.

"그러면 정리가 됐군." 어머니가 말하고, 케이오리가 나서더니 바스지아스와 주변 지역의 상세 지도를 환영으로 펼쳤다. "우리는 바스지아스와 베일, 그리고 주변 지역을 격자 구역으로 나눈다."

케이오리가 손가락을 튕기자, 지도 위에 격자선이 나타났다.

"대대는 공중의 한 구역씩 책임지고, 보병들은 지상을 맡는다." 어머니는 케이오리를 향해 고개를 끄덕이며 말을 이었다. 격자마다 대대 휘장이 나타났고, 1초쯤 걸려서 베일 옆에 있는 우리 패치를 찾을 수 있었다. 우리는 제1비행단 소속 대대와 짝을 이뤘다. 베일 안에는 패치가 하나도 없었지만, 계약하지 않은 드래곤 다수가 부화지를 지키려고 준비하고 있을 것이다. "올라가면 지도를 꺼낼 시간이 없을 테니 이 격자 표시를 외워둬라. 상대가 너희 영공에 있으면 죽여라. 다른 대대 영공으로 넘어가면 그쪽에서 죽이게 놔둬라. 무슨 일이 있어도 맡은 영공을 떠나지 말아라. 대열에서 이탈하면 무질서한 난전으로 바뀌게 되고, 필연적으로 약한 구역이 생기게 된다. 사상자 숫자가 보고되는 대로 필요에 따라 재배치하겠다."

사상자가 없다는 선택지는 없었다.

지도를 보니 바스지아스 본관 뒤쪽, 보호석이 있는 구역은 소름끼치게도 비어 있었다. 마치 그곳을 포기한 것 같았다.

"이건 잘못됐어." 나는 속삭였다. "우린 보호석을 지켜야 해."

"깨진 보호석을?" 소여가 조용히 물었다.

"말해." 리애넌이 부추겼다.

"네가 말하면 죽이지는 않겠지." 리독이 앉은 자세를 바꾸면서 중얼거렸다.

나는 목청을 가다듬었다. "보호석을 버려두는 건 실수입니다."

어머니가 탐탁찮은 눈빛으로 나를 보자 주위 온도가 떨어졌다. "왜 내 딸들만 번갈아가며 발언하는 거지?"

"어머니를 닮아서 그렇죠." 미라가 건조한 말투로 저격하자, 어머니의 무시무시한 눈빛이 그쪽으로 향했다.

"이건 실수입니다." 나는 계속 밀어붙였다. "우리는 보호석에 어떤 힘이 남아 있는지 모르고, 워릭이 쓴 내용에 따르면 보호석이 그 자리에 놓인 것은 가장 강력한 마력의 흐름 위이기 때문입니다."

"흐음." 이번에 내 쪽을 쳐다보는 사람은 어머니가 아니라, 소른게일 장군이었다. "자네 의견은 알겠다."

희망이 부풀었다. "그러면 대대를 배정하실 겁니까?"

"아니. 자네 의견은 알겠지만, 그 의견은 틀렸다." 어머니는 더 말하지 않고 묵살했다. 전투 브리핑 수업이었다면 이유라도 알려줬을 텐데. 나는 절반으로 쪼그라든 기분으로 의자에 앉아 있었다.

정신 연결을 통해서 따뜻한 기운이 흘러들었지만, 그래도 어머니의 거절이 남긴 한기가 사그라들지는 않았다.

"아침 지시는 전달했다." 어머니가 말했다. "라이더들, 제일 가까운 침대를 찾아 최대한 잠을 자둬라. 바스지아스를 떠난 생도 대부분의 방은 징발되지 않았으며, 대부분 침구도 그대로 있을 것이다. 효과적인 직무 수행을 위해서는 충분히 쉬어야 한다." 어머니는 우리를 보는 게 마지막일 수도 있다는 듯이 엄숙한 표정으로 브리핑실을 훑었다. "우리가 조금이라도 더 버틸수록 증원 병력이 돌아올 가능성은 높아진다. 1초, 1초에 의미가 있다. 분명히 말해두는데, 우리는 가능한 한 오래 버틸 것이다."

시계를 흘긋 보았다. 아직 8시도 되지 않았으니, 앞으로 몇 시간 동안은 내 주문을 유지할 수 있다. 나는 오늘 죽지 않을 것이다.

그러나 내일에 대해서는 같은 말을 할 수가 없다.

제이든과 내가 상대적으로 조용한 내 방에서 옷을 갈아입었을 때는 아직 밤하늘에 별이 깜박이고 있었다. 알고 보니 남아 있던 생도들은 비행단장 구역 외에는 대부분의 방을 손대지 않고 그대로 두었다. 마치 우리가 오류를 깨닫고 돌아오리라 생각한 것처럼 말이다.

겨우 취한 몇 시간의 수면도 기껏해야 띄엄띄엄 이뤄지다 보니 힘을 전부 되찾기는커녕 살짝 어지럽기도 했지만, 그래도 악몽에 시달리지는 않았다.

아니면 내 상상력이 정말로 지나친지도 모르겠다.

제이든은 아픈 관절을 고정시키려고 왼쪽 어깨에 감아놓은 붕대 위로 갑옷 끈을 묶어주면서 내 척추를 따라가며 키스했다. 제이든의 입술이 허리에 이르자 나는 눈을 감고 말았고, 어젯밤 제이든이 듬뿍 채워준 욕망이 새롭게 피어오르며 살갗이 달아올랐다.

"계속 그러다간 이 갑옷을 벗겨내겠어." 나는 어깨 너머로 경고했다.

"위협이야, 다짐이야?" 제이든은 일어서서 끈이 느슨해지지 않도록 단단히 묶으며 눈을 어둡게 물들였다. "난 오늘 아침에 남은 이 조용한 마지막 몇 분을 너와 뒹굴면서 보내고 싶거든." 그는 나를 마주 보는 방향으로 움직이면서 손으로 내 엉덩이 곡선을 쓸더니, 손가락으로 비행복 허리띠를 따라가다가 단추와 내 배 사이로 집어넣었다.

이럴 순 없다. 전쟁이 다가오지 않는 척할 수는 없어. 아직 열 개가 넘는 미끼가 파괴되지도, 아니 발견되지도 않았다는 사실을 무시할 수도 없다. 미끼 하나만으로도 레손에 베닌을 불러들였는데, 우리는 잭이 숨긴 미끼를 절반밖에 찾지 못했다. 사마라와 이곳 사이에 있는 내륙기지들에 남은 용감한 라이더 몇 명이 중계한 마지막 보고에 따르면 공격이 몇 시간 앞으로 임박했다는 사실도 부정할 수가 없다. 하지만 신들이시여. 난 그러고 싶었다.

"그럴 순 없어." 후회 가득한 말이었지만, 동시에 나는 그의 목에 팔을 감을 수밖에 없었다. "문을 걸어 잠그고 세상이 불타거나 말거나 내버려두고 싶은 마음이라 해도, 그럴 순 없어."

"그럴 수 있어." 그는 내 목덜미로 손을 올려 가까이 끌어당겼다. 우리의 몸이 허벅지부터 가슴까지 맞붙었다. "말만 해. 그러면 우린 날아가는 거야."

나는 그를 올려다보며 다시는 볼 기회가 없을까 봐 눈동자의 금빛 반점을 하나하나 헤아렸다. "친구들을 버리면 당신은 결코 스스로를 용서할 수 없을 거야."

"그럴지도 모르지." 그는 잠깐 눈썹을 찌푸렸다. 너무 잠깐이라서 그가 내 쪽으로 몸을 기울일 때 놓칠 뻔했다. "하지만 내가 너 없이 살 수 없다는 건 확실해. 그러니까 내 마음의 아주 크고 실제적인 부분이 너를 둘러메고 아레티아로 날아가자고 비명을 지르고 있다는 건 믿어도 좋아."

그런 기분이라면 아주 잘 알았기에, 나는 감히 그 말을 입 밖에 꺼내기 전에 까치발을 들고 그에게 키스했다. 입술이 닿자마자 우리 사이에 불이 붙었다. 그가 내 몸을 들어 올리자 나는 논리적인 생각을 문 밖으로 던져버렸다.

엉덩이가 책상에 닿았고, 나는 더 단단히 매달리면서 격하게 키스했다. 그는 몇 번이고 나에게 입술을 기울이면서 내가 제공하는 모든 것을 받아들이고 또 그만큼 되돌려줬다. 어젯밤과 달리 이 키스는 정신없고 격렬했으며, 뜨겁고 절박했다. 나는 그의 머리카락을 잡고 가까이 끌어당겼다. 나에게 아직도 시간을 멈출 수 있는 앤다나의 능력이 있다는 듯이, 이 순간을 언제까지나 붙잡아둘 수 있다는 듯이….

제이든이 내 입안에서 신음하더니 내 바지 단추를 풀기 시작했고, 동시에 나도 그의 바지에 손을 뻗었다.

"빨리 하는 거야." 나는 영혼을 집어삼키는 키스 사이에 단추를 풀었다.

"빨리?" 그는 내 배를 따라 바지 속으로 손을 미끄러뜨리면서 말했다. "보통은 나보고 빨리 하라고 안 하잖아."

누군가가 문을 두드렸다.

우리 둘 다 서로의 입에 대고 숨을 헐떡이면서 얼어붙었다.

안 돼. 안 돼. 안 된다고.

"멈추지 마." 이게 우리에게 남은 마지막 시간이라면, 누리고 싶었다.

제이든이 잠시 내 눈을 살피더니, 이 키스의 결과가 우리가 마주할 전투를 결정한다는 듯이 내 입안을 점령했다.

"안에 있는 거 알거든!" 리애넌이 외치면서 문을 더 세게 두드렸다. "나바르 역사상 최고로 어색한 상황이 되기 전에 그만 무시해!"

"5분만." 나는 제이든의 입이 내 목을 따라 내려가는 가운데 애원했다.

"당장!" 익숙한 목소리가 들려오자 제이든이 욕을 하면서 물러섰다.

그럴 리가 없는데. 어떻게? 나는 제이든의 바지에서 손을 떼고 얼른 단추를 잠근 다음, 문으로 달려갔다. 잠시 제이든의 옷이 제대로인지 확인하는 것도 잊지 않았다.

"당장 서로 떨어지지 않으면…."

손짓으로 자물쇠를 풀고 문을 열자, 우리 대대의 2학년과 3학년 플라이어 전원만이 아니라 슬론을 포함한 1학년 라이더 몇 명까지 보였다.

그리고 브레넌이 있었다.

나는 규정이나 예의를 생각하지도 않고 브레넌의 품에 달려들었고, 오빠는 나를 받아서 꽉 끌어안았다. "왔구나."

"전에도 너와 미라만 싸우게 놔뒀는데, 다시는 그러지 않을 거야. 너희가 떠나자마자 내가 망쳤다는 걸 알았지만, 그리폰들은 드래곤만큼 빨리 날지 못해서 말이지." 오빠는 나를 더 꽉 끌어안았다가 내려놓았다. "내가 어디에 도움이 될지 말해줘."

"플라이어들이 있다고?" 모든 시선이 복도 저편을 향했다. 어머니가 부관 두 명을 거느리고 다가오다가, 오빠를 보고 걸음이 불안정해졌다. "브레넌?"

"당신 때문에 온 거 아닙니다." 브레넌은 한마디도 더 하지 않고 무시했다. "리애넌이 플라이어들이 미끼를 찾게 보낼 거야. 지상에서 더 빠른 데다가 룬도 더 잘 다루니까."

"사실이지." 캣이 가볍게 어깨를 으쓱이며 맞장구쳤다. 그러면서 복도를 가늠하는 눈빛이 구조적인 약점이라도 찾는 것 같았다. 정말 그럴지도. "그리고 우린 전우를 버리지 않아. 우린 싸울 거야."

캣이 싫지만, 존경스럽기는 했다. 플라이어들이 그 미끼들을 찾는다면 귀중한 시간을 벌 수가….

나는 희망의 불꽃이 켜진 기분으로 브레넌의 팔을 잡았다. "혹시 복원할 수 없는 걸 접한 적 있어?"

"마법." 브레넌이 대답했다. "인장 같은 건 복원할 수 없어. 아마 룬도 안 될 거야."

브레넌이 복원할 수만 있다면… 코다흐가 도착할 때까지만 버티면 된다.

"보호석은 어때?"

브레넌이 눈썹을 확 치켜들었고, 나는 오빠 너머로 리애넌을 보았다. "우린 그 방을 지켜야 해. 최소한 오빠가 시도는 해보게 해야지."

리가 고개를 끄덕이더니 내 어머니에게 몸을 돌렸다. 어머니는 환각이라도 보는 사람처럼 브레넌을 뚫어져라 보고 있었다. "소른게일 장군님, 제4비행단 불꽃전대 2대대는 보호석실 상공을 지킬 수 있도록 공식적인 허가를 요청합니다."

어머니는 브레넌에게서 시선을 떼지 않았다. "허가한다."

# 61

논란은 있지만, 베닌으로 변하면 한 가지 감각이 강화된다는 믿음
이 널리 퍼져 있다. 본 학자는 그레스와일드 왕을 죽인 것도 그렇게
해서 시각이 날카로워진 베닌이었다고 믿는다. 가장 뛰어난 왕실
플라이어들조차 그놈이 우리의 사랑받은 왕을 죽이려고 숨어 있던
어둠을 꿰뚫어볼 수 없었으니 말이다.

_ 에드버드 틸러 소령, 《공인되지 않은 베닌 연구》(코딘 도서관 소유)

우리 대대 라이더들이 바스지아스 본관 위의 능선에 정렬하고, 드래곤들이
뒤로 줄지어 섰을 때는 동이 틀 때까지 한 시간이 남아 있었다. 지평선이 희미
한 윤곽을 따라 빛을 예고했지만, 하늘의 윤곽이 움직이는 바람에 깜박거리는
느낌이었다. 흔들리는 형태가 끊임없이 다가오며 시시각각 커지고 있었다.

수십 미터 아래, 바스지아스 정문 앞에서는 에임시르에 올라탄 어머니가
미라와 테인을 포함한 직속 대대를 거느리고 대기했다. 어머니는 우리 모두
의 앞에 있었다. 세 자식은 물론이고 본인의 영혼까지 희생하면서 지킨 학교
앞에.

"놈들이 온다." 다른 드래곤들이 무게 중심을 옮기거나 산비탈의 눈 덮인
화강암 가루에 발톱을 파묻는 반면, 테른의 자세는 뻣뻣했다.

산비탈 위아래에는 제3비행단과 제4비행단 대대들이 정렬하고, 제1비행
단과 제2비행단은 베일 가장자리에 있었다. 우리 대대는 바스지아스 본관 뒤

편에서 지금 서 있는 가파른 능선 사이의 100미터 상공을 지켜야 했고, 그 구역에는 수십 미터 아래의 보호석실로 이어지는 숨겨진 입구도 있었다. 브레넌은 지금 그곳에서 작업 중이었다. 슬론과 아릭, 다른 1학년 몇 명도 브레넌에게 필요한 물건을 가져다주라는 명목으로 같이 있었는데, 사실 리가 그들을 그곳에 배치한 건 안전을 위해서였다.

"*알아요.*" 어깨 너머를 돌아보자 앤다나가 테른과 스게일 사이에서 고정장비를 물어뜯고 있었다. 앤다나는 한 시간 전에 나타나더니 내 곁을 떠나지 않으려 했다.

"레손에서도 이런 기분이었어?" 오른쪽에 선 리애넌이 단검과 장검들 위로 불안하게 손을 움직이면서 물었다.

"지금 어떤 기분인데?" 내가 물었다.

"너무 겁나서 심장이 멈추거나 똥을 지려버릴 것 같아." 건너편에서 리독이 대답했다.

"난 그냥 끔찍하게 무섭다고 말하려고 했는데, 뭐 그래. 그렇게 말해도 되겠다." 리애넌이 고개를 끄덕였다.

"그래. 딱 그런 기분이었어." 나는 습관처럼 장비를 확인했다. 빠뜨린 게 있다고 해도 방으로 돌아갈 시간은 없지만 말이다. 제이든이 내가 잭의 어깨에 꽂아 넣은 단검을 회수해왔기에 열두 자루가 갖춰져 있었고, 합금 손잡이 단검 두 자루와 오른쪽 허벅지에 묶어둔 휴대용 쇠뇌까지⋯ 나는 완전 무장 상태였다.

우리가 가지고 온 단검에다가 바스지아스 대장간을 더하자 모든 생도가 무장을 할 수 있었다.

"쉬워지긴 해? 전투에 나가는 거 말이야." 리독 옆에 있던 소여가 학교를 내려다보며 물었다. 모든 안마당, 모든 복도, 모든 입구에 보병들이 배치되어 있었다. 연약하기 짝이 없는 마지막 방어선이었다.

"아니." 왼쪽에 선 제이든이 대답했다. "두려움을 숨기는 데 능숙해질 뿐이지. 다들 계획은 확실히 이해했겠지?"

"라이더들은 리의 지시에, 플라이어들은 브레이건의 지시에 따른다." 왼쪽 아랫줄에 선 퀸이 대대원에게 읊었다. "플라이어들이 오면 말이지만."

플라이어들은 아직도 미끼 상자를 찾고 있었다. 미끼가 없으면 와이번도 해가 뜰 때까지 기다릴지도 몰랐다. 미끼가 없으면 부화지를 감지하는 데 오래 걸릴지도 몰랐다. 미끼를 전부 파괴하면 뒤따라 올 다음 와이번 떼가 단념할지도 몰랐다. 하지만 그런 가능성을 수없이 늘어놓는다 해도 지금 우리가 직면한 현실을 바꾸지는 못한다.

"우린 우리 구역을 지킨다." 퀸 옆에서 이모젠이 더 길어진 분홍색 머리가 시야를 가리지 않도록 땋으면서 말했다. "와이번이 우리 영공을 벗어나면 다른 대대가 책임지도록 둔다. 그래야 실수로 우리 구역을 무방비상태로 두는 일이 없다. 우리는 무슨 일이 있어도 우리 영공을 유지한다."

"단검은 리애넌이 맡는다." 리독은 따뜻한 아침인데도 두 손을 마주 비비면서 이모젠의 말투를 따라했다. 입김도 보이지 않을 정도의 날씨였다. "베닝이 단검이 꽂힌 채로 와이번의 등에서 떨어지면, 리애넌이 단검을 회수해서 나눠준다."

"그림자 능력으로 모조리 끌어내릴 수는 없는 이유가 있어?" 소여가 제이든 쪽을 보았다. 제이든이 그런 방법을 아직 고려해보지 않았을 수도 있다고 생각하는 얼굴이었고, 리와 리독도 똑같은 표정이었다.

"지난번에 계곡처럼 좁은 공간에 40마리를 붙잡아두느라 소진해버릴 뻔했는데, 지금은 탁 트인 공간에 그 열 배는 되는 놈들이 있다는 사실 말고?" 제이든이 흉터 진 눈썹을 들어 올리며 쏘아붙였다.

"그래, 그거." 소여가 혼자 고개를 끄덕였다.

"와이번에게 휘말리는 실수를 하지 마." 나는 친구들에게 경고했다. 내리막으로 불어오는 바람이 강해졌지만, 역시 12월의 차가움은 없었다. "그래, 와이번들이 우리를 죽이려고 하겠지. 하지만 와이번에게 정신 팔려서 놈들의 창조자를 잊으면 안 돼. 와이번을 만든 베닌을 죽이면 와이번도 떨어져. 경험상으로 베닌은 전투 중에 자기들이 만든 와이번과 가까이에 있어."

"다들 자기 짝이 누군지 알지?" 리가 대열을 둘러보며 물었다.

모두가 고개를 끄덕였다. 우리의 목표는 2대 1로 싸우는 것이었다.

"기승!" 리애넌이 명령했다.

나는 재빨리 몸을 돌려 리애넌을 끌어안았고, 리애넌은 소여와 리독을 잡아끌었다. "얼어붙지 마." 나는 세 사람에게 말했다. "무슨 일이 일어나더라도 계속 움직여. 그리고 공중에 있어야 해. 놈들은 너희가 서 있는 땅에서 마력을 빨아들여서 너희까지 죽일 수 있어. 오늘은 아무도 죽지 않는 거야."

"오늘은 아무도 안 죽어." 리독이 되풀이했고, 소여도 고개를 끄덕이면서 포옹을 풀었다.

"제시니아는 봤어?" 리가 소여에게 물었다.

나는 눈썹을 올렸다. "제시니아가 여기 있어?"

"메런과 같이 날아왔어." 소여가 고개를 끄덕이며 말했다. "그리폰들은 그런 면에서 드래곤보다 너그러운가봐. 제시니아는 아카이브에서 워릭의 일기와 리라의 일기를 비교하며 아레티아의 보호막이 불완전한 이유를 찾고 있어. 네 말을 들은 후부터 아레티아 보호막의 문제점을 모르면 여기의 보호막도 다시 올릴 수 없을 거라고 걱정했거든. 그 생각이 옳았지."

"제시니아는 바스지아스에 있으면 안 돼." 고개를 내저었지만 심장박동이 빨라졌다. "저 아래는 완전히 무방비 상태야."

"제시니아는 두 일기장의 차이를 알아냈는데 너무 멀리 있어서 돕지 못할까 봐 걱정했어. 그리고 브레넌이 보호석을 복원한다면, 보호막을 성공적으로 다시 올릴 가능성은 제시니아뿐이야" 소여는 리독을 따라 드래곤에게로 향하면서 대꾸했다.

"제시니아에게도 우리만큼이나 목숨을 걸 권리가 있어." 리가 페이그에게 가면서 어깨 너머로 나를 일깨웠다. "자, 너는 그 손을 데우든가 뭐든 여기에 불을 지르기 위해 필요한 일을 해."

나는 제이든이 퀸과 이모젠과의 대화를 끝내는 동안 앤다나를 돌아보았다. *"숨어 있겠다고 약속해."*

*"난 잘 숨을 수 있어."* 앤다나가 한 걸음 물러서자, 나는 눈을 껌벅였다⋯ 마치 앤다나가 어둠 속에 녹아들어간 것 같았다.

*"블랙 드래곤의 장점이지."* 테른이 씩씩거렸다. *"우리는 밤에 맞게 태어났 거든."*

나는 고개 숙인 앤다나의 콧구멍 사이 비늘을 긁었다. "그대로 있어. 마브 가 네 뒤에서 브레넌을 지켜보고 있어. 전투의 흐름이 바뀌면 마브가 널 돌봐 줄 테지만, 넌 가야 해. 약속해줘."

*"난 여기 있을 거야. 계속 지켜볼 거야. 이번엔 네 곁을 떠나지 않아."* 앤다 나가 유황 냄새가 살짝 나는 숨을 내뿜자 심장이 내려앉았다. 앤다나는 어린 나이에 너무 많은 것을 보았다.

"네가 어렸을 때가 더 편했는데." 나는 마지막으로 한 번 더 앤다나의 비늘 을 긁어줬다. 테른과 내가 쓰러진다면 우리 대대의 모든 드래곤이 앤다나를 돌볼 것이다. 하지만 포기한다는 선택은 오직 앤다나만 할 수 있었다.

*"난 그때도 말을 안 들었어."*

*"일리 있는 지적이야."*

*"시간 다 됐다."* 테른이 선언했고, 나는 심장박동이 빨라지는 가운데 서서 히 떠오르는 태양 쪽으로 몸을 돌렸다. 가느다란 띠 모양의 오렌지빛이 지평 선 위로 가까이 다가오는 거대한 와이번 구름을 비추고 있었다.

또다시 따뜻한 바람이 휘몰아치더니, 머리 위의 별들이 꺼지면서 검은 구 름이 산맥 너머로 몰려오고 공기 중에 내 마력에 호응하는 전류가 가득 찼다.

제이든이 테른과 스게일 사이에서 나와 마주 섰다. 레손이 떠오르는 장면 이었다. 그는 손을 뻗어 내 목덜미를 따뜻한 손으로 받쳤다. "사랑해. 네가 없 으면 세상도 존재하지 않아." 그는 몸을 기울여 나와 이마를 맞댔다. "지난번 전투 때는 이 말을 하지 못했지. 했어야 했는데."

"나도 사랑해." 나는 그의 허리를 잡고 애써 미소 지었다. "부탁이니 죽지 마. 당신 없이 살고 싶지 않아." 상대는 너무 많았고, 우리는 너무 적었다.

"우린 오늘 죽지 않아."

"우리 모두가 그렇게 확신할 수 있다면 참 좋을 텐데." 나는 농담을 해보려고 했다.

"너는 적과 네 목숨에만 집중해." 그는 나에게 빠르게 키스했다. "말렉이라 해도 날 너에게서 떼어놓을 순 없어."

나는 빗방울이 머리에 떨어지자 입술을 떼고 물러섰다.

"비?" 제이든이 하늘을 보았다. "12월에?"

따뜻한 날씨. 비. 그리고 공기 중의 전류.

"어머니야." 얼굴에 천천히 미소가 번졌다. "어머니가 애호하는 무기에 힘을 불어넣는 거야." 나 말이다.

"나중에 고맙다고 전해야겠군." 다시 한 번 짧게 키스한 그는 그 말을 끝으로 돌아서며 스게일에게 올라탔다.

나는 하늘을 올려다보고 심호흡을 하면서 어머니가 방금 나에게 얹은 부담을 떠맡았다. 폭풍은 나를 도와줄 테지만, 비가 많이 오면 그리폰들의 도움을 희생하게 된다. 그리폰들은 가랑비 이상의 빗발 속에서는 잘 날지 못했다.

"그리폰들은 지상을 지키고 부상자를 나를 거다." 테른이 어깨를 낮추면서 말했다. 나는 비늘에 후드득후드득 빗방울이 떨어지는 가운데 테른의 앞다리를 올라갔다. 안장에 자리를 잡고 허벅지 버클을 채운 다음, 메런이 준 화살통이 안장 왼쪽으로 손 닿는 거리에 단단히 묶여 있는지 확인했다. 화살통을 등에 멨다가 어깨에서 미끄러지는 위험을 감수하고 싶지 않았다. 주머니에서 도관을 꺼내 그 위에 새로 달아놓은 강철 팔찌를 손목에 찼다.

그런 다음에야, 할 수 있는 모든 준비가 끝났다는 확신이 들고 마력이 불타오를 정도는 아닌 열기로 혈관 속을 흐르고 나서야 나는 다가오는 적을 쳐다보았다.

심장이 덜컹거렸다.

신들이시여. 놈들이 사방에 있었다. 지금까지 본 어떤 드래곤 떼보다 더 거대한 와이번 떼였다. 다양한 고도로 날아오는 회색 날개, 쭉 뻗은 목, 쫙 벌린 입의 바다가 일출을 삼켜버렸다. 우리는 놈들의 숫자를 한참 과소평가했다. 그런데 이 뒤에 또 한 무리가 따라온단 말이지? 우리 대대를 훑어보는데 목이 잠겼다. 모두가 이 공격에서 살아남을 가능성은 없었다… 사실은 누군가가 살아남을 가능성도 거의 없었다.

하지만 우리는 브레넌이 보호석을 복원할 시간 동안 버텨야 했다. 보호막을 올릴 수만 있다면, 설령 제시니아가 우리가 아레티아에서 뭘 빠뜨렸는지 찾지 못한다 해도 와이번들을 기절시켜서 떨어뜨릴 수 있다.

숨을 몇 번 쉬는 사이에 어느 와이번에게 베닌이 있는지 알아볼 수 있을 만큼 가까워졌고, 나는 스물넷까지 세다가 그만뒀다. 제정신을 유지하기 위해서였다. 공포가 등골을 타고 내려갔고, 나는 아예 심호흡을 하면서 두려움을 더 내려 보냈다. 내가 패닉에 빠진다면 테른과 앤다나에게나, 우리 대대 누구에게나 쓸모가 없을 것이다. 온전히 스스로를 통제하지 못한다면 쓸모없는 정도를 넘어서 골칫거리가 될 터였다.

몇 분 후면 놈들이 사정거리에 들어올 것이다.

"우리가 나가서 평원 위에서 교전하는 게 낫지 않았을까요." 두려움 때문에 가슴이 조여들고 심박수가 빨라지다 보니 다시 생각할 수밖에 없었다.

"놈들 수가 너무 많다. 평원에서는 놈들이 쉽게 우리를 포위할 수 있어. 여기는 우리가 모든 계곡과 봉우리를 알고, 놈들도 우리를 피할 수 없지." 테른이 대답했다.

놈들은 우리를 뚫고 가야만 할 것이다.

"놈들이 산개한다." 테른이 고개를 돌리며 말했다. "대형을 보니 우리 계획대로 베일부터 노리는 게 아니라 우리 병력 전체와 교전할 것 같구나."

속이 철렁했다. 우리가 병력 배분을 잘 하지 못한 것이다. *"그렇다면 우린 놈들이 베일에 가지 못하게만 하면 되는 거죠?"*

*"네가 번개를 칠 기회는 몇 초뿐일 거다."* 테른이 일깨웠다.

*"알아요."* 드래곤들이 교전을 시작하면, 와이번이 아니라 우리 쪽 드래곤을 때릴 가능성이 높아진다. 이 첫 공격이 전부였다. 나는 두 손을 들어 올리고 아카이브 문을 열어서 꾸준하지만 감당할 수 있는 마력의 흐름을 받아들였다. 에너지가 몰려들면서 빠르게 피부가 지글거렸다.

*"에임시르에게 어머니 보고 저 구름을 옮겨야 한다고…."*

*"알았다."* 테른은 내가 결론까지 말하기도 전에 생각을 읽고 대답했다.

나는 도관을 팔뚝에 댄 채 떨어지는 빗방울에 눈을 깜박이면서 우리 위의 구름에 집중했다.

옆에 선 드래곤들이 무게 중심을 옮기고 어깨를 돌리면서 이륙할 준비를 했지만, 테른은 산처럼 굳건했다. 어깨 너머로 시선을 돌려 앤다나를 찾았다. *"어디 있어?"* 전투는 아직 시작도 안 했는데 앤다나가 벌써 자리에서 벗어나다니.

*"약속대로 숨어 있잖아."* 앤다나가 바윗돌 사이로 고개를 내밀었다.

*"준비해라."* 머리 위의 구름이 초자연적인 속도로 적을 향해 몰려가자 테른이 말했다.

나는 와이번 떼에 집중했다. 배출구가 주어지지 않은 마력이 내 안에 계속 쌓이면서 불을 뿜어낼 수도 있겠다 싶을 만큼 뜨거워졌고, 나는 그대로 마력이 나를 집어삼키고 위협하게 놓아두었다.

*"바이올렛…."* 제이든이 말했다.

*"아직 아니야."* 놈들이 몇 초 안에 도착할 테지만, 정확한 때를 노려야 했다. 이마에 땀이 맺혔다.

*"바이올렛!"*

어머니의 폭풍이 제일 높은 고도를 날던 와이번 떼에게 들이닥쳤고, 나는 뜨거운 마력의 격류를 풀어놓았다.

번개가 쳤다. 우리 아래 능선에서 눈이 아플 정도로 강렬한 빛과 함께 솟아오른 번개가 구름을 때렸다. 나는 시체들이 우수수 떨어지는 가운데 팔을 내렸다.

"이러면 좀 편해질지도…." 아니, 아니었다. 와이번들은 자기들을 통제하는 베닌들과 똑같이 순식간에 전술을 바꿨고, 떨어지는 시체들을 피하면서 구름 아래를 날았다.

"이런 젠장!" 와이번들이 바스지아스로 이어지는 네 개의 도로에 떨어지면서 땅바닥에 깊은 고랑을 파놓자 리독이 외쳤다.

이 수법은 다시 통하지 않을 터였기에, 나는 유리 구체를 손바닥에 쥐고 다시 한번 마력을 일으켰다. 전보다 더 빠르고, 더 집중적인 흐름으로 제일 가까이에 있는 베닌을 태운 와이번을 노렸다. 불길이 몸을 훑고 지나가면서 그 와이번이 아니라 다른 와이번을 때렸다.

젠장!

"지나간 공격 말고 다음 공격에 집중해라." 테른이 말했다.

"정지!" 제이든이 내가 다시 번개를 칠 시간 동안 전장을 비워줬다.

나는 다시 두 손을 올려 테른의 마력을 뼈와 근육에 다 채운 다음에 번개를 끌어냈다. 에너지가 내 안을 헤치고 흘러나왔고, 이번에는 손바닥을 쫙 펴는 대신에 펠릭스가 가르쳐준 대로 손가락에 집중시켜서 번개와 함께 아래로 죽 그었다. 나는 작곡가이고, 번개는 나의 오케스트라인 것처럼 목표물을 겨냥해서 내리쳤다.

번개는 제대로 맞았고, 와이번과 베닌이 생명을 잃고 떨어졌다. 베닌이 죽자 와이번 몇 마리가 같이 떨어졌다. 하지만 상대가 헤아릴 수 없이 많다 보니 이번 성취에 안도하거나 기뻐할 시간이 없었다.

그리고 놈들이 당도했다.

어머니의 직속 대대가 배정받은 구역에 처음 침입한 놈들을 공격하기 위해 이륙했다. 나는 에임시르가 와이번 하나의 목을 찢어놓는 모습까지 보고 나서 어머니와 미라를 놓쳤다. 와이번 떼가 그쪽 구역을 통과해서 다음 구역으로 넘어오고 있었다.

*"네 구역에 집중해라."* 테른이 명령하자 나는 가족을 마지막으로 본 구역에서 시선을 돌렸다.

하나씩, 하나씩, 대대들이 자기 구역을 방어하기 위해 이륙했다. 위협적인 회색 주둥이가 처음으로 우리 구역의 선을, 바스지아스 부지가 끝나고 산이 시작되는 지점을 넘자 나도 이륙에 대비했다.

테른이 뒤로 물러섰다가 앞으로 돌진하며 날개를 치다가 능선 끝에서 그대로 날아올랐다. 나는 바람이 얼굴을 때리자 고글을 내려 썼다가 빗방울 때문에 앞이 보이지 않자 얼른 다시 위로 올렸다.

*"저 놈은 우리 것이다."* 테른이 우리 영공으로 들어온 제일 빠른 와이번에게 곧바로 날아가면서 말했다.

퀸과 이모젠은 왼쪽으로 비스듬히 틀어서 다른 목표로 향했고, 주변 시야로 나머지 대대원들이 보이기는 했지만 나는 정면충돌할 경로로 날아가면서 테른이 선언한 상대 와이번에게만 집중했다.

와이번과 우리 사이의 거리가 줄어드는 가운데 나는 한 손으로 도관을 쥐고 반대쪽 손을 들어 올렸다. 마력을 끌어올릴 필요도 없었다. 마력은 이미 있었다. 내 혈관을 질주하면서 동시에 머리 위 하늘에도 충전되고 있었다.

손끝에서 에너지가 지글거렸고, 내가 번개를 겨냥하는 순간 라이더 없는 와이번이 입을 쩍 벌리면서 녹색 화염을 뿜어냈다. 화염이 우리 쪽으로 날아오는 것을 보고 심장이 목구멍까지 튀어오르는데, 테른이 왼쪽으로 몸을 기울이면서 아슬아슬하게 피했다.

나는 와이번 옆을 지나치면서 수평을 유지하기 위해 무게 중심을 오른쪽으로 실었고, 상대에게 집중하면서 머리 위 구름에서 번개를 끌어내렸다. 번개는 와이번의 꼬리 바로 위를 때렸다. 속도를 감안하지 않은 탓이었다. 그래도 전류만으로 와이번을 떨어뜨릴 수는 있었다.

"아래." 테른이 우르릉거리면서 급강하했다.

나는 맹렬한 바람 속에서 눈을 억지로 뜨면서 더 낮은 고도를 통과하려는 세 마리 와이번을 보았다. *"여기에선 때릴 수 없어요. 하늘에서 끌어내리면 위에 있는 누군가를 때릴 가능성이 있고, 직접 번개를 치기엔 너무 멀어요. 그리고 땅에서 끌어올렸다가 빗나가면…"*

*"꽉 잡아라."*

나는 두 손으로 폼멜을 꽉 잡고 버텼다. 마력이 계속 귓가에 웅웅거리는 가운데 순식간에 수십 미터를 떨어지다 보니 중앙의 와이번에 올라탄 베닌이 보였다. 테른이 위에서부터 곧바로 왼쪽 와이번을 덮쳤고, 충돌 때문에 내 몸이 앞으로 튀었다. 테른은 그놈의 목에 이를 박아 넣고 아래로 잡아끌면서 하강했다.

와이번이 날카로운 비명을 질렀고, 나는 합금 단검 하나를 뽑아들고 자리에서 몸을 돌려 테른의 등을 보았다. 빗속에서 눈을 가늘게 뜨자 거대한 형체 두 개가 쫓아오는 것이 보였다. *"놈들이 와요."*

아래쪽에서 끔찍하게 뼈가 부러지는 소리가 울렸고, 테른이 발톱을 풀자 목이 부러진 와이번이 30미터 아래로 떨어졌다. 행정동 뒤쪽 어딘가였다.

테른은 오른쪽으로 비스듬히 방향을 바꾸고 날개를 거세게 쳐서 올라가기 시작했지만, 우리가 제때에 고지를 점할 방법은 없었다. 놈들은 15미터도 안 되는 거리에 있었고, 두 와이번이 내려오는 각도를 보니 몇 초만 지나면 테른이 씹는 장난감이 될 판이었다. 나는 뒤쪽에 아무도 없는 것을 확인하고 도관을 움켜쥔 다음, 심호흡을 하면서 질주하는 심장과 혈관에 쏟아져 들어오는 아드레날린을 가라앉혔다.

통제. 완전히 통제해야 한다.

딱 한 번 공격할 시간밖에 없다. 나는 마력을 풀어서 단검과 함께 위로 끌어올렸고, 번개가 하늘을 가르면서 제일 가까이 있던 와이번의 가슴을 때렸다.

"좋았어!" 와이번이 하늘에서 떨어지자 소리를 치긴 했는데, 베닌까지 갖춰진 또 한 마리가 돌진하면서 입을 벌려 썩은 이빨과 녹색 화염을 드러내자 기쁨이 바로 사라졌다. "테른!"

경고의 말이 입 밖으로 나가기가 무섭게 그림자 띠가 와이번의 목을 휘감고는 목줄에 잡힌 미친개를 다루듯 확 잡아당겼고, 놈의 이빨은 위로 날아오르는 테른의 날개 끝을 간발의 차이로 놓쳤다.

"*저놈은 스게일 몫이다. 우린 다른 놈을 찾자.*" 테른은 쏟아지는 빗속을 전보다 더 빠르게 올라가면서 말했다.

소중한 몇 초를 써가면서 주위를 살폈다. 우리 구역을 포함한 모든 구역에 와이번이 우글거렸다. 위쪽에서 벌어지는 싸움을 향해 날아가는 동안 회색 무리 사이로 잠깐씩만 다른 색깔이 번득이는 수준이었다. 하지만 와이번 떼 대부분은 아직 멀리, 폭풍 가장자리에 머물러 있을 뿐이었다.

"*놈들은 1파밖에 보내지 않았다.*" 테른이 설명했다. "*아마 약점을 찾으려는 거겠지.*"

에오트롬이 와이번의 배에 발톱을 박은 채 우리 쪽으로 내려왔고, 나선을 그리며 떨어지는 에오트롬의 등에 앉은 리독과 그 뒤를 바싹 따라가는 이모젠의 오렌지 대거테일인 글레인이 언뜻 보였다.

"*리독!*" 나는 테른에게 외쳤다.

"*네가 맡은 임무에 집중하지 않으면 계획이 흐트러진다. 다른 녀석도 자기 몫을 할 거라고 믿어라.*" 테른은 회색의 대혼란을 뚫고 영공으로 치솟았다가 수평비행으로 바꿨다.

테른 말이 맞다. 우리에겐 할 일이 있다. 하지만 친구들이 자기 몫을 하리라 믿는 게 친구들을 외면하는 것처럼 느껴졌다. 나는 비가 머리를 흠뻑 적시고 가죽옷으로 흘러내리는 가운데 아래 전장을 살피면서 크게 심호흡하며 심박수를 낮췄다.

이건 레손에서와 같은 난전이 아니다. 이건 조직적인 방어전이고, 나는 내

366

몫을 하는 데 집중해야 한다.

페이그가 파란 화염을 뿜는 와이번과 근거리 접전을 벌이고 있다. 리가 페이그의 등에서 크루스의 등으로 건너뛰어서 아슬아슬하게 화염을 피하는 모습을 보자 가슴이 꽉 조였다.

퀸이 리의 팔뚝을 잡는 사이에 페이그는 꼬리로 상대를 세게 찔렀고, 나는 그들이 상황을 통제하고 있으며 내가 할 수 있는 일이 없음을 깨닫고 시선을 돌렸다.

하지만 15미터 아래에서 소여가 열세에 처해 있었다. 슬리시그가 와이번 세 마리와 맞서고 있었는데, 베닌도 하나 있었다. 나는 도관을 움켜쥐고 마력을 몸에 흘리면서 손을 들어 올렸다.

*"빗맞히지 말아라."* 테른이 경고했다.

나는 만약에 대비해서 슬리시그에게서 제일 멀리 있는 와이번을 노렸다. 집중과 의도를 온전히 기울여서 목표물을 향해 마력을 끌어당겼다. 에너지가 몸을 훑고 나가자 머리 위 구름에서 하얗게 달아오른 치명적인 번개가 내려와 와이번을 때렸다.

베닌이 나와 눈을 마주치더니, 전투에서 이탈해 아래로 하강했다. 속이 뒤틀렸다. 놈이 땅으로 향할 이유는 하나뿐이었다. 마력을 채우기 위해서다.

*"제이든···."*

*"내가 맡을게."* 제이든이 나를 안심시켰고, 에오트롬과 글레인이 소여와 슬리시그를 도우러 도착하자, 나는 다른 구역으로 관심을 돌렸다.

*"3시."* 테른의 말대로 오른쪽을 보자 제3비행단의 어느 대대에 와이번이 들끓고 있었다. 그 아래 산비탈에 드래곤의 시체가 하나 있었는데, 나는 누구인지 알아보기도 전에 눈을 돌렸다.

사망자 명단에 신경 쓰다간 나도 곧 그 명단에 오를 판이었다.

*"최대한 안정적으로 유지해줘요."* 나는 테른이 오른쪽으로 몸을 기울여 날아가는 동안 마력의 수문을 열어젖혔다. 테른이 경계선을 날자, 나는 열기가

피부를 찌르는 가운데 능력을 행사해서 와이번 하나를 떨어뜨렸다.

그리고 또 한 마리를 겨냥하고.

또 한 마리를 겨냥했다.

나는 거듭 능력을 휘둘러 주위 구역에 정확하게 겨냥한 타격을 떨어뜨렸다. 목표물의 3분의 2만 맞혔지만 드래곤은 한 마리도 맞히지 않았으니 승리로 간주하기로 했다. 피부에 닿은 빗방울이 지글거렸지만, 단검을 꽂아놓은 비행 재킷은 감히 벗을 수 없었기에 열기도 고통도 머릿속의 상자에 집어넣고 뚜껑을 쾅 닫아서 고통스러운 열기를 무시하고 능력을 다시 휘둘렀다.

"12시."

나는 목표물을 찾았다가 두 번을 빗맞힌 다음에야 겨우 때렸다. 우리 구역에는 베닌이 남아 있지 않았지만, 테른이 또 다른 와이번과 또 다른 위협을 지목하는 동안 도관을 쥔 손이 덜덜 떨렸다. 하늘에서 번개를 끌어내리는 속도가 어찌나 빠른지 이제는 내가 폭풍을 겨냥하는 것 같지도 않았다.

내가 곧 폭풍이었다.

"지쳤구나." 테른이 경고했다.

피곤이 대수일까. "사람들이 죽어가요." 일출이 밝히는 전장을 잽싸게 훑어보자 땅바닥에 널린 회색 사체들 사이에 다른 색깔이 점점 더 많이 보였지만, 나는 우리 대대가 아직 맞서고 있다는 것을 확인하고 곧바로 시선을 옮겼다. 우리 대대는 팀워크와 효율을 발휘해 우리 구역으로 들어오는 와이번을 하나씩 해치우고 있었다.

"9시." 테른은 으르렁거리면서도 반박하지 않고 왼쪽으로 방향을 기울이면서 계속 전장 위를 날았다. 나는 다음 대대를 위해 능력을 발휘하고, 라이더를 위험에 빠뜨리지 않으면서 확실히 때릴 수 있는 목표만 제거했다.

아래에서는 나처럼 제이든도 그림자를 다른 구역으로 뻗었다.

맙소사. 이러다간 열기에 산 채로 익겠다. 바람과 비로도 내 가슴속에 타오르는 불을 식히기엔 부족했다. 나는 도관 팔찌를 손목에서 벗겨내 허벅지 사이에 끼워놓고 비행 재킷을 벗어서 안장 끈 아래로 밀어 넣었다. 이러면 단검이 여섯 개나 부족해지지만, 손이 쉽게 닿는 위치이긴 하고 어차피 중요한 건 다른 두 자루 뿐….

"12시!" 테른의 외침에 들판 쪽으로 고개를 돌려보니 또 한 무리의 와이번이 어머니가 맡은 구역 위를 날고 있었다. 구름층에 위험할 정도로 가깝지만 구름에 들어가지는 않아서, 그 아래에 누가 있는지를 생각하면 번개를 칠 수가 없었다.

놈들이 멈추지 않고 어머니의 구역을 지나치고, 다음 구역도 교전 없이 빠르게 통과하는 모습을 보자 심장이 덜컹거렸다.

전장 위를 날면 번개를 휘두르기 유리한 고지를 점할 수 있지만, 그 덕분에 명백한 표적이 될 터였다. 놈들이 우리에게 오고 있다. 나는 도관을 잃어버리지 않으려고 팔찌를 손에 밀어 넣었다. "우리가 놈들을 유인해야….

"우린 계획대로 따른다." 테른이 급강하하며 우리 대대를 향해 곤두박질치자 안장끈에 몸무게가 쏠렸다. 2대대의 드래곤들이 다가오는 위협을 향해 고개를 돌렸고, 모두가 높이를 조정하며 대형을 갖췄다. "준비해라."

이번 암살단에는 베닌 셋이 포함되어 있었다. 그들의 파란 튜닉이 흐릿한 눈을 한 와이번과 날카로운 대조를 이뤘다. 우리에겐 10초가 있었다. 아마도.

1초. 오른쪽에서 리독이 둘로 부러진 단검을 쥐고 손을 흔들었다. 젠장. 남아 있는 유일한 단검이 부러진 거라면… 순간 단검이 사라졌다. 리독은 나에게 손을 흔든 게 아니었다.

2초. 왼쪽으로 고개를 홱 돌려보니 단검 조각은 리애넌의 손에 있었고, 페이그는 슬리시그가 체공하는 아래쪽으로 하강하고 있었다.

3초. 페이그가 슬리시그 옆을 날고, 리애넌이 단검을 던졌다.

4초. 소여가 멋지게 단검 조각을 받았다.

5초. 스게일이 올라와서 페이그의 자리를 대신했다. 스게일의 입에서 피가 뚝뚝 떨어졌고, 잠시 시선이 마주친 제이든의 얼굴에서도 핏물이 흘렀지만,

나는 본능적으로 그의 피가 아니라는 사실을 알고 당면한 위협에 집중했다.

6초. 숨 쉬자. 가슴속에 몰아치는 불의 폭풍 속에서 숨을 쉬지 않으면 타버릴 것이다. 지금의 징후를 모르는 건 아니었다. 손은 떨리고, 열기는 치솟고, 피로가 몰려왔다. 다만 그래도 상관없을 뿐이었다. 내가 사랑하는 모두가 이 전장에 있다.

7초. 놈들이 거의 들이닥쳤고, 내려다보자 마브가 내가 모르는 블루 클럽테일과 같이 보호석실을 지키고 있었다. 저 희미한 형태가 앤다나였으면 좋겠는데. 소여의 손에 잡힌 단검에 햇빛이 번득이는가 싶더니 다시 사라졌고, 페이그는 이미 움직이고 있었다.

8초. *"다쟈레가 비행할 수 없는 상황에 좌절했다는구나."* 테른이 전달하는 사이에 페이그는 에오트롬 옆으로 올라왔다.

9초. *"그리폰에게 물에 젖은 날개로 애쓰는 것보다는 안마당과 들어오는 부상자들을 지키는 게 더 효율적이라고 전해줘요."* 나는 말했다. *"지금 여기로 올라오면 도움이 되는 게 아니라 발목이 잡힐 거예요."*

단검이 여러 손을 거치더니, 리독이 다시 무장한 상태가 되었다.

나는 우리가 얼마나 팀으로서 매끄럽게 움직이는지 보고 씩 웃은 다음, 다가오는 공격을 마주했다.

10초. *"네 사고 방식이 점점…."* 테른이 입을 열었다.

*"브레넌 같아요?"* 나는 와이번이 우리 영공으로 들어오는 순간에 말했다.

*"테른 같구나."* 스게일이 목을 쭉 뺀고 적을 향해 쇄도하면서 대답했다. 스게일이 대형에서 벗어나자 그 아래로 그림자가 늘어나서 와이번 한 마리의 경정맥을 움켜쥐고 끌고 갔다.

테른이 다른 와이번에게 돌진해서 정면으로 들이받았다. 그 서슬에 안장 뒤로 젖혀졌던 나는 충돌 때문에 다시 앞으로 튕겼고, 테른의 턱이 와이번의 목을 물면서 피가 튀었다. 둘의 발톱이 서로 얽히면서 아무리 테른이 날개를 세게 친다 해도 유지할 수 없는 수직 자세로 몸이 기울어졌고, 와이번의 날카로운 비명이 골을 울렸다.

파란색 번득임만 보아도 충분한 경고가 됐다. 나는 합금 단검을 쥐고 도관을 팔에 떨어뜨리면서 버클에 손을 뻗어 풀 준비를 했다. 전에도 본 적 있는 각본이었고, 내 역할도 알고 있었다. 그리고 이번에는 칼에 찔린 채 떠나지 않을 것이다.

"*수평비행 가능해요?*" 베닌이 와이번의 목에서 테른의 등으로 건너뛰는 모습을 보자 심장이 펄쩍 뛰었다. 놈은 와이번을 단단히 붙잡은 테른이 비늘이 다 떨리도록 내지르는 위협적인 포효를 무시했다.

"*안장에 앉아 있어라!*" 테른은 그렇게 말하면서도 수평으로 전환했다.

베닌은 테른이 자세를 바꾸는 동안에도, 와이번의 무게 때문에 빠르게 떨어지는 동안에도 테른의 뿔 하나를 잡고 버티면서 소름끼치는 붉은 테두리의 눈으로 나만 보고 있었다. 거미줄같이 뻗어나간 혈관이 보이지 않으니 아심이라는 뜻이었고, 내가 처리할 수 있었다.

"네가 그분이 원하는 자로군." 베닌은 젖어서 들러붙는 금발을 눈 위로 걸어내며 말하더니 테른의 목 위를 성큼성큼 걸어왔고, 나는 왼손으로 벨트를 잡아당겼지만 버클이 풀리질 않았다.

그자는 너무… 젊어 보였다. 하지만 잭도 그랬지.

테른은 죽어가는 와이번을 밀어내려고 발톱을 풀고 어깨를 치켜들었지만, 놈은 악착같이 테른의 목을 물려고 했다. 테른은 보복으로 놈을 더 강하게 물어뜯으며 피를 냈다. 그 와중에도 우리는 계속 떨어지고 있었다.

"그분이라면 너희 스승, 세이지 말이야?" 가죽을 비틀어봤지만 벨트가 꼼짝도 하지 않았고, 나도 움직일 수가 없었다. 망할.

나는 단검을 뒤집어서 엄지와 검지로 빗물에 미끄러워진 칼날을 잡은 다음, 테른의 어깨 사이 스파이크까지 다가온 베닌에게 던졌다.

그러나 놈은 쉽게 단검을 잡아챘다. 나는 순수한 공포가 혈관에 넘쳐흐르는 채 두 번째 단검을 뽑았다.

"너도 곧 모두를 만나게 될 거다." 베닌이 내 단검을 들고 성큼성큼 다가오면서 장담했다.

그 순간 오른쪽에 언뜻 녹색이 비치더니, 리애넌이 페이그에게서 테른에게로 뛰어내려 웅크린 자세로 내 안장 바로 앞에 착지했다.

# 62

드래곤을 물리치는 가장 쉬운 방법은 라이더를 죽이는 것이다. 그
타격 자체로는 드래곤이 살아남을 가능성이 높지만, 충격으로 망
연자실해 있는 동안 쓰러뜨릴 수 있다.

— 일라이자 조벤 대령, 《드래곤을 물리치기 위한 전술 안내서》(제3장)

안 돼. 안 돼. 안 돼. 너무 익숙한 장면이었다.

리암을 잃은 것도…. 리를 잃을 순 없다. 그럴 순 없다.

떨어지는 속도가 너무 빨라서 피가 위쪽으로 쏠리는 가운데 리가 와이번의
비명과 함께 우리 앞에 당도했다. 다시 한번 벨트를 잡아당겼지만, 가죽끈이
빗물에 부풀어서 단단히 낀 상태였고, 나는 심장이 목구멍까지 뛰어오르는
심정으로 리가 베닌과 맞붙는 모습을 지켜봐야 했다. 매트 위에서였다면 따
라가지 못했을 일련의 동작이 이어졌다.

베닌이 손등으로 리의 손목을 쳐서 단검을 날려 보내고 발길질을 했다. 리
가 비에 젖어 미끄러운 비늘 위로 쭉 미끄러져 오자 나는 손을 뻗어 왼팔을 리
의 허리에 감고 지탱하면서 오른손에 쥐고 있던 단검을 건넸다.

리는 어깨 너머로 돌아보고 나에게 고개를 끄덕이더니, 놈이 거의 다 왔을
때에 맞춰서 일어섰다. 나는 둘의 칼날이 부딪치자 애써 시선을 돌렸다. 산맥
이 가까워지면서 우리가 얼마나 낮은 고도까지 내려왔는지 알아차렸다. 나는

허벅지에 차고 있던 쇠뇌를 풀고, 화살통을 재빨리 열어서 화살 하나를 홈에 끼웠다. 이 거리라면 바람과 비도 문제가 되지 않을 것이다.

"이 망할 자식을 굴려서 떨어뜨려야 해요. 셋…." 나는 쇠뇌로 목표를 겨냥했다. "리!" 숫자를 세면서 큰 소리로 외쳤다. "둘." 리가 뒤를 돌아보더니 테른의 어깨 사이에 납작 엎드렸고, 나는 한 손으로 리의 발목을 잡으면서 주저 없이 레버를 당겼다. "하나!"

베닌 가슴에 정통으로 화살이 박히는 동시에 테른이 오른쪽으로 세게 몸을 기울였다. 베닌이 추락하며 뒤쪽에서 폭발음이 들려오는 가운데, 나는 어깨의 통증을 무시하고 리의 발목을 잡고 있었다. 붕대가 가까스로 어깨 관절을 붙들어두려 분투하고 있었다.

리는 테른의 스파이크를 꽉 붙잡았고, 테른은 재빨리 수평으로 자세를 바꾸면서 위로 날아올랐다. 리는 내 쪽으로 뒷걸음질하다가 몸을 돌려 나를 꽉 끌어안았다. 나는 쇠뇌를 꽉 쥔 채로 리를 마주 안았고, 페이그가 바로 뒤에서 테른과 박자를 맞춰 날갯짓을 하는 모습을 보자 숨을 깊이 들이마셨다. 리는 괜찮다. 우리 둘 다 멀쩡하다.

여기는 레손이 아니고, 나는 제일 친한 친구를 잃어버리지 않았다.

"이 무모하고 무책임한…." 나는 소리를 질렀다.

"별말씀을!" 리는 포옹을 풀고 빗물이 흘러내리는 얼굴로 소리치더니 내 단검을 돌려줬다. "안장을 고쳐야겠다. 떨어진 단검은 내가 회수할게." 리는 곧바로 섬광 같은 미소를 지어보이며 테른의 어깨에서 뛰어내렸다.

나는 떨어지는 리의 모습을 눈으로 쫓다가 페이그의 등에 착지하는 모습을 보고 안도의 한숨을 내쉬었다.

"안장이 풀리지 않아요!" 다시 전장으로 올라가면서 테른에게 말했다.

"잘됐구나. 그러면 너도 얌전히 앉아 있겠지."

퀸의 도끼날이 햇빛에 반짝였다. 크루스의 등에 앉은 퀸이 글레인을 물어뜯으려고 하는 와이번의 어깨 관절에 양날 도끼를 휘두르고 있었다.

"멜그렌이 10분 거리까지 왔다만, 그 속도를 따라올 수 있는 건 부관 둘뿐이다. 그리고 다들 어둠의 세력이 2파를 벼르고 있다는 데 의견이 일치한다."

테른이 크루스 옆을 지나쳤고, 나는 회색 바다를 쳐다보면서 토하고 싶은 기분을 가까스로 억눌렀다. 저 위에는 베닌 없는 와이번이 최소 여섯 마리가 있을 것이다. 우리가 언제까지 이렇게 버틸 수 있을까? 안장에서 몸을 아래로 돌려보니 스게일의 등에 있는 제이든이 그림자로 급강하하는 와이번들의 목을 잡아서 산 옆으로 끌어당기고 있었다.

"스게일이 열세예요!"

"스게일은 도움이 필요하다면 요청할…."

고통 가득한 포효가 위쪽의 불협화음에 합세하는 소리를 듣자 가슴이 꽉 조였다. "앤다나?" 나는 마음을 뻗으며 흐릿하게 보이는 산사면을 훑었다.

"난 아주 짜증날 정도로 안전하게 잘 숨어 있어." 앤다나가 대꾸했다.

"에오트롬!" 테른이 소리치자 속이 철렁했다.

리독.

테른이 오른쪽으로 미끄러지듯 움직이면서 곤두박질치는 와이번의 시체 하나를 피했지만, 또 한 마리가 우리 위쪽에서 에오트롬의 뒷다리를 물고 늘어지고 있었고, 그 앞으로 세 마리가 다가오고 있었다.

우리 구역 반대편에서 소여와 슬리시그가 날아오면서 그들을 가로막으려고 했지만, 그 외에는 아래쪽에 있었다. 나는 위쪽으로 날아가면서 단검을 칼집에 넣고, 쇠뇌를 장전해서 허벅지에 묶었다.

테른이 다가가면서 온몸이 흔들리는 큰 포효를 내질렀고, 나는 폼멜을 꽉 잡고 충돌의 충격에 대비했다. 그러나 때마침 소여와 슬리시그가 도착하자 테른은 그 옆을 지나친 다음, 다가오는 와이번 세 마리를 향해 육중한 꼬리를 휘둘렀다.

나는 뼈가 부서지는 소리를 들으며 안장 안에서 가능한 한 최대로 몸을 말았다. 와이번 한 마리가 떨어지는데, 머리 절반이 움푹 패여 있었다. 하나는 떨궜고. 셋 남았다.

테른은 내가 경험해본 적 없는 가파른 각도로 몸을 돌리더니, 내 시야 가장 자리가 흐릿해지는 가운데 거의 수직으로 몸을 세웠다가 날개를 왼쪽으로 기울여 급강하하기 시작했다. 나는 에오트롬과 리독을 돕기 위해 날아가면서 들이치는 바람과 비 때문에 눈을 힘겹게 깜박여야 했다.

리독은 에오트롬의 등에 탄 채로 와이번을 떼어놓기 위해 최선을 다하고 있었다. 리독이 장검으로 놈의 주둥이를 찔렀지만, 그 저주받을 놈은 턱을 벌리려 하지 않았다. 먼저 도착한 슬리시그가 소드테일로 와이번의 앞다리를 잘랐다. 그러고도 와이번이 턱을 풀지 않자 슬리시그는 몸을 빙 돌려서 놈의 목을 물었지만, 테른과 달리 슬리시그는 한 번에 목을 꺾을 정도로 힘이 세지 않았다. 그 서슬에 남아 있던 두 마리 와이번에게 몸이 노출됐다.

우린 제때 도착하지 못할 것이다.

와이번 두 마리가 경로를 바꾸더니 슬리시그를 겨냥했다.

우리가 거의 다 왔는데, 모든 일이 너무나 빠르게 벌어졌다. 마치 그들만 제외하고 나머지 세상이 느려진 것 같았다. 심장이 한 번 뛰는 사이에 제일 가까이 있던 와이번이 턱을 벌렸다.

두 번째 심장박동과 함께 놈이 슬리시그에게 녹색 화염을 쏘았고, 소여는 뒤로 몸을 날리면서 아슬아슬하게 화형식을 피한 다음, 부츠 한쪽에서 연기를 피우며 슬리시그의 등뼈 위를 굴렀다.

세 번째 심장이 뛸 때, 와이번이 슬리시그의 드러난 옆구리를 물었다. 소여는 자기 드래곤을 지키려고 그 턱에 발길질을 했는데, 그다음 순간 와이번의 육중한 이빨 사이로 다리가 사라졌다.

"소여!" 리독이 외쳤다.

소여의 비명이 내 영혼을 찢는 듯했다. 와이번이 턱을 다물면서 딱 소리가 나자 나도 같이 비명을 지를 뻔했다. 테른이 에오트롬의 머리 위로 3미터밖에 떨어지지 않은 곳에서 하강 속도를 늦추자 남은 와이번이 싸움을 피했다.

테른이 무게 중심을 이동시켰고, 나는 테른이 공격 각도를 바꿔 급강하하려고 한다는 사실을 알았다. 하지만 지금 위치에서는 소여나 슬리시그 중에 하나밖에 구할 시간이 없었다. 둘 다는 무리였다. 와이번이 그 흉측한 회색 머리통을 비틀면서 소여를 슬리시그의 몸에서 반쯤 떼어내고 다시 공격하려고 하자 소여가 고통스러운 소리를 질렀다.

내장이 뒤틀리고 숨이 멈출 것 같았다. 소여의 무릎 아래가 없었다. 소여는 피를 쏟으면서 손에 힘이 빠지고 있었다.

안 돼. 또 친구가 죽는 꼴을 지켜만 보진 않겠어. 그럴 순 없어.

나는 테른이 오른쪽 날개를 기울이면서 완벽한 각도가 주어진 찰나에 오른손으로 쇠뇌를 쥐고, 왼손으로 단검을 뽑아 벨트 가죽끈을 잘라버렸다. "용서해줘요."

"감히 네가…."

"우리 둘 다를 위해서 저놈을 빨리 죽여요!" 나는 다시 단검을 칼집에 꽂고 안장을 빠져나와 하나, 둘, 세 걸음째에 펄쩍 뛰어내렸다.

앤다나. 제이든. 미라. 브레넌. 허우적거리며 추락하는 동안 모두의 얼굴이 스쳐 지나갔는데, 에오트롬의 등에 착지한 순간에 보인 것은 어머니의 얼굴이었다. 내 부츠 바닥은 에오트롬의 등뼈 비늘 가장자리를 딱 찾아 들어갔다.

"은빛 아이야!"

"비행 중 뛰어내린 것 치고 어때요?" 이런 세상에. 내가 해냈다.

리독도 똑같이 생각했나 보다. 그는 아주 잠시 충격 받은 표정으로 바라보다가, 내가 그쪽으로 달려가자 와이번의 코에 꽂혀 잇던 장검을 뽑았다가 다시 내리꽂으려고 했다. "이 망할 놈을 떼어낼 수가 없어!"

심장이 내 발소리만큼이나 크게 뛰었고, 테른이 오른쪽으로 마저 하강하면서 주변 시야에 검은색이 가득해졌다. 나는 나쁜 생각이라고 외치는 자기 보존 본능을 무시하고 리독에게 달려가서 쇠뇌를 건넸다. "내가 슬리시그에게 올라타면 발사하고 나서 재빨리 네 자리로 돌아가!"

"네가 뭘 하면?"

대답해줄 겨를이 없었다. 슬리시그에게 목이 일부 뜯겨나간 저주받을 와이번의 코 위를 달리느라 너무 바빴다. 나는 귀를 찢는 소리와 함께 에오트롬에게 이빨을 더 깊이 박아 넣는 와이번의 눈 사이 경사를 달려 올라갔다가, 놈의 뿔 사이 평평한 부분을 달렸다. 그 사이에 슬리시그는 턱을 떼어내고 있었다.

"널 지상에 내려놓고 나면…." 테른의 으르렁 소리와 함께 멀리서 또렷하게 뼈가 부러지는 소리가 들렸다. "내가 직접 목 졸라 죽이겠다!"

빙빙 도는 와이번의 목을 반쯤 내려가다가 스파이크에 발목을 삘 뻔했다. 내가 겨우 중심을 잡는 사이에도 슬리시그는 자기 라이더를 공격하는 와이번을 향해 고개를 돌렸지만, 슬리시그의 등뼈 비늘을 붙잡은 소여가 떨어질까봐 제대로 기동하질 못했다.

와이번이 다시 소여를 공격하려 하자 슬리시그는 두개골이 흔들릴 정도로 포효를 내지르며 헛되이 꼬리를 흔들었다.

"서둘러, 바이!" 리독이 외쳤다.

"슬리시그!" 나는 모든 라이더의 기본 규칙을 깨뜨리며 외쳤다. "내가 소여를 돕게 해줘요!"

레드 드래곤이 나를 향해 고개를 돌려 분노에 찬 금빛 눈을 고정시켰고, 나는 고개를 한번 끄덕인 뒤 부디 슬리시그가 내 뜻을 이해해서 가만히 있기를 기도하면서 와이번의 목을 박차고 뛰어올랐다.

슬리시그의 눈 바로 위에 착지한 나는 왼팔로 뿔을 끌어안으며 가속을 멈추는 동시에 균형을 잡았다. 슬리시그는 소여를 공격하는 와이번 쪽으로 고개를 돌리며 계속해서 물어뜯으려 했지만, 이빨이 닿지 않았다.

"지금이야, 리독!" 나는 슬리시그의 뿔을 지렛대 삼아서 그의 목 아래쪽으로 몸을 던졌다. 등 뒤에서 폭발음이 터지면서 등에 열기가 닿았다.

소여가 슬리시그의 등뼈 위로 빠르게 미끄러졌고, 나는 폼멜을 지나쳐서 더 빠르게 내달렸다. 소여가 떨어지면 테른이 할 수 있는 일이 없다. 게다가 우리는 아래 능선과 너무 가까웠다.

"어디 있어요?" 나는 소여가 놀라서 나와 눈을 마주치는 사이에 테른에게 물었다. 위쪽에서 들리는 이빨 부딪치는 소리와 으르렁거리는 소리는 무시하고 계속 움직였다.

"내가 있어야 할 곳에 있지. 너와 달리!" 테른이 씹어뱉듯이 말하는 동시에 거대한 몸이 내 앞에 나타내더니, 네 번째 와이번의 축 늘어진 몸뚱이를 턱에서 떨어뜨렸다.

"잘됐네요. 이제 부탁 좀 들어줘요." 나는 슬리시그의 날개를 지나서 소여를 잡아먹으려고 드는 와이번의 거대한 이빨 옆을 돌진했다.

"뭐냐?" 테른이 이미 날아오면서 물었다.

"바이올렛?" 소여가 놀라서 눈을 크게 뜨는데, 다리에서는 구역질이 나는 리듬으로 피가 분출하고 있었다. 당장 힐러가 필요했다.

나는 무릎을 꿇고 우리 사이에 남은 1미터를 미끄러져 가서 소여와 부딪치며 슬리시그의 등뼈에서 뒷다리 쪽으로 더 밀었다. 그러면서 소여를 끌어안고 등 뒤로 단단히 손을 맞잡았다. "꽉 잡아!" 나는 수많은 붉은 비늘 위를 미끄러지면서 외쳤다. 떨어지기 직전이었다.

슬리시그가 능선에서 먼 쪽으로 방향을 선회하며 우리가 안전하게 추락하는 데 필요한 최소한의 거리를 확보한 다음 몸을 기울여 우리를 떨어뜨렸다.

"은빛 아이야!"

소여의 팔이 나를 꽉 끌어안았고, 우리는 텅 빈 하늘로 떨어졌다.

"날 잡아요." 바람이 머리카락과 얼굴과 가죽옷을 찢을 듯이 때렸지만 나는 소여를 꽉 붙잡은 채로 자유 낙하했다. 내가 구할 수 있어. 소여는 오늘 죽지 않을 거야.

하나. 둘. 셋. 넷. 나는 능선을 벗어나며 심장이 뛰는 횟수를 헤아렸다.

"뭐하는 거야!" 제이든이 소리쳤고, 목 아래쪽에 희미하게 친숙한 벨벳 감촉이 스쳐 지나갔다. 제이든의 마력이 한계까지 뻗어온 것 같았다. 우리의 추락 속도는 느려졌지만, 검은 날개가 하늘을 가로막았을 때만큼은 아니었다.

"대체 내가 뭘 하고 있는…." 강철 바이스가 우리를 움켜쥐고 추락을 멈추자 급제동이 걸리면서 폐에서 숨이 빠져 나갔다.

테른이었다.

"안장에 앉아 있으라는 말의 어느 부분을 이해 못 한 거냐?" 테른은 발톱으로 우리를 움켜쥐고 바스지아스를 향해 왼쪽으로 선회하면서 외쳤다.

"테른이 한 번에 두 곳에 있을 순 없잖아요." 내가 숨을 들이마시려고 애쓰며 반박하는 와중에도 소여는 내 어깨에 턱을 내려놓고 축 늘어지고 있었다. "테른은 네 번째 와이번을 죽여야 했고, 슬리시그는 소여를 잃을까 봐 방어를 못 하니까, 내가 소여를 챙긴 거예요."

"내가 잡을 거라는 희망만 품고서?" 테른이 날개를 확 펼치고 속력을 줄이며 활강했다.

"잡아줄 거였잖아요." 이제야 공기가 폐에 제대로 들어오기 시작했다.

테른은 코웃음을 치더니, 화제를 바꿨다. "네 오빠가 보호석을 한 조각으로 복원했다만… 희망적인 것 같진 않다."

심장이 치솟았다가 떨어졌다. 음, 그건… 좋은 소식이었다.

"왜요? 마력을 충전할 수 없나요?"

"마브가 자세한 내용은 말하지 않는구나." 테른은 세 발로 학교 뒤쪽과 절벽 사이에 있는 작은 공간에 내려앉더니, 우리를 쥔 발톱을 부드럽게 열었다.

대체 그게 무슨 뜻이람? 비가 계속 내리고 있었기에 땅바닥은 차가운 진창이었고, 나는 소여를 눕히고 무릎을 꿇은 채 주근깨가 보이는 창백한 목에 손가락을 얹어 맥박을 확인했다.

"누가 좀 도와줘요!" 내 비명 소리가 행정동 벽에 메아리쳤다. 소여의 느려지는 맥박 때문에 내 심장박동은 더 빨라졌다. 소여는 너무 많은 피를 흘렸고, 부상자가 우리만 있는 게 아니기에 주변에 사람이 보이지 않았다.

"내가 부르마."

소여는 못 데려가요. 나는 자세를 바꿔서 진홍빛으로 물든 눈밭에 무릎을 꿇으며 말렉에게 빌었다. 리암을 데려갔잖아요. 소여는 못 데려가요.

"소여?" 내 왼쪽 허벅지에 감은 칼집 끈을 비틀자 다행히도 버클이 풀렸다. 소여의 무릎 아래, 너덜너덜하게 찢어진 살 위에 칼집째로 가죽끈을 감고 최대한 세게 버클을 잡아당기려니 왼쪽 어깨가 아파서 비명이 나왔다. "정신 차려야 해! 눈 떠!"

의지만으로 가죽의 매끄러운 부분을 금속 갈퀴 사이로 통과시켜 당기는데, 입안에 쓰디쓴 두려움의 맛이 넘쳐흘렀다. "제발…." 갈라지는 목소리로 애원하며 소여의 맥박을 찾아서 목을 더듬자 깨끗한 피부에 핏빛 손가락자국이 남았다. "제발, 소여. 부탁이야. 우리 다함께 살아서 졸업하자고 했잖아. 기억해?"

*"조력자가 온다."* 테른이 말했다.

"기억해." 소여가 눈꺼풀을 파르르 떨면서 속삭였다.

"아, 신들이시여. 고맙습니다!" 나는 주체할 수 없이 아랫입술을 떨면서 웃는 얼굴로 소여를 내려다보았다. "조금만 버텨…."

"바이올렛!" 메런이 부르는 소리 쪽을 바라보니 그녀를 태운 다쟈레가 빗발을 뚫고 빠르게 달려오고 있었고, 바로 뒤에 캣과 브레이건도 보였다.

테른이 전장을 향해 고개를 꺾었다.

*"스게일이…."*

*"가요!"* 스게일이 위험하다면 제이든도 위험하다. 우리 구역 가장자리에 몰려든 회색 벽 안에서 흘러나오는 거대한 그림자 촉수를 보면….

테른이 몸을 웅크렸다가 거센 날갯짓과 함께 아침 하늘로 튕겨져 날아오르고, 다쟈레가 들것을 끌고 도착했다.

"어떻게 된 거야?" 메런이 다쟈레의 등에서 미끄러져 내려오는데, 갈색 가죽옷이 피투성이였다.

"와이번에게 다리를 물렸어." 나는 브레이건과 캣이 도착하자 세 사람을 번갈아 보았다. "다들 무사해?"

"우리 피가 아니야." 브레이건이 소여 반대쪽에 쭈그려 앉으면서 대답하더니, 소여를 안심시켰다. "넌 괜찮을 거야. 힐러들에게 데려가기만 하면 돼." 그는 소여의 겨드랑이에 손을 넣어 들어 올리더니 다쟈레에게 데려갔다.

힐러들. 그야, 다리가 없으니 복원은 불가능했다.

"우린 그동안 부상자들을 날랐어." 캣이 다쟈레에게 달려가면서 어깨 너머로 말했다. 캣은 브레이건을 도와서 소여를 들것에 내려놓았다.

"고마워." 나는 발꿈치에 무게를 싣고 주저앉아서 하늘을 보면서 제이든과의 연결이 강하게 느껴진다는 사실로 마음을 가라앉혔다. 괜히 말을 걸어서 집중을 방해하고 싶지 않았다.

"우리에게 고마워하지 마." 메런은 잽싸게 다쟈레의 어깨 사이에 올라타서 힐러 분과로 출발했고, 브레이건도 그 뒤를 따랐다.

"꼴이 엉망이다." 캣은 내 앞에 쭈그려 앉아서 나를 살펴보았다. 캣의 땋은 머리도 나 못지않게 흠뻑 젖어 있었다. "위에서 네가 어떻게 했는지 들었어. 흠, 정확히는 키라가 보고 말해줬지. 굉장한 배짱이야."

"너라도 똑같이 했을 거야." 피곤이 몰려오고, 아드레날린이 떨어지면서 어깨가 처졌다.

"나라면 더 빨리 달렸겠지." 캣은 합금 손잡이 단검을 하나 뽑아서 나에게 건넸다. "하나 잃어버린 것 같더라. 난 하나 더 있어."

"고마워." 나는 화해의 선물처럼 단검을 받았다.

"소여는 내가 돌봐줄게." 캣은 일어서면서 약속했다. "그리고 감히 나한테 고마워하지 마." 남서쪽 탑을 향해 걸어가면서 그녀가 어깨 너머로 외쳤다.

눈에 들어온 빗물을 닦아내자 도관이 팔뚝으로 굴러 내렸다. 그 망할 물건을 걸고 있다는 사실도 잊어버린 참이었다. 주위를 둘러보자 흩어진 와이번 사체 사이에 그린 클럽테일이 보여서 심장이 덜컹했다….

테인?

"테인은 살아 있다." 테른이 이미 내 쪽으로 날아오면서 대답했다. "놈들이 마지막 공세를 늦추고 있는데, 네 어머니가… 뒤에!"

후다닥 일어나서 절벽 쪽으로 몸을 확 돌리자… 6미터쯤 떨어진 곳에 베닌 하나가 호기심 어린 표정으로 나를 보고 있었다. 하트 모양의 얼굴이, 한때는 부인할 수 없이 아름다웠을 터였다.

속이 뒤틀리며 캣이 남기고 간 단검을 쥔 손에 힘이 들어갔다.

캣. 베닌이 아직 보지 못했다면 캣에게로 관심을 끌고 싶지 않았다.

"도망쳐봐야 소용없어." 베닌이 나는 나비만큼도 위협이 되지 않는다는 듯이 천천히 걸어오며 말했다. "우리 둘 다 내가 네 발아래 땅을 고갈시키면 이 모든 것이 허사가 될 거라는 걸 알지." 그녀는 두 팔을 벌려 주위의 대혼란을 가리켰다.

"소른게일!" 캣이 소리치며 내 쪽으로 달려오는 소리가 들렸다.

"도망쳐!" 나는 강하하는 테른 쪽을 올려다보고 1분쯤 남았다고 가늠하며 외쳤지만, 발소리는 느려지지 않았다.

베닌은 캣을 발견하고 눈을 크게 뜨더니, 한쪽 무릎을 꿇고 차가운 땅에 손바닥을 펼쳤다.

"멈춰!" 심장이 뛰어올라 목구멍을 틀어막았다. 이건 악몽에서보다도 훨씬 더 나빴다. 내가 도망칠 수 있다 해도 저 베닌이 캣을 어떻게 할지는 알 수 없었다. 나는 손목을 털고 왼손으로는 도관을 잡고, 오른손은 단검을 들어 올리면서 완전히 닫아둔 적 없던 마력의 문을 활짝 열어젖혔다.

발밑의 눈이 녹고 피부에서 증기가 피어오르는 가운데 캣이 내 옆에 도착했다. "넌 여길 벗어나야 해."

"닥쳐." 캣은 허벅지 칼집에서 단검을 뽑았다.

"아, 넌 강력한 녀석이구나. 그렇지?" 베닌은 고개를 옆으로 기울이며 서서히 입꼬리를 올리더니 나를 관찰하며 일어섰다. "번개 능력자로군."

뜨겁게 치직거리는 혈관에 에너지가 모이면서 머리 위 구름 속에서 천둥이

쳤다. 나는 도망칠 필요가 없다. 난 번개를 휘두를 수 있다.

"저 여자는 아무래도 좋아." 베닌은 캣을 흘긋 보았다. "하지만 너는 죽이지 말라는 명령을 받고 있으니, 어렵게 가지 말자."

"나를?" 대체 무슨 소리야?

베닌이 한 걸음을 내딛자 나는 그 바로 앞에 번개를 때려 멈춰 세웠다.

"넌 그분이 휘두르기에 정말 재미있을 거야."

악몽이 되살아나고 세이지가 했던 말들이 쏟아지면서 손이 떨렸다.

베닌의 가늘게 뜬 눈에 사나운 빛이 깃들었다. "그리고 너를 바치면 난 그분의 총애를 받게 되겠지. 그럼 바로 아심에서 벗어나게 될 거야." 말이 점점 빠르게 흘러나왔다. "이 전투가 끝나면 나에게 베일이 주어지는 거라고!"

날 갖다 바친다고?

"언제든 죽여도 돼." 캣이 베닌을 노려보면서 나를 일깨웠다.

"날 갖다 바친다는 게 무슨 뜻인지 알고 싶어." 나는 작게 중얼거렸다.

'너는 훨씬 위험한 것, 훨씬 더 부질없는 것 때문에 돌아설 것이다.' 악몽 속에서 그놈이 그러지 않았던가?

"내가 될 거야! 내가!" 베닌은 떨리는 손을 들쭉날쭉한 빨간 머리에 밀어넣으며 발악했다.

캣이었다. 캣이 그 여자의 탐욕을 부추겨서 감정을 통제하지 못하게 만들고 있었다. 인정해야겠다. 나에게 쓰지만 않으면 끝내주는 능력이었다.

"그만해, 원." 같은 색 가죽옷을 입고 눈 옆으로 핏줄이 뻗어나간 베닌이 왼쪽에서 나타나더니, 그린 드래곤의 시체를 돌아서 걸어오며 손을 뻗었다.

캣이 소리를 지르며 뒤로 날아갔다가 바닥에 부딪쳤다.

젠장. 더는 호기심을 부릴 때가 아니었다. 온몸의 피부에서 열기가 치솟으면서 머리 위 구름에서 번개를 끌어내 원이라고 불린 베닌을 때렸다. 그 여자는 그 자리에서 눈을 멍하게 뜬 채 쓰러졌고, 곧바로 시체에서 연기가 피어올랐다.

"멋진데." 새로 나타난 베닌이 나를 향해 걸어오면서 주먹을 쥐었다.

도관이 견딜 수 없을 만큼 뜨겁게 타올랐다. 결국 나는 도관을 놓쳤고, 팔찌 끝에서 유리구가 산산조각 나는 모습을 보며 공포에 질렸다. 베닌이 손바닥을 위로 향했다가 뒤집자 나는 꼼짝도 하지 못하고 공중에 매달렸다.

꿈속에서와 같지만, 이건 세이지가 아니다.

목이 막혔다. 손을 들어 올려 능력을 쓸 수도 없고, 캣에게 달아나라고 외칠 수조차 없었다. 이건 꿈이 아니다. 깨어날 수가 없다.

"*침착해라!*" 테른이 명령했다. 테른은 거의 다 왔지만, 아직 충분히 가깝지 않았다.

"*내가 가고 있어!*" 제이든이 외쳤고, 베닌은 쓰러진 동료의 시신을 돌처럼 타고 넘어서 나에게 다가왔다.

둘 다 제시간에 오지 못할 것이다.

나도 버티지 못할 것이다.

내가 우리 모두를 죽인 셈이다.

그래도 앤다나는 살 수 있겠지. 앤다나는 버티기만 하면 된다. 살기를 선택하기만 하면 된다.

"그분이 거의 다 오셨으니, 움직여볼까?" 베닌이 3미터쯤 떨어진 곳에서 말했다. "계속 서성거리면서 공격 허가만 기다리는 데 싫증이 났거든."

베닌 뒤쪽의 절벽에서 뭔가가 움직였다. 아니, 절벽의 일부였다. 거대한… 바위?

금빛 눈을 가늘게 뜬 바위.

그 바위는 발사 무기처럼 절벽에서 튀어나오더니, 몸을 펼치면서 색깔을 바꿔 검은색 날개와 발톱과 비늘을 드러냈다.

# 63

보호막에 대한 지식과 그 방벽이 제공하는 보호를 나바르만 누려
서는 안 된다고 생각하는 사람은 오직 나뿐이다. 그것 때문에 나는
모든 것을 잃었다.

_— 모레인의 리라가 남긴 일기장(제시니아 닐워트 생도 번역)_


베닌이 몸을 돌렸지만, 충분히 빠르지 못했다.

앤다나는 정확히 놈 앞에 착지해서 불을 뿜어 베닌을 구워 버리더니, 놈의 머리통을 덥석 물고 몸에서 뜯어냈다.

나는 베닌의 시체가 쓰러지는 것과 동시에 녹아내린 눈 진창에 떨어졌고, 앤다나는 잘려나간 채로 연기를 피어오르는 머리통을 뱉더니 유황 냄새가 나는 뜨거운 입김을 내뿜었다.

이게 대체 무슨.

"너…." 나는 앤다나에게 비틀거리며 다가갔다. "너 방금…."

"_내가 불을 뿜었어._" 앤다나는 날개를 펼치며 우쭐거렸다.

"너 방금 그놈을 먹은 거야?" 캣은 일어섰지만 가까이 오지는 않았다.

"_계약자가 아닌 드래곤에게 말을 걸면 안 된다, 인간._" 앤다나는 캣 쪽으로 이빨을 딱 부딪쳤다.

"방금 완전히 절벽의 일부 같았어." 나는 처음 보는 것처럼 앤다나를 보았다. 어쩌면 한 번도 제대로 본 적이 없었는지도 모르겠다.

"*내가 잘 숨는다고 했잖아.*" 앤다나는 나를 보고 눈을 깜박였다.

나는 할 말을 찾지 못하고 입을 뻐끔거렸다. 그건 숨는 게 아니었다. 지금 앤다나의 비늘은 테른과 같은 검은색이었다. 내가 헛것을 보고 있나?

테른이 오른쪽에 내려앉으면서 진흙을 하늘로 튀기더니, 우리의 작은 전장을 내려다보고 짧게 평가했다. "*빨리 해치웠구나.*"

"앤다나가 했어요." 내가 앤다나를 가리키는 사이에 스게일과 슬리시그도 테른 뒤에 내려앉았다.

"*이제 불을 뿜는구나.*" 테른은 뿌듯함이 깃든 목소리로 인정했다.

"*나도 불을 뿜어.*" 앤다나가 목을 쭉 뺐다.

"*멜그렌이 우리에게 베일로 가라고 한다.*" 테른이 눈매를 좁히더니, 스게일 쪽으로 고개를 돌렸다.

"대대 전원이 베일로 이동하는 거예요?" 하늘을 올려다보니 우리 구역에는 와이번이 두 마리밖에 남지 않았다.

'군단도 계속 서성거리면서 공격 허가만 기다리는 데 싫증이 났거든.' 그베닌이 그렇게 말했지. 마지막 공세는 아직 오지도 않았다.

"전원이 아니야. 우리만이야." 제이든이 테른 옆으로 돌아오면서 설명했다. 제이든의 드러난 팔에 빗방울이 닿자 가늘게 수증기가 피어올랐다. 제이든도 나만큼이나 피곤해 보였고, 팔뚝에 찢어진 상처가 있긴 하지만 큰 부상은 보이지 않아서 안도감에 어깨 힘이 빠졌다.

"놈들은 아직 마지막 공세를 펴지 않았고, 소여와 에오트롬은 부상을 입었어. 우리 둘이 빠지면 우리 대대와 브레넌과 보호석이 너무 노출돼." 나는 고개를 저었다. 그렇게 놓아둘 수는 없었다. 우리가 이 상황에서 살아남을 가장 큰 희망은 브레넌에게 있었다.

"맞아." 제이든은 내 옆으로 다가왔다. "*괜찮아?*" 그는 내 어깨를 감싸 안으면서 관자놀이에 힘주어 키스했다. "이번 공세는 거의 끝났고, 그다음 놈들은 아직 움직이지 않고 있어. 지금 빨리 우리 주장을 펼쳐야 해."

"*괜찮을 거야.*" 나는 장담했다. "*가자.*"

"*사령부는 앞쪽에 있다. 거기서 만나자.*" 테른이 말했다.

"*마브에게 가.*" 나는 앤다나에게 말하면서 왼쪽 어깨를 돌리며 관절 깊숙이 맥박 치는 날카로운 통증을 덜어내려 했다.

"*난 네가 필요로 하는 곳에 있을 거야.*" 앤다나가 씩씩거렸다.

"*알았어. 마브와 같이 있기만 한다면.*" 나는 눈썹을 들어 올렸다. 무려 드래곤에게 말이다.

앤다나는 꼬리를 두 번 털고 걸어가버렸지만, 안전하게 보호석실 방향으로 향하기는 했다.

줄지어선 그리폰 옆을 지나친 우리가 위병이 지키는 종탑 아래 옆문으로 들어갔을 때 바스지아스 내부는 혼란에 들끓고 있었다. 속이 내려앉았다. 부상을 입은 보병들과 라이더들이 병동 입구 가까운 벽에 기대어 앉아 있었는데, 부상 정도는 다양했지만 대부분이 화상을 입은 상태였다. 2학년과 3학년 힐러들이 이쪽저쪽으로 뛰어다니는 동안 부상자들의 고통스러운 비명이 복도 안을 가득 채웠다.

"20분 전에 병상이 바닥났어." 캣이 조용히 말했다. "지금까지는 보병들의 타격이 제일 심해."

"보통 그렇지." 제이든은 오른쪽에 있는 수십 명의 부상자는 보지 않고 안마당으로 이어지는 문에만 시선을 고정한 채 말했다.

우리는 보병 소대가 옆으로 달려가는 바람에 우뚝 멈춰 섰다. 패치를 보니 1학년들이었다.

"바이올렛." 제이든이 문을 밀어 여는데 캣이 내 팔꿈치를 잡았고, 나는 그녀를 돌아보았다. "너희 어머니에게 비를 멈춰주면 우리가 공중에서 싸울 거라고, 그럴 수 없다면 우리를 보병처럼 배치해달라고 말해줘. 우린 여기 있는 누구보다도 베닌과 싸운 경험이 많고, 그리폰은 지상에서 굉장히 빨라."

캣의 갈색 눈에는 순수한 투지밖에 보이지 않았기에 나는 고개를 끄덕였다. "전할게."

캣은 손을 내렸고, 제이든과 나는 안마당으로 걸어 들어갔다.

우리는 말도 못 할 대혼란 속에서 벌벌 떠는 2학년들에게 브리핑을 받고 있는 남색 제복 차림의 보병들 사이를 뚫고 움직였다. 계급이고 뭐고 다 깨지고 누구든 부상을 입지 않은 사람들로 부대를 꾸리고 있는 것 같았다.

중앙에 도착하자 열린 정문 앞에서 벌어지는 사령부 회의가 잘 보였다.

"최소한 저 망할 정문이라도 닫을 수 있지 않습니까!" 제이든과 내가 지나가자 보병 생도 한 명이 외쳤다.

"정문을 닫아봐야 너희에게 도움이 되진 않는다." 제이든은 왼쪽으로 반쯤 무너진 지붕선을 뚫고 보이는 죽은 와이번을 가리키며 대꾸했다. "놈들이 걸어서 움직인다 해도 5초면 뚫고 들어올 텐데, 그 정도 시간을 벌자고 출구를 잃을 순 없어."

나는 그 2학년 생도에게 안타까운 눈길을 던지고 제이든을 따라갔다. "조금만 더…."

"친절하라고? 부드럽게 말하라고?" 제이든은 쏘아붙였다. "상냥하라고? 그런다고 대체 무슨 도움이 되는데?"

틀린 말은 아니었다.

"어이." 남색 제복의 2학년 하나가 말을 걸며 내 어깨 위를 쳐다보았다.

"미안하지만, 저 말이 옳아. 정문을 닫아도 도움은 안 될 거야." 나는 최대한 부드럽게 말했다.

"내가 멈춰 세운 건 그래서가 아니야." 그녀는 내 뒤를 가리켰다. "서기 한 명이 널 쫓아오고 있어."

돌아보자 제시니아가 로브 아래에 손을 숨긴 채 뛰어오고 있었다.

일기장이 비에 젖지 않게 보호하고 있는 거다.

"넌 제시니아를 설득해서 안전한 곳으로 보내." 제이든이 말했다. "그동안

난 싸움을 시작할게." 그는 바스지아스의 정문 역할을 하는 10미터 두께의 아치 통로로 들어가서 첫 번째 쇠창살문 아래를 통과했다. 그 즉시 두 번째 쇠창살문 옆에 서 있던 어머니와 멜그렌 장군, 그리고 멜그렌의 부관 세 명이 제이든을 쳐다보았다. 그들의 드래곤들이 꼬리를 돌려서 요새의 절반 높이에 달하는 벽을 만들었다. 코다흐의 경우는 그보다 더 높았다.

"넌 여기 있으면 안 돼…." 나는 제시니아에게 수어로 말하다가, 어디든 안전한 곳이 없다는 사실을 깨닫고 손을 내렸다.

제시니아는 내 팔꿈치를 잡더니 아치 통로 속 쇠창살문 아래로 끌어당겼다. 그녀는 일기장을 로브 안에 둔 채 반대쪽 손으로 손짓했다. "두 일기장 사이의 차이를 찾아낸 것 같은데, 리라의 일기장 쪽이 거짓말 같아."

"뭘 찾아낸 거야?" 나는 멜그렌 쪽에 등을 돌리고 차단벽을 올려서 모두를, 테른과 앤다나마저도 막은 채로 물었다.

"일곱 같은데…." 제시니아는 나를 보고 눈썹을 치켜들었다. "하지만 그럴 리가 없어."

"무슨 말인지 모르겠어." 나는 고개를 저었다. "뭐가 일곱이야?"

"두 일기장의 차이는 그거 하나뿐이야. 처음에는 그게 룬을 의미할지도 모른다고, 우리가 그 부분을 잘못 번역했을지도 모른다고 생각했어. 아레티아의 보호석에는 일곱 개의 룬이 있잖아." 제시니아는 미간에 주름 두 줄을 잡고서 수어로 말했다. "하지만 몇 번이나 확인해봤어."

"보여줘."

제시니아는 고개를 끄덕이더니 리라의 일기장을 펼치고, 페이지 한가운데에 있는 기호를 두드리면서 나에게 건넸다. "이 기호, 그게 일곱을 뜻해. 하지만 워릭의 일기장에서는 여섯이라고 했어. 기억하지?"

심장이 내려앉았다. 그리고 천천히 고개를 끄덕였다.

그녀가 틀렸어야 한다.

"여기는 이렇게 읽혀. 일곱 생명의 숨결을 합쳐서 철의 불길 속에 그 돌을 태우라."

나는 어깨를 늘어뜨리고 한숨을 쉬었다. 일곱 드래곤이라니… 그건 있을 수 없다. 드래곤 굴은 여섯 개뿐이다. 블랙, 블루, 그린, 오렌지, 브라운, 레드.

나는 제시니아에게 일기장을 돌려줬다. "그렇다면 일곱이 아니겠지. 네가 잘못 번역한 거 아닐까?"

제시니아는 고개를 저으며 일기장 맨 첫 페이지를 넘겨서 돌려줬다. "여기." 그녀는 기호를 두드린 다음에 손을 올렸다. "여기에 최초의 여섯에 속한 리라의 이야기를 기록한다." 그녀는 여섯에 해당하는 기호를 두드린 다음, 앞서 보여줬던 페이지를 다시 폈다. "일곱."

입이 벌어졌다. 젠장. 젠장. 젠장.

"비슷하긴 해." 그녀가 수어로 계속 말했다. "하지만 그건 일곱이야. 그리고 아레티아의 보호석에는 일곱 개의 원이 새겨져 있어. 일곱 개의 룬. 일곱이야." 그녀는 내가 잘못 알아들을지도 모른다는 듯이 되풀이해서 말했다.

일곱. 머릿속에서 어찌나 생각이 빨리 돌아가는지, 하나만 붙잡을 수가 없을 정도였다.

"일기장이… 틀린 게 분명해." 제시니아가 말하는 동안 나는 침묵했다.

일기장을 닫아서 그녀에게 돌려줬다. "고마워. 넌 병동으로 가야 해. 소여가 거기 있고, 만약 우리가…."

제시니아는 일기장을 로브 안에 넣더니 내가 말을 끝내기도 전에 눈을 크게 뜨며 손을 움직였다. "소여가 왜 병동에 있어?"

"와이번이 소여의 다리를 뜯어냈어."

제시니아가 숨을 훅 들이켰다.

"얼른 가. 만약 부상자들을 대피시킨다면 캣이 소여를 살펴주기로 했어. 그러니까 대피하게 된다면 거기가 네가 있기 제일 안전한 곳이야. 캣이 너희 둘 다 내보내줄 거야."

제시니아는 고개를 끄덕였다. "무사해야 해."

"너도."

제시니아는 로브 자락을 잡고 안마당을 질주해서 남쪽 문으로 향했다.

나는 어질어질한 머리로 아치 통로 끝에 모여 있는 사령부를 향해 걷기 시작했다. 그게 그리폰을 의미할 수도 있을까? 여섯과 하나라는 게 그런 의미일까? 아니다. 그리폰이 보호막에 기여한다면 플라이어의 마법도 보호막 안에서 작동했겠지. 하지만 드래곤에게는 일곱 종류가 없는데….

나는 발을 헛디뎠다가 벽에 한 손을 대고 균형을 잡았다. 내 두뇌가 말이 되는 유일한 길을 찾아낸 참이었다. 터무니없긴 해도….

하지만… 맙소사.

나는 접촉한 누군가가 내 차단벽을 뚫고 들어와서 생각을 읽어내기 전에 얼른 그 생각 자체를 차단해버렸다.

"절대로 안 됩니다." 제이든이 부관 두 명 사이에 서 있는 멜그렌에게 쏘아붙였다.

나는 어머니와 제이든 사이에 섰다.

"생도들이 여기 전부를 방어할 수 있을 거라고 생각하나?" 팬첵 대령이 허공을 마구잡이로 가리키는 가운데, 그린 클럽테일 하나가….

테인이 그 구역에 마지막으로 남은 와이번을 해치우는 모습을 보자 심장이 멎을 것 같았다. 하늘에서 떨어진 회색 시체는 드래곤들의 방어선 뒤인 북동쪽 어딘가에 내려앉았다.

"넌 여기에서 뭘 하는 거냐?" 내가 멀리 맴돌고 있는 와이번들을 보는데 어머니가 물었다. 지금까지 우리는 많은 부상을 입었건만, 저들의 결정타는 아직 오지 않았다. 그리고 늘어선 와이번 중앙에는 누군가를 기다리는 듯한 빈자리가 남아 있었다.

"저 친구야 라이오슨과 떨어지는 법이 없지." 멜그렌이 비아냥거렸다.

그 베넌이 말했듯이 저 와이번들은 뭔가를 기다리고 있었다. 그들이 누구를 기다리는지 생각하자 속이 뒤집히려고 했다.

"우린 테른과 스게일을 데리고 베일을 지키러 가지 않아." 제이든은 팔짱을 끼면서 선언했다. "베일에는 이미 제1비행단과 제2비행단이 있고, 계약하지 않은 드래곤들도 있어."

오른쪽으로 스게일과 테른이 난간다리로 이어지는 탑 근처에 착륙했고, 나는 앤다나가 그쪽에 숨어 있지 않기를 비는 수밖에 없었다. 감히 차단벽을 내리고 확인해볼 수도 없었다. 처음으로 이번만은 결정적일 수도 있는 비밀을 쥔 사람이 내쪽이었다.

"내가 효율적으로 작전을 짤 수 없는 건 너희 때문이다." 멜그렌 장군은 제이든에게 날카롭게 말했다. "이 전투가 벌어진다는 사실조차 보지 못한 것도 너희 때문이야." 그는 매부리코 끝으로 제이든을 내려다보려고 했지만, 멜그렌이 최소 3센티미터는 더 작았다.

"댁을 도우러 날아온 데 대한 감사 인사는 됐어." 제이든이 코웃음을 치며 대꾸했다.

"중요한 건 베일이다." 어머니가 멜그렌과 나 사이에 어깨를 밀어 넣으면서 끼어들었다. "아카이브는 봉쇄했고, 요새도 다시 지을 수 있어."

"버리려는 거군." 제이든이 차갑고 위협적인 말투로 조용히 말했다. 예전에는 그 목소리를 듣기만 해도 죽도록 무서웠는데, 팬첵이 멈칫하는 모습을 보니 아직 날카로움을 잃지 않은 모양이었다.

그들의 침묵은 곧 긍정을 의미했다. 나는 누구라도 반박하기를 기대하며 사람들을 훑어보았다.

"놈들은 언제라도 공세를 시작할 수 있다." 멜그렌이 기다리고 있는 와이번 군단을 가리켰다. "우리 쪽은 부상당한 드래곤과 라이더가 60쌍이 넘고, 지금처럼 흩어져 있으면 저 군단에 바로 잡힌다."

"그렇다면 왜 모든 생도를 베일로 보내지 않지?" 제이든이 도전적으로 말했다.

멜그렌은 구슬 같은 눈을 가늘게 떴다. "라이오슨 네놈이 혁명군을 이끌지는 모르지만, 전쟁에서 이기는 방법은 전혀 모른다."

적어도 반란군이 아니라 혁명군이라고는 해줬네.

"생도들을 주의 분산용으로 쓰려는 거군." 제이든은 팔을 내렸다. "시간 끌기 작전이야. 베일이 병력이 준비하는 동안 죽으라는 거지. 그런데 정확히 뭘 준비하는 거지?"

입을 딱 벌어졌다. "그럴 순 없어요." 나는 몸을 돌려서 어머니를 마주 보았다. "그럴 필요 없어요. 브레넌이 보호석을 복원했어요."

"브레넌이라 해도 마법은 복원할 수 없다, 소른게일 생도." 어머니의 눈에는 양보할 여지도, 정해둔 길에서 벗어날 여지도 없었다.

"그건 그렇죠." 나는 인정했다. "하지만 마법을 복원할 필요 없어요. 보호석이 복원됐다면 마력을 담을 수도 있을 거예요. 우린 보호막을 올릴 수 있어요. 제가 방법을 알아요."

일렁이는 그림자가 호기심을 품고 내 차단벽을 어루만졌지만, 나는 제이든을 마음에 들여보내지 않았다.

"아레티아에서는 완전히 성공하지 못했을 텐데, 아닌가?" 어머니는 나만 들을 수 있게 목소리를 낮추고 물었다. "할 수도 있는 정도로는 부족해." 뒷부분은 다른 사람도 들으라고 한 말이었다. 그런 힐책을 듣자 뺨이 달아올랐다.

"할 수 있어요." 똑같이 조용하게 속삭인 다음, 모두에게 들리도록 목소리를 키웠다. "제이든과 저를 베일에 배치하면 보호석은 무방비해집니다. 보호석이야말로 오늘 이 전장에 있는 모두가 살아남을 유일한 해답이에요."

"복원했다고 해서 작동할지 여부는 모른다." 어머니는 내가 혹시라도 잘못 들을까 봐 걱정스럽다는 듯이 천천히 말했다. "설령 작동한다 해도…."

"놈들의 *지휘관이* 도착했다." 테른이 말했고, 나를 포함한 모든 라이더가 하늘로 고개를 돌리는 모습을 보니 다른 드래곤들도 알아차린 모양이었다.

놈들의 군단 한가운데에 다른 와이번보다 조금 더 큰 와이번이 날고 있고, 그 등에는 진한 파란색 옷을 입은 라이더를 태우고 있었다. 속이 철렁하면서 그자가 가까이 다가온다면 숱이 줄어가는 검은 머리와 짜증스럽게 오므린 입술을 알아볼 수 있으리라는 사실을 본능적으로 알았다. 논리적으로 말이 안되지만, 꿈속에서 본 그놈이었다.

빗줄기보다 차갑고 주위에 녹아가는 눈보다 더 차가운 공포가 스며들면서 심박수가 빨라졌다.

"보다시피…." 어머니는 와이번 군단에서 시선을 떼며 말했다. "보호막을 올리기엔 너무 늦었다."

"아니에요!"

"생도…."

"내가 보호막을 올릴 수 있다고요." 나는 어머니 앞을 막아서면서 장담했다. "보호석에 마력을 담을 수 있다면, 내가 보호막을 올릴 수 있어요!"

"생도." 어머니는 뺨을 붉히며 날카롭게 말했다.

"우리에게 죽음을 선고하기 전에 보호석이 마력을 담을 수 있는지 확인해 봐요!" 나는 물러서지 않았다.

"바이올렛!" 어머니가 소리쳤다.

"내 말 좀 들어요!" 나도 마주 외쳤다. "어머니 평생에 한 번만이라도 내 말을 들으라고요!"

어머니가 말없이 고개를 젖혔다.

나는 계속해서 밀어붙였다. "평생 딱 한 번만이라도, 날 믿어줘요. 믿어보라고요. 내가 보호막을 올릴 수 있어요."

됐다. 어머니가 눈매를 좁히는 걸 보니 내가 주의를 끈 게 분명했다.

"보호막을 올리면 이 전장에 있는 와이번은 다 죽어요. 베닌도 무력해질 거고…." 나는 잭을 떠올리고 침을 삼켰다. "거의 무력해지겠죠. 그런 일을 해낼 수 있는 다른 무기가 있다면 말해보세요. 한번만 같이 가서 보호석이 마력을 담을 수 있는지만 봐요. 도와줘요." 나는 어머니에게 호소했다. "보호석이 마력을 담지 못한다면 시키는 대로 뭐든 할게요. 하지만 제가 할 수 있어요, 장군님. 제가 방법을 알아요."

"그만하지. 우린 시간을 허비하고 있어." 멜그렌이 손을 내저어 나를 일축하더니, 부관들을 거느리고 코다흐 쪽으로 걸어갔다.

"잠시만요!" 어머니가 외치자 심장이 멎을 것 같았다.

"뭐라고 했나, 장군?" 멜그렌은 아치 통로 바로 밖에 멈춰 섰다.

"여긴 제 학교입니다." 어머니가 턱을 들어 올렸다. "제가 잠시 기다리라고 했습니다."

"내 군대야!" 그는 짖어대듯 외쳤다. "기다릴 시간 없네!"

"정확하게 말하면 절반만 당신 군대지." 제이든이 와이번 군단을 노려보면서 말했다. "나머지 절반은 내 군대야. 그리고 당신은 갈등 없이 내 아버지를 처형시켰으니, 바이올렛을 돕지 않겠다면 나도 갈등 없이 당신이 죽게 내버려둘 수 있어."

멜그렌은 서서히 핏기가 빠져 나가는 얼굴로 제이든을 응시했다.

"그럴 줄 알았어." 제이든이 손을 내밀었다. "같이 걸을까, 바이올렛?"

체념한 말투라서였을까, 손깍지를 끼고 따라갈 수밖에 없었다. 그는 멜그렌을 지나쳐서 드래곤들에게 향했다.

"어딜 가는 거냐! 놈들이 곧 공격할 텐데…." 멜그렌이 소리쳤다.

"바이올렛에게 필요한 시간을 벌어주는 중이지." 제이든이 대꾸하자 속이 내려앉았다. "그리고 놈들은 공격하지 않을 거야. 아직은 아니지. 아직 기다리고 있어."

"대체 뭘 말이냐?" 멜그렌이 날카롭게 외쳤다.

제이든이 내 손을 힘주어 잡았다. "나."

# 64

넌 바이올렛을 사랑하게 될 거야. 바이올렛은 똑똑하고 고집이 세지만, 걜 보고 있으면 네 생각이 많이 나. 바이올렛을 만나게 되면, 그 애가 소른게일 장군과는 다른 사람이라는 걸 기억해야 해.

— 리암 메이리 생도가 슬론 메이리에게 보낸 편지

"놈들이 당신을 기다린다니, 그게 무슨 소리야?" 나는 코다흐 앞에 이르러, 와이번들과 드래곤들의 시신이 널린 전장을 마주하고 서서 물었다. 가슴속에서 두려움이 아프게 고동쳤다.

이미 너무 많은 죽음이 있었는데, 우리는 아직 최악을 맞이하지도 않았다. 전선을 보니 놈들은 베닌을 대부분 아껴두고 있었다.

"저놈이 그들의 스승 중 하나야." 제이든이 중앙에 있는 베닌을 보면서 말했다. "레손에서 달아났던 놈."

"드랄로 절벽 앞에도 있었지." 심장이 고동쳤지만 나는 최대한 침착한 목소리를 유지하려고 했다. 당장 보호막을 올려야 했다. 우리가 살아서 여기를 벗어날 방법은 그것뿐이었다. 하지만 드래곤 하나는 보호석 하나에만 불을 뿜을 수 있고, 그러므로….

"놈은 우리가 사마라에 있을 거라고 생각했어. 우리가 명예롭게 멜그렌의 요청에 응할 거라고 생각했지."

"그걸 어떻게 알아?" 나는 이마를 찌푸렸다.

"우리 둘 다를 위해서, 그건 묻지 말아줘."

테른과 스게일이 에임시르 옆을 지나치더니, 지상과 하늘 양쪽의 위협을 감시하면서 우리 쪽으로 서서히 다가왔다. 나는 쿵쾅거리는 심장으로 그 둘을 번갈아 보고, 아래로 천천히 내려오고 있는 세이지를 보았다. 놈이 땅으로 내려오고 있었다.

젠장. 서둘러야 한다.

"바스지아스에 제대로 보호막을 올리거나 아니면…." 그 이름을 말할 순 없었다. 여기서는 안 된다. "그중에서 선택해야만 한다면, 어떻게 하겠어?"

제이든은 세이지에게서 시선을 떼고 나를 보면서 이마를 찌푸렸다.

"선택해야 해. 내게 있는 자원으로는 여기 아니면… 거기 중에 한군데밖에 온전한 보호막을 올릴 수 없어." 노골적인 애원이 담긴 목소리였다. "당신에게서 그 기회를 빼앗을 순 없어." 제이든은 이미 너무 많은 것을 포기했다.

그는 움찔하더니, 하늘에 떠 있는 와이번 군단과 와이번을 타고 극적으로 천천히 내려오는 세이지를 보다가 나에게 시선을 맞췄다. "보호막은 네가 있는 곳에 쳐야지. 그건 여기고."

"그럼 당신 집은…." 속삭임이라고도 할 수 없을 만큼 작은 소리였다.

"네가 내 집이야. 그리고 오늘 여기에서 우리가 죽는다면, 그 지식도 우리와 같이 죽어. 바스지아스에 보호막을 쳐."

"진심이야?" 심장이 초침처럼 뛰면서 남은 시간을 줄여나갔다.

"진심이야."

나는 고개를 끄덕이고는, 그의 손을 놓고 몸을 빙글 돌려서 이 대륙에서 가장 큰 드래곤과 마주했다. "말씀드릴 게 있어요."

"이런 망할, 바이올렛." 제이든이 급하게 내 옆에 섰고, 코다흐가 천천히 고개를 내리더니 머리를 살짝 기울이며 가늘게 뜬 금빛 눈으로 나를 노려보았다. 고개를 다 내려도 나는 그의 콧구멍까지도 가지 않았기 때문이다. "바이올렛, 무슨 짓인지 알고 이러는 거야?"

"내가 모른다면 우린 다 죽은 목숨이야." 테른이 거의 다 왔으니 서둘러야 했다. 테른이 내 차단벽을 해체하는 걸 느낄 수 있었다. 어떤 라이더도 머릿속에 들어오려는 드래곤을 오래 막을 수는 없다.

코다흐가 콧구멍을 벌름거리더니 아주 날카롭고, 아주 길고, 아주 가까이 보이는 이빨 위로 입술을 말았다.

"당신은 아시죠." 말이 비난처럼 흘러나왔다. "그런데도 당신 라이더에게 말하지 않은 건, 드래곤은 드래곤을 보호하기 때문이고요."

콧김이 내 얼굴을 때렸고, 제이든은 발아래에서 그림자를 꿈틀거리며 작게 욕을 했다.

"네, 제가 알아냈어요. 테른의 불길은 두 번째 보호석에 써버렸으니, 제가 바스지아스의 보호석에 마력을 넣는다면 와주시겠어요?" 나는 떨지 않으려고 손톱을 손바닥에 박아 넣었다. 상대는 이 대륙에서 스게일을 제외하고 유일하게 테른을 무서워하지 않는 드래곤이었다.

"블랙 드래곤으로 꼭 코다흐가 필요하진 않아." 제이든이 낮게 말했다. "앤다나가 있잖아."

"와주시겠어요?" 나는 코다흐의 위협적인 눈빛을 버텨냈다. "와주시지 않으면 우리 모두 죽은 목숨이에요. 엠피리언도 끝날 거고요."

코다흐는 아까보다 조금 더 약한 콧김을 내뿜더니 턱을 내려 무뚝뚝하게 고개를 끄덕였다. 코다흐가 고개를 들 때에 맞춰서 테른이 왼쪽에서 다가왔고, 멜그렌은 코다흐의 앞다리 반대편에 나타났다.

*네가 죽음을 자초하는 거냐?* 테른이 내 차단벽을 뚫고 물었다.

*제가 말할 수 없는 비밀을 확인해야 했어요.* 나는 꿋꿋하게 대답했다. *캐묻지는 말아줘요.*

테른은 내 옆의 진창에 발톱을 힘주어 박았다.

나는 제이든을 돌아보았다. "당신 옆을 떠나기도 싫고, 왜 저들이 당신을 노리고 온다고 생각하는지 묻고 싶은 게 산더미지만, 내가 가지 않으면…."
제이든 곁을 떠난다는 생각만 해도 온몸의 세포가 저항했다.

그는 몸을 기울여 내 목덜미에 손을 얹었다. "우리 둘 다 네가 보호막을 올리면서 동시에 남아서 싸울 수는 없다는 걸 알지. 레손에서도 난 네가 싸우는 동안 놈들을 막았어. 네가 감당할 수 있다고 믿었으니까. 이제는 네가 날 믿고, 가서 사람들이 더 죽기 전에 보호막을 올려. 이 싸움을 끝내." 그는 나에게 짧게 키스하고는 이게 마지막 기회라는 듯한 엄숙한 눈빛으로 나를 바라보았다. "사랑해."

아… 신들이시여. 나는 그 작별인사 같은 말투를 받아들일 수 없다.

"살아 있어야 해." 나는 제이든에게 명령한 뒤, 와이번 군단과 이긴 게임이라는 듯이 느긋하게 땅으로 내려오고 있는 세이지를, 그리고 마지막으로 테른을 보았다. "제이든 곁에 있어줘요."

테른이 송곳니를 드러내며 으르렁거렸다.

"절 위해서 그렇게 해줘요. 제이든이 죽게 내버려두지 말아요!"

나는 제이든에게 작별인사를 하지 않고 주저 없이 몸을 돌려 뛰기 시작했다. 곧 볼 테니까, 작별인사 따윈 필요 없어. 내가 실패할 리 없으니까.

"플라이어들이 전투에 나가고 싶어 해요." 나는 빠르게 멜그렌에게 말했다. "싸우게 해주세요!"

나는 지난 두 시간 동안 전장에 있지 않았다는 듯이, 지칠 때까지 능력을 쓰지 않았다는 듯이, 내 몸을 한계까지 밀어붙이지 않았다는 듯이, 전력으로 내달렸다.

"그리폰이 날 수 있게 폭풍을 물려요!" 아치 통로 아래를 질주하면서 어머니에게 외쳤다. 허락이나 이해 따윈 필요 없다. 보호석이 마력을 담을 수 있다면, 내 마력으로 충전할 것이다.

나는 찌르는 듯한 무릎 통증을 무시하고 팔다리를 움직였다. 보병들을 피해 안마당을 가로지르고, 중앙 계단을 뛰어올라갔다. 심장이 쿵쾅거리고 폐가 타는 듯한 상태로 열린 문을 통과해 복도를 달렸다. 레슨 이후에 계속 훈련해온 게 오직 이 순간을 위해서인 것처럼 힘차게 달렸다.

나는 리암과 솔레일을 구할 수 없었지만, 나머지 친구들은 구할 수 있기에 달린다. 제이든도 구할 수 있다.

몸이 버티지 못할 것 같은 속도로 나선계단을 내려갔더니 남서쪽 탑 아래에 도착했을 때는 머리가 어지러웠다. 나는 문 앞을 지키고 있는 1학년들에게 호흡을 낭비하지 않고 곧바로 바리쉬와 고통의 냄새가 풍기는 터널 안으로 들어갔다.

"비켜!" 링크스와 베일러에게 외쳤다. 이제 그들의 이름을 기억한다. 애벌린. 슬론. 아릭. 플라이어인 카이까지. 1학년 대대원 모두의 이름을 안다. 두 사람이 양쪽으로 몸을 던져 피했고, 나는 제일 좁은 터널에 이르렀다.

그리고 가슴이 답답해지자 제이든을 떠올렸다. 제이든. 폭풍의 냄새. 책들. 좁은 통로를 지나가면서 생각한 건 그것뿐이었다. 그리고 통로가 다시 넓어지자 내 마음도 열렸고, 그 어느 때보다도 몸을 몰아붙이면서 아침 햇살을 받고 있는 보호석실로 뛰어들었다.

그런 다음에야 미끄러지듯 멈춰 서서 무릎에 손을 얹고 거칠게 심호흡하며 토기를 억눌렀다. "그거, 작동, 해?" 나는 기적처럼 한 조각이 되어 원래의 자리에 서 있는 보호석을 올려다보며 물었다.

"이야, 소른게일. 네가 그렇게 빨리 달리는 건 처음 본 것 같은데!" 아릭이 눈썹을 올렸다.

"여기." 브레넌이 적갈색 곱슬머리가 땀에 젖은 채로 비틀비틀 걸어 나오자 아릭이 붙잡아서 그의 팔을 어깨 위로 걸치며 부축했다. "저걸 복원하기 위해 힘을 다 썼어."

"마력이 담길까?" 나는 구역질을 누르고 몸을 세우면서 물었다.

"시도해봐." 브레넌이 제안했다. "그게 안 되면 헛수고였던 거지."

보호석으로 걸어가는 1초, 1초가 소중했다. 보호석은 어젯밤에 우리가 도착했을 때와 똑같아 보였다. 강력한 에너지 진동과 불꽃만 없을 뿐이었다.

"충전하기 전의 우리 쪽 보호석과 똑같이 생겼네." 브레넌이 말했다.

"맞아. 다만 이 돌은 우리가 도착했을 때 실제로 불타고 있었어." 나는 검은 색 철 표면에 손을 올리며 대답했다.

"철에는 불이 붙지 않아." 브레넌이 반박했다.

"보호석에게 그렇게 말해줘." 나는 아카이브 문을 열고 테른의 마력을 받아들이되, 펠릭스가 가르쳐준 것처럼 집중해서 흐르게 했다. 다만 마력을 도관에 붓는 게 아니라 보호석에 손끝을 대고 흘려보낼 뿐이었다.

"너희 셋이서 집에 있는 보호석을 충전하는 데 얼마나 오래 걸렸지?" 브레넌이 물었다.

"몇 주." 대답하는데 손가락이 오랫동안 마비되어 있다가 피가 다시 통할 때처럼 아프게 따끔거렸다. 나는 에너지가 손끝을 지나서 흘러드는 모습을 만족스럽게 지켜보았다. 손을 떼고 3센티미터쯤 뒤로 물리자 손끝에서 보호석까지 연결된 청백색의 마력 가닥을 볼 수 있었다.

열이 오르면서 피부가 오싹해졌고, 나는 마력을 더 붓기 위해 스스로를 몰아붙였다. 몇 시간이나 번개를 휘두른 후라서 원하는 만큼 되지가 않았다. 이마에 땀이 맺히고, 피부가 붉게 달아올랐다.

"우리에겐 몇 주가 없어." 브레넌은 혼잣말처럼 조용히 말했다.

"알아."

멀리서 포효하는 소리가 들렸고, 나는 한참 위 하늘로 열린 천장을 올려다보았다. 회색이 녹색과, 오렌지색과 맞붙는 모습을 보자 목이 메었다. 우리 대대가 저 위에서 나 없이 싸우고 있다. 제이든은 정문 앞에서 싸우고 있다. 우리에겐 시간이 없다.

나는 마력을 끊은 다음, 보호석에 손바닥을 댔다. 작은 진동이 느껴졌다. 거대한 호수에 돌맹이를 하나 던졌을 때 일어나는 잔물결 같은 진동이었다. 우리에겐 돌맹이가 충분치 않았다. "다행히 마력을 담을 수 있어. 하지만 마력을 충전할 라이더가 부족해."

"마브에게 소식을 퍼뜨리라고 할게." 브레넌이 말했고, 붉은 섬광을 회색 섬광이 빠르게 뒤따라가자 우리 둘 다 하늘을 쳐다보았다.

"가능한 한 많은 라이더가 필요해." 하지만 누가 직감만으로 싸움을 멈추고 전투를 위험에 빠뜨리겠는가? 심장이 미친 듯이 뛰었다. 상황은 어머니가 최대한 피하려 했던 완전한 난전으로 빠져드는 것 같았다. 석실 꼭대기에서 검은 형체의 움직임이 보이자 나는 제시니아와 대화한 후 처음으로 차단벽을 내렸다.

"이리로 내려와." 나는 라이더들이 그녀를 보지 못하게 보호석 뒤쪽으로 걸어가면서 앤다나를 불렀다.

"난 구덩이는 별론데…."

"당장." 나는 입씨름할 여지를 주지 않았다.

그리고 앤다나가 내려오는 동안 보호석에 손을 대고 마력을 일으켰다. 앤다나가 내려오면서 잠시 태양을 가렸지만, 아무도 보지 못했다. 마력은 물줄기처럼 내 안에서 흘러나가 손끝을 진동시키며 보호석으로 빨려 들어갔다.

앤다나는 아침 햇빛도 닿지 못하는 그림자에 달라붙은 채로 내려섰다.

"왜 나한테 말하지 않았어?"

어둠 속에서 앤다나의 금빛 눈동자가 깜박였다. "뭘 말해?"

"난 알아." 나는 앤다나를 보고 고개를 저었다. "진작 알았어야 했는데. 레손 이후에 네 비늘의 광택이 뭔가 다르다는 걸 알긴 했지만, 청소년기 드래곤을 본 적이 없으니 내가 뭘 알겠냐고 생각했지."

"다르다고." 앤다나는 고개를 옆으로 기울이며 어둠 속에서 걸어 나왔다. 밤처럼 새까맣던 비늘이 반짝이는 진한 자주색으로 변했다. "난 언제나 그렇게 느꼈어."

"그래서 다른 청소년들과 다른 거였어." 나는 도와줄 다른 사람들이 도착하기 전에 최대한 보호석을 충전하려고 마력을 유지하면서 손을 떨었다. "그래서 네가 계약할 수 있었던 거였어. 맙소사, 네가 직접 말했는데도 난 네가 그저….”

“청소년이라고만 생각했다고?” 앤다나가 콧구멍을 벌름거리면서 도전적으로 말했다.

나는 고개를 끄덕이며, 위에서 들려오는 전투 소리를 무시하고 우리를 구하는 데 집중하려고 했다. 테른과의 연결을 통해서 분노가 전해졌지만… 지금은 제이든이 뭘 하는지 생각할 수 없었다. “네가 너희 굴의 제일 연장자가 될 거라고 했을 때 그 말에 귀 기울였어야 했어. 그래서 작년에 아무도 네가 은혜를 선사할 권리를 두고 싸우지 못한 거지. 그래서 엠피리언이 어린 아이에게 계약을 허용한 거고.”

“추측만 하지 말고, 말해.” 앤다나의 요구였다.

천천히 호흡해도 빠르게 뛰는 심장은 진정되지 않았다. “네 비늘색은 사실 검은색이 아니야.”

“맞아.” 바로 지금도 앤다나의 비늘은 색을 바꾸며 주위의 돌과 같은 회색빛을 띠었다. “하지만 난 정말로 검은 드래곤이고 싶었어.”

“테른처럼?” 추측하기 어렵진 않았다.

“테른은 몰라. 원로들만 알지.” 앤다나는 머리를 낮춰 내 앞 바닥에 내려놓았다. “다들 테른을 존경해. 테른은 강하고, 의리 있고, 사나워.”

“너도 다 갖춘 자질이야.” 나는 능력을 행사한 피로감 때문에 휘청거리면서도 보호석에 계속 마력을 넣었다. “감출 필요는 없었어. 나한테는 말해도 됐잖아.”

“직접 알아내지 못한다면 알 자격이 없어.” 앤다나가 콧김을 뿜었다. “난 부화하기까지 650년을 기다렸어. 네가 열여덟 살 여름을 맞이할 때까지 기다렸지. 그때 원로들이 장군의 연약한 딸에 대해, 서기의 수장이 될 거라고 예상하는 아이에 대해 말하는 소리를 듣고 알았어. 넌 서기의 머리와 라이더의 심장을 가졌을 거라는 걸. 네가 내 라이더가 될 거라는 걸.” 앤다나가 내 손에 머리를 기댔다. *"넌 나만큼이나 독특해. 우린 같은 것을 원하고."*

*"내가 라이더가 될 줄은 알 수 없었을 텐데."*

*"그래도 우린 이렇게 됐지."*

수많은 질문이 떠올랐지만 물어볼 시간이 없었기에, 나는 앤다나가 원하는 대로 해줬다. 내가 원했던 그대로, 있는 그대로의 그녀를 보았다. *"넌 블랙 드래곤이 아니고, 우리가 아는 여섯 종 어디에도 속하지 않아. 넌 일곱 번째 드래곤 종이야."*

*"맞아."* 앤다나는 신이 나서 눈을 크게 떴다.

나는 빠른 숨을 들이마시고 마음을 가라앉혔다. *"너에게 전부 다 듣고 싶지만, 지금은 우리 친구들이 죽어가고 있으니 보호석에 불을 뿜어줄 마음이 있는지 물어봐야겠어."* 체온이 오르면서 이마에 땀이 맺혔지만, 나는 점점 더 많은 마력을 끌어냈다. 공격하는 게 아닌데도 마력을 통제하느라 팔이 부들부들 떨렸다.

*"그래서 내가 뒤에 남은 거야."* 앤다나는 고개를 반대편으로 기울였다. *"적어도 내가 기억하기로는 그래. 몇 세기나 지났지만."*

*"만나서 반갑구나, 캠. 네 아버지가 널 찾고 있다."* 보호석 반대편에서 어머니의 목소리가 들렸다.

*"전 라이더입니다. 아버지라 해도…."* 아릭이 대꾸했다.

*"상관없다. 돌이 마력을 담아내나?"*

어머니가 대체 여기에서 뭘 하는 거지? 전장에 있어야 할 텐데. *"날아."* 나는 약해진 목소리로 앤다나에게 지시했다. *"어머니에게 널 보여줄 순 없어."*

*"마력을 담아냅니다."* 브레넌이 대답했다.

앤다나는 머뭇거리다가 이륙해서 석실 맨 위로 날아갔다. 나는 손가락으로 보호석을 긁으면서 반대편으로 돌아갔다.

*"넌 한계까지 밀어붙이고 있다."* 테른이 고통스러운 목소리로 경고했다.

*"달리 방법이 없어요."* 나는 비틀거리며 몇 걸음을 옮기다가 제이든에게

가볍게 마음을 뻗었다. 정신을 산란하게 하려는 의도가 아니라 그저 느끼고 싶어서… 그러나 그는 나를 완전히 차단하고 있었다.

"*그 녀석은 싸우고 있다.*" 테른이 대신 대답했고, 내 시야가 잠시 어두워졌다가 밝아지더니… 전장이 보였다. 작년에 앤다나의 눈으로 내 뒷모습을 보았던 때와 비슷했다. 나는 테른의 눈을 통해 전장을 보고 있었다.

회색 행렬이 세상을 가렸다가 하늘이 다시 나타나더니 구름을 배경으로 붉은 색이 흐르고, 와이번이 떨어지는 모습에 만족감이 느껴졌다. 그리고 테른이 전장을 훑어보자 협곡 가장자리에 제이든이 있었다.

세이지가 파란 불을 쏘아서 제이든의 그림자 공격을 쉽게 막아내는 모습을 보자 심장이 불규칙하게 뛰다가, 지팡이를 휘두르는 베닌의 뒤쪽 땅에 꽂힌 두 개의 단검에 햇빛이 아롱지는 모습을 보자 심장이 멎는 것 같았다.

제이든이 단검을 던졌는데 맞추지 못한 게 분명했다. 제이든은 세 번째 단검도 갖고 있지만, 그걸 쓸 수 있을까? 세이지는 조금도 물러나지 않고, 오히려 제이든에게 다가가고 있었다. 한 걸음씩 다가서면서 제이든을 협곡 가장자리로 몰고 있었다.

머리 위에 녹색 화염이 흐르더니, 테른이 위쪽에 있는 스게일에게 관심을 돌렸다. 세 마리 와이번이 공격하러 다가가는데, 하나는 체리색 화염을 뿜었다. 신들이시여. 우리가 아는 것 말고도 와이번 종류가 더 있었다. 공포가 흘러들더니 시야가 다시 캄캄해졌고, 방금 한 대 얻어맞기라도 한 것처럼 귀가 징징 울렸다.

숨을 깊이 들이마셔서 좁아지는 목구멍에 억지로 공기를 불어넣자 다시 보호석실이 보였다. 서서히 따뜻해져가는 보호석에 손을 댄 채로 힘없이 석실 앞쪽으로 걸음을 옮기자 어머니와 브레넌과 아릭이 보였다. 세 사람은 대화 중이었는데, 이명 때문에 말소리는 들리지 않았다.

마력이 내 혈관을, 근육을, 뼈까지도 태우고 있었다.

"*소진되고 있어.*" 앤다나가 격양된 목소리로 경고했다.

들이마신 숨에 폐가 그슬리는 느낌이었다.

"은빛 아이야!" 테른이 포효했다.

보호막을 올려야만 해. *"둘 다 살아야 해요. 둘 다 살기를 선택하겠다고 약속해줘요."*

제시간에 이 보호석을 충전해서 내가 사랑하는 모두를 구하기 위한 대가를 이제야 깨달았다. 그건 내 목숨이었다. 이렇게 큰 보호석에 내 마력은 보잘것없게만 느껴진다. 이걸 채우려면 테른의 모든 마력이 필요하고 테른의 목숨까지 가져갈 텐데, 결코 그럴 수는 없다. 하지만 여기까지 달려올 라이더들이 일을 마무리할 수 있을 만큼은 넣을 수 있다.

나는 결국 무릎을 꿇었다. 그래도 손은 떼지 않았다. 아카이브 문을 활짝 열고 테른의 마력을 온 힘으로 받아내면서 보호석에 붓고 또 부었다. 마력을 통제하며 파괴가 아닌 창조에 집중하느라 몸이 주체할 수 없이 떨렸다.

"바이올렛?" 브레넌의 목소리가 멀리서 들려왔다.

보호석에 마력을 넣을수록 남은 세상은 고통과 열기와 질주하는 심장박동으로만 좁아졌다.

"바이올렛!" 어머니가 두려움에 크게 뜬 눈으로 달려들더니, 내 손을 잡았다가 숨을 들이키면서 빨갛게 물집이 잡힌 손바닥을 뗐다.

순간 쓰러질 뻔했지만, 돌바닥에 한 손을 짚고 몸을 지탱하면서 계속 채널링했다. 피부가 끓고, 손가락이 붉어지고, 근육이 풀리는데… 불에 몸이 던져지면 어떻단 말인가? 이 보호석을 채우고 보호막을 올려서 내 친구들, 내 형제들, 제이든을 구하는 것보다 중요한 건 없다.

"네 고유 능력은 뭐지!" 어머니가 소리쳤지만, 고개를 들 힘도 없었다.

"네가 이럴 순 없어." 앤다나가 날카롭게 외쳤다.

*'너에겐 너의 목적이 있지.'* 이제는 머릿속의 목소리마저 속삭임이 되었다. *'어쩌면 이게 내 목적일지 몰라.'*

"아직 발현하지 않았습니다." 아릭이 당황해서 대답했다.

"밖에 있는 다른 생도들은?" 어머니가 목소리를 높였다.

아릭이 자기가 아는 고유 능력들을 읊기 시작했고, 나는 그 목소리에서 신경을 끄고 마력을 통제하고 오래 버티는 데만 집중했다. 브레넌이 내 왼쪽 가까이에 쪼그려 앉아서 입술을 움직였지만, 나는 눈을 감고 나를 천천히 죽이고 있는 마력에 더 마음을 뺏었다.

"그만두거라!" 테른이 명령했다.

"정말 미안해요." 기진맥진한 팔 근육이 경직했다. 마침내. 이제는 팔을 고정하려고 애쓸 필요가 없겠다. 나는 소진의 마지막 단계에 들어서고 있었다. 바리쉬 때문에 산꼭대기에서 겪었던 것과 같았다. "이런 식으로 라이더 둘을 잃으면 안 되는 건데."

억지로 눈을 뜨고 손가락 아래로 돌의 패턴을 응시하다 보니 알 수 있었다. 왜 누군가가 마력을 훔치는 방향으로 돌아서는지 이해가 갔다. 세상 모든 마력이 내 손 아래에 있고, 지금 채널링을 한다면, 내가 테른이 아니라 땅에서 마력을 뽑아낸다면 모두를 구하고도 남을 힘이….

"너 스스로를 구해야 한다." 테른이 강하게 요구했다. "난 너를 다음 라이더가 아니라 마지막 라이더로 선택했다. 네가 쓰러지면 나도 따라갈 것이다."

"안 돼요." 피부에서 김이 피어올랐다.

"손을 놔." 앤다나가 애원했고, 석실 안에 차가운 공기가 쏟아져 들어오면서 땅바닥이 살짝 흔들린 덕분에 앤다나가 착륙했음을 알 수 있었다.

"전 못 합니다!" 슬론의 고함이 벽에 메아리치면서 몽롱한 머릿속을 뚫고 들어왔다.

고통스럽게 조금씩 머리를 들어 올리자, 브레넌의 크게 뜬 눈과 내 어깨를 향해 올라오는 어머니의 부츠가 보였다. 어머니는 온 힘을 다해서 걷어차서 나를 석실 바닥에 쓰러뜨렸다. 보호석에 대고 있던 손도 떨어졌다.

쓰러지자 마력이 하늘로 뻗어나가며 번개가 쳤고, 목구멍에서는 비명이 터졌다. 내 시야 가득하게 얼굴을 들이밀고 내 손을 잡은 브레넌도 똑같은 비명을 터뜨렸다. 팔을 따라 서늘하게 고통이 경감되면서 열기가 줄어들고, 긴장하고 수축했던 근육이 복원되었다.

내가 마력을 끊지 않으면 오빠가 죽을 것이다. 오빠도 그렇게까지 빨리 복원할 순 없고, 다음에 몰려오는 열기의 파도는….

나는 마지막 남은 정신력을 짜내어 아카이브 문을 닫고, 마력을 끊었다. 즉시 테른과 앤다나의 안도감이 밀려들었지만, 나는 그 자리에 누워서 시큼한 패배의 맛밖에 느낄 수 없었다. 무릎 꿇은 오빠는 내가 너무나 경솔하게 다룬 몸을 계속해서 복원하고 있었다.

그리고 저 위로 녹색 섬광이 보이더니 와이번 떼가 몰려들면서 회색 날개로 하늘이 어두워졌다.

"그게 유일한 방법이다." 어머니가 외쳤고, 나는 열기가 가라앉자 그쪽으로 고개를 돌렸다. "이렇게 큰 보호석을 단숨에 채울 순 없어. 라이더 수백 명이 온다 해도 안 되는데, 지금 우리에겐 그럴 숫자도 없다. 친구들을 구하고 싶다면 시키는 대로 해!" 어머니는 슬론의 손목을 잡고 보호석 쪽으로 끌어당기면서 명령하고 있었다.

"어머니?" 내가 쉰 목소리로 불러도 대답은 없었다.

"너는 메이리지." 어머니가 슬론에게 말했다.

"네." 망설임에 커진 슬론의 밝은 푸른색 눈동자가 나와 마주쳤다.

"내가 네 어머니를 죽였다." 어머니가 한 손으로 가슴을 두드렸다.

"어머니!" 나는 외쳤다.

브레넌이 땀에 젖은 창백한 얼굴로 내 옆에 쓰러졌고, 나는 힘겹게 무릎을 세워 일어났다.

"내가 네 어머니를 추적해서 처형대에 끌고 갔다. 기억나지?" 어머니는 슬론을 보호석에 밀어붙이며 말했다. "너도 거기 있었지. 내가 지켜보게 했으니까. 너도, 네 오빠도."

"리암." 슬론이 속삭였다.

어머니는 고개를 끄덕이며 슬론의 왼손을 잡고 보호석에 새겨진 거대한 룬 문자 중에서 제일 낮은 원에 갖다 붙였다. "난 네 오빠가 죽는 것도 막을 수 있었다. 작년에 내 부관이 무슨 짓을 하는지 조금만 더 관심을 기울였다면 막을 수 있었어."

"아니야!" 나는 소리 지르며 달려들었다. 석실 한쪽에 있던 아릭이 달려와서 나를 붙잡았다. 아니, 나를 막았다. "놔줘!"

"그럴 순 없어." 아릭은 사과하듯 말했다. "네 어머니가 옳아. 그리고 저분의 목숨과 네 목숨 중에서 선택해야 한다면, 난 네 목숨을 구하겠어."

내 목숨 아니면⋯ 어머니의 목숨?

"앤다나!" 나는 비명을 질렀다.

"*정말 미안해. 나도 널 살리겠어. 너는 내 라이더야. 네가 죽게 놔둘 순 없어.*" 앤다나가 내 옆을 돌아 앞으로 움직이더니, 어머니와 나 사이에 끼어들 자세를 취했다.

신들이시여. 안 돼. 슬론은 흡수 능력자야.

"저 위에서 다들 죽어가는 소리 들리지? 지금 일어나는 일이다." 어머니는 나에게 한 번도 들려준 적 없는 부드러운 말투로 슬론에게 말했다. "네 친구들이 죽어간다, 메이리 생도. 티렌더의 후계자는 목숨 걸고 싸우고 있고, 넌 이 상황을 멈출 수 있다. 네가 모두를 구할 수 있다." 어머니는 슬론의 반대쪽 손을 잡았고, 두렵게도 슬론은 보호석에 댄 손을 떼지 않았다.

"그러지 마!" 나는 슬론을 향해 울부짖었다. "슬론, 그 사람은 내 엄마야." 이럴 순 없다. 슬론이 내 말은 듣지 않더라도 제이든 말은 듣겠지. 나는 차단벽을 내리고⋯.

아픔. 연결을 통해 고통스럽고 맹렬한 아픔이 쏟아져 들어온다. 절망감과⋯ 무력감? 그 감정이 전방위로 나를 후려치면서 숨이 멎는다. 모든 감각과 기운이 압도당한다. 제이든의 감정과 내 감정을 분리하려 애쓰지만 내 몸은 아릭의 품에서 축 늘어졌다.

제이든이… 아픔 때문에 아무것도 생각할 수가 없다. 가슴이 꽉 조여서 숨을 쉴 수가 없다. 발아래 땅을 느낄 수가 없다.

"제이든이 죽어 가." 나는 속삭였다.

슬론이 나를 홱 돌아보았다. 그것으로 충분했다.

"너는 거기 서 있기만 하면 된다." 어딘가 멀리서 어머니가 말했다. "네 고유 능력이 알아서 움직일 거다. 스스로를 도관으로 생각해라. 너는 그저 내 마력을 보호석으로 흘려 넣는 일을 가능케 할 뿐이다."

"바이올렛?" 슬론이 속삭였다.

슬론에게 시선을 돌리긴 했지만, 나는 여기에 없다. 내 존재는 없다. 전장에서 죽어간다. 마지막 남은 힘이 사그라들고 불타면서 내 몸을 잡아먹는다. 하지만 내가 사랑하는 한 사람을 구할 수 있다면 가치 있겠지. 바이올렛.

"싸워!" 나는 연결되어 있는 모두에게 소리쳤다. 피와 복수를 넘어서, 격노와 화염을 넘어서 부르짖었다. 스게일의 잇새로 시큼한 와이번의 맛이 느껴진다.

"넌 할 수 있다." 어머니가 달래는 목소리로 말했다.

"엄마!" 어머니가 슬론과 손을 깍지 끼는 모습에 목소리가 갈라졌다.

"괜찮아." 나를 보는 어머니의 눈이 부드러워지고, 슬론의 몸은 딱딱하게 굳었다. "내 마력이… 에임시르의 마력이 보호석 안에 살아나면 불을 붙여라. 보호막을 올려. 너희를 지키기 위해서라면 난 못 할 게 없단다. 알겠니? 모든 게 이 순간을 위해서였어. 네가 충분히 강해질 때를….” 어머니는 털썩 무릎을 꿇었지만 슬론의 손을 놓지는 않았다.

"안 돼, 안 돼, 안 돼." 가슴이 꺼질 것 같았다. 어머니가 보였다가 안 보이고, 흐릿했다가 선명해졌다.

"정말 미안해." 아릭이 속삭였다.

"넌 모든 면에서 우리가 꿈꾼 그대로야." 어머니가 조용히 말했다. 슬론의 피부는 새빨갛게 달아오르는데, 어머니의 안색은 창백해졌다. "너희 셋 다."

어머니는 브레넌을 보았다. "그리고 난 곧 그이를 볼 수 있겠구나."

아버지 이야기였다. 나는 아릭의 품에서 벗어나려고 몸부림쳤다.

"하지 말아요." 브레넌이 고개를 저으며 애원했다. "이러지 말아요." 브레넌은 비틀거리면서 걸어가다가 몇 걸음 만에 다시 쓰러졌다.

"잘 살거라." 어머니의 머리가 까닥이더니 눈이 돌아가고, 피부가 밀랍색으로 변하면서 비행 제복과 소름 끼치는 대조를 이뤘다. 가슴팍이 오르내리는 속도가 점점 느려지고, 호흡도 뚝뚝 끊겼다.

브레넌이 기어서 어머니에게 다가갔다.

뒤쪽에서 달려오는 발소리가 들렸다.

"안 돼!" 내 목을 찢고 영혼이 찢어지는 비명이 터져 나왔다.

어머니가 브레넌의 품으로 쓰러짐과 동시에 보호석에서 털이 곤두서는 뚜렷한 진동이 흘러나왔다. 슬론이 비틀비틀 뒤로 물러서면서 다른 사람 손을 보듯 자기 손을 응시했고, 아릭이 마침내 나를 놓아주었다.

나는 쏜살같이 달려가 브레넌 앞에 무릎을 부딪쳤다. 오빠는 무릎 위에 어머니의 시신을 올려둔 채, 떨리는 손을 어머니의 얼굴에 뻗고 있었다. 어머니의 목을 더듬어 보았지만 맥박은 없었다. 온기도, 생명도 없었다.

들리는 소리라고는 석실 안으로 뛰어드는 부츠 소리뿐이었다.

어머니는 떠났다.

"엄마…." 브레넌이 어머니를 내려다보며 얼굴이 구겨진 채 속삭였다.

"무슨 짓을 한 거야!" 미라가 무릎을 꿇고 브레넌에게서 어머니의 시신을 빼앗으며 맹렬히 손을 움직였다. 방금 전의 나처럼 맥박을 찾으려는 것이다. "엄마?" 미라가 거칠게 흔들었지만, 어머니의 머리는 어깨 위로 떨어질 뿐이었다. "엄마!"

숨을 쉴 수가 없다. 어머니는 물결이고, 폭풍이고, 공기이고, 세상 자체를 핵심까지 뜯어내지 않고는 없앨 수 없을 만큼 거대한 힘이었다. 어떻게 이렇게 사라질 수 있지?

"정말 미안해." 슬론이 조용히 울었다.

"무슨 짓을 한 거야!" 미라가 다시 외쳤다. 언니는 브레넌에게 모든 격노를 쏟아냈다.

*"제이든에게 네가 필요해."* 앤다나가 말했지만, 나는 움직일 수가 없었다. *"테른과 스게일도 기다리고 있어."*

"다들 데리고 나가야 해." 아릭이 말했다. 누군가의 손이, 아마도 아릭의 손이 내 어깨를 붙잡아 일으켜서 뒤쪽으로 밀었다.

미라는 어머니의 몸을 석실 밖으로 끌고 나왔다. 슬론은 브레넌을 부축했다. 우리 모두 터널 속으로 움직였다. 다른 누군가가 어머니를 들었는데, 1학년이던가?

뭔가가 터널 입구를 가리는데, 미라가 두 손으로 내 얼굴을 잡고 눈동자를 살폈다. "너는 괜찮은 거야?"

"막을 수가 없었어." 내 목소리인가? 브레넌 목소리인가?

그 순간에 열기가, 폐에서 산소가 다 빠져 나갈 정도로 강렬한 열기가 솟구쳤는데 우리에게 닿지는 않았다.

앤다나였다. 날개를 펴고 보호석실 안을 휘감는 화염을 막아주고 있었다. 위쪽의 여섯 드래곤과 모든 차이를 낳는 하나의 드래곤에게서 흘러나오는 불길. 파도처럼 맥동하는 에너지가 몸 안으로 밀려왔다. 보호막이다.

앤다나가 비켜서자, 내 시선은 복원된 보호석을 따라 올라가서 윗부분이 검은색으로 활활 타오르는 철의 화염에 닿았다.

그게 내 어머니가 남긴 전부였다.

# 65

대부분의 장군은 왕국에 복무하다가 죽는 것을 꿈꾸지. 하지만 당신은 나를 잘 알아. 내 사랑, 내가 쓰러질 때는 오직 한 가지 이유뿐일 거야. 우리 아이들을 보호하기 위해서겠지.

— 릴리스 소른게일 장군의 부치지 않은 편지

쿵. 쿵. 석실 안이 메아리쳤다.

"*와이번들의 시체야.*" 앤다나가 몸을 빙글 돌려 입구 밖으로 고개를 내밀면서 말했다. "*부디 날 용서해줘.*" 금빛 눈동자가 깜박였다.

앤다나가 무슨 죄라고.

"어머니의 선택이었어." 그렇게 속삭였지만, 뺨으로 흘러내리는 눈물에서는 체념이 느껴지지 않았다. 미라가 몸을 흔들며 우는 모습도, 비행 재킷을 천천히 벗어서 어머니의 시신에 덮는 브레넌의 텅 빈 시선도 평화와는 거리가 멀었다.

우리가 터널을 걷다가 좁은 통로를 지나는 데까지 시간이 얼마나 걸렸는지 모르겠다. 계단이 흐릿하게 보였다.

"*넌 살아 있다. 넌 오늘 살고, 내일 깨어날 거다.*" 내가 한 발 한 발을 억지로 옮기는데 테른이 약속했다.

"*제이든은요?*" 마음을 뻗어봤지만 그는 차단벽을 올리고 있었다.

"*살아 있다.*"

감사합니다, 던이시여.

나의 중력. 제이든만 있으면 발을 땅에 붙이고 있을 수 있다. 태양이 떠오를 수 있다.

"그분의 시신은 분과에 안치할 거야." 누군가 브레넌에게 말했다. 어머니의 시신을 밖으로 가지고 나왔나보다.

탑에서 나오자 승리의 함성이 들렸다. 신들에게 감사하며 울부짖는 소리와 환호성. 보병, 힐러, 라이더, 플라이어 할 것 없이 모두가 부둥켜안으며 복도를 막았는데, 우리는 그 인파를 뚫고 지나갔다.

미라와 브레넌과 나는 안마당 문 앞에 서서 한껏 축하가 벌어지는 현장을 바라보았다. 셋 다 움직일 힘이 없었다.

내 앞에 누군가의 얼굴이 나타났다. 갈색 눈. 갈색 머리. 데인이었다.

"바이올렛?" 데인이 피에 젖은 팔을 올렸다가 멈칫했다. "너…."

"비켜!" 리애넌이 데인을 밀어냈다. 피곤하게 웃는 리의 얼굴이 너무나 아름다웠다. "네가 보호막을 올렸어!" 리애넌이 두 손으로 내 얼굴을 감쌌다.

"그래." 나는 겨우 고개를 끄덕이고 리의 얼굴을 훑어보았다. 허벅지 몇 군데에 칼에 찔린 듯이 바지가 찢어졌는데, 확실히 알 수는 없었다. "다쳤어?"

"별거 아니야." 리는 나를 안심시켰다. "너도 봤어야 해! 와이번이 하늘에서 우수수 떨어지기 시작하고, 베닌은 공포에 질려서 달아났지 뭐야. 사령부는 놈들을 사냥하고 있어."

"잘됐네. 잘됐어." 나는 계속 고개를 끄덕였다. "다른 친구들은?"

"리독은 멀쩡해. 이모젠은 옆구리를 베이긴 했지만 불평도 거의 안 해. 퀸은 뺨이 터졌지만 부어오른 상처 같고, 이제 소여와 플라이어들을 확인하러 가던 참이야. 혹시…." 리가 내 표정을 살폈다. "제이든은?"

"살아 있어." 쉰 목소리로 대답했다. "테른에게 듣기론 그래."

리는 브레넌과 미라를 번갈아보더니 어두워진 얼굴로 나를 돌아보았다.

415

"우리 엄마." 설명하려고 했지만, 목이 콱 막혔다. "엄마가, 보호석에 마력이 부족했는데, 엄마가…."

"아, 바이." 리는 한 걸음 다가오며 나를 끌어안았다.

이러면 안 된다는 것도, 이건 부끄러운 감정 표현이라는 것도, 어머니가 원하지 않을 모습이라는 것도 다 알고 있지만 중요하지 않았다. 나는 무너져서 리애넌의 어깨에 기대어 울었다. 꺽꺽거리며 울음을 쏟아내자 빙글빙글 돌아가는 세상에 다시 발을 디딘 느낌이 돌아오는 듯했다.

정신을 차려 보니 브레넌은 행정동으로 이어지는 계단에 앉아서 금방이라도 기절할 것 같은 얼굴로 지시를 내리고 있고, 미라는 보이지 않았다.

"내가 뭘 도와줄까?" 리가 물었다.

제이든에게 마음을 뻗었지만, 그는 여전히 차단벽을 단단히 올리고 있었다. 손등으로 얼굴을 닦으며 마음을 추스르려고 애썼다. "테른과 제이든을 직접 봐야겠어."

*"앞쪽이다."* 테른의 말대로 향했다. 걷다 보니 멜그렌과 드베라가 협상을 벌이고 있었는데, 멜그렌이 우리의 귀환 조건을 늘어놓는 소리를 듣고 발을 멈췄다. 이렇게까지 큰 와이번 군단의 공격에, 왕국 전역에 떨어진 시체들을 생각하면 사령부가 사실을 계속 숨기기는 불가능했다. 몇 시간만 지나면 나바르인 모두가 지금까지의 거짓을 깨닫게 될 것이다. 그러니 사령부에서 우리가 돌아오길 원하는 것도 당연했다.

하지만 내가 돌아오고 싶은지는 잘 모르겠다. 안마당을 통과하고 아치 통로를 지나서 야외로 나갔다. 야외… 무덤이었다.

와이번의 시체들이 널린 땅바닥에 다른 색깔이 가끔 섞여 있었지만, 협곡 가장자리에 우뚝 서 있는 테른과 스게일을 향해 걸어가는 동안 내가 아는 드래곤은 보지 못했다.

*"다쳤어요?"* 나는 테른에게 물었다.

*"내가 다쳤다면 네가 알았겠지."* 테른은 앤다나가 다가오자 고개를 돌렸

다. 앤다나는 착지 직전에 날개를 펼치면서 오른쪽 날개를 파르르 떨었다.

"둘이 밀린 얘기 좀 해야겠어요. 테른하고 앤다나요."

테른이 금빛 눈동자 하나를 내 쪽으로 돌렸다.

"지금 당장이요." 나는 다시 말했다.

테른은 앤다나에게 관심을 온전히 돌렸고, 나는 스게일 쪽으로 걸어갔다. 제이든이 스게일이 지키고 선 자리 너머에 있는 것이 느껴졌다.

"제가 지나가게 해주실 건가요?" 나는 스게일이 자랑스럽게 늘어뜨린 피 묻은 수염 말고 스게일의 눈을 바라보면서 물었다.

*"오늘 잘 싸웠다."*

"고맙습니다." 마지못해 입꼬리를 당겨 올렸다. "스게일도요."

*"그래. 나야 당연히 그래야 하고."* 스게일이 앞다리를 치우자 등 돌린 채 협곡 가장자리에 서 있는 제이든이 보였다. *"말 조심하거라."*

"스게일이 그렇게 말하더니 아이러니네요." 제이든의 등 위쪽에 자상이 하나 있긴 했지만, 옆으로 다가가는 동안 보이는 상처는 그것뿐이었다. 나는 가장자리에서 살짝 떨어진 곳을 밟으면서 옆에 섰다. 제이든은 허공에 거의 발을 내밀다시피 하고 있었다. "무슨 일이야?"

"내가 그놈을 죽였어." 제이든의 목소리도, 표정도 생기가 없었다. 정오의 햇빛이 그의 얼굴에서 그림자를 거의 다 잘라냈다. "그놈이 나에게 묶은 마법을 끊고 죽여버렸어. 그놈 시체는 협곡으로 떨어졌는데, 혹시 다시 떠오를까 봐 계속 강을 보고 있어. 지금쯤이면 몇 킬로미터는 흘러갔을 줄 알면서도 말이야."

"내가 여기 없었던 게 안타까워." 그의 손을 잡으려 했지만, 그는 내 손을 피했다.

"난 안타깝지 않아. 네가 우리를 구했어."

"내 어머니가 구했지." 목소리가 갈라져 나왔다. "어머니가 슬론에게 에임시르의 마력과 둘의 생명력까지 흡수해서 보호석을 충전하도록 했어. 그리고 어머니는 떠났어."

제이든은 눈을 지그시 감았다. "정말 유감이야."

"당신 아버지를 죽인 사람이잖아. 왜 당신이?" 나는 다시 흘러나오는 눈물을 서둘러 훔쳤다.

"그 사람이 죽길 바라지 않았어." 그는 조용히 말했다. "네가 사랑하는 사람은 누구도 죽길 바라지 않아."

침묵이 내려앉았는데, 편안한 침묵은 아니었다.

"멜그렌은 우리가 돌아오길 바라." 나는 뭔가 반응이 있기를 바라며 화제를 바꿨다. 어떤 반응이라도 좋았다.

"그렇다면 돌아와야지." 그는 고개를 끄덕였다. "아레티아의 보호막은 이미 약해지고 있고, 여기 보호막은 온전해. 그 부분은 나중에 설명해줄 거지?" 그는 곁눈질을 하는가 싶더니, 나를 쳐다보기가 고통스럽다는 듯이 재빨리 시선을 돌렸다.

"설명해줄게." 나는 약속했다.

"좋아." 그는 고개를 끄덕였다. "넌 여기 있는 게 더 안전해. 우리가 있어야 할 곳은 여기야." 그는 떨리는 숨을 들이마시더니 갑자기 웃음을 터뜨렸다. "온전한 보호막 아래에서라면 너도 그렇게까지 무서워하진 않겠지."

나는 이마를 찌푸렸다. "난 방금 와이번 군단과 싸우고 보호막을 올린 데다가, 그 과정에서 어머니를 잃었어. 그것보다 더 무서운 일이 뭐가 있는지 말해줄래?"

"넌 날 사랑해." 그는 속삭였다.

"그래, 내가 사랑한다는 거 알잖아." 나는 제이든의 손을 잡았고, 그가 내쪽으로 몸을 돌리면서도 눈을 내리깔자 속이 뒤틀리는 기분이었다.

"내가 무서워할 게 뭐가 있는데 그래, 제이든? 그놈이 뭐라고 했는데? 뭘봤는데?" 대체 제이든이 뭘 알았기에 이렇게 동요하는 걸까.

그는 천천히 시선을 올렸다. 제이든이 나를 정면으로 보기까지 수년이 지나는 듯한 느낌이었다. 그리고 마침내 시선이 마주쳤을 때, 나는 숨을 들이켜면서 반사적으로 그의 손을 꽉 잡았다.

안 돼. 내가 가망 없는 사랑에 빠진 남자를 올려다보면서 생각하고, 느끼고, 속으로 외칠 수 있는 말은, 오직 그것뿐이었다.

"나." 그가 속삭였다. 그의 오닉스 눈동자 속 금빛 반점이 박힌 홍채 주위로 희미한… 거의 알아볼 수 없을 정도로 희미한 붉은 고리가 보였다. "넌 나를 무서워해야 해."

# 66

요청하신 대로 우리가 아는 모든 방법을 시도해봤습니다. 치료법
은 없습니다. 통제할 수 있을 뿐입니다.

　　　　　 ＿ 놀론 콜버시 중령이 릴리스 소른게일 장군에게 보낸 서한

## 제이든

전장에서 30센티미터쯤 허공에 매달려 있자 스게일의 공포가 절절히 전해
지며 등골이 오싹해진다. 근육은 얼어붙고, 마력은 쓸모없이 잠겨버렸다. 그
가 놓아준다 해도 나에게 능력을 쓸 힘이 남아 있는지 잘 모르겠다. 놈은 순전
히 재미로 나를 소진시켰다.

나는 애초에 놈의 상대가 되지 않았다. 우리 중 누구라도 마찬가지였다.

타들어가는 고통으로 온몸의 신경이 비명을 지르고, 너무 오랫동안 너무
많이 능력을 휘두른 탓에 열기가 나를 산 채로 태울 지경이었다. 하지만 그 아
픔보다 더 나쁜 건 패배했다는 사실이다.

"아프겠군. 거의 소진된 상태지?" 세이지가 녹아내린 눈 때문에 끝자락이
어두워진 파란 로브를 펄럭이며 내 주위를 천천히 돌았다. 협곡에서 얼마 떨
어지지 않은 곳이었다. 놈을 막기 위해서 이곳으로 건너올 수밖에 없었다.

"마법은 균형을 좋아하지. 너무 많이 가져가면 선을 넘은 대가로 사람을 먹어 치워."

동여맨 닭 같은 꼴로 나를 칭칭 감아놓은, 보이지 않는 마력의 끈을 찢으려고 바둥거렸다.

"네가 공격하면 내가 막고. 네가 던지면 난 피하지." 놈은 등 뒤에서 지팡이를 바닥에 끌면서 한숨을 내쉬었다.

빌어먹을 내 악몽과 똑같았다.

다만 목덜미를 따라 흘러내리는 땀만이 이게 철저히 현실이라는 사실을 일깨웠다. 바이올렛은 바스지아스 지하에서 보호막을 올리기 위해 싸우고 있고, 스게일을 나에게서 떼어놓으려고 덤벼드는 와이번들을 테른이 하나씩 찍어내고 있었다. 난 대체 왜 인생의 여자들을 실망시키는 걸까?

"그러니, 이 싸움을 끝낼 수 있게 너에게 올바른 선택을 할 마지막 기회를 주겠다." 세이지가 거미줄처럼 번져 나간 소름끼치는 붉은 눈으로 나를 올려다보며 웃었다. 그는 몇 걸음 물러서더니 지팡이로 땅을 두드렸다.

중력이 다시 작용하면서 떨어진 나는 손과 무릎으로 땅을 짚었다.

"내가 언젠가 말했지. 너는 사랑 때문에 변할 거라고." 그는 두 팔을 들어 올리고 말했다. "그렇게 될 것이다."

"넌 나에 대해서 아무것도 몰라." 나는 비틀거리면서 일어났다가 다시 쓰러져서 무릎을 꿇었다. 하늘에서 스게일이 분노를 토하며 포효했다.

"네 생각보다 많이 알지." 그는 지팡이를 내리고 기대어 섰다.

"네가 세이지니까?" 나는 마음속으로 티렌더의 언덕 비탈에 발을 딛고 마력에 손을 뻗으면서 내뱉듯이 말했다.

"세이지?" 그가 웃음을 터뜨렸다. "나는 장군이다."

뜨거운 열기가 팔을 훑고 내려가면서 그림자가 그 오만한 개자식의 상반신을 휘감았다. 츄람의 취기보다 기분 좋은 만족감이 느껴졌다. "장군이라도 죽는 건 병사와 똑같지." 팔을 움직이려고 애썼지만 말을 듣지 않았다. 놈이 나를 하늘로 들어 올리기 한참 전에 근육이 무력해진 상태였다.

"그런가?" 놈은 그림자에 휘감긴 채로 다시 웃음을 터뜨렸다. "자, 그림자 능력자여. 변해라. 그게 그녀를 구할 유일한 방법이다."

"꺼져." 연결선으로 마음을 던지자 바이올렛이 불타면서 쓰러져가는 것이 느껴졌다. 바이올렛이… 내 그림자가 약해졌지만 장군은 움직이지 않았다.

바이올렛이 나를 구하기 위해 스스로를 희생하려고 한다.

죽을 생각이다.

심장이 목까지 튀어 오르자 다시 그 맛이 느껴졌다. 레손 이후에 깨어나지 않는 그녀의 침대 옆에 앉아 있을 때와 같은 느낌. 공포.

"네가 실패하면 어떻게 될지 아나?" 장군은 목을 휘감은 약한 그림자 띠를 가볍게 치면서 나를 비웃었다. "나는 네놈의 시체를 밟고 그녀를 찾아갈 것이다. 그런 다음에 그 섬세한 작은 목에 두 손을 감고…."

분노가 솟구쳐 오르고, 아드레날린이 터진 덕분에 잠시나마 그림자 띠를 강화해서 단단히 잡아당길 수 있었지만, 내가 아무리 세게 당겨도 놈은 꿈쩍 도 하지 않았다.

"…생명력을 완전히 뽑아낼 것이다."

나는 한 손으로 땅을 내려치고 반대쪽 손을 꽉 쥐었다. 놈을 그 자리에 붙잡 아두기 위해 팔을 덜덜 떨면서 불에 뛰어드는 기분으로 스게일의 마력을 깊 이 캐냈다.

"*놈을 붙잡아!*" 스게일이 명령했다.

하지만 그럴 수가 없었다.

놈은 너무 강하고, 나에겐 남은 힘이 없었다. 하지만 그 결과로 바이올렛이 고통받게 둘 순 없다. 놈이 그녀에게 손대게 할 순 없다. 오늘은 안 된다. 영원 히 안 된다. 손 아래 눈이 녹아버리고, 나는… 저 아래의 무언가를 느꼈다. 꾸 준히 흐르는, 틀림없는… 마력을.

"*그럴 순 없다!*" 스게일이 비명을 질렀다. "*내가 널 선택했거늘!*"

하지만 바이올렛도 나를 선택했다.

나는 마음을 뻗었다.


덜컹거리는 심장으로 헐떡이면서 침대에 벌떡 일어나 앉았다. 목덜미를 만져 보았지만 땀은 없었다. 근육이 쑤시지도 않았다. 피로감도 없었다. 바이올렛만이 내 옆에서 베개에 뺨을 대고 잠든 채로, 눈 아래가 그늘지도록 지친 덕분에 깊고 고른 숨을 내쉬고 있었다. 꿈속에서도 나에게 손을 뻗는지 팔을 구부리고 있었다.

나는 그 모습을 한참 바라보면서 질주하는 심장을 진정시켰다. 바이올렛이 힘겹게 얻은 은빛 선의 흉터에서부터 베개 위에 흩어진 절반만 은빛인 머리카락까지, 볼 수 있는 모든 부분을 샅샅이 훑어보았다. 그녀가 너무 아름다워서 숨도 쉴 수 없을 정도였다. 그리고 난 그녀를 잃을 뻔했다.

손끝으로 매끄럽고 부드러운 뺨을 쓸면서 눈물 자국을 더듬었다. 바이올렛은 오늘 어머니를 잃었고, 릴리스 소른게일을 잃었다고 슬프지는 않는다 해도 바이올렛의 고통은 견딜 수가 없었다.

그러나 나는 바이올렛에게 가장 큰 고통을 일으킬 참이었다.

"사랑해." 그저 속삭일 수 있다는 이유만으로 그렇게 속삭인 다음에, 최대한 조용히 침대에서 내려와 달빛 속에서 옷을 입었다.

소리 없이 방을 나서서 계단으로 향했고, 내 그림자의 온기에 감싸인 채로 바스지아스의 터널까지 몇 층을 내려갔다. 스게일에게 굳이 마음을 뻗지는 않았다. 스게일은 전투가 끝난 후부터 무섭도록 조용했다.

다리로 가는 문은 내 명령에 열렸고, 다리를 건너서 나오는 문도 마찬가지였다. 나는 어둠에 감싸인 채로 사람이 넘쳐나는 병동 옆을 지나쳤다. 아까 몇 시간이나 소여의 수술 결과를 기다리던 병동이었다.

나는 술에 취한 보병 두 명을 피해서 계속 터널을 걷다가, 내 목표로 이어지는 계단에 이르러서 방향을 꺾었다. 계단을 지키던 위병이 하품을 했고, 나는 강력해진 고유 능력… 아니면 뭐든 간에, 그 능력에 감사하며 눈에 띄지 않게 옆을 지나쳤다.

지난번에 이 계단을 걸었을 때는 나와 바이올렛 사이에 있는 모든 사람을 살해한 직후였지. 지금 내가 멈춰선 곳이 바로 그 감방 앞이라니 얼마나 아이러니한가. 쇠창살을 댄 창문 너머로 망할 놈의 잭 발로우가 보였다.

"좋아 보이네." 잭은 다시 만들어놓은 침대에 일어나 앉으면서 미소 지었다. "약 먹으러 왔어? 분명 내일 아침까지는 약효가 들 텐데."

"치료법은 뭐지?" 나는 팔짱을 꼈다.

"혈청 치료 말이야?" 그는 코웃음을 쳤다. "그야 해독제지."

"내가 무슨 말을 하는지 알 텐데." 벽에서 그림자가 빠르게 움직였다. "치료법이 뭔지 말해. 그러지 않으면 립스태드 궤짝에 처넣어서 미라가 될 때까지 허공에 매달아둘 거다."

그는 천천히 일어서서 목을 꺾더니, 바이올렛이 고문당했던 의자가 있는 방 중앙으로 이동했다. "병이 있어야 치료법이 있지. 친애하는 라이오슨, 우리가 가진 건 힘이고, 그건 치료가 불가능해. 선망의 대상이 될 뿐이지."

"헛소리. 여기에서 벗어날 방법이 있을 거야." 나는 분노에 휩싸였다.

잭은 더 활짝 웃었다. "저런, 치료법은 없어. 한 번 빼앗은 건 결코 돌려줄 수가 없거든. 더 갖고 싶다는 허기만 느낄 뿐이지."

"네놈들처럼 되느니 차라리 죽겠어." 내뱉는 말에 두려움이 실렸다. 잭의 말처럼 나도 느낄 수 있었기 때문이다. 바스지아스 아래에 흐르는 마력도, 그 힘을 실컷 들이마시고 싶은 갈망도.

"그렇지만 그렇게 됐네." 잭의 웃음소리에 피가 얼어붙는 듯했다. "여태 영웅이라고 나서더니… 이제는 악당이 되겠군. 특히 그 녀석 인생에서는 더 그렇겠어. 우리 망가진 가족에 속하게 된 걸 환영해. 이제 우린 형제로군."

## 감사의 말

　남편인 제이슨에게, 작가가 가질 수 있는 가장 완벽한 책 속 애인의 원천이 되어준 데다가 혼란이라고밖에 할 수 없었던 지난 세월 동안 끝없이 지지해 줘서 고마워. 세상이 기우뚱거릴 때 내 손을 잡아주고, 의사와의 약속마다 데려다주고, 결합조직 질환이 있는 아들 넷과 아내를 두는 바람에 쏟아지는 모든 일정을 관리해줘서 고마워.

　내 모든 것인 여섯 아이들아, 고맙다. 런던 호텔방에 틀어박혀서 관광이 아니라 편집만 했을 때도 불평하지 않아준 케이트 언니, 사랑해. 진심이야. 내가 필요할 때마다 언제나 그 자리에 있어주는 부모님께도 고마워요. 내 절친한 친구 에밀리 바이어, 내가 글 쓰는 동안 동굴에 몇 달씩 틀어박힐 때마다 찾아줘서 고마워.

　레드타워의 우리 팀에도 고마워요. 가장 좋아하는 장르를 쓸 기회를 준 편집자 리즈 펠레티어에게도 고맙고요. '7월의 밤샘러'라고 불러야 할 스테이시에게도 고마워요. 헤더, 커티스, 몰리, 제시카, 리키, 그밖에 끝없이 쏟아진

이메일에 답해주고, 이 책을 시장에 내놓아준 출판사의 모든 분에게 고맙습니다. 놀라운 주석들을 달면서 도와준 줄리아 크닙과 베키 웨스트에게도, 이런 굉장한 표지를 만들어준 브리 아처에게도, 너무나 아름다운 그림을 그려준 엘리자메스와 에이미에게도 감사 인사 전합니다. 언제나 최고였던 메레디스 존슨에게도요. 언제나 내 등 뒤에 있어주는 경탄스러운 에이전트, 루이즈 퓨리에게도 고맙습니다.

내 제정신을 꼭 붙잡아준 업무 관리자 KP, 고마워요. 우리의 불경한 삼위일체의 자기들, 지나 맥스웰과 신디 매드슨… 두 사람이 없었으면 난 길을 잃었을 거예요. 이 책을 가능하게 만들어준 카일라도 고마워요. 내 오리들을 지켜주고 언제나 내게 가장 기운을 북돋워준 셸비와 캐시에게도 고마움을 전해요. 지난 몇 년 동안 나를 발견해준 모든 블로거와 독자들에게는 아무리 감사해도 부족할 거예요. 나의 팬그룹인 플라이걸스, 매일 기쁨을 줘서 고맙습니다.

마지막으로, 나의 시작이자 끝이니까… 다시 한번 제이슨에게 고마운 마음을 전합니다. 내가 쓴 모든 주인공들 속에 당신이 조금씩 들어 있어.

레베카 야로스

426

# 아이언 플레임 2

초판 1쇄 인쇄 2024년 12월 6일 | 초판 1쇄 발행 2024년 12월 30일

지은이 레베카 야로스 | 옮긴이 이수현

펴낸이 신광수
CS본부장 강윤구 | 출판개발실장 위귀영 | 디자인실장 손현지
단행본개발팀 김혜연, 조기준, 조문채, 정혜리
출판디자인팀 최진아, 당승근 | 저작권 김마이, 이아람
출판사업팀 이용복, 민현기, 우광일, 김선영, 신지애, 이강원, 정유, 정슬기, 허성배, 정재욱, 박세화,
    김종민, 정영묵, 전지현
영업관리파트 홍주희, 이은비, 정은정
CS지원팀 봉대중, 이주연, 이형배, 전효정, 이우성, 장현우, 정보길

펴낸곳 (주)미래엔 | 등록 1950년 11월 1일(제16-67호)
주소 06532 서울시 서초구 신반포로 321
미래엔 고객센터 1800-8890
팩스 (02)541-8249 | 이메일 bookfolio@mirae-n.com
홈페이지 www.mirae-n.com

ISBN 979-11-7311-153-2 (04840)
ISBN 979-11-7311-151-8 (set)

북폴리오는 참신한 시각, 독창적인 아이디어를 환영합니다.
기획 취지와 개요, 연락처를 bookfolio@mirae-n.com으로 보내주십시오.
북폴리오와 함께 새로운 문화를 창조할 여러분의 많은 투고를 기다립니다.

# 대륙 지도

에메랄드 바다

루세라스

나바르

모레인

베일  ✧  ✧  바스지아스

엘슘

✧ 칼디르 시

칼디르

디콘셔

티렌더

르웰른

아레티아  ✧

애더

드랄로 절벽

메다로
패스

드레이터스

아크타일 대양